D0678243

ROBERT CARTER

# ARMADA

*Roman*

WILHELM HEYNE VERLAG

MÜNCHEN

HEYNE ALLGEMEINE REIHE
Nr. 01/8366

Titel der Originalausgabe
ARMADA
Aus dem Englischen übersetzt
von Monika Curths

Wilhelm Heyne Verlag GmbH & Co. KG, München
Printed in Germany 1992
Umschlagillustration: Archiv für Kunst und Geschichte, Berlin
Umschlaggestaltung: Atelier Ingrid Schütz, München
Satz: IBV Satz- und Datentechnik GmbH, Berlin
Druck und Bindung: Elsnerdruck, Berlin

ISBN 3-453-05295-1

Für Mike Gatting, einen mutigen Kapitän,
in dem der Geist von Francis Drake weiterlebt

# Buch I

# 1

Kapitän Amyas Poole starb, als das Stundenglas gewendet wurde, vier Stunden nach Mitternacht. Noch vor Tagesanbruch war sein Leichnam in Segeltuch eingenäht, mit Hanf umwickelt und mit Kanonenkugeln beschwert, damit er den Tiefen eines unbekannten Seegebiets im Golf von Mexiko übergeben werden und hinabsinken konnte, dorthin, wo ihn die Krabben und die auf dem Meeresboden hausenden Tiere verschlingen würden, wie es sich für einen echten Seemann geziemte.

Das Wetter hatte sich erneut verschlechtert, als die Kapitäne der angeschlagenen englischen Flotte an Bord kamen. Der letzte, der eintraf, war Richard Tavistock. Er starrte auf die blutbefleckte, im Wind schlagende Fahne, unter der die Leiche jenes Mannes lag, der ihn alles gelehrt hatte.

Bei Gott, Amyas! Ich werde dich rächen, schwor sich Tavistock. Bei allem was mir heilig ist. Eines Tages würden die Spanier dafür büßen müssen. Doch zunächst mußte eine wichtige Entscheidung gefällt werden, von der das Schicksal der vierhundert Seelen abhing, die sich in ihrer Obhut befanden. Er dachte wieder an Jane, seine Frau, und an seinen kleinen Jungen zu Hause in Plymouth und verfluchte den Sturm. Wäre er nicht gewesen, hätten sie inzwischen wohlbehalten die heimischen Gewässer erreicht und vor ihnen läge jetzt Rame Head.

Aber jetzt war die Jahreszeit der heftigen tropischen Stürme, der *furicanos*, in der eine Ostpassage nahezu unmöglich war. Das 700-Tonnen-Schiff Ihrer Majestät, die *Jesus von Lübeck*, stampfte schwer in der Dünung der immer noch wild schäumenden See; darüber eine Wolkendecke wie reinweißer Marmor. Der warme Wind sang in der Takelage des Dreimasters und ließ die Hemden der sonnengebräunten Seeleute, die sich im oberen Takelwerk aufgestellt hatten, flattern wie bunte Wimpel.

Der Generalkapitän John Hawkins stand, nach achtern gewandt, auf dem Mitteldeck. Sein schwarzes kurzes Haar sträubte sich im Wind, als er seine Kapitäne begrüßte: Barrett und Hampton, Warren, Drake und Tavistock. Hellebardiere in eisernem Brustharnisch und Morion waren zum Ehrenspalier angetreten. Der Trommlerjunge neben ihnen fand mit seinen bloßen Füßen nur mühsam Halt auf dem blank gescheuerten, schwankenden Deck. Die Kapitäne bildeten einen engen Kreis um den Toten und gedachten schweigend ihres Kameraden. Es war nicht so sehr der Tod von Amyas Poole, der ihnen das Herz schwer machte, sondern die Art, wie er sterben mußte. Ein spanischer Arkebusier hatte ihm bei ihrer Landung in Cartagena aus nächster Nähe in den Bauch geschossen, und erst nach sieben qualvollen Wochen, in denen er langsam verfaulte, war er gestorben.

Tavistock verfolgte die Zeremonie mit düsterer Miene. Groß, blond und barhäuptig stand er da, und wie die übrigen Kapitäne fragte auch er sich zum hundertsten Mal, ob seine Berechnungen über den Ort, an den sie der Sturm getrieben hatte, zutrafen, denn davon hing ihrer aller Leben und Sterben ab.

Im Juli hatten sie Cartagena vor den Mündungen spanischer Kanonen verlassen müssen. Als Kaufleute, die Gewinn machen wollten, hatten sie sich keinen solchen Ausgang ihrer Reise gewünscht. Stets waren sie peinlich darauf bedacht gewesen, Konflikte zu vermeiden, um heil nach Hause zu kommen, doch dann waren sie in den Meerengen zwischen Kuba und der Küste von Florida in einen Wirbelsturm geraten. Drei Tage lang hatten die Schiffe verzweifelt gekämpft, einander nicht aus den Augen zu verlieren. Ihr fünfundzwanzig Jahre altes, halb verrottetes Flaggschiff war in dem furchtbaren Sturm beinahe gesunken. Dann war über Nacht die *William and John* verschwunden und anschließend ein Schiff nach dem anderen außer Sicht geraten, so daß jeder dachte, die anderen wären verloren. Eine Woche später hatten sie wieder zusammengefunden, zurückgeworfen in das Meer, das die Spanier *Golfo de Nueva España* nannten. Aber wo genau in diesem kreisrunden Meer befanden sie sich? Wie viele Seemeilen hatte sie der Sturm nach Westen getrieben? Und wo konnten sie gefahrlos an Land gehen? Um auf diese Fragen eine Antwort zu finden, hatte sie Hawkins zusammengerufen, und natürlich auch, damit sie der Beisetzung ihres Kameraden beiwohnen konnten.

Tavistock erinnerte sich, wie er Kapitän Poole in das große Beiboot getragen hatte. Poole hatte geschrien, sie sollten ihn nicht sterbend an Land zurücklassen und als er die dunkelrote Masse seiner eigenen Eingeweide sah und begriff, was mit ihm geschehen war, hatte er Tavistock gebeten, ihn zu töten, aber Tavistock hatte nicht die Kraft dazu. Pooles Schreie gellten ihm noch heute in den Ohren, und sie verfolgten ihn ebenso wie die grimmige Feststellung des Wundarztes Grosse, daß eine mit Schießpulver vergiftete Wunde immer dreißig Tage inwendig schwärte. Tavistock erhielt das Kommando über Pooles Schiff, die *Swallow*, und Poole kam an Bord der *Jesus von Lübeck* und mußte mitansehen, wie sein Bauch sich in eine Jauchegrube verwandelte. Er starb unter entsetzlichen Qualen, und schuld daran war die Niedertracht der Spanier.

Tavistock schaute hinüber zu den zwei Dominikanermönchen und dem Spanier Villanueva, die sie zwei Wochen zuvor in einer leckgeschlagenen Pinasse aufgelesen und an Bord genommen hatten. Schweigend standen sie auf dem Achterdeck. Tavistock haßte sie und hätte sie am liebsten alle drei über Bord geworfen; für ihn verpesteten sie die Luft bei diesem protestantischen Gottesdienst. Herr im Himmel, schwor er bei sich, als er seine Augen von ihnen abwandte und auf den fernen Horizont richtete, wenn wir jemals nach England zurückkehren sollten, werde ich den Spaniern heimzahlen, was Amyas leiden mußte. Ich werde mit einem guten Schiff und einem Dutzend bester Bronzekanonen nach

Westindien fahren und mit dem Gouverneur von Cartagena abrechnen, so wahr mir Gott helfe!

»Die sollen dem Herrn danken für seine Güte und für seine Wunder...«

Francis Drake, untersetzt, mit einem Brustkasten wie ein Faß und rostrotem Bart las aus seinem Gebetbuch vor.

»...die mit Schiffen auf dem Meere fuhren und trieben ihren Handel auf großen Wassern, die des Herrn Werke erfahren haben und seine Wunder auf dem Meer...«

Dann, auf ein Nicken von Hawkins, hoben Browne und Gonson das Brett an, das am Schandeckel festgebunden war, und die sterbliche Hülle von Amyas Poole glitt hinab und versank in dreihundert Faden Tiefe.

Während sie ehrfurchtsvoll schwiegen, blickte Tavistock über die saphirblaue See hinüber zu seinem vom Wetter arg mitgenommenen Schiff, der *Swallow*, die mit killenden Segeln auf den Wellen ritt. Hinter ihr lagen die *Minion* und die *Angel*, seitlich davor Drakes kleiner Fünfzigtonner, die *Judith*. Gemeinsam waren sie tiefer in das verbotene spanische Meer vorgedrungen als andere Protestanten. Sie hatten sich über das päpstliche Dekret hinweggesetzt, das die halbe Welt zum Monopol der Spanier erklärte. Auf drei bahnbrechenden Reisen hatten Hawkins' Schiffe einen Keil in das goldene Herz des spanischen Amerika getrieben und einen gewinnträchtigen Handel aufgebaut, der allen Beteiligten zusagte – nur nicht den eifersüchtigen Beamten der spanischen Krone. Tavistock hatte Hawkins auf den ersten beiden Reisen begleitet. Sie hatten einen ansehnlichen Gewinn gebracht, und auch diese dritte hatte sich vorteilhaft angelassen.

Die Kolonisten rissen sich darum, von den Engländern zu kaufen. Das Verbot König Philipps, mit diesen unkonzessionierten und deshalb illegalen Kaufleuten Handel zu treiben, ignorierten sie einfach, denn sie brauchten afrikanische Sklaven sowie Waren und Luxusgüter aus der Alten Welt. Außerdem sparten sie, wenn sie von den Engländern kauften, die *alcabala*, eine Handelssteuer, die alle spanischen Versorgungsschiffe erheben mußten. Doch in Rio de la Hacha hatten sich die Dinge plötzlich geändert. Die spanischen Behörden zwangen Hawkins, seine Ladung unter bewaffneter Aufsicht an Land zu bringen. Es gab Streit und Betrügereien, und so waren sie nach Cartagena weitergesegelt, wo ihnen offene Feindseligkeit entgegenschlug. Nach einem Überfall, bei dem sechs Männer verwundet und zwei getötet wurden, war Hawkins aufs offene Meer geflohen, um Zeit zum Nachdenken zu gewinnen.

Ja, dachte Tavistock, die Tage des friedlichen Handels sind vorüber. Wenn wir das nächste Mal nach Amerika kommen, müssen wir stärker bewaffnet sein. Unsere Kanonen müssen den Spaniern beibringen, daß sie uns nicht länger von den Reichtümern dieser Welt ausschließen können. Wir müssen sie jagen und stören, und eines Tages werden wir hier an Orten, wo die Spanier noch nicht sitzen, unsere eigenen Niederlassungen haben, unsere eigenen Kolonien, unser eigenes Nova Albion.

Oben auf der Back hielt John Tavistock, Richards jüngerer Bruder, den sie den ›Gunner‹ nannten, die Flamme an das Zündloch seiner größten Culverine für den Salutschuß. Das Geschütz prallte zurück, und aus dem langen Bronzerohr schoß eine Blindladung, ein mit Quecksilberpulver versetzter Ladepropf, das den Pulverdampf karmesinrot färbte und nach Rosen duftete. Der Schuß hallte über die See, gefolgt von noch einem und noch einem, einem vierten und fünften, in den regelmäßigen Abständen einer Breitseite. Dann war alles vorbei. Die Männer durften abtreten, und Hawkins führte die Kapitäne auf sein hochgelegenes schmales Poopdeck im hintersten Teil des Schiffes. Tavistock stieg als letzter der fünf die Gangway hinauf, vorbei an dem Hellebardier, den Barrett dort postiert hatte, damit die Besprechung nicht gestört würde. Dann bückte er sich zur Karte hinab, die Hawkins auf dem Deck ausgebreitet hatte.

Vor ihm lag das vertraute, fünf Fuß breite Pergament, auf dem über den Fächer der Kompaßlinien die Küsten der

Neuen Welt eingezeichnet waren. Diffuse Schatten von Spieren und Tauen, die der opalweiße Himmel warf, huschten über die Karte, während Hawkins mit dem Finger einen Kreis um das fragliche Gebiet zog. Seine Stimme klang wie immer ruhig und nachdenklich.

»Nach meiner bestmöglichen Schätzung befinden wir uns hier am unteren Ende des Golfs. Zweihundertzehn Seemeilen östlich von uns liegt die unfruchtbare Campeche-Küste, ungefähr 180 Meilen westlich liegt Vera Cruz. An Land gehen können wir vermutlich am ehesten im Süden. Bis dahin wären es nur rund 100 Meilen.«

»Und nach Norden?« fragte Warren.

»Norden bedeutet den sicheren Tod.« Hampton mit seinem trägen Blick musterte ihre Gesichter. »Wenn die *Minion* gegen den Wind kreuzen muß, sinkt sie, bevor wir die atlantische Strömung erreichen. Und ich meine, daß die *Jesus* nicht mehr imstande ist, den Atlantik zu überqueren. Wir sollten Campeche anlaufen, hier, nach Osten, und dann um die Halbinsel herum die Karibische See ansteuern.«

»Und ich sage, wir fahren nach Süden«, sagte Drake. »Alles, was wir brauchen, ist ein Platz, wo wir unsere Schiffe kielholen und Wasser fassen können. Der Wind dreht über kurz oder lang. Auf Kuba oder einer der anderen Inseln können wir uns verpflegen. Danach können wir unseren spanischen Freunden mit trockenem Pulver und frischen Kräften begegnen.«

»Aye, und als Piraten geschnappt werden«, knurrte Hampton.

»In den Augen der Spanier sind wir bereits Piraten, oder noch Schlimmeres.«

»Noch Schlimmeres?«

»Aye, John Hampton. *Feinde!*«

Hawkins trat zwischen die beiden Männer. »Kapitän Drake, wir befinden uns nicht im Krieg mit Spanien. Wir wünschen nichts sehnlicher als freundschaftliche Beziehungen zu den Untertanen Seiner Majestät.«

Damit goß er Wasser auf Drakes Mühlen. »Was nützt es, mit den Spaniern Frieden zu halten, wenn sie gegen uns Krieg führen?« stieß er zähnebleckend hervor.

»Der Erfolg dieser und künftiger Missionen hängt davon ab, daß zwischen Spanien und England Frieden herrscht, *und* von unserem vorbildlichen Verhalten. Selbst angesichts einer Provokation.«

Hawkins wandte sich an den erfahrensten seiner Kapitäne. Mit seinen sechsundvierzig Jahren war Robert Barrett zehn Jahre älter als alle anderen Anwesenden, mit Ausnahme von Warren. Barrett war auch der vorsichtigste von ihnen.

»Master Barrett, was sagt Ihr dazu?«

Barrett kratzte sich die grauen Bartstoppeln. Er war kein Mann der vielen Worte und mochte es nicht, wenn er zum Sprechen aufgefordert wurde. »Ich weiß nicht. Dort im Süden gibt es Fiebersümpfe, und in den *portolamos* der Spanier heißt es, daß die Küste nur einen flachen Sockel hat von zwei Faden Tiefe, ringsherum, von Süden bis nach Osten. Eine Meile vor der Küste reicht einem das Wasser nur bis zur Brust. Wenn das stimmt, würden wir bei auflandigem Wind mit Sicherheit auf Grund laufen und festsitzen.«

»Master Warren, was denkt Ihr?«

Während Warren in die Hocke ging und die Karte studierte, überlegte Tavistock. Er wußte, daß Barrett und Warren wie viele ältere Kapitäne eine abergläubische Abneigung gegen Karten hatten, daß aber der *portolamo*, von dem eben die Rede war, wahrscheinlich eine zuverlässige Beschreibung der Küste gab. Tavistock hatte auf jeder dieser drei Reisen nach Westindien mit spanischen Piloten gesprochen und sich genau notiert, was sie gesagt hatten. Barretts Vermutungen schienen zu stimmen, aber etwas anderes störte ihn. Er glaubte, daß sich Hawkins in seiner Positionsbestimmung verschätzt hatte, wartete aber, bis er an die Reihe kam, sich zu äußern.

Warren blickte herausfordernd zu ihnen hoch. »Ich sage: Westen.«

»Westen?« fauchte Drake.

»Aye. Segeln wir nach Vera Cruz.«

»Das ist Selbstmord!«

Hawkins bat Warren fortzufahren.

»Wenn wir versuchen, gegen den Wind zu laufen, nach Norden oder nach Osten, müssen wir 3000 Meilen im Zickzackkurs zurücklegen, bis wir Florida zu sehen bekommen. Nicht nur die *Jesus* und die *Minion* sind in schlechtem Zustand. Wir sind auch knapp an Verpflegung.«

»Wir würden alles verlieren«, sagte Drake düster.

»Wahrscheinlich.« Warren warf Drake einen kurzen Blick zu. »Wenn wir versuchten, mit dem bißchen Munition, das wir an Bord haben, gegen die Spanier zu kämpfen, würden sie uns wegpusten wie eine lästige Fliege. Wenn es uns gelänge, England zu erreichen, würde man uns als Piraten hängen. König Heinrich hat die *Jesus von Lübeck* von der Hanse gekauft. Sie ist ein Schiff Ihrer Majestät. Mit einem solchen Schiff auf Freibeuterfahrt zu gehen, wäre ein kriegerischer Akt.«

Tavistock blickte in ihre wettergegerbten, bärtigen Gesichter. Drake war in mürrisches Schweigen versunken; Hawkins nickte; Hampton schien einverstanden. Jeder von ihnen wußte, daß Königin Elisabeths Politik darin bestand, niemals die Grenze, die zu einem offenen Krieg gegen Spanien führte, zu überschreiten. Würde die *Jesus* spanische Niederlassungen angreifen, bedeutete das einen direkten Angriff auf Spanien und für Philipp die Möglichkeit zu massiver Vergeltung.

Tavistock begriff, daß ihre Situation Gefahren barg, die weit über die Gefahr, in der sie selbst schwebten, hinausgingen. Seit einem Dreivierteljahrhundert hatten die Spanier und die Portugiesen unter dem Schutz des Papstes aus den überseeischen Ländern gewaltige Reichtümer geschöpft und einen immensen Reichtum angehäuft. Die Spanier hatten

15

diese Goldquelle zuerst unter ihrem Kaiser Karl, später unter dessen fanatischem Sohn Philipp in den Stahl militärischer Macht umgewandelt und daraus Schild und Speerspitze der katholischen Religion geschmiedet, die sie gegen die aufkeimende Macht des Islam und gegen die ketzerischen Völker Nordeuropas einsetzten.

Der lutheranische und der calvinistische Glaube hatten sich zum Entsetzen des frommen Philipp in den Niederlanden und in Flandern wie ein unaufhaltsam wucherndes Geschwür ausgebreitet. Auch im Nordwesten von Frankreich wehrten sich die Hugenotten, die französischen Protestanten, gegen die Verfolgung durch die katholische Monarchie. Nur in England lebten die Protestanten frei und ohne Unterdrückung, und König Philipp wußte, daß die Protestanten auf dem Kontinent nur mit Hilfe Englands überleben konnten. Es war der Traum Philipps II., die Lebensaufgabe, die er sich gestellt hatte, das lutherische Ketzertum zu vernichten und Europa unter der Fahne der fünf Wundmale Christi sowie der kobaltblauen Fahne Roms wieder zu einen. Er würde eine Ausrede finden, um seine grausamen Legionen gegen England zu schicken.

Hawkins beugte sich noch einmal über die Karte. »Warum Vera Cruz?«

Warrens lederne Gesichtshaut kräuselte sich, und sein stumpfer Finger zuckte über die Karte. »Weil es dort, bei San Juan de Ulua einen geschützten und schlecht verteidigten Hafen gibt, und weil wir uns bereits auf dem Weg dorthin befinden. Wenn wir dort vollzählig und wie alte Bekannte aufkreuzen, bieten sie uns vielleicht alles an, was wir brauchen, ohne daß wir ihnen erst drohen müssen.«

»Vera Cruz ist eine Falle«, sagte Drake wegwerfend. »Und die Spanier hatten den ganzen August Zeit, ihren Köder zu legen.«

Hawkins wirkte unentschlossen. »Richard?«

Tavistock sammelte seine Gedanken. »Mir gefällt Vera Cruz auch nicht. Es ist gefährlich. Aber wir müssen unsere

16

Schiffe überholen und Proviant besorgen. Das ist unumgänglich. Wohin wir uns auch wenden, wir werden nirgends willkommen sein. Meiner Meinung nach werden wir vor dem Wind laufend vor Sonnenuntergang in Vera Cruz sein.«

»Heute?« sagte Hawkins verblüfft. »Einhundertachtzig Meilen?!«

Wenn der Wind stetig blieb, schaffte die Flotte vielleicht sechs Knoten. Bis Mitternacht, in sechzehn Stunden, könnten sie höchstens hundert Meilen oder die Hälfte der Entfernung zurücklegen.

Tavistock schüttelte den Kopf. »Nein, Generalkapitän. Ich glaube, daß wir uns hier befinden.« Er wies mit dem Finger auf die Seekarte. »Ich schätze, daß uns der Wind viel weiter nach Westen getragen hat als...«

Am Großmasttopp gab es plötzlich Bewegung. Die Stimme des Bootsmannes antwortete auf den Ruf aus dem Krähennest. Als der Junge zurückrief, kam seine Meldung für alle überraschend.

Stramm grüßend rief der Bootsmann vom Quarterdeck zu Barrett hinauf: »Bitte um Vergebung, Sir. Ausguck meldet Land steuerbord voraus. Neun Seemeilen, Westnordwest.«

»Danke, Bowen.«

Hawkins erhob sich. Seine grauen Augen glitten über den Horizont. »Meine Herren, es scheint, die Entscheidung ist bereits gefallen. Wir müssen Gott danken und Seiner Gnade vertrauen. Dann schlage ich vor, daß wir uns an die Arbeit machen.«

Gunner Tavistock hatte den Ruf »Land in Sicht« ebenfalls gehört. Während die Mannschaft aufgeregt an Deck rannte, war er in die Webleinen des Fockmasts geklettert und musterte die sich nur fahl abhebenden Unregelmäßigkeiten, die der Ausguck, fantasievoll wie er war, als Land ausgemacht haben wollte. Im Laufe des Vormittags zeichnete sich jedoch immer deutlicher ein flacher, rötlich brauner Küstenstreifen ab mit einer grünen Hügelkette im Hintergrund. Drei winzige Inseln lagen vor der Küste, zwei waren nichts als Schotterhaufen, kaum höher als ein Riff, die unter der Wucht der Brecher weiß aufleuchteten; auf der dritten, größeren, gab es Häuser und Kanonen, und ein Dutzend spanischer Schiffe lag vor Anker. Das war der Hafen, von dem Señor Villanueva gestern gesprochen hatte, als sie ihn befragt hatten. Aber auch diese halbmondförmige Insel ragte nirgends mehr als sechs Fuß über Meereshöhe hinaus. Gegen ihre Wetterseite donnerten jahraus, jahrein schwere Brecher, die einen Weg von 1500 Seemeilen hinter sich hatten. Auf der dem Wind abgekehrten Seite war das Wasser ruhig, und hier hatten die Spanier entlang des Kais eine Reihe großer eiserner Ringbolzen angebracht, an denen Schiffe festmachen konnten.

Neben dem Spanier Villanueva stand Bowen, der Bootsmann der *Jesus* – ein stämmiger, muskulöser Mann mit buschigen Augenbrauen und hohen Backenknochen, die seine Augen wie Schlitze erscheinen ließen.

»Beweg dich, Ingram, du Hurensohn, bevor ich dir eins überzieh!« fuhr er einen großen Seemann an, der ihm den Weg versperrte.

Ingram blickte stirnrunzelnd und seine Verachtung kaum verbergend auf Bowen herab und schlurfte mürrisch davon.

»Das ist ein fauler Hund und ein ganz übler Kerl dazu.«

Der Wind riß an Tavistocks dunklen Locken. Der Gunner war einen halben Kopf größer als Bowen und schlanker. Er glättete seinen Schnurrbart zwischen Zeigefinger und Daumen und setzte den Zündstock in Brand, einen wachsgetränkten Tampen, der glühte und Funken spie. Sein Blick glitt vom Gedränge auf dem Vorderkastell der *Jesus* hinüber zur *Swallow*, zwei Bogenschüsse weiter querab von Steuerbord, wo sein Bruder in einem roten Lederwams rastlos auf dem Poopdeck seiner Bark auf und ab ging und unter einem sich plötzlich aufblähenden Lateinsegel seine Befehle rief. Ihre fünf Schiffe bildeten ein eindrucksvolles Geschwader, das auf den spanischen Hafen zuhielt. Dennoch, der Gunner hatte ein ungutes Gefühl. Gesetzt den Fall, der Gouverneur von Vera Cruz hatte die gleichen Anweisungen erhalten wie die Behörden von Cartagena und entbot ihnen den gleichen feuerspeienden Willkommensgruß? Er blickte auf seine blanken Bronzeculverinen, die er so sorgfältig pflegte, und verglich sie mit den großen schwerfälligen Geschützen der Küstenbatterie. Wenn sie im Zorn zu uns sprechen, meine Schönen, sagte er bei sich und tätschelte zärtlich das Hinterteil der neben ihm stehenden Culverine, werden wir diesmal eine überraschend scharfe Antwort für sie bereit haben.

»Das soll San Juan de Ulua sein?« sagte Bowen verächtlich. »Ist ja kaum genug, um uns den Wind vom Leib zu halten.«

»Der Generalkapitän sagt, diese Insel ist der einzige Ankerplatz an der ganzen gottverlassenen Küste.«

Während Tavistock redete, lauschte der Spanier mit niedergeschlagenen Augen und einem zweideutigen Lächeln im Gesicht.

»Er ist tief genug für Hochseeschiffe und gleichzeitig Hafen für die Stadt Vera Cruz, die dahinter auf dem Festland liegt«, fuhr Tavistock fort. »Hier laufen die Goldtransporte aus ganz Mexiko zusammen – Maultierkarawanen mit ungemünztem Gold und Silber. Berge von Silber! Gold, wie du es nie gesehen hast! Und Smaragde so groß wie Enteneier. Das alles kommt hier zusammen, nicht wahr, *señor*?«

Villanueva neigte den Kopf, ohne etwas preiszugeben. »*Señor*, ich bin noch nie in Vera Cruz gewesen.«

»Sagen die Spanier nicht, daß es dort Perlen gäbe so groß wie . . . wie *avellanas*, *señor*? Wie Haselnüsse, Bowen. Stell dir mal vor!«

»Ihr sprecht spanisch?« fragte Villanueva.

»Nicht so gut wie Ihr, *señor*. Alles, was ich von Eurer Sprache verstehe, habe ich auf unserer Reise gelernt. Aber man sagt, ich hätte ein gewisses Talent. Und auf der nächsten Reise möchte ich es noch ausgiebiger nützen.«

»Gunner Tavistock sieht schon so aus wie Eure Landsleute, hab ich recht?« fragte Bowen und pflanzte sich mit verschränkten Armen vor dem Spanier auf. »Die losen Mäuler in unserer Crew nennen ihn zum Spaß den Portugiesen, aber das hört er nicht gern, weil's nach Bastard klingt. Wo doch sein Bruder so blond ist.«

»Lieber ein Bastard als ein Spanier!« scherzte der Gunner, aber Villanueva blickte nur zur Seite. Auf Tavistock wirkte er sehr unsicher und gespannt unter seiner ruhigen Oberfläche – so, als würde er etwas verheimlichen.

Augustin de Villanueva war mit zwei Dominikanermönchen an Bord gekommen, nachdem die *Jesus* tags zuvor die Segel ihres Schiffs ausgemacht hatte. Der Kleidung nach war er ein vornehmer Herr, und so wurde er vom Kapitän höflich behandelt, aber seine Gründe, ein Schiff nach Santo Domingo zu nehmen, waren trotz allem nicht ganz schlüssig und hatten Tavistocks Mißtrauen geweckt. Der Gunner hatte in der Nacht ganz offen der geflüsterten Unterhaltung zwischen dem größeren Mönch und Villanueva zugehört. Er hatte üble Verwünschungen und ein paar Einzelheiten aufgeschnappt.

Hawkins trat von hinten auf sie zu. Villanueva wandte sich um.

»Habe ich Euch nicht gesagt, *patron*, daß es ein höchst geeigneter Hafen ist?«

Der Generalkapitän betrachtete die Reede. Er war ein drahtiger Mann in den besten Jahren. Seine dunklen Augen unter den stark gewölbten Lidern verliehen ihm den Anschein von Unnahbarkeit, was sich sehr gut mit seinem Rang als Befehlshaber vertrug. In seinen Adern floß pures Salzwasser. Er hatte inzwischen seine eiserne Rüstung angelegt.

»Langsame Fahrt voraus, Bootsmann.«

Bowen blickte mit seinem gewohnt unerschütterlichen Gesichtsausdruck zu den am Strand verrottenden Wracks hinüber. »Bei diesem Nordwind, wenn da ein Schiff nicht in Lee von dieser Insel festmachen kann, sitzt es ganz schnell auf dem trockenen, General.«

»Aye, genauso ist es. Was sind das für Wracks, *señor?*«

Der Spanier zuckte die Achseln und machte eine wegwerfende Handbewegung zum Ufer hin. »Ihr müßt wissen, *patron*, daß die *flota* von König Philipp jedes Jahr hierherkommt, um das Gold nach Sevilla zu bringen. Vielleicht wurden ein paar alte Schiffe abgewrackt. Glaubt mir, San Juan ist sehr sicher.«

»Ich hoffe, daß Ihr recht habt, *señor*.«

Als sich ihre kleine Flotte auf der Höhe des Hafens befand, drehte sie nach Südost, lief parallel zur Küste entlang einer nur zwei Bogenschuß breiten Reede zwischen der Insel und den niedrigen weißen Häusern von Vera Cruz, wo eine gemauerte Mole in die Brandung hinausragte, an der große weiße Gischtfächer aufsprühten. Die Durchfahrt war so eng, daß sich jedes Manöver in kriegerischer Absicht von selbst verbot.

Die Küstenbatterie feuerte einen Schuß ab, dann, einen Augenblick später, einen zweiten. Die weißen Qualmwölkchen pufften und verwehten.

Unmittelbar danach befahl Hawkins: »Gunner. Signalisiere, daß wir anlegen möchten. Laß sie wissen, daß wir ihnen nichts tun wollen.«

»Klarmachen bei Geschütz!«

Die Neun-Pfünder-Culverine, ein zehn Fuß langes Bronzegeschütz, war bereits gestopft. Tavistock hielt den Zündstock an das Pulver. Die Kanone fuhr mit einem mächtigen Ruck zurück, und ein brüllender Salutschuß übertönte den ungestüm blasenden Wind.

Plötzlich rief der Bootsmann: »Vielleicht wollen die uns was tun!«

Er deutete zum Ufer und brach in lautes Gelächter aus, als ein unglaubliches Fahrzeug drüben ablegte. »Seht euch das verrückte Ding an!«

Tavistock sah das Boot, das mit vier Riemen auf jeder Seite gerudert wurde. Es hatte einen vergoldeten Bug und einen absurden Baldachin wie eine venezianische Prunkbarke. Wie ein bockendes Pferd hielt es auf die *Jesus* zu. Hawkins sah dem näherkommenden Boot einige Minuten lang zu, dann ging er hinunter auf das Hauptdeck, um die Spanier zu begrüßen. Villanueva nahm er zum Empfang mit.

»Komm du auch mit, Gunner. Ich brauche deine Spanischkenntnisse.«

Der Besucher war ein feister Mensch unter einer schweren Robe aus rotem Samt. Eine lange Feder flatterte an seinem Hut, und eine Amtskette aus Gold und Emaille klirrte, als er an Deck kletterte. Zwei Soldaten in eisernem Brustharnisch und Morion halfen ihm auf das Schiff. Zwei Zivilbeamte folgten. Auf Hawkins' Befehl wurden die Besucher von Villanueva begrüßt, sobald sie den Schandeckel überstiegen hatten. Tavistock sah, wie sie plötzlich erschraken und gar nicht mehr so würdevoll aussahen, als sie erkannten, daß sie sich nicht auf einem spanischen Schiff befanden.

Hawkins nahm mit einer schwungvollen Bewegung seinen Helm ab und verneigte sich elegant.

»Ich bin Generalkapitän John Hawkins, und das ist meine Flotte. Wir sind Kaufleute, die unter der Flagge Ihrer Majestät, der Königin von England, fahren. Ich bitte untertänigst um Liegeerlaubnis für meine fünf Schiffe und um die Erlaubnis, die Hafenanlagen benützen zu dürfen, damit wir unsere Schiffe überholen können. Seid versichert, daß wir sobald wie möglich nach England zurückkehren wollen, und daß wir für alle Lebensmittel, die wir an Bord nehmen, einen anständigen Preis bezahlen werden. Übersetzt, *señor*.«

Während Villanueva die Grußworte übersetzte, erbleichte der Besucher; seine Augen glitten zwischen Dolmetscher und Hawkins hin und her. Dann schüttelte er energisch den Kopf und stieß einen Wortschwall hervor, so rasend schnell, daß Hawkins Mühe hatte, überhaupt etwas zu verstehen.

»Sein Name ist Don Luis Zegri, Bürgermeister von Vera Cruz. Er sagt, Ihr könnt nicht anlegen, *patron*.«

Tavistock ergänzte: »Außerdem nennt er es Piraterei, daß wir ohne Flagge am Großmasttopp fahren, um ehrliche Leute zu täuschen.«

Hawkins' Ausdruck verhärtete sich. »Sagt ihm, wir sind

keine Piraten. Die Flaggen, die wir führen, sind seit einem Jahr Sonne und Sprühwasser ausgesetzt. Sie sind ausgebleicht. Unsere Schiffe müssen ausgebessert werden. Wir haben nicht genug Lebensmittel, um nach England zurückzukehren. Wir müssen hier anlegen. Sagt ihm das.«

Es folgte ein längerer Wortwechsel, in dessen Verlauf der Bürgermeister Hawkins geradezu flehentlich anblickte. Schließlich sagte Villanueva: »Don Luis bedauert, aber es kommt nicht in Frage. Ihr müßt weitersegeln. Jetzt. Eure Schiffe können hier nicht anlegen.«

Hawkins erkundigte sich bei Tavistock: »Berichtet der Mann wahrheitsgetreu?«

»Aye, Generalkapitän.«

Hawkins wandte sich noch einmal an Don Luis, dabei legte er die eine Hand auf den Degengriff, die andere an die Pistole in seinem breiten Gürtel. »Fragt den Bürgermeister, warum er uns nicht anlegen läßt. Es liegt über ein Dutzend Schiffe an seinem Kai, und es ist immer noch Platz für ebenso viele.«

Der Bürgermeister antwortete, Villanueva übersetzte. »Er sagt, daß bald mehr spanische Schiffe hier sein werden. Große Schiffe. Kriegsgalleonen von König Philipp mit Tausenden von Soldaten für Neu-Andalusien und Neu-Spanien, und mit vielen schweren Kanonen, unter dem Kommando des angesehenen, erfahrenen Admiral Luzon. Seine größten Galleonen sind doppelt so groß wie dieses schöne Schiff, auf dessen Deck wir jetzt stehen, Generalkapitän.«

Tavistock runzelte die Stirn über diese Prahlerei des Bürgermeisters. Leise sagte er zu Hawkins: »Die *flota de oro* – die Goldflotte ist fällig, Kapitän. Ich hörte, wie der Spanier letzte Nacht davon sprach.«

Villanueva warf ihm einen gehässigen Blick zu.

»Ist das wahr?« Hawkins spießte den Bürgermeister mit seinem Blick förmlich auf. »Ist es die Flotte, die Ihr die *flota de oro* nennt?«

Der Bürgermeister schluckte nervös bei der Erwähnung dieses spanischen Wortes. Er schwitzte. Deshalb also war er so herausgeputzt! dachte Tavistock und es fiel ihm wie Schuppen von den Augen. Sie haben uns für die *flota* gehalten. Er ist an Bord gekommen mit einer Pergamentrolle, auf der seine Willkommensansprache steht. Und er ist entsetzt über unsere Kanonen, und das um so mehr, da wir jetzt wissen, daß die *flota* erwartet wird. Herr Jesus! Vera Cruz muß bis unter die Dachbalken mit Gold vollgestopft sein, das auf die Verschiffung nach Spanien wartet.

»Antwortet!«

»*Si, patron.* Er sagt, er erwarte täglich die Kriegsschiffe der Westindienflotte, und daß man äußerst enttäuscht wäre, wenn hier an ihrem Platz englische – Kauffahrer lägen.«

Hawkins zog seinen Degen und berührte mit der Spitze das Grübchen in dem fetten Kinn des Bürgermeisters. »Dann wird Eure *flota* also enttäuscht sein, *señor*, und vielleicht auch ein wenig überrascht, was?«

Don Luis nickte vorsichtig.

»Er bedauert, daß er für Eure Sicherheit nicht garantieren kann, *patron*.«

»Meine Sicherheit ist meine Angelegenheit.«

»Er sagt, Ihr seid entweder ein sehr tapferer Mann oder *loco rematado*.«

»Sagt ihm, daß ich fünf Liegeplätze brauche.«

Auf Hawkins' Befehl wurde ein Brief verfaßt, adressiert an die Bürgervorsteher und den Rat von Ciudad de México, in dem die Engländer ihre Anwesenheit in unverfänglichen Ausdrücken erklärten. Anschließend wurden Don Luis und seine Beamten entlassen und zur Insel zurückgeschickt, liebenswürdigerweise begleitet von einer bewaffneten englischen ›Ehrenwache‹. Die Eskorte begleitete die Herren so lange, bis John Tavistock mit seinen Kanonieren die Geschütze von San Juan besetzt hatte. Dann ließ Hawkins seine Schiffe in den Hafen bugsieren, wo sie Seite an Seite, die Bugspriete über den Kai hinausragend, festmachen konnten.

Auf der Insel stand eine kleine, aus Schiffswrackteilen errichtete Kirche, und an jedem Ende der Insel befand sich eine niedere Brustwehr, wo Tavistock je eine Geschützmannschaft, bestehend aus fünf Männern, postierte, um beide Anfahrtswege zu sichern. Die Männer, die keinen Dienst tun mußten, erhielten Freigang und durften sich in jeder der drei Kneipen der Insel mit Fusel vollaufen lassen und sich um die Aufmerksamkeit der Huren bemühen, die aus ganz Mexiko in Erwartung der *flota* zusammengekommen waren. Die ganze Nacht waren die Rufe der Zuhälter zu hören. Aus allen Ecken und Enden drang Gelächter, lustvolles Stöhnen oder Kneipengegröl und John hätte gern die gleiche Freiheit genossen wie seine Kameraden, aber für ihn gab es noch Arbeit zu tun.

Thomas Fleming, der große strohblonde Schotte von der *Minion* schlenderte über den Kai mit einer vollbusigen Mulattin am Arm, als der Gunner seine letzte Batterie sicherte.

»Hier gibt's Weiber in jeder Farbe und Größe, Gunner«, rief er mit anzüglichem Grinsen. »Ist fast wie im Paradies für Männer, die zwei Monate lang auf die Freuden des Lebens verzichten mußten. Bin schon bei Nummer vier. Du solltest dich tummeln, bevor die besten schlapp machen.«

Die Dirne winkte ihm zu, hob ihre Röcke und präsentierte ihre Ware.

»Bestimmt nicht vor übermorgen, Tommy-lad. So wie die aussieht!«

»Bitte, bedien dich!«

»Liebend gern, wenn ich könnte.«

Als Kommandant der Küstenbatterien mußte er heute abend mit Hawkins und den anderen Kapitänen dinieren. Seit Amyas Pooles Verwundung und Richards Beförderung zum Kapitän hatten die Brüder wenig voneinander gesehen. Er vermißte Richard und die stillen Nächte, in denen sie unter den Heckrelinglaternen geschnitzt oder Schach gespielt, den fliegenden Fischen zugeschaut oder die geheimnisvoll leuchtenden Flecken beobachtet hatten, die im tropischen Meer unter diesem fremden südlichen Sternenhimmel pulsierten und immer wieder neue Formen bildeten. Er hatte eine völlig neue Welt gesehen und Dinge erlebt, von denen er daheim nicht einmal geträumt hatte, aber auch Gefahren, die er sich nie hätte vorstellen können.

Als ihre Flotte in dem Sturm vor der Küste Floridas auseinandergerissen wurde, hatte er sich gefragt, ob er Richard je wiedersehen würde. An der Seemannskunst seines Bruders hatte er nie gezweifelt oder daß Richard die *Swallow* nach Hause bringen würde. Richard unternahm diese Reise bereits zum dritten Mal für Hawkins, und wie man ein Schiff trimmte, das wußte er besser als beinahe jeder lebende Engländer. Er war verliebt in die See, seit er mit zwölf Jahren angefangen hatte, dieses Handwerk zu lernen. John hatte mit dem Bootsmann dreizehn Goldpesos gegen fünf gewettet, daß die *Swallow*, gesetzt den Fall, die Schiffe fänden wieder zusammen, als erste das Flaggschiff sichten würde.

An diesem Abend aßen die Offiziere, wie es der Brauch war, an der Tafel des Generalkapitäns an Bord der *Jesus von Lübeck*. Es gab Fleisch und Brandy. Don Luis hatte die Einladung abgelehnt. Er war zu seinem Haus auf dem Festland gebracht worden, wo er für sein Seelenheil und die baldige Ankunft der Flotte von Admiral Luzon beten konnte. Der Nordwind blies noch immer mit Sturmstärke und zeigte keinerlei Anzeichen, abflauen zu wollen. Die Schiffsbalken bebten unter der Wucht der unerbittlich anrollenden Seen. Am östlichen Himmel wetterleuchtete es. Die Kerzen in Hawkins' Kabine flackerten unruhig in der Zugluft, die muffig und feucht durch die Ritzen zwischen den Planken drang.

Aus einem Grund, den Tavistock zunächst nicht herausfinden konnte, herrschte am Tisch eine gespannte Atmosphäre. Kapitän Drake sprach das Tischgebet. Er dankte Gott, daß er ihnen einen sicheren Hafen beschert hatte, aber nachdem sie das Brot gebrochen hatten, wollte keine ungezwungene Unterhaltung aufkommen. Sam, der junge Negerpage des Generalkapitäns, hatte ihre Gläser schon zweimal mit Brandy gefüllt, aber keiner entspannte. Seit elf Monaten sind wir jetzt unterwegs, dachte Tavistock. Wir sind am üblichen moralischen Tiefpunkt angelangt, aber es gibt noch andere Gründe. Die *William and John* war nach dem Sturm nicht wiederaufgetaucht. Sie ist entweder gesunken oder inzwischen wohlbehalten in Plymouth. Darüber nachzudenken war ein heikles Thema, so oder so, aber auch das konnte nicht der Grund sein für die feindselige Stimmung, die über dieser Tischrunde lag.

Für John Tavistock war es eine aufregende erste Reise gewesen. Sein Rang als ›Gunner‹, als Erster Geschützoffizier, war nur ein Titularrang. Er hatte seinen Platz an Bord der *Jesus* auf Richards Empfehlung hin und aus Gründen der Notwendigkeit bekommen. Sein Können hatte er in der Kanonengießerei von Thomas Stanton in Sussex erworben. Bei Stanton hatte er gelernt, die tödlichsten Schiffskanonen der ganzen Welt zu gießen. »Ich investiere in diese Reise in Form von Sachwerten«, hatte Stanton zu Hawkins gesagt. »Geschütze für die *Jesus von Lübeck* zu zwei Drittel ihres tatsächlichen Preises, unter der Bedingung, daß John Tavistock, der in den vergangenen acht Jahren unsere Geschütze hergestellt und erprobt hat, mitreist.« John hatte bereitwillig zugestimmt. Die älteren Stantonkanonen waren größtenteils aus Eisen – Achtzehn- und Neunpfünderkanonen und Culverinen. Die neuesten und besten waren aus Bronze, und ihre Feuerkraft und Zielgenauigkeit wurden von Jahr zu Jahr verbessert. Aber die praktischen Schwierigkeiten, wenn es darum ging, eine Handelsflotte in fernen Meeren zu verteidigen, konnten nur dann erkannt und gelöst werden, wenn der Hersteller sie im Ernstfall selbst bediente.

Tavistock leerte seinen Becher und blickte von seinem Bruder zum Generalkapitän. Hawkins hatte ihn gut behandelt, und er, John, hatte gute Arbeit geleistet. Er hatte die Pulvermacher und die Geschützmannschaften der *Minion* und der *Jesus* ausgebildet. Gleichzeitig hatte er für die langläufigen Geschütze mit neuen Mischungsverhältnissen von Holzkohle, Salpeter und Schwefel im Schwarzpulver experimentiert. Er hatte ihre Schiffsartillerie so weit entwickelt, daß sie es an Reichweite mit jedem Schiff, das auf den Meeren fuhr, aufnehmen konnte.

Während er sein Geflügel zerlegte, sah Tavistock an der Miene seines Bruders, daß die heikle Frage, die sie alle beschäftigte, nun zur Sprache kommen würde.

»Also, General, was soll nun werden?«

Barretts Frage brachte die Sache auf den Punkt.

»Ja, was soll werden?« Hawkins lächelte, lehnte sich in seinem Stuhl zurück und betrachtete aufmerksam ihre Gesichter. In jedem las er gefährliche Gedanken. Bei ihrem letzten Treffen ging es um die Frage des Überlebens, was es kosten würde, ihre Schiffe seetüchtig zu machen und welche Chancen sie hätten, wenn sie auf direktem Weg heimführen und ihre Anteile unangetastet ließen. Diesmal war es anders. Eine dumpfe Erwartungshaltung beherrschte die Männer, etwas, das keiner als erster auszusprechen bereit war. Hawkins hatte solche Gesichter schon früher gesehen. Aus ihnen sprach die zerstörerischste Form der Habgier, die der Satan in das Herz eines Mannes pflanzen konnte: die Gier nach Gold.

Alle Blicke ruhten auf ihm. Kann ich es wagen, ihnen die Alternativen offen darzulegen? fragte er sich. Oder soll ich einfach befehlen, so daß sie nichts oder nur wenig merken, was in meinem Kopf vorgeht? Vorsicht, John Hawkins! Du denkst wie deine Kapitäne, und das sind Männer, die die Absichten anderer Menschen lesen können. Vielleicht können sie auch die deinen lesen. Ein Jahr auf See ist lang genug, um sich kennenzulernen. Kannst du – darfst du sie täuschen? Oder kannst du ihnen vertrauen? Es gehen bereits Gerüchte um. In Vera Cruz schleichen die Spanier wie ängstliche Kaninchen herum. Die Schiffe, die längsseits der *Swallow* liegen, haben 200 000 Pfund in Gold und Silber in ihren Bäuchen. Das wären, aufgeteilt unter vierhundert Engländer, 500 Pfund pro Mann, für einen Seemann der Sold von zwölf Jahren! Seeleute haben schon für weniger ihre Kapitäne ermordet. Und Kapitäne ihren General!

Sehr bedächtig begann Hawkins zu sprechen: »In Vera Cruz liegen Schätze, wie sie vielleicht nur König Midas besessen hat.«

Drakes Augen flackerten wie brennender Hugenottenbrandy. Hawkins wandte den Blick von ihm ab. Der Kronrat der Königin, die mächtigsten Männer Englands, hatten in das Unternehmen investiert. Sir William Cecil, der engste Vertraute der Königin, hatte ein beträchtliches Vermögen riskiert, und ebenso eine Reihe anderer. Cecil hatte bereits vor zehn Jahren erkannt, daß England das 75 Jahre alte Dekret des Papstes anfechten mußte, das den Spaniern erlaubte, die gesamte nichtchristliche Welt auszuplündern; aber um dieses Monopol zu brechen, bedurfte es mehr als des Austausches wohlgesetzter Worte zwischen London und Madrid. Man brauchte dazu Männer, die bereit waren zu sterben oder ein Vermögen zu gewinnen, indem sie den Mut der Spanier auf die Probe stellten. Und solche Männer waren nur schwer von einem einmal eingeschlagenen Kurs abzubringen.

Schließlich regte sich auch Warrens Kaltblütigkeit. »Wir haben in der Vergangenheit auf Risiko gespielt und gewonnen. Warum nicht jetzt? Sollen wir vor einer Beute kneifen, wenn sie durch Gottes Gnade direkt vor unserer Nase liegt? Gott gab uns einen freien Willen und die Kraft zu wählen. Müssen wir denn der Versuchung immer widerstehen?«

Drake faßte sofort nach: »Ich sage, wir nehmen Vera Cruz auseinander!«

Hawkins richtete sich in seinem Stuhl auf. »Wenn vom Eigentum des spanischen Königs auch nur für ein Grot Silber in unsere Taschen wandert, werden wir von Ihrer Majestät als Piraten und gemeine Diebe angeklagt. Und das mit Recht. Ich möchte Euch alle daran erinnern, daß die *Jesus* und die *Minion* Schiffe Ihrer Majestät sind. Wollt Ihr sie der Königin stehlen? Ich jedenfalls werde das nicht zulassen.«

»Die Spanier schulden uns mehr als einen Grot, Generalkapitän«, sagte Hampton finster.

»Amyas war ein guter Seemann und ein Leben lang mein

Freund«, knurrte Barrett. »Das spanische Gold würde seiner Witwe und seinen sieben unmündigen Söhnen sehr gut tun.«

»Aye. Und wir holen uns eine Entschädigung für die Verluste, die sie unserem Handel zufügen«, ergänzte Warren.

Hawkins, der seinen Becher zum Mund führte, erstarrte plötzlich in seiner Bewegung. Seine freie Hand rückte in die Nähe seines juwelenbesetzten Dolchgriffs. »Dann sagt mir bitte: Mit wem esse ich hier zu Abend? Mit Ehrenmännern? Oder mit *Dieben*?«

»Kann ein Mann nicht beides sein?« flüsterte Drake und legte die Hand auf sein Messer.

»Nein, das kann er nicht!«

»Ich sage, er kann!«

»Du sollst nicht stehlen!«

»Du sollst nicht töten!«

In der plötzlich einsetzenden Stille spürte Hawkins das Pochen in seinen Schläfen, scharf und stechend. Unter dem Tisch zogen beide Männer ihre ausgestreckten Beine an. Wenn jetzt einer ausfallend wurde, war der andere gezwungen, blank zu ziehen.

»Das bedeutet Krieg, Francis!«

Richard Tavistocks Stimme klang klar, vernünftig, beruhigend.

Drake warf ihm einen zornigen Blick zu, entblößte die Zähne und schlug mit der Faust auf den Tisch. »Zum Teufel! Wir sind schon jetzt verdammt nah am Krieg!«

»Aber wir sind nicht *im* Krieg.« Betont vorsichtig setzte Hawkins seinen Zinnbecher ab. »Gunner, wann soll die spanische Flotte hier eintreffen?«

»Señor Villanueva sprach davon, daß sie bereits zwei Tage überfällig ist, General«, antwortete John Tavistock.

Drake, dessen Schultern so breit waren wie die Schmalseite des Tisches, fuhr mit der Hand durch die Luft, als finge er eine Fliege. »Wir schnappen sie uns, egal wann sie kommt!«

»Diese Gelegenheit schickt uns der Himmel, General«, meinte Warren zuversichtlich.

Hawkins beurteilte die Lage anders. Ein falscher Schritt, und England könnte sich im Krieg befinden, dachte er und unterdrückte seinen Ärger über Warrens Gerede. »Bei diesem ungünstigen Wetter«, sagte er, »könnte es sein, daß die *flota* überhaupt nicht kommt.«

Drake wandte sich flehentlich an die Runde: »In diesem Fall hätten wir Zeit für die Reparaturen, für die Proviantierung – und wir könnten uns von den Schätzen in Vera Cruz nehmen, was uns an Schadenersatz rechtens zusteht!«

»Rechtens zusteht? Nein, Master Drake! Das Gesetz der Königin –«

»Das Gesetz der Königin gilt hier nicht, General! Sie sitzt in London, 4800 Meilen weit von hier!«

»Immer noch nah genug, um Euren Kopf auf eine Pike zu spießen.«

»Und den Euren auch.«

»Der General gab dem Bürgermeister sein Wort«, sagte Hampton, »daß wir bezahlen, was wir bekommen und friedlich abziehen werden. Wollt Ihr auch seine Ehre besudeln, indem er wortbrüchig werden soll?«

»Zum Teufel mit diesem Hokuspokus!«

»Das reicht!«

Alle Augen waren auf Hawkins gerichtet, und er hielt ihren Blicken stand. Jetzt habe ich sie in der Hand, dachte er. Nun muß ich ihnen nur noch meinen Willen aufzwingen. Drohend beugte er sich vor und richtete das Wort an Drake. »Damit Ihr mich versteht, Sir. Ich dulde diese verräterischen Reden nicht auf meinem Schiff. Weder von Euch noch von einem anderen!«

Seine Augen hielten Drakes Blick gefangen. Drake wurde unsicher, und schließlich hatte der ältere den jüngeren bezwungen. Etwas gelassener fuhr Hawkins fort. »Der König von Spanien hat uns den Brotkorb etwas höher gehängt, aber so wird es nicht immer bleiben. Die Siedler in Westindien haben gezeigt, daß sie am Handel mit uns sehr interessiert sind. Die Gewinne sind gut. Also brauchen wir nur etwas Geduld, bis sich die Beziehungen zwischen dem englischen und dem spanischen Königshaus wieder freundlicher gestalten, was sie letzten Endes müssen. Und dann werden wir höchstwahrscheinlich eine reguläre Konzession für Westindien erwirken können. Vergeßt nie, daß wir Kaufleute sind, und daß es unser Ziel ist, einen festen, anerkannten Anteil am Handel mit der Neuen Welt zu erwerben.«

»Ich stimme Euch zu, General«, sagte Hampton. »Wenn wir durch den Spanier zu Schaden gekommen sind, muß er zahlen, und er wird am teuersten bezahlen auf lange Sicht. Wir haben auf dieser Reise guten Gewinn gemacht. Laßt uns nach Hause fahren. Und die Gans, die die goldenen Eier legt, heben wir uns für morgen auf.«

Hawkins sah, wie sich Drake verdrossen zurücklehnte, aber dennoch zustimmend mit dem Kopf nickte. Vielleicht, dachte Hawkins, fällt ihnen jetzt wieder ein, wer hier zu bestimmen hat.

Hawkins' scharfer Verstand hatte das eigentliche Problem und die möglichen Folgen klar erkannt. Gut, wie sparsam, ja knauserig die Königin war, wußte jeder. Bei Hof hieß es, daß man ihr mit Diamanten schmeicheln konnte. Was würde der Privy Council wirklich tun, überlegte Tavistock, wenn in einem Vierteljahr eine Flotte in England einträfe mit einer Ladung Juwelen und Gold, von der ganz England fünf Jahre lang finanziert werden könnte? Was für eine Frage! Aber die Königin muß einen Krieg vermeiden. Das vor allem. Ziel ihrer Regierung ist es, dem Land nach den Ausschweifungen von König Heinrich und der tyrannischen Mary wieder zu Wohlstand zu verhelfen. Elisabeth weiß genau, daß Krieg der kostspieligste Zeitvertreib ist. Ein Krieg mit ihrem mächtigen Schwager Philipp könnte sie den Thron kosten. Elisabeth würde alles tun, um das zu vermeiden. Nein. Selbst wenn wir zehn Vera Cruze plünderten, würde sämtliches Gold und Silber mit der Bitte um Entschuldigung zurückgegeben, und unsere Köpfe würden die Eisengitter der Tower Bridge zieren, sobald wir einen Fuß an Land gesetzt hätten.

Noch bevor das Essen beendet war, verlangte Hawkins Feder und Tinte.

»Es ist beschlossene Sache. Übergebt dies Euren Mannschaften und teilt ihnen mit: Kein Mann darf näher als zehn Schritt an eines der hier liegenden spanischen Schiffe heran, mit Ausnahme jener Boote, die unsere Schiffe verproviantieren. Kein Mann betritt das Festland ohne Befehl der Proviantmeister. Den Männern ist bei Todesstrafe verboten, von Gold, Silber oder ähnlichen spanischen Schätzen zu sprechen. So lautet mein Befehl, von mir unterzeichnet am heutigen Donnerstag, den 16. September AD 1568. Sorgt dafür, daß er befolgt wird.«

Richard Tavistock kehrte auf die *Swallow* zurück, ließ seine Männer mit Musketen antreten und beauftragte drei Sergeanten, die Hurenhäuser durchzukämmen und die sinnlos Betrunkenen mit Meerwasser nüchtern zu machen. Dann verlas er vor seiner dreiunddreißig Köpfe zählenden Mannschaft den Befehl des Generalkapitäns. Er klang plausibel, auch wenn er nicht durchführbar war. Er machte Hawkins' Wünsche klar, setzte aber gleichzeitig eine Lunte an einem gewaltigen Pulverfaß in Brand. Je länger sie in San Juan de Ulua blieben, um so kürzer würde diese brennende Lunte, bis irgendein armer Teufel als abschreckendes Beispiel an einer Rah aufgeknüpft würde. Auf der *Jesus* brauchte man mindestens noch eine Woche, bis genügend Wasser und Vorräte übernommen waren. Tavistock wußte, daß er seine Leute während dieser Zeit beschäftigen mußte, daß ihnen keine Sekunde Zeit zum Nachdenken blieb. Das würde tagsüber schon schwierig werden, aber nahezu unmöglich nach Einbruch der Dunkelheit.

Am frühen Abend, im Schein des aufgehenden Vollmonds, ging er wie gewöhnlich auf die ihm inzwischen vertraute Kommandobrücke. Er hatte Leibschmerzen von den unreifen Früchten, die er gegessen hatte und ließ einen Wind fahren. Der größte Teil seiner Mannschaft war an Bord und schlief; nur ein Mann von der Wache ging langsam auf Deck hin und her, wohlwissend, daß sein Kapitän dort oben stand.

Herrgott, ich hasse diesen Ort, dachte Tavistock. Ich wünschte, wir setzten Segel und liefen aus. Jetzt, noch heute abend. Schon wieder ist ein Monat vergangen, und wir sind weiter von zu Hause entfernt denn je. Wie spät ist es jetzt in Plymouth? Ob Jane schläft oder Harry stillt? Vielleicht ist er schon entwöhnt. Ja, natürlich. Er ist ja schon fast zwei Jahre alt. Und diese Reise dauerte fast sein halbes Leben. Jane ist jetzt zwanzig. Sie hat langes blondes Haar und ist schlank wie eine Weidengerte. Wie leicht man doch vergißt. Es müßte einen Zauber geben, mit dem sich ein Mann am Sonntag heimhexen könnte – nur an einem von sieben Tagen, nur um nachzusehen, ob alles in Ordnung ist. Da hat der liebe Gott etwas übersehen, als er die Seeleute schuf, damit sie seine Meere befahren. Wieviel leichter fände ich meinen Seelenfrieden, wieviel tröstlicher wäre es für Jane! Jane ist zart, aber willensstark. Sie weiß, was es heißt, die Frau eines Seemanns zu sein, und das Wiedersehen nach einer langen Reise ist schließlich auch ein ganz besonderes Erlebnis.

Der Vollmond kämpfte sich im Osten durch Wolkenfetzen, die ein Gewitter ankündigten. Tavistock ignorierte die Müdigkeit in seinen Muskeln und unternahm noch einen letzten Rundgang, bevor er sich in seiner Kajüte schlafen legte.

Er verbrachte eine unruhige Nacht. Das Brüllaffenpärchen in seinem Käfig am Bug kreischte jedesmal, wenn sich die Wache an Deck bewegte, und der Wind trug das Donnergrollen eines Seegewitters landeinwärts. Die ganze Nacht plagten ihn teuflische Visionen. In der schwankenden, knarzenden Dunkelheit, die er draußen auf See als so beruhigend empfand, erschienen ihm nur Bilder des

Schreckens: lebendige Skelette des Totentanzes; die Scheiterhaufen vom Smithfield, die er brennen gesehen hatte, den
verwesenden Kopf von Francis Drake auf dem Verräterstock
über der Themse, dem schwarze Krähen die Augen aushack-
ten.

Als endlich das Licht der Morgensonne blutrot durch seine
Fensterblenden fiel, stand er auf und zog seine Stiefel an. Der
Wind hatte abgeflaut und es regnete. Die dicken schweren
Tropfen erfrischten ihn, als er über das Hauptdeck ging und
die Laschings überprüfte, mit denen die Beiboote des Schiffes festgezurrt waren. Der Wind trug den fauligen Geruch
des Dschungels herüber, und das Deck war gesprenkelt von
prächtigen grünen Faltern, die von den Laternen angelockt
und im wolkenbruchartigen Regen ertrunken waren. Er sah
die regendurchweichte Abschrift von Hawkins' Order, die er
an die Außenwand des Mannschaftsquartiers genagelt hatte.
Keiner hatte sie angerührt. Obwohl seine Männer nicht lesen
konnten, diente dieser Fetzen sowohl als Mahnung, denn ge-
schriebene Gesetze fürchteten die Leute, wie auch als Stim-
mungsbarometer, das ihm Auskunft über die Moral seiner
Mannschaft geben konnte.

»Kapitän! Kapitän!«

Blitzschnell drehte er sich um und blickte, seine Augen mit
der Hand gegen die Helligkeit schützend, nach oben. Momfrey, der Schiffsjunge, beugte sich am Großmasttopp vor und
gestikulierte wild.

»Was ist los, Junge?«

»Schiffe, Kapitän! Schiffe! Bestimmt hundert. Halten aus
Norden auf uns zu. Entfernung drei Seemeilen!«

Tavistock war mit einem Schlag hellwach. »Wie viele?«

»Ich kann's nicht genau sagen, Sir.«

Und ich kann sie von hier unten nicht sehen, dachte er fluchend. Aber der Junge kann nicht zählen. Sieht er nun etwas
oder gerät er nur wegen eines Küstenfahrerkonvois aus dem
Häuschen?

Er schwang sich in die Webleinen und kletterte die Wanten

hinauf, ziemlich unbeholfen in seinen Stiefeln. Als er die runde Holzplattform auf halber Höhe des Großmasts erreicht hatte, drehte er sich um. Der Anblick, der sich ihm darbot, nahm ihm den Atem.

Dort, unter vollen Segeln, rauschte eine gewaltige Viermast-Galeone heran; eine halbe Meile hinter ihr eine zweite und noch eine und noch eine. Neben den kleineren Schiffen zählte Tavistock insgesamt dreizehn Großschiffe. Um die Flaggen zu erkennen, waren sie noch zu weit entfernt.

Es ist die *flota*! Und sie kam im denkbar ungünstigsten Augenblick: das Beladen kaum begonnen, unsere Schiffe in Unordnung. In einer Stunde könnten sie hier sein.

»Ingram! Tide! Und du, Fleming! Gebt den anderen Schiffen Bescheid, daß die spanische Flotte kommt.«

Alarmsignale schallten über die englischen Schiffe; die Pfeifen der Bootsmänner schrillten und schickten die Männer auf die Laufplanken und hinauf in die Takelage. Die Geschützmannschaften rannten zu ihren Stellungen auf der Insel. Von einer spanischen Karacke holten sie sich sechs Vierzehnpfünder, um ihre Verteidigung zu verstärken. Hawkins schickte Tavistock unter einer Parlamentärsflagge los, um den Admiral zu informieren.

»Sag ihm, daß ich diese Küstenbatterien kontrolliere und daß ich ein Abkommen mit ihm brauche, bevor ich ihn hereinlassen kann. Ich vertraue darauf, daß du mein Ansinnen in die richtigen Worte kleidest.«

»Wie ich es ihm auch beibringe – es wird ihm nicht gefallen.«

»Es wird ihm noch weniger gefallen, wenn wir ihn wegen mangelnder Verhandlungsbereitschaft draußen lassen.«

»Können wir das?«

»Mit Gottes Hilfe und der Schießkunst deines Bruders.«

»Aber wenn wir ihm den Zugang zu seinem eigenen Hafen verweigern, werden seine schwerbeladenen Handelsschiffe sinken, sobald der Wind auffrischt«, warf Tavistock ein.

»Dann wird er verhandeln müssen, zu unseren Bedingungen.«

»Der Hidalgostolz wird niemals –«

Hawkins riß die Geduld. »Jetzt komm mir nicht mit dem Hidalgostolz! Ihr Admiral ist verantwortlich für Schiffsladungen im Wert von zwei Millionen Pfund. Er wird es nicht riskieren, sie zu verlieren. Nun mach dich schon auf den Weg!«

Tavistock ging, während ihm die märchenhafte Summe im Kopf nachhallte. Zwei Millionen Pfund war mehr, als die englische Krone in *zehn Jahren* an Steuern kassierte...

Knapp eine Stunde später kehrte seine Pinasse zum vereinbarten Verhandlungsort auf der Insel zurück mit einem sich sehr aufrecht haltenden Abgesandten in eleganter spanischer Tracht in Weinrot und Gold: ein Kapitän mit Rapier und weißer Spitzenhalskrause, der fließend Englisch sprach.

»Ich bin Vizeadmiral Hector de Ortega und vertrete Admiral Don Francisco de Luzon und Seine Exzellenz Don Emilio Martinez, den designierten Vizekönig von Neu-Spanien. Ich überbringe die Grüße Seiner Exzellenz. Er läßt fragen, mit welchem Recht Ihr glaubt, Euch hier aufhalten zu dürfen, und er fordert Euch auf, seinen Hafen umgehend zu verlassen.«

Bei der Erwähnung des Vizekönigs krampfte sich Hawkins' Magen zusammen. Wenn er sich tatsächlich an Bord befand, dann bekam er es mit König Philipps persönlichem Vertreter in der Neuen Welt zu tun. Er sah die arrogante Haltung von Ortega und wußte, daß ihn eine grausame Wendung des Schicksals plötzlich an den Rand einer Katastrophe geführt hatte.

»Dann geht Ihr auf unsere Bedingungen ein?«

Ortega trat steif und förmlich einen Schritt vor. Sein Mund verriet die Geringschätzung, die er für die Engländer empfand. »Ich bedaure, sagen zu müssen, *Capitán*, daß Eure Forderungen abgelehnt sind. Eure Schiffe werden unseren Hafen binnen einer Stunde verlassen.«

Der nächste Schritt war unvermeidlich. Hawkins schüttelte den Kopf.

»Das kann ich nicht, Sir. Bitte, teilt Seiner Exzellenz mit, daß seine Schiffe im Augenblick nicht in der Lage sind, mir etwas zu diktieren. Meine Bedingungen müssen erfüllt werden.«

Ortega wußte seine Empörung tapfer zu verbergen. »Ist das Euer letztes Wort, *Capitán*?«

»Ja.«

»Dann werde ich es wahrheitsgetreu Seiner Exzellenz übermitteln.«

Hochmütig wandte er sich ab und ging. Tavistock sah ihm nach und erwog dabei die Verteidigungsstärke der Insel. Ohne es zu wollen, war er von der als so selbstverständlich vorausgesetzten Überlegenheit des Spaniers beeindruckt.

Drake, dem schon der Anblick dieses Aristokraten zuwider war, sagte leise: »Sie sind ein Rudel verräterischer Hunde. Wir müssen sie versenken, um uns zu retten. Wir machen sie fertig, John. Ich flehe dich an! Eine bessere Chance bekommen wir nie wieder.«

Hawkins durchbohrte ihn mit seinem Blick. »Sie werden wiederkommen – zu unseren Bedingungen.«

»Du willst sie hereinlassen?« zischte Drake. »Sie werden unsere Taue kappen und uns stranden lassen, ehe du dich umsiehst.«

»Wenn sie ein Dutzend ihrer Herren als Geiseln stellen und uns die Kontrolle über die Inselbatterien zugestehen, werde ich sie hereinlassen.«

»Ihr könnt ihnen nicht trauen, Kapitän.«

»Ich hoffe, daß Ihr Euch irrt.«

Etwas später fuhr Tavistock noch einmal zu Ortega, um die Antwort des Vizekönigs zu holen. Die Spanier erklärten sich mit wohlgesetzten und honigsüßen Worten mit allen Bedingungen einverstanden. Sie schickten zwölf Geiseln, und am Montag abend liefen die ersten Schiffe der *flota* ein.

Vom höchsten Deck des Flaggschiffs *San Felipe* schaute Don Emilio Martinez, eine große, gutaussehende Erscheinung mit dunklem Haar, dunklem Teint und stahlgrauem Bart befriedigt den Vorbereitungen für die Landung zu. Der Wind hatte aufgefrischt, und der Himmel, noch vor einer Stunde wolkenlos, verdunkelte sich erneut. Unter ihm stiegen die letzten Passagiere in die Boote, darunter Dominikaner- und Jesuitenmönche, die Sekretäre und der Stab der Casa Contratación und natürlich die Frauen.

Eben kletterte die entzückende Maria de Escovedo vorsichtig in das Boot. Sie war die Reisebegleiterin seiner Gemahlin, Dona Isabella, und neben ihr die einzige Frau an Bord der *San Felipe*. Und als welche Marter hatte sie sich für jeden Mann an Bord erwiesen! Luzons hartgesottene Männer hatten die Peitsche riskiert und sich am Schandeck herumgedrückt, wann immer sie auf der offenen Promenade, die am Achterdeck entlangführte, erschien. Zusammen mit den anderen Frauen und den Nichtkombattanten, die mit der *flota* nach Westindien gereist waren, wurde sie nun nach Vera Cruz gebracht, wo sie sich in Sicherheit befinden würde. Und das ist notwendig, dachte er, genoß die Aussicht und den Gedanken an seinen bevorstehenden Triumph.

Es hatte einige Tage gedauert, bis alle Schiffe an dem völlig überbelegten Anlegeplatz festgemacht hatten; aber am Donnerstag morgen war alles geschafft, und die englischen Schiffe saßen wie die Fische im Netz. Die Piraten hatten fast drei Tage Ladezeit verloren, die sie nun so rasch wie möglich wettzumachen versuchten, um, was man verstehen konnte, so schnell wie möglich auszulaufen.

»Wer sind diese Engländer, die sich so erdreisten?« hatte er Luzon gefragt.

»Sklavenhändler, Exzellenz«, hatte der Admiral voller Abscheu geantwortet. Er trug seine scharfgeschnittene Nase in seinem Falkengesicht recht hoch und benutzte seine altersmäßige Überlegenheit und seine Position als absoluter Herr der *flota*, um ihn, den Vizekönig, einzuschüchtern.

»Sie sind hier gut bekannt und kommen jedes zweite Jahr in unsere Gewässer.«

»Dann wurde ihnen eine Handelserlaubnis gewährt?« hatte er unsicher gefragt. »Besitzen sie eine Lizenz wie einige portugiesische Kaufleute?«

Luzon hatte gelacht. »Nein, Don Emilio. Hawkins hat oft versucht, uns den offiziellen Segen für seine Fahrten nach Westindien abzuschmeicheln. Er hat Bestechungsgelder gezahlt, alle möglichen Schliche ersonnen. Er hat sogar angeboten, seine Schiffe Seiner Majestät im Kampf gegen die Türken und Franzosen zur Verfügung zu stellen.«

»Gott strafe ihre Unverschämtheit!«

»Sie kommen hierher mit Sklaven, die sie aus Portugiesisch-Guinea geraubt haben.«

»Und die unsere Kolonisten liebend gern unter der Hand kaufen, wann und wo sie können, nicht wahr?«

»Nur unter Zwang, Exzellenz.«

»Und vielleicht auch, um die *alcabala* zu umgehen, Don Francisco?«

Luzon hatte gelächelt. »Westindien ist eine scheußliche Gegend, Exzellenz, voller Gefahren, und bietet einem zivilisierten Menschen nur wenig Angenehmes. Kein Mann kommt hierher ohne den Gedanken, sich zu bereichern – es sei denn, er muß.«

Don Emilio war sehr verärgert über diese Bemerkung. Schon während der Überfahrt hatte er sich gewiß hundertmal geschworen, diesem Luzon etwas von seiner Arroganz auszutreiben, sobald die *flota* Vera Cruz erreichte und unter seine Zuständigkeit fiel.

Es war kurz nach neun Uhr, als Don Emilio zusah, wie die letzte der Damen ihre Röcke hob und in das Boot einstieg. Er ärgerte sich über die Ungelegenheiten, die ihm die Engländer verursacht hatten. Ich könnte bereits auf dem Weg nach Ciudad de México sein, dachte er, und die Gesellschaft schöner Frauen genießen, wären nicht diese verfluchten Piraten gewesen. Es sind Ketzer ohne jede Achtung vor dem Gesetz. Aber hier bin *ich* das Gesetz! Mit Gottes Hilfe werde ich die Engländer noch vor Sonnenuntergang an Fleischhaken hängen sehen. Zumindest liefern sie mir genau den Vorwand, auf den ich gewartet habe, um den Admiral nach meiner Pfeife tanzen zu lassen. Und es werden die Schiffe des Admirals sein, die mir meinen ersten Sieg bescheren!

Die Vorbereitungen dazu waren fast alle getroffen. Am Abend zuvor hatte er den Mörder Villanueva empfangen und ihm die Begnadigung versprochen als Belohnung für einen Gefallen. Drei Schwimmer waren ertrunken, die einen geheimen Brief zu Don Luis Zegri bringen sollten, der im Augenblick in aller Stille tausend Soldaten aus der westindischen Garnison versammelte und sie an Bord der Karavelle schmuggelte, die in der Meerenge vor Anker lag. Ein großes 900-Tonnen-Schiff wurde heimlich mit Kanonen beladen und in seine Seitenwände wurden Stückpforten geschnitten, so daß die Geschütze auf Ortegas Signal hin auf den Feind gerichtet werden konnten. Eben jetzt wurde dieses Schiff, in dessen Bauch sich 300 bewaffnete Soldaten versteckt hielten, neben das englische Sklavenschiff *Minion* gewarpt.

Plötzlich erschien Ortega in Begleitung eines Piraten.

»Der englische Generalkapitän hat diesen Mann geschickt und verlangt ein weiteres Entgegenkommen, Exzellenz«, meldete er förmlich.

»Tatsächlich?«

Für einen Engländer war der Mann erstaunlich dunkel. Er war dem Vizekönig schon mehrmals aufgefallen, als er ihn bei den Küstenbatterien arbeiten sah, die die Engländer so eifersüchtig bewachten. Er hatte Ortega sogar gebeten herauszufinden, ob der Mann ein Deserteur war und insofern vielleicht von Nutzen sein könnte – ebenso wie Villanueva.

»Worum geht es?«

»Mit Verlaub, Exzellenz. Mein General zählt zu viele Männer, die auf der Insel kommen und gehen. Es sind mehr als vereinbart waren. Er bittet Euch, sie an Bord zurückzubeordern.«

Don Emilio war entrüstet über ein so unbotmäßiges Ansinnen, noch dazu vorgebracht in miserabelstem Spanisch und von einem Mann, der eindeutig kein Edelmann war.

»Diese Männer sind – Arbeiterkolonnen meines Admirals. Sie sind nötig für einen geordneten Arbeitsablauf in seiner Flotte.«

»Dann kann ich meinem General berichten, daß Ihr sie zurückbeordert, Sir?«

Die Augen des Vizekönigs funkelten vor Zorn. »Dies ist ein spanischer Hafen. Hier bestimme ich.«

Die Engländer hatten bereits Don Emilios Versicherung akzeptiert, daß die Aktivitäten, die sie sahen, keine Bedrohung für sie darstellten, und ihre Zweifel mußten bereits zweimal mit vorsichtig formulierten Erklärungen zerstreut werden. Ihre Hartnäckigkeit wurde allmählich lästig, aber Don Emilio wußte, daß er seinen Unmut noch ein Weilchen zügeln mußte.

»Aber die Vereinbarung besagt genau –«

»Ja, ja. Sagt Eurem General, wir werden seiner Bitte nachkommen.«

Der Engländer rührte sich nicht von der Stelle.

»Nun?«

»Wenn Ihr verzeiht, Sir?«

»Was gibt es noch?«

»Ich bitte um Entschuldigung für mein schlechtes Spanisch, Sir, aber mein General fragt auch, warum der Kauffahrer dort neben unser zweites Schiff gebracht wird.«

Ortega wollte Don Emilio mit einer Antwort zuvorkommen. Seine Augen flackerten unruhig. Aber der Vizekönig winkte ab. Dennoch umspannte Ortegas Hand seinen Pistolengriff fester, als Don Emilio mit gekünstelter Leichtigkeit in der Stimme sagte: »Wie Ihr seht, ist der Ankerplatz überfüllt. Das Schiff, das Ihr meint, kommt nur längsseits, um Ladung zu löschen. Nichts weiter.«

Sobald der Engländer sich verneigt und zurückgezogen hatte, sagte Ortega: »Sie sind zu mißtrauisch. Ihr hättet ihn unter Deck in Ketten legen sollen, Exzellenz.«

»Geduld, Ortega.«

»Aber, Exzellenz –«

»In diesem Augenblick setzt sich der englische Piraten-häuptling mit Señor Villanueva zu Tisch. Ich vertraue darauf, daß Gott unser Vorhaben noch zwei Stunden länger beschützt.«

Ortega bebte vor Zorn. Er hatte die Anzeichen erkannt und hielt den Plan des Vizekönigs für viel zu ausgeklügelt, um ihn auszuführen, hatten die Engländer erst einmal Lunte gerochen.

Als sich Don Emilio zurückzog, ballte Ortega die Faust und hieb in ohnmächtiger Wut auf das Fockstag. Dann begab er sich auf den mit Soldaten vollgestopften Kauffahrer, bevor Don Emilios Plan in einem vollständigen Chaos endete.

Auf dem mit Silber gedeckten Tisch in der Kajüte der *Jesus* standen die erlesensten Delikatessen, die der Hafen zu bieten hatte. Barrett und Hampton saßen neben Richard Tavistock. Señor Villanueva und seine Begleiter, die beiden Priester, hatten ebenfalls Platz genommen. Villanueva hatte gebeten, sich in gebotener Form von Hawkins verabschieden zu dürfen, und Hawkins hatte zugestimmt. Tavistock fand es eine ziemlich eigenartige, wenn nicht unangemessene Geste. Heute hatten sie endlich begonnen, die Fässer und Säcke zu laden, die sie gekauft und auf der Insel gestapelt hatten. Morgen abend konnten sie Segel setzen und nach England auslaufen.

Nachdem Hawkins am Kopf der Tafel Platz genommen hatte, schenkte Chamberlain, der Steward, Madeira ein, den Villanueva spendiert hatte. Tavistock gratulierte seinem General insgeheim, weil er das Gefühl hatte, daß es ihm mit Diplomatie und entschlossenem Vorgehen gelungen war, ein tückisches Gewässer zu überqueren. Seine Schiffe waren in gutem Zustand; er hatte die nötigen Vorräte bekommen, wenn auch für teures Geld; und vor allem hatte er einen spanischen Edelmann aus altem Geschlecht, den Vizekönig von

Mexiko, überzeugt, daß ein geordneter Rückzug die beste Lösung für beide war. Er hatte Don Emilios Wort schwarz auf weiß – und all das hatte er erreicht, ohne daß ein einziger Schuß gefallen war. Warum, fragte sich Tavistock, waren seine Muskeln trotzdem so gespannt wie die Brassen eines Sturmtoppsegels?

Augustin de Villanueva hob seinen Becher.

»Auf unsere englischen Gäste und ihre huldvolle Königin!«

»Auf unsere Freunde in Westindien und den König von Spanien!«

Tavistock sprach diesen Toast nur murmelnd mit und trank. Kann man sich eine nettere Party vorstellen? dachte seine spöttische Hälfte. Warum sollen Engländer und Spanier nicht in Freundschaft Komplimente austauschen? Haßt du sie so sehr? Verdankst du nicht dein Haus in Plymouth dem spanischen Handel? Ist es nicht spanisches Gold, mit dem du dir ein eigenes Schiff kaufen wirst, sobald du wieder zu Hause bist? Mach mit! Lächle! Sei höflich zu den Gästen des Generals.

»Auf John Hawkins aus Plymouth – einen vortrefflichen Generalkapitän!«

»Und auf Euch, Señor Villanueva – einen ehrlichen Dolmetscher!«

Tavistock hob seinen Becher, aber diesmal brachte er es nicht über sich, ihn an die Lippen zu führen. Es war auch ein Spanier, dem du dein erstes Kommando verdankst, schrie sein argwöhnisches Ich zurück. Es war spanisches Eisen, das Amyas Poole die Eingeweide herausriß. Und spanischer Verrat wird die ganze Flotte vernichten! Sieh dich um. Mach endlich die Augen auf! Hör auf, dir etwas vorzumachen. Sie haben die Abmachung bereits gebrochen. Sie schieben ihre Schiffe in der Einfahrt hin und her. Auf der Insel wimmelt es von Spaniern, alles große, gutgenährte Männer, die einem nie in die Augen sehen, die allesamt Sklavenarbeit verrichten. Das paßte nicht zusammen.

»Auf Eure ausgezeichneten Kapitäne: Mögen sie nie ein Schiff im Sturm verlieren.«

»Auf die heiligen Väter, die Dominikaner. Ich wollte, sie verstünden Englisch.«

Es sind Soldaten! Sie warten nur darauf, über uns herzufallen! Als die Becher klirrend anstießen, sah Tavistock blanken Stahl aufblitzen. Villanuevas rechte Hand lag verdeckt unter der Spitzenrüsche auf seinem Schoß; durch eine geschickte Bewegung des Unterarms war die glänzende Spitze eines neun Zoll langen Dolchs aus dem Ärmel geglitten.

Hawkins beugte sich vor, ohne zu ahnen, daß der Spanier einen Dolch in der Hand hielt. Verzweifelt erkannte Tavistock, daß Villanueva bereit war zuzustoßen. Tavistock saß zu weit entfernt, um Villanueva aufzuhalten, und wenn er Hawkins warnte, würde der Mann vorschnellen wie eine Stahlfeder. Zum Überlegen blieb keine Zeit. Er mußte das Leben des Mannes retten, der zu ihm wie ein Vater gewesen war...

Tavistocks Instinkte kamen seinem hilflosen Gehirn zuvor. Ohne Vorwarnung versetzte er Hawkins einen Kinnhaken, der diesen rücklings vom Stuhl kippte. Der rote Wein aus dem Becher des Generals floß über den Tisch, während der Dolch verschwand. Dann sprang Tavistock zur noch größeren Verwirrung der Gäste Villanueva an die Kehle.

»Er hat ein Messer!« schrie Hawkins' Steward. Hampton hielt Tavistock am Ärmel fest.

»Er ist verrückt geworden!« rief Barrett, während die Mönche von ihren Stühlen aufsprangen.

Dann riß Villanueva die Hand hoch zum tödlichen Stoß. Der Dolch sauste durch die Luft und fuhr tief in Tavistocks Uniformrock, aber es gelang Tavistock, mit einer behenden Drehung dem Stoß auszuweichen; gleichzeitig schüttelte er Hampton ab. Dann drückte er mit einem eisernen Griff Villanuevas Arm weit nach hinten. Inzwischen hatte sich Hawkins aufgerappelt. Er stürzte quer über den Tisch, packte Villanueva am Handgelenk, und der Dolch fiel auf den Tisch.

Der Steward griff sofort danach und hielt ihn an den Hals des Mörders. Die Mönche standen wie angewurzelt.

Nun wurde die Tür aufgerissen und Bowen stürzte mit zwei kräftigen Zimmermannsmaaten in die Kajüte, die instinktiv sofort die beiden Mönche packten. Hawkins zwang Villanueva, ihm in die Augen zu sehen, die vor mörderischer Wut blutunterlaufen waren. Er schlug den Kopf des Spaniers gegen die Kajütenwand.

»Verlogener spanischer Schweinehund!«

Villanueva rang nach Atem. Er schwitzte und kochte vor Zorn über sein Versagen. »*Inglés inmundicia!*« stieß er zwischen zusammengebissenen Zähnen hervor und spuckte aus. Hawkins trat zurück und holte aus. Villanuevas Kopf kippte zur Seite. Er verdrehte vor Schmerz die Augen und brach zusammen.

»Bowen! Sperr ihn ein, bevor ich ihn umbringe! Sperr sie alle ein!« Er riß sich die vom Wein durchnäßte Samtjacke vom Leib, nahm seine Armbrust von der Wand und stürmte an Deck.

Tavistock befühlte die Stelle auf seiner Brust, wo die Dolchspitze durch das Lederwams sein Hemd aufgeschlitzt hatte. Er hatte nur einen leichten Kratzer abbekommen. Dann rief er nach dem Waffenmeister.

»Geschütze gefechtsbereit machen und Alarm schlagen! Bowen! Such den Trompeter und versammle die Männer an Bord!«

Er folgte Hawkins nach draußen und sprang nach ihm auf das Deck der *Minion*. Neben der *Minion* hatte das große spanische Handelsschiff eine am Vordeck befestigte Trosse über einen Ringbolzen auf den Kai geworfen, und fünf Männer, einer davon war Ortega, zogen mit aller Kraft daran.

»Der Teufel soll euch Spanier holen!« schrie Hawkins und schoß seine Armbrust ab. Ortega taumelte, als der Mann neben ihm von einem Arkebusier der *Minion* in die Brust getroffen wurde und den Vizeadmiral mit Blut bespritzte.

»Santiago!« schrie Ortega herausfordernd zurück. Der spanische Schlachtruf setzte sich über die gesamte Flotte fort, und Hunderte der Männer des Vizekönigs strömten zusammen. Trompetensignale schmetterten, und die englischen Seeleute erschienen auf den Decks – einige im Brustharnisch, andere banden noch im Laufen ihre Helme fest. Alle waren bewaffnet.

Der spanische Kauffahrer hatte mit Wurfankern an der *Minion* festgemacht. Spanische Soldaten schwangen sich an Seilen, die an den Rahen befestigt waren, auf das Deck und drangen mit Säbeln und Spießen auf die Verteidiger ein. Dichtes Musketenfeuer strich über das Deck, und die Männer der *Minion* fielen wie die Fliegen. Noch bevor die volle Wucht des Angriffs einsetzte, zogen sie sich zurück. Hawkins fiel mit einem Dutzend Männer zurück, um Unterstützung von der *Jesus* anzufordern.

Tavistock war plötzlich abgeschnitten. Er stand mit dem Rücken zum Vorderkastell und hieb wild und in verzweifeltem Kampf mit einem Kappbeil um sich, bis der Gegenangriff kam und die Spanier von einem Kugelhagel, der vom hohen Achterschiff der *Jesus* auf sie niederging, vertrieben wurden. Nun strömten die englischen Seeleute in das Durcheinander, aber durch ihren eigenen Angriff gerieten sie in eine Falle. Die erste Gruppe blieb mittschiffs auf der *Jesus* unter einem vernichtenden Kreuzfeuer vom Vorderkastell und Quarterdeck stecken, während die zweite Welle der Spanier anrückte und von allen Seiten angriff.

Mein eigenes Kommando? dachte Tavistock verzweifelt. Aber er hatte keine Zeit, jetzt an die *Swallow* zu denken. Vertrau darauf, daß deine Crew nicht den Kopf verliert. Wir müssen die *Minion* hier wegschaffen. Haltet die Spanier auf! Sie dürfen nicht noch einmal auf die Decks!

Der Pfeil einer Armbrust schwirrte an seinem Kopf vorbei und prallte von der Schiffsglocke ab. Er warf dem Mann, der ihm an nächsten stand, einem riesigen Schwarzen aus Guinea namens Boaz, sein Kappbeil zu.

»Die Bugleinen!«

Boaz rannte nach vorn und kappte mit zwei Hieben das dicke Hanftau. An Segelsetzen war nicht zu denken, ebensowenig an Manövrieren. Aber durch die Klüsen des achterlichen Kanonendecks liefen die Ankertrossen bis hinaus zu den Ankern. Tavistock befahl ein paar Männern, die Ankertrossen einzuholen und die *Minion* dabei vom Kai wegzuziehen. Auf diese Weise könnten sie den 300-Tonner frei bekommen.

Die Kanone auf der tiefgelegenen Insel donnerte los. Mit einem Blick zur Küste sah er, wie Luzons Männer die Geschützlafetten drehten und auf die englischen Schiffe zielten.

John! Wo ist John? dachte er, als er Roger Briscoe, den Waffenmeister der *Jesus* und den Seemann David Jordan liegen sah, beide erschossen. Überall auf der Insel waren spanische Soldaten über die Engländer hergefallen. Das Ufer war übersät mit Leichen. Hundert oder mehr lagen niedergemetzelt am Strand, und die See färbte sich rot von ihrem Blut. Bald hätte John keine Chance mehr, an Bord zu gelangen. Die *Minion* entfernte sich bereits von der *Jesus*, auf deren Decks es von Spaniern wimmelte.

Schweres Kanonenfeuer setzte ein. Kettenschüsse fegten von der Küstenbatterie herüber. Die Rahen der *Jesus* gingen zu Bruch, die Takelage zerfetzte, aber sowohl die *Minion* als auch die *Jesus* waren zwei Schiffslängen vom Kai weggekommen und trieben unter dem Druck des Windes langsam weiter hinaus.

Zitternd vor Wut sprang Tavistock auf das Flaggschiff. Er hob ein Entermesser mit einer dicken Klinge auf und stürzte brüllend drei bewaffneten Männern entgegen, die mit Hellebarden auf ihn eindrangen. Mit seinem Messer schlug er der einen die Spitze ab und traf mit derselben Bewegung den Morion des zweiten, daß die Funken sprangen, aber ein Schlag mit dem Hellebardenschaft des dritten warf ihn zur Seite, und schon wurde er von einem riesenhaften Spanier gegen das Schandeck gepreßt.

Er sah das Rapier, das auf ihn zielte, sah die weißen Zähne

des Spaniers, den glänzenden Harnisch, die Sturmhaube mit dem hohen Scheitelstück. Er spürte die Klinge in seiner Schulter, wie sie sich unter der Wucht des Stoßes krümmte und im Holz hinter ihm steckenblieb.

*Ich bin ein toter Mann*, dachte er, *angenagelt am Holz unseres eigenen Flaggschiffs.*

Tavistock zerrte an der Klinge, bis seine Hände bluteten, aber sie rührte sich nicht. Sein Gegner sah sich nach einer neuen Waffe um. Da setzte das Feuer der Küstenbatterie wieder ein und der riesige Spanier wurde von den Beinen gerissen. Trümmer und Takelwerk stürzten ringsum auf das Deck, aber der Spanier stand wieder auf und drang nun auf den jungen Martin Preston ein. Der Junge wehrte sich heldenhaft mit einem Bootshaken, doch er wurde fast sofort getötet. Herr Jesus! stöhnte Tavistock, als er das Gemetzel sah. Er hat ihn beinah in zwei Hälften gehackt! Aber noch bin ich nicht tot. Ich muß die Klinge herausziehen, und wenn es noch so weh tut.

Die Sekunden erschienen ihm wie höllisch lange Minuten, als das Rapier des Sergeanten in seiner Schulter knirschte, unmittelbar über dem Kratzer, den ihm Villanueva verpaßt hatte. Obwohl er sein ganzes Gewicht an die Toledoklinge hängte, wollte sie nicht brechen. Tavistocks Lederwams war blutdurchtränkt, das zerrissene Hemd darunter rot verfärbt. Der Spanier wandte sich wieder um.

Tavistock nahm seine ganze Kraft zusammen für einen letzten verzweifelten Versuch und schob seinen Körper über die ganze Länge des Rapiers von der Bordwand weg. Eine Woge des Schmerzes brach über ihn herein, als er am Parierbügel anlangte und die Klinge aus dem Holz sprang. Er konnte sie nicht aus seinem Körper herausziehen, aber er konnte sich wenigstens verteidigen.

Der Spanier ging mit einem Entermesser auf ihn los. Tavistock wich ungeschickt aus. Die Messerspitze verfing sich im Bügelgefäß des Rapiers, und er wurde zur Seite geschleudert. Mit ungeheurer Anstrengung trieb er seinen Gegner zurück und stieß sein eigenes Entermesser in den stiernackigen Hals des Spaniers, unmittelbar über dem Bruststück des Harnischs.

Der Mann taumelte. Dann stürzte er auf Tavistock zu, umklammerte ihn mit den Armen, fiel und begrub ihn unter sich. Tavistock spürte, wie die Klinge unter seinem Rücken federte, knickte und brach, als sie auf das Deck der *Jesus* stieß.

Ich muß Hilfe holen, sagte er sich. Ich muß die Klinge herausziehen und die Blutung stillen, muß jemand finden, der mir hilft. Er spürte seine Kraft und seine Wut schwinden und daß ihm die schreckliche Wunde langsam das Bewußtsein raubte. Ich muß hier raus! Ich darf nicht ohnmächtig werden, sonst wache ich nie mehr auf. Ich muß zurück zu meinem Schiff, muß meinen Bruder rächen...

Dann drückte ihm das Gewicht des toten Spaniers die Luft ab und er versank in Bewußtlosigkeit.

»Nicht schießen! Der Portugiese ist da unten!«

»Gott sei gelobt. Es ist der Gunner!«

John Tavistock erreichte die *Minion* und ließ sich aus dem Wasser ziehen. Als er nach Atem ringend auf dem blutverschmierten Deck lag, sah er, wie man die Leichen über Bord warf. Von seiner Geschützmannschaft war er der einzige Überlebende. Er sah Hawkins, der inzwischen seine Kampfausrüstung angelegt hatte und Befehle gab.

Du sturer Hund, dachte er wütend. Hättest du meine Meldung zur Kenntnis genommen, wären wir vorbereitet gewesen. Aber du wolltest ja nicht. Du glaubtest, die Spanier würden sich von deiner harten Verhandlungsführung beeindrucken lassen. Richard hat dir geraten, auf der Hut zu sein. Er hat versucht, dir klarzumachen, daß der Vizekönig Verrat plante. Nun haben zweihundert Männer für deine Sturheit mit dem Leben bezahlt.

»Wo ist mein Bruder?«

Hawkins drehte sich abrupt um. Eine häßliche Beule entstellte sein Gesicht. »Gunner!«

»Wo ist Richard?«

»Sein Schiff wurde erobert. Vielleicht hat es ihn erwischt.«

»Tot?« Das Wort traf ihn wie ein Hieb in die Magengrube.

»Wie wir alle, wenn du dich nicht hinter diese Kanonen klemmst!«

»Ich habe deinen Bruder auf der *Jesus* gesehen«, rief Bowen. »Er kämpfte wie ein Wahnsinniger, bevor wir getrennt wurden, um die Spanier von Bord zu jagen.«

Das Flaggschiff trieb dicht neben der *Minion*; Masten und Takelwerk waren völlig zerstört. Von Richard war nichts zu sehen, und auch sonst regte sich keine Menschenseele an Deck.

Trotz heftigen Feuers von der Küste war die *Minion* inzwischen gefechtsklar. Es war den Engländern gelungen, sie zwei Schiffslängen vom Kai wegzuziehen; dann hatten sie die Ankertrossen gekappt und Segel gesetzt. Beide Schiffe Ihrer Majestät waren jetzt außerhalb des Enterbereichs. Aber mit jeder Salve von den Inselbatterien wurden sie mehr in Stücke geschossen. Um die *Minion* zu schützen, führte sie Hawkins dicht an die *Jesus* heran, worauf der spanische Admiral seinen Schiffen befahl, abzulegen und hinter den Engländern aufzukommen, um sie in Grund und Boden zu schießen.

John Tavistock trieb seine Männer an die Arbeit. Er schickte die Pulverjungen hinunter in die Munitionskammer, um trockene Fässer und Kartätschen heraufzuholen. Und mitten in der tobenden Schlacht versuchte er, innerlich ruhig zu werden, um Kraft zu gewinnen, aber er stieß nur auf Empörung und Fragen. Er wußte, daß Richard keine Sekunde gezögert hatte, sich in den Kampf zu stürzen. Er hatte immer gesagt, wer im Kampf instinktiv handelte, sich Gott und seinem Schicksal überließ, sei sicherer als der, der sich vor den Kugeln duckte. Und das traf besonders zu, wenn der Instinkt durch jahrelanges Training geschärft war. John erinnerte sich daran und fand Zuflucht bei seinem eigenen Können. Er konzentrierte sich auf die Aufgabe, die vor ihm lag, versammelte seine Männer, zwang andere, für die, die an Land gefallen waren, einzuspringen. Methodisch wischten sie die Läufe der fünf Geschütze aus, luden sie mit Pulver, Werg und Geschoß, stopften die Ladung fest, brachten die Lunte an und stellten Scheitelkreis und Richthöhe ein.

Er rief hinüber zum Quarterdeck, wo der Navigator seine Bereitschaft signalisierte, die Zielrichtungsmeldungen des Gunners entgegenzunehmen. Der Gunner signalisierte mit der Hand: »Mehr backbord!«

Scharfe Kommandos und die schrillen Pfeifen der Bootsmänner hatten die Männer in die Takelage geschickt. Groß- und Focksegel waren bereits angeschlagen. Dann öffnete sich das Sprietsegel und als es sich blähte, schwenkte der Bug der *Minion* herum in eine Linie mit den spanischen Schiffen, die nun vor Johns Geschützmündungen lagen.

»Alle Geschütze! Feuer!«

Eine schier unendliche Pause entstand, während die fünf Zündschnüre gleichzeitig brannten. Dann erschütterte eine Explosion die Balken der *Minion*, und das ganze Mitteldeck füllte sich mit beißendem Pulverdampf. Die erste Breitseite ging daneben. Die Kugeln hüpften weiße Gischt aufwerfend über die Wellen. Die Geschützbedienungen luden sofort nach. Die zweite Breitseite traf.

Das Schiff des Admirals wurde unmittelbar über der Wasserlinie getroffen. Ein Schuß fuhr in die Pulverkammer, und die Detonation, mit der das Schiff auseinandergerissen wurde, erschütterte die ganze Reede. Männer wurden von der sengend heißen, orangeroten Explosion durch die Luft geschleudert, und über der ganzen Meerenge gingen brennende Trümmer nieder.

Tavistock riß sich gewaltsam von diesem Anblick der Verheerung los. Die Crew der *Minion* brach in lauten Jubel aus und Minuten später gleich noch einmal, als ihre Kanonen das Schiff des spanischen Vizeadmirals in Brand schossen. Eine Breitseite nach der anderen schlug in die großen Schiffe ein; ein spanisches Handelsschiff wurde getroffen und dann das

Flaggschiff des Vizekönigs, das zu sinken begann, aber im seichten Wasser auf Grund lief.

»Sie verbrennt mit Don Emilio an Bord!« schrie einer. Der Pulvergestank füllte Tavistocks Nase und die brüllenden Kanonen machten ihn taub. Er sah, wie sich die Segel von Drakes Bark, der *Judith* füllten, als sie in den Wind ging und seewärts lief.

Nun hast du, was du wolltest, Hawkins, dachte er vorwurfsvoll, und der Wunsch nach Rache beherrschte sein ganzes Denken. Die Spanier haben den Preis bezahlt, aber unsere Flotte ist zum Untergang verurteilt. Die *Angel*, die *Swallow*, die portugiesische Karavelle und die *Jesus* sind verloren; bleiben nur die *Minion* und die *Judith*. Gott strafe dich, Hawkins, für Richards Tod!

Auf der anderen Seite der Bucht vernahm Don Francisco de Luzon mit wachsender Unruhe die Meldung eines Seesoldaten. Der Sergeant hatte das brennende Flaggschiff in einem kleinen Boot verlassen, um ihm mitzuteilen, daß der Vizekönig nicht gewillt sei, an Land zu gehen.

Auf dem schmutzverkrusteten Gesicht des Mannes lag ein um Verzeihung heischender Ausdruck.

»Seine Exzellenz ist so wütend, daß er keine Vernunft annehmen will!«

Luzon fluchte leise. Er befahl dem Sergeanten, sieben Männer aufzutreiben und ebenso viele Ledereimer. Dann ließ er seinen Vizeadmiral kommen. Wenn etwas Don Emilio in seiner Raserei aufhalten konnte, so war es der Anblick von Ortega, dachte er belustigt. Gemeinsam fuhren sie zum Flaggschiff hinaus und fanden den Vizekönig, kreidebleich und wutschnaubend, Pistole und Degen drohend gegen die Engländer gerichtet, aber völlig machtlos.

Luzon befahl seinen Männern, das Feuer zu löschen so gut sie konnten.

»Exzellenz!«

Als der Vizekönig Ortegas ansichtig wurde, stieg ihm das Blut ins Gesicht.

»Santiago! Von meinem Schiff, du Feigling! Du verräterischer *bastardo*!«

Ortega erbleichte bei diesem Vorwurf, aber er wankte nicht.

»Ich hatte keine Wahl, Exzellenz! Man hatte uns entdeckt. Ich selbst wurde beinahe von einem Pfeil des englischen Generalkapitäns getötet. Mein Bootsmann wurde neben mir erschossen. Ich mußte das Signal geben.«

Ortega kniete demütig nieder. So ist es recht, sagte Luzon unhörbar zu seinem Kapitän. Auf die Knie. Du weißt, daß du das Signal zum Angriff eine Stunde zu früh gegeben hast. Wir waren noch nicht bereit. Wären wir mit allen Vorbereitungen fertig gewesen, hätten wir die Engländer und ihre Schiffe ebenso vernichtet wie die Geschützmannschaften auf der Insel. Statt dessen haben wir drei Großschiffe verloren, und die Engländer leben immer noch.

Ungläubig riß Don Emilio die Augen auf. »Der englische Seeräuber lebt! Ihr lügt! Hatte nicht Villanueva den Auftrag, ihn zu töten? Ihr habt das Signal gegeben, um Eure eigene elende Haut zu retten!«

»Durchaus nicht, Exzellenz. Der Plan war ihnen bekannt. Wir wurden betrogen. Ich schwöre es.«

Don Emilio zögerte, und in diesem Augenblick griff Luzon ein.

»Meine Männer haben die Küstenbatterien eingenommen. Seht, Exzellenz! Sie vernichten die englischen Schiffe.«

Der Vizekönig wandte sich um. »Was machen sie da? Wir lassen sie ja entkommen?«

»Exzellenz, sie sind schwer angeschlagen. Und sie können nirgendwohin.«

»Bereitet einen Brander vor!«

»Aber Exzellenz, der Wind –«

Don Emilios Augen brannten wie das höllische Feuer. »Ihr *wagt* es, meine Befehle in Frage zu stellen?«

»Gewiß nicht, Exzellenz.« Luzon packte Ortega, der immer noch kniete, am Rock. »Habt Ihr nicht den Befehl des designierten Vizekönigs gehört? Laßt sofort einen Brander bereit machen!«

Ortega warf Luzon einen hilflosen Blick über die Schulter zu, erhob sich und ging, um den Befehl seines Admirals auszuführen.

Auf der anderen Seite des Hafens schossen sich die Culverinen und schweren Kanonen auf die Engländer ein. Luzons Männer brachten das Feuer im Vorderkastell unter Kontrolle, so daß keine dringende Notwendigkeit mehr bestand, den Vizekönig von seinem Schiff herunterzuholen. Trotz des auffrischenden Nordwestwinds roch die Luft widerlich nach Pulverdampf. Durch die Rauchschwaden konnte Luzon sehen, daß es beiden englischen Schiffen durch ein Meisterstück an Seemannskunst gelungen war, eine Kabellänge – ungefähr zweihundert Schritte – seewärts zu laufen. Ihr Flaggschaff war zweifellos schwer angeschlagen, der Großmast geknickt, und noch während er hinüberblickte, brachen die Soldaten der Küstenbatterie in Jubelrufe aus, als der Fockmast der *Jesus* von einem Kettenschuß umgerissen wurde.

Das Schiff ist alt und morsch, dachte Luzon. Jetzt splittert der Rumpf. Sie wird bald sinken, und bald werden wir diese Engländer in eiserne Ketten legen. Dann wird Don Emilio seine Rache bekommen. Heilige Maria Muttergottes! Der Vizekönig hat keine Ahnung von Seekriegführung. Von mir aus kann er alle diese ketzerischen Piraten auf dem Scheiterhaufen verbrennen, aber ein Brander ist heller Wahnsinn!

Der Vizekönig umklammerte noch immer seine Pistolen, doch als sich die mißliche Lage des Feindes allmählich deutlicher abzeichnete, beruhigte er sich. Ich bin Don Emilio Martinez, Generalkapitän von Neu-Spanien, Vizekönig von Mexiko, Admiral von Kastilien und offizieller Vertreter Seiner Allerkatholischsten Majestät Philipp von Spanien, sagte er sich voller Stolz. Ich weiß, wie man mit gottlosen Protestanten umgeht, und bald werden sie mir gehören.

»Wann wird der Brander fertig sein?«

»Exzellenz, ich muß Euch bitten, diesen Schritt noch einmal zu überdenken. Wenn –«

»Wann wird er fertig sein?!«

Luzon unterdrückte seinen Zorn nur mühsam. »Sobald Ortega Euren Befehl ausgeführt haben wird.«

»Gut. Keiner darf entkommen.«

In der folgenden Stunde schritt Don Emilio rastlos auf dem Deck auf und ab. Er schwitzte unter seiner schweren, glänzenden Rüstung. Daß sie das beste Schiff seines Admirals verloren hatten, brachte ihn zusätzlich auf. Wie war es dazu gekommen? Wie konnten diese kleinen englischen Schiffe einen so völlig unverhältnismäßig großen Schaden anrichten? Woher hätte er wissen sollen, daß diese Mücken stechen konnten wie Skorpione? Wie sollte er die Situation dem König erklären?

Auf den Admiral konnte er nicht zählen. Er hatte in Luzons Benehmen unverhohlene Mißbilligung erkannt. Und hatte er ihn nicht zu Ortega sagen hören: designierter Vizekönig? Das entsprach zwar den Tatsachen, war aber gleichzeitig eine Herabwürdigung seiner Person. Oder doch nur ein Versprecher? Nun, wie dem auch sei. Auch in diesem Fall mußte Don Francisco seine Lektion erteilt bekommen.

Etwas ruhiger beobachtete Don Emilio, wie das hilflose englische Schiff von einem weiteren Kugelhagel durchlöchert wurde. Ein grimmiges Lächeln glitt über sein längliches Gesicht, wobei sich die Enden seines schwarzen Schnurrbarts hoben wie Rabenschwingen.

Er wandte sich an Luzon. »Wurden die englischen Kadaver an der Landzunge unterhalb der Batterie aufgeschichtet, damit die Engländer sehen, wie sehr wir sie verachten?«

Luzon gab den Befehl weiter, ohne eine Miene zu verziehen.

»Es wird lange dauern, bis die Sklavenhändler wieder nach Vera Cruz kommen werden, nicht wahr, Don Francisco?«

Der Admiral schien drauf und dran, sich zu verraten, aber dann sagte er nur: »Vielleicht.«

»Ja, sind sie denn nicht zur Gänze vernichtet?«

»Die Engländer sind ein dickköpfiges Volk, Don Emilio. Sie kamen in die Karibik, obwohl es der Papst verboten hatte, sie scherten sich nicht um König Philipps Verbot, und ich bezweifle, daß sie sich von Euch beeindrucken lassen.«

»Dann hättet Ihr sie also anders behandelt?«

»Es ist nicht meine Aufgabe, Eure Handlungsweise zu kritisieren, Exzellenz.«

»Wer kann sagen, ich hätte nicht korrekt gehandelt? Wenn die Engländer, entweder zu dumm oder zu feige, nicht glauben wollten, daß ich versuchen würde, sie zu vernichten, ist es doch wohl ihr Fehler.«

Der Admiral hielt seine Augen starr auf das englische Flaggschiff gerichtet und gab keine Antwort. Don Emilio hätte ihn erwürgen können, so ärgerte er sich über ihn.

»Wozu verpflichtet das Wort eines Edelmanns, wenn der, dem es gegeben wurde, ein Ketzer und Erpresser ist? Zu nichts.«

»Wer kann schon sagen, wozu das Wort eines Edelmanns verpflichtet?«

Don Emilio starrte seinen Admiral an.

»Fahrt zur Hölle, Luzon! Wurde Amerika nicht vom Stellvertreter Christi auf Erden persönlich zum Eigentum Spaniens erklärt? Papst Alexander hat alles westlich der Azoren, ausgenommen Brasilien, zu spanischem Gebiet erklärt. Ist es nicht Gottes Wille, daß das Reich vor diesen plündernden Banditen beschützt wird?«

Luzon schwieg, nur sein Blick wurde noch starrer, was den Zorn des Vizekönigs zur Weißglut trieb.

»Nachdem *ich* nun hier Vizekönig bin, werde ich andere Saiten aufziehen. Ich habe den persönlichen Auftrag des Königs, Mexiko zu einem sicheren Land zu machen, und bei Gott, das werde ich tun!«

Don Francisco de Luzon stammte aus keiner bedeutenden Familie. Sie war zwar alt, aber sein falkenähnliches Gesicht verriet mehr als nur eine Spur maurischen Blutes. Der Vizekönig hatte zu viele von dieser Sorte kennengelernt, um nicht auf der Hut zu sein. Solche Männer mußte man im Auge behalten und ihren Ehrgeiz ersticken, bevor sie zu gefährlich wurden. Während der Überfahrt hatte der Admiral mehr als einmal gezeigt, daß er seine Bedeutung überschätzte. Er würde erst zufrieden sein, wenn er auf der goldenen Leiter der Macht ganz weit oben stand, und er war närrisch genug zu glauben, es würde ihm gelingen, indem er in unermüdlichem Einsatz und in unerschütterlicher Treue das Gold des Königs über die Meere karrte. Aber jetzt, Fährmann der ozeanischen Meere, wurde deine Loyalität von mir auf die Probe gestellt! Du bist gebrandmarkt durch Ungehorsam, und ich werde dich von deinem hohen Roß herunterholen.

In Gedanken entwarf er bereits seinen ersten Bericht an den König. Gleich zu Anfang würde er erwähnen, daß der Narr Ortega für das Scheitern seines hervorragenden Plans verantwortlich war, weil er das Signal zum Angriff zu früh gegeben hatte. Dafür kam Ortega an den Galgen. Und dann würde er sich mit Luzons Insubordination beschäftigen.

Das Lächeln auf den Lippen des Vizekönigs erstarb, als er sah, daß sich das kleinere englische Schiff wieder auf das Flaggschiff zubewegte. Und dann geschah das Unmögliche.

Auf dem Mitteldeck der *Minion* lauschte John Tavistock aufmerksam den Worten seines Generalkapitäns. John Hawkins strahlte Begeisterung aus, als er seiner Mannschaft zuredete, sich noch einmal kräftig anzustrengen. Er hatte gesehen, daß die *Minion* vor dem mörderischen Beschuß der Küstenbatterien Schutz fände, wenn sie hinter dem wesentlich größeren Schiffskörper der *Jesus* in Deckung gebracht würde. Außerdem könnten sie dann versuchen, die kostbaren Vorräte an Bord zu nehmen, die bereits auf dem Flaggschiff verstaut waren, und sich damit eine kleine Überlebenschance verschaffen.

Das Feuer der Küstenbatterien stockte, während die *Minion* drehte. Es war, als könnten die spanischen Kanoniere nicht fassen, daß das Schiff auf sie zu statt auf die offene See zuhielt. Sie hatten ihre Geschütze auf die Meerenge gerichtet in der Annahme, daß sich die Engländer zurückzögen, und nun brauchten sie ein paar Minuten, um ihr Feuer auf die zerfetzte englische Flagge zu lenken.

Als sich die beiden englischen Schiffe berührten, erteilte Hawkins seinen Offizieren detaillierte Befehle:

»Jeder geht mit zwanzig Mann an Bord der *Jesus*. Teilt sie zum Transport der Vorräte in Vierergruppen ein. Nehmt Wasser und Lebensmittel – sonst nichts. An die Arbeit!«

Hawkins wandte sich an Hampton. »Kommt mit mir. Und du, John Sanders, beweg deinen Bauch, sonst fängst du dir noch 'ne Kugel damit ein. Hilf die Verwundeten nach unten schaffen! Wir bringen die *Minion* heim, und wenn wir den ganzen Weg rudern müssen!«

Die Männer spritzten nach allen Seiten auseinander, als ein Gewirr aus Taukloben und Schoten aus den Quersalings der *Jesus* gerissen wurde und auf das Deck stürzte. Ein Mann, der sich zu langsam bewegt hatte, wurde von den Trümmern getroffen. Zwei von der Mannschaft wollten ihm zu Hilfe eilen.

»Ihr habt den General gehört!« rief der Gunner. Sein Herz schlug wie verrückt, aber sein Kopf war kühl und klar. Im Tresorraum der *Jesus* lagerte der Profit ihrer ganzen Expedition. Aber die Schlüssel waren verloren. Hawkins hatte recht. Jetzt war nicht der Zeitpunkt, sich um Gold zu kümmern. Gold konnte man nicht essen. Doch die Ironie, die darin lag, nagte an ihm.

Während der junge Twide, John Browne und John Hooper die *Minion* am Vorderdeck der *Jesus*, festmachten, zog sie Hortop, der Pulvermacher, achtern mit dem Enterhaken an die *Jesus* heran. Über die Schandeckel der Schiffe wurden Planken gelegt, und dann begann das gewagte Unternehmen.

Die *Jesus* hatte zwanzig Grad Schlagseite. Sie bot ein Bild der Verwüstung. Viele Männer waren an Bord gefallen.

Überall auf den Decks lagen die Leichen von Spaniern und Engländern; manche waren bis zur Unkenntlichkeit von Kanonenkugeln zerfetzt. Tavistock unterdrückte den Wunsch wegzulaufen ebenso wie den Impuls, jeden Gefallenen umzudrehen und nachzusehen, ob er das Gesicht seines Bruders habe. Rings um ihn bewegten sich seine Männer wie Affen, schnell, stets auf der Hut vor Kanonenkugeln, die noch immer in die *Jesus* einschlugen und Hölzer und Tauwerk auf sie herabstürzen ließen. Hawkins war ebenfalls an Bord gekommen und tauchte, zusammen mit Hampton, in regelmäßigen Abständen auf, Karten und Navigationsinstrumente schleppend, das Logbuch der *Jesus* und ihre Bibel.

Eine halbe Stunde lang schufteten die Engländer unter mörderischem Beschuß. Tavistocks Männer holten zwanzig leere Wasserfässer herauf, jedes mit einem Fassungsvermögen von 126 Gallonen. An Tauen, die am Großmast der *Minion* befestigt waren, beförderten sie sie hinüber auf das andere Schiff. Es folgten fünfzig volle Pulverfässer, Salzfleisch, große Bierfässer, Säcke mit Bohnen und Senfkörnern. Trotz des trüben Lichts, das im Laderaum der *Jesus* herrschte, fand Tavistock noch ein paar Säcke mit Hafermehl und die fünfzehn Kisten Stockfisch, die Kapitän Barrett in Santa Marta erstanden hatte, und schleppte sie durch das knietiefe, brakkige Wasser zur Luke.

Die spanischen Kanonen hatten das Flaggschiff durchlöchert und das Orlopdeck in eine Wüstenei verwandelt. Die dem Land zugewandte Seite war völlig zertrümmert, und Tavistocks schöne Bronzekanonen waren aus ihren Bettungen gerissen. Kaltblütig begann er, nach Möglichkeiten zu suchen, um die Spanier für das, was sie angerichtet hatten, bezahlen zu lassen. Und es kam ihm eine Idee.

»Sir, aus dem vorderen Laderaum ist fast alles raus«, meldete der Ire Cornelius. Seine Augen schweiften besorgt zur *Minion*, die nicht mehr lange sicher sein würde.

Hawkins und Sanders hatten mit ihrer Abteilung die *Jesus* bereits verlassen. Tavistock sah, wie der Schwarze Boaz hinuntersprang in die Arme seiner Mannschaftskameraden von der *Swallow*. Jetzt waren sie die letzten an Bord, und auf der *Minion* wurde das Kommando zum Ablegen gegeben.

Tavistock ergriff eine riesige Arkebuse. Sie war fast so groß wie eines der Falkonets, die sie auf Drehstützen am Bug montierten. Er lud sie mit einer doppelten Ladung und sah den Iren an. »Willst du als armer oder als reicher Mann heimkommen, Cornelius?«

»Und unseren Anteil hierlassen? Ich nicht!«

»Dann geht ihr sechs jetzt nach achtern. Solang wir noch schwimmen, werden wir den Spaniern keinen roten Heller überlassen.«

Pollard protestierte. »Der Generalkapitän hat gesagt: Nur Lebensmittel!«

»Dann verhunger in England! Keiner zwingt dich. Sehe ich fünf reiche Männer? Also, dann kommt mit.«

Sie folgten ihm unter Deck. Als sich John Tavistock durch die Luke schwang, leuchtete ihm strahlendes Türkisblau durch die zerschmetterte Schiffswand entgegen. Meerwasser schwappte über den Boden, und eine Leiche schaukelte grotesk in dem gähnenden Loch an der Wasserlinie, der Kopf eine rötliche Wolke, umgeben von einem Schwarm winziger Fische. Er stieg über die Leiche hinweg und klemmte die gefährlich überladene Arkebuse zwischen zwei Decksstützen. Es folgte ein greller Blitz, ein gewaltiger Donnerschlag, und die Tür des Tresorraums schwang auf. Tavistock duckte sich und stieg hinein. Als sich seine Augen an die Dunkelheit gewöhnt hatten, sah er die schimmernden Silberbarren und dazwischen drei große verschlossene Truhen, in denen sich Perlen, goldenes Geschirr und Edelsteine im Wert von zehntausend Pesos befanden.

»Die Truhen, Ingram! Los!«

»Sie haben aufgehört zu schießen!« Ingram, schon immer aufmüpfig und bösartig, mit einer Mähne wie ein Pferd, bockte plötzlich.

Rively und der Schiffsjunge kamen die Leiter herunter und

sahen das gezackte Loch in der Bordwand. Momfreys Augen weiteten sich vor Entsetzen beim Anblick der fressenden Fische. Rively erstarrte, als er auf die Bucht hinausblickte.

»Gott schütze uns!«

»Was ist los, Mann?«

Rively, ein Mann mit zerfurchtem, pockennarbigem Gesicht, schüttelte ungläubig den Kopf. »Wir müssen hier raus! Er hält direkt auf uns zu! Ein Brander!«

»Der Wind hat gedreht!« rief der Zimmermannsmaat. »Er kommt auf uns zu!«

Sie gerieten in Panik. Tavistock versuchte, Herr der Lage zu bleiben. Er steckte selbst den Kopf durch das Loch. Die Spanier hatten einen ihrer Zweihundert-Tonner angezündet. Der Anblick der mit Trinidad-Pech beladenen Decks, eines von vorn bis achtern in hellen Flammen stehenden Schiffs reichte aus, um jeden Seemann in Angst und Schrecken zu versetzen. Seine früheste Erinnerung, eine, die alles, was davor lag, ausgelöscht hatte, waren die Scheiterhaufen in Smithfield, wo er als vierjähriger Junge mit angesehen hatte, wie zwanzig protestantische Dickschädel von den Henkersknechten der Blutigen Mary wegen ihres Glaubens verbrannt wurden. Er versuchte, diesen Alptraum und den tödlichen Schrecken, der ihn erfaßt hatte, zurückzudrängen. Wenn die Segel des Branders rasch Feuer fingen, blieb ihnen vielleicht noch genug Zeit. Wenn sie Glück hatten, brannten die Seile durch, mit denen das Ruder festgemacht war; dann würde der Brander abdrehen.

»Bringt die Truhen nach oben, sage ich!«

Rively stieß als erster hervor: »Er brennt wie das Höllenfeuer, Gunner! Die *Minion* legt ab, und wir verbrennen bei lebendigem Leib!«

»Oder wir ersaufen!«

»Ich kann nicht schwimmen!« schrie Moon hilflos.

»Ich auch nicht«, entgegnete der Ire.

»Ihr verschwendet nur Zeit.« Tavistock stellte sich an die Leiter. Er stieß Ingram in das hereinströmende, blutige Wassers zurück, als er versuchte, an ihm vorbei nach oben zu klettern. Ingram sprang auf, bereit, sich auf Tavistock zu stürzen, und nur Tavistocks Willenskraft hielt ihn zurück.

»Willst du Befehle verweigern, du Hurensohn? Nimm die Truhe, Ingram, oder wir werden alle zusammen verbrennen!« Tavistock hielt Ingrams Blick stand. Fünf Augenpaare waren auf ihn gerichtet, glitten abschätzend an ihm vorbei. Ob sie ihn überrennen könnten? Aber keiner wagte es. Wenn du einen Befehl gibst, muß er ausgeführt werden. Nie, nie darfst du ihn zurücknehmen – Regel Nummer zwei für einen Kommandierenden –, eine Lektion, die ihm sein Bruder eingehämmert hatte. Regel Nummer eins lautete: Nie einen Befehl geben, den man widerrufen muß.

In dem plötzlichen Schweigen schlugen die Wellen sehr laut gegen den Schiffsrumpf. Dann trug der Wind das Brausen der Flammen herüber. Momfrey zitterte. Sein blödes Wimmern ließ Tavistock beinahe die Nerven verlieren. Er packte den Zehnjährigen und hob ihn zur Luke empor. »Mach, daß du auf die *Minion* kommst, Junge. Das hier ist Männersache.«

Die Spannung war gebrochen. Cornelius packte eine eisenbeschlagene Truhe. Sie war groß genug, um zwei Männer darin zu verstecken und wog drei bis vier Zentner. Tavistock betete, der Segelmacher möge die wertvollste der drei Truhen erwischt haben. Dann zerrten sie zu fünft die Truhe aus dem Tresorraum.

Als sie die Truhe an Deck geschafft hatten, war der Brander bis auf eine Bogenschußlänge – zirka einhundert Meter herangekommen. Seine Masten brannten lichterloh. Er hatte Kurs gehalten und kam näher und näher.

Hand über Hand zogen sie an dem zerfetzten Haltetau des Großsegels, schwangen die Truhe über die Bordwand und hinüber in den Bauch der *Minion*, wo sie krachend an Deck stürzte.

Tavistock erstarrte. Er stand auf dem Quarterdeck, unfähig, seine Panik zu verbergen. Hortop hatte ablegen lassen.

Der türkisblaue Spalt zwischen den Schiffsleibern verbreiterte sich. Er spürte die Hitze der Flammen, als der Bugspriet des Branders über ihm durch die Luft stieß. Dann riß ihn der Aufprall zu Boden. Schwarze erstickende Rauchwolken senkten sich auf ihn nieder, und er atmete den ätzenden Gestank von Pulver und verkohlendem Holz. Er kroch über die Bohlen, und dann sah er neben sich etwas Rotes aufblitzen. Ein Arm, gekleidet in rotes Leder, eine Hand mit einem goldenen Ring am kleinen Finger – ein Ring mit einem kohlschwarzen Stein.

»Spring, Gunner!«

»Richard!«

Das Gesicht war wächsern, totenbleich.

Entsetzt wälzte er den riesigen Spanier vom Oberkörper seines Bruders und sah das dunkle Blut, das rings um das kunstvoll geschmiedete Bügelgefäß eines Rapiers aus einer ausgefransten Wunde in Richards Schulter hervorquoll.

Gott im Himmel, er lebt!

Teergetränktes Takelwerk prasselte über ihm in der ungeheuren Hitze. Rufe drangen an sein Ohr. »Spring! Um Himmelswillen, spring!«

»Rette dich!«

Er schob die Finger um den unteren Parierbügel des Rapiers und kniete sich auf den ausgestreckten Arm seines Bruders, um die Waffe herauszuziehen. Im selben Moment erkannte er, daß die Klinge die Wunde schloß und die Blutung aufhielt. Mit der Kraft eines Wahnsinnigen hievte er sich den Körper seines Bruders über die Schulter. Zehn, zwölf, fünfzehn Fuß lagen nun zwischen den Schiffen. Zu weit, um zu springen – zu weit, um auch nur sich selbst zu retten.

Das Feuer wütete überall. Alles, was er berührte, ging in Flammen auf.

Verzweifelt starrte er durch die hitzeflimmernde Luft und entdeckte einen Enterhaken mit einem daran befestigten Tau, das sich langsam über Bord schlängelte. Mit einem solchen Tau hatten sie die Vorräte auf die *Minion* befördert. Es war am Großmast der *Minion* befestigt, und während sich die *Minion* in Bewegung setzte, lief das Tau aus und zog den Haken über das Deck. Er hechtete nach dem Enterhaken und schob ihn unter Richards Gürtel. Das Tau spannte sich. Der Körper seines Bruders wurde hochgerissen wie ein Ding, das plötzlich zum Leben erwachte. Blut rann über seinen Arm und tropfte von seinen Fingern, als er über Bord gehoben wurde und über dem Wasser hing.

Hawkins' Männer zogen den verletzten Kapitän an Bord und sahen hilflos und mit Entsetzen zu, wie die Pulverfässer auf dem Brander detonierten und das ganze Querdeck der *Jesus* mit brennendem Pech überschütteten.

Als sich der schwarze Qualm verzog, war vom Gunner nichts mehr zu sehen.

## 2

Während der Nacht hielt sich die *Minion* dicht im Windschatten einer jener zwei kleineren Inseln, der die Spanier den Unheil verheißenden Namen *Isla de Sacrifiço* gegeben hatten. Drake war mit der *Judith* verschwunden; die *Swallow* hatten die Spanier erobert, und die *Angel* war gesunken. Hawkins mußte seine letzten beiden Seeanker werfen lassen; aber der Meeresboden war sandig, und als der Wind auffrischte, hielten sie das Schiff nicht in Position. Bei jedem Wenden des Stundenglases war es ein Stück näher ans Ufer gerückt und Hawkins lief Gefahr, dort endgültig Schiffbruch zu erleiden.

»Was wirst du tun, John?« fragte Hampton, als sie allein an der Heckreling standen.

Hawkins blickte in das verschwitzte, hagere Gesicht des Mannes. Hampton war ein ruhiger Mensch, der seine Gefühle nur selten verriet. Seinen Männern gegenüber verhielt er sich kühl und unnahbar. Er führte sein Schiff gut, aber er konnte sehr hart sein. Hawkins hatte ihn zum ersten Mal vor zehn Jahren in Dienst genommen, und Hampton hatte sich als hundertprozentig loyal erwiesen.

»Als erstes müssen wir Wasser finden.«

Hamptons runzlige Wangen verzogen sich freudlos. »Auf knappe Rationen gesetzt kommen wir mit vollen Fässern bis zur Bahama-Straße. Weiter nicht. Dann werden wir Regen brauchen. Bis dann wird das Wasser aber noch das kleinere Problem sein, schätze ich.«

»Und das größere?«

»Der Proviant, John«, fuhr Hampton mit gedämpfter Stimme fort. »Mit den zweihundert Mäulern, die wir jetzt stopfen müssen, haben wir gerade noch genug für fünf Tage. Heruntergesetzt auf Viertelrationen, zwanzig.«

Hawkins wußte, daß die Überfahrt selbst bei günstigem Wetter mindestens 75 – wahrscheinlicher waren hundert – Tage dauern mußte. Von den Verwundeten würden viele sterben. Nach einem Monat auf Hungerration würden viele erkranken, und die übrigen wären, ausgezehrt von Skorbut und halb verhungert, zu schwach, um in die Takelage zu steigen. Ich habe keine Wahl, dachte er. Wenn wir mit 200 Mann nach England segeln, wird keiner die Heimat erreichen, höchstens ein paar Kannibalen.

»Setz alle auf eine Viertelration Hafermehl. Heb die Bohnen auf, das Salzfleisch und alles, was du sonst noch für richtig hältst. Gib den Verwundeten Schnaps, aber keinen Tropfen an die Mannschaft! Und bestatte die Toten unauffällig.«

»Und dann?«

»Dann hilft nur noch beten.«

Hampton verstand und nickte.

Hawkins ging in seine Kajüte und schloß die Tür hinter sich. Er nahm sein Generalsschwert aus der Kommode, zog es aus der Scheide und bohrte die Spitze in den Holzboden, so daß es mit seinem Parierbügel ein goldenes Kreuz bildete. Er sank auf die Knie, küßte die Klinge und betete stumm und inbrünstig um eine Antwort, um ein Zeichen des Allmächtigen, das ihm für seine schwere Aufgabe Kraft verleihen und ihm helfen sollte zu entscheiden, was zu tun sei. Danach erhob er sich und betrat den winzigen Raum, durch den der Besanmast führte. Es war die Kabine des Navigators. An den Wänden hingen Jakobsstab, Astrolabium, ein Quadrant aus Messing, Zirkel, aber auch ein Rapier, dessen Klinge sechs Zoll unterhalb des Gefäßes abgebrochen war.

Peter Grosse, seine schwarze, eng am Kopf anliegende Baderkappe tief in das rote Gesicht gezogen, beugte sich über den bewußtlosen Richard Tavistock. Aus den Stoppeln seines Backenbarts rann der Schweiß und tropfte vom Kinn auf den Kranken nieder, der mit dem Tode rang.

»Er hat eine ungewöhnliche Willenskraft, aber ich fürchte, er kommt trotzdem nicht durch«, sagte Grosse und zwinkerte mit seinen Schweinsaugen. Dann wischte er sich die Hände mit einem schmutzigen Lappen ab. Seine Schürze war blutverkrustet von der Arbeit der vergangenen Nacht. Die Männer fürchteten ihn, weniger wegen seines Aussehens, sondern weil er den Menschen ebenso ungerührt ein Bein abnahm wie der Schiffszimmermann ein Rundholz zersägte. »Ich werde ihn noch einmal zur Ader lassen.«

»Nein, er hat genug Blut verloren.«

»Die Wunde hat sein Blut vergiftet. Schlechtes Blut kann einen Menschen töten. Das einzige Gegenmittel ist der Aderlaß.«

»Laßt ihn in Ruhe, habe ich gesagt.«

Grosse richtete sich auf. »Die Wunde wird faulen, und er wird daran sterben.«

»Er ist jetzt in Gottes Hand. Wer hat Euch hergeschickt?«
»Kapitän Hampton.«

»Geht wieder an Eure Arbeit unter Deck. Oder schlaft, wenn Ihr könnt.«

Als der Wundarzt gegangen war, sah Hawkins nach dem Verband, den Chamberlain, sein Steward, auf Tavistocks Brust angelegt hatte. Er hatte ihn auch mit Seewasser gewaschen und sein Lager mit einem nach Gewürznelken duftenden Wasser besprengt, damit er leichter atmete. Genausogut könnte ich hier liegen, dachte Hawkins, und er stünde statt meiner hier. Vorsichtig berührte er seine Wange, wo ihn der Faustschlag getroffen hatte, und tastete mit der Zunge nach einem Zahn, der seitdem wackelte. Als ihn Tavistock niedergeschlagen hatte, war er vor Verwunderung zurückgetaumelt. Für den Bruchteil einer Sekunde war er unfähig gewesen, etwas zu begreifen, und der Gedanke an Verrat war ihm durch den Kopf geschossen. Jetzt bedauerte er den unwürdigen Gedanken. Er beugte sich über Richard. Du bist blutsverwandt mit meiner Frau, Richard. Deshalb nahm ich dich zu mir und zog dich auf. Und jetzt hast du mir das Leben gerettet. Aye, du bist ein tapferer und ein kluger Mann. Jane und Harry haben Glück, einen wie dich zum Mann und zum Vater zu haben. Sie verdienen es nicht, daß du hier zugrunde gehst. Er richtete sich auf, als Bowen in der Tür erschien, um Meldung zu machen. Bowen wirkte ungewöhnlich niedergeschlagen; außerdem wußte er nicht recht, in welcher Stimmung sich der General befand.

»General, mit Verlaub, Sir. Ich habe Taucher hinuntergeschickt. Sie sagen, der Rumpf ist heil unter der Wasserlinie. Das Wasser in den Bilgen könnte bis heute abend gelenzt sein, wenn wir die Pumpen reparieren können. Die Masten sind recht stabil. Großtopprah und Focksegel haben wir verloren, können aber wahrscheinlich beides bis morgen reparieren. Der Wind läßt nach, dreht nach Osten. Und der Kapitän verlangt dringend einen neuen Kurs.«

»Ich werde mit ihm sprechen, Bowen. Beschäftigt die Männer mit Lenzen und laßt längsschiffs Sonnensegel anbringen, damit die Verwundeten tagsüber an Deck gebracht werden können.«

»Ja, Sir.«

»Und noch etwas, Bowen.«

»Sir?« Hawkins warf ihm einen vorsichtigen Blick zu. »War ich zu streng mit den Männern heute abend?«

Bowen scharrte verlegen mit den Füßen. »Ich... ich weiß nicht. Hab gar nicht darüber nachgedacht, General.«

»Seht zu, daß sie beschäftigt sind, aber mit Maßen.«

»Ja, Sir.«

Hawkins' Augen folgten dem Bootsmann, als er die Kajüte verließ. Schade, daß es nicht mehr von deiner Sorte gibt, dachte er. Fünf Jahre im Dienst und nie eine Klage. Ich bedaure nur, daß ich wahrscheinlich nicht lang genug leben werde, um dich zu befördern. Und bei Gott, deine Aufgaben werden bald schwierig genug werden.

Hawkins bestimmte einen Kurs Nordnordost entlang der Küste. Die Leute blieben zuversichtlicher, wenn sie das Festland sahen, und sie würden leichter zu überzeugen sein, wenn der Zeitpunkt kam, an dem er härter mit ihnen umspringen mußte. Wieder allein dachte Hawkins über das Scheitern des Unternehmens nach. Wir haben alles verloren, was wir je zu gewinnen hofften, dachte er, als er sich in seinen Sessel fallen ließ. Von der Arbeit eines ganzen Jahres ist nicht mehr geblieben als zwei Kisten gelbes Metall und eine Truhe mit Juwelen. Alles in allem vielleicht fünfzehntausend Pfund. Zwei Schiffe sind verloren, eines davon gehörte Ihrer Majestät. Alles war dahin; alle Pläne und Hoffnungen waren zunichte gemacht. Und sie werden sagen, daß es meine Schuld war.

Der Verlust der *Jesus von Lübeck* belastete Hawkins am schwersten. Das königliche Darlehen, als ihm die *Jesus* übergeben wurde, war unter der Bedingung gewährt worden, daß jeder während der Reise entstandene Schaden auf Kosten der Brüder Hawkins behoben werden mußte. Wurde das Schiff jedoch völlig zerstört, trüge die Königin den Verlust. Wäre die *Jesus* bei einem Sturm gesunken oder wäre sie in den Westindies an einer Untiefe gestrandet, hätte er eine annehmbare Entschuldigung vorbringen können. Bei dem Gedanken, wie er seiner Monarchin in das maskenhaft weiße Gesicht sagen sollte, daß er ihr Schiff durch spanisches Kanonenfeuer verloren hatte, stockte ihm das Herz.

Und mein Bruder William wird vielleicht ebenso wie ich

mit dem Tode bestraft. Keiner von uns kann mit Nachsicht rechnen.

Elisabeth war eine äußerst tüchtige Herrscherin. Mit einer unerschütterlichen Autorität, die an ihren Vater erinnerte, aber mit eigenem politischen Kalkül, hatte sie England im vergangenen Jahrzehnt regiert. Sie war an ihrem Hof gefürchtet, wurde vom englischen Volk geachtet, von der katholischen Christenheit verunglimpft – nur ignoriert wurde sie nirgends. Ihr einziges Ziel war es gewesen, daß England ein protestantisches Land bleibe. Um das zu erreichen und Königin zu bleiben, war sie gezwungen, neue diplomatische Regeln einzuführen. Wenn die Welt nach einem System funktionierte, das Elisabeth benachteiligte, dann mußte Elisabeth die Welt ändern. Ihre Beteiligung an Hawkins' Unternehmen gehörte in diesen Plan. Aber es hatten sich noch andere bedeutende Geldgeber beteiligt: Sir William Cecil, der engste und zuverlässigste Diener der Königin; Sir Nicholas Bacon, Lord Keeper des Tower; der Earl of Leicester, Günstling der Königin; und noch eine Reihe anderer mächtiger Männer, allesamt Mitglieder des Privy Council, des Geheimen Kronrats. Hawkins stellte sich ihre Enttäuschung vor, wenn er ihnen mitteilte, daß die Tausende, die er zu vervielfachen versprochen hatte, verloren waren. *Er* aber war lebend zurückgekehrt, um ihnen das zu sagen!

Die Anteile an seiner Expedition waren auf rein spekulativer Basis verkauft worden. Alle Gewinne und alle Verluste richteten sich nach der Höhe der ursprünglichen Kapitaleinlage. Aber diese Männer waren keine üblichen Geschäftsleute, und sein Unternehmen war keine übliche Handelsmission. Keiner von ihnen, davon war Hawkins überzeugt, würde seinen Verlust wegstecken wie ein normaler Geschäftsmann. Alle würden ihn beruhigen, und dann würden sie versuchen, sich ihr Geld zurückzuholen, indem sie sich ihren Einfluß bezahlen ließen, für die Erteilung von Handelserlaubnissen und Lizenzen, überhöhte Preise forderten oder sich die Gnade ihrer Gunst teuer bezahlen ließen. Da sie zwischen den beiden Hawkins' und der Königin standen, gab es für sie tausend Mittel und Wege, um ihre Verluste auf Kosten ihrer Zukunft auszugleichen.

Er hatte mit einem sich leicht verflüchtigenden Gemisch aus Handel und Politik operiert, das den Gewinn vergrößerte, aber auch das Risiko.

Ginge es nur um die verlorenen Schiffe, dachte er verbittert, könnte ich mein Haus in London verkaufen und alle Vermögenswerte veräußern. Die Brüder Hawkins könnten vielleicht zwanzigtausend Pfund aufbringen. Das reichte, um die Schuld bei der Königin zu decken und ihre Höflinge zu befriedigen. Aber so einfach ist das nicht. Es geht hier nicht nur um mein persönliches Pech, aber ich sehe keinen Ausweg aus diesem Durcheinander.

Er stand auf und begann, in seiner Kajüte hin und her zu gehen, während er fieberhaft die politischen Folgen durchdachte, die das Geschehen nach sich ziehen könnte. Je länger er darüber nachdachte, um so trister wurde das Bild. Seit die Kanonen schwiegen und er sich auf See befand, erkannte er immer deutlicher die größeren und viel gefährlicheren Zusammenhänge, denn hier stand nichts geringeres als die Zukunft der gesamten Christenheit auf dem Spiel.

Zweifellos machte sich bereits eines der *avisos*, eines der schnellen Depeschenboote des Vizekönigs, bereit, um nach Sevilla auszulaufen – mit der spanischen Darstellung des Zwischenfalls. Wenn König Philipps Zorn gereizt wurde, konnte das Ergebnis leicht Krieg bedeuten. Und das wäre ein Krieg, den das kleine England unmöglich gegen das mächtige Spanien gewinnen konnte. Wir sind ein armes Land, ein Inselvolk von nur drei Millionen Menschen, ein winziges Stück Land am äußeren Rand Europas, umgeben von katholischen Feinden in Schottland, im barbarischen Irland und in Frankreich. Wir fischen in unseren Küstengewässern, hegen unsere Weiden, mästen Schafe für unseren Sonntagsbraten und spinnen ihre Wolle, um sie in Antwerpen zu verkaufen – und überleben. Aber Spanien, das mächtige Kaiserreich!

Zehn Millionen Katholiken lebten unter einem König, der sich für den Befehlshaber Gottes auf Erden hielt, der seine berüchtigten Söldner aus jedem Dorf, aus jedem Weiler des Reiches holte. Seit hundert Jahren hatten sie keine einzige Schlacht verloren. Im Augenblick kämpften diese unbesiegbaren Truppen in den Niederlanden, angetrieben von ihrem besessenen König, in dessen Adern amerikanisches Silber rann und dessen fromme Gesinnung weder vom Papst noch von den Fürsten angezweifelt wurde. Ein einziges Schiff der spanischen Schatzflotte enthielt mehr Reichtümer als in ganz London aufzutreiben wären! Der Stadtsäckel von Sevilla ist größer als die Staatskasse von England. Sollte Philipp beschließen, unser protestantisches Land zu vernichten, wird es ihn nicht mehr Mühe kosten als eine Küchenschabe zu zertreten – und ebensowenig Gewissensbisse.

Um einem Krieg mit Spanien aus dem Weg zu gehen, um den Riß zu kitten und einen Bruch mit Philipp zu vermeiden, würde die Königin kämpfen wie eine Löwin und dies mit allen Tricks und Finessen. Sie würde Heiraten anbieten, Geschenke machen, Philipps hochmütige Gesandte beschwichtigen und Hinrichtungen anordnen. Um ihr Reich zu retten, wird sie mich und die meinen dem erzürnten Philipp opfern, und wir werden alle umkommen.

Er rief nach Sam und befahl ihm einen Krug Wein zu bringen. Jedes Knarren der Hölzer, jeder Hammerschlag der Zimmerleute an Deck erinnerte ihn daran, daß die *Minion* ein Schiff der Königin war. Er nahm den Wein in Empfang und entließ den Burschen, bevor er einen tiefen Schluck aus dem Krug nahm. Besser, die *Minion* sänke und setzte alldem ein Ende, dachte er. Was uns allein auf der Überfahrt bevorsteht, wird schrecklich. Das einzige, das uns dieses Elend ertragen hilft, ist der Wunsch, am Horizont wieder jene weißen Kreidefelsen der englischen Küste heraufsteigen zu sehen. Aber so? Was hält uns, wenn dieser Anblick Anklage bedeutet, Tod durch den Scharfrichter, ein Armengrab? Es ist hoffnungslos. Soll ich mit einer brennenden Kerze hinuntergehen in die Pulverkammer, die *Minion* in die Luft sprengen und uns damit einen Teil unserer Leiden ersparen? Aber da waren noch Kate und sein achtjähriger Sohn Richard. Er preßte die schmalen Lippen aufeinander, fuhr sich mit dem Ärmel übers Gesicht und wußte, daß er nichts anderes tun konnte als versuchen, das Schiff nach Hause zu bringen, koste es was es wolle und ungeachtet aller Folgen. Das verlangte die Loyalität gegenüber seiner Königin, seiner Familie und gegenüber seinen Männern. Es war die einzige Entscheidung, zu der ein Generalkapitän gelangen konnte.

Die ganze Nacht über ächzte das Schiff bei jeder anlaufenden See. Es klang, als säßen sämtliche Planken nur noch locker nebeneinander. Kein anderes Schiff kam in Sicht. Sollten die Spanier die Verfolgung aufgenommen haben, war sie gescheitert. Gegen Mittag des nächsten Tages waren vierzehn Verwundete gestorben und unauffällig über Bord gebracht worden. Der Durst verwandelte die Stimmen der Befehle ausrufenden Männer in heiseres Krächzen, und der Hunger nagte in ihren Mägen, aber sie liefen bei gutem Wind und klarem Himmel und machten einigermaßen gute Fahrt.

Hawkins studierte in der Kabine des Navigators die Seekarten. Er hatte gehofft, daß ein paar Wolken heraufzögen und die gnadenlos brennende Sonne verdeckten, daß etwas Regen ihre Wassertonnen auffüllte, aber vergebens. Sie mußten versuchen, an der Mündung des Panuco frisches Wasser zu fassen. Noch 240 Seemeilen waren es bis dorthin; das bedeutete bei dieser Geschwindigkeit eine Woche. Er legte den Zirkel aus der Hand und wandte sich zum Gehen, als er ein Stöhnen hörte. Er drehte sich um.

Tavistocks Mund stand offen. Die Lider über seinen trüben Augen hoben sich etwas, und er bewegte die Glieder wie jemand, der aus einem Alptraum erwachte.

»Langsam«, sagte Hawkins und rief nach Chamberlain, daß er etwas Brühe und eine Tasse warmes, mit Honig gesüßtes Wasser bringe.

Tavistock war noch sehr blaß; seine trockenen Lippen waren aufgesprungen, aber er war bei Bewußtsein. Hawkins schob den Arm unter Richards Kopf und hob ihn etwas hoch.

»Wir sind auf See?« fragte Tavistock schwach.

»Aye. Wir sind in Sicherheit und segeln nach Hause, Richard. Gott sei Dank, daß du bei uns bist.«

»Die *Jesus*? Sind wir an Bord der *Jesus*?«

Tavistock versuchte, sich aufzurichten. Sein Gesicht verzog sich vor Anstrengung, und er fiel schwer atmend wieder zurück.

»Wir sind an Bord der *Minion*, laufen nach Norden, um Wasser zu finden. Und die ganze Gesellschaft ist bei uns an Bord.«

»Die *Swallow* – wer steht am Ruder? Ist sie beschädigt?«

»Beruhige dich. Wir machen gute Fahrt. Bald werden wir am Plymouth Hoe stehen und uns wieder auf See hinauswünschen.«

»Wie lange war ich –« Tavistock versuchte noch einmal, sich aufzurichten, als ein stechender Schmerz durch seine Brust zuckte.

Was ist los mit mir? fragte er sich benommen. Warum kann ich nicht aufstehen? Mir ist hundeelend. Die Haut auf seiner Brust brannte wie Feuer. Am Hals fühlte sich alles wund an, und seine ganze linke Seite tat ihm weh.

»Du bist zu langsam, Richard. Ein Spanier hat dich aufgespießt und fast umgebracht.«

Tavistock stöhnte vor Schmerz. Er blickte auf seine Brust und den Verband. Als er ihn zur Seite schob, sah er undeutlich einen ausgefransten roten Fleck von der Größe eines Shillings, vier Zoll über der Brustwarze. Ringsherum war alles blutunterlaufen und schwarz.

Es ist nichts, dachte er. Überhaupt nichts. Ich habe schon einen Mann weiterkämpfen sehen, dem der halbe Arm fehlte.

»Und das hat mich umgeschmissen?« krächzte er.

»Man sagt, daß die Soldaten der westindischen Garnisonen ihre Klingen oft vergiften mit irgendwelchem Zeug, das sie von den Eingeborenen bekommen.«

»Also – hat mich eine Schlange gebissen?«

»Du kannst von Glück sagen, daß du es überlebt hast.«

»Wer kommandiert die *Swallow*? Ist John an Bord?«

In seinem Kopf drehte sich alles, aber die Erinnerung an die Schlacht kehrte allmählich zurück. Die kleine runde Luke über seinem Kopf stand offen, und von der See reflektierte Lichtpunkte tanzten über das Holz. Eine kühle Brise wehte herein.

Er konnte sich an den Spanier erinnern, der ihn durchbohrt hatte. Es war ein Bulle von einem Mann, mit gestreiften Ärmeln und blankem Harnisch. Ich tötete ihn, schickte ihn zur Hölle, wie ich es Amyas Poole versprochen habe. Diese gemeinen Verräter! Haben sich angeschlichen wie die Ratten eines stinkenden Misthaufens und das, nachdem ihr Kommandant sein Wort gegeben hatte!

»Wir haben es ihnen heimgezahlt. Die *Swallow* wurde erobert, Richard.«

Sein Mund verzog sich vor Schmerz. »Wie viele wurden getötet?«

»Zweihundert.«

»Die Hälfte unserer Männer. Und mein Bruder? John?«

Hawkins blickte zu Boden. »Er blieb zurück.«

Er erzählte Richard von dem Brander und daß die *Minion* ablegen mußte und wie er an Bord gehievt wurde.

»Dann ist er vielleicht noch am Leben!«

»Er ist auf der *Jesus* umgekommen.«

»Ist das sicher?«

»Ja. Wenn er von den Spaniern gefangen wurde – auf der Insel jedenfalls hatten sie kein Erbarmen.«

»Aber niemand hat ihn wirklich sterben sehen.«

»Das kann ich nicht sagen.«

Der Schmerz schnürte Tavistock die Kehle zu. Und ich bin schuld, sagte er sich. Es ist mein Fehler. Ich habe das Versprechen, das ich meiner Mutter gegeben habe, nicht gehalten. Ich habe ihn nicht beschützt. Ich war es, der ihm zu dieser Reise verholfen hatte. Ich war es, der bei der ersten Gelegenheit verwundet wurde. Ich war der Grund, warum er zu lange auf der *Jesus* blieb!

Er schloß die Augen und rang nach Luft. Hawkins wurde nach oben gerufen, und Chamberlain kam mit einer Schüssel und einem Kännchen. Der Steward flößte ihm etwas Suppe ein, dann legte er ihn vorsichtig auf das Kissen zurück. Aber Tavistock fand keine Ruhe. Hundert Fragen kreisten in seinem Kopf. War die *Minion* allein? Wer war sonst noch davongekommen? Zweihundert Mann an Bord der *Minion* – das war unmöglich. Was war mit Drake, Hampton, Robert Barrett? Hatte wirklich niemand gesehen, wie John starb?

Als Chamberlain gehen wollte, versuchte Tavistock aufzustehen. Er schwang seine nackten Beine aus der Koje, stützte sich auf einen Stuhl, stand auf und brach gleich darauf in den Armen des Stewards zusammen.

»Ihr seid noch sehr schwach, Kapitän. Versucht zu schlafen.«

Vor Tavistocks Augen verschwamm alles, aber er versuchte trotzdem wach zu bleiben. Chamberlain redete leise und hypnotisierend auf ihn ein.

»Wir segeln nach Hause, heim nach Plymouth und zu unseren Lieben, Kapitän. Ihr werdet Eure Frau und Euren Sohn wiedersehen, und ich werde bald meine Süße in den Armen halten. Mit meinem Anteil am Prisengeld werde ich heiraten. Ich werde mir ein Stück Land kaufen und mich niederlassen. Sie ist ein liebes Mädchen, meine Amy, süß und sanft, mit Wangen wie Äpfel im Hochsommer und kastanienbraunem Haar. Ich bin ein glücklicher Mann, Kapitän, daß ich sie gefunden habe. Wir werden sechs Söhne und sechs Töchter bekommen, und sie werden mir bei der Arbeit helfen, genauso wie ich als Kind meinem Vater geholfen habe. Und das alles verdanken wir dieser Reise und dem General Hawkins und der Tüchtigkeit Eures Bruders. Ich sah, wie die Kisten von der *Jesus* an Bord kamen, Kapitän. Das ist ein Haufen Geld.

Gold und Silber jede Menge. Etwas für die Königin, etwas für den General und etwas für uns arme Kerle, die sein Schiff bedienen... Schlaft jetzt, Kapitän. So ist's recht. Schlaf ist die beste Medizin. Und wenn Ihr etwas träumt, träumt von zu Hause.«

Als Tavistock die Augen schloß, wusch ihm Chamberlain sanft den Schweiß von der Stirn.

Aye, Ihr seid ein Glückspilz, dachte Chamberlain. Auf Euch, Master Richard, hat Gott Seinen Finger gelegt, und Er läßt Euch leuchten wie einen Leuchtturm. Jawohl. Von Rechts wegen solltet Ihr wie Euer Bruder zu Asche verbrannt sein. Ich hab' die *Jesus* gesehen, verkohlt bis an die Wasserlinie. Das war ein Anblick. Eines Tages werde ich meinen Enkelkindern davon erzählen können. Die Balken ein loderndes Feuer vom Bug bis zum Heck, die brennenden Masten wie die drei Kruzifixe auf dem Kalvarienberg! Jetzt ist sie dahin, genau wie der Gunner, der auf ihr verbrannt ist. Ich hab's gesehen – mit meinen eigenen Augen.

Fünf Tage waren inzwischen vergangen. Mit den neuen Rahen hatte die *Minion* 150 Seemeilen zurückgelegt, aber es hatte nicht geregnet, und ihr Wasservorrat war auf ein Faß geschrumpft.

Seit zwei Tagen war Tavistock wieder auf den Beinen. Er trug den Arm in einer Schlinge vor der Brust. Die Blutergüsse waren fast verschwunden. Er hatte alle Extrarationen an Nahrung und Wasser abgelehnt, nachdem er ihre Lage erkannt hatte. Die meiste Zeit stand er allein auf dem Poopdeck und starrte ins Kielwasser oder beobachtete schweigend Hamptons Segelführung. Es ist schwer, jemand anderen die Entscheidungen treffen zu lassen, wenn man schon einmal ein eigenes Kommando hatte, dachte Hawkins, während er Tavistock beobachtete – und besonders, wenn man das eigene Schiff verloren hat. Richard ist ein guter Offizier, nach Drake unser bester Navigator, und ebenso wie Drake scharf auf ein eigenes Kommando.

Nun stand er dort an seinem üblichen Platz, allein, in sich gekehrt, und trauerte um seinen Bruder. Hawkins beschloß, ihn seinen Gedanken zu überlassen.

Tavistocks leerer Magen schmerzte. Seine Wunde heilte langsam. Das Gift war noch nicht aus seinem Körper gewichen, und er fühlte sich noch recht schwach. Ich bräuchte mehr Wasser, um das Gift aus meinem Körper zu schwemmen. Er war an Deck gegangen, um frische Luft an die Wunde zu lassen. Steh auf, hatte er sich gesagt, geh nach oben! Nur nicht auf diesem Krankenlager dahinvegetieren.

Er hatte sich auch gezwungen, nicht mehr über die Tragödie nachzudenken, und in den langen einsamen Stunden hatte er in aller Stille einen Plan geschmiedet. Er beobachtete Sam, der schon wieder in die Takelage kletterte, und lächelte über die Zielstrebigkeit, mit der sich der Junge bemühte, noch einen dieser bunt gefiederten Vögel zu fangen. Dann vernahm er den Ruf.

Der Junge winkte aufgeregt.

»Was sagt er?«

»Der Fluß«, antwortete Boaz.

»Er hat die Lagunen entdeckt!«

Befehle wurden gerufen. Männer rannten zu den Webleinen und Brassen. »Er hat recht, bei Gott!«

Tavistock wurde plötzlich munter. »Da ist eine gefährliche Stelle im Norden. Die Spanier nennen sie die Galleguila-Riffe.«

Hampton bestätigte die Information mit einem Nicken und ließ halsen. Eine Stunde lang kreuzten sie auf die Küste zu. Dann verringerten sie die Fahrt. Ein Mann wurde mit einem sieben Pfund schweren Untiefenlot an einer Fünfzig-Fadenleine nach vorn geschickt. Immer wieder warf er die aufgerollte Leine in hohem Bogen in das klare Wasser voraus. Die Leine war im Abstand von einer Fadenlänge mit Knoten versehen, und jedesmal, wenn das Schiff das Lot erreichte, rief der Mann die Tiefe aus. Hampton notierte die Tiefenmessungen in einem Heft. Dann wurden die Seeanker klargemacht.

Als die *Minion* beidrehte, trat Tavistock zu Hawkins an die Heckreling. »Ich möchte Euch einen Vorschlag unterbreiten, Sir«, sagte er langsam und förmlich. »Wir sitzen in der Klemme, aber ich glaube, ich weiß, wie wir herauskommen können.«

Hawkins wandte ihm das Gesicht zu. Seine schmalen Lippen lächelten nicht. »Sprecht weiter.«

»Diese ganze Küste wird von Küstenschiffen befahren, die zwischen den spanischen Niederlassungen hin und her pendeln. Es sind kleine Schiffe, ich weiß, aber wenn wir uns ein Versorgungslager einrichten und uns auf die Lauer legen, könnten wir eine Menge dieser Schiffe aufbringen, mit ihrer Ladung und ihren Waffen —«

Hawkins fiel ihm ins Wort. »Das ist Freibeuterei, Kapitän.«

Tavistock zögerte. »Ihr könnt es so nennen, aber so wie ich es sehe —«

»Ich nenne es so!« Hawkins' Gesicht lief plötzlich rot an. »Ich will kein Wort davon hören. Die *Minion* ist ein Schiff Ihrer Majestät. Meine Aufgabe ist es, sie heimzubringen.«

»General, nachdem, was geschehen ist, haben wir ein Recht —«

Hawkins durchbohrte ihn mit seinem Blick. »Fordert mich nicht heraus, Kapitän. Ihr vergeßt Euch. Ich habe Euch weit nach oben gebracht, aber noch schneller seid Ihr ganz unten. Ich bringe die *Minion* heim, und wenn es mein Leben kostet.«

Hawkins bebte vor Zorn. Sehr schön, dachte Tavistock und sein Magen krampfte sich schmerzhaft zusammen, du wirst dabei draufgehen und wir alle mit dir. Dabei sollten es die Spanier sein, die draufgehen sollten!

»Bitte, General, laßt mich meinen Standpunkt erklären«, sagte er ruhig. »Vielleicht ist die *William and John* nicht gesunken. Auch Francis könnte es irgendwie nach Hause schaffen. Wir haben keine Verbindung mehr zu England. Seit einem Jahr haben wir nichts mehr vom Hof gehört. Wer weiß, was sich dort abgespielt hat? Francis hat recht. In der Zwischenzeit könnte durchaus Krieg sein. Damit wäre alles legitim.

Elisabeth wurde vielleicht von einem vergifteten Pfeil getötet, oder die Königin von Schottland hat sich auf ihren Thron gesetzt!«

Hawkins riß die Hand hoch und schlug ihm ins Gesicht. Es war ein Schlag, der an Land eine Frau wieder zu Verstand gebracht oder der einen Edelmann zu einem Duell herausgefordert hätte; da er aber so plötzlich kam, hatte ihn niemand sonst bemerkt.

»Ihr sprecht wie ein Verräter!«

Tavistock erstarrte. Innerlich kochte er vor Zorn, und nur die Erinnerung an den Schlag, den *er* Hawkins vor der Schlacht versetzt hatte, ließ ihn Ruhe bewahren. Er atmete langsam in kleinen Stößen aus und wandte den Blick von Hawkins ab.

»Ich entschuldige mich«, sagte er schließlich. »Und ich danke Euch.«

»So, tut Ihr das endlich?«

»Ich hätte das nicht sagen sollen.«

Hawkins wartete, daß er fortführe, aber Tavistock schwieg.

»Dann nehme ich Eure Entschuldigung an, und wir betrachten das Ganze als nicht geschehen.«

Als er Hawkins nachblickte, der zum Quarterdeck hinabstieg, zitterte er am ganzen Körper. Du verdammter Narr, sagte er sich. Du weißt doch sonst, wie man John Hawkins überreden kann. Du hättest keine andere Antwort erwarten dürfen. Was hast du dir bloß gedacht? Welcher Teufel hat dich geritten, so etwas zu sagen? Tagelang hast du gebraucht, um dir den Plan zurechtzulegen, und dann suchst du dir keinen besseren Augenblick aus, um damit herauszuplatzen. Jetzt ist der Plan gestorben. Tot. Und zweihundert Menschenleben mit ihm.

Er wischte sich den Schweiß vom Gesicht und blickte hinüber zum Ufer. Der weiße Sand war nur einen Bogenschuß weit entfernt, und er konnte die Brandung hören. Im Norden mündete der Panuco ins Meer und färbte es braunrot.

Du wirst alt, John Hawkins, dachte Tavistock. An dieser Küste könnten wir lange überleben, und mit einem wendigen Schiff die Spanier ausnehmen. Es gibt genug Holz, frisches Wasser und fruchtbaren Boden, um Gemüse zu pflanzen. Wenn wir die Hälfte der Männer in einer Palisade am Ufer versteckten und mit der anderen Hälfte mit der *Minion* auf Patrouillenfahrt gingen, stellten wir für alles und jeden eine Bedrohung dar. Wir könnten den ganzen Golf lahmlegen, und sobald wir genug hätten, würden wir uns eine ihrer großen Galeonen schnappen und heimkehren mit einem Eimer voll Perlen für die Königin. Und wenn sie uns dann als Piraten hängen, war ihnen nicht zu helfen.

Der Trompeter blies das Signal: Alle Mann Achtung! Hawkins stand an der Quarterdecksreling und stieß seinen Degen zwischen die Decksplanken. Seine Stimme klang kräftig und bestimmt. Er verlas 36 Namen aus einer vorbereiteten Liste, und die Aufgerufenen sollten sich an der Steuerbordseite aufstellen.

»Ich bin Tag für Tag zwischen euch umhergegangen und ich höre so mancherlei. Einige von euch hoffen auf Rettung durch die Spanier, andere wollen sich der Gnade von Wilden und Heiden ausliefern. Drum hört meine Entscheidung: Mit diesem Degen teile ich die Schiffsbesatzung in zwei gleiche Hälften. Die Männer, die ich aufgerufen habe und die jetzt rechts von meinem Degen stehen, werden Hunger und Sturm trotzen und die Überfahrt nach England versuchen. Jeder, der das ebenfalls möchte, kann sich ihnen anschließen. Die übrigen stellen sich an backbord auf. Sie werden an Land gehen und dort ihr Heil suchen, wie es ihnen beliebt – bei den Indianern oder bei den Spaniern. Solltet ihr euch nicht einig werden, wird durch das Los entschieden.«

Die Männer traten unschlüssig von einem Bein auf das andere, starrten zum Quarterdeck hinauf, blinzelten in die Sonne, und dann sahen sich alle ängstlich an. Alle Männer, die für die Bedienung und Instandhaltung des Schiffes benötigt wurden, waren aufgerufen worden. Weitere sechzig wollten mit ihnen fahren.

Tavistock meldete sich. »Mit Eurer Erlaubnis, Generalkapitän. Ich würde gern an Land bleiben.«

Die Antwort vom Quarterdeck war eisiges Schweigen. Dann setzte ein Chor von Stimmen ein, die alle baten, Tavistocks Platz einnehmen zu dürfen.

Hawkins befahl ihnen zu schweigen. »Master Tavistock wurde aufgerufen. Er bleibt an Bord.«

»Die Männer, die an Land gehen sollen, sind führerlos«, rief Tavistock zurück. »Sie brauchen einen Kommandanten, wenn sie nicht alle umkommen sollen!«

Erneut machte sich Unruhe in der Mannschaft breit.

Hawkins deutete auf eine eisenbeschlagene Truhe, die neben ihm auf dem Deck stand. Hampton hob den Deckel, nahm eine Handvoll goldener Pesos und ließ die Münzen durch die Finger gleiten, so daß sie jeder sehen konnte.

»Ich habe euer Anteilsrecht nicht vergessen. Kein Mann hat mir gegenüber seinen Eid gebrochen. Ja, viele haben meine Erwartungen übertroffen, und keiner von euch wird erleben, daß ich mein Wort breche. Alle, die an Land gehen, bekommen jetzt ihren Anteil. Jeder wird deshalb Geld haben – Heuer, Bonus und Prisenanteil werden bar ausbezahlt, entweder hier oder je nach Wunsch, an die Familie daheim, sollte die *Minion* dem Verderben entgehen und England erreichen. Außerdem verspreche ich euch, daß ich im nächsten Jahr wiederkommen werde, wenn Gott es zuläßt, um euch nach Hause zu holen, und daß ich euch den Zwischenaufenthalt in Westindien bezahlen werde.«

Der Truhendeckel blieb offen. Die dicken Goldmünzen funkelten in der Sonne, während Hawkins seine Männer vor die Wahl stellte.

Fuller trat vor. »Ich habe Frau und drei Kinder, Sir. Bringt ihnen meinen Anteil.«

Ein zweiter Mann entschied sich ebenso, drei weitere traten vor und ließen sich auszahlen. Andere folgten ihnen.

Tavistock schaute zu. Ein paar Männer begannen zu streiten, andere bekreuzigten sich und beteten.

Zwischen hier und der nächsten spanischen Siedlung liegen fünfzig Meilen Wildnis, dachte er, Fiebersümpfe und Urwald, überall Wilde, und niemand garantiert uns, daß uns die Spanier nicht gleich über den Haufen schießen, sobald sie uns sehen. Ich habe einen Grund hierzubleiben. Ich muß erfahren, ob mein Bruder noch lebt.

Nur dreißig Männer hatten sich freiwillig gemeldet. Hawkins schrieb ihre Namen auf, und als die übrigen um Bedenkzeit baten, willigte er ein und hob die Versammlung auf. Das kleine Beiboot wurde zu Wasser gelassen, und diejenigen, die sich entschlossen hatten, an Land zu gehen, wurden unverzüglich ans Ufer gebracht.

Anschließend begannen sie mit dem Füllen der Wasserfässer, was den ganzen Nachmittag über dauerte. Tavistock beschäftigte sich unterdessen, indem er die Tiefen und einen Lageplan ihres Ankerplatzes in sein privates Logbuch eintrug. Mit Hawkins sprach er erst wieder am späten Nachmittag. Hampton hatte ihm mitgeteilt, daß die zur Heimreise abkommandierten Männer an Bord zu bleiben hätten, aber Tavistock ging dennoch zu Hawkins und bat um die Erlaubnis, mit den Wasserholern bis zur Flußmündung mitfahren zu dürfen. »Wenn ich Obstbäume fände, wäre das für unsere Reise ganz nützlich.«

Hawkins sah ihn scharf an. Dann sagte er: »Nehmt Chamberlain und noch zwei Männer von den Wasserholern mit.«

»Danke, General.«

Als sie die anderthalb Meilen bis zur Flußmündung parallel zum Ufer nach Norden ruderten, stand die Sonne bereits tief am westlichen Horizont. Es sollte die letzte Fahrt zum Fluß sein, und die Männer, denen die Arme nach einem langen und schweren Arbeitstag weh taten, ruderten langsam. Tavistock setzte sich an die Ruderpinne und betrachtete den dunkelnden östlichen Himmel. Die See war kabbelig und der Wind frischte von Minute zu Minute stärker auf.

In der Nacht wird es ein Gewitter geben, dachte er, als er die regenschweren Wolken von Norden heraufziehen sah. Ein schlechtes Omen. Die Jahreszeit der Wirbelstürme hat uns viel zu lange hier festgehalten. Jetzt müßte eigentlich Schluß damit sein. Unsere Schiffe sind nicht dafür gebaut, gegen den Wind zu laufen. Wir brauchen einen Fockmast mit Toppsegeln, und wir müßten das Toppsegel so brassen können, daß wir dichter am Wind bleiben könnten. Unsere Schiffe bieten mit ihrem hohen Vorderkastell und Poopdeck dem seitlichen Wind viel zu viel Angriffsfläche; dadurch krängen sie und verlieren Fahrt. Für die westindischen Gewässer brauchen wir Schiffe mit einem tiefer gelegten Kiel, einem Rumpf, der tiefer im Wasser liegt und dem Wind sowie den spanischen Kanonen so wenig Angriffsfläche wie möglich bietet.

Sie landeten auf einer schlammigen Landzunge neben der Mündung, und während die Wasserfässer gefüllt wurden, führte Tavistock seine kleine Abteilung am Ufer entlang. Sie fanden Guaven und sammelten sie in ihren Segeltuchsack. Chamberlain kam beladen mit Früchten, die wie kleine Gurken aussahen. »Die Indianer nennen sie *nochole*. Ich nahm soviel ich tragen konnte.«

»Gibt es noch mehr davon?«

»Jede Menge, Kapitän.«

Tavistock rückte seine Armschlinge zurecht und blickte zum Abendhimmel hinauf. Es wird schnell dunkel in diesen Breiten, dachte er. Sie hatten Neumond, und der Sternenhimmel würde hinter der Wolkendecke verschwinden. In der Bucht draußen flammten die Positionslichter der *Minion* auf. Er erkundigte sich, wie lange das Füllen der Wasserfässer noch dauern würde, dann machte er sich mit dem letzten Leinensack noch einmal auf den Weg.

»Wir haben noch Zeit. Zeig mir, wo es diese *nochole* gibt.«

Die Lichtung lag ganz in der Nähe. Große Fledermäuse huschten über sie hinweg, und im Wald stimmten Insekten und Frösche ihr Abendkonzert an.

»Ich habe mir etwas überlegt, Kapitän. Vielleicht sollte ich auch freiwillig hierbleiben.«

Tavistock sah den Steward überrascht an. Er mochte die sanfte Art dieses Mannes, die er trotz des rauhen Lebens an Bord stets gleichbleibend und mit Würde gezeigt hatte.

»Ich dachte, Ihr habt vor zu heiraten, Chamberlain.«

»Stimmt schon, Kapitän. Aber ich habe Schulden. Die Bezahlung für ein Jahr Ausgesetztsein würde uns helfen, Amy und mir. Ob ich nun noch eine Fahrt mache oder gleich hierbleibe, kommt fast auf dasselbe hinaus. Sie wird auf mich warten.«

»Wenn du meinen Rat hören willst, Chamberlain, dann such deine Chance bei den anderen und schlag dir das Hierbleiben aus dem Kopf. Überlaß solche Entscheidungen dem Allmächtigen.«

»Aber Ihr habt Euch auch freiwillig gemeldet, Kapitän?«

Tavistock räusperte sich. »Aye – aber das ist etwas anderes.«

Chamberlain schwieg und Tavistock entfernte sich einige Schritte. Er dachte wieder an zu Hause und grübelte über die grausamen Verwicklungen seines Schicksals nach. Er hatte Frau und Kind zu Hause und war ihnen verpflichtet. Aber es gab mehr als eine Art von Pflicht. Wie konnte ein Mensch den Wert seines eigenen Lebens einschätzen, besonders, wenn er es seinem Bruder verdankte? Einem Bruder, der wahrscheinlich tot war, der aber genausogut in irgendeiner spanischen Folterkammer in Ketten liegen konnte und vielleicht auf Rettung wartete? Wie konnte er einen Wert bestimmen, wenn es um seine Familie ging? Dann war da noch seine Pflicht gegenüber John Hawkins, die durch den Verlust der *Swallow* und seine unverzeihliche Unbotmäßigkeit noch schwerer wog. Und schließlich war er den Männern verpflichtet – allen von ihnen. Viele kannte er seit Jahren, und allen drohte jetzt das Ausgesetztsein oder der Hungertod. Es war alles in allem zu viel für einen rechtschaffenen Mann.

Er streckte sich, um nach einer Frucht zu greifen, als plötzlich etwas an seinem Kopf vorbeizischte. Er hörte einen dumpfen Aufschlag am Baumstamm und wußte sofort, was es war.

»Chamberlain! Lauf zum Boot!« schrie er, ließ den Sack mit den Früchten fallen und zog mit seiner gesunden Hand eine geladene Pistole. Ein zweiter Pfeil bohrte sich vor ihm in den Boden. Im Halbdunkel konnte er nicht erkennen, wie viele Indianer es waren, aber er wußte, daß die Indianer von der Jagd mit Pfeil und Bogen lebten und im allgemeinen beim zweiten Mal nicht danebenschossen.

Sie rannten zum Strand zurück, Tavistock als letzter, während er verzweifelt versuchte, seine Pistole zu spannen. Als es klickte, blieb er stehen und feuerte in das Gebüsch hinter seinem Rücken. Es dauerte eine entsetzlich lange Viertelsekunde, bis der Funke sprang, zischte und endlich mit hellem Blitz und lautem Knall der Schuß losging.

Er vernahm einen Schrei, eine Bewegung im Gebüsch, wartete aber nicht, bis jemand dort auftauchte. Zusammen mit Chamberlain erreichte er den Strand. Atemlos kletterten sie ins Boot. Pfeile sausten durch die Luft und blieben im Schlamm vor ihnen stecken. Der Schuß hatte die Männer, die bereits im Boot warteten, gewarnt. Sie sprangen ins Wasser, und während die einen das Boot durch die Brandung schoben, deckten drei andere ihren Rückzug mit Pistolenschüssen.

Erst als die letzten fünf im Boot waren und der Bug durch die Wellen stieß, löste sich ein Dutzend langhaariger Gestalten aus dem Baumschatten. Schreiend und mit den Armen fuchtelnd rannten sie hinunter zum Strand.

Die Riemen trugen das Boot rasch vom Ufer weg und hinaus in die Strömung des Flusses.

Tavistock zählte ab. Zwei Männer fehlten. Zu spät, dachte er. Es bleibt uns nichts anderes übrig, als zum Schiff zurückzukehren. Der Wind half ihnen dabei, und als sie längsseits kamen, fragte Hawkins nach den fehlenden Männern.

Tavistock berichtete.

»Wilde?« knurrte Hawkins. »Sagt lieber nichts, um den an Land Bleibenden keine Angst einzujagen. Wir haben bereits gelost.«

Sobald die Wasserfässer an Bord geholt waren, ließ Hampton die Männer, die hierbleiben sollten, ins Boot steigen. Chamberlain und vier weitere Männer der Wasserholer waren in ihrer Abwesenheit durch das Los zum Hierbleiben verurteilt worden.

»Die Entscheidung ist gefallen«, sagte er zu Tavistock. Und jetzt stand die Angst in seinen Augen. Der Angriff der Wilden hatte ihn zutiefst erschreckt.

»Gott mit dir, John Chamberlain.«

»Und mit Euch, Kapitän.«

Sie schüttelten sich die Hände.

»Sag deinen Kameraden, es wird das beste sein, wenn ihr versucht, nach Panuco zu kommen. Fünfzig Meilen flußaufwärts. Dort werdet ihr Spanier finden.«

Tavistock zog einen Ring vom Finger. Er war aus Gold und trug einen großen schwarzen Stein, auf dem ein Phönix in Flammen eingraviert war. Es war seit sieben Jahren das erste Mal, daß er ihn abnahm.

»Nimm ihn.«

»O nein, Kapitän –« Chamberlain versuchte zu protestieren.

»Ich werde dafür sorgen, daß deine Amy ihr Gold bekommt. Wenn du meinen Bruder John finden solltest, gib ihm diesen Ring als das Versprechen, daß ich zurückkommen werde, um ihn zu holen – um euch alle zu holen.«

Der Steward steckte den Ring in sein Hemd und stieg hinunter in das schaukelnde Boot. Als es ablegte, setzte der Regen ein und fegte in dichten Böen über die See. Die Mannschaft der *Minion* stand an der Reling, winkte und rief den Männern im Boot tröstende Abschiedsworte nach.

Chamberlain sah die *Minion* kleiner werden. Als sie gelandet waren, stand er etwas abseits von den anderen, die sich ängstlich am Strand zusammendrängten. Er nahm den Ring

aus der versteckten Innentasche seines Hemds und steckte
ihn an, aber er war zu groß für seine Finger. Obwohl ihm der
Regen ins Gesicht schlug, starrte er halb blind hinaus zu den
Lichtpunkten, die alles waren, was er von der alten, vertrauten Welt noch sehen konnte, bis sie schließlich verschwanden und er plötzlich mit absoluter Endgültigkeit wußte, daß
er England und seine Amy nie wiedersehen würde.

# 3

Die beiden Frauen saßen allein auf der Rückseite von Don
Luis Zegris Haus im kühlen Schatten einer offenen Veranda,
umrankt von üppig wucherndem, süß duftendem Blütenge-
zweig. Aber die friedvolle Ruhe täuschte. Der Anblick des
Engländers, den man eben gefangen hatte, erfüllte die jün-
gere der zwei Frauen mit Verwunderung und Erregung. Maria de Escovedo war die Tochter von Don Bernardino de Escovedo, Ritter von Kastilien und Besitzer einer der großen *ha-
ciendas* in der Nähe von Ciudad de México. Auf Wunsch ihres
Vaters hatte sie Madrid verlassen, um wieder bei ihrer Familie zu leben und ihre kranke Mutter zu pflegen. Das jedenfalls
war der offizielle Grund, den Don Bernardino in seinem Brief
an den König angegeben hatte; er hatte selbstverständlich
mit keinem Wort die Vergewaltigung oder die heikle Angelegenheit des Infanten erwähnt.

Neben ihr saß Doña Isabella, die ein Stück Stoff mit winzigen Stichen bestickte. Sie war eine fromme, rechtschaffene
Frau Anfang vierzig und stammte aus einer Generation, die
ihre Jugend unter Kaiser Karl erlebt hatte. Sie war mit ihrem
Mann, dem Vizekönig, nach Mexiko gekommen, aber nachdem sie während der ganzen Überfahrt seekrank war, haßte
sie Schiffe, sie haßte das Land Mexiko und, wie es schien, sogar Don Emilio. Sie haßte mit solcher Inbrunst, daß Maria am
Ende der Reise glaubte, sie hasse das Leben selbst.

Der neue Gefangene, den Maria von der Veranda aus erblickte, trug nichts als eine zerlumpte Hose und eine auf dem Körper festgebackene Schlammschicht. Er war an Händen und Füßen mit Ketten gefesselt. Drei Soldaten führten ihn mit Stricken an einem Halseisen, als wäre er ein wertvoller Sklave, der nicht beschädigt werden dürfe. Haar und Bart waren schmutzverklebt und trotzdem sah er sich mit uneingeschränkter Neugier um, und ein gewisser Stolz in seiner Haltung verlieh ihm unverkennbar Würde.

Seit der Schlacht sind zwei Wochen vergangen, dachte Maria. Er muß sich versteckt haben in den Mangrovesümpfen oder auf einer Plantage am Rande der Stadt. Hatten ihn die Soldaten gefangen? Hatte er sich freiwillig gestellt? Oder hatte ihn vielleicht einer von Pedro Gomaras Hunden aufgespürt, als er auf Nahrungssuche war?

Der Lärm im Gefängnis schwoll an. Sie sah, wie er auf die Rufe seiner Schiffskameraden hin die Finger an die Lippen legte, und sie hörte ihn einen durchdringenden Pfiff ausstoßen, der von den Gefangenen mit Geschrei und Beifall erwidert wurde. Als er an der Veranda vorbeikam, war er nur fünfzehn Schritte von ihr entfernt. Was dann geschah, jagte ihr das Blut in die Wangen, denn er blickte ihr mitten ins Gesicht, blieb stehen und machte eine ritterliche Verbeugung noch bevor ihn die Soldaten daran hindern konnten. Als sie ihn wegen dieser Frechheit traten und schlugen, wehrte er sich trotz seines erschöpften Zustands und der hinderlichen Fesseln.

Die Soldaten ruckten ein paar Mal kräftig an den Stricken und zerrten ihn in den Staub; dann zogen sie ihn wie einen Hund hinter sich her. Aber er war kein Hund. Er war ein Mann. Er hatte ihnen gezeigt, daß er Charakter besaß.

»Man sollte sie alle umbringen«, sagte Doña Isabella gereizt. »Sie sind keine Christenmenschen. Sie sind nicht besser als diese angemalten Wilden, die im Dschungel hausen.«

»Oh! Wie könnt Ihr so etwas sagen, Doña Isabella? Auch ihre unglücklichen Seelen gehören Gott.«

Unwillkürlich wanderten Marias Augen immer wieder hinüber zum Gefängnis, und sie mußte ihrem Gesicht Kühlung zufächeln, während ihr Doña Isabella peinlich forschende Blicke zuwarf.

»Sie sind schlimmer als die Wilden. Sie stinken. Kannst du sie nicht riechen, Maria?«

»In einer Gefängniszelle riecht niemand gut.«

»Aber Maria, du verstehst nicht. An ihnen haftet ein Gestank, den kein Wasser abwäscht. Diese Engländer riechen nach Ketzerei. Dagegen hilft nur das Feuer.«

Doña Isabella betrachtete die junge Frau. Sie hatte gesehen, wie die Offiziere sie angesehen hatten mit diesen sehnsüchtigen Blicken, die sich die Männer für die Schönen und Unerreichbaren vorbehalten. Maria hatte eine makellose Haut wie goldgelber Honig, und ihre Augen unter den feingeschwungenen schwarzen Brauen, die sich hochmütig wölben konnten, waren dunkel und glänzend.

Ich sehe genau, daß du heimlich zum Gefängnis hinüberschielst, Maria de Escovedo, dachte sie. Es hat deinem dummen Stolz geschmeichelt, als sich dieser Ketzer vor dir verneigte. Ob du noch Jungfrau bist? Oder hast du dir von einem Madrider Höfling die Zukunftsaussichten verderben lassen? Wir haben jetzt beinahe ein Vierteljahr miteinander verbracht, und du hast mir so gut wie nichts erzählt. Bist du ebenso wie deine Schwester am Hof in Ungnade gefallen? Bekommst du vielleicht ein Kind? Ist das der wirkliche Grund für deine Rückkehr in diese mexikanische Hölle? Nun, schwanger oder nicht – deine Schönheit wird hier nicht von langer Dauer sein, meine Liebe. Mexiko ist das äußerste Ende der Welt. Ich hasse es, und ich verfluche den Tag, an dem sich mein Gemahl wegen seiner Ehre gezwungen sah, beim Intrigenspiel des Königs mitzumachen.

Sie kratzte die juckenden Mückenstiche unter dem dicken Stoff ihres Ärmels. An mein Wohlergehen hast du keinen Gedanken verschwendet, Emilio. Du hättest auf mich hören sollen. Warum nur konntest du nicht einsehen, daß alles im

Elend enden würde? Glaubst du vielleicht immer noch, daß dir der König eine Ehre erweisen wollte, indem er dich hierherschickte? Vielleicht warst du doch von Don Carlos' Teufeln beeinflußt. Das hier jedenfalls bedeutet Exil! Du hättest klüger sein müssen und dich nicht mit dem Infanten einlassen sollen.

Sie rutschte im Stuhl hin und her, um ihren schmerzenden Rücken zu entlasten.

»Don Luis erzählte mir, Vera Cruz sei die älteste Stadt in Mexiko«, sagte Maria. »Hernan Cortés habe sie vor fünfzig Jahren gegründet.«

Doña Isabella schnaubte verächtlich. »Hat er dir auch erzählt, daß Cortés hier seine sämtlichen Schiffe verbrennen ließ, damit ihm seine *conquistadores* nicht davonliefen?«

»Er sagte, diese Veranda sei aus dem Holz von Cortés Flaggschiff gebaut.«

Aus dem Innern des Hauses drangen Stimmen, und immer wieder unüberhörbar die zornige Stimme des Vizekönigs. Maria lauschte, obwohl sie bereits wußte, was bei dieser Zeugenvernehmung herauskommen mußte.

»Hörst du mir zu, Maria?«

»Ja, Doña Isabella. Natürlich. Ihr wißt, daß ich Euch zuhöre.«

Maria strich über das ausgebleichte, rissige Holz der Verandabrüstung. Ein Zug winziger roter Ameisen folgte einem gewundenen Pfad die weißgekalkte Wand empor, eine jede beladen mit einem winzigen Tribut für die Ameisenkönigin. Ja, dachte sie, ich höre Euch zu – weitaus besser als Ihr Euch vorstellt. Ich höre Euch jetzt zu, ich hörte Euch auf dem Schiff zu, und ich hörte Euer Bettgeflüster. Ich weiß, worum es bei dieser Untersuchung geht und daß es nur wenig mit der Wahrheit zu tun hat.

Don Emilio versuchte, sich aus der Verantwortung für den Verlust des Schiffes Seiner Majestät herauszuwinden. Der Admiral Luzon war zu gewieft und zu erfahren, um ihm in die Falle zu gehen. Aber sein wesentlich jüngerer Vizeadmiral, ein mutiger und unternehmungslustiger Mann, der handelte und wenig auf die möglichen Folgen achtgab – dieser Kapitän Ortega würde eine leichte Beute sein, der perfekte Sündenbock. Wie ich Euch verachte, Don Emilio, für das, was Ihr ihm antut. Ich weiß, welche Art Mann Ihr seid. Ihr habt keine Ehre, weder im Kampf noch sonst.

Sie erinnerte sich, wie sie an jenem Morgen vor zwei Wochen auf ihrem Balkon gestanden war. Sie war eben an Land gekommen und bestaunte das große Zimmer, das man ihr in Don Luis' Haus gegeben hatte. Die vielen Gerüche, die auf sie eindrangen, fand sie nach der langen Zeit auf See herrlich und aufregend. Es roch nach Pferden, Jasmin, nach frisch gebackenem Hefebrot. Und nach der winzigen Kabine und dem engen Promenadedeck auf der *Trinidad* erschien ihr dies alles wie ein Paradies. Wahrhaftig, eine neue Welt! Aber wie der Boden bei jedem Schritt geschwankt hatte! Sie glaubte, sich nie wieder an festes Land gewöhnen zu können.

Das Haus von Don Luis war das größte in Vera Cruz und imposant, wie es dem *alcalde*, dem Bürgermeister geziemte. Ihr Zimmer war sauber und weiß gestrichen; es hatte eine hohe Decke und einen Balkon, von dessen schmiedeeisernem, mit Kletterpflanzen überwucherten Geländer bei jedem Windstoß leuchtend rote Blütenblätter auf die Straße regneten.

Die Ehre, die ihr der etwas kindische Bürgermeister erwies, verdankte sie dem Ansehen ihres Vaters. Von ihrem Fenster aus hatte sie einen herrlichen Blick auf den Hafen. Sie hatte an jenem Morgen die Fensterläden geöffnet, um die Sonne ins Zimmer zu lassen. Die türkisblaue Bucht schimmerte wie tausend Edelsteine, und Don Franciscos Schiffe nahmen sich darauf aus wie Spielzeug. Auf der Straße war Gonzalo auf seinem Braunen vorbeigeritten, gefolgt von drei Dienern, die den ganzen Weg von Ciudad de México zu Fuß zurückgelegt hatten. In seiner eleganten Uniform hatte sie ihn nicht erkannt.

Über ihrem Bett hingen dicht gewebte Netze. Ihre neue

Zofe Clara hatte versprochen, jeden Abend sorgfältig nachzusehen, daß nirgends ein Spalt offen blieb, durch den die blutsaugenden *tequani* kriechen könnten. Sie hatte das Mädchen hinuntergeschickt, um frische Blumen zu holen; dann hatte sie das Netz zurückgeschlagen und gerade, als sie ausprobieren wollte, wie man auf der mit Federn gestopften Matratze lag, passierte es.

Anfangs dachte sie, es sei ein Salutschuß, aber als immer mehr Kanonenschüsse fielen und sich die Balkone mit aufgeregten Zuschauern füllten, war auch sie auf ihren Balkon hinausgelaufen. Von überall her kamen Anfeuerungsrufe; unten, auf der Straße, rannten Soldaten. Die Schiffe im Hafen hatten sich in Bewegung gesetzt, und dann hatte sie gesehen, wie das größte Schiff, eine Galeone von eintausend Tonnen, zu einem riesigen Feuerball aufblühte. Als Sekunden später der Schall zu ihr herüberdrang, erreichte sie auch die Druckwelle der Explosion, und es war wie ein heftiger Schlag gegen Brust und Magen.

Sie glaubte, diesen Schlag noch jetzt fühlen zu können.

»Kein Zweifel, mein Gemahl wird sich ihrer sehr bald annehmen«, sagte Doña Isabella. »Im Grund weiß ich nicht, warum er sie nicht schon längst aufhängen ließ. Dann hätte man sie gleich mit den übrigen Leichen verbrennen können. Pfui! Allein ihr Anblick jagt mir eine Gänsehaut über den Körper. Sie sind gewöhnlich und schmutzig, und mit ihrer ekelhaften Sprache geben sie wer weiß was für Abscheulichkeiten von sich.«

Maria wedelte mit ihrem Fächer und schaute dem Messingfingerhut zu, wie er über Doña Isabellas Sticktrommel tanzte. »Ihre Landsleute haben Eurer Majestät sehr viel Ärger bereitet; aber sind diese Herren nicht die Geiseln, die ausgetauscht wurden, bevor man uns in den Hafen ließ?«

»Du kannst sie doch nicht im Ernst als Herren bezeichnen, Maria. Keinen englischen Heiden kann man so nennen.«

»Vermutlich hat Euer Gemahl recht, sie Piraten zu nennen.«

»Hast du die Bewegung gesehen, die der eine in meine Richtung machte? Wie unanständig! Wie obszön!«

»Er hat sich nur vor uns verneigt, Doña Isabella.«

Doña Isabella ließ ihre Nadel ruhen und wandte sich vorwurfsvoll an Maria. »Wie kannst du es wagen, du unnützes Ding, ihn zu verteidigen? Laß dir sagen, Maria, ich kenne diese englischen Manieren sehr gut. Vor vierzehn Jahren, als ich nur ein wenig älter war als du, kam ich im Gefolge unseres guten Königs Philipp auf ihre nichtswürdige kleine Insel. Er war damals noch Prinz, erst sechsundzwanzig Jahre alt, und die Frau, die er heiraten sollte, war siebenunddreißig. Sie war die Königin Mary von England. Natürlich, sie war von Geburt halb spanisch – ihre Mutter stammte aus Aragon –, aber die andere Hälfte war reinstes englisches Blut von diesem feisten, gottlosen Schwein König Henry. Mary war zwar Katholikin, aber es besteht überhaupt kein Zweifel, daß der Fluch, der auf ihrem ketzerischen Vater lag, auf alle seine Nachfahren überging.«

Doña Isabella bekreuzigte sich.

»O ja, es stimmt, daß es außerhalb von Spanien kein Leben gibt, keine *civilización*.«

»Nicht einmal hier, innerhalb des Reiches, Doña Isabella?«

»Hier ganz besonders nicht.«

Maria klappte ihren Fächer zu. Ihr redet, als wäre Spanien das Paradies, dachte sie. Aber das ist es nicht. Und der Hof in Madrid ist seit Jahren die Hölle. König Philipp hatte früher schon einmal geheiratet. Noch als Jüngling wurde er mit Maria von Portugal vermählt, die ihm einen geisteskranken Sohn, Don Carlos, gebar. Der Gedanke an dieses keckernde, mißgestaltete Ungeheuer verfolgte sie noch heute. In der Familie seiner Mutter war die Geisteskrankheit seit Generationen erblich. Der *Infante* war von Geburt an wahnsinnig, und im Laufe der Jahre und während der häufigen Abwesenheit seines Vaters von der Hauptstadt hatte Don Carlos in seiner rachsüchtigen Raserei den kaiserlichen Hof mit Furcht und Abscheu erfüllt.

Marias Magen verkrampfte sich, als sie sich dieses königlichen Irren erinnerte, der ihre Schwester gepeinigt und ihr den Aufenthalt in Madrid zur Hölle gemacht hatte. O ja, ich erinnere mich an dich, Don Carlos! Sie mußten dir ein Loch in den Kopf schneiden, um die bösen Geister herauszulassen, die deine Seele quälten. Diese Dämonen trieben dich dazu, jeden zu quälen, der in deine Nähe kam. Im Sommer schliefst du nackt auf einem Bett aus Pyrenäeneis. In deinen Gemächern grilltest du lebendige Hunde und Kaninchen. Du rittest Pferde zuschanden und freutest dich an ihrem Todeskampf. Du hast meine Schwester halbtot gepeitscht, bevor du sie vergewaltigt hast. Und niemand konnte etwas gegen dich unternehmen, denn du warst der Sohn des Königs. Jetzt bist du tot, aber deine unsterbliche Seele wird niemals Ruhe finden.

Maria zwang sich, an andere, schönere Dinge zu denken. Bald würde sie ihre Mutter und ihren Vater wiedersehen. Fast zehn Jahre war sie fort gewesen. Als ganz junges Mädchen hatten sie ihre Eltern zusammen mit ihrer Schwester nach Spanien geschickt zu einer Tante, einer Hofdame am königlichen Hof, damit sie kultivierte Umgangsformen lernten. Endlich daheim, dachte sie und sog in tiefen Zügen die Luft der Neuen Welt ein, die für sie die Freiheit bedeutete.

Marias Finger glitten über die Christusfigur an ihrem großen Anhängerkreuz und die Geschichten fielen ihr ein, die sie über England und seine tragische Königin gehört hatte. Die Verbrennungen, das Blutvergießen, die eingebildeten Schwangerschaften – wie sehr muß sie Gott angefleht haben, ihr einen Sohn zu schenken, damit die Thronfolge gesichert wäre. Aber sie war unfruchtbar, und als ihre Regel ausblieb, war es nicht, weil sie ein Kind erwartete. Ein Jahr danach hatte sich ihr Schwiegervater, Kaiser Karl, amtsmüde und erschöpft, in das Kloster von Juste zurückgezogen. Er hatte das Heilige Römische Reich seinem Bruder Ferdinand überlassen und Spanien seinem Sohn Philipp. Mary und Philipp hatten in Greenwich tränenreich Abschied voneinander genommen, aber man munkelte, Philipp sei heilfroh gewesen, diesem naßkalten England und den Armen seiner talggesichtigen Gemahlin entfliehen zu können.

Mary ließ in ihrem verzehrenden Wunsch, England für den Katholizismus und dadurch vielleicht auch ihren Gemahl zurückzugewinnen, die führenden und lautstärksten Protestanten verhaften und auf den Scheiterhaufen schikken. Hunderte wurden bei lebendigem Leibe verbrannt – nicht einmal der Widerruf in letzter Minute wurde ihnen vergönnt, der bedeutet hätte, daß man sie erdrosselte, bevor man den Holzstoß in Brand steckte. Aber Philipp war mit Intrigen gegen die Franzosen und den von den Franzosen unterstützten Papst beschäftigt, deren eventuelle Folgen viel zu wichtig waren, als daß er sie wegen einer alternden, wassersüchtigen Frau hätte aufs Spiel setzen können.

Erst drei Jahre später, als sich die Kampagne gegen den von den Engländern gehaltenen Hafen Calais richtete, kehrte er an ihre Seite zurück, aber auch nur für vier Monate. Wieder tauchte das Phantom Schwangerschaft auf; wieder verließ Philipp England und seine Königin. Calais fiel. Mary versank in Melancholie. Ihr Volk, um dessen Rettung sie sich so sehr bemüht hatte, haßte sie und gab ihr die Schuld am Verlust des letzten englischen Stützpunkts auf dem Kontinent. Im Herbst desselben Jahres starben Kaiser Karl und seine Schwester, Maria von Ungarn; und es starb der Erzbischof, Kardinal Pole, ein treuer Freund der Mary Tudor, in seinem Palast in Lambeth. Mit ihnen war auch der Traum eines in Christo vereinten Europas gestorben, den Mary und Philipp geträumt hatten.

Ihr Leben muß ihr schrecklich sinnlos erschienen sein, dachte Maria. Sie war verachtet von ihrem Volk, verlassen von ihrem Gemahl, ohne Liebe, ohne Kinder. Sie hatte nichts mehr, wofür es sich zu leben lohnte, und als sie starb, überließ sie ihr Reich und ihre Krone ihrer Halbschwester Elisabeth.

»... und dieser Teufelsbraten, dieser Bankert, bemächtigte sich ihres Throns.«

»Vergebung, Doña Isabella, was sagtet Ihr?«

»Diese Mätresse von Ketzern, die jetzt auf dem Thron von England sitzt – sie hat die Krone gestohlen, oder vielleicht nicht?«

»O ja.«

Ein Diener – ein Mestize – brachte ihnen Limonade in einem irdenen Krug aus dem kühlen, gemauerten Keller des Hauses. Sie schmeckte säuerlich und brannte leicht auf den Lippen. Maria blickte wieder zum Gefängnis hinüber, und nach einer Weile sagte sie: »Was, glaubt Ihr, wird Don Emilio mit den Geiseln tun?«

Doña Isabella legte ihre Stickerei beiseite. Stirnrunzelnd blickte sie zum Gefängnis. »Laß uns hineingehen, Maria. Ich sehe, die Hitze bekommt dir nicht.«

Als sie durch das große luftige Treppenhaus in ihre Zimmer hinaufgingen, hörte Maria Hellebarden auf das Pflaster schlagen. Die Wache des Vizekönigs nahm Präsentierhaltung ein. Der Admiral war gekommen, pünktlich auf die Minute und zweifellos in der Absicht, sich für das Leben seines stellvertretenden Kommandeurs einzusetzen.


»Waren es nicht der Unternehmungsgeist und die militärische Stärke Spaniens, die die Neue Welt entdeckt und unterworfen haben? Dann, bei Gott, wird Spanien auch dafür sorgen, daß es seinen Tribut erhält!« schallte es Luzon aus dem Sitzungsraum entgegen.

Neben dem polternden Vizekönig, der an einem großen Tisch präsidierte, saßen geduldig sein Sekretär, mehrere Priester, Offiziere und Stadtverordnete.

Die dicken Wände des Raumes waren von gewölbten Bogenfenstern durchbrochen, vor denen kunstvoll geschmiedete Eisengitter angebracht waren. Der Admiral blieb hinter der Tischrunde an einem kleinen Tisch stehen, legte seinen schön gearbeiteten Helm ab und betupfte sich die Stirn, wo das Kopfband eine rote Druckstelle hinterlassen hatte. Sein schwarzes, schon stark mit Grau durchsetztes Haar war kurz geschnitten. Die Achselstücke seines Plattenharnischs schmiegten sich wie Hummerschwänze um seine Schultern; Armkacheln und Rüsthandschuhe waren mit Rosen und Kreuzen ziseliert. Unter dem Bart lugte eine weiße Spitzenhalskrause hervor, und über dem Bruststück des Harnischs trug er eine kobaltblaue Seidenschärpe.

Selbst in einer leichten Rüstung fühlt man sich in diesen Breiten wie in einem Backofen, dachte er, als er spürte, wie ihm der Schweiß über den Rücken lief. Was muß ein Mann nicht alles für seine Stellung in Kauf nehmen! Jetzt in den Niederlanden unter Herzog Alba dienen! Wieder einmal ein Mann der Tat zu sein! Was gäbe ich darum!

Er steckte die Handschuhe in den Helm und klemmte ihn sich unter den Arm. Er hatte einen unangenehmen Vormittag auf der Insel San Juan verbracht, wo er der Wiedereinweihung der Kapelle beiwohnen mußte, die anscheinend durch die Engländer einen geistlichen Schaden erlitten hatte. Zwei Wochen lang hatte der Wind den Verwesungsgestank der angeschwemmten toten Engländer nach Vera Cruz herübergetragen, weil der Vizekönig angeordnet hatte, daß sie als Mahnung liegenbleiben sollten.

»Als Mahnung für wen?« hatte er verwundert gefragt. »Für meine Seeleute? Für die Menschen in der Stadt? Ihre Sklaven? Für Kapitän Ortega? Wir sind hier, um den Wilden Gottes Gnade zu verkünden, um Gott und Seiner Majestät zu dienen. Laßt mich diese Kadaver verbrennen, Don Emilio, bevor sie die Luft verderben und ganz Vera Cruz an der Pest erkrankt.«

Drei Tage später hatte der Vizekönig zögernd eingewilligt.

Luzon trat ein, angekündigt vom Klirren der Hellebarden. Don Emilio nahm sein Eintreten zur Kenntnis und forderte ihn mit einem Wink auf, sich zu setzen. Ein großes, aus Binsen geflochtenes Paddel schwang über ihren Köpfen, bewegt von einem Indianerjungen, der an einer Schnur ziehend in einer Ecke hockte. Seine Haut war mit Beulen bedeckt, die von einer Ernährung mit zu viel Fisch herrührten. Die rhythmischen Bewegungen des Binsenpaddels bewegten zwar die Luft, konnten aber nicht die Fliegen vertreiben, die die weißen Wände sprenkelten und überall summten und surrten.

Alle Anwesenden, der Bürgermeister, seine zwei Stadträte, die Stabsoffiziere des Vizekönigs und der *flota* folgten der Verhandlung mit ernsten Gesichtern.

Don Emilio las Ortega eine Liste von Anklagen vor: »Ihr habt bewußt gegen meine ausdrücklichen Befehle gehandelt. Eure überstürzte Handlungsweise kostete Seine Majestät zehntausend Doppelzentner Ladung, darunter vierhundert Doppelzentner Quecksilber, ohne das die Silberminen von Potosí völlig zum Erliegen kommen. Sieben Schiffe sind gesunken oder hoffnungslos beschädigt. Vierhundert meiner Männer wurden getötet. Ich habe Seine Majestät schriftlich davon in Kenntnis gesetzt. Wenn es nach mir ginge, würde ich Euch den Bauch aufschlitzen und Eure Gedärme rings um den San-Lorenzo-Platz spannen lassen.« Er warf einen kurzen Blick auf Luzon. »Euer Admiral erinnert mich jedoch daran, daß ich Euch schonen muß, bis ich aus Madrid Anweisung erhalten habe.«

Ortega zuckte mit keiner Wimper. »Ich handelte völlig in gutem Glauben, Exzellenz.«

»Ihr handeltet ohne Ehre, Kapitän Ortega. Ihr habt mich im Stich gelassen. Ihr seid ein Verräter.«

»Vor Gott, ich übte nur meinen Beruf aus!«

Ortega senkte den Kopf und blickte zu Boden. Luzon roch förmlich die Angst, die aus seinen Poren strömte.

»Mehr habt Ihr nicht vorzubringen?«

»Nein, Exzellenz.«

»Dann hört meinen Beschluß. Ich werde keinen Verräter nach Ciudad de México mitnehmen. Ihr werdet hier auf die Antwort des Königs warten. Im Gefängnis. Schafft ihn mir aus den Augen.«

Der Hauptmann der Wache zögerte. »Im *Gefängnis*, Exzellenz?« »Habe ich das nicht gesagt?«

»Ich soll den Kapitän Ortega mit den Engländern einsperren?«

»So lautet meine Anweisung.«

»Aber – sie werden ihn in Stücke reißen, Exzellenz.«

Don Emilio hieb mit der Faust auf den Tisch. »Tut endlich, was ich Euch sage. Oder Ihr könnt gleich mit ihm gehen!«

Luzon schwieg. Ortega war bleich wie die Wand. Als er abgeführt wurde, sah er seinen Admiral an, sagte aber kein Wort. Das Tribunal war zu Ende, die Herren erhoben sich. Luzon zog den Vizekönig zum Fenster und sprach leise mit ihm.

»Die *flota* läuft übermorgen nach Spanien aus, Don Emilio. Ich brauche Kapitän Ortega.«

Don Emilio wandte ihm das Gesicht zu. »Das ist unmöglich.«

»Trotz allem bin ich es, der für den sicheren Transport der Edelmetalle nach Spanien verantwortlich ist. Kapitän Ortega hat zweifellos Schande über sich gebracht, aber er ist ein äußerst tüchtiger Offizier – und leider für die Sicherheit des Goldes Seiner Majestät unentbehrlich.«

»Er bleibt hier.«

»Es läge gewiß im Interesse der Zweckdienlichkeit –«

Die Brauen des Vizekönigs fuhren in die Höhe. »Zweckdienlichkeit, Admiral?«

»Im Interesse der Gerechtigkeit... Darf ich einen Vorschlag machen?«

»Es gibt keine Kompromisse, wenn es um Gerechtigkeit oder Hidalgo-Ehre geht.«

»Wenn ich um diesen Gefallen bitte, Exzellenz, so zum Schutze Eurer und meiner Ehre.«

Luzon trat einen Schritt zurück. Nicht bedrängen, dachte er. Gib ihm jede Chance, meinem Wunsch freiwillig nachzukommen. Es war nie ganz einfach, genau zu wissen, wie man mit Don Emilio umgehen mußte. Er war unberechenbar wie ein linkshändiger Fechter. »Andernfalls... kann ich für den Inhalt meines eigenen Berichts an Seine Majestät hinsichtlich der Verluste nicht garantieren.«

Don Emilio reckte sich. »Soll das heißen, daß Ihr beabsichtigt, separate Berichte an den Hof zu schicken?«

»Das kommt darauf an, Exzellenz.«

»Worauf?«

»Ob Ihr und ich zu einer einvernehmlichen Entscheidung über die Zukunft von Kapitän Ortega gelangen werden.«

Der Vizekönig sah Luzon finster an, dann nickte er kurz. »Also gut. Ich werde anordnen, daß er in Ketten an Bord der *Santa Terasa* gebracht wird, wo er in Eure Gerichtsbarkeit übergeht.«

»Eine sehr weise Entscheidung, Exzellenz. Ich danke Euch.«

Don Luis Zegri drückte sich schüchtern an der Tür herum. »Exzellenz, darf ich fragen, was Ihr mit den englischen Geiseln zu tun gedenkt?«

»Ich werde sie nach Ciudad de México bringen lassen, wo sie verhört und hingerichtet werden. Ihr habt hier keinen Platz für Ketzer und Piraten.«

»Es sind Schleichhändler und Schmuggler, aber vielleicht doch keine Piraten, Exzellenz«, meinte der Bürgermeister, auf eine versöhnliche Geste hoffend.

Don Emilios Augen streiften Luzon. »Don Luis hofft vielleicht, daß die englischen Schiffe mit einem Lösegeld wiederkommen.«

Die Stimme des Bürgermeisters zitterte. »Ich suche nur Gerechtigkeit, Exzellenz.«

»Nun gut, wenn sie keine Piraten sind, Ketzer sind sie allemal. Werden hier in der Stadt des Wahren Kreuzes Häretiker nicht verbrannt?«

Don Luis fiel vor Enttäuschung das Kinn auf die Brust, woraufhin sich der Admiral der Sache annahm.

»Pater Tomas würde sie zweifellos ohne Zögern verurteilen. Er ist Dominikaner – in Valladolid nennen wir sie die

›Hunde Gottes‹. Aber die Idee von Don Luis ist an sich nicht schlecht, auch wenn es höchst unwahrscheinlich ist, daß hier je wieder ein englisches Schiff vorbeikommt. Warum sollte er nicht versuchen, das Leben von ein paar wertlosen Schiffsratten gegen Gold zu tauschen? Ich bin überzeugt, Vera Cruz kann jede zusätzliche Einnahme gebrauchen.«

Der Bürgermeister nickte eifrig, um gleich wieder ängstlich zu erstarren.

»Ihr seid auffallend schnell bereit, Euch über das Gesetz des Königs hinwegzusetzen. Ich sage, diese Männer sind Piraten!« Und an Luzon gewandt, fuhr Don Emilio mit Schärfe in der Stimme fort: »Wurde nicht Euer eigenes Schiff, die *Todos Santos*, von ihnen vernichtet? Habt ihr nicht mit eigenen Augen gesehen, wie die *San Felipe* verbrannte? Ja, sie sind ein gefährliches Gift!«

»Vielleicht kommen sie doch wieder«, sagte der Bürgermeister leise.

An Don Luis' Blick erkannte Luzon, wie sehr er sich gerade das wünschte. Aber vergebens. Die Zeiten, in denen eine englische Bark getrost in einen spanischen Hafen einlaufen konnte mit einer Ladung Sklaven aus Guinea und gutem englischen Tuch zu günstigen Preisen und wo man freundschaftlich und zum beiderseitigen Vorteil Provisionen aushandelte, waren vorbei.

Don Emilio musterte den Bürgermeister von oben bis unten und entblößte die Zähne zu einem milden Lächeln. »Aus diesem Grund hat mich der König in seiner Weisheit hierhergesandt. Die Befehle Seiner Majestät sind ganz eindeutig. Er sieht weitere Überfälle voraus, sofern den Engländern und Franzosen nicht gezeigt wird, daß wir gewillt sind, unser Reich zu schützen. Alle Häfen sollen befestigt und mit Truppen belegt werden. Kein ausländisches Schiff erhält die Erlaubnis, Handel zu treiben oder unsere Ankerplätze zu benutzen. Hätten die früheren *corregidores* der Karibik die Gesetze Seiner Majestät sorgfältiger beachtet, befänden wir uns heute nicht in dieser Lage.«

»Eine Befestigung ist sehr teuer, Exzellenz«, wagte Don Luis, entsetzt über die Worte des Vizekönigs, einzuwerfen. »Wie will Seine Majestät die Befestigungsarbeiten bezahlen?«

»Ihr werdet schon einen Weg finden, Don Luis. Da bin ich ganz sicher. Ihr scheint ja eine recht – unternehmungslustige Bevölkerung zu haben.«

»Nur wenn die *feria* bevorsteht, ist Vera Cruz so, wie Ihr es zur Zeit erlebt. Gewöhnlich ist unsere Stadt ein bescheidener und erbärmlicher Ort.«

Zu den ausgelassenen *ferias* kam es immer dann, wenn die Silberflotten eintrafen. Sie verwandelten Vera Cruz und jeden armseligen Weiler in einer Umgebung von fünfzig Meilen in einen turbulenten Marktplatz, wo sich Händler, Freibeuter, Huren, würfelspielende und zechende Seeleute und Soldaten versammelten, wo alles, was die Schiffe ausspien – Wein, Papier, Glas, Stoffe, Schmuck – gekauft und verkauft wurde.

»Der einzige Grund für die *ferias* scheint mir zu sein, daß in Mexiko niemand bereit ist, für seinen Lebensunterhalt zu arbeiten. Ihr seid alle viel zu beschäftigt, nach Gold und Silber zu graben als selbst etwas herzustellen. Alles muß aus Spanien ins Land gebracht werden. Ist es nicht so, Don Francisco?«

Luzon machte eine vieldeutige Handbewegung. Als er den Vizekönig beobachtete, wie er an einem Fleck auf seinem Ärmel herumkratzte, kamen ihm unwillkürlich ein paar Fragen in den Sinn. Warum wurdest du hergeschickt? Um den Befehlen des Königs Nachdruck zu verleihen und die Karibik vor englischen Händlern zu schützen? Gut, diese Schmuggler unterbieten spanische Waren, aber die Stabilität des Reiches bedrohen sie kaum. Hat dich Philipp wirklich hergeschickt, um diese Händler zu erledigen? Oder war es aus einem ganz anderen Grund? Vielleicht, um dich vom Hof zu entfernen? Man könnte verstehen, wenn dich der König ins ferne Mexiko verbannte. Du bist ein Eiferer, ein Maulheld und Korinthenkacker, und deshalb stellst du trotz deiner Ergebenheit eine Gefahr für die Krone dar.

Der Bürgermeister verscheuchte eine Fliege. »Habe ich die Erlaubnis, für die Engländer Lösegeld zu verlangen?«

»Vielleicht muß ich Euch meine Haltung unmißverständlich klarmachen, Don Luis. Ich werde, solange ich Vizekönig bin, keine Verletzung der Gesetze Seiner Majestät zulassen.«

»Natürlich, Exzellenz. Darf ich fragen, was Ihr mit den Engländern vorhabt?«

»Ich habe mich noch nicht entschieden. Nachdem ich aber einige Wochen hierbleiben werde, besteht dazu im Augenblick keine Notwendigkeit.« Don Luis verzog sein Gesicht zu einem freudlosen Lächeln. »Es ist nur, weil wir bei den vielen Menschen, die jetzt in der Stadt weilen, bei all den Schurken und Gaunern, Platz im Gefängnis brauchen.«

»Ich bitte Euch, verschont mich mit den Einzelheiten Eurer Vorkehrungen. Ihr könnt nicht von mir erwarten, daß ich mich mit jedem zweitrangigen Problem befasse.«

»Natürlich, Exzellenz. Aber wenn wir nur ein wenig mehr Platz...«

»Genug jetzt. Ich werde meine Entscheidung rechtzeitig treffen.«

Luzons Gedanken wanderten noch einmal zum König. Philipp ist vor allem eins, dachte er: Er ist peinlich genau. Er unternimmt nichts, bevor er nicht dreimal darüber nachgedacht, es beiseite gelegt und noch einmal überdacht hat. Methodik geht ihm über alles. Don Emilios Impulsivität muß ihm schon deshalb ein Dorn im Auge gewesen sein. Und wo fand sich ein geeigneter Platz für einen solchen Mann als im schlummernden Mexiko? Hier konnte er sich mit Nichtigkeiten wichtig tun, während der König sein Reich über seine Regierungsbeauftragten in Sevilla, dem eigentlichen Zentrum der Macht, regiere. Solange Gold und Silber wie in den letzten fünfzig Jahren ununterbrochen über den Ozean fließen, kannst du hier machen, was dir gefällt. Dennoch gäbe ich einen Jahressold dafür zu wissen, womit dieser Vizekönig den König erzürnt hat! Was genau hatte er getan, daß man ihn hierher schickte?

Der Admiral wurde aus seinen Gedanken gerissen, als der Leutnant, dem Don Emilio die Aufsicht über die Geiseln übertragen hatte, in der Tür erschien, in vorzüglich gearbeiteter Uniform, tadelloser Haltung und offensichtlich mit sich und seinen Leistungen zufrieden. Der Vizekönig ließ ihn vortreten.

»Wir haben einen weiteren Engländer festgenommen, Exzellenz.«

Don Emilio betrachtete den Leutnant kühl. »Noch einen Engländer?«

»Ja, Exzellenz. Ich selbst habe ihn auf der Südseite der Stadt gestellt, als er versuchte, sich einzuschleichen.«

»Was habt Ihr mit ihm gemacht?«

»Ich steckte ihn zu den anderen, Exzellenz.«

»Völlig korrekt. Gute Arbeit, Escovedo.«

»Danke, Exzellenz.«

Luzons Augen folgten dem jungen Mann, der beglückt vom Beifall des Vizekönigs mit schneidigen Schritten den Raum verließ. Warum sperrt man diesen Neuankömmling zu den anderen? dachte Luzon. Ich hätte ihn doch erst einmal verhört, bevor er die anderen mit Lügengeschichten infiziert. Laut sagte er: »Ich frage mich, wie viele es noch geschafft haben, an Land zu kommen. Es würde mich auch nicht wundern, wenn sie dreißig Seemeilen an der Küste entlanggesegelt wären und eine bewaffnete Abteilung abgesetzt hätten. Ich jedenfalls hätte so gehandelt. Es könnten Hunderte von ihnen im Dschungel umherkriechen. Ich würde die Wachen verdoppeln.«

Don Luis erbleichte, aber der Vizekönig lehnte sich in seinem reich verzierten Sessel zurück. »Laßt sie ruhig kommen. Wir sind jedem verlausten und verseuchten Engländer gewachsen. Wie viele sind es denn inzwischen in Eurem Gefängnis, Don Luis?«

»Dreizehn, Exzellenz.«

»So. Genau die richtige Anzahl, wenn man nett miteinander speisen will, nicht wahr?«

Sie brüllten vor Begeisterung, während er erzählte.

»Wir haben sie genau an der richtigen Stelle getroffen. Eine glutheiße Kugel landete in ihrer Pulverkammer und sie ging hoch mit ein paar hundert Mann an Bord.«

»Du zielst wie der Teufel, Gunner!« sagte Thomas Ellis und grinste so breit, daß seine grabsteingroßen Zähne und der rote Gaumen zu sehen waren.

»Ein gutes Auge hast du, John Tavistock, weiß Gott.«

»Und mehr Glück als Verstand, Master Barrett.«

»Wirklich, es war eine Explosion, daß ganz Vera Cruz gewackelt hat. Wir dachten, es wäre die *Jesus* und diese Verräter hätten sie in die Luft gejagt.«

»Dann haben euch die Spanier nichts gesagt?«

»Erst haben sie uns alles mögliche versprochen, diese hochmütigen Hunde. Aber seitdem nichts. Sie geben nichts zu.«

»Vielleicht haben sie euch deshalb so schlecht untergebracht.«

Barrett machte etwas Platz auf dem mit Stroh bedeckten Steinboden. »Der Gouverneur war vom ersten Tag an unfreundlich zu uns. Diese speichelleckerischen Gefängniswärter nahmen uns unsere Waffen und unser Geld und sperrten uns hier ein.«

»Und mir haben sie den Läusekamm und die Taschenuhr gestohlen«, sagte Horne, der Proviantmeister, verdrießlich.

Die Zelle, in die man sie gesperrt hatte, maß nur fünf Schritte im Quadrat. In der Mitte befand sich ein Stützpfeiler und an zwei gegenüberliegenden Mauern je ein Fenster; das eine ging auf einen gepflasterten Hof hinaus, das andere auf die Straße. Der Hof bot einen düsteren Anblick mit *picata* und Schandpfahl, so daß die Gefangenen lieber bei dem höher gelegenen vorderen Fenster Luft schnappten. Die Tür war mit Bandeisen beschlagen und hatte ein massives Schloß sowie vernietete Angeln. In die mit tausend Namen und Obszönitäten vollgekritzelten Wände waren Eisenringe eingelassen, an die die eine Hälfte der Gefangenen gekettet war. Die andere Hälfte der Gefangenen war aneinandergefesselt, und sie hoben sich abwechselnd auf die Schultern, um zum Fenster hinauf zu gelangen. Im Augenblick standen die meisten, nur ein paar saßen mit dem Rücken an die Mauer gelehnt auf dem Boden.

John Emery, ein erfahrener Mann, der auf der ersten Hawkins-Expedition ein Auge verloren hatte, spuckte angewidert aus. Sofort stürzten sich die Fliegen auf den grünlichen Auswurf. »Der große Kerl mit den Schlüsseln am Gürtel hat schon gesagt, was sie mit uns vorhaben. Sie wollen uns hängen.«

»Wenn das hier Charing Cross wäre, würde ihm ein Bursche wie du den Bauch aufschlitzen, ehe er piep sagt, was? Emery?«

»Kannst Gift darauf nehmen.«

Barrett rieb sich das stoppelige Kinn. »Wenn wenigstens einer von uns zu den Schiffen gekommen wäre. Nur ein einziger!«

»Es sollte eben nicht sein.«

»Aye«, sagte der Seemann Thomas Marks, »uns einzulochen und nicht zu sagen, was mit uns werden soll! Drei winzige Brote am Tag für alle und kaum was zu saufen – das ist einfach nicht recht.«

»Sei froh, daß du nicht auf der *Minion* bist. Sie ist ein Hungerschiff«, sagte Tavistock und dachte an seinen Bruder. Ob er überlebt hatte? Oder hatte ihn Peter Grosse zu Tode kuriert? Würde es die *Minion* bis England schaffen?

»Sie ist wenigstens nach irgendwohin unterwegs«, sagte Marks.

»Der General bringt sie heim.«

»Aye – um sich anscheißen zu lassen.«

»Vor zwei Jahren hab ich so eine Mannschaft gesehen, die gehungert hat«, sagte Emery düster. »Es waren Froschfresser aus La Rochelle. Sie hatten eine böse Schlappe einstecken müssen bei einem Kampf mit ganz üblen Kerlen vor der Skelettküste. Einer war an Bord, der konnte durch seinen Bauch das Rückgrat spüren. Der arme Teufel wog keine sechzig Pfund.«

Barrett senkte die Stimme. »Was ist aus den anderen geworden, Gunner?«

Tavistock erzählte ihm, wie er entkommen war. Er war halb erstickt in den dichten Rauchwolken, die aus den Teerfässern am Bug des Branders quollen. Als er sich im pechgetränkten Takelwerk verfangen hatte und selbst zu brennen begann, war er mit brennendem Hemd und brennenden Haaren ins Meer gesprungen und hatte versucht, von den in Flammen stehenden Schiffen wegzukommen. Am Heck der *Jesus* hatte er noch einen Arm und das schreckensbleiche Gesicht von Señor Villanueva gesehen, der ihn anflehte, zurückzukommen und ihn aus dem qualmenden Kabelgatt zu befreien.

»Alle Spanier sollen in der Hölle braten.« Peter Dean, der magere Schiffskoch mit schütterem Haar und Augen, die ständig in Bewegung waren, ließ sich mit rasselnden Ketten vom Fenster herab. »Wenn man denkt, wie der spanische General seine Abmachung gehalten hat, wie er sich einfach an Land verdrückt hat – was soll da schon aus uns werden?«

Emery richtete sich auf. »Du verstehst doch ihre beknackte Sprache, Gunner. Werden sie uns umbringen?«

Tavistock antwortete nicht.

»Was denn sonst«, warf Marks verächtlich ein. »Ich war auf der *Lion's Whelp*, fünfundsechzig, als wir auf Kaperfahrt waren gegen die Flämischen und all die. Wir haben mit den spanischen Crews nie viel Mitleid gehabt. Wir haben sie in ihre Segel gewickelt und über Bord geschafft.«

»Wir wissen nicht, was sie vorhaben«, sagte Tavistock. Es war ihm schrecklich mitanzusehen, wie schnell bei einigen Hoffnungslosigkeit in bequeme Ergebung umschlug.

»Das ist das schlimmste, Gunner – nicht zu wissen, was wird.«

»Herr Jesus, ich bin so wund wie 'ne Hafenhure«, stöhnte John Bone verzweifelt. Er kroch aus seiner Ecke hervor zu Tavistock. Sein Körper roch sauer, und seine Zähne waren so verfault, daß Tavistock unwillkürlich vor dem Gestank, der von ihm ausging, zurückwich. Bone war schon auf dem Schiff wasserscheu gewesen. Er war Segelmachersmaat und hatte die meiste Zeit in der Segelkammer unter Deck vor sich hin gemieft. Er hatte stark abgenommen. »Sie lassen uns verhungern. Ich habe zwei Tage lang nichts gegessen. Hast du nicht ein bißchen Wasser mitgebracht, Gunner?«

Tavistock sah den Mann an und wandte sich ab.

»Vergiß ihn. Er fantasiert. Er blutet aus dem Hintern, Gunner. Er hat den Rotlauf.«

»Oder das gelbe Fieber.«

Forrest, ein kleiner Seemann mit einem Gesicht wie eine Ratte, lachte. »Das macht unser Glück erst richtig schön, daß wir mit diesem läufigen Kerl zusammengepfercht sind. Er säuft das ganze Wasser, schreit dauernd nach mehr und stinkt uns die Bude voll.«

Tavistock fuhr mit seiner Erzählung fort, wie er an Land kam, nachdem er vom Flaggschiff gesprungen war. Die *Minion* war keine fünfzig Yards von ihm entfernt, aber sie hatte bereits Fahrt aufgenommen und es wäre Selbstmord gewesen, ihr nachzuschwimmen. Also hatte er sich zum Ufer gewandt und war mit letzter Kraft durch die schlammigen Untiefen gewatet. Zwei Wochen hatte er in einer verlassenen Indianerhütte aus dürren Blättern gelebt, hatte immer nur kurz geschlafen und nachts die Gegend durchstreift auf der Suche nach etwas Eßbarem und einer Waffe, mit der er seine Landsleute befreien könnte.

Tavistock betrachtete den grob behauenen Rinnstein in der Ecke. Er war schwarz von Schmeißfliegen und stank schlimmer als Bone aus dem Mund.

»Ich habe mir schon gedacht, daß ich euch in einem solchen Loch finden würde, aber bevor ich mir einen Plan zurechtlegen konnte, wie ich euch raushole, wurde ich selbst geschnappt.«

»Loch ist richtig«, sagte Anthony Jacob, einer der Offiziere der *Jesus*, während er aufstand, seinen Hosenlatz öffnete und einen dunklen Urinstrahl in den Rinnstein pinkelte, aus dem sich eine Wolke von Fliegen erhob. »In der Nacht plagen uns Insekten«, sagte er schleppend. »Die Indianer nennen Sie *tequani*. Bei den Spaniern heißen sie *mosquito*. Sie sind so ähnlich wie Mücken, aber sie haben einen Riesenappetit auf Blut. Wenn man sie erschlägt, solange sie einen aussaugen, schwillt die Bißstelle zu einer juckenden Beule an. Läßt man sie saufen, solang sie wollen, richten sie nicht mehr an als einen Flohstich –«

Bone kreischte plötzlich und schlug wie ein Verrückter um sich. Die Männer fluchten, dann brachen sie in heiseres Gelächter aus.

»Nehmt sie weg! Nehmt sie weg!«

Emery stieß ihm den Ellbogen in die Rippen. »Sitz still, du Hosenscheißer!«

Eine orangefarbene Spinne, so groß wie eine Männerhand, war von oben herab auf Bone gefallen. Auf der Straße hörte man Kinderlachen und eilig patschende Schritte.

»Was ist los? Hast du Angst vor einer Spinne?«

Emery packte sie am Hinterleib und drehte sie um, so daß sie mit den Beinen in der Luft zappelte. »Das ist bis jetzt die beste. Verdammte Bälger!« Er hielt sie Bone vor die Nase, der sich vor Abscheu wand. »Nein, bitte, nimm sie weg, Emery. Ich kann Spinnen nicht leiden. Ich hasse sie, sag ich dir!«

»Wuuuuh!« machte Emery und quetschte den Spinnenleib, daß die vielgliedrigen Beine noch stärker zappelten. »Ist doch nur 'ne süße kleine Spinne, Johnny-lad. Schau nur, wie sie um Gnade bettelt.«

Jacob kam herüber und betrachtete das Tier. »Weißt du was? Wir werfen sie der nächsten Spanierin nach, die vorbeikommt.«

Die beiden gingen zum Fenster und ließen Bone keuchend in seiner Ecke sitzen.

»Horcht!« sagte Tavistock plötzlich und wandte sich an Barrett. »Hört ihr das?«

Alle sahen ihn an und lauschten.

»Gott, erbarme dich unser.«

Alles drängte in den hinteren Teil der Zelle, um zu sehen, was auf dem Hof vorging. Sie hörten Schreie. Dann kamen Soldaten mit zwei Sklaven, die sich trotz ihrer Fesseln wehrten wie die Teufel. Tavistock preßte sich gegen das Gitter und schaute hinaus.

»Was sagen sie, Gunner?«

»Ich weiß es nicht.«

»Wird jemand ausgepeitscht?«

»Nein.«

Ein Offizier verlas das Urteil. Die Sklaven waren weggelaufen, soviel konnte Tavistock verstehen. Dann rissen ihnen die Soldaten die zerlumpten Kleider vom Leib und hängten sie mit dem Kopf nach unten und gespreizten Beinen nebeneinander an den Querbalken des Schandpfahls. Als sie dort an den Knöcheln am Balken festgebunden, die Hände auf dem Rücken gefesselt und mit dem Kopf knapp über dem Boden baumelnd hingen, trat ein Priester neben sie und brabbelte ein Gebet.

Lieber Gott, das kann nicht sein! dachte Tavistock, als er begriff, was geschehen sollte. Kein Verbrechen, nicht einmal Verrat, rechtfertigte so etwas. Sie wollen sie schlachten – mit Beilen!

Er wandte das Gesicht ab, unfähig, dabei zuzusehen. Nur Emery blieb am Fenster wie gebannt von dem grauenhaften Spektakel. Sein Gesicht verzerrte sich bei den immer gräßlicheren Schreien und den Geräuschen, die sich anhörten, als kämen sie aus einem Schlachthaus.

Dann verstummte eine der Stimmen.

Unheimliche Stille trat ein. Tavistock brach der kalte Schweiß aus, als das methodische Hacken erneut einsetzte.

Nachdem die Schreie verstummt waren, schüttelte Emery den Kopf und ließ sich auf den Boden nieder.

»Sie haben sie in der Mitte auseinandergehauen«, sagte er. »Vom Arsch bis zum Adamsapfel. Jetzt bluten sie aus wie vier Rinderhälften.«

Minutenlang sprach keiner ein Wort. Ihre wirkliche Lage war ihnen plötzlich sehr klar geworden. Flucht, auch wenn jeder Versuch zum Scheitern verurteilt war, war das einzige, woran sie denken konnten, und als sie nacheinander wieder zu sprechen begannen, stellten sie Tavistock nüchterne Fragen.

»Die Stadt ist vollgestopft mit Menschen. Gestern lag ich oben in einem der großen Bäume, die die Straße säumen. Ich wollte die Leute und die Stadt ausspionieren, und da zog direkt unter mir eine Prozession vorbei: Der Vizekönig zu Pferd, begleitet von fünf Wachen. Ich hätte mich auf ihn fallen lassen und ihm die Kehle durchschneiden können, wenn ich ein Messer gehabt hätte.«

»Schade, daß du es nicht getan hast, Gunner.«

»Wie haben sie dich erwischt?«

»Ich habe einen Fehler gemacht. Ein Sklavenkind hat mich gesehen, als ich mich in einem Graben versteckte. Es rannte zu seiner Mutter, und die fing sofort zu schreien an.«

»Und dann?«

»Als nächstes weiß ich nur, daß mindestens die halbe Garnison auf meinen Kopf zielte.«

»Pech gehabt, Gunner. Aber in diesem Ort steckt der Teufel.«

»Die Würfel sind gegen uns.«

»Sieht ganz so aus.«

»Mir tun die Knöchel weh. Diese verdammten Fußfesseln!«

Marks zuckte die Achseln. »Du hättest keine Chance gehabt, uns rauszuholen, Gunner. Wie du da gekommen bist, am Hals gefesselt, dachten wir, sie hätten dich bei einem Gefecht gefangen. Wir dachten, vielleicht sind die Unseren gelandet.«

Emery grunzte. »Sieht dem General nicht ähnlich, auf und davon zu segeln, ohne was für seine Jungs zu tun.«

»Aye, hundert Mann mit Entermessern und Pistolen hätten genügt.«

»Die *Minion* war vollgestopft mit Menschen, als sie auslief«, erklärte Tavistock rasch, um keine falschen Hoffnungen aufkommen zu lassen. »Ihr blieb nichts anderes übrig, um sich zu retten. Es sind immer noch fünfhundert spanische Infanteristen in Vera Cruz, und gut die Hälfte davon ist nüchtern.«

William Lincoln hob seine Hand in die Höhe, damit sie alle sehen konnten. Er hatte sie mit seinem Hemd verbunden. »Grausame Soldaten, was meine Verwundung beweist, Gunner. Einen Landungstrupp hätten sie in Stücke gehauen wie diese Finger.«

Spanische Regimenter waren der Schrecken der Christenheit. Sie waren gut ausgebildet, gut ausgerüstet und sich ihrer Überlegenheit bewußt. Alle kannten die schrecklichen Geschichten aus den Niederlanden, nachdem Herzog Alba mit seinen *tercios* in die aufständischen Provinzen einmarschiert war.

»Nur nicht den Kopf hängen lassen, Billy-boy. Noch sind wir nicht am Ende.«

»Hast du was rausgekriegt, was uns retten könnte, Gunner?«

Draußen näherten sich Schritte. Ein Schlüssel wurde ins Schloß gesteckt. »*Ingléses perros! Luteranos! Enemigos de Dios!*«

Die Zellentür sprang auf und stieß Ellis zur Seite. Der Gefängniswachtmeister trat ein. Er blieb auf der Schwelle stehen, einen Stock mit einer Stahlspitze in der Hand. Sein buschiger schwarzer Schnurrbart hing über seinen Mund herab. Er stieß ein paar kurze Worte hervor.

»Was hat er gesagt, Gunner?«

»Er will einen von uns.«

»Wen?«

Ein zweiter Spanier, an dessen Gürtel große eiserne Schlüssel hingen, deutete auf Barrett.

»Zur Hölle mit dir, du götzenanbetender Hurenbock!«

Ein anderer griff nach Tavistocks Handfesseln, aber der drückte den Mann nieder und versuchte, an sein Messer heranzukommen. Emery warf sich auf den dritten und fuhr ihm mit bloßen Händen ins Gesicht. Dann drängten Soldaten in die Zelle, zerrten diejenigen, die nicht an die Mauer gekettet waren, nach draußen und schlugen die anderen mit Knüppeln nieder.

Sie lösten Tavistock aus der Kette der aneinander gefesselten Gefangenen und führten ihn auf den Hof. Die anderen wurden wieder in die Zelle gesperrt, wo sie ans Fenster stürzten und riefen und hilflos die Arme hinausstreckten.

Ein Wärter schlug mit der Peitsche gegen das Fenster und traf Emery, der das Gesicht gegen das Gitter preßte. Eine blutige Strieme zog sich quer über sein Gesicht.

»Verfluchter Spanier. Ich hol' mir dafür ein Auge von dir!«

»Gott, gib uns Kraft!«

»Sie werden uns alle töten!«

Bone wimmerte in seiner Ecke. »Jesus, erbarme dich unser.«

»Halt's Maul dahinten!« schrie Emery.

»Und du und alle anderen auch!« brüllte Barrett zurück.

»Herr Jesus, was machen sie mit ihm?«

Noch mehr Gesichter drängten sich ans Gitter, um zu sehen, welches Schicksal dem Gunner beschieden war. Der spanische Sergeant hielt einen aufgerollten Ochsenziemer in der Hand. Er befahl den Soldaten, Tavistock auszuziehen und an den Schandpfahl zu binden.

Ein Dominikanermönch in schwarzem Ordensrock und kreuzförmigem Überwurf trat auf ihn zu. Als er die Kapuze zurückschob, kam der Kopf eines Mannes von gut vierzig Jahren zum Vorschein, mit der Tonsur im ergrauten Haar, verkniffenem Gesicht und spitzer Nase, die in stummer Betrachtung auf den Boden wies, wo die Pflastersteine unter seinen Sandalen klebten von frischem Blut und die Fliegen schwärmten wie die Blutsverwandten des Teufels.

Er unterhält sich mit dem Teufel, dachte Tavistock und schwitzte vor Angst. Waren es nicht die schwarzen Brüder, die die Inquisition durchführten? Die ihre Gefangenen so lange folterten, bis sie ihrem Glauben an Gott abschworen? Sein Herz schlug rasend schnell und er spürte, wie seine Hoden schrumpften. Das ist das Ende, dachte er. Hier also sterbe ich, als Beispiel für die übrigen. Sie werden mich auspeitschen und baumeln lassen. Wenigstens bin ich der erste und brauche nicht zuzusehen, wie die anderen sterben. Hoffentlich halte ich die Schmerzen aus ohne zu schreien, ohne mich zu beschmutzen. Herr Jesus, laß mich anständig sterben. O Gott, hilf mir, diesem Geflüster des Mönchs zu widerstehen! Er begann zu beten. Unaufhörlich wiederholte er für sich die immer wiederkehrenden Zeilen eines Gebets und löschte alles rings um sich aus.

Ein Indianer brachte an einem Schulterjoch zwei Wasserkübel; einen davon goß der Sergeant über Tavistock aus. Der Indianer begann ihn zu schrubben. Er fing oben am Kopf und im Gesicht an und arbeitete sich über Hals, Schultern, Brust, Bauch und Rücken bis zu den Fingern und Zehen hinab. Als er fertig war, wurde der zweite Eimer über Tavistock ausgekippt, und der Indianer trocknete ihn mit einem rauhen Tuch ab.

Eine Minute später wurde er vom Schandpfahl losgebunden. Er war noch so erschüttert, daß er nicht sprechen konnte, aber als ihm eine Leinenhose und ein Hemd gereicht wurden, zog er sie an. Dann wurden ihm die Hand- und Fußfesseln wieder angelegt.

Der Mönch gab dem Gefängniswachtmeister ein Zeichen. »*Marchad! Marchad, Inglés!*«

»Wohin bringt ihr mich?« fragte er mit zitternder Stimme.

»Zum Vizekönig«, antwortete der Dominikaner auf englisch mit starkem spanischen Akzent.

Tavistock fühlte seine Erleichterung und die aufkeimende Hoffnung zerrinnen. »Zum Vizekönig?«

»Er will dich verhören.«

»Mich?« Sein Verstand begann rasend schnell zu arbeiten, obwohl ihm der Schreck noch in den Knochen saß. »Warum ausgerechnet mich? Was ist mit den anderen?«

Der Mönch blickte ihn mit einem beunruhigenden, ernsten Ausdruck an. »Die anderen? Die Erde ist voller Frevel von ihnen, und siehe, ich will sie verderben.«

Tavistock überlief es kalt bei dem Bibelzitat des Mönchs. O ja, du bist einer von diesen fanatischen Mönchen, die in den Rätseln des Teufels sprechen, weil die schlichte Sprache eure Erbärmlichkeit ans Licht brächte. Ich weiß noch, wie deine Brüder die Schlingen um den Hals von Frauen und Kindern fester zogen, wie sie Folter und Angst als Werkzeuge benutzten, bis ganz England ein einziges Blutbad war. Meine Eltern starben durch einen von euch – durch den gleichen in den Schmerz verliebten Abschaum wie ihr es seid.

»Aber, warum soll ich –«

»Seine Exzellenz hat angeordnet, daß du von den anderen getrennt wirst, mein Sohn.«

»Ich bin nicht dein Sohn, Mönch.«

»Wie du willst.«

Sie führten ihn durch eine Straße mit dem Namen *La Calle de los Tres Reyes*, vorbei an der Veranda, auf der er die spanische Frau gesehen hatte. Dann bogen sie links ein auf einen staubigen Platz. Auf der einen Seite, im Schatten, saßen Obstverkäufer in bunten Umhängen und großen Strohhüten; ausgebreitet auf ihren Binsenmatten lagen die saftigsten Früchte. Auf der anderen Seite exerzierte ein Trupp von dreißig Soldaten mit Piken zu den Kommandos eines Sergeanten, während ein Offizier auf einem dunklen Braunen zusah. Dahinter erhob sich die Kirche blendend weiß in der tropischen Sonne, mit Engeln in Nischen und einem mächtigen, mit Schnitzereien verzierten Portal, darüber die Jungfrau Maria im Strahlenkranz. Tavistock wurde die Stufen zu dem anderen großen Gebäude an der Stirnseite des Platzes hinaufgeführt. Hinter dem säulenflankierten Haupteingang hatte er das Gefühl, in einen dunklen Teich einzutauchen. Es war wunderbar kühl im Haus. Von den seewärts gelegenen Fenstern fächelte eine kühle Brise über seinen feuchten Körper.

Er mußte sich auf einen verschnörkelten Stuhl in der Mitte des Zimmers setzen. Durch das große Fenster sah er einen Balkon mit einem schmiedeeisernen Gitter und dahinter den Ankerplatz von San Juan. Seine Augen suchten sofort die *Swallow*, das letzte Kommando seines Bruders, und er dachte wieder an Richard und wußte, daß er, was auch geschehen mochte, den Teufel bereits überlistet hatte. Auf dem brennenden Deck der *Jesus* hatte er sich gegen den besseren Mann ausgetauscht. Ein Tod für einen Tod ist fair. Sollen sie mit mir machen, was sie wollen. Ich habe bereits gewonnen und werde lachend aufs Schafott steigen. Und ich werde ihnen auch jetzt ins Gesicht lachen.

Doch dann dachte er an seine Kameraden in ihrem schmutzigen, elenden Kerker und begriff, daß Gott ihn zu ihrem Sprecher gewählt hatte, ob ihm das nun paßte oder nicht. Er hatte die Pflicht, sein Bestes zu geben, um ihr Leben zu retten.

Der Vizekönig saß an einem großen, quer in den Raum gestellten Tisch genau in der Mitte, wie eine Silhouette, ungefähr zehn Schritte von ihm entfernt. Neben ihm saßen bewaffnete Männer, Priester, Beamte der Stadt und eine Frau.

Ein Haufen eingebildeter Affen, Eitelkeit und Hochmut in Person! Was will er von mir? fragte sich Tavistock und versuchte, Ordnung in seine wirren Gedanken zu bringen. Konzentriere dich, auch wenn es schwerfällt. Was würde ich an seiner Stelle tun? Was würde ich wissen wollen? Etwas über die Schiffe, über unsere Mission? Einen Bericht über General Hawkins' Pläne? Vielleicht waren sie ja irgendwo gelandet, wie Emery glaubt. Gott, hilf mir, daß ich klar denken kann! Wie kann ich Master Barrett und die anderen vor dem Tod bewahren?

»Wie heißt Ihr? Versteht Ihr mich, Engländer?«

Tavistock blickte den Vizekönig verständnislos an. Der Vizekönig wechselte einige Worte mit der Frau, und sie fragte ihn daraufhin auf englisch: »Wie heißt Ihr, Ketzer?«

»Ich heiße John Tavistock, aber nicht ich bin hier der Ketzer.«

»Was hat er gesagt, Doña Isabella?« Sie übersetzte.

»Vielleicht solltet Ihr ihm raten, weniger stolz zu sein. Sagt ihm, daß ich hier der Herr bin und daß er sich entsprechend zu benehmen hat, oder ich lasse ihm die Zunge ausreißen.«

Nach einer Pause sprach wieder Doña Isabella. »Er sagt – er könne Euch nichts sagen, wenn Ihr das tätet.«

»Macht ihm klar, daß er mit dem Vizekönig von Neu-Spanien spricht.«

Tavistock hörte regungslos zu.

»Er weiß, daß Ihr der Vizekönig Don Emilio Martinez seid und nennt Euch des Königs eigener Mann.«

»Fragt ihn, wohin sich die geflohenen englischen Schiffe gewandt haben.«

Doña Isabellas Stimme klang schrill und abgehackt; die Antwort des Gefangenen ruhig und besonnen.

»Er weiß nichts über den Aufenthalt der englischen Flotte und fügt hinzu, er würde Euch nichts darüber sagen, selbst wenn er etwas wüßte.«

»Flotte?«

Der Schreiber tunkte seine Feder ein, kritzelte emsig und tunkte wieder ein.

Don Emilios Augen glitten über den Gefangenen. Er ist ein Schnösel, dachte er. Ich werde dich ersäufen lassen für deine Überheblichkeit. Um dir Respekt beizubringen, reicht es nicht, wenn du im Gefängnis verrottest wie deine Kumpane. Doña Isabella meint zwar, alle Engländer hätten Manieren wie Tiere. Aber vielleicht könnte ich dich doch Mores lehren, wenn ich dich wie eine Fledermaus kopfüber an deinen Fesseln aufhängen ließe. Zum Teufel mit ihnen allen, dachte er plötzlich gelangweilt. Er hatte dieses Verhör satt. Don Luis jammert mir die Ohren voll wegen seines überfüllten Gefängnisses. Soll Pater Tomas sie doch alle verbrennen.

»Er sagt, eine englische Flotte wartet auf der Höhe des 27. Breitengrades, um der *flota* aufzulauern. Er weiß, daß die Silberschiffe durch den Golf nach Havanna segeln und dann mit Hilfe der mit zweieinhalb Knoten fließenden Strömung durch die Straße von Florida nach Norden laufen.«

Der Vizekönig kniff die Augen zusammen. Du antwortest wie ein Pilot, dachte er. Du bist kein einfacher Seemann, und deiner Haltung nach zu urteilen, bist du es gewohnt, Befehle zu geben.

»Wer seid Ihr, John Tavistock? Welchen Rang hattet Ihr und wie kamt Ihr hierher?«

Tavistock faßte sich kurz. »Ich bin – oder war – Erster Geschützoffizier auf Ihrer Majestät Schiff *Jesus*, das Ihr mit Eurem Brander zerstört habt. Unser General sagte Euch die Wahrheit. Wir wurden durch einen Wirbelsturm vor zwei Monaten von unserer Flotte getrennt und suchten hier Zuflucht. Als Eure Männer verräterisch über uns herfielen, gehörte ich zu denen, die die *Minion* aus dem Hafen manövrierten, aber ich wurde ins Meer gestoßen und schwamm ans Ufer.«

Don Emilios Puls schlug rascher. Ein Erster Geschützoffizier! dachte er frohlockend. Einer von denen, die unter Don Franciscos Galeonen so schweren Schaden anrichteten!

Mit ausdruckslosem Gesicht wandte er sich noch einmal an seine Gemahlin. »Und wie kommt es, daß Ihr schon in so jungen Jahren Erster Geschützoffizier wart?«

»Ich habe acht Jahre lang Kanonen gegossen. Ich sollte sie im Einsatz prüfen, um zu lernen, wie man spanische Schiffe noch besser versenken kann.«

Als Doña Isabella seine Worte übersetzt hatte, redeten alle empört durcheinander. Der Vizekönig forderte Ruhe. Ein Geschenk des Himmels war dieser Mann. Madonna! Was für ein Fang!

»Vor zwei Wochen, nach der Schlacht, kam er also an Land. Fragt ihn, was er in dieser Zeit getan hat.«

Tavistock berichtete.

»Er behauptet, er habe zwei Wochen lang im Wald gelebt.«

»Und er hat Lebensmittel gestohlen, nicht wahr?«

Der Engländer antwortete, aber Doña Isabella schüttelte den Kopf und lachte kurz.

»Was sagt er?«

»Er lügt, aber lächerlich durchsichtig. Er weiß, daß er Euch in die Falle gegangen ist und behauptet, er hätte mit der Schlinge kleine Tiere gefangen.«

»Sagt ihm, er habe nichts zu befürchten. Ich vergebe ihm, daß er Lebensmittel gestohlen hat.«

»Aber Don Emilio!

»Nein, nein. Sagt ihm das.«

Der Vizekönig ließ Tavistock nicht aus den Augen. Er sah, daß seine mildtätige Geste verstanden wurde und zwar in dem Moment, als er sie ausgesprochen hatte und nicht erst, nachdem sie übersetzt worden war. So, du verstehst also auch Spanisch. Natürlich! Ich kenne dich doch. Du warst der Mann, den Hawkins zu mir schickte, um Gefälligkeiten zu erbitten. Dann mußt du für deinen General ein vertrauenswürdiger Mann gewesen sein und seine Strategien gekannt haben. John Tavistock, ich kann dich sehr gut gebrauchen.

Er wandte sich an den Gefangenen direkt. »Und die Flotte, von der Ihr sprecht?«

Tavistock zögerte, bevor er begriff, daß man ihn erkannt hatte. Trotzig antwortete er auf spanisch: »Ich werde nur so viel über das Geschwader sagen, als daß es auf der Höhe der Großen Bahama Bank liegt und auf Eure *flota* wartet.«

»Hat sich Euer General dorthin abgesetzt? Will er zu einem Rendezvous mit englischen Kriegsschiffen?«

»Mehr sage ich nicht.«

Don Emilio lehnte sich in seinem Stuhl zurück und zupfte an einem Schnurrbartende. Er hatte keine Lust mehr, mit diesem arroganten Burschen Katz und Maus zu spielen. Aber das Protokoll verlangte, daß dieses Spiel vor den einheimischen Würdenträgern zu einem Abschluß gebracht wurde. Und zu allem Überfluß saß da auch noch Doña Isabella, weil man ihre Sprachkenntnisse benötigt hatte. Es war erniedrigend für einen Vizekönig, wenn ihm vor seiner Frau und seinen Beamten getrotzt wurde. Am Vormittag hatte er Depeschen erhalten vom Gouverneur von Kuba und von Castillanos aus Santo Domingo. Keiner hatte eine englische Flotte erwähnt. Ich verstehe deine Gründe, Engländer, aber du bist ein schlechter Lügner. Wie dem auch sei – du wirst mir nützlich sein. Die übrigen können mir nichts erzählen, was ich nicht schon weiß. Ich werde dem guten Pater gestatten, euch zur Belustigung des Volkes am Strand zu verbrennen.

»Wenn Ihr gehorsam seid, verschone ich vielleicht Euer Leben.«

»Gehorsam?«

»Wenn Ihr tut, was man Euch sagt. Wenn nicht, werde ich Euch wie die anderen verbrennen lassen.«

»Wollt Ihr hilflose Kriegsgefangene töten?«

»Kriegsgefangene? England und Spanien sind nicht im Krieg. Wir sind alte Verbündete. Ihr jedoch seid nur freibeuterische Schmuggler.«

»Ihr habt auf zwei Schiffe Ihrer Majestät geschossen!«

»Eine Beleidigung Eurer Monarchin war keineswegs beabsichtigt. Ich wollte nur eine Schmugglerbande von meiner Küste vertreiben.«

»Wir sind keine Schmuggler.«

»Aber ihr seid Ketzer. In Spanien werden Ketzer stets –«

Nun denn, hier ist nicht Spanien, ermahnte sich Don Emilio, dank Seiner Majestät. Aber nur der König und ich kennen den wahren Grund, warum ich hier bin. Philipp war mit seinem Latein am Ende. Ich habe gehandelt. Ich war es, der ihm den Thron gerettet hat. Ich habe verhindert, daß sein verrückter Sohn Don Carlos flüchtete und zum Brennpunkt der Intrigen gegen das Königreich wurde. Ja, ich war es, der ihn mit eigenen Händen ermordet hat.

Und wie hat mir der König meine Loyalität gelohnt? Indem er mich beauftragte, das Vizekönigtum Mexiko zu stärken, sprich: Mich von allem ausgeschaltet und mich in die Vergessenheit geworfen hat. Aber eines Tages werde ich im Triumph nach Spanien zurückkehren, und der König wird erkennen, daß ich ihm unersetzlich bin. Und dazu brauche ich Kanonen – keine alten überholten Geschütze, sondern solche, wie sie die Engländer machen, starke und auch auf größere Entfernungen treffsichere Kanonen.

Die besten Kanonengießer auf dem Kontinent waren die Flamen. Aus ihren Gießereien bei Gent, Brügge und Antwerpen stammte die Mehrzahl der großen Geschütze der spanischen Schiffe. Aber diese Gießer waren Calvinisten, die sich aus Angst vor der Inquisition um keinen Preis nach Spanien locken ließen. Seit dem Aufstand waren viele nach England geflüchtet und hatten ihre Gildengeheimnisse mitgenommen. Wenn ich diese Geheimnisse nach Spanien bringen kann, werden unsere Schiffe ebenso unbesiegbar sein wie unsere Armeen, dachte er mit wachsender Erregung. Wir werden in der Lage sein, die Ottomanen im Mittelmeer zu schlagen und die Protestanten im Ärmelkanal. Wir werden endlich die Franzosen bezwingen und die spanischen Territorien zu einem einzigen Reich vereinen. Und die mir gebührende Ehre fällt mir mühelos in den Schoß.

Er verschränkte die Arme und schaute Tavistock nachdenklich an, obwohl seine Entscheidung bereits getroffen war. Dann wandte er sich an Pater Tomas und sagte: »Ihr werdet diesen Ketzer in dreizehn Tagen verbrennen. Morgen fangt Ihr mit den übrigen an und verbrennt jeden Tag einen. Zur Ehre Gottes.«

# 4

Aus der pechschwarzen Finsternis eines Eichenwäldchens löste sich eine dunkle Gestalt und verließ geduckt das tropfnasse Gehölz. Kurz vor der Wegkreuzung warf sie sich auf den regendurchweichten Boden und verharrte reglos.

Auf der Straße näherte sich ein Licht. Vier Leute und ein Ochsenkarren quälten sich über die schlammige Straße. Als der Karren kurz vor der Kreuzung in einer Furche steckenblieb, mußten sich die Männer mit dem Rücken dagegenstemmen und schieben, während das Mädchen den Ochsen lenkte und mit einer verrußten, orange leuchtenden Laterne voranging.

Diese Laterne hatte Robert Slade von der Straße vertrieben. Er hatte sein Pferd in dem Wäldchen angebunden und sich auf einen Überfall gefaßt gemacht. Er preßte sich flach auf den Boden und zog, die schwankende Laterne nicht aus den Augen lassend, seinen versteckten Dolch aus dem Stiefel. Mit diesem gezackten Messer hatte er schon manche Pferdefußfessel und manche menschliche Kehle durchtrennt. Er hielt den Atem an und spürte, wie sich seine Nackenhaare sträubten.

Es gab Berichte, nach denen auf dieser Straße im vergangenen halben Jahr merkwürdige Bewegungen festgestellt worden waren, daß merkwürdige Besucher, Fremde und Herumtreiber, zum Herrenhaus von Foot's Cray hinaufgegangen waren. Die Sicherheit, mit der sich diese vier Leute hier mit ihrem Ochsenkarren bewegten, ließ darauf schließen, daß sie den Weg kannten und ihn schon viele Male bei Nacht gegangen waren. Der Tonfall ihrer rauhen Stimmen und die Zurufe, mit denen sie die Tiere antrieben, verrieten Slade, daß sie Leute aus Kent und mit der See vertraut waren. Für Slade kam nur eine Erklärung in Frage: Die ganze Woche über hatte es geschneit; nun war der Schnee in Hagel und gefrierenden Regen übergegangen. Heute war seit fünf Tagen die erste Nacht, in der man unterwegs sein konnte, ohne daß am nächsten Morgen Spuren zu sehen waren. Die Dorfbewohner von North Cray schafften Schmuggelware ins Land, die sie bei Nacht von den Schiffen holten und entlang des Darent-Flusses ins Landesinnere brachten. Dieses Gesindel! Wenn es wüßte, daß es von Sir William Cecils Vertrauensmann beobachtet wird, dachte er und fühlte sich versucht, die Bande in die Flucht zu schlagen und ihren Karren in den Fluß zu stoßen. Gerechtigkeit im Schnellverfahren – aber anders verdienten es diese Leute nicht, die die Staatskasse betrogen. Aber die Gerechtigkeit mußte warten. Die Pflicht zur Geheimhaltung hatte ihn von der Straße vertrieben, und seine Ankunft in Foot's Cray mußte unbedingt geheim bleiben.

Er ließ den Karren weiterholpern und wartete, bis sich die Stimmen im Wind verloren und die rote Laterne nur noch als ferner Punkt wie der Planet Mars in einer Sommernacht zu sehen war. Dann stand er auf. Er trug schwarze Stiefel und einen weiten schwarzen Mantel. Er hatte sich im Stall eine schwarze Stute ausgesucht und ihre Blesse vor dem Aufbruch mit Fett und Lampenruß geschwärzt. Fünf Jahre im Dienst von Sir William Cecil hatten ihn zu einem gewitzten Kurier werden lassen. Wenn er in halsbrecherischem Tempo ritt und an zwölf Poststationen zwölfmal die Pferde wechselte, konnte er von London aus in zwei Tagen in Exeter oder in Norwich, Englands zweiter Hauptstadt, sein oder in vier Tagen in Newcastle im fernen Norden. Allerdings waren nach diesen Ritten Pferde und Reiter halbtot. Die normale Post, die an jeder Station Kutscher und Pferde wechselte, brauchte doppelt so lang, aber ein Kurier des Vorsitzenden des Privy Council, des Geheimen Rates der Königin, mußte Briefe persönlich und schnell überbringen, denn eines Tages konnte davon die Sicherheit des Reiches abhängen.

Er ging nun auf der über freies Feld führenden Landstraße zurück in Regen und Dunkelheit. Der Fluß war vom Schmelzwasser angeschwollen und rauschte und gurgelte. England war ein hartes Land, voller Risiken und Gefahren.

Es gab saugende Sümpfe und tödliche Hochmoore, Wölfe, Gasthäuser, in denen einsame Reisende ausgeraubt wurden, Vagabunden mit Knüppeln und solche, die auf schnellen Strecken in Halshöhe Stricke spannten. Jede Jahreszeit hatte ihre besonderen Tücken. Jetzt, im Spätherbst, waren es die gefrierenden Nebel und klumpig gefrorenen Straßen und die stockfinsteren Nächte, in denen ein Kurier einen siebten Sinn haben mußte. Robert Slade hatte diese Gabe. Seit sechs Jahren war er der beste Kurier in ganz England – jedenfalls war er gut genug, um das zu werden, was er heute war: nicht nur ein Überbringer streng geheimer Regierungsnachrichten, sondern auch ein Agent für seinen Herrn und seine Königin.

Die Londoner Innenstadt lag in gerader Linie nur zehn Meilen entfernt, und trotzdem war dieses Land hier durch Nacht und Novemberwetter so unwirtlich wie kaum eines in Europa. Er band die Stute los und führte sie aus dem regennassen Dickicht. Ein Stand kahler Birken schimmerte geisterhaft, wo der Atemhauch der Stute über die Stämme strich. Auf der Straße saß er auf und ritt im Eiltempo weiter, von Dartford aus, wohin ihn die Straße von Greenwich geführt hatte, stromaufwärts, und nach eineinhalb Meilen sah er das trübe Licht erleuchteter Fenster. Foot's Cray Manor, ein altes zweistöckiges Reetdachhaus mit schiefen Kaminen, Fachwerk, rotem Backstein, einem Garten mit Hecken hinter einer hohen Mauer und mit einem mit Eisenspitzen bewehrten und des Nachts verschlossenen Tor.

Er zügelte das Pferd und stieg ein gutes Stück vor dem Haus ab. Obwohl er keine Menschenseele sah oder hörte, mußte er vorsichtig sein, denn er wußte, daß der Herr von Foot's Cray stets eine Wache an der Straße aufstellte, und er würde auch in einer Nacht wie dieser keine Ausnahme machen.

Slade war sich völlig darüber im klaren, daß er sich kein Risiko leisten konnte. Deshalb hatte er auch nie geheiratet. Frau und Kinder wären Ballast gewesen, durch den er obendrein erpreßbar geworden wäre. In der Welt der Politik gab es keine beständigen Freundschaften. Bündnisse wurden eingeschmolzen und in neue Formen gegossen, Machtstrukturen durch Intrigen untergraben. Vor einem halben Jahrhundert hatte König Henry VII., der Großvater der Königin und Ahnherr der Tudor-Dynastie, die Krone allein durch die skrupellose Entmachtung des Hochadels retten können. Sein Sohn, Henry VIII., hatte mit dem noch mächtigeren Rom gebrochen und seinen Erfolg gesichert, indem er den Kirchenbesitz konfiszierte und damit jene bezahlte, die er als Verbündete anerkannte. Im Laufe der religiösen und immer gewaltsamen Kehrtwendungen, die das Land erdulden mußte – erst unter Edward, dann unter Mary, der Blutigen, und jetzt unter Elisabeth –, war es immer wieder zu Säuberungsaktionen unter der herrschenden Klasse gekommen, bis die Wut der Enteigneten ganz England brodeln ließ. Die neuen Männer, die an ihrer Stelle nach oben gekommen waren, stellten einen Risikofaktor dar. Sie waren vorsichtig, stets auf der Hut und schnell bereit, die Fronten zu wechseln, wenn es darum ging, ihre Haut zu retten. Der Mann, den ich jetzt aufsuche, dachte Slade, ist vielleicht Sir William Cecils engster Mitarbeiter, er ist ein Mitglied des Parlaments und fanatischer Protestant. Aber noch vor einem Jahr war sein Name unbekannt – und nächstes Jahr zettelte er vielleicht einen Aufstand an. Hat er nicht versucht, meine Dienste zu gewinnen, als wir uns in Richmond Palace begegneten? Hat er nicht versucht, mich zu bezahlen, mir spitzfindige Fragen gestellt, die nichts bewiesen, aber die Absicht erkennen ließen? Er liegt ständig auf der Lauer, um den Unvorsichtigen zu fangen. Aber ich bin kein Schwachkopf, und ich bin nicht geldgierig. Ich kenne meine Pflicht gegenüber meinem Herrn, und meine Treue gehört nur einem Mann – und einer Frau.

Als er in ein Kaninchenloch trat und stolperte, fluchte er leise. Er lauschte in die Dunkelheit, aber da war nichts. Vorsicht! In Nächten wie diesen, nach einem langsamen Ritt über zwölf Meilen und zahlreiche Umwege kann ein Mann nachlässig werden. Er denkt an seine Bequemlichkeit und an

Abkürzungen – aber nicht ich! Ich gehe nie von meiner festen Regel ab: die grundlegenden Vorsichtsmaßnahmen werden getroffen. Deshalb lebe ich noch und andere nicht.

Er führte die Stute wieder von der Straße herunter und tätschelte ihre Flanke, um sie zu beruhigen. Er fand einen Zaunpfahl, an dem er sie festbinden konnte. Dann ging er weiter bis zu der Stelle, wo hinter der Mauer die Ställe des Manor-Hauses lagen. Er warf einen Blick zu dem runden Taubenschlag hinauf, dann zog er sich sein wollenes Halstuch über Mund und Nase, um sich nicht durch seinen weißen Atemhauch zu verraten. Die Mauer war zehn Fuß hoch. Er sprang, hielt sich an der Mauerkrone fest, zog sich lautlos an der bröckelnden Backsteinmauer empor und spähte hinüber in den Hof. Der Regen trommelte auf die Schindeldächer der Wirtschaftsgebäude und rann plätschernd aus den Regenrinnen. Im Stall standen ein Brauner, zwei Ackergäule und, in einer eigenen Box, ein großer Grauer, mindestens sechzehn Handbreit hoch.

Slade lächelte hochbefriedigt. Disziplin, dachte er, mehr braucht es gar nicht. In neun von zehn Fällen bleibt sie ergebnislos, aber gelegentlich...

Das Pferd, das man zu verstecken suchte, war ein Andalusier, ein in Spanien gezüchtetes Militärpferd. Es war ein sehr kostbares und in England sehr seltenes Tier. Es konnte nicht zu Foot's Cray Manor gehören. Der Graue hob den Kopf und blähte die Nüstern; trotz des Regens witterte er den Geruch der Stute, der an Slades Sachen haftete. Das merkwürdige Benehmen des Grauen schreckte den jungen Stallburschen auf, der sich sofort aufmerksam umsah.

Slade duckte sich. Dann ließ er sich von der Mauer herunter, blieb kurz lauschend stehen und kehrte zu seiner Stute zurück. Er hauchte ihr auf die Nüstern, damit sie in der Dunkelheit nicht scheute, führte sie auf die Straße zurück, stieg auf und trabte zum Tor.

Eine Luke öffnete sich, in der ein mageres Gesicht zum Vorschein kam. »Wer seid Ihr?«

»Robert Slade, Kurier von Sir William Cecil, Privy Council, in amtlichem Auftrag.«

»Wo sind Eure Papiere?«

Slade zog aus seinem Handschuh einen Umschlag und reichte ihn durch die Öffnung. Die Luke wurde geschlossen. Kurz danach öffnete sich das Tor.

Ein Mann in Umhang und Kapuze ließ ihn ein. Der Stallbursche erschien und führte sein Pferd in den Stall mit einer anerkennenden Bemerkung über die schöne Stute. Der Hausdiener Thomas, ein Riese von einem Kerl und dumm wie ein Ochse, kam ihm mit schleppenden Schritten an der Haustür entgegen.

»Melde mich dem Herrn, Thomas.«

»Das kann ich nicht, Master Slade...«

»Tu, was ich dir sage!«

Thomas schaute blöde an den Fenstern der Vorhalle vorbei in den gefliesten Gang. Das Licht der tropfenden Kerze warf unruhige Schatten auf die dunklen Eichenholzwände. Kein Wandbehang, kein Teppich schmückte die Vorhalle. Das einzige Mobiliar unter den Kerzenhaltern waren ein langer, schön geschnitzter Tisch und eine Bank wie ein Kirchenstuhl. Der Diener schlug die schwere Haustür zu, schien aber nach wie vor nicht zu wissen, ob er Slades Befehl über den seines Herrn stellen sollte. Aus Slades Umhang tropfte inzwischen das Regenwasser auf den Boden und bildete kleine Pfützen.

»Er hat gesagt, daß er von niemand gestört sein will. Auf gar keinen Fall.«

»Ja«, sagte Slade, seinen Ärger über den Hausdiener nur mühsam beherrschend, »aber er weiß nicht, daß ich hier bin.«

Thomas wandte sein Mondgesicht ab und schlurfte vor Slade den Korridor entlang. Auf der linken Seite des Gangs befanden sich schwere Holztüren mit schön geschmiedeten Türmechanismen sowie dem veralteten Wappen des Sheriffvertreters von London; zur Rechten lag eine Reihe Fenster, gegen deren in Blei gefaßte und in Rauten unterteilte Scheiben der Regen prasselte. Als Thomas an die letzte Tür klopfte, erfolgte als Antwort zunächst nur Schweigen. Die Unterhaltung, die dahinter wie ein leises Summen zu vernehmen gewesen war, brach jäh ab. Ungeduldig drückte Slade die Klinke nieder. Die Tür war abgeschlossen.

»Robert Slade?«

Die Stimme klang nicht ganz gelassen – ein wenig verärgert vielleicht wegen der Störung? »Vergebt mir, Sir! Ich habe eine dringende Nachricht für Euch«, sagte Slade.

»Einen Augenblick.«

Sekunden später öffnete sich die Tür zu einem hell erleuchteten, von einem kräftigen Feuer erwärmten Raum. Der Mann, der ihm öffnete, war ungefähr vierzig Jahre alt. Er trug eine schwarze Filzkappe, ein schlichtes Wams mit altmodischem Leinenkragen und einen kurz geschnittenen, graumelierten Bart. Er war mittelgroß und leicht gebaut, aber er hatte stechende dunkelbraune Augen und eine volltönende, angenehme Stimme, die etwas von den Verstandesqualitäten verriet, die ihm innerhalb eines einzigen Jahres zu einer Stellung von nahezu beispiellosem Einfluß auf die Geschicke des Reichs verholfen hatte. Francis Walsingham war bis zum vergangenen Jahr offiziell Parlamentsmitglied für Lyme Regis gewesen. Jetzt, ohne eine offizielle Position, hatte er guten Grund, seine Türen abzuschließen und die Straße bewachen zu lassen. Er war seit kurzem Leiter des englischen Geheimdienstes und Koordinator des kontinentalen Spionagenetzes.

»Danke, Thomas. Es ist in Ordnung.« Walsingham schloß die Tür und wandte sich an Slade. »Bitte, setzt Euch. Es ist eine scheußliche Nacht und Ihr seid völlig durchnäßt.«

»Da habt Ihr recht, Sir. Danke.«

Slade trat auf einen der zwei Lehnstühle zu, die dicht am Feuer standen. Als er sich setzen wollte, öffnete sich eine zweite Tür, und eine seltsame Gestalt trat ein.

»Ich hoffe, es sind gute Nachrichten«, sagte Groton, der

Chiffrierexperte. Zögernd blieb er in der zugigen Türöffnung stehen. Er war ein alter, gebeugter Mann, rheumatisch und kurzsichtig. Slade schauderte innerlich bei seinem Anblick. Groton litt an einer üblen und übelriechenden Krankheit. Die fleischigen Teile seiner Nase waren bereits so weit abgefault, daß die Nasenscheidewand zum Vorschein trat. Über dieser Verunstaltung trug er inzwischen eine silberne Nase, die seine Stimme scharf und durchdringend klingen ließ. Am meisten behinderten ihn jedoch seine dick verbundenen Hände. Wenn man beobachtete, wie er einen Gegenstand hielt, konnte man sehen, daß er in den Fingerstümpfen – dort, wo die Krankheit angefangen hatte – überhaupt kein Gefühl mehr besaß.

»Das kann man leider nicht behaupten, Master Groton.«

»Ja, schlechte Nachrichten reisen am schnellsten, nicht wahr?«

»Und in den schlimmsten Nächten.«

Groton betrachtete den Kurier, der im Sessel Platz genommen hatte. Slade stand in der Blüte seiner Jahre, er war groß, kräftig, jedem Wegelagerer gewachsen. Und er war überheblich. An den Stiefeln trug er silberne Sporen. Groton mochte ihn nicht. Er schien stets höhnisch zu lächeln, und er fürchtete sich, auch wenn er es bemüht zu verbergen suchte, vor dem Aussatz. Ein ungebildeter Tölpel, dachte Groton nicht einmal unfreundlich. Bist aus demselben Holz geschnitzt wie Albas Söldner, die wie wilde Stiere verrückt um sich schlagen und mit ihren gespaltenen Hufen die Zivilisation zerstören und zerstampfen. Warum umgibt sich ein Mann wie Cecil mit Männern wie du es bist?

Walshingham reichte dem Kurier einen Krug Ale, und Groton schaute angewidert zu, wie Slade einen glühenden Eisenstab in den Krug steckte, der das Bier sprudeln und schäumen ließ. Dabei hörte er förmlich, was Slade dachte: Na, was ist, Master Roger? Entspricht warmes Bier nicht Eurem kontinentalen Geschmack? Ist es nicht italienisch genug für Euch?

Der Besitzer von Foot's Cray dagegen war ein sehr feiner Mensch, immer auf kleine Aufmerksamkeiten bedacht; ein kluger Kopf, auch wenn er von Mathematik nichts verstand; ein guter Protestant und eine Persönlichkeit von suggestiver Ausstrahlung. Sie hatten sich in Paris kennengelernt, in den Jahren, als Mary, die Blutige, auf dem Thron saß, genauer gesagt, im Jahr 1553. Als kluge Männer waren sie beide nach Marys Thronbesteigung ins Ausland gegangen. Walsingham, noch Student, war eben vom King's College in Cambridge gekommen; Groton, ein ehemaliger Oxford-Student, war bereits fünfzig und ein dem Katholizismus zürnender Wissenschaftler. Sie hatten sich vorgenommen, erst wieder nach England zurückzukehren, wenn sich ein protestantischer Monarch für das geschundene Reich gefunden hätte, und sie hatten sich daran gehalten. Sie waren herumgereist von einer Stadt und einem Land ins andere, und während Groton einer bei sich neuentdeckten Leidenschaft frönte und mit jeder Frau, die sich fand, ins Bett ging, nutzte Walsingham ihre Kontakte und Bekanntschaften, um ein feines Netz zu spinnen. Vor zehn Jahren waren sie schließlich zur Krönung von Königin Elisabeth nach Hause gekommen. Groton hatte sich seitdem in zunehmendem Maße auf seinen Freund verlassen und ganz besonders, seit ihn die Krankheit befallen hatte. Ihre jüngste Verbindung mit Sir William Cecil hatte Groton mit Hoffnung erfüllt. Groton wünschte sich nichts sehnlicher, als in einem der neuen Colleges von Cambridge ungestört und ohne finanzielle Sorgen Mathematik zu treiben, mit seinem jungen dänischen Freund Tycho Brahe zu korrespondieren und mit den Studenten von Signor Tartaglia, den er aus Venedig kommen lassen wollte, die Theorie von geschossenen oder geschleuderten Körpern zu diskutieren. Cecil war lange Zeit Kanzler der Universität Cambridge gewesen; aber bisher hatte Groton vergeblich gehofft, daß ihm ein Lehrstuhl angeboten würde. Das mathematische Genie in seinem von der Lepra verunstalteten Körper war unerkannt geblieben.

Ich werde warten müssen, dachte er, warten und noch ein bißchen mehr verfaulen. Bald werde ich keinen Stift mehr halten können. Trotzdem, Herr Staatssekretär, werdet Ihr die Arbeit, die diese Hände verrichten können, sehr bald eines einträglichen Ruhepostens an der Universität für würdig erachten.

In den fünf Jahren, die er und Walsingham den Kontinent bereist und Frankreich, Italien, Deutschland und die Niederlande besucht hatten, waren Hunderte von Kontakten entstanden. Als sie im vorigen Jahr an Cecil herantraten, konnten sie ihm die Namen, die Aufenthaltsorte und derzeitigen Tätigkeiten von allen Parteien quer durch Europa nennen, die Ihrer Majestät nicht wohlgesonnen waren.

»Was also sind das für Nachrichten, die mich so eilends erreichen mußten, Master Slade?«

»Eine schlimme Sache, Sir.« Slade knöpfte sein Lederwams auf und holte ein Ziegenlederetui hervor, in dem sich das gefaltete und von Sir William Cecil versiegelte Pergament befand. Seine Gesichtszüge verhärteten sich, als er sich an Walsingham wandte. »Darf ich fragen, Sir, woher Ihr hinter einer verschlossenen Tür wußtet, daß ich draußen stand? Wie habt Ihr mich erkannt?«

Walsingham nahm das Schreiben in Empfang, prüfte das Siegel und ließ sich in den zweiten Sessel neben dem Feuer sinken. Ohne aufzublicken antwortete er: »Die Menschen schreiben ihren Namen auf verschiedene Weise, Slade. Ihr habt eine besondere Art, Türklinken zu drücken.«

Das Gut Foot's Cray befand sich seit vierzig Jahren im Besitz der Familie Walsingham, und sein Besitzer dachte nur ungern daran, es aufzugeben, trotz der steigenden Unterhaltskosten und der ungünstigen Entfernung von London. Walsingham war hier geboren; er kannte jede Ecke, jedes knarrende Brett und jeden Riß in den ausgetretenen Treppenstufen. Vor einem Jahr hatte er zum zweiten Mal geheiratet, wieder eine Witwe. Ursula war eine gute Frau und hatte ihm wie seine erste Frau zwei erwachsene Söhne aus einer früheren Ehe und eine stattliche Geldsumme ins Haus gebracht, was Walsingham sehr begrüßte, da er selbst über kein großes Vermögen verfügte und die Aufrechterhaltung eines Kontaktnetzes im Ausland eine kostspielige Angelegenheit war.

Walsingham drehte das Schreiben in den Händen, dann brach er das Siegel und erkannte auf den ersten Blick, daß die Information von größter Wichtigkeit war und daß die geschilderte Situation für England verheerende Folgen haben konnte.

Kann das wahr sein? War es tatsächlich zu einer Katastrophe gekommen? Und wenn nicht, wer würde wollen, daß ich eine solche Information erhalte? Wer würde von einer Geschichte wie dieser profitieren? Welcher Ratgeber der Königin würde damit seine Position stärken können? Könnte der Brief eine Fälschung sein?

Ein Funke sprang auf Slades Schoß, und er fegte ihn mit einer raschen Handbewegung zurück in den Kamin. Für einen Augenblick erregte eine Kleinigkeit an Slades Äußerem die Aufmerksamkeit Walsinghams, aber schon im nächsten hatten sich andere Dinge in den Vordergrund geschoben. Walsingham war Slade zweimal begegnet; er kannte ihn als zähen, entschlossenen und vor allem körperlich harten Mann. Er besaß die besten Eigenschaften eines Soldaten, gepaart mit einem nicht übermäßig wißbegierigen Wesen, die ihn für die Übermittlung von Nachrichten geeignet machten. Der Staatssekretär Cecil konnte davon ausgehen, daß seine Briefe garantiert in die Hände des richtigen Empfängers gelangten, wenn er sie dem unbestechlichen, vor keiner Gefahr, ja, nicht einmal vor dem Tod kapitulierenden Robert Slade anvertraute.

Aber Slade prahlte auch gern und hielt sich für einen unübertroffenen Kenner von Schleichwegen und Tricks, was in jüngster Zeit nicht mehr ganz zutraf. Dennoch – Slade war unerschütterlich Cecils Mann, ein treuer Diener. Der Brief stammte mit Sicherheit von Cecil.

Dann also zu Sir William Cecil: Profitiert der Staatssekretär auf irgendeine Weise durch eine Lüge? Oberflächlich gesehen hat er mehr zu verlieren. Er investierte dreitausend Pfund in Hawkins' Expedition und, was noch schwerer wiegt, mehr als drei Jahre mühevollster Arbeit in der Außenpolitik, und das alles konnte mit diesem Brief in Frage gestellt werden. Gut, Cecil hat begonnen, meine Kontakte zu nutzen, aber möglicherweise hat er das Gefühl, zu sehr von mir abhängig zu werden. Vielleicht sieht er in meinem puritanischen Glauben ein Hindernis: zu streng, zu selbstgerecht – zu extrem? Halte ich ihn immer noch für Englands einzige Hoffnung auf Erlösung? Ja, ja und nochmals ja! Also bleibt mir nichts anderes übrig, als die Information für bare Münze zu nehmen.

»Darf ich sehen?« fragte Groton leise.

»Ihr solltet den Brief lesen.«

Groton setzte seine Brille auf und las. Nach einer Weile sagte er: »So, Hawkins ist tot.«

»Wenn man Spinola glauben darf.«

»Cecil glaubt ihm und William Hawkins in Plymouth wird ihm auch glauben, wenn er übermorgen lesen wird, daß sein Bruder tot ist und alle seine Schiffe samt vierhundert Seeleuten auf dem Grund des Meeres gelandet sind. Kein Grund zum Jubeln an diesem Weihnachtsfest – weder für ihn noch für uns.«

»Du bist zu voreilig, Roger.«

»Ah! Willst du sagen, du glaubst es nicht?«

»Das habe ich nicht gesagt.«

Groton kicherte. »Wieviel Geld hast du in das Unternehmen gesteckt?«

»Eine kleine Summe.«

»Dann hüte dich vor Wunschdenken. Glaubst du, Spinola würde sich eine solche Geschichte ausdenken?«

Walsingham antwortete nicht. Das Genueser Bankhaus Spinola wurde in London von Bernardino Spinola selbst vertreten; aber die Quelle für diese Information war sein Angestellter Giuseppe Gradenego, ein Venezianer, der an diesem Morgen aus Sevilla kommend im Themsehafen Deptford an Land gegangen war.

»Master Slade? Welchen Eindruck hattet Ihr von Gradenego?«

»Ein Ausländer. Und wahrscheinlich ein ebenso verdammter Lügner wie sie alle.«

»Aber durchaus der Wahrheit fähig – gegen Entgelt?«

»Ich habe ihn gut bezahlt und ich glaube, er sagte mir und Sir William die Wahrheit.«

»Die Wahrheit, so wie er sie kennt?«

»Er sagte wörtlich, Sevilla sei völlig außer Rand und Band wegen der Nachricht von der Großtat Don Emilio Martinez'. Diese mutterlosen Papisten wollen von Verrat nichts hören. Bei ihnen heißt es, die westindische Silberflotte ist sicher in Spanien eingetroffen, nachdem Hawkins versucht hat, sie durch einen Überraschungsangriff zu vernichten.«

»Wenn die Spanier Hawkins wegen Piraterie anklagen –« begann Groton.

Slade wandte sich Groton zu. »Wenn Hawkins tot ist und seine Schiffe vernichtet, wird niemand einer solchen Anklage widersprechen können. Sie ist der beste Vorwand, um London die Tür zu Europa vor der Nase zuzuschlagen. Das spanische Reich betrachtet uns schon lange als Ketzer und hat nach Möglichkeiten gesucht, uns zu strangulieren. Wenn sie ihre Häfen vor uns verschließen, werden in London Panik und Chaos ausbrechen. Die englischen Kaufleute werden vor dem Ruin stehen. Englisches Tuch wird in den Speichern verschimmeln – und Antwerpen wird nicht mehr verloren haben als einen gefährlichen neuen Konkurrenten.«

Walsingham schloß die Augen, lehnte sich zurück und verschränkte die Finger. »Das glaube ich nicht. Spinola gibt vielleicht absichtlich eine falsche Information weiter, aber wenn Hawkins zurückkommen sollte, wird die Bank als Verbreiterin falscher Gerüchte dastehen. Die Spinolas hätten jegliche Glaubwürdigkeit verloren.«

»Sie könnten aber in der Zwischenzeit ihr Ziel erreicht haben«, meinte Groton. »In einer Woche kann viel passieren.«

Walsingham schüttelte den Kopf. Er verwünschte Grotons plumpe Logik ebenso wie den Verdacht, der sich langsam bei ihm festsetzte. Seine wachsende Erregung unterdrückend sagte er: »Das alles für ein paar Ballen Wolle im Wert von vielleicht zehntausend Pfund? Nein. Spinola ist kein Narr. Er würde seine Stellung hier nicht für das Zehnfache aufs Spiel setzen. Wenn Antwerpen ein neuer Bürgerkrieg bevorsteht, müßte er einen Teil seines Geschäfts nach England verlegen.«

»Ein neuer Krieg in Antwerpen? Glaubst du das wirklich?« Grotons Stimme schrillte vor Hohn. »Solang ihnen dort Albas Mörderpack im Nacken sitzt? Nein, keine Chance. Diese Stadt ist völlig sicher.«

»Daß Flandern so stark besetzt ist, beweist deutlich, wie groß die Unruhe in diesem Land ist. Und vergiß nicht, Albas Truppen müssen noch bezahlt werden. Nicht entlohnte Söldner lassen sich nichts befehlen.«

»Vielleicht hat es doch ein Unglück gegeben«, meinte Slade düster. »Was Gradenego sagte, klang glaubhaft, und er erwähnte Einzelheiten: die Routen von Hawkins' Schiffen, die Namen von Gefangenen, die in Vera Cruz festgehalten werden – gerade so, als stammten sie aus der Feder des Vizekönigs. Auch die Zeitangaben stimmen. Zehn Wochen für die Passage ist eine gute Zeit, aber die spanischen Depeschenboote können um einiges schneller sein.«

»Ich glaube es nicht.« Walsingham versank wieder in Schweigen. Dann erhob er sich und begann, im Zimmer hin und her zu gehen. Welches Spiel spielten die Spanier? fragte er sich. Und was haben die Italiener vor? Sie sind ebenso Katholiken wie die Spanier, aber hundertmal gefährlicher. Die italienischen Handels- und Bankhäuser hatten mit ihren Darlehen Einfluß bei allen europäischen Fürstenhäusern gewonnen. Sie unterhielten Agenten in jedem Hafen, Spione auf jedem Schiff, Diener in jedem bedeutenden Haushalt. Seit der

Zeit des Schwarzen Todes hatten Kaufherren wie die Spinola oder die Grimaldi einen geradezu märchenhaften Reichtum angesammelt, indem sie den Königen ihre Feldzüge finanzierten. Das legendäre Bankhaus Fugger war in der Lage, jede Armee zu schlagen, jeden Staat unbesiegbar zu machen und jeden Monarchen zu beschützen. Für das Gold der Fugger traten die besten Söldnerheere an, und Fuggersche Bestechungssummen öffneten die Tore jeder Festung. Es waren die Fugger, die die Wahl zweier Päpste gesichert hatten und die Thronbesteigung Kaiser Karls V., und es waren die italienischen Bankhäuser, die den Wohlstand Spaniens finanzierten.

Walsingham setzte sich wieder und sagte zu Slade, der sich inzwischen aufgewärmt hatte: »Ich werde Thomas bitten, Euch ein Stück Taubenpastete zu bringen.«

Slade stieß einen kleinen Seufzer aus, setzte sich gerade hin und fuhr sich durch das Haar. »Nein, nein. Ich danke Euch. Ich muß zurück. Habt Ihr eine Antwort für Sir William?«

»Ja.«

Walsingham bat Thomas, er möge Slades Pferd satteln lassen, und schickte Groton nach Feder und Tinte. Während Walsingham diktierte, kritzelte Groton Zahlen auf das Papier, die er mit absoluter Genauigkeit im Kopf hatte. Das chiffrierte Schreiben wurde mit Sand bestreut, versiegelt und Slade überreicht.

»Bringt Eurem Herrn diesen Brief und sagt ihm, zur Auflösung benötige er die Seite sechzehn aus dem roten Buch...«

Slade erhob sich, befestigte die Kuriertasche an der Innenseite seines Lederwamses und verabschiedete sich. Als sich die Tür hinter ihm schloß, wandte sich Groton an Walsingham.

»So rätst du also zu Geduld?«

Walsingham nickte. »Mit unvorsichtigen Reaktionen ist jetzt nicht viel zu gewinnen.«

»Aber morgen wird ganz London Bescheid wissen.«

»Deshalb ist es unbedingt nötig, daß wir vorher mit den Kaufleuten der Stadt Kontakt aufnehmen. Ich möchte, daß unsere Leute eine anders lautende Geschichte verbreiten, nach der Hawkins vor einer Woche heimlich in Irland gelandet sei mit einer so reichen Beute, daß er ein Drittel davon für sich selbst vergraben hat, bevor er sich nach England auf den Weg machte, um das übrige aufzuteilen. Neben dieser Geschichte muß eine übertrieben blumige spanische Darstellung vom Untergang der Hawkins-Schiffe unter die Leute gebracht werden, so daß Spinolas Gerücht nach Mißgunst und Verleumdung riecht. Das wird die Märkte für ein oder zwei Wochen stabil halten. Als nächstes«, fuhr Walsingham fort, »müssen wir Dover und Rhye informieren, daß alle uns freundschaftlich gesonnenen Kaperschiffe nach spanischen Schiffen Ausschau halten, die versuchen, im Konvoi durch den Kanal zu fahren. Sie müssen unverzüglich abgefangen werden. Ich werde auch eine gute Belohnung aussetzen.«

Groton runzelte die Stirn. »Ein Konvoi?«

»Ja. Ich vermute, es werden fünf oder sechs kleine, schnelle Schiffe sein, wahrscheinlich aus einem Hafen an der Biscaya, mit dem Ziel Antwerpen. Danach müssen wir suchen. Ein solcher Konvoi darf unter keinen Umständen die Scheldemündung erreichen.«

»Ich verstehe nicht –«

Walsingham fiel ihm ungeduldig ins Wort und zählte die einzelnen Punkte an den Fingern ab. »Erstens: Herzog Albas *tercios* lechzen nach ihrem Sold. Ein *tercio* besteht aus über 3000 Soldaten. Alba hat in Flandern wahrscheinlich 50000 Mann unter Waffen stehen. Wie lange lassen sich Söldner mit Versprechungen hinhalten? Und wie lange kann Alba noch mit eiserner Faust drohen, wenn ihm seine Truppen nach und nach davonlaufen?

Zweitens: Es gibt nur zwei Möglichkeiten, um das Gold für die Bezahlung der Truppen nach Flandern zu schaffen, entweder auf dem Landweg durch Frankreich – gegenwärtig eine schlechte Alternative, weil dort der Bürgerkrieg tobt –

oder auf dem Seeweg durch die Straße von Dover. Beide Routen sind gefährlich, und so hat Philipp begreiflicherweise bisher gezögert.

Drittens wissen wir, daß Philipp bei italienischen Banken Geld leiht und als Sicherheit das Gold aus Westindien bietet. Diese Bankhäuser wurden jetzt informiert, daß das Gold aus Mexiko unterwegs ist. Es gibt keine Garantie, daß die Schiffe Sevilla erreichen werden, aber immerhin hat die *flota* Havanna verlassen und damit den gefährlichsten Teil der Reise überstanden. Die Chancen stehen also gut oder immerhin gut genug, so daß die Banken ihrem besten Kunden jede beliebige Summe vorschießen. Philipp hat die Seele eines Buchhalters, und deshalb bin ich überzeugt, daß er sich genau die Summe geborgt hat, die er zur Bezahlung von Albas Truppen benötigt.«

Groton schnappte nach Luft. »Bei einhundert Dukaten pro Mann und 50000 Soldaten sind das fünf Millionen Dukaten. Sie werden verteilt auf vier oder fünf Schiffe, um das Risiko zu verringern. Zudem ist ein Konvoi schneller und weniger auffällig als eine großmächtige Galeone. Er könnte in den nächsten Wochen jederzeit im Kanal auftauchen!«

»Er muß aufgespürt und geschnappt werden – als Vergeltungsmaßnahme.«

»Also glaubst du doch, daß Hawkins vernichtet wurde!«

Vielleicht gelingt es uns, Philipp doch noch den Schrecken einzujagen, den er verdient hat, dachte Walsingham. Wenn die von Elisabeth autorisierten Kaperschiffe Albas Gold beschlagnahmen, und wenn ich Sir William überreden kann, einen etwas energischeren diplomatischen Kurs einzuschlagen und die Freilassung der in Vera Cruz festgehaltenen Geiseln zu verlangen, könnten wir einige Monate lang die Initiative in der Hand halten.

Er trat an das Fenster und schob den schweren Vorhang etwas zur Seite. Im Hof schwang sich Slade auf sein Pferd.

»Ich fürchte, ja«, antwortete er. »Wir haben allen Grund, nüchtern zu planen. Sobald Albas Truppen bezahlt sind, liegt in Flandern eine potentielle Invasionsarmee. Albas Regimenter sind Spitzenklasse. Lägen sie heute in den Hopfengärten von Kent – und das wären nur einhundert Meilen westlich von ihrem gegenwärtigen Standort –, würden sie mit Sicherheit am kommenden Sonntag in St. Paul's die Messe hören.«

Ein Zucken lief über Grotons Gesicht, und das Federmesser fiel ihm aus der verkrüppelten Hand. »Aye, aber von diesen hundert Meilen sind zweiundzwanzig salzige See.«

»Und allein darin liegt vielleicht unsere Rettung.«

Walsingham ging vom Fenster zur Tür, durch die Groton das Zimmer betreten hatte, öffnete sie und betrat das angrenzende Zimmer. Von dort ging er in das nächste, wo seine Frau beim Schein einer Kerze in einem Sessel saß und las.

»Er ist fort.«

Ursula war eine große, etwas eckige Frau Ende dreißig. Sie hatte bereits vor zwei Stunden ihre Mägde zu Bett geschickt.

»Dieser Mann ist der leibhaftige Teufel«, sagte sie schaudernd.

»Vielleicht, meine Liebe, aber England braucht Leute wie ihn.«

Die Zimmerwände waren mit einer Eichentäfelung verkleidet, mit vielen Schnecken- und Perlverzierungen, die eine kaum sichtbare Fuge im zweiten Panel rechts der Tür verbargen. Dieses schöne Stück Tischlerarbeit öffnete sich unter Walsinghams kundigen Händen. Dahinter lag eines der Geheimverstecke, die während Mary Tudors mörderischem Kreuzzug im Haus angelegt worden waren als Schlupfwinkel für die protestantischen Geistlichen, die Walsinghams Mutter Joyce unterstützt hatte. Das Versteck war eine dunkle, keine zwei Fuß breite Nische zwischen zwei Wänden. Ursula hatte dem Gast gezeigt, wo er sich verbergen konnte und dann ihren Stuhl vor den Einstieg gestellt. Von der Unterhaltung mit Slade hatte der Mann im Versteck kein Wort mithören können.

»Mylord, die Gefahr ist vorüber. Ihr könnt jetzt herauskommen.«

Die Gestalt, die der Wand entstieg, war Mitte dreißig, groß, dunkelhaarig, mit langen Schnurrbartenden, die über einem schmächtigen Bart über das Kinn herabhingen. Er war betont schlicht gekleidet. Er trug das schlichteste Wams, das Walsingham je an ihm gesehen hatte, das aber natürlich von auffallend guter Qualität war. Und daß er auf einem so auffallenden Pferd nach Foot's Cray geritten war, hielt Walsingham ebenfalls für dümmste Eitelkeit.

Obwohl der Earl hatte warten müssen, war von seiner Würde nichts abhanden gekommen. Er verbeugte sich vor der Frau mit den grauen Strähnen im Haar und sagte mit bezauberndem Lächeln: »Ich danke Euch herzlich für die Mühe, die Ihr auf Euch genommen habt, um meine Anonymität zu wahren.«

Walsingham war ärgerlich, daß der Earl nicht mehr Sorgfalt auf seine Tarnung verwandt hatte. Wie konnte ein Mann, von dem es hieß, er sei der geschickteste Täuscher bei Hof und könne selbst die Königin beinahe nach Belieben entwaffnen – wie konnte dieser Mann so unvorsichtig sein?

Ursula knickste. »Mylord Leicester gibt dem bescheidenen Haus meines Gatten die Ehre, über Nacht zu bleiben?«

»Ich fürchte, daß Sir William Cecil noch vor Mitternacht von Eurem Besuch hier wissen wird, Mylord«, sagte Walsingham besorgt.

»Wie das?«

»Euer Pferd hat Euch verraten.«

»Ihr habt ihm mein Pferd gezeigt?« fragte der Earl erstaunt, während er sich in das Zimmer, in dem Groton wartete, führen ließ.

»Ich bin überzeugt, daß er es gesehen hat. Sir Williams Kurier ist ein vorsichtiger Mann. Soviel ich weiß, trägt er stets eine Giftphiole bei sich für den Fall, daß er seine Zunge zum

Schweigen bringen muß, und eine zweite, die sein Pferd wie wahnsinnig galoppieren läßt, bis ihm die Lungen platzen. Nachts trägt er Schwarz zur besseren Tarnung.«

»Die Leute nennen Robert Slade ›den Raben‹«, sagte Ursula.

»Aber in einem beleuchteten Zimmer ist Schwarz verräterisch, meine Liebe. Ich habe auf seinem Lederwams Spuren von rotem Backstein gesehen, von unserer Mauer, die schon alt und bröckelig ist. Er kann nur aus einem Grund hinaufgeklettert sein. Er hat ein sicheres Auge für Pferde.«

Der Teint des Earls rötete sich merklich. »Ihr hättet den Gaul verstecken sollen. Wenn Cecil davon erfährt, sind wir erledigt.«

Ja, dachte Walsingham, Sir William verabscheut dein harmloses Getue und ärgert sich über die Art, wie die Königin dich mit Gunstbeweisen überschüttet hat. Er hält dich für einen gerissenen Opportunisten und hat bei mindestens zwei Gelegenheiten versucht, die alte Geschichte, du hättest deine Frau ermordet, wieder aufleben zu lassen. Er wird nicht ruhen und dich so lange jagen und danach trachten, dich kaltzustellen, bis du dem Rest deiner Sippe auf das Schafott gefolgt bist.

»Ich glaube, daß ich mehr zu fürchten habe als Ihr, Mylord, wenn Cecil von unserem Treffen erfährt.«

»Warum denn?«

»Ihr seid der reichste Mann in England, Ihr seid sowohl Pair als auch Earl und steht deshalb weit über Cecil. Ich jedoch bin nur ein armer Privatmann. Wer von uns, glaubt Ihr, hat am meisten zu fürchten?«

»Umgekehrt habe ich mehr zu verlieren. Wenn unser Treffen Cecil zu Ohren kommt, sind wir beide dran.«

Die Schärfe in Leicesters Ton war unüberhörbar. Argwöhnte er Doppelzüngigkeit? »Sir William verachtet Euch.«

»Wogegen Ihr anscheinend sein Vertrauter geworden seid.« Leicester stützte sich mit dem Ellbogen auf den Kamin und kaute auf seinen Fingerknöcheln. »Cecil ist eine Gefahr für uns alle. Die Königin ist nicht sicher, solange er noch einen Kopf auf den Schultern trägt.«

»Vielleicht sind Eure Pläne in dieser Richtung schon ein gutes Stück vorangekommen?«

Leicester tat verdutzt. »Wie meint Ihr?«

»Ihr und der Duke of Norfolk, habt Ihr nicht einen Pakt gegen Cecil geschlossen?«

»Einen Pakt?« Die Frage wurde mit entwaffnender Unschuld zurückgereicht.

Walsingham lächelte. »Der Admiral, der einen großen Sturm heraufziehen sieht und nichts für die Sicherheit seiner Schiffe unternimmt, ist ein Narr.«

Wieder spiegelte sich nichts als ungläubige Leere in Leicesters Gesicht. »Ihr sprecht in Rätseln, Mr. Walsingham.«

Das geschieht zur Sicherheit meines eigenen Schiffes, dachte Walsingham. Wir beide wissen, warum du hier bist. Die Ankunft der schottischen Königin in England ist für dich ebenso bedrohlich wie für die Frau, die du noch immer zu heiraten hoffst. Wenn Elisabeth kinderlos stirbt, wird ihr Mary auf den Thron folgen, und du, mein stolzer Pfau, wirst deinen Kopf verlieren. Es sei denn...

»Mylord, ich muß Eure Absichten kennen, wenn ich helfen soll.«

Leicester warf einen Blick auf Groton, der sich mit einem Buch in eine Ecke zurückgezogen hatte.

»Ich kann in Gegenwart dieses Bettlers nicht sprechen.«

Groton richtete sich auf. »Wer arm ist, wird gleich der Schlechtigkeit verdächtigt, nicht wahr, Mylord?«

»Ihr kamt her, um über die schottische Königin zu sprechen?« fragte Ursula lächelnd.

»Ja«, antwortete Leicester nach einigem Zögern.

»Dann laßt Euch bitte nicht davon abhalten und fürchtet nicht, daß mein Gatte seiner Frau und einem bescheidenen Bettler zu lauschen gestattet.«

Die Königin von Schottland, Mary die Hure, war von ihrem Halbbruder, dem Earl of Moray, der empört war über ihr

Benehmen, zur Abdankung gezwungen worden. Sie war nicht nur Katholikin, sondern hatte auch den syphilitischen Trunkenbold und Sodomiten Lord Darnley geheiratet; danach war sie ehebrecherische Liebschaften eingegangen, erst mit ihrem französischen Sekretär und dann mit dem Earl of Bothwell. Nachdem sie von Bothwell schwanger geworden war, schmiedete sie zusammen mit ihm den Plan, die Kellerräume von Kirk o'Field, dem Haus, in dem Darnley zu schlafen pflegte, mit Schießpulver vollzustopfen. Das Haus wurde in die Luft gesprengt, und als Darnley wie durch ein Wunder unversehrt aus den rauchenden Trümmern auftauchte, wurde er überfallen und erdrosselt. Die protestantischen schottischen Lords sahen nicht länger tatenlos zu. Moray nahm Marys einjährigen Sohn, den Thronerben James, in seine Obhut und ernannte sich zum Regenten. Mary versammelte ihre Getreuen, und bei Langside lieferten sich ihre und Morays Truppen eine Schlacht. Marys Armee wurde geschlagen, worauf die schottische Königin nach England floh und sich Elisabeth zu Füßen warf. Wenn sie erwartet hatte, bei einem weiblichen Monarchen Gnade zu finden, hatte sie sich getäuscht, dachte Walsingham. Elisabeth war klug genug, sie festnehmen und einsperren zu lassen.

»Ich fürchte, unsere gute Königin hat einen Wolf am Wikkel«, sagte er.

Leicester raffte sich endlich auf und begann zu sprechen. »Ich versuche, dem Wolf die Zähne zu ziehen. Ich glaube, man kann sie überreden, den Duke of Norfolk zu heiraten. Durch diese Heirat wäre sie an den englischen Hochadel gekettet und leicht zu kontrollieren. Ich muß wissen, welche Unterstützung ich vom Parlament erwarten kann.«

Walsingham wußte wie jeder andere auch, daß der Einfluß des Parlaments auf die Königin nur sehr gering war. Höchstens über eine geschickte Manipulation der öffentlichen Geldmittel konnte das Parlament hoffen, die Hand der Königin zu lenken. Allerdings hatte Elisabeth die Krone so reich gemacht, daß parlamentarische Zuwendungen nicht nötig waren.

»Mary ist für Elisabeth ein Unsicherheitsfaktor«, sagte er. »Im Norden gibt es viele Katholiken, die in Elisabeth nur die uneheliche Tochter Heinrichs sehen und in Mary die rechtmäßige Erbin. Und wenn Ihr einen Beweis für Marys Standpunkt wünscht, braucht Ihr nicht weit zu suchen. Sie führt in ihrem Wappen unverschämterweise auch das Wappen des englischen Throns. Das Parlament hält sie für eine gefährliche Heuchlerin.«

»Norfolk ist Englands einziger Herzog, also unser vornehmster Aristokrat. Eine Ehe mit Norfolk würde sie auf wirksame Weise neutralisieren.«

Im weiteren Verlauf der Unterhaltung versuchte Walsingham, die Unruhe, die ihn erfaßt hatte, so leidenschaftslos wie möglich zu analysieren. Warum gewährte Leicester ihm und damit praktisch auch Cecil Einblick in seine Gedanken? Der Vorwand, er sei gekommen, um die möglichen Reaktionen des Parlaments zu erörtern, war sehr fadenscheinig. Vielleicht glaubt er, ich würde Cecil für den Plan gewinnen und ihn dadurch angreifbar machen? Es ist kein Geheimnis, daß Leicester Sir William haßt, aber hat er den Mut, gegen die Königin vorzugehen? Er ist ihr Schoßhund. Seine Macht, sein Ansehen besitzt er allein durch sie. In dem Moment, wo sie nicht mehr da ist, wird man ihn in Stücke reißen. Es sei denn...

Walsingham fühlte, wie seine Hände feucht wurden, als er die Zusammenhänge erkannte. Die Gefahr eines Kriegs mit Spanien ist gestiegen. Drüben, auf der anderen Seite des Kanals, liegt eine Invasionsarmee. Die schottische Königin trifft in England ein. Und jetzt Leicesters skrupelloser Trick! Plötzlich fügte sich eins zum anderen, und es ergab einen schrecklichen Sinn.

## 5

»Es heißt, wenn die Tümmler spielen, kommt Sturm auf, Kapitän.«

Die Worte des Schotten rissen Richard Tavistock aus seinen trüben Gedanken. Er hatte seit vierundzwanzig Stunden nicht geschlafen, weil er die *Minion*, obwohl er hungerte und fror, in dieser neuerlichen Krise nicht sich selbst überlassen wollte. Während dieser Stunden an Deck war er schließlich zu einer Entscheidung gelangt, die allerdings wenig dazu beigetragen hatte, seine Stimmung zu verbessern.

»Die Leute verplempern nur ihre Zeit mit dieser Harpune, Fleming.«

»Die Hoffnung, etwas Eßbares zu fangen, hilft den Hunger zu vergessen, Sir.«

Tavistock suchte sich einen Halt, als die *Minion* in der Dünung des Nordatlantik stark krängte. Der erschöpfte Steuermann, der sich kaum noch auf den Beinen halten konnte, versuchte, das Schiff auf Steuerbordkurs zu halten, aber der Wind wurde immer heftiger, drehte nach Nordosten und trieb hohe, sich zu weißen Gischtstreifen überschlagende Brecher vor sich her. Am Bug standen zwei Männer der Wache, hellauf verzweifelt wegen eines Delphins, der sie munter springend begleitete, aber unbeirrbar außerhalb ihrer Reichweite blieb.

»Glaubt Ihr, das ist ein Anzeichen für einen Sturm?«

»Ein Blick auf das Gesicht des Steuermanns ist das beste Anzeichen für einen Sturm«, brummte Bowen.

»Behalte deine Gedanken in meiner Gegenwart für dich, Bowen.«

»Aye, Kapitän.«

»Wenden und auf Backbordkurs gehen, Fleming.«

»Aye, Sir«, kam es undeutlich aus Flemings Mund, der voll eiternder Geschwüre war. Er hatte wie alle anderen auch seit sechs Tagen nichts mehr gegessen; trotzdem tat er seine Arbeit. Noch einen Sturm, das wußte Tavistock, würde das

Schiff nicht aushalten, und nachlassender Wind bedeutete den Hungertod. Tavistock hatte es sich zur Gewohnheit gemacht, sich nichts vorzumachen, unter welchen Umständen auch immer. Er wußte bereits seit drei Tagen, daß sie England unmöglich erreichen konnten. Aus diesem Grund hatte er eine Kursänderung angeordnet.

Die Sturmbrassen wurden straffgezogen, und Tavistock achtete darauf, daß die leeseitigen Schothörner, die Sturmschote und Buliens ordentlich herumgeholt wurden. Dann warf er einen Blick zu dem flatternden Wimpel am Großmast. »Bring sie höher an den Wind!«

Mit aller Kraft, die er noch aufbringen konnte, stemmte sich der Steuermann gegen das Ruder; doch erst als Tavistock nachgeholfen hatte, konnte er melden: »Ruder in Lee!«

Der Bug der *Minion* drehte in den Wind. Flemings heisere Stimme übertönte die singende Takelage: »Fockschot, Vormarsbulien, Klüver und Stagsegel los!«

Als das Wendemanöver abgeschlossen war, blickte Tavistock auf den in einer kardanischen Aufhängung schaukelnden Magnetkompaß. Sie läuft Nordost zu Nord, dachte er, innerhalb drei Strich am Wind, und schleppt ihren Bauch vor sich her, als hätte sie Blei geladen.

»Halsen und Schoten durchholen!« schrie er, als er sah, wie die Achterlieks – dünne Taue, mit denen die Segel eingefaßt sind – im Wind flatterten.

Fleming wiederholte das Kommando für den Rest seiner abgerissenen Männer, und das Rütteln hörte auf. Aber Tavistock war noch nicht ganz zufrieden. Auch in ihren besten Zeiten war die *Minion* etwas achterlastig gewesen. Er ließ am Ruder vorsichtig etwas nachgeben, so daß das Wasser auf die Steuerbordseite des Ruders drückte, das Heck nach Backbord schob und den Bug genau nach Westen. Weiße Gischt sprühte über die Decks und durchnäßte die Männer bis auf die Haut.

Tavistock stand oben auf dem Achterkastell, und während er seinen Blick prüfend über das Schiff schweifen ließ, rechnete er noch einmal den Kurs nach. Mittschiffs bot die *Minion* einen trostlosen Anblick. Bei jedem Krängen spülten graue Wasserwirbel über das Deck. Das geflickte, verrottende Großsegel beulte und spannte, und die Leinwand sah aus, als müßte sie mit dem nächsten Windstoß davonfliegen. Abgesehen von dem Delphin, war ihr einziger Begleiter in diesem riesigen Ozean ein Albatros, der auf seinen weiten Schwingen hoch über ihrem Kielwasser durch den grauen Himmel segelte.

Ihre Lebensmittelvorräte waren kurz hinter den Bahamas zu Ende gegangen. Ein Papagei nach dem anderen war in den Kochtopf gewandert, ebenso die Hunde und Katzen: Dann waren die Männer mit ihren knurrenden Mägen in die Bilgen gestiegen, um Ratten zu jagen – eine Spezialität in schlechten Zeiten. Abgezogen, ohne Kopf und Schwanz in Meerwasser gekocht, schmeckten sie ein bißchen nach Hase; aber Ratten auf einem Hungerschiff waren dürr und zäh, und Ratte blieb schließlich Ratte.

»Englische Seeleute haben Mägen, die sogar Hufeisen verdauen«, hatte ihm Hawkins einst in besseren Tagen erzählt. Daß Hunger der beste Koch ist, hatte ihm auf dieser Überfahrt ein alter Seemann bewiesen, der einem jüngeren gezeigt hatte, wie man Lederriemen auskochte und das bißchen Nährwert, das sie besitzen, aus ihnen herauskaut. Dem jungen Twide war die braune Soße aus den Mundwinkeln gelaufen, und er hatte laut vor sich hingeträumt: »Ich werde mein Gold nehmen und mir einen tollen Tag machen: Frühstücken wie ein Jäger, zu Mittag essen wie ein Rechtsgelehrter, zu Abend speisen wie ein Kaufherr und einen Schlaftrunk wie ein Mönch. Das alles werde ich mir an meinem ersten Tag in Plymouth leisten.« Eine Woche später war er tot, und den tollen Tag hatten die Fische. Tavistock dankte Gott für seine gute körperliche Verfassung. Er hatte in Westindien ziemlich zugelegt – viel gutes Essen und reichlich zu trinken und wenig körperliche Bewegung hatten ihm eine gute Reserve verschafft. Früher wollte er immer alles selbst tun, so anstrengend es auch sein mochte. Hawkins hatte ihm jedoch erklärt, daß er als Offizier damit keinen Erfolg haben würde. »Wahre den Abstand zu deinen Männern, Richard. Gib ihnen die Möglichkeit, dir zu zeigen, was sie allein leisten können. Wenn du als Kommandant selbst mitanfaßt, wird dir das deine Crew nicht danken.« Jetzt war es wieder wie damals auf der *Swallow*: tagelang ohne Schlaf und immer auf dem Posten. Er war die Seele seines Schiffes geworden, hatte da einen Schafschenkel festgezogen, dort ein Tau gelockert und das Stag so fein abgestimmt wie die Saiten einer Viole, so daß der Wind genau die richtigen Töne in den Masten sang.

Als Kapitän trug man einen bequem Anzug, aber einen, der mit Verantwortung ausstaffiert und mit den Flicken früherer Irrtümer und Fehler besetzt war. Seine Erfahrungen hatte er bei den Merchant Adventurers gesammelt, die ein Monopol auf den Wollexport von England besaßen und mit denen er über die Nordsee nach Emden gefahren war, und dann später auf seiner ersten Indienreise, als er seine erste Bark kommandierte und seinen ersten Seemann durch einen Unfall verlor. Er konnte sich noch genau daran erinnern, so, als hätte sich das Geschehen in sein Gedächtnis eingebrannt. Er hätte nichts tun können, um den Unfall zu verhindern, trotzdem hatte er nie aufgehört, sich Vorwürfe zu machen. Und auch die Denkzettel, die er verpaßt bekommen hatte, gehörten dazu. Er hatte jenen Tag nicht vergessen, als er vor vielen Jahren auf Wache beim Schnitzen erwischt wurde. Amyas Poole hatte ihm recht und links eins hinter die Ohren gegeben und ihm eine Standpauke gehalten, die er nie vergessen hatte: Laß dich nie von Langeweile verführen, Richard. Ein guter Schiffsoffizier langweilt sich nie, und wenn er es tut, ist er mit seinen Gedanken nicht dort, wo er hingehört, und das kann sich ein Schiffseigner nicht leisten. Als er dann siebzehn war, konnten die Tage gar nicht lang genug sein. Im Hafen auf der Werft lernte er das richtige Stauen, das Anheuern und Entlassen, Schiffe kielholen, und er lernte, indem er den Zimmerleuten bei ihrer Arbeit zuschaute. Auf

See lernte er Schiffsführung, den Umgang mit der Schiffsartillerie, die mathematischen Geheimnisse der Navigation und einen Kurs zu halten mit Hilfe des Polarsterns. Er lernte alles, was ein Schiffsoffizier können muß, und er hatte alles so oft und unermüdlich geübt, daß er seine Arbeit blind oder rückwärts hätte tun können.

Die *Jesus* war ein großes Schiff gewesen, auf der sich ein junger Seemann, wenn er wollte, ständig beschäftigen konnte. Da waren die vielen Decks gewesen, vier allein in der riesigen Back, und er hatte es sich zur Aufgabe gemacht, sich mit jedem Quadratzoll vertraut zu machen. Als die *Jesus* noch unter König Henry fuhr, war sie dabei, als die Franzosen vor Spithead zurückgeschlagen wurden und die *Mary Rose* gekentert und gesunken war. Die *Jesus* und ihr Schwesterschiff, die *Samson*, hatten versucht, sie wieder aufzurichten, aber vergeblich; die *Mary Rose* blieb für immer im Schlamm versunken.

Er hatte gelernt und gelernt, unverdrossen und beharrlich, bis er glaubte, alles zu wissen und zu beherrschen, was einen Kapitän ausmachte, aber erst als er auf der *Swallow* in die Fußstapfen von Amyas Poole getreten war, hatte er entdeckt, daß ein Schiff kommandieren etwas war, was man eben nicht lernen konnte.

Er verschränkte die Hände auf dem Rücken, beobachtete das unruhig flatternde Lateinsegel und dachte an Hawkins.

Der General hatte zwar eine Lungenentzündung überstanden, war aber immer noch zu schwach, um aufzustehen. Sein Körper war mit Geschwüren übersät. Tavistock wußte, daß es sich in den nächsten Tagen entscheiden würde, ob er wieder zu Kräften kam oder ob ihn die Krankheit dahinraffte. Vielleicht wünschte sich Hawkins gerade das. Er hatte seine Grenze erreicht und die Hoffnung verloren, und das war es letzten Endes, was den Schnitter Tod zu den Menschen führte.

Seit sie die Florida-Straße und die letzten gefährlichen Untiefen passiert und tiefes Fahrwasser erreicht hatten, kämpfte

Tavistock gegen sein Hungergefühl, indem er sich völlig auf Wind und Wetter konzentrierte. Konzentration war eine starke Waffe gegen den Schmerz, und nur wer sich selbst beherrschen konnte, durfte hoffen, ein Schiff zu beherrschen. Obwohl er nicht mehr gegessen hatte als die anderen Männer der *Minion*, war er kräftig geblieben. Er hatte sich nur wenig bewegt, hatte in Pelzen geschlafen, die die zehrende Kälte fernhielten, und er hatte den erbärmlichen Abfall, den die Mannschaft gegessen und auch ihm angeboten hatte, zurückgewiesen, unter anderem auch deshalb, weil er beweisen mußte, daß er ihnen überlegen war. Als er sah, daß der Steuermann das Ruder nicht allein halten konnte, befahl er Bowen mitanzufassen. Dann ging er nach achtern in Hawkins' Kajüte.

Aus dem bleichen Gesicht des Generals blickten ihm trübe, gelblich verfärbte Augen entgegen.

»Wo sind wir, Richard?«

»Westlich der Tejo-Mündung.«

»Wie weit westlich?«

Tavistock hole tief Luft und beugte sich über die Karte. »Sechs oder sieben Tage.«

Hawkins richtete sich mühsam auf. »Nein. Du wirst mein Schiff nicht nach Lissabon bringen!«

»Nicht nach Lissabon, sondern nach Pontevedra.«

»Pontevedra?« wiederholte Hawkins fast stimmlos, als wäre er halb in Trance.

»Seit den Bahamas laufen wir gegen den Wind. Wir schaffen es nicht, England direkt anzulaufen.«

Pontevedra war ein Hafen an einem der im Meer versunkenen Flußtäler Galiziens, jenem Teil der spanischen Küste, der nördlich von Portugal nach Westen hin auf den Atlantik hinausblickt. Hier hatten sich zahlreiche englische Weinhändler niedergelassen und Schiffe wie die *Minion* befuhren die Biscaya. Hier fanden sie vielleicht Hilfe.

»Wißt Ihr, welcher Tag heute ist, General?«

Hawkins ließ sich zurückfallen. »Nein.«

»Heute feiern wir die Geburt unseres Herrn.«

»Weihnachten?«

»Aye«, erwiderte er düster. »Fröhliche Weihnachten, General.«

Tavistock ging wieder an Deck und schickte Ingram und Rush zurück an die Pumpen, nachdem er sie für eine Weile von dieser Plackerei befreit hatte. Aber Ingram kam kurz danach mit fünf weiteren Männern zurück und meldete, das Wasser im Laderaum sei im Laufe des Tages um einen weiteren Fuß gestiegen.

»Wir kämpfen, aber wir verlieren. Die Hölzer sind gesprungen, Sir.«

Tavistock vernahm die Angst in Ingrams Stimme und sah die unausgesprochene Frage in jedem ihrer Gesichter. Was wirst du tun, Kapitän? Es war eine Frage, auf die er keine Antwort parat hatte. Er war in den Frachtraum gegangen und hatte sich die schwappende, stinkende Masse angesehen, die die *Minion* so schwerfällig machte, und er hatte gemerkt, daß das Schiff bei jedem Schlag träger und schwieriger zu manövrieren war. Wie Hawkins war auch die Mannschaft an einem schweißtreibenden Fieber erkrankt, und fast jeden Tag wurde ein – manchmal waren es drei oder vier, dann wieder kein einziger – marmorgrauer Leichnam von seiner Koje gerollt und im Meer versenkt. Seit vor einer Woche der Winter eingesetzt hatte, starben sie so schnell, daß man kaum mitzählen konnte. Mit nur noch knapp dreißig Mann – vom Hunger geschwächt oder von Krankheit ausgezehrt – waren ihre Überlebenschancen gering. Die halbe Mannschaft war bereits dem Wahnsinn nahe. Diese Männer arbeiteten nicht mehr, sie schliefen nicht, sie hungerten, siechten dahin und starrten stumpf vor sich hin. Um dem Einhalt zu gebieten, gab es nur ein Mittel, und das war die Angst.

Ungebeten verschaffte sich eine Stimme in seinem Innern Gehör: »Deine Mannschaft kommt zuerst und vor allem anderen. Sei gut zu deinen Leuten«, flüsterte ihm Amyas Poole, sein erster Lehrer auf See, durch die Vergangenheit vieler Jahre ins Ohr, während er vor seinen hohläugigen Männern stand, die ihn anstarrten und eine Erklärung verlangten. »Begegne ihnen mit Respekt. Behandle sie wie Christenmenschen, auch den übelsten Abschaum des Festlands. Rette ihr wertloses Leben, denn nur sie stehen zwischen dir und einem feuchten Grab.«

»Es ist ein böses Leck, das durch die kalten nördlichen Gewässer noch größer geworden ist. Ich habe es mir angesehen. Aber das Schiff wird halten.«

Er hatte mit Zuversicht in der Stimme gesprochen, aber die Abordnung rührte sich nicht vom Fleck. »Wo sind wir jetzt, Kapitän?« fragte Ingram. »Es läuft mehr Wasser in den Schiffsbauch, als wir rausschöpfen können.«

»Sie übersteht keinen weiteren Tag mehr«, warf Rush verzweifelt ein.

»Sie wird halten, ich verspreche es euch«, log Tavistock.

»Wieso? Weil Ihr uns das sagt? Weil es Gottes Wille ist?«

»Ich behaupte nicht, daß ich Gottes Willen kenne, Ingram.«

»Was ist denn dann Euer Wille, Kapitän?«

Tavistock beherrschte sich nur mühsam. »Geht an eure Arbeit, Jungs. Wir werden die *Minion* über Wasser halten. Eine Woche, mehr brauchen wir nicht.«

»Eine Woche? Und wo sind wir jetzt?«

»Wir sind auf dem 42. Breitengrad, 450 Seemeilen westlich der portugiesischen Küste.«

»Dann schaffen wir es bis zu den Azoren! Bei diesem Nordost laufen wir –«

Tavistocks Stimme sank zu einem gefährlichen Knurren. »Du bist nicht der Führer der *Minion*, sondern ich bin es.«

»Sie platzt, sag ich Euch! Und der Bohrwurm war schon in ihrem Holz, bevor wir San Juan anliefen.«

»Wir wollen die Azoren anlaufen, Kapitän, das ist doch das Beste«, winselte Rush, und die Augen quollen ihm fast aus dem Kopf.

»Er hat recht, Kapitän!«

»Aye. Zu den Azoren oder wir verrecken!«

»Also dann, Kapitän?« meinte Ingram mit herausfordernder Geste.

Tavistock funkelte ihn zornig an. Er wußte seit Tagen, daß sich die Balken querab an Steuerbord bei einer schweren See zu einem zwei Finger breiten Spalt öffneten. Sie hatten ihn mit Filz zugestopft, und mehr konnte man nicht tun. Andererseits mußte er Ingram und die übrigen Männer überzeugen, daß die Planken hielten und daß sie nach Hause kommen würden. Ich werde sie überzeugen, und ich werde sie in diesem stinkenden Eimer nach Hause bringen, schwor er bei sich, aber keine dreckige Seeratte wird mir sagen, wie oder wohin ich dieses Schiff, das ich befehlige, führen werde!

»Ihr wollt zu den Azoren?«

»Aye, wir alle!«

»Und den Rest eures Lebens wollt ihr auf portugiesischen Galeeren verbringen?«

Die Erwähnung der Sklavengaleeren, wo die Gefangenen an die Bänke geschmiedet und nur ausgewechselt statt ernährt wurden, brachte sie aus der Fassung. Der Mann hinter Ingram schreckte sichtlich zurück.

»Erinnert ihr euch an die portugiesische Karracke, die wir vor Sierra Leone erbeuteten? Die Portugiesen würden das als Piraterei bezeichnen.«

Ingram trat unruhig von einem Fuß auf den anderen. »Jesus, Kapitän, alles ist besser, als zu verhungern.«

»Was dich in der Hölle erwartet, ist zehntausendmal schlimmer als alles, was dich in diesem Leben erwartet. Die Portugiesen sind Katholiken. Sie werden dir auf dem Scheiterhaufen die Füße ankohlen und dir deine Seele nehmen, bevor sie dich töten. Und sie werden nach uns ausschauen. So, und jetzt geht zurück an die Pumpen!«

Ingram wollte noch immer nicht, aber Tavistock packte ihn vorne am Hemd und stieß ihn gegen die Speigatten. Dann wandte er sich an die anderen.

»Wir sind alle in Gottes Hand, vom Tag unserer Geburt bis zu dem unseres Todes. Das sind die einzigen Gewißheiten im Leben. Aber ich verspreche euch, daß die *Minion* stark genug sein wird, und daß wir, so Gott es erlaubt, heimkommen werden. Wenn sich jetzt noch einer mit mir darüber unterhalten will, bin ich gern dazu bereit.«

Der Puritaner Rush fiel auf die Knie und flehte mit erhobenen Händen zum Himmel. »Allmächtiger Gott, ich bitte Dich, führe uns zu den Azoren –«

Tavistock zerrte ihn unter Aufbietung all seiner Kräfte auf die Beine und ohrfeigte ihn solange, bis er schluchzend zusammenbrach.

»Zurück an die Pumpe!«

Rush kam taumelnd auf die Beine. Er war völlig von Sinnen. Für den Bruchteil einer Sekunde sah Tavistock den Satan in seinen Augen und hörte ein furchterregendes Gelächter. Dann trat ein unnatürlich strahlendes Lächeln auf Rushs Gesicht, und er sprang seinem Kapitän an die Kehle. Tavistock war vor Schreck zunächst wie gelähmt, und geriet in Panik, als er den Wahnsinn in Rushs Augen erkannte. Plötzlich hielt Rush inne. Er ließ die Arme sinken, drehte sich um und ging triumphierend und kichernd auf die Bordwand zu. Noch bevor ihn jemand aufhalten konnte, war er hinaufgestiegen und über Bord gesprungen.

Die Männer stürzten zur Bordwand. Unten, im Kielwasser, sahen sie den Körper ihres Kameraden, starr wie ein Kruzifix, Augen und Mund weit geöffnet, und sie hörten sein unheimliches Lachen und wie es erstarb, als das Wasser sein Gesicht überspülte.

Ingrams Zorn war verflogen. Schweigend winkte er seinen Kameraden, und sie gingen hinunter in den Laderaum zu den Pumpen. Tavistock wußte, daß keiner mit einer Beschwerde zurückkommen würde.

# 6

»Was haben sie mit uns vor?« »Erbarmen, wir sterben hier unten!«

»Seit hundertdreißig Tagen sind wir in diesem stinkenden Loch!«

Vier bleiche Gesichter preßten sich gegen das Gitter des Kerkerfensters, und ihre Ketten klirrten gegen das Steinsims, als er auf der Straße darunter vorbeigeführt wurde. Seit sie den Gunner abgeholt hatten, waren zwei Monate vergangen.

»He, Gunner, was wollen sie von dir?«

»Kopf hoch, Jungs –«

»*Silencio!*« Die Stimme gehörte zu dem Reiter, der dem Gunner folgte. Es war derselbe Mann, der kurz nach der Gefangennahme des Gunners angekommen war. Zweimal war er inzwischen erschienen, und beide Male war Tavistock seine verächtliche Miene aufgefallen, und er hatte sich jedesmal geärgert. Offensichtlich war er auch bei seinen Soldaten unbeliebt, denn sobald er auftauchte, wurden sie gemein und grausam.

Trotzig hob Tavistock das Gesicht und blickte zum Kerkerfenster hinauf. »Es heißt, der Vizekönig reist morgen ab –«

»*Marchad!*«

Ein Hellebardenschaft wurde ihm in den Rücken gestoßen, daß er taumelte. Es war gefährlich, diesen stolzen jungen Offizier aus dem Stab des Vizekönigs zu ignorieren. Er trug eine elegante Uniform, und alles an ihm, bis hinunter zu den Sohlen seiner glänzend gewichsten Stiefel war blitzblank und ordentlich. Arroganter Bastard, dachte Tavistock. Behandelst uns wie Hunde, um dich beim Vizekönig lieb Kind zu machen. Aber jede Beule, die du mir beibringst, macht mich härter. Wir sind stark, weil Gott mit uns ist und gegen euch. Ich möchte nur wissen, wie du heißt, du Hundesohn. Aber ich verspreche dir, eines Tages werde ich es wissen, und dann bring ich dich um.

Seit fast drei Monaten brachten die Spanier den Gunner

Tavistock jeden Morgen unter Bewachung zu der zwei Meilen entfernten Glockengießerei von Santa Catalina. Jeden Nachmittag brachte man ihn zurück, und er wurde allein in einen Stall gesperrt. In der Gießerei hatte er den Arbeitern zugesehen und zugehört und gelegentlich auch schon einmal ein kurzes Gespräch geführt. Anfangs gingen ihm die Männer, die die Bronzeglocken für die Kathedralen und Kirchen der Neuen Welt gossen, aus dem Weg. Sie nahmen es dem Vizekönig übel, daß er sich in ihre Arbeit einmischte und hatten wenig Verlangen, mit einem Ketzer zusammenzuarbeiten. Allmählich aber hatte er ihre Freundschaft gewonnen, besonders die von Pedro Gomara, einem alten Mann, der ihm jeden Abend das Essen brachte. Pedro hatte ihm viel über Westindien erzählt, über die *ferias*, das System der *encomienda*, nach dem das Land aufgeteilt und die Menschen beherrscht wurden, und er hatte allmählich begriffen, welche ungeheure Errungenschaft die Unterwerfung eines so riesigen Teils des Erdballs für die Spanier bedeutete.

Als die Spanier ihn von seinen Kameraden getrennt hatten, warfen sie ihn in Ketten gelegt in diesen Stall. In der Nacht war er von einem Alptraum aufgewacht und hatte voll Grausen festgestellt, daß sein Hals und seine Brust bedeckt waren mit vollgesogenen Mücken, deren Hinterleiber aussahen wie blaue Trauben. Angeekelt hatte er sie erschlagen und für den Rest der Nacht kaum Ruhe gefunden. Als er dann aber in der milden Wärme eines neu heraufdämmernden Tages erwacht war, hatte er das Gefühl, daß sich die Zukunft vor ihm erstreckte wie ein goldener Teppich und daß er einen Teil seines Lebens für immer hinter sich gelassen hatte. Der zahnlose Alte, der ihm einen Eimer Wasser und eine Schüssel Hafergrütze gebracht hatte, setzte sich zu ihm neben die Tür und nickte ihm freundschaftlich zu, während er sich wusch.

»Es ist schwer, sich in Ketten zu waschen, *señor*. Könnt Ihr sie mir nicht abnehmen?« hatte er auf spanisch gefragt.

Die Augen des alten Mannes hatten sich verengt. »Bist du ein Soldat?«

»Ich bin ein Kanonier, und darum nennen sie mich Gunner.«

»Ist das ein ehrenwerter Beruf?«

»Ich habe ihn immer für einen solchen gehalten.«

»Ha! Ein ehrenwerter Kanonier! Und ich hab' dein Wort, daß du nicht versuchst abzuhauen?«

»Abhauen wohin?«

»Dein Wort, Gunner? Auf dein Leben?«

»Abgemacht. Auf mein Leben.«

»Dann darfst du dich als freier Mann waschen.«

Das Haar des alten Mannes war schütter und eisengrau; trotzdem hatte er auf Tavistock irgendwie jung gewirkt. Er hatte sich mit ihm unterhalten, während er sich wusch, um mehr über die Leute zu erfahren, die ihn gefangenhielten. Alles, was ihm dieser Spanier erzählen konnte, war vielleicht eines Tages von Nutzen. Und als er sich niedersetzte, um seine Grütze zu essen, hatte der Spanier von sich aus die Unterhaltung fortgesetzt.

»Ich heiße Pedro Gomara. Als ich so alt war wie Ihr, *señor*, war ich auch ein Abenteurer, ein Soldat. Mein Kapitän, der berühmte Francisco de Orellana, hatte eine große Sache vor, und ich schloß mich ihm an. Ah, das war ein Mann! Und ich erst! Jung und stark und voller Ideen, wie es sich für einen jungen Mann gehört. Wir folgten dem großen Amazonas den ganzen Weg von Peru bis hinunter zum Meer. Zweitausend Meilen, und alles zur Ehre Gottes! Frauen sind dort wilde Krieger, und es gibt Riesenschlangen, die ein ganzes Pferd verschlingen können. Das war vor fünfundzwanzig Jahren, *señor*, aber ich weiß es noch wie heute. Manche Dinge vergißt man nie. Wir waren viele, als wir aufgebrochen sind, aber nur wenige sind zurückgekommen. So ist es bei Abenteurern. Aber jeder Mann muß einmal etwas wagen, nicht wahr? Er muß dem Tod ins Auge sehen. Wie soll er sonst wissen, was Leben ist?«

»Zur Ehre Gottes seid Ihr dem Amazonas gefolgt?« hatte Tavistock gefragt, während er gierig den Brei in sich hineinlöffelte. »Und zur Ehre Eures Kapitäns doch auch, oder?«

Der alte Mann grunzte.

»Ihr wohnt hier in Vera Cruz?«

»Hier und in Ciudad de México. Es gehört zu meinem Beruf, zwischen diesen beiden Städten mit meinen Maultieren hin und her zu reisen. Ich habe Hunde und Pferde und viele Maultiere. Weil ich nie geheiratet habe, sind sie meine Kinder – und mein Lebensunterhalt. Meiner ganz allein. Wer Partner hat, muß teilen und ist nicht sein eigener Herr.«

»Du bist aus México mit dem Silber gekommen?«

»Den ganzen Weg von Potosi bis hierher bin ich mit meinen *recuas* gegangen. Potosi, das ist ein Ort im Herzen von Mexiko, und mitten darin liegt ein Berg voller Silberadern. Von einem großen Plateau, 4700 Fuß über dem Meer, geht es über einen Platz, den sie La Pedregal, die Ebene der Steine, nennen, hinunter zu den Salzseen und Süßwasserseen und unter den rauchenden Vulkanen vorbei, die das Hochland bewachen, das Land, wo die Sonne untergeht. Darunter beginnt der Dschungel. Er wächst so dicht wie ein türkischer Teppich, *señor* Gunner, bis hinunter ans Meer, dunkel und gefährlich wegen der Wilden und der Cimarons, der Sklaven, die von den Plantagen weggelaufen sind und nun im Urwald hausen.«

Die großen Glocken des offenen *campanatio* auf der gegenüberliegenden Seite der *plaza* hatten zu läuten begonnen und ihn in die Gegenwart zurückgeholt. Ein Kapuzinermönch öffnete eine große Bronzetür und befestigte sie mit einem Pflock in der Erde, damit sie der Wind nicht zuschlagen konnte. Sich den Grünspan von den Händen klopfend, ging er in die Kirche zurück.

»So, ich muß gehen.«

»Reist du morgen mit dem Zug des Vizekönigs?«

»Ja, am Dienstag. Und wenn der Vizekönig kein Narr ist, nimmt er dich nach Ciudad de México mit, wo dich die englischen Schiffe nicht finden können.«

Tavistock sah ihn überrascht an. »Glaubst du, er wird mich mitnehmen?«

Gomara zuckte die Achseln, während er ihm die Fesseln anlegte. »Möglich ist es.«

Aus den Seitenstraßen tauchten Menschen auf, die über den Paradeplatz aus roter festgestampfter Erde zur Kirche eilten. Gestern, nach einem Regenguß am Morgen, war der Platz gesprenkelt von Pfützen, die in der zunehmenden Hitze verdampft waren. Er hatte zugesehen, wie die Hufeisenabdrücke in der Mittagssonne zu halbrunden Wülsten erstarrten und im Lauf des Tages von den nackten Füßen der Indianer und schwarzen Sklaven, den Sandalen der Mönche und den Stiefeln der Soldaten und Händler abgetreten und zu Staub verwandelt wurden. In der Nacht hatten Ruhe und Frieden auf der *plaza* geherrscht, und während dieser Stille hatte er sie gesehen. Sie war aus dem Haus des Alkalde gekommen, in einem losen Leinenkleid, mit wehender schwarzer Mähne, als hätte sie sich heimlich davongestohlen. Sie war, ohne seine Anwesenheit zu ahnen, über den Platz direkt auf ihn zugegangen, und er hatte sich plötzlich seines erbärmlichen Aussehens geschämt und sich in der dunkelsten Ecke verkrochen. Aber er hatte sie nicht aus den Augen gelassen, als sie den Stall betrat und zu den Pferden ging, ihre Hälse tätschelte und leise mit ihnen sprach.

»*Señorita*, es ist sehr freundlich von Euch, uns hier zu besuchen«, hatte er in kehligem Spanisch geflüstert, und sie war vor Schreck zusammengezuckt.

»Wer ist da?«

»Nur wir Pferde.«

»Pferde?«

»Wußtet Ihr das nicht, *señorita*. In Amerika können wir Pferde sprechen.«

Er hatte gelächelt, und sie hatte das Aufblitzen seiner weißen Zähne gesehen.

»Und Maultiere anscheinend auch.«

Sie hatte den Kopf zurückgeworfen und den Stall verlassen, nicht fluchtartig oder verschreckt, auch keineswegs verlegen, sondern gänzlich unerschrocken und mit einer selbstverständlichen Würde. Den ganzen folgenden Tag hatte er dieses Bild nicht aus seinem Kopf verbannen können.

Nun blickte er hinüber zu Don Luis' Residenz, bis die strahlende Helligkeit der Mauern seinen Augen weh tat. Das reich verzierte, weiße Haus beherrschte den ganzen Platz. Vor dem Eingang saß der so auffällig gepflegte Offizier sehr gerade auf einem braunen Pferd und sprach mit derselben Frau, die so unangekündigt in seine Träume eingebrochen war. Jetzt trug sie ein blaues Kleid und einen zarten Schleier, und er erkannte, daß sie auch jene junge Frau war, vor der er sich kühn verbeugt hatte an dem Tag, als sie ihn gefangen hatten.

Er wies mit dem Kopf auf den Reiter. »Sag mir, Pedro, wer ist dieser Mann?«

»Offizier der Garde. Ein bedeutender Mann in Ciudad de México. Er heißt Gonzalo de Escovedo.«

»Und die Dame, mit der er spricht?«

»Seine Schwester. Sieht gut aus, eh?« Gomara grinste und entblößte den Stummel seines letzten Eckzahns. »Wär ich doch selbst noch ein junger Mann!«

Tavistock lächelte versonnen. Er fühlte etwas – ja, was? Er konnte es nicht sagen. Leidenschaftliche Liebe und böse Vorahnungen kämpften in seinem Innern, während ihn Gomara wieder in Ketten schloß. Das Pferd drüben tänzelte unruhig, und de Escovedo zügelte es scharf. Stirnrunzelnd bemerkte Maria die Kratzer, die die Sporen an den Flanken des Pferdes hinterlassen hatten.

»Wie rufst du ihn?«

»Das Pferd? Jupiter.«

Sie ließ ihren Fächer zuschnappen, verärgert über die

starre Haltung ihres Bruders. Kann er nicht begreifen, daß ich es bin, ich, Maria, seine Schwester? fragte sie sich. Kann er nicht ein wenig Gefühl für mich zeigen? Es sieht fast so aus, als wollte er mich nicht hier haben, als bedeutete ich ihm überhaupt nichts.

Sie erinnerte sich an das Wiedersehen mit Gonzalo, nachdem sie in Vera Cruz an Land gekommen war. Es war ein Schock für sie, denn er war inzwischen ein erwachsener Mann geworden. Wie oft hatte sie während der Schiffsreise an ihn gedacht und dabei stets das Bild eines sensiblen Jungen vor Augen gehabt, der er vor so langer Zeit gewesen war. Jetzt ist er Soldat, dachte sie, und verliebt in Ehre und Ehrgeiz. Seit sie in Vera Cruz weilte, wartete sie darauf, daß er endlich lockerer wurde, damit sie den anderen, früheren Gonzalo wiederentdecken konnte.

»Beunruhigt dich etwas, Maria?«

»Nein. Ich dachte nur an die Reise, die vor uns liegt. Wird sie sehr anstrengend sein?«

»Du wirst bestens versorgt. Und vergiß nicht, daß ich da bin, um dich zu beschützen.«

»Man sagt, es gäbe gefährliche Wilde in den Dschungeln zwischen hier und Mexiko. Stimmt das?«

»Sie werden es nicht wagen, uns zu behelligen. Wir sind zahlreich, und sie sind eine Handvoll feiger Hunde, die nicht offen angreifen werden. Ihre Pfeile und Bogen sind selbst denen unserer indianischen Eskorte unterlegen, ganz zu schweigen von unseren Feuerwaffen.«

Sie wandte den Blick von ihm ab, weil sie an die Traurigkeit denken mußte, die damals bei ihrem Abschied in seinen Augen gestanden hatte. »Darf ich dich um einen Gefallen bitten?«

Er lächelte. »Du weißt, du kannst alles von mir verlangen, Maria.«

»Laß mich auf Jupiter reiten, wenn wir ins Landesinnere aufbrechen?«

»Auf meinem Pferd?« Sein Lächeln verschwand.

»Es würde mir die Reise erträglicher machen, wenn ich allein reiten könnte – natürlich innerhalb des Bereichs der Kolonne.«

Gonzalo zögerte, diplomatisch, wie er glaubte. Dabei schurrte er mit den Absätzen über die Flanken des Braunen und hielt ihn gleichzeitig streng am Zügel – gab also widersprüchliche Signale.

»Denk an deine Haut, Maria, und sieh dir diesen Gaul an. Er ist so ungebärdig. Wenn er dich abwürfe und du dich verletztest – Vater würde mir nie verzeihen. Ich selbst könnte mir nie verzeihen.«

»Verzeihen, Escovedo?« Die elegante Gestalt des Vizekönigs erschien im Eingang. Seine Augen glitten über Maria und betrachteten sie eingehend, bevor er sich seinem Leutnant zuwandte. »Was gibt es zu verzeihen?«

»Exzellenz.«

Der Vizekönig schlug einen scheinbar herzlichen Ton an. »Ich frage mich, warum Ihr so schuldbewußt klingt. Es war doch nur eine schlichte Frage.«

Gonzalo reckte die Schultern und schob den Unterkiefer vor. »Ich wollte meiner Schwester erklären, Exzellenz, daß es für sie nicht in Frage kommt, nach Ciudad de México zu reiten.«

»Oh? Und warum nicht?«

Maria legte die Hand auf die Brust. »Es war ein dummer Einfall von mir, Don Emilio. Bitte, bemüht Euch nicht –«

»Es ist keine Mühe, meine Liebe. Ich bin sicher, Euer Bruder wird Euch von Herzen gern sein Pferd leihen. Ich habe ihn ohnehin für andere Aufgaben vorgesehen.«

Gonzalo kostete es einige Mühe, ein ausdrucksloses Soldatengesicht zu wahren. »Andere Aufgaben, Exzellenz?«

»Ihr habt lobenswertes Interesse an dem englischen Gefangenen gezeigt. Euer Vorschlag, diesen Glockengießern beizubringen, wie man Kanonen gießt, war ebenfalls verdienstvoll. Der Engländer hat bewiesen, daß er eine Menge Kenntnisse besitzt, und deshalb habe ich beschlossen, ihn mitzunehmen. Er hat uns noch einiges zu erzählen, aber er muß überredet werden, seinen eigenen freien Willen aufzugeben. Ihr werdet mir für seine Sicherheit verantwortlich sein. Und denkt über eine Möglichkeit nach, ihm seine Geheimnisse zu entlocken.«

Nachdem sich der Vizekönig entfernt hatte, wandte sich Maria Verzeihung heischend an Gonzalo. Er stieg ab, reichte ihr die Zügel und sagte eisig: »Hier, nimm das Pferd. Und in Zukunft tust du gut daran, in Gegenwart meiner Vorgesetzten den Mund zu halten und dich daran zu erinnern, daß jetzt ich die Verantwortung trage.«

Tags darauf, um zehn Uhr vormittags, begann ihre Weiterreise. Die Straße, auf der sie Vera Cruz verließen, schlängelte sich durch schwieriges Gelände, und es kam immer wieder zu Verzögerungen durch Wagen, die im roten Schlamm stekkengeblieben waren. Als sie die höheren Regionen erreichten, wurde die Straße steinig und trocken. Sie kamen durch zahlreiche kleine Siedlungen mit Hütten, die aus Binsen geflochten und mit Bananen- und Palmenblättern gedeckt waren. Vor den Hütten hockten alte Indianerinnen und nackte Kinder mit kugelrunden Bäuchen und breiten Lecknasen und starrten die Fremden an. Bei jedem Halt gab es Erfrischungen, und nachts wurden Feuer angezündet und Zelte für die Soldaten aufgestellt, in denen sie auf farbenfrohen Schlafrollen aus Gossopine-Baumwolle schliefen. Rings um die Rastplätze, die in den Urwald, aus dem es lärmte und kreischte, geschlagen wurden, wurden gewissenhaft Wachen postiert. Am Tag, wenn die Straße über hochgelegenes Gelände führte, boten sich immer wieder Ausblicke auf den grünen Blätterozean, eine dampfende tropische Berglandschaft, der sich schier unendlich bis zu den Horizonten erstreckte und Hügel und Täler gleich dicht überdeckte.

Don Emilio ritt in der Mitte des langen Zugs. Drei hochgestellte Herren ritten neben ihm – der eine ein Priester, die zwei anderen Beamte, der Adelantado oder Bezirkspolizeichef von Vera Cruz sowie sein Stellvertreter. An der Spitze des Zuges marschierten drei Abteilungen Soldaten, wo es möglich war in Reih und Glied. Am Schluß folgten die Händler mit ihren Wagen und Karren und Mulis. Die Nachhut bildeten wieder Soldaten, eintausend insgesamt, und Reihen von Schwarzen aus Guinea, zu dritt aneinandergefesselt, und schließlich die Gepäckwagen.

Maria ritt manchmal allen voraus oder ganz hinten am Ende des Zuges. Sie ließ das Pferd laufen, so viel es wollte, immer an der Kolonne entlang. Nur selten schloß sie sich dem Vizekönig oder den Wagen an, in denen die übrigen Damen fuhren. Sie war dem Rat ihrer Zofe gefolgt und trug ein lose herabfallendes Gewand und einen breitrandigen Strohhut, den sie mit einem breiten weißen Band unter dem Kinn festgebunden hatte.

Gonzalo ging ein paar Schritte hinter dem Mittelteil des Zuges und hielt ein Auge auf den Engländer. Mißbilligend registrierte er, daß sich der alte Pedro Gomara während der Aufenthalte neben den Engländer setzte, etwas Essen mit ihm teilte und ihn rasierte. Die Fußfesseln hatte man dem Engländer abgenommen, aber seine Hände waren noch immer gebunden.

»Wie ich sehe, habt Ihr doch noch ein Pferd gefunden, meine Dame«, hatte er ihr in seinem besten Spanisch zugerufen.

Natürlich hatte sie ihn ignoriert, aber noch am selben Abend, als sie in der mexikanischen Franziskanermission übernachteten, hatte Gonzalo sie vor dem Gefangenen gewarnt.

»Gonzalo, ich bin nicht –«

»Du weißt, er ist ein Ketzer«, hatte er sie angefahren, »und vom Teufel besessen.«

Ungläubig hatte sie ihren Bruder angesehen. Warum wohl ermahnte er sie mit solcher Heftigkeit?

Natürlich hatte Gonzalo recht, aber anschließend hatte er auch noch verlangt, daß sie brav an einem Platz in dem Zug reite, nicht herumvagabundiere und sich mindestens einen Steinwurf weit von den Soldaten fernhielte.

»Diese Gegend ist gefährlich, Maria. Ich habe dich schon so oft gewarnt, und immer wieder setzt du dich über meine Anweisungen hinweg.«

»Warum soll ich das Pferd nicht bewegen? Es geht gern auf dem Gras am Wegrand, und mir macht es auch Spaß.«

»Du bist eigensinnig. Nimm endlich Vernunft an! Im Dschungel gibt es Wilde, die mit vergifteten Pfeilen schießen. Es sind entlaufene Sklaven, die dich entführen werden!«

»Ich fürchte mich nicht. Du hast außerdem gesagt, es seien Feiglinge, die es nie wagen würden, so viele Soldaten anzugreifen.«

»Tu, was man dir sagt, Maria. Zu deinem eigenen Besten! Und halte dich von dem Engländer fern!«

Sie hatte ihm damals die Tür vor der Nase zugeschlagen und sich gewünscht, er wäre Tausende von Meilen fort von ihr. Und dann hatte sie geweint, weil der alte Gonzalo tot und der neue ein völlig Fremder war.

Nun betrachtete sie den Engländer wieder. Er war groß, über einen *estado*, das Normalmaß für Matrosen und Soldaten, und seit er Gelegenheit hatte, sich zu waschen und zu kämmen, wirkte er beinahe vornehm. Aber er war ein Engländer und ein Protestant. Maria hatte das Gefühl, als ginge eine Bedrohung von ihm aus. Er hatte Jesus Christus abgelehnt und die Heilige Jungfrau, also mußte er vom Teufel besessen und ihm hörig sein. Das jedenfalls behaupteten Doña Isabella und die heiligen Väter. Es mußte wahr sein.

Nur – warum glaubte sie es nicht? Warum sollte ihr der Unglaube eines Menschen Angst machen? Was ging sie das Seelenheil des Engländers an?

Sie trieb Jupiter zu einem leichten Galopp an und ritt an die Spitze des Zuges. Ihre Gedanken eilten noch weiter voraus, zu dem baldigen Wiedersehen mit ihrem Vater, dem sie mit Hoffnung, aber auch etwas Bangen entgegensah.

Don Bernard war vor zehn Jahren mit seiner Frau und seinem Sohn in die Neue Welt gekommen. Seine Feinde am Hof in Madrid waren zu übermächtig geworden, und so hatte er Mexiko zu dem Ort gewählt, an dem er seinen Wohlstand wieder aufbauen wollte. Seine beiden kleinen Töchter, Maria und Angelina, hatte er bei seiner Schwester in Toledo gelassen, einerseits, um seinen Feinden zu zeigen, daß er eines Tages zurückkommen würde, andererseits, um den Mädchen eine angemessene höfische Erziehung angedeihen zu lassen. Später, als Besitzer eines großen *repartimiento* und mit dem Einfluß, den er im Vizekönigreich gewonnen hatte, dachte Bernard an eine Rückkehr nach Spanien, aber die Nachricht vom Tod seiner Tochter durch die Hand des Infanten hatte seine Hoffnung zunichte gemacht. Er hatte nach Madrid geschrieben und um die Rückkehr seiner Tochter Maria zu ihrer Familie nach Mexiko gebeten. Damit hatte er praktisch seine letzten Verbindungen zu Madrid abgebrochen und alle Gedanken an eine Rückkehr nach Spanien begraben.

In der Ferne sah Maria eine Kette majestätischer Berge aus dem Dunst aufsteigen. Die *pampa*, die dicht bewaldete Region, hatten sie hinter sich gelassen und nun ging es hinauf in die *puna*, eine hochgelegene baumlose Savanne. Ein Stück weiter vorne entdeckte Maria etwas Glänzendes, Glitzerndes auf der Straße. Es sah aus wie ein Fluß. Vielleicht war dort eine Furt. Sie ritt an den vorausmarschierenden Soldaten vorbei, die aufsahen und ihr nachriefen, sie solle umkehren.

Ihr Pferd hatte Durst. Sie wollte es saufen lassen, und der Teufel konnte Gonzalos Männer holen und ihr Geschrei.

Die Straße verengte sich, und auf der ockerfarbenen Staubdecke lag etwas Schwarzes, Dickes wie ein krummer Baum quer über der Straße. Jupiter scheute und stampfte aufgeregt, als sie anhielt. Das schwarze Etwas bewegte sich. Es schob sich von einer Straßenseite zur anderen, ekelhaft kriechend wie eine Schlange – aber es war keine Schlange, sondern ein Heer riesiger Insekten, die aussahen wie Ameisen, aber viel größer waren, halb so lang wie ein Finger und bewehrt mit langen scharfen Kiefern.

Es waren Ameisen. Dschungelameisen, Tausende und Abertausende. Sie bewegten sich wie eine Militärkolonne, unermüdlich von einer Rechtskurve zu einer Linkskurve und schleppten Blätter und Insekten und ähnliche Beutestücke mit sich. Maria betrachtete sie voller Abscheu, aber doch fasziniert. Und dann sah sie die Leichen – zwei menschliche Körper, bedeckt mit einer schwarzen kribbelnden Masse. Jemand hatte sie mit Absicht den Ameisen in den Weg gelegt. Und dann merkte sie zu ihrem noch größeren Entsetzen, daß die Täter noch nicht lange fort sein konnten, denn beide Opfer waren noch am Leben.

Gegen Mittag erreichten sie eine Stadt mit zweihundert Einwohnern, die an einem großen Fluß lag und ringsum von Zitrusfrucht- und Granatapfelbäumen umgeben war. In den Salinen an den Flußufern arbeiteten Sklaven.

Gomara kam freundlich grinsend mit einem Laib Maisbrot, den er mit Tavistock teilte. Sie setzten sich gemütlich in den Schatten und Tavistock ließ sich von Gomara alte Geschichten erzählen, behielt aber stets Escovedo im Auge, der weniger geneigt war, dumpf vor sich hinzubrüten.

»Es war das Werk der Cimarons«, erzählte Gomara. »Von fünf Sklaven in Mexiko sind zwei ihren Herren davongelaufen. Sie leben in den Wäldern und verehren ihre heidnischen Götter, wie sie es in Afrika auch getan haben. Manchmal überfallen sie eine einsame Siedlung stehlen Sklavenfrauen, damit sie sich vermehren können. Uns hassen sie, weil viele von den *encomenderos* und *estancieros* grausam sind und nur an ihren Profit denken.«

»Wer waren die Männer, die dort auf dem Weg lagen?« Tavistock hatte gesehen, wie furchtbar die Opfer zugerichtet waren. Die Retter mußten jeden Ameisenkopf einzeln aus ihrem Fleisch herausziehen. An vielen Stellen war die Haut bereits weggefressen, ebenso die Augen bis zu den inneren Nerven.

»Mestizen, Mischlinge. Die Schwarzen sind keine Freunde

der Indianer. Die Indianer kaufen hier Salz und bringen es ins Landesinnere. Sie werden oft ausgeraubt. Früher habe ich auch Salz nach Vera Cruz, Tamiago und Tamachos transportiert. Von dort wurde es dann mit Schiffen nach Kuba gebracht...«

Tavistock döste ein. Die Mittagspausen dauerten oft zwei Stunden oder länger und boten eine willkommene Erlösung von der Hitze und den scheuernden Handeisen. Sein eigenes Atemgeräusch füllte sein Ohr, und als er sich zurücklegte, fing seine Nase einen Hauch von Schweinestall ein. Er öffnete ein Auge, um die Quelle des unschönen Geruchs zu entdecken. Dann setzte er sich plötzlich kerzengerade hin.

Gomara fuhr erschrocken auf. »Was ist los?«

Tavistock schüttelte den Kopf. »Ich dachte... ach, nichts. Im ersten Moment dachte ich, ich hätte jemand englisch sprechen gehört.«

»Du träumst von daheim.«

»Vielleicht.«

Gomara legte sich wieder hin, und Tavistock zwang sich zur Ruhe. Er schob seinen breitkrempigen Strohhut über die Augen und atmete bald wieder ruhig und gleichmäßig.

Aber da war es wieder! Diesmal stand Tavistock ganz langsam auf und ging leise in die Richtung der Schweineställe.

»Ich muß mal verschwinden«, sagte er zu einem Soldaten, der ihn gelangweilt beobachtete. Als er beim nächsten Gebäude um die Ecke bog, sah er hinter dem Lattengitter der Stalltür ein Gesicht, das Tavistock sofort erkannte. Es war Hawkins' Steward.

»John Chamberlain, bist du das?« stieß er überrascht hervor.

Das Gesicht starrte ihn ebenso verblüfft an. »Gunner!«

»Leise!«

Durch die Zwischenräume konnte er sehen, daß ungefähr zwanzig seiner Kameraden in dem Stall eingesperrt waren, alle nackt und schmutziger als Schweine. Er ging so nah heran wie er konnte.

»Der General? Ist er bei euch?«

»Nein.«

»Wie seid ihr hierher gekommen?«

»Wir wurden am Panuco an Land gesetzt.«

Chamberlain erklärte ihm, daß sich die Landgruppe geteilt hatte. Fünfundzwanzig gingen nach Norden, dreißig
nach Süden, und der Rest schlug sich ins Landesinnere.
Seine Gruppe war auf Chichemichi-Indianer gestoßen, die
ihnen alles bis auf das Geld weggenommen hatten. Sechs
Tage waren sie ohne Wasser weitergegangen und schließlich zu einer Siedlung gelangt, wo sie von berittenen Soldaten festgenommen wurden. Dann hatte man sie hierher gebracht, und nachdem ihnen der hiesige Alcade das wenige
Gold, das sie bei sich trugen, genommen hatte, sperrte
man sie hinter Gitter.

»Sie haben uns in diesen Koben gesteckt und gesagt, daß
sie uns hängen werden. Zu essen bekommen wir aufge-
weichte Körner – Mais nennen sie das Zeug –, es ist das
gleiche, womit sie ihre Schweine füttern. Viele von uns
wurden von den Indianern schwer verwundet, und wir baten die Spanier um Hilfe, aber sie sagten, wir bräuchten
keinen anderen Arzt als den Henker. Der würde uns von
unseren Sorgen befreien. Und sie beschimpften uns als
Protestanten und Piraten.«

»Was geschah mit der *Minion*?«

»Sie ist zu Hause, so Gott will.«

»Hat mein Bruder noch gelebt?«

»Ihm geht es gut – zumindest als ich ihn das letzte Mal
gesehen habe.«

Tavistock warf einen Blick zum Himmel. »Gott sei
Dank!«

»Er hat mir etwas gegeben –«

Tavistock vernahm eine Bewegung hinter sich und sah
das Pferd. Er richtete sich auf und wies zornig auf das
Elend seiner Schiffskameraden. »Das da drin sind meine
Landsleute, eingesperrt in einen Stall, den ich nicht einmal

Schweinen zumuten würde. Behandeln die vornehmen Spanier so ihre Gefangenen?«

Maria sah ihn an, dann den Stall, nickte, wendete ihr Pferd und verschwand, um fast unmittelbar danach mit ihrem Bruder wiederzukommen.

Die Gefangenen stöhnten verzweifelt, als sie die Soldaten sahen. Sie glaubten, ihr letztes Stündlein habe geschlagen, weil die Männer von Gonzalo de Escovedo Stricke bei sich hatten.

Tavistocks Herz schlug wild, als er die hilflosen Schreie hörte.

»Sie hängen uns!«

»Gott, sei uns gnädig!«

Tavistock blickte von Chamberlain zu dem Offizier. Dann trat er vor und bat Escovedo, die Sache noch einmal zu überdenken. Der Spanier ließ ihn einfach stehen.

»Nein! Bitte! Sie haben nichts getan, wofür sie mit dem Tod bestraft werden dürfen. Ihr könnt sie nicht hängen!«

»Aus dem Weg!«

»Was werft Ihr ihnen vor?«

»Aus dem Weg, *Inglés*!«

Eine Waffe! dachte Tavistock, und als er nichts dergleichen in seiner Reichweite sah, stürzte er sich brüllend auf Escovedo, packte ihn am Kragen und riß ihn zu Boden. Seine Hände umklammerten diesen schändlichen Hals und während sie eisern zudrückten, empfand er so etwas wie Freiheit und Gerechtigkeit. In Wirklichkeit war es Wahnsinn. Die Soldaten packten ihn und zwangen ihn, Escovedo loszulassen, der würgend und keuchend wieder zu sich kam.

Er hatte nichts bewirken können.

Ein Dutzend blanker Rapiere bohrte sich durch sein Hemd und die Haut auf seiner Brust. Er sah, wie die Frau von ihrem Pferd abstieg und zu ihrem Bruder lief. Sie hielt ihm den Kopf und half ihm, wieder zu Atem zu kommen. Ihre Augen blitzten Tavistock zornig und haßerfüllt an.

»Teufel!«

»Er will sie hängen!«

»Er sollte euch alle hängen!«

Escovedos Sergeant setzte die Spitze seiner Hellebarde auf das Herz des Engländers und wartete auf ein zustimmendes Nicken seines Vorgesetzten. Als von Escovedo jedoch nichts anderes kam als Keuchen und Husten, fragte er: »Soll ich ihn jetzt töten, Herr?«

»Nein!«

Der Sergeant zögerte. Ein Nein hatte er nicht erwartet. Widerstrebend nahm er seine Waffe zurück.

»Nehmt ihn mit!«

Tavistock wurde unsanft auf die Beine gestellt und zum Vizekönig gebracht. Escovedo, der sich inzwischen erholt hatte, wies auf sein zerrissenes Wams und auf die Würgemale an seinem Hals. Zornig berichtete er, daß Tavistock versucht habe, ihn zu töten, und er verlangte dafür die Satisfaktion, ihn auf der *picota* des Henkers tanzen zu sehen.

Don Emilio blickte ungerührt von seinen Papieren auf.

»Er hat versucht, Euch zu töten?«

Erneut deutete Escovedo auf die Druckstellen an seinem Hals.

Der Vizekönig wandte sich an den Angeklagten. »Stimmt das?«

»Vergebung, Exzellenz«, sagte Tavistock. »Er wollte meine Freunde hängen.«

»Ich hatte ihm befohlen, diese dreckigen Piraten aus ihrem Loch zu holen und zu fesseln.«

»Seine Männer hatten Stricke –«

»Habt Ihr erwartet, daß ich sie frei nach Ciudad de México laufen lasse?«

»Ich dachte –«

»Ihr dachtet?« Don Emilio winkte der Wache. »Schafft ihn raus!«

Während Tavistock abgeführt wurde, wandte sich Don Emilio mit einem halben Lächeln an Escovedo.

»So. Der Engländer hat es also doch fertiggebracht, Euch

zu überfallen, Escovedo?« sagte er mit mildem Tadel. »Ich dachte, Ihr hättet gesagt, er sei gezähmt.«

»Diese Engländer sind nicht zu zähmen. Sie respektieren nichts als Gewalt.«

Don Emilio betrachtete Escovedo nachdenklich.

»Ihr seid ein ungestümer junger Mann, aber Ihr habt etwas über den Engländer herausgefunden, das Ihr nicht vermutet hättet.«

Nachdem Escovedo vorgeschlagen hatte, den Engländer bei den Glockengießern arbeiten zu lassen, um seine Kenntnisse zu prüfen, hatte Don Emilio die Exekutionen verschoben.

Und als der leitende Gießer der Hütte seinen Bericht über die ausgezeichneten Fähigkeiten des Engländers ablieferte, hatte er den Hinrichtungsbefehl aufgehoben.

Der Engländer hatte offensichtlich viele Jahre als Kanonengießerlehrling gearbeitet und kannte die Praktiken und Schwierigkeiten der Bronzegießerei sehr genau. Hier hatte er nicht gelogen, aber er hatte auch keine wichtige Information preisgegeben.

Er ist immer noch mißtrauisch und widerspenstig, dachte Don Emilio. Wenn er uns, die ihn gefangenhalten und die er haßt, seine Geheimnisse verraten soll, müssen wir ihn mit anderen Mitteln als mit Zwang überreden. Aber wir haben Zeit, und ich kann warten.

Escovedo setzte zum Sprechen an, aber Don Emilio winkte ab.

»Ich habe euch gesagt, daß der Engländer lebendig nach Ciudad de México gebracht werden muß – daß er wertvoll für uns ist.«

»Ja, Exzellenz.«

»Und Euch fällt wirklich nichts anderes ein als Gewalt, um ihn zum Sprechen zu bringen? Das ist aber sehr traurig.«

»Ich glaube, ich weiß, was Ihr meint, Exzellenz. Wenn ein Mensch nicht gehorcht, um seine eigene Haut zu retten, tut er das manchmal für seine Freunde. Er war bereit zu sterben, um seine Kameraden zu retten.«

»Recht so, Escovedo.«

Der junge Mann strahlte. »Soll ich anordnen, daß sie alle nach México gebracht werden?«

»Tut das. Und benachrichtigt Don Luis in Vera Cruz, er möge mir die Engländer, die in seinem Gefängnis sitzen, nachschicken. Diese Instruktionen hier sendet voraus nach México. Ihr werdet sehen, daß die Stärke eines Feindes gelegentlich seine größte Schwäche ist.«

Zwei Tage später trafen sie in Nohele ein. Es wurde Rast gemacht, und die englischen Gefangenen erhielten von den Karmelitermönchen von Santa Maria Kleidung, Hammeleintopf und Salben für ihre Wunden. Von dort ging es weiter nach Metztitlang, einer nur noch einhundertzwanzig Meilen von Ciudad de México entfernten Stadt mit dreihundert spanischen Einwohnern, wo sie im Kloster der Dominikaner Unterkunft fanden. In der Silberminenstadt Pachuca machten sie zwei Tage und zwei Nächte Station, und fünf Tage später, nach kurzen Aufenthalten in *estancias* und Bauernhöfen, die auf ihrem Weg lagen, waren sie nur noch fünfzehn Meilen von der Stadt México entfernt. Eine große Schar Indianer begleitete sie.

Während all dieser Zeit beobachtete Don Emilio den Engländer sehr genau und er sah, daß er zu seinen Landsleuten wie ein Bruder war. Er sah auch, daß Escovedos Schwester seine Aufmerksamkeit erregt hatte, und ihm fiel noch eine zweite Möglichkeit ein, wie man dem Engländer seine Berufsgeheimnisse entreißen könnte.

In Quoghiclan übernachteten sie wieder in einem Kloster, und von dort zog man zur Kirche Unserer Lieben Frau von Guadalcanal, wo sie in den Heilquellen ihre Wunden badeten. Vor dem Aufbruch betrat jeder Spanier, ob Fußsoldat oder berittener Offizier, die Kirche, kniete vor dem Bild der Madonna nieder und betete.

Gegen vier Uhr des folgenden Tages zogen sie über die Straße La Calle Santa Caterina in Ciudad de México ein und zur Plaza del Marquese, wo der Palast des Vizekönigs stand. In Don Emilios Kopf begann ein Plan Gestalt anzunehmen, der nicht nur den Engländer betraf, sondern auch Escovedos Schwester.

# Buch II

# 7

»Haben wir Krieg?«

»Nein, Kapitän Hawkins«, antwortete Walt Tremethick in breitem Kornisch, während er an Bord der *Minion* kletterte. Er war Eigner einer Südküsten-Karavelle und auf dem Weg von der Themse nach Penzance. Er war zufällig auf die *Minion* gestoßen, als sie in Mount's Bay vor Anker ging. Für Hawkins kam er wie gerufen, denn er konnte ihnen mit Sicherheit Auskünfte geben, von denen ihrer aller Leben abhing.

Tremethick war rund wie ein Weinfaß, gekrönt von einem Mondgesicht mit Backenbart und Kinngrübchen. Sein Mund stand vor Erstaunen über das Zusammentreffen mit Hawkins' Schiff immer noch offen. Er nahm seinen Hut ab und knetete ihn mit Händen, die so groß und so rot waren wie gekochte Krebse. Das Wetter war eisig, die Küste lag im Nebel, aber es war die Küste Englands, und kein Mann auf der *Minion* hätte sich im Augenblick etwas Schöneres vorstellen können.

»Warum beschlagnahmen die Spanier englische Handelsschiffe in spanischen Häfen?« fragte Tavistock.

Tremethick räusperte sich und spuckte über die Seite. »Das ist die Blockade. Sie lähmt den ganzen Handel, schon seit einem Monat. Es heißt, die Spanier sind zornig, weil wir ihnen bei Southampton einen Haufen Gold weggenommen haben, mit dem sie ihre Schwarzbärte in den flandrischen Garnisonen zahlen wollten. Sie haben uns dafür ein Handelsverbot für alle Länder des Königs aufgebrummt. An der Schelde geht nichts mehr rein und nichts mehr raus.«

»Teufel auch! Das sind schlechte Nachrichten.« Hawkins' ausgemergeltes Gesicht mit den tiefliegenden Augen verdüsterte sich. Die Zukunft sah alles andere als rosig aus. »Die

Königin kann schmollen wie ein Kind nach einem Wutanfall. Sie wird uns ruinieren.«

»Nicht, wenn es stimmt, was man in den Kneipen über Deptford spricht«, meinte Tremethick, der es sichtlich genoß, mehr zu wissen als die weitgereisten Herren. »Was das Beschlagnahmen angeht, so hat die Königin bis jetzt dabei am besten abgeschnitten. Die Spanier haben vergessen, daß sie mit den Niederlanden nur über den Kanal Verbindung halten können, und in den Häfen von Kent gibt es eine Menge aufrührerischer Holländer, die nur darauf warten, ihnen eins auszuwischen. Die lassen kein einziges spanisches Schiff durch den Kanal, wenn's nach ihnen geht. Flußaufwärts sagen sie, Señor de Spes, der spanische Botschafter, würde schäumen vor Wut und daß er keinen anderen Gedanken in seinem Hirn hat, als ein Embargo gegen England. Und er hat seinen Freund, den Teufel – möge Gott uns schützen! –, für seinen Plan gewonnen.«

»Antwerpen ist dicht?« fragte Tavistock ungläubig.

»Aye, so dicht wie ein Entenarsch.«

»Aber das ist Selbstmord!«

»Für die Flamen, vielleicht.«

»Für London!«

»Ihr seid zu lange fort gewesen, mein Freund.«

»Wir sind ganz gut informiert. In der ersten Neujahrswoche lagen wir in Pontevedra. Man hat uns von Beschlagnahmen berichtet und daß der Handel etwas zurückgegangen sei. Aber daß es so schlimm steht, hätten wir nicht gedacht.«

Hawkins erzählte, wie sie mit letzter Kraft den spanischen Hafen erreicht und von den dort beschlagnahmten Schiffen englischer Weinhändler Leute und Proviant bekommen hatten, um die *Minion* schnellstens reparieren und wieder auslaufen zu können, bevor die spanischen Behörden Lunte rochen. Er und Tavistock hatten Gerüchte aufgeschnappt von einem Embargo und über einen Zwischenfall in San Juan, und sie hatten ihre Identität lang genug geheimhalten können, um unbehelligt auf See zu entkommen.

»Das ist ein Sturm, der bald vorüber sein wird«, sagte Tremethick. »Jedes Spiel, das die Spanier spielen, verlieren sie, außer wenn sie Gewalt anwenden.«

»Aye! Außer wenn sie Gewalt anwenden«, entgegnete Hawkins. »Aber genau das ist immer ihre Trumpfkarte.«

Tremethick blies einen dicken Tropfen von seiner Nase und berichtete, wie der Handel jetzt in Richtung Norden floß, über Hamburg, wo die norddeutschen und baltischen Kaufleute alles Tuch aufkauften, das englische Schiffe anlanden konnten. Während Tremethick erzählte, erschien Tavistock die Situation weniger trostlos als Hawkins sie sich vorgestellt hatte. Hawkins war der Königin leidenschaftlich ergeben, und sein fieberndes Gehirn hatte sich einen Tod als Verräter vorgestellt und ihm keine Möglichkeit gelassen, diesem Schicksal zu entrinnen. Aber die Lage hatte sich geändert. Spanische Schiffe mit dem Sold für spanische Soldaten an Bord waren von Seeräubern in englische Häfen getrieben worden, wo sie legal in die Hand der Königin gefallen waren. Solange die Königin die spanischen Schiffe wieder freigab, verstieß sie gegen kein Gesetz. Sie konnte sich sogar ihrer Pflichttreue rühmen, weil sie diesen Schiffen Schutz vor den Kanalpiraten gewährt hatte. Es bestand jedoch kein Grund, auch die *Ladung* der Schiffe herauszugeben. Die Eigentümer und für den sicheren Transport des Goldes Verantwortlichen waren Genueser Bankiers. Tavistock sah wohl, daß sie sich in einer echt beklagenswerten Position befanden. Angesichts der Forderung Elisabeths, das Darlehen an sie abzutreten, hatten sie das einzig mögliche getan und ja gesagt. Und nun lag das Geld sicher verwahrt im Tower.

Tavistock überlegte sorgfältig. »Der König von Spanien wird diese Aktion bestimmt als ein Stück Diplomatie auffassen, das dazu dienen soll, ihm zu schaden und ihn zu demütigen«, erklärte er Hawkins frohlockend. »Die Königin hat sich vielleicht dazu entschlossen als Ausgleich für die Unverschämtheit, mit der man unsere Schiffe in San Juan behandelt hat!«

»In welchem Fall unsere Rückkehr den Streit noch schüren würde.«

»Wird uns Elisabeth den Rücken stärken oder wird sie uns fallenlassen? Schwer zu sagen, aber ich tippe auf das erste.«

Hawkins gab seine skeptische Einstellung nur ungern auf, aber allmählich regte sich auch bei ihm wieder etwas Hoffnung. »So gut kenne ich sie jedenfalls, daß sie stets bereit ist, die Beleidigte zu spielen, um einen Vorteil herauszuschinden, aber auch, daß sie jederzeit den Granden die Zähne zeigen würde – wenn etwas dabei herausspringt.«

»Wenn das Embargo den Niederlanden schadet, wird ihr das sehr recht sein. Wenn es stimmt, was wir in Pontevedra gehört haben, werden die spanischen Kaufleute bald nach einer Aufhebung der Blockade rufen. Vielleicht bedauert es der Herzog von Alba bereits, auf Don Gerau de Spes gehört zu haben? Und vielleicht kommen wir genau zur rechten Zeit zurück!«

»Ich muß so rasch wie möglich nach London«, war alles, was Hawkins über seine Pläne verlauten ließ. Tavistock hatte den Eindruck, daß Hawkins noch ein paar andere dunkle Fäden in seinem Gedankengewebe hatte, über die er sich nicht auslassen wollte. Auf jeden Fall schien er ihren Aussichten und dem Empfang, der ihnen bevorstand, nach wie vor mit übertriebener Skepsis entgegenzusehen.

Die Nachricht von ihrer Ankunft war ihnen nach Plymouth vorausgeeilt. Fischerboote aus Penzance hatten sie an die kornische Küste gebracht, wo sie sich wie ein Lauffeuer verbreitete. In Städten und Märkten wie Helston, Truro, St. Austell und Liskeard gelangte sie auf den Strom der Hauptstraße, überquerte den Fluß Tamar, und als die *Minion* Point of Penlee umrundete, wurde sie bereits von einer Heerschar von kleinen Booten begleitet. Auf den Landzungen standen die Leute und winkten, und die *Minion* grüßte zurück mit sämtlichen Flaggen und Wimpeln. Ganz Plymouth schien auf den Beinen, um die Ankunft der *Minion* mitzuerleben.

Als sie ins Cattewater einlief, kam ein Boot längsseits, und ein vertrautes Gesicht grinste zu Tavistock empor.

»Der Teufel soll mich holen! Sehe ich recht?«

»Ihr habt mich aus dem Bett geholt!«

»Das ist ein verdammtes Wunder!«

»Weiß Gott. Es ist schön, dich wiederzusehen, Richard. Du hast ein Riesenglück gehabt.«

»Du auch, Francis. Aber das Glück auf der *Minion* war ziemlich durchwachsen.«

»Du siehst doch großartig aus!«

»Gesund genug für einen, der eigentlich tot sein sollte.«

Drake kletterte an Bord, und die beiden umarmten sich wie zwei Männer, die die See zu Brüdern gemacht hatte. In der nahezu vollständigen Windstille war die Wasserfläche der Bucht glatt wie Glas. Um so lebhafter ging es am Hafen zu, wo sich trotz der frühen Morgenstunde und der eisigen Kälte halb Plymouth versammelt hatte, um zu sehen, wer zurückgekehrt und wer in Amerika gestorben war. Drake warf einen Blick in die Takelage. »Eine schwierige Überfahrt, wenn man sich eure Toppen ansieht – und eure Gesichter.«

»Ab Pontevedra lief alles ganz gut. Wir konnten zwölf gute Jungs anheuern, und die übrigen, das heißt, die von uns übriggeblieben waren, haben sich regelrecht gemästet.« Tavistocks Atem gefror zu weißem Hauch. Er wollte nichts mehr von Riggs sehen und kein Seemannslatein mehr hören. Das einzige, woran er jetzt dachte, war Jane – Jane und sein Junge.

»Wo seid ihr denn gefahren?«

»Wir haben Gwennap Head vor zwei Tagen gesichtet. Und du?«

»Ich hab' deinen ausgefransten Hintern um fünf Tage geschlagen. Während ihr noch von der Heimat geträumt habt, lag ich schon zwei Tage lang oben in Hingston Down bei Mary Newman im Nest. Besucher wurden nicht vorgelassen. Und so was nennt sich Seemann! Du, hoffnungslose Landratte, du!«

Tavistock blickte finster auf den vierschrötigen Mann hinab. »Ich bin vielleicht nicht besonders gut getrimmt, aber was da ist, reicht, um deine hurende Bark zu versenken. Also paß auf, was du sagst, Bettwanze.«

Drake brüllte vor Lachen und klatschte sich auf die Schenkel. »Komm an Land. Es ist höchste Zeit, daß ich ein paar Runden ausgebe von dem Geld, das ihr mir schuldet. Außerdem gibt's jede Menge Neuigkeiten, auf die du bestimmt scharf bist – genauso wie ich, das kann ich dir sagen.«

»He! Du kannst einem Mann nicht einfach sein Privatleben rauben. Ich habe jetzt erst mal etwas Persönliches vor.«

»Aye. Da gibt es Prioritäten, wenn ich Richard Tavistock richtig verstehe!«

Als Drake seinen Blick zu den Männern schweifen ließ, die die *Minion* vorsichtig zu ihrem Anlegeplatz manövrierten, sah er, daß sie nicht zu der ursprünglichen Mannschaft gehörten. Er wurde plötzlich ernst. »Wie viele habt ihr nach Hause gebracht?«

»Fünfzehn.«

»Gütiger Himmel!« Drakes Stimme blieb leise trotz seines Entsetzens.

»Und du?«

»Dreiundsechzig.«

Obwohl sich Tavistock über diese gute Nachricht freute, blieb seine Miene düster. »Wir mußten Leute aussetzen.«

Drakes Stolz war wie weggeblasen. »Aussetzen? Verdammt! Eine üble Sache.«

»Wir haben einhundert Männer an der Panucamündung an Land gesetzt.«

An Land wartete William Hawkins am Kai inmitten von Hunderten von Frauen und Müttern, die ängstlich nach ihren Männern und Söhnen ausschauten. Die tränenreiche Wiedersehensfreude der wenigen Glücklichen machte die Enttäuschung der vielen, die umsonst gewartet hatten, noch bitterer. Er entdeckte Chamberlains Mädchen Amy, als der Bootsmann die Namen der Männer verlas, die auf dem mittelamerikanischen Festland zurückgeblieben waren, und sah an ihrem Gesicht, daß ihr Herz plötzlich hohl schlug.

Aber er war sich dessen kaum bewußt. Die Gefühlsausbrüche rings um ihn erfüllten ihn nur mit immer größerer Erwartung, bis er seine Zurückhaltung endlich aufgab und seinen Gefühlen, die er in diesen langen Monaten eisern zurückgedrängt hatte, freien Lauf ließ. Seine Augen suchten Jane und den kleinen Harry zwischen all den blendend weißen Hauben der Frauen am Kai. Verdammt! Wo war sie? Es sähe ihr ähnlich, sich mit ihrem Jungen im Hintergrund zu halten und ihn von einem Hauseingang aus zu beobachten, wie er sie suchte, um ihn dann, wenn er sie gefunden hatte, abseits von den anderen in die Arme zu schließen.

Während er sich beinahe die Augen ausschaute, zupfte ihn jemand am Ärmel, und er blickte in Amys tränenüberströmtes, schreckensbleiches Gesicht.

»Master Richard.«

Er hörte sie wie aus weiter Ferne, weil er diesen tausendmal herbeigesehnten Augenblick nicht mit dem Kummer um ihren Mann teilen wollte. Wo war Jane? Wo war sie?

»Master Richard. Hört mich an, ich bitte Euch.«

Sie hielt ihn am Ärmel fest.

»Später, Mädchen. Später.«

»In Gottes Namen, so hört doch!«

Dann gewahrte er die Gesichter der alten Frauen ringsum, und ihre Blicke spiegelten den Schmerz, der ihn plötzlich überfiel.

»Eure Jane ist von Euch gegangen.«

Die Worte des Mädchens rissen ihm das Herz aus dem Leib.

»Gestorben?«

»Sie ist von uns gegangen, Master Richard, mit ihrem Kind. Dahingerafft von den Blattern, vor zwei Monaten.«

Er schüttelte ihre Hand ab und ging. Aber ihre Worte verfolgten ihn und brannten ihn wie glühende Messer. Gestorben. Es konnte nicht wahr sein. Nein.

»Nein!«

Er schrie seinen Zorn hinaus, rannte los, hämmerte mit den Fäusten gegen das massive Speichertor. Dann sank er auf die Knie und krümmte sich alles andere ausschließend zusammen, daß es niemand wagte, sich ihm zu nähern oder ihn anzusprechen. Sogar Drake ließ ihn in Ruhe, und er hätte sich am liebsten die Zunge abgebissen für das, was er Minuten zuvor zu Richard gesagt hatte. Er hatte nicht gewußt, daß Jane tot war. Er ging zum Kai zurück, wo William Hawkins, elegant gekleidet und mit goldenen Ketten behangen, seinen ausgemergelten Bruder John umarmte und anschließend die Männer, die in seinem Dienst standen, am Speicher vorbei und zu den Stufen des Rathauses führte, wo bereits Tische für die Auszahlung aufgestellt waren. Trotz ihrer Wiedersehensfreude schlugen sie nun einen geschäftlichen Ton an. Als Drake merkte, daß Williams Worte offensichtlich nur für seinen Bruder gedacht waren, sperrte er erst recht die Ohren auf.

»In manchen Berichten hieß es, du seist gesunken; andere behaupteten, du seist nach Irland gefahren.«

John spuckte aus. »Nach Irland, sagst du? Barer Unsinn!«

»Viele in London glaubten ihn und glauben ihn heute noch. Du sollst dort eine Vierteltonne Gold und zweihunderttausend Pfund Silber vergraben haben. Es wird nicht einfach sein, dieses Gerücht zu entkräften.«

John Hawkins knurrte. »Sollen sie denken, was sie wollen.«

»Es wäre eine große Enttäuschung für die Leute, wenn wir ihnen einen solchen Glauben allzu früh raubten«, sagte William.

»Aye, und ein scharfer Schmerz in deinem und meinem Genick, wenn wir's nicht tun. Vor vierzehn Tagen waren wir in Pontevedra. In ganz Spanien wimmelt es von Lügengeschichten über uns.«

»Seid ihr erkannt worden?« fragte Drake.

»Sie haben uns entdeckt und dachten, wir wären eine

großartige Prise. Die Leute dort glauben, wir hätten Don Emilio angegriffen, um seine Schätze zu stehlen. Es ist ungeheuer wichtig, daß ich sofort nach London weiterreise.«

»Du meinst, du könntest die Königin und ihren Rat vertraulich von der Wahrheit in Kenntnis setzen?«

»Ja, und das so schnell wie möglich, wenn wir beide unsere Köpfe noch eine Weile tragen wollen. Wir haben eine Truhe mit Perlen und Silber, ein bißchen Gold, aber sonst so gut wie nichts. Es werden vielleicht dreizehn- oder vierzehntausend Pfund zusammenkommen, je nachdem, was der Markt hergibt. Das ist alles. Die *Minion* taugt nur noch zum Abwrakken. Gewinn haben wir nicht gemacht.«

Der ältere der Hawkinsbrüder nickte ernst. »Unsere Indienfahrten sind damit wohl zu Ende. Wenn man nur wüßte, was die Königin vorhat.«

»Wird sie mir eine Audienz gewähren?«

»Dafür wird Mylord Leicester von uns bezahlt. Er hat ständig Schulden, was uns nur recht sein kann.«

»Dann können wir unsere Hälse vielleicht doch noch retten.«

William sah sich um und sagte leise: »Die Königin hat übrigens ähnliche Sorgen, seit die schottische Königin im Land ist. Ich habe gehört, Elisabeth sei an ihrem eigenen Hof in die Enge getrieben, ihre Gegner reichten von ganz links bis nach rechts, und daß Leute geschworen hätten, sie zu ermorden. Einige sind der Meinung, Marys Ansprüche auf den Thron seien berechtigter als die von Elisabeth.«

»Gedungene Mörder? Man will Elisabeth töten?« entgegnete John ungläubig.

»Tritt vorsichtig auf, John. Vielleicht fordert sie deinen Kopf. Aber andererseits braucht sie zur Zeit dringend Freunde. Sei also so diskret wie nur möglich.«

»Wenn wir den Westindienhandel weiter ausbauen wollen, müssen wir ihre Genehmigung haben. Zumindest stillschweigend.«

»Du brauchst die Billigung des Souveräns, das ist richtig.

Aber wer weiß, wer in einem Monat auf dem Thron sitzen wird? Wer kann sagen, ob dir eine katholische Königin die Genehmigung erteilen würde, die vertraglich festgelegte Tordesillas-Linie zu passieren. Als Philipp sich den Thron mit der blutigen Mary teilte, war jeder derartige Handel streng verboten –«

»Was ist mit eurem Versprechen auf Rettung?« unterbrach ihn Drake.

»Welche Rettung?« entgegnete John Hawkins gereizt.

»Die von den hundert Männern, die am Panuco ausgesetzt wurden.«

»Das muß warten.«

»Warten?«

Hawkins wandte sich zu Drake. »Aye! Warten!«

Als die Auszahlung begann, verließ Drake die Hawkinsbrüder. Auf Johns Antwort hin war ihm beinahe schlecht geworden. Er winkte Boaz, den riesigen Schwarzen herbei, der kräftiger als alle anderen Männer auf der *Minion* zurückgekommen war, und schob sich durch die Menschenmenge, um Tavistock zu suchen. Ein Krieg stand vor der Tür, und in Kriegszeiten durfte man nicht nur wie ein Kaufmann denken. Ein Mann mußte die Kühnheit haben, das Unvermutete zu tun. Im Krieg brauchte man eine ganz bestimmte Art von Mann. Und Drake wußte auch schon, wie er Tavistock für seine Sache gewinnen konnte. Seit er mit der *Judith* aus San Juan geflohen war, hatte er Stunden und Tage damit verbracht, an einem Racheplan zu arbeiten. Zum ersten Mal hatte er genug Geld, konnte mächtige Geldgeber beschaffen, und Staatsangelegenheiten von enormer Bedeutung bewegten sich in eine ihm günstige Richtung. Jetzt war der rechte Zeitpunkt gekommen, um aus Hawkins' Dienst auszuscheiden und die eigenen Vorstellungen zu verwirklichen.

Gegen Abend fand er Tavistock allein in seinem leeren Haus. Drake wußte, was getan werden mußte. Er führte Tavistock in eine Bierschenke, in den *King's Head* an der Ecke der Portlowe Street. Steifbeinig wie eine wandelnde Leiche ging der große blonde Bursche zwischen Drake und dem schwarzen Boaz, die ihn auf beiden Seiten stützten. Die Pflastersteine waren vereist. Aus den Fenstern fiel trübes Laternenlicht. Als er das letzte Mal hier war, hing noch das lächelnde Porträt von König Henry über dem Eingang. Nun schwebte dort an einem Brett ziemlich grob gemalt der aufgespießte Kopf des spanischen Königs.

Sie traten aus der eiskalten Nacht in die warme und von vertrauten Gerüchen erfüllte Schenke. In einer Ecke kratzte ein einbeiniger Fiedler eine Melodie auf seinem Instrument. Drake gab ihm eine Münze und warf ihn hinaus. Die Leute starrten sie feindselig an, bis Drake ihnen mit der Faust drohte.

»Haut ab, ihr Insekten! Habt ihr noch nie einen Mohren gesehen?«

Er bestellte einen gebratenen Rinderschlegel, frisch gebackenes Brot und für jeden einen Viertelkrug Branntwein und verschaffte ihnen an einem Ecktisch Platz. Der Rubin in Boaz' Ohr funkelte, während er den Mann beobachtete, der ihn in dieses kalte Land gebracht und ihn vor dem Hungertod bewahrt hatte.

»Das hier ist die einzige Möglichkeit«, sagte Drake, aber er erhielt keine Antwort.

Er wußte, Tavistock wünschte sich nichts sehnlicher als allein zu sein, aber genau das gestattete ihm Drake nicht. Er war ein Kapitän und hatte Pflichten. Und er hatte noch eine Schuld zu begleichen: Hundert englische Seeleute wurden in Mexiko ausgesetzt. Drake forderte ihn auf, zu essen und dann zu trinken, um den Schmerz zu ersäufen, hier, mitten unter den Leuten, wie es sich gehörte. Auf diese Weise konnte kein Kummer heimlich weiterschwären. Drake wußte, daß die Schenke für Tavistock in der nächsten halben Stunde zur Hölle werden würde. Sie war bereits jetzt zum Bersten voll. Vom Eingang bis zum hintersten Winkel des Lokals drängten sich die Verwandten der toten Seeleute; sie drohten mit Blicken und Gebärden, und die Frauen riefen mit schrillen Stimmen die Namen ihrer Männer. Kinder suchten nach ihren Vätern, die nie mehr zurückkehren würden. Oft verwandelten sich die Rufe in Schreie, und Gewalttätigkeit lag in der Luft.

Es war ein anerkanntes Recht der Angehörigen, daß sie erfuhren, wie es geschehen war, und zwar von denen, die dabei gewesen waren. Sie brauchten eine Geschichte für ihren Seelenfrieden. Kein Überlebender konnte sich dieser Pflicht entziehen und schon gar nicht ein Kapitän. Er mußte dafür einstehen, daß hundert Mann am Panuco ausgesetzt wurden.

Aber Tavistock saß nur stumm und wie erstarrt in seinem eigenen Herzeleid da. Am Eingang entstand erneut Gedränge. Drake schenkte ein und Tavistock goß den Schnaps in sich hinein als wäre es Wasser. Dann regnete es plötzlich Silbermünzen auf ihren Tisch.

»Ihr Schweinehunde! Ihr gemeinen Lügner! Ein Fluch soll eure Kinder und Kindeskinder treffen bis ins vierte Glied, ihr Drecksgesindel!« Mit diesem Wortschwall stürzte sich eine sich wie rasend gebärdende Frau auf die drei Männer. Ihr Mann befand sich unter denen, die ausgesetzt wurden. Die Witwe von Amyas Poole versuchte, sie zurückzuhalten. »Da ist euer verdammtes Geld, ihr gottlosen Spitzbuben! Fahrt zur Hölle damit!«

Jemand packte die Frau und führte sie hinaus. Boaz sammelte gelassen die Münzen in seinen leeren Bierkrug und reichte ihn dem Bruder der Frau.

»Es tut mir sehr leid, Kapitän. Sie hat's nicht leicht, weiß Gott, mit sieben Kindern und jetzt ohne Mann.«

Plötzlich sah der Mann das graue blutleere Gesicht von Tavistock und ging. Wenn ein Schiff mit Mann und Maus unterging, teilten alle den gleichen Kummer. Waren aber einige ausgesetzt worden, dann war es, als wären sie alle umgekommen und danach wären einige wiederauferstanden, und die Angehörigen dachten, die Überlebenden hätten die Opfer um die Heimkehr betrogen.

»Wo ist Hawkins?« flüsterte Tavistock verwirrt.

»Er hat hier nichts verloren.«

»Ich auch nicht. Hier stinkt es. Ich will raus!« Es schien, als müßte sich Tavistock im nächsten Moment übergeben.

Drake drückte ihn auf seinen Platz zurück. »Wenn du jetzt gehst, Richard, werden sie dir nie verzeihen. Das weißt du. Du mußt ihnen offen zeigen, daß dich keine Schuld trifft. Und zwar von Angesicht zu Angesicht.«

»Ich komme hier um, Francis.«

»Trink!«

Er hob den Krug an Tavistocks Lippen und ließ ihn trinken, bis ihm die bernsteinfarbene Flüssigkeit über den Bart rann.

»Ich möchte am liebsten sterben.«

»Das wirst du bestimmt. Wenn Gott es befiehlt.«

Tavistocks Erstarrung löste sich, und nun begann er zu zittern. Er stemmte sich auf die Beine und taumelte zur Tür. Drake hielt ihn fest, als er sich in einer Nebengasse übergab.

»So ist es recht. Spuck es aus!«

Die kalte Nachtluft tat ihm gut. Über ihm strahlten die Sterne, weiß und erbarmungslos. Boaz klopfte ihm auf den Rücken, bis ihm die Augen tränten. Als er sich voll aufrichtete, atmete er keuchend.

»Ich muß nach Hause.«

»Ich möchte noch etwas mit dir besprechen, bevor wir uns trennen.«

»Das kann warten.«

»Nein, das kann es nicht.«

»Laß meinen Arm los!«

Drake ließ los. Tavistock rückte seine Jacke zurecht und machte sich auf den Heimweg.

»Du willst doch deinen Bruder holen, oder?«

Tavistock blieb stehen, wandte sich aber nicht um.

»Mein Bruder ist tot. Mein Kind ist tot. Alle, die ich je geliebt habe, sind tot.«

»Dein Bruder lebt, Richard.«

Alles Leben schien aus Tavistocks Körper zu weichen, und

er sank gegen die Mauer. Für einen Augenblick rückte der Lärm aus der Schenke in weite Ferne, und die tiefe Wunde in seiner Schulter schien sich auszubreiten über seine ganze Brust.

»Er lebt?«

»Ich habe die Angewohnheit, meine Männer auszufragen. John wurde gesehen, von zwei seiner Jungs, die man für tot hielt und auf der Insel zurückgelassen hatte. Sie krochen unter den Leichen hervor und konnten in einem kleinen Boot entkommen. Im Morgengrauen des nächsten Tages nahmen wir sie an Bord.«

Tavistock starrte ihn offenen Mundes an, und das Mondlicht irrlichterte in seinen Augen. »Ist das wahr?«

»Der eine sagt, er habe gesehen, wie dein Bruder von der *Jesus* gesprungen und ans Ufer geschwommen sei, und der andere schwört, er habe ihn in einen Mangrovesumpf waten gesehen.«

»Und er wußte genau, daß es John war?«

»Nur ein Mann, den ich kenne, trug ein rotes Halstuch, das von einer Signalflagge stammte.«

»Sie lügen. Die wollen doch nur eine Belohnung von mir kassieren.«

»Ich weiß, wann einer meiner Burschen die Wahrheit sagt.«

»Herr Jesus!« Tavistocks Stimme war nur noch ein Hauch.

Drake beugte sich zu ihm nieder. Lachfältchen umrahmten seine Augen, und er fletschte seine perlweißen Zähne zu einem teuflischen Grinsen. »Was hältst du davon, mit mir wieder auf Fahrt zu gehen? Auf eine Reise nach Vera Cruz, aber diesmal mit einem Laderaum voll eiserner Ware?«

Die Straße von Plymouth nach London war steinhart gefroren. Die geretteten Schätze waren auf vier Packpferde verteilt; nachts wurden sie von Männern der Hawkins-Company bewacht. Die Reise auf diesen winterlichen Straßen war langwierig und ermüdend.

Tavistock war von dem holperigen Ritt über die schlechten Wege seekrank geworden, und jedesmal, wenn er abstieg, geriet er auf dem festen Boden ins Stolpern. Alles an Land stank nach Exkrementen – die Straßen stanken nach Pferdemist, die Dörfer nach Schweinemist, die Städte nach den Aborten der Menschen. An Land gab es keine ›Seite‹, über die der Mensch seinen Hintern hängen konnte. Wohin er auch blickte, alles war vollgestellt mit Felsen und Bäumen und Gebäuden, und selbst wenn zur Mittagszeit eine wäßrige Sonne seine schmerzende Schulter wärmte und die beinharte Straße etwas aufweichte, hatte er das Gefühl, als herrschte rings um ihn finstere Winternacht. Alles in England erschien ihm wie tot.

Hinter Exeter wurde die Straße besser. Sie kamen durch ein Gebiet, wo das Land so stark von den Schafen abgeweidet war, daß der weiße Kalkgrund zutage trat und seltsame Figuren bildete, und sie überquerten die weiten Ebenen, wo die Kobolde ihren steinernen Tanzkreis gebaut hatten. Bald danach gelangten sie ins Themsetal, in dem ein Baumskelett neben dem anderen stand, das aber auch Ruhe verhieß, denn von hier ab konnten sie auf dem Wasserweg weiterreisen. Am siebten Reisetag ließ der Schmerz in Tavistocks Brust nach, und er fühlte, wie sein erstarrtes Herz langsam auftaute.

Als Hawkins ihn gebeten hatte, den Transport ihrer geretteten Schätze nach London zu organisieren, hatte er sich stumm dazu bereit erklärt. Er hatte Anweisungen entgegengenommen und sie monoton an seine Männer weitergegeben. Er hatte getan, was man von ihm verlangte, nicht mehr und nicht weniger. Er war umhergegangen, hatte gesprochen und gearbeitet ohne Begeisterung oder Anteilnahme. Als Hawkins sagte, er solle ihn in die Hauptstadt begleiten, weigerte er sich. Er klammerte sich an das, was Drake ihm gesagt hatte. Erst als Hawkins erklärte, er bräuchte einen vertrauenswürdigen Zeugen und versprach, ihn an den Hof der Königin mitzunehmen, ließ Tavistock mit sich reden.

»Ich habe vor, beim Privy Council Beschwerde einzulegen wegen der Behandlung, die uns von den Spaniern widerfahren ist, und ich werde Vergeltungsmaßnahmen verlangen. Willst du mitkommen?«

»Möchtet Ihr, daß ich mitkomme?«

»Ja.«

»Also gut – aber nur, wenn Ihr Euch bei der Königin auch um die Erlaubnis bemüht, daß wir unsere Männer retten dürfen.«

»Darum kann ich nicht bitten.«

»Dann kann ich auch nicht mitkommen.«

Daraufhin hatte Hawkins sehr ernsthaft mit ihm gesprochen über einen Plan, bei dem es galt, ihrer aller Zukunft vor einem gewaltigen Sturm zu schützen, der bald über England brausen würde. Tavistock hatte eingewilligt, und in den folgenden Wochen hatte die Arbeit, die er aufgebürdet bekam, seinen Schmerz ein wenig gelindert. Das Versprechen, das er Hawkins gegeben hatte, schürte das Feuer, das Drake in seinem Herzen entfacht hatte, und das er ohne dieses Versprechen vielleicht einfach hätte verlöschen lassen.

In Weybridge ließ er ihre Fracht auf einen Flußkahn verladen, und dann fuhren sie an den großartigen Königspalästen von Hampton und Richmond vorbei. Beide waren aus rotem Backstein erbaut mit hohen Türmen, Kuppeldächern, burgartigen Türmchen und Zinnen. Voll ehrfürchtiger Scheu bestaunte Tavistock den dicht am Flußufer aufragenden, von weitläufigen Nebengebäuden und einer Kapelle flankierten Richmondpalast. Er war sechs Stockwerke hoch, in denen überall rechteckige Glasfenster eingelassen waren, und die Kamine und Giebel waren frisch vergoldet und mit Metallwimpeln geschmückt. Auf dem Fluß herrschte reger Verkehr, und auf dem Treidelpfad entdeckte er unter den vielen Menschen einen dunkelhäutigen Zigeuner, der ein Pferd führte, auf dem fünf kleine, in bunte Lumpen gekleidete Zigeunerkinder saßen. Ein zweiter führte ein Pferd, das mit Geflügel – Tavistock vermutete, daß es gestohlen war – beladen war, und aus einem ihm unbekannten Grund lächelte er bitter und dachte, daß es selbst so nichtsnutzigem fahrenden Volk besser erging als ihm.

Hinter Mortlake kam es auf dem Treidelpfad wegen der vielen Wagen und Wanderarbeiter zu Stauungen, und Tavistock roch das Salz, das mit der Tide in den Fluß gespült wurde. Hier lebte der Hexenmeister der Königin, Doctor Dee. Er wußte, daß Hawkins viele Male in sein großes, verschachteltes Haus gegangen war, um sich aus den Sternen weissagen oder ein günstiges Datum für eine Seereise ausrechnen zu lassen. »Er ist ein hervorragender Horoskopsteller, ein Mann von gewaltigen geistigen Fähigkeiten. Er lehrt Geographie und Astronomie und hat die größte Bibliothek in England«, erzählte Hawkins.

»Bücher über welsche Hexerei und Alchemie?« fragte Tavistock und runzelte die Stirn beim Anblick der krächzenden Raben, die in der Nähe des Hauses nisteten. »Es heißt, er sei ein Mann, den man fürchten müsse.«

Hawkins nickte. »Er träumt von einem Reich für England, das noch größer ist als das der Spanier. Und er besitzt einen Obsidianspiegel, in dem er die Zukunft lesen kann.«

»Glaubt ihr das?«

»Die Königin glaubt es, und das genügt, um die Einheimischen davon abzuhalten, John Dees Haus anzuzünden und ihn wegen Hexerei zu verbrennen.«

»Und wenn sie eines Tages stirbt?«

»Dann gibt es einen neuen Monarchen. Das Haus wird verbrennen und Dee mit ihm.«

Tavistock verschränkte die Arme. Er wußte nicht recht, was er glauben sollte. Etwas in ihm wehrte sich gegen diese, wie es schien, gottlosen und gegen die allgemeine Ordnung von Himmel und Erde gerichteten Dinge, aber gleichzeitig war er begeistert von der Idee, daß es so etwas wie eine nützliche Wissenschaft geben sollte. Ja, nutzte er sie nicht selbst für seine Zwecke? Tagtäglich machte er Berechnungen und gelangte mit Hilfe von komplizierten Navigationsinstrumenten zu Lösungen. Wer nicht verstand, was er dabei tat oder wozu ihm das Astrolabium diente, hielt ihn vielleicht für einen Sternkundigen oder auch für einen Hexer. Und wie verhielt es sich mit jener unsichtbaren Kraft, die die Kompaßnadel beeinflußte? War sie etwas Teuflisches? Und wenn schon – was sagte das über einen Mann aus, der lebte und mit Hilfe dieser Kraft seinen Weg fand? Unterschied sich diese Kraft von jener, die die Welt durchdrang und über Leben oder Sterben der Leiber und Seelen von Menschen bestimmte, jener Kraft, die sie die Majestät der Königin nannten? Ein Reich größer als das der Spanier... Das war mit Sicherheit ein herrlicher Gedanke.

Am Nachmittag blickte Tavistock über die stillen Wiesen von Chelsea und Battersea und fragte sich, woran es wohl lag, daß er wie ein Engländer fühlte, was ihn dazu brachte, Gefühle für ein Land zu hegen, von dem er den größten Teil noch nie gesehen hatte. Was war England für ihn außer einer Idee? Und warum hatte ihn Gott zurückkehren lassen? Nur um ihn zu quälen?

Die Ufer glitten vorbei, alte Herrenhäuser, Landsitze, gepflügte Äcker; überall hatte die Hand des Menschen System und Ordnung in der einstigen Wildnis geschaffen. Keine Windstille und kein Sturm, weder Krieg noch Frieden – nichts hatte diese Harmonie seit einem halben Jahrtausend verändert. Hier herrschte der Geist eines harten Inselvolkes, von Menschen, die ein kaltes Klima gewohnt waren, die nach innen blickten und in dem gewohnten Alltag von Himmel und Erde Frieden fanden.

Aber noch während Tavistock das Land betrachtete, schien es sich mit einer ständig wachsenden Kraft zu füllen, mit einer unheimlichen Vitalität, als ob dieses Albion ein Riese sei, der sich nun nach jahrhundertelangem Schlaf regte. Was Tavistock dort vor seinem inneren Auge sah, war furchterregend und faszinierend zugleich. Er sah die Wiesen, zerrissen von Gräben, das Land aufgebrochen, und überall Menschen, die ihre Heimat verließen, Menschen, die sich früher in ihrem ganzen Leben keine fünf Meilen von ihrem Geburtsort zu entfernen gewagt hätten und nun wie durch einen Krieg befreit waren. Und überall im Land brannten Feuer, die nie gelöscht würden. Die plötzliche Erkenntnis, daß die alte Ordnung keinen Bestand mehr hatte, traf ihn wie ein Schlag. In die Köpfe der Menschen war ein neues Denken eingezogen, eine neue Vision. Aber woher stammte sie? Vom Himmel oder aus der Hölle?

Sobald sie London erreicht hatten, spürte er die besondere Atmosphäre, die allein diese riesengroße Stadt hervorbringen konnte. Als sie das Boot verließen und die Pferde in die Innenstadt lenkten, fühlte er sich wie ein Geist, wie ein unsichtbares Auge, das sah, aber nicht gesehen wurde, und in dieser Losgelöstheit erkannte er, was diese Stadt wirklich war. Sie war unglaublich! Ein brodelndes Gemisch von aufregendem, aggressivem, leidenschaftlichem menschlichen Streben, eine rasch wachsende Stadt, die alle Dinge und Menschen anzog wie ein Magnet, so daß sich ihre Einwohnerzahl alle dreißig Jahre verdoppelte. Eines Tages würde sie bestimmt die größte und mannigfaltigste Stadt der Christenheit sein. Auf den Straßen sah er Lehrbuben und Vagabunden, Kaufleute und Bedienstete; die großen Häuser von Adeligen und Staatsmännern, Kathedralen und königliche Paläste, Ladenfronten, geduckte Häuschen und elende Hütten in engen Gassen. Und überall, von Queenhythe bis Cheapside, herrschte ein Lärm wie im Tollhaus. Die Fischhändler boten laut schreiend ihre glitschige Ware feil, Karren mit eisenbeschlagenen Rädern ratterten über das Kopfsteinpflaster, Bettler winselten nach Brot und Silbergeld, belauert von den Bütteln, die sich ihren Anteil nahmen oder die armen Teufel verhafteten. Es schien, als kämpften in dieser futterneidischsten, respektlosesten und undankbarsten aller Städte jeder Mann, jede Frau und jedes Kind mit dem Teufel, um ihm oder einem anderen das Fell über die Ohren zu ziehen, und das rund um die Uhr.

Sie verbrachten die Nacht in Hawkins' Haus in jener

Straße, die schlicht The Strand hieß, umsorgt von einer über-
eifrigen Dienerschaft, die ihnen sogar kupferne, mit heißer
Asche gefüllte Wärmflaschen ins Bett legte. Am nächsten
Morgen verzehrten sie ein ausgezeichnetes Frühstück und
fanden sich gegen Mittag wieder am Fluß ein, wo sie ein Boot
nahmen, das sie nach Westminster brachte. Auf der Surrey-
Seite sahen sie den Lambeth-Palast des Erzbischofs, und gegenüber, auf dem linken Themseufer, die Türme von Westminster Abbey und zahlreiche Landungsbrücken, wo alle
möglichen kleinen Boote festgemacht hatten. An den Stufen
von Star Chamber wurden sie von der Ebbe erfaßt, und sie
hielten auf Whitehall zu, wo ein überdachter Steg ins Wasser
hinausragte.

Sieche und Krüppel, die hier offiziell betteln durften,
streckten ihnen ihre entstellten Hände entgegen, als sie die
Stufen emporstiegen, und Wachsoldaten riefen sie an und
nahmen ihnen die Waffen ab. Dann wurden sie durch die
Höfe und Gänge dieses alten und verfallenden Palasts zu
dem Saal geführt, wo der Privy Council tagte.

Dieser Palast war ein Labyrinth von Unterkünften und
überdachten Wegen. Aristokraten und Ritter, gekleidet in
Samt und Brokat und mit goldenen Ketten behangen, schlen-
derten müßig umher. Decken und Wände waren bemalt, mit
Reliefs oder Gobelins geschmückt. Darunter befand sich das
Reich der Haushofmeister, Almosenpfleger, Ordnungsbe-
amten sowie eine geschäftige Unterwelt von Dienern, Spionen, Kutschern, Näherinnen, Botengängern, Serviermäd-
chen und Hundepflegern.

Hawkins' Petition war bereits vor ihrem Besuch beim Geheimen Rat eingegangen. Beamte der Königin empfingen sie
höflich und führten Hawkins zum Sitzungssaal. Als Tavistock folgen wollte, versperrten ihm klirrende Hellebarden
den Weg. Angesichts der steinernen Mienen ihrer Träger
mußte er sich wohl oder übel damit abfinden, daß er von allem weiteren ausgeschlossen war.

Eine Stunde lang wartete er vor dem Zimmer des Privy

Council. Er ging auf dem gefliesten Korridor auf und ab und fragte sich besorgt, was mit Hawkins geschehen würde, ob er, Tavistock, als Augenzeuge aufgerufen würde, und er legte sich zum hundertsten Mal zurecht, was er dann sagen mußte. Er stellte sich die Geheimen Räte vor unter ihren schweren Roben, ihre ernsten Gesichter und ihr wichtigtuerisches Gehabe, mit dem sie Hawkins' seeräuberische Aktionen nach außenhin beklagten und sich insgeheim ärgerten, weil er ihnen nicht die versprochene Beute brachte. Jetzt war der Augenblick gekommen, vor dem sich Hawkins in seinen Fieberträumen so gefürchtet hatte, der Augenblick der Wahrheit, in dem sich Haben in Soll verwandelte und ihm Freunde den Judaskuß auf die Wange drückten.

Tavistock blickte auf, als eine zwölf Mann starke Abteilung rot und schwarz uniformierter königlicher Leibgardisten in den Korridor einbog. Jeder Gardist war mit einer Pike bewaffnet. Zehn Schritte vor Tavistock hielten sie an und blieben, stumm vor sich hinstarrend, in Habachtstellung stehen. Die Leibgardisten beunruhigten Tavistock, weil er den Grund ihrer Anwesenheit nicht kannte. Als ein Mann auf ihn zukam, der ein Rechtsanwalt hätte sein können, steigerte sich seine Besorgnis bis zur Angst. Der schwarze, pelzverbrämte Mantel und das Käppchen auf dem Hinterkopf des Mannes ließen vermuten, daß er ein Mann von Stand war. Er hatte ein kluges Gesicht, und seine volltönende Stimme paßte zu den feucht glänzenden braunen Augen.

»Kapitän Tavistock?«

Tavistock erwiderte seinen Blick. »Ja.«

»Ich bitte Euch, mein Herr, mir zu folgen.«

Tavistock rührte sich nicht von der Stelle, und nach drei Schritten wandte sich der Mann um.

»Ich warte auf Kapitän John Hawkins, einen Kaufmann aus Plymouth. Er ist im Augenblick im Rats-«

»Ja, ich weiß. Bitte, kommt mit.«

Tavistock blieb stehen, wo er stand.

»Was ist?«

»Ich kenne Euch nicht, Herr«, sagte Tavistock langsam. »Und ich weiß nicht, woher Ihr mich kennt. Stehe ich unter Arrest?«

Der Mann warf einen Blick auf die Garde und schüttelte den Kopf. »Diese tüchtigen Burschen haben nichts mit mir zu tun, Kapitän. Mein Name ist Francis Walsingham, Euer Diener.«

»Euer Diener, mein Herr. Und was wollt Ihr von mir?«

Walsinghams Augen funkelten. »Ihr habt in jüngster Zeit einiges Ansehen erlangt, und ich brauche Euch. Das genügt.«

Tavistock schreckte vor der Heftigkeit des Mannes zurück, vor der Anmaßung in seinen Worten, aber etwas an seiner Haltung fesselte ihn, und als ihn Walsingham ein drittes Mal bat, ihm zu folgen, ging Tavistock mit.

# 8

An einem kalten Februarabend – die Turmuhr von St. Martin hatte eben acht Uhr geschlagen – brütete der Botschafter Don Gerau de Spes über einem Problem, das er schon seit Tagen vor sich herschob. Wie sollte er vorgehen bei diesem Brief, der eine Bittschrift an den König von Spanien werden sollte?

»Allerkatholischste Königliche Majestät«, schrieb er, sich gehorsam an die förmliche Anrede haltend. »Meine Pflicht, Eurer Majestät zu dienen, sowie aufrichtige Treue und Liebe zu Eurer Majestät veranlassen mich, mit allem schuldigen Respekt vorzuschlagen, daß es mir angemessen erscheint...«

Don Gerau war ein schwerer, untersetzter Mann mit einem runden Schädel. Sein Anzug war von militärischem Schnitt und grau wie seine Augen; seine rosigen Wangen und der Spitzbart am Kinn schmiegten sich in die Halskrause wie ein Pudding in eine Schüssel. Er strich sich mit der Hand durch das Haar, das in fettigen Strähnen von der Stirn gerade nach hinten gekämmt war, und suchte nach den richtigen Worten, aber mit seiner Konzentration haperte es an diesem Abend. Als er unten auf der Straße einen Wagen hörte, verzog er ungehalten die gezupften Augenbrauen. War das bereits der Besucher, den er erwartete?

Der Mann – ein Kapitän oder so etwas ähnliches – hatte ihm einen Brief geschrieben, in dem er ihm ein Angebot machte, und auch dieses Schreiben lag noch unerledigt auf seinem Arbeitstisch. Es war vorsichtig, aber auch irgendwie überschwenglich abgefaßt, und das darin enthaltene Versprechen klang so verlockend, daß für Don Gerau die Frage nicht mehr lautete, *ob* er handeln mußte, sondern *wann*.

Angestrengt widmete sich der Botschafter wieder dem anderen, weitaus wichtigeren Brief. Alle Sterne Spaniens standen im Aszendenten. Wir müssen diesen Augenblick nützen, dachte er, denn wenn wir jetzt zögern, lassen wir uns die beste Gelegenheit entgehen, die wir je haben werden, um diese Isebel von England zu vernichten.

Don Gerau machte sich über seine Position keine Illusionen. Er wußte, daß er als eine Art Vergeltungsmaßnahme seinen beliebten und geachteten Vorgänger, Don Guzman de Silva, abgelöst hatte. Gleichzeitig hatte König Philipp im September letzten Jahres den ungehobelten englischen Botschafter und ehemaligen Universitätslehrer Doctor John Man des Landes verwiesen.

Er erinnerte sich an Man stets nur mit Entrüstung; seine ätzend scharfen Bemerkungen und seine schändlichen Manieren hatten ganz Madrid empört. Er hatte in den Zähnen gestochert, sich bei offiziellen Anlässen betrunken und den Papst vor Gastgebern der königlichen Familie einen ›scheinheiligen Pfaffen‹ genannt. Der Hof sah sich schließlich gezwungen, sich an den König zu wenden, der die vorösterliche Zeit mit Beten und Fasten in der klösterlichen Abgeschiedenheit von Abrojo verbrachte. Ein halbes Jahr später war der König dem Ersuchen gefolgt. Aber Man hatte es abgelehnt, sich zu entschuldigen, wie es der König von ihm verlangt hatte. Daraufhin wurde er ausgewiesen. Der Graf von Feria mit seinem reichen Erfahrungsschatz, was englische Schändlichkeiten betraf, hatte dem König erklärt, daß die Entsendung eines so niedrig geborenen, schlecht erzogenen Subjekts, eines Burschen, der nur die ordinärste Lebensart beherrschte, nichts anderes sein konnte als eine absichtliche Kränkung seitens Elisabeths – insbesondere angesichts der Tatsache, daß Philipp einen so eleganten, peniblen und kultivierten Mann als Botschafter nach England geschickt hatte.

Vor vier Monaten dachte ich ebenso, stellte Don Gerau niedergeschlagen fest, aber vier Monate in diesem Land haben mich überzeugt, daß eine Verfeinerung des Intellekts die Engländer völlig überfordert. Sie halten sich für ein zivilisiertes Volk, aber in Wirklichkeit sind sie nicht weniger barbarisch wie ihre irischen Stammesgenossen, die sie so sehr verachten.

Als wir in Dover landeten – Heilige Madonna und alle Märtyrer! War das eine Kälte und Nässe! –, konnte ich mir nicht vorstellen, was mich erwartete. Auf dem ganzen Weg nach London regnete es, und unsere Pferde versanken bis zu den Fesseln im Schlamm. Noch bevor wir London halbwegs erreicht hatten, moderten meine samtenen Kleider. Es ist ein schreckliches Land, kalt und dunkel, aber es ist genau das, was diese Engländer verdienen. Sie sind kein zivilisiertes Volk. Sie leben in Hütten mit Lehmböden und Dächern aus getrocknetem Schilf, und sie riechen – ich kann es immer noch nicht fassen, wie man so riechen kann!

Und ihre Königin ist ein Ungeheuer. Das orangefarbene Haar hat sie angeblich von ihrem Vater. Bevor sie mich empfing, hatte sie mich tatsächlich über eine Stunde warten lassen. Und als sie den Audienzsaal betrat, ließ sie ihr Staatsschwert in einer Prozession vor sich hertragen, damit ich nur ja nicht im Zweifel sei über das, wofür sie sich hält.

Gedankenversunken schüttelte Don Gerau den Kopf. Vielleicht war es die Strafe Gottes für England, daß Mary Tudor kinderlos gestorben war und ihre Halbschwester den Thron usurpiert hatte. Die Engländer verdienen ihre Regierung. Bis auf den letzten Mann hassen sie uns, weil wir mächtiger sind als sie, und das können sie nicht vertragen. Ich sehe es Tag für Tag in den feindseligen Augen dieser ungebildeten und wie die Schweine dumpf vor sich hinbrütenden Masse Mensch. Das gemeine Volk glotzt dumm und man muß es auffordern, den Hut vor uns zu ziehen, und wenn wir in ihre Hauptstadt kommen, zollt es unseren Herren weder Respekt noch Höflichkeit. Aber Philipp verbietet jegliche Maßnahme. Ich soll alle Kränkungen hinnehmen, so erniedrigend sie auch sein mögen. Meine Mitarbeiter werden angerempelt und bei jeder Gelegenheit verächtlich und entwürdigend behandelt, bis uns das letzte Fünkchen Ehre genommen ist. So lange ich lebe, werde ich das nicht vergessen – und nicht vergeben.

Ja, dachte er wütend, sie sind grausam zu uns, aber sie werden für ihre Sünden büßen, besonders für ihre Ketzerei. Genauso wie Unser Herr sein Leben am Kreuz lassen mußte, um unsere Seelen vor der ewigen Verdammnis zu retten, so wird Philipp eines Tages dieses böse Land in die Arme der heiligen Mutter Kirche zurückbringen. Sie werden für ihre Ketzerei zahlen, wenn die schottische Königin auf den Thron kommt. Es ist an der Zeit, Elisabeth zu zeigen, daß sie den König von Spanien nicht straflos beleidigen kann. Es ist an der Zeit, Europa daran zu erinnern, daß Philipp der Sohn des großen Kaisers Karl ist, und daß wir jederzeit mit England genauso verfahren können wie mit den Niederlanden oder wie im Augenblick mit den Muselmanen von Granada.

»Wenn zwischen England und meinem Hof harmonische Beziehungen aufrechterhalten werden sollen«, hatte ihn der König kühl instruiert, bevor er an Bord gegangen war, »müssen sie auf gegenseitiger Achtung beruhen. Sollte das nicht möglich sein, muß es eine Botschaft für gegenseitige Mißachtung geben.«

Die Erniedrigung, die er damals erleiden mußte, brannte

noch heute in Don Geraus Seele. Die Worte des Königs hatten einen der glanzvollsten Augenblicke seines Lebens in bleierne Schande verwandelt. Verunglimpfung und Anzüglichkeit waren gefolgt. Empört dachte Don Gerau an die Geschichte, die er dann auf dem Schiff nach London hören mußte. Man erzählte sich, daß der Halbbruder des Königs, Don Juan, vorgeschlagen habe, ein Schwein, angetan mit samtenem Botschafterhabit und Spitzenhalskrause, an den Hof von Elisabeth zu schicken. Selbstverständlich habe der nüchterne und stets ernste Philipp die Idee abgelehnt und statt dessen Don Gerau de Spes entsandt, um die Engländer *mores* zu lehren. Und das würde er tun, bei Gott!

Vier Monate hatte er in diesem schrecklichen Land verbracht, vier Monate, in denen die Sonne um neun Uhr morgens aufging und um drei Uhr nachmittags unter, vier Monate frierend vor zugigen Kaminen. Aber in diesen vier Monaten hatte er Geschichte erlebt, wie sie härter und grausamer nicht sein konnte. Das Land wurde von gewaltigen Umwälzungen heimgesucht, und jede Erschütterung rückte Elisabeth näher an den Abgrund. Er fühlte sich ermutigt von diesem Gedanken; die Schande, die seine Entsendung über ihn gebracht hatte, würde man vergessen. O ja, dachte er, ich begreife sehr gut, daß der ehrgeizige Diplomat sich nur in der Hitze des Konflikts eine erfolgreiche Karriere schmieden kann, und wenn ich mich in Schulden stürze: Ich werde meinem König den Sieg erkaufen, nach dem er so verlangt. Und gleichzeitig werde ich mir meinen Sieg erkaufen, denn ich möchte die Straßen von London taghell erleuchtet sehen von den Scheiterhaufen, auf denen Elisabeths Protestanten brennen – und der Kapitän wird mir dabei behilflich sein.

Der Brief, den er nun an Philipp zu schreiben hatte, würde nur dem äußeren Anschein nach eine Bitte um Geld zum Inhalt haben. Obwohl Don Gerau nicht unvermögend war und ein recht gutes Einkommen aus seinen Gütern bezog, mußte er bereits nach zwei Monaten in der englischen Eishölle feststellen, daß er über seine Verhältnisse lebte. Die übertriebenen Forderungen in der sich zuspitzenden Krise hatten ihn bankrott gemacht. Er mußte König Philipp dazu bringen, einzusehen, daß seine Botschaft in England Geldmittel brauchte und zwar jetzt sofort.

Würde es Don Gerau mit diesem Brief nicht gelingen, den König günstig zu beeinflussen, war alle Mühe umsonst. Ohne Geld blieb ihm nichts anderes übrig, als ohnmächtig zuzusehen oder sich an die verabscheuungswürdigen Italiener zu wenden, die ihre geldgierigen Fangarme überall hatten. Alles, nur das nicht, dachte er und griff nach der mit Perlmuttintarsien verzierten maurischen Pistole auf seinem Schreibtisch. Sie war schwer und lag gut in der Hand. Das Schnapphahnschloß war exakt gefeilt, der Mechanismus geölt und gespannt. Wenn man die Italiener hereinnähme als Garanten der Politik eines spanischen Königs, gäbe es Konflikte und Spannungen und jedes Staatsgeheimnis wäre gefährdet.

Wahrhaftig, der geeignete Augenblick kommt, sagte er sich und hob die Pistole. Wäre England keine Insel, hätte Alba diese schmutzige Stadt schon vor Monaten zerstört und jedem einzelnen ihrer verstockten Bewohner die Kehle durchgeschnitten. Aber sehr bald würden die Engländer erfahren, daß ihre Insellage kein Schutz vor der Macht Spaniens war.

Die Stimmung in London war bereits hochexplosiv, und der Hof dieser Bankert-Königin trocken wie Zunder. Ein Funke, dachte Don Gerau, geschlagen zum richtigen Zeitpunkt, und Europa ginge in Flammen auf. Der gesamte Kontinent stürzte in einen Krieg, der zu einem heiligen Armageddon würde und die protestantische Ketzerei ein für allemal vernichtete. Er zielte auf den Turm von St. Martin und drückte ab. Funken sprühten in die leere Pulverpfanne. Die Lutheraner würden für immer ausgemerzt! Und ich, Don Gerau de Spes, Ritter des Calatrava-Ordens, Mitglied im Rat Seiner Majestät, werde ihre Vernichtung ausgelöst haben.

Er schloß die Augen und zwang sich, die Bilder, die ihm

durch den Kopf schossen, zurückzudrängen. Jetzt war keine Zeit für Fantastereien; noch mußte viel getan werden, ermahnte er sich streng. Der Kapitän spuckt große Töne, aber waren nicht alle diese Seeleute Aufschneider und Angeber? Mit Sicherheit kann er nicht halten, was er verspricht. Ich werde den Brief an Philipp schreiben und das Träumen den Nichtstuern überlassen.

Er tunkte den Gänsekiel in die Tinte und schrieb in blumigen, unterwürfigen Wendungen und immer wieder um den richtigen Tonfall ringend an seinen König, endend mit dem Standardschluß:

»Möge Unser Herr die heilige und katholische Person Eurer Majestät viele Jahre erhalten. Am 28. Februar 1569, aus dem derzeitigen Wohnsitz Eurer Majestät untertänigsten Dieners, der Eure königlichen Hände küßt.«

Noch bevor die Turmuhr das dritte Viertel der Stunde schlug, klopfte es an Don Geraus Tür. Rasch ließ er seine Papiere und die Pistole in der Schreibtischschublade verschwinden, dann erhob er sich und befahl dem Diener, den Besucher eintreten zu lassen.

Es erschien ein großer blonder Mann, gekleidet in ein geripptes Wams von der Farbe einer Meereswelle, in eleganten, mit Roßhaar gepolsterten Breeches und engen, wunderbar glänzenden schwarzen Stiefeln. Er hatte weiße Zähne, roch nach Bergamotteöl, und im Ohr trug er einen Knopf aus massivem Gold, auf dem in Schmelzglasur ein sich erhebender Phönix dargestellt war. Das exquisiteste und aufreizendste an seiner Kleidung war jedoch eine spiralig gegliederte goldene Kette, die dreimal um den Hals geschlungen bis zu seinem Nabel herabhing. Sie war eindeutig spanischer Herkunft und viel zu kostbar, um ehrlich erworben zu sein.

Don Gerau war einen Augenblick sprachlos.

»Euer Exzellenz!«

»*Ihr?* Ihr seid – Kapitän Tavistock?«

»Derselbe.«

Ein breites Lächeln strahlte Don Gerau entgegen. Dieser

betrachtete den Fremden von oben bis unten, und erst nach einer kleinen Weile gelang es ihm, sein ungläubiges Staunen zu unterdrücken. Dieser Mann war einen ganzen Kopf größer als er und gut gebaut, auch wenn er nur wenig Fett auf den Rippen zu haben schien. Das Haar und der ordentlich gestutzte Bart waren von der Sonne gebleicht, die Haut war bronzefarben gebräunt. Breitbeinig wie eben ein Seemann zu stehen pflegt, stand er da, und seine feine Aufmachung stammte zweifellos aus den Gewinnen, die er in Westindien gemacht hatte. Die Hand des Kapitäns löste sich von dem verzierten Griff seines Galadegens und legte sich mit zermalmendem Druck um Don Geraus Hand.

»Ihr – Ihr trinkt bestimmt ein Glas Wein.«

»Das werde ich tun. Danke.«

Er hatte jemand ganz anderen erwartet; irgendeinen von diesem armseligen Hafengesindel, das sich am Hollander-Becken an der Katharinenkirche herumtrieb, oder einen Gelegenheitsdieb aus den Hinterhöfen der fetten Kaufmannshäuser am Strand. Dieser Mann war auch kein Spion. Seinem Akzent nach stammte er aus dem Westen; er war schroff und unkultiviert, und in seinen Augen stand ein Zorn, der jedoch nicht bedrohlich wirkte. Vielleicht kann ich diesen Löwen zähmen, dachte Don Gerau, während er aus einer silbernen Karaffe einschenkte. In seinem Brief sprach er von einem großen Vorteil für mich und meine Angelegenheiten. Einen Becher Wein wird er schon wert sein.

»Habt Ihr einen Lieblingswein, *Capitán*? Ich trinke einen, der in La Mancha gewachsen ist, auf einem Weingut, das meiner Familie gehört.«

Der Kapitän zögerte. »Mein Geschmack ist eher Malmsey oder Bual, wenn Ihr welchen habt.«

Don Gerau lächelte fein. »Ah, die Madeiraweine. Bedauerlicherweise habe ich keine einzige Flasche portugiesischen Weins. Seid Ihr dort gewesen?«

»In der Tat. Und ich kann veranlassen, daß Euer Exzellenz ein oder zwei Fässer Bual geliefert werden, wenn Ihr es wünscht. Ich kann sie Euch sogar zum Einkaufspreis besorgen.«

Don Geraus Hand zögerte. »Danke, aber lieber nicht, *Capitán*. In meiner Position muß ich den Produkten unseres Landes treu bleiben. Und Loyalität ist wichtig, nicht wahr?«

»Loyalität?« Tavistock lachte verächtlich. »Oben rein, unten raus, mehr bleibt nicht.«

Don Gerau stellte die Karaffe ab und lächelte wieder. »Ich kenne den Kostenaufwand des Dienstes. Wußtet Ihr, daß ein Botschafter seine Ausgaben selbst bezahlen muß?«

»Aye! Aber sein König wird ihn, wenn nötig, unterstützen.«

Don Gerau schwieg eine Weile. Dann nickte er langsam. Den Umgang mit Dieben und Lügnern mußte man gewöhnt sein; stets kamen sie mit unziemlicher Hast auf das Geschäft zu sprechen.

»So«, meinte er jovial. »Ich höre also. Was ist das für ein ›großartiger Vorteil‹, von dem Ihr sprecht?«

Mit einem diebischen Grinsen beugte sich Tavistock vor. »Ein Segen für Euch und ein Gewinn für mich. Wenn Ihr mich anhört, werdet Ihr vielleicht genauso denken.«

Don Gerau erfuhr zunächst, wer Tavistock war; dann vernahm er zu seinem Schrecken, daß der englische Kapitän vor Vera Cruz auf Hawkins' Schiff gewesen war. Er war sehr froh über die Wachen vor seiner Tür und daß er eine Toledoklinge am Gürtel trug. Aber er entdeckte bald, daß er keines von beiden brauchen würde.

»Hundert Seeleute wurden in Mexiko zurückgelassen. Euer Exzellenz, darunter auch mein Bruder, und ich möchte sie alle aus dem Gewahrsam des Königs befreien. Mein Vorschlag ist folgender: Als Gegenleistung für ihre Entlassung und sichere Auslieferung hier in England, eine bestimmte Summe Gold und gewisse Garantien werde ich Euch – England ausliefern.«

Don Gerau starrte Tavistock an und wußte nicht recht, ob er ihn hinauswerfen lassen oder ihm weiter zuhören sollte.

Aber der Ausdruck in den Augen seines Besuchers fesselte ihn, und so sagte er schließlich: »Sprecht weiter.«

»Euer König hat in Flandern eine Armee von 50000 Mann. Er weiß, daß Antwerpen eine geladene Pistole ist, die auf den Kopf von England zielt. Umgekehrt wimmelt es im Kanal von holländischen Schiffen und Seeräubern, die unter dem Kommando der Königin stehen und Eure Verbindungswege nach Belieben lahmlegen können, und Ihr habt kein Mittel, sie daran zu hindern.«

»Das ist hier die allgemeine Meinung«, erwiderte Don Gerau und versuchte, unbekümmert zu wirken.

»Aus gutem Grund. Und Ihr wißt auch, daß die Soldaten des Herzogs plündernd durch Flandern ziehen werden, wenn sie ihren Sold nicht bekommen. Die holländischen Calvinisten werden einen neuen Aufstand wagen, und mit der spanischen Herrschaft wäre es zu Ende. Wie lange, glaubt Ihr, wird es dauern, bis Frankreich seine Chance erkennt und Euch diese Provinz entreißt?«

Don Gerau bekam ein flaues Gefühl im Magen. Dieser ungehobelte Schiffskapitän hatte die Situation präzis geschildert. Seine Analyse war perfekt. Er war ungewöhnlich gut informiert, und seine Ansichten deckten sich mit seinen eigenen schlimmsten Befürchtungen. Don Gerau beschloß, den Mann bis zu Ende anzuhören.

Frankreich war katholisch, aber das herrschende Haus Valois kämpfte mit anderen innerfranzösischen Parteien um die Macht im Lande. Geographisch bildete es das Herz des Kontinents; es verband das mediterrane und das nördliche Europa und stellte allein deshalb eine massive Bedrohung für Spanien dar. Madrids Alptraum war ein Frankreich, das seine zwölf Millionen Menschen unter einem starken Führer vereinte und Spanien die Vorherrschaft in der katholischen Welt streitig machte; und ein Frankreich, das die reichen Kernländer Flanderns annektiert hätte, wäre ein Frankreich in einer unvorstellbaren Machtposition.

»Ihr braucht Flandern«, fuhr Tavistock beharrlich fort.

»Aber Flandern entgleitet Euch, und Ihr könnt nichts dagegen tun. Solange Elisabeth auf dem englischen Thron sitzt, wird der Ärmelkanal nie und nimmer eine spanische Verkehrsader werden, und Ihr werdet Frankreich nie sicher im Griff haben.«

Don Gerau hatte feuchte Handflächen bekommen. »Mit den neuen Steuern wird in Flandern bald genug Geld hereinkommen, so daß Herzog Albas Truppen bezahlt werden können.«

»Falsch. Wenn Alba das glaubt, ist er ein Narr.« Tavistock lachte. »Man nimmt dem Herzog die neuen Steuern übel und wird sich dagegen wehren. Mit diesen Steuern wird sich Spanien die Männer, die den Reichtum der Provinz schaffen und kontrollieren, zu Feinden machen. Wenn den Leuten jeder hundertste Penny eines Vermögens, jeder zwanzigste aus einem Landverkauf und jeder zehnte aus allen anderen Verkäufen genommen wird, um damit ihre Unterdrückung zu finanzieren, was glaubt Ihr, werden die Niederländer davon halten? Ihr laßt ihren Freiheitswillen außer acht, *señor*. Selbst die Papisten begreifen, daß sie der Herzog zu Sklaven macht!«

Don Gerau schreckte vor diesem Bild, das Tavistock vor ihm aufgerollt hatte, zurück. Die Worte jenes Erzrebellen, Ludwig von Nassau, brannten in seinem Gedächtnis: »Wir werden die ungebetene ausländische und schimpfliche Tyrannei dieser grausamen Schänder und Verfolger von christlichem Blut vertreiben und unsere alten Privilegien wieder herstellen...« Seine Hände wurden eiskalt und zitterten. »Was Ihr da sagt, erkenne ich nicht an«, hub er zögernd an, »und wenn ich es täte, könnte ich von einem wie Euch kein Gegenmittel erwarten.«

Mit einem humorlosen Grinsen lehnte sich Tavistock zurück. »Ihr tut mir Unrecht, *señor*. Wie Ihr sehr genau wißt, sind die Zustände hier reif für eine Veränderung, und es ist ein Fehler zu denken, jedermann in England wünsche sich eine Fortsetzung dieser Situation.«

»Seid Ihr Eurer Königin nicht treu ergeben?«

»Kaufleute sind nur sich selber treu. Männer wie ich fühlen sich durch jedes Embargo empfindlich verletzt. Ich hatte kommerzielle Verbindungen mit vielen Leuten in Spanien, die ebenso denken.«

»Und heißt ihre Antwort Rebellion?«

Nun kam das heftige Temperament des Engländers zum Vorschein. »Hört mir zu! Herrscher kommen und gehen. Ich habe vor, es mir gutgehen zu lassen, unabhängig davon, wer die Krone trägt. Ich bin mit den Männern auf Fahrt gewesen, die zwischen dem Herzog von Alba und London stehen. Und ich weiß, was sie denken. Merkt Euch, was ich Euch jetzt sage: Eine Handvoll zuverlässiger Agenten, die an den richtigen Stellen Gold verteilen, kann den Kanal lang genug von Schiffen freihalten, so daß die Männer Eures Herzogs übersetzen können. Ich kann Euch jederzeit fünf Zweihundert-Tonnen-Schiffe zur Verfügung stellen – fünf Schiffe, die eine erfolgreiche Landung garantieren.«

Don Gerau bemühte sich, seine Gedanken zu ordnen. »Warum würdet Ihr das tun, *Capitán*? Ihr erfreut Euch niedriger Zinsen in England. Es gibt hier keinen zehnten und zwanzigsten Steuergroschen. Warum sollte sich ein englischer Kaufmann wünschen, in dasselbe Bauer eingesperrt zu werden wie seine flämischen Konkurrenten? Ihr wißt, daß das eintreten könnte, wenn England unter spanische Oberhoheit fiele.«

»Wenn das eintritt, werden wohl einige Kaufleute wohlwollender behandelt werden als andere. Diejenigen, die sich am entgegenkommendsten gezeigt haben, werden dafür gewiß mit den saftigsten Stücken aus dem Braten belohnt, nicht wahr?«

»Ach ja. Und damit wären wir wieder bei der Frage der Loyalität angelangt, nicht wahr, *Capitán*?«

Der Engländer sog die Wangen nach innen und legte die Hände flach auf den Tisch. »Ich biete Euch nur die Hilfe an, die Ihr braucht. Der Preis beträgt zweitausend Pfund. Nehmt an oder laßt es bleiben.«

»Zweitausend Pfund ist eine Menge Geld.«

»Das hängt davon ab, was man kauft.«

»Ich werde darüber nachdenken.«

»Denkt nicht zu lange. Mein Angebot ist zeitlich begrenzt, und es ist, ebenso wie Euer Wein, nicht lange haltbar.«

Tavistock erhob sich aus seinem Stuhl und überließ Don Gerau seinen Gedanken. Es stimmte, daß die englische Königin nie kriegerischer gesonnen war als jetzt. Es stimmte ebenfalls, daß eine Intervention in England ohne eine gesicherte Kanalüberquerung unmöglich war. Durch seine Spione hatte er erfahren, daß durch das Embargo Hunderte ihren Broterwerb verloren hatten und viele unter ihnen verloren allmählich auch die Geduld mit Elisabeth. Früher oder später würde einer aufstehen und etwas tun. Vielleicht hatte ihm dieser Mann tatsächlich den Schlüssel gebracht, der ihm die Tür zu England öffnete. Und in diesem Fall mußte Don Gerau zugreifen.

Als das Echo von Tavistocks Stiefeln erstarb, öffnete Don Gerau die Schublade und nahm, nicht ohne einen leichten Verdruß zu empfinden, den angefangenen Brief heraus. Wenn er die Summe, die der Engländer verlangte, gleich einbeziehen wollte, mußte er den ganzen Brief noch einmal neu schreiben.

Tavistock verließ den Amtssitz des spanischen Botschafters und wählte für seinen Heimweg dunkle Wege und Gassen, die jeder vernünftige Mensch in der Nacht gemieden hätte. Streunende Hunde bellten ihn an und jaulten, wenn er sie mit einem Fußtritt verscheuchte. Während er mit schlenkernden Armen, weil ihn fror, und Unrathaufen mit den Füßen beiseitestoßend in der Mitte der finsteren Straßen ging, die um so dunkler waren, je näher die überhängenden oberen Stockwerke der Häuser zusammenrückten, war er geradezu eine Herausforderung für jeden Spitzbuben, ihn zu überfallen und zu versuchen, ihm den Geldbeutel zu stehlen. Aber er hatte einen Grund, diesen Weg zu nehmen. Niemand würde es wagen, ihm hierher zu folgen, und wenn, würde er einen Verfolger hier leichter entdecken.

»Du hast angebissen, Spanier«, sagte er laut und ballte die Fäuste. »Du baumelst am Haken, genau wo ich dich haben wollte.«

Hawkins hatte über das, was bei seiner Vorstellung beim Privy Council gesprochen wurde, wenig verraten. Zu Tavistocks Bestürzung berichtete er nur, daß er eine Darstellung der Ereignisse bei San Juan abgegeben habe und daß das Treffen auf einen späteren Zeitpunkt verschoben worden sei. Er hatte weder Hoffnungen noch Befürchtungen geäußert auf die Frage, wie die Sache ausgehen könnte und Tavistock lediglich befohlen, sich zur Verfügung zu halten und weitere Anweisungen abzuwarten.

Tavistock verwünschte den Tag, an dem er Hawkins sein Versprechen gegeben hatte. Er wollte so schnell wie möglich zurück nach Plymouth, zu Drake, damit sie ihre Pläne vorantreiben konnten. Jetzt waren Taten gefordert! Ein fester Kurs, ein genau abgestecktes Ziel, und dann los! Dieses läppische Antichambrieren war Zeitverschwendung und diente nur dazu, das Eisen abzukühlen und den Stahl zu schwächen.

Mit kaum unterdrückter Wut durchquerte er eine Stadt, die seine Stimmung widerspiegelte. In London schwelte die Krise. Die Atmosphäre war geladen mit Empörung und allen möglichen Gerüchten. Er gelangte auf eine Hauptverkehrsstraße, eilte durch Straßen, die von Petroleumlampen beleuchtet waren, wo sich Schmuggler, Bettler, Huren und Betrunkene dicht gedrängt hin und her schoben, verirrte sich in dem nächtlichen Gewimmel, für das es keine Sperrstunde gab, und als er endlich den dunklen Stumpf der St. Paul's Kathedrale entdeckte, lenkte er seine Schritte zu dem vereinbarten Treffpunkt. Er überquerte die Brücke über den Fleet, dessen stinkendes Wasser die Luft verpestete. Tavistock wußte, daß weiter oben das Fleet-Gefängnis lag und dieser

Fluß das eitrigste, fauligste Wasser, das je aus einer Wunde floß, in die Themse führte. Tavistock schloß den Mund und versuchte, nicht zu atmen, solange er durch diesen Gestank gehen mußte.

Bald danach gelangte er vor das Tor eines eindrucksvollen großen Backsteinhauses, das, wie es Tavistock schien, mehr Fenster als Mauern hatte. Als er eintrat, mußte er seinen Degen bei einem Wachmann abgeben. Danach fühlte er sich wie nackt, doch als er dann ins Haus geführt wurde, sah er sich behaglich um. Die große Halle wurde von einem riesigen Kamin erwärmt. Livrierte Diener gingen zwischen den Tischen umher und servierten Wildgerichte und Braten, die mit Rosmarin und anderen Kräutern garniert waren. Eine vornehme Gesellschaft war hier versammelt; junge Leute, die auf höfische Manier tanzten, Studenten der Inns of Court, der vier Rechtsschulen, Sprößlinge des Eigentümers, seine Mündel und zahlreiche elegant gekleidete Inhaber öffentlicher Ämter. Über ihnen beleuchteten gewiß hundert Kerzen einen Stuckfries und eine weiße, mit Stukkaturen verzierte Decke. Venezianische Lauten- und Flötenmusik erfüllte den Raum.

Kurz darauf entdeckte er Hawkins.

»Wie ist es gelaufen?« fragte der Schiffseigner leise. Er konnte seine Besorgnis nicht verbergen.

»Gut. Warum sind wir hier?« Tavistock warf einen Blick auf das üppige Dekor. »Was ist das für ein Haus?«

»Verdammt, nun rede schon! Hat Don Gerau unsere Vorschläge angenommen?«

»Sein Interesse ist geweckt. Warum mußte ich hierherkommen?«

Hawkins schürzte die Lippen. »Richard, hier ist jemand, der dich sprechen will. Heute abend braut sich eine Riesenschweinerei zusammen, so etwas wie ein Geschwür, das kurz vor dem Aufbrechen ist.«

»Ist Mr. Walsingham hier?« fragte Tavistock, überrascht von Hawkins' Nervosität. Er dachte sofort an die Vertagung des Privy-Council-Treffens. Wollte ihn Hawkins vorwarnen, weil er Wind bekommen hatte von einer Gefahr? Er hatte nicht vergessen, daß ihr Leben an einem dünnen Faden hing. Vorsicht und Verantwortung hatten schon vor langer Zeit blindes Vertrauen aus Hawkins' Seele verdrängt. Er konnte sich nie mehr wie ein richtiger Abenteurer ausschließlich seinem Schicksal anvertrauen. Je älter und wohlhabender ein Mann wird, dachte Tavistock, um so geringer wird seine Lust, zu kämpfen und das Schicksal herauszufordern. Aber ich werde es tun! Ich werde hinausgehen und mich mit ihm im Schlamm wälzen. Ich werde mich solange mit ihm herumschlagen, bis er sich meinen Wünschen fügt. Ich werde niemals aufgeben.

»Richard, ich muß ungestört mit dir sprechen!«

»Ja, gut. Aber würdet Ihr mir bitte verraten, wo wir hier sind?«

Bevor Hawkins antworten konnte, kam eine große, hagere Frau mittleren Alters mit heiterer Miene auf sie zu. An der Hand führte sie einen kleinen fünf- oder sechsjährigen Jungen mit einem Gesicht wie ein Engel; neben ihr stand eine junge Frau, die sehr zart und zurückhaltend wirkte und eine oberflächliche Ähnlichkeit mit der älteren Frau aufwies. Tavistock war hingerissen von ihrer Schönheit und ihrer gertenschlanken Figur, und dann erschrak er, als er in ihren Zügen den Geist eines anderen Menschen erkannte. Er wußte, wer ihr Vater war, und jetzt wußte er auch, in wessen Haus er sich befand.

Hawkins stellte ihn mit großer Ehrerbietung vor.

»Lady Mildred, Kapitän Tavistock.«

»Es freut mich sehr, Euch kennenzulernen, Kapitän.«

»Gleichfalls, Madam.« Er verbeugte sich steif.

»Das ist mein Sohn Robert. Sag: ›Willkommen im Haus meines Vaters‹, Robert.«

Der Junge gehorchte lächelnd. Tavistock beugte sich zu ihm hinab und gab ihm die Hand.

»Darf ich Euch meine älteste Tochter Anne vorstellen?«

»Entzückt.«

Die junge Frau erwiderte stumm seine Verbeugung. Sie war die Anmut in Person, und Tavistock spürte die Wärme in ihrem Lächeln. Er bemerkte auch, daß ihn ein elegant gekleideter junger Mann, der in einiger Entfernung auf einem Sofa saß, beobachtete. Er sah aus, als sei er schlechter Laune und überdies die Gastlichkeit des Hauses sehr großzügig genossen hätte. Tavistock sah, daß Anne zu ihm hinüberblickte. Ihr Lächeln erstarb.

Lady Mildred erkannte, daß Hawkins in Eile war. »Wir werden Euch nicht länger aufhalten, Kapitän. Ich glaube, Ihr habt etwas mit meinem Mann zu besprechen.«

Sie verneigten sich, und während Hawkins vorausging, flüsterte er Tavistock Worte zu, die wie ein Schlag in seine Magengrube wirkten. »Hier findet die vertagte Begegnung mit dem Privy Council statt. Überleg dir deine Worte genau und vergiß nicht, daß wir heute abend um unser Leben kämpfen. Lord Leicester sagte mir, wir seien bereits so gut wie verurteilt. Sei vorsichtig, denn jetzt werden wir unseren Henker kennenlernen.«

Sie standen nun dicht neben dem Kamin. In ihrer Nähe saß ein schlicht gekleideter Mann auf einer Polsterbank und wiegte ein Kind auf den Knien; drei oder vier andere standen um ihn herum und lauschten gespannt der Geschichte, die er erzählte. Der Mann war ungefähr Mitte fünfzig. Er hatte ein längliches Gesicht und tiefliegende, aber freundliche und humorvolle Augen. Als Hawkins auf ihn zukam, löste er sanft eine kleine Hand aus seinem Bart und nickte ihm zu. Es war Sir William Cecil, der Erste Minister Englands. Obwohl er nicht zur Aristokratie gehörte, war er der einflußreichste Berater der Königin. Er erhob sich, trat groß und aufrecht auf Hawkins und Tavistock zu und führte sie durch einen schwach beleuchteten Gang zu einem großen, mit Hunderten von Büchern vollgestopften Raum. Mehrere kleine italienische Skulpturen und eine Fülle von Stammbaumtafeln und Wappenabbildungen zierten die Wände.

Voller Ehrfurcht betrachtete Tavistock die vielen Bücherregale in dieser zwanzig mal zehn Meter großen Bibliothek. Von der Decke hing ein Kerzenleuchter mit fünfzig Wachskerzen herab, die ein Diener geduldig für sie anzündete. Stühle wurden gebracht, und das Feuer im Kamin wurde neu entfacht. Tavistock konnte es immer noch nicht fassen, daß in einem Raum so viel Geschriebenes versammelt sein konnte.

Der Eichenschreibtisch, an dem Sir William saß, war riesig, und alles, was darauf lag, war penibel geordnet. Er hörte ihnen aufmerksam zu. Die Fröhlichkeit war aus seinem Gesicht verschwunden und hatte einem tiefen Ernst Platz gemacht, während Hawkins Tavistock als den Zeugen vorstellte, von dem er beim Privy Council gesprochen hatte. Tavistock spürte die Autorität, die von Cecil ausging, die sich jedoch nicht aus einer starren Machtposition nährte, sondern lebendig und persönlich war. Es hieß, Cecil habe die Fähigkeit, fünfzig verschiedene Gedanken gleichzeitig miteinander zu kombinieren und niemand könne seine Absichten durchschauen. Er sprach leise und mit nasaler Stimme und kam sofort zur Sache.

»Ihr wart im Amtssitz von Don Gerau de Spes. Was habt Ihr zu ihm gesagt?«

Hawkins räusperte sich. »Ich sagte ihm, daß ich seine Interessen unterstützen würde.«

»Ihr sagtet ihm genau das, was Euch Kapitän Hawkins aufgetragen hatte?«

»Ja, Sir. Und mehr. Ich habe folgendes vorgeschlagen: Für eintausend Pfund in Gold würden ihm unsere Schiffe Hilfe leisten; außerdem müsse er dafür sorgen, daß unsere Leute in Mexiko nach Hause kommen.«

»Euer Bruder befindet sich unter ihnen.«

»Ja.«

»Und Don Gerau hat angenommen?«

»Nicht direkt. Aber ich glaube, er wird annehmen.«

»Gut. Nun erzählt mir Wort für Wort, was gesagt wurde.«

Während Tavistock berichtete, lehnte sich Cecil zurück,

hörte ihm zu und überlegte. Dieser Mann Tavistock besitzt eine persönliche Ausstrahlung und hat einen raschen und klaren Verstand, genau wie Hawkins gesagt hatte und wie die Darstellung seines Gesprächs mit de Spes bewies. Hawkins hatte sich für Tavistocks Zuverlässigkeit verbürgt; er hatte seine Loyalität in den höchsten Tönen gelobt, ebenso sein politisches Verständnis. Und vor allem hatte Hawkins hervorgehoben, daß Tavistock aufgrund seines persönlichen Verlustes für diese Aufgabe besonders geeignet sei. Tavistocks Gefühle für seinen in Mexiko gestrandeten Bruder schwangen unverkennbar in seinen Worten mit. Außerdem hatte dieser Mann Vertrauen. Obwohl es völlig fehl am Platze war, verlieh dieses Vertrauen seinem Auftreten eine Aufrichtigkeit, die unmöglich gespielt sein konnte. Es würde nicht leicht sein, einen solchen Mann aufs Schafott zu schicken.

Mit Bedauern stellte Cecil fest, daß dieser Befehl wahrscheinlich unumgänglich war. Uns steht die große Prüfung bevor, ermahnte er sich. Jeder Narr kann sehen, wie der Puls der Stadt von Stunde zu Stunde rascher schlägt. Der Leviathan Krieg beginnt sich zu regen, und die Bevölkerung ist aufgeregt und verstört. Aus Slades Berichten geht hervor, daß in allen Teilen Englands Unruhe herrscht. Es ist gut möglich, daß Leicester plant, schon morgen gegen mich vorzugehen. Wenn er die Königin für sich gewinnt, werde ich stürzen. *Deshalb muß ich heute abend eine Entscheidung in dieser Hawkins-Sache treffen.*

Cecil knetete seine Hände und ließ die Fingerknöchel knacken. Wenn Philipp sich tatsächlich zur Invasion entschlossen hatte, wie Hawkins steif und fest behauptete, mußte ein Gegenschlag geführt werden. In diesem Fall könnte Tavistocks Wunsch, seinen Bruder zu befreien, dazu dienen, de Spes sehr wirkungsvoll in die Irre zu führen. Soviel ist klar. *Aber hat sich Philipp wirklich zur Invasion entschlossen?* Wenn nicht, bedeutete eine Unterstützung Hawkins' eine so ungeheure Herausforderung an Philipp, daß sie zu einem Krieg führen mußte. Ein Krieg nützte keinem. Beschwichtigungspolitik wäre sinnvoller.

Cecil spielte in Gedanken diese zweite Möglichkeit durch. Vielleicht sollte ich aufhören, gegen Leicester zu opponieren und mit jenen Frieden schließen, die versuchen, den Riß zwischen England und Spanien zu kitten. Dann wäre ich nicht länger das Ziel ihrer Angriffe. Vielleicht war es vernünftiger, jetzt mit der Doppelzüngigkeit Schluß zu machen, mit de Spes ins reine zu kommen und Hawkins und Tavistock in einer großen freundschaftlichen Geste gegenüber jenen anderen zu verhaften. Durch Walsinghams Einmischung war das zwar nicht mehr ganz einfach, aber immer noch möglich.

Zum tausendsten Mal an diesem Tag verfluchte Cecil dieses unselige Zusammentreffen der Ereignisse. Gerade, als die vielen Samenkörner, die er während seiner Amtszeit gepflanzt hatte, Frucht ansetzten, hatte sich eine verhängnisvolle Kombination aus Kräften und Umständen gebildet, die keinen Ausweg zuzulassen schien.

Die Arbeit, die er geleistet hatte, war immens und er war stolz darauf. Sein Plan, die Ausgaben zu kürzen und den Wert der Währung wiederherzustellen, erwies sich als stabile Grundlage für die nationale Wirtschaft. In jahrelangem Frieden war das Land gediehen. Seit einem Jahrzehnt bemühte er sich, Englands Verteidigungskraft zu stärken, Armee, Marine und Industrie aufzubauen. Ich habe ausländische Handwerker und Fabrikanten ins Land geholt, dachte er. Im vergangenen Jahr veranlaßte ich die Bildung der Königlichen Bergwerksgesellschaften. Ich holte deutsche Prospektoren ins Land, die heute bei uns nach Zink suchen, das für die Herstellung der Bronzekanonen gebraucht wird. Holländische und flämische Protestanten kommen seit Jahren mit ihren Kenntnissen über die Herstellung und das Färben von Textilien und hunderterlei anderen handwerklichen Fertigkeiten nach England. Italienische Glasmacher brachten uns ihre Gildengeheimnisse aus Venedig, die Hugenotten ihre Schiffsbaukunst, und Schweden, Dänen und sogar Polen aus dem fernen Baltikum importieren eine Vielzahl von Fertigkeiten und Künsten. Zehn Jahre Frieden, aufstrebende Wirtschaft und Stabilität haben England eine Blütezeit beschert. Was für eine tragische Verschwendung, sollte dies alles jetzt zusammenbrechen!

Cecil spielte mit seiner schweren Amtskette, während Tavistock seinen Bericht beendete. Er war noch nicht überzeugt von Hawkins' Plan. Natürlich war der Mann auf seinen eigenen Vorteil bedacht, andererseits ließ sich nicht leugnen, daß in dem, was er sagte, eine gute Portion Wahrheit lag. Dennoch: Zunehmend gespannte Beziehungen zwischen England und Spanien gefährdeten die Arbeit und die Errungenschaften von zehn Jahren, und das durfte nicht leichtfertig hingenommen werden, auch wenn es bedeutete, daß er zwei patriotisch gesonnene Männer aufs Schafott schicken mußte.

»Wir brauchen ein Land, das geeint ist, sicher und stark«, erklärte er ihnen offen. »Das ist ein Maßstab. Und ein Krieg mit Spanien kommt nicht in Betracht. Mein außenpolitischer Handlungsspielraum ist nur noch sehr gering. Albas Legionen scheinen in den Niederlanden zu siegen und die Katholiken in Frankreich haben wohl bald die Hugenotten endgültig unterworfen.«

»Und was dann?« fragte Hawkins beklommen.

»Dann kommt es zu einer französisch-spanischen Allianz gegen England. Das ist der einzig vernünftige Weg für unsere Feinde, eine Gelegenheit, uns zu vernichten, die sie nicht ignorieren können. Mister Walsingham hat bereits Briefe zwischen dem Kardinal de Guise und Philipp abgefangen. Angeblich wollen sie sich in zwei Monaten treffen, um unseren Untergang zu beschließen. Was kann ich tun? Sagt es mir. Wie rette ich England vor dem Zorn zweier katholischer Titanen?«

Hawkins antwortete tapfer und unbeirrt: »Ihr müßt ein Bündnis mit den protestantischen Ländern eingehen, mit Deutschland, Dänemark und Schweden. Ihr müßt die junge calvinistische Bewegung in Schottland unterstützen und damit den Franzosen die Hintertür nach England versperren, die Schottland seit Jahren gegen uns benützt haben. Ihr müßt die Papistenverschwörungen in Irland niederschlagen, wo die Spanier Stützpunkte gegen uns errichten wollen, und Ihr müßt den Hugenotten und Holländern zu Hilfe kommen, weil sie, solange sie noch leben, unsere Feinde schwächen und ablenken.«

»Aber die Zeit wird allmählich knapp.«

»Dann müßt Ihr beschließen, es jetzt zu tun.«

»Nicht alles, was Ihr empfehlt, hilft uns auch. Schweden ist zu weit entfernt, Dänemark ist schwach, und die deutschen sind uneins. Unsere einzige Hoffnung ist eine Allianz mit Frankreich gegen Spanien, und um dies zu erreichen, müßte sich die Königin zu einer Heirat mit einem Angehörigen des französischen Königshauses bereit erklären. Meine Versuche, eine solche Heirat zustande zu bringen, sind bislang gescheitert.«

Cecil ließ die ganze trostlose politische Landschaft vor seinem inneren Auge Revue passieren bei dem Versuch, einen Weg zu Hawkins' Rettung zu finden. Wenn Walsingham recht hatte, würden die französischen Bürgerkriege bald enden. Die Königinwitwe Katharina, das Oberhaupt des Hauses Valois, hatte den Ehrgeiz, jedem ihrer drei männlichen Nachkommen eine Krone zu besorgen. Die Versuche, Elisabeth mit Karl zu vermählen, waren zwar gescheitert, und sein Bruder, der König, hatte inzwischen geheiratet, aber der dritte war noch frei. Noch bestand die, wenn auch winzige, Möglichkeit einer Allianz mit Frankreich, wenn Elisabeth den neunzehnjährigen Herzog von Anjou heiratete. Wenn Walsingham recht hatte...

Cecil rief sich zur Ordnung und konzentrierte sich wieder auf das vorliegende Problem. Er beschloß, Hawkins den wichtigsten Aspekt dieses Labyrinths zu erklären.

»Zu hoffen, daß man vielleicht doch eine Antwort auf dieses Rätsel findet, wäre grundverkehrt, weil die größte Gefahr von innen droht«, sagte er heiser. Seine Worte klangen wie ein Geständnis. »Ich bin der Mittelpunkt eines Machtkampfes, einer Verschwörung, die das Ziel hat, mich zu stürzen. Lord Leicester hat schon immer gegen mich opponiert und dabei beim Duke of Norfolk, bei Lord Arundel und anderen Zweigen der alten Aristokratie Unterstützung gefunden. Besonders der katholische Adel im Norden, die Northumberlands und Westmorlands und ihre Verbündeten, verübeln der Königin, daß sie mir vertraut. Mein Einfluß ist ihnen ein Dorn im Auge. Neid und Ressentiment sind meine größten Feinde. Wenn es diese Leute schaffen, die Königin auf ihre Seite zu ziehen, kostet mich das den Kopf.«

»Also sitzen wir alle im selben Boot, Sir William«, ließ sich Tavistock plötzlich vernehmen. »Laßt uns um Gotteswillen zusammenhalten! Diejenigen, die mit Spanien Frieden schließen wollen, sind dieselben, die uns unter spanische Herrschaft brächten. Sie wären unser Untergang. Sollen wir uns wie die Lämmer in den Tod führen lassen?«

Cecil fing Tavistocks Worte wie einen Rettungsanker auf. »Mutig gesprochen, Kapitän. *Aber ich brauche einen Plan.*«

»Ich habe einen Plan.«

Hawkins wurde sichtlich unruhig. Er warf Tavistock einen warnenden Blick zu, der ihn jedoch ignorierte. Jetzt ergriff er seine Chance. »Der holländische Prinz Wilhelm von Oranien ist ein Landesherr von königlichem Geblüt. Er ist deshalb berechtigt, Schiffe zu bewaffnen. Er hat bereits für achtzehn Freibeuter Kaperbriefe ausgestellt. In einem Jahr könnte er achtzig Schiffe unter Waffen haben. Die Niederlande sind noch keineswegs verloren. Diese Männer, die von den Spaniern ›Bettler des Meeres‹ genannt werden, brauchen unseren Beistand. Wenn wir sie in den kentischen Häfen verproviantieren, können sie die Meerengen kontrollieren und wie ein eichener Wall zwischen England und Flandern stehen.«

»Ein weiterer Grund für die Spanier, uns zu hassen.«

»Gebt mir das Kommando über sechs Schiffe, Sir William, und wenn es mir durch de Spes gelingt, Alba zu einer übereilten Invasion zu verleiten, werde ich über seine Kähne herfallen und sie auf den Grund des Meeres schicken. Stellt Euch vor! Seine *tercios* verteidigungslos mitten im Kanal, und dann wendet sich seine Söldnereskorte mit hundert Geschützen gegen ihn. Ich würde den Spaniern einen Schlag verpassen, von dem sie sich nach zehn Jahren noch nicht erholt hätten!«

»Wenn es nur so einfach wäre, Kapitän.«

»Wer von uns ist im Innersten kein Pirat?« sagte Tavistock ruhig. Er nahm seinen ganzen Mut zusammen, denn sein Leben und die Zukunft Englands hingen davon ab, was er jetzt sagte. »Sir William, ich bin Engländer und ich weiß, wenn wir Engländer in der Welt Erfolg haben sollen, müssen wir etwas wagen, was sonst keiner wagt. Wir sind arm, und unser Land ist klein und schwach. Aber unser Volk hat den Mut der Götter. Gebt ihm Euer Vertrauen, und es wird Euch nicht enttäuschen.«

Ein Klopfen an der Tür enthob Cecil einer Antwort. Der Mann, der nun eintrat, war mittelgroß, korpulent, und sein Haupt schmückte das weiße, lockige Haar eines Sechzigjährigen. Sir Nicholas Bacon war ungeheuer reich und Cecils Verbündeter im Privy Council. Die beiden kannten sich seit ihrer Studienzeit in Cambridge. Bacon hatte von der Verteilung des kirchlichen Besitzes unter Heinrich VIII. gewaltig profitiert und die Stürme unter Marias Herrschaft trotz seines festen protestantischen Glaubens heil überstanden. Er besaß Ländereien in sechs Grafschaften und bekleidete nun das Amt des Großsiegelbewahrers. Es war Bacon, der Hawkins, als er seine Erklärung vor dem Kronrat abgab, verteidigte und der ihn beschützt hatte, indem er die Vertagung verlangte.

Er begrüßte Hawkins herzlich, nickte Tavistock freundlich zu und sank völlig außer Atem, mit gerötetem Gesicht und Schweißtropfen auf der Stirn, in einen Sessel.

»Schlechte Nachrichten. Ich habe Pembroke und Sussex ausgeholt. Sie gehen in der spanischen Frage mit Norfolk und Arundel. Sie treten für eine sofortige Herstellung der guten Beziehungen zu Philipp ein und...« – dabei richtete er seine vorquellenden Augen auf Hawkins – »für eine Schlinge um Euren Hals.«

Hawkins' bleiches Gesicht zeigte keinerlei Regung. An Cecil gewandt, fuhr Bacon fort. »Aber ich habe auch bessere Kunde. Die Königin erteilte heute nachmittag Lord Leicester auf äußerst schroffe Weise einen Tadel, weil er gegen Euch opponierte. Ich sage dir, mein lieber William, es war sensationell! Ihre Majestät, schrecklich aufgebracht und zornfunkelnd, stach mit dem Finger nach ihm und schickte ihn fort. Eine bemerkenswerte Vorstellung! Und ein ebensolches Wunder, sie miterleben zu dürfen!«

Cecil fühlte sich wie von einer Zentnerlast befreit. Er hatte sich große Sorgen gemacht, was geschehen würde, wenn Leicester sein Gift vor der Königin verspritzte. Er hatte befürchtet, Elisabeth könnte dem Einfluß ihres Günstlings erliegen. Ohne ihre ausdrückliche Protektion war er so gut wie tot. Aber sie hatte sein Ansehen und seine Position bestätigt, indem sie Leicesters Attacke von vornherein zurückwies.

Cecil wandte sich an Tavistock. Er brauchte Zeit, um diese neue Entwicklung zu überdenken. »Wir müssen uns noch einmal ausführlicher unterhalten. Bitte, Kapitän, macht mir die Freude und seid Gast in meinem Haus. Uns müßt Ihr entschuldigen, denn wir haben dringende Geschäfte zu besprechen.«

Tavistock erhob sich steif und verließ die Herren sichtlich enttäuscht. Als er gegangen war, berichtete Cecil seinem Freund von Hawkins' Plan und was sich an diesem Abend bei Don Gerau de Spes zugetragen hatte.

»Jetzt gilt es, rasch zu handeln!«

»Was werdet Ihr tun?« fragte Hawkins.

»Ich werde meinem Instinkt folgen – wie immer. Vielleicht habe ich doch noch Verwendung für Euren Kapitän.«

Beide Männer beobachteten Cecil, der zum Kamin hinüberging. Bacon war seit vielen Jahren sein engster Freund. Sie hatten gegenseitig bei ihren Kindern Pate gestanden und gemeinsam so manche Krise überlebt. Sie hatten gemeinsam geplant und ihr Vermögen vermehrt. Auch in diesem Meer von Sorgen und Problemen würden sie gemeinsam segeln.

Cecil bückte sich und hob ein paar dünne Äste auf. Er drehte sich um, hielt das Bündel hoch und bog es mit den Händen.

»Seht her. Zusammen kann ich sie nicht brechen. Das übersteigt meine Kräfte. Aber einzeln –« Er zog einen Zweig heraus und knickte ihn, dann einen zweiten und einen dritten. »Einzeln und nacheinander stehen sie mir zu Gebote, Nicholas. Immer einer zur Zeit.«

Als Tavistock in die große Halle zurückkehrte, sah er, daß die jüngeren Kinder zu Bett gegangen waren. Es wurde auch nicht mehr getanzt. Man hatte sich zu gemütlicheren abendlichen Unterhaltungen niedergelassen, zu Kartenspielen, Backgammon oder Liebesgeflüster. Bald war er selbst in eine Unterhaltung verwickelt und berichtete höflich von seinen Auslandsreisen, wenn er danach gefragt wurde.

Lady Mildred fand ihn schier ertrinkend in einer Schar junger Männer, die alle die Wahrheit über die Neue Welt erfahren wollten. Sie nahm ihn mit und examinierte ihn so geschickt, daß er mit Sicherheit annehmen konnte, ihr Urteil über ihn würde noch heute abend ihrem Gemahl vorliegen.

Sie schritten den langen Korridor entlang. Tavistock mußte erst eine Reihe umständlicher Vorstellungen über sich ergehen lassen, bis sie zu einer Gruppe von Zuschauern kamen; was sie so gespannt verfolgten, fesselte auch Tavistocks Aufmerksamkeit. Aus dem angrenzenden Raum hatte man alle Möbel entfernt und quer durch das Zimmer ein Netz gespannt. Zwei junge Männer in Hemdsärmeln schlugen ein mit Federn bestecktes Geschoß über das Netz mit Schlägern, die wie Butterpatscher aussahen. Nach den Vorgängen, an denen Tavistock noch eben teilgenommen hatte, erschien ihm diese Beschäftigung ziemlich albern und trivial.

»Mylord, der Earl of Oxford, Edward de Vere, und sein Gegenspieler Nicholas Breton.«

Tavistock erkannte in dem Earl den arroganten Burschen, der ihm schon bei seiner Ankunft aufgefallen war. Das ist also Edward de Vere, dachte er. Er erinnerte sich an die Gerüchte, die er von einem von Hawkins' Dienern aufgeschnappt hatte, daß dieser Earl of Oxford vor ein paar Jahren einen Diener aus Cecils Haushalt ermordet haben soll. Während er zusah, wie Oxford den gefiederten Ball mit peitschenden Hieben über das Netz schlug, hatte er das sichere Gefühl, daß sein erster Eindruck richtig gewesen war.

»Der Graf hat als Mündel meines Mannes bei uns gewohnt. Mein Mann hofft, daß er bald ein Mitglied unserer Familie sein wird durch die Heirat mit meiner ältesten Tochter. Er ist ein guter Spieler, nicht wahr?«

»Was ist der Zweck des Ganzen, Madam?«

»Wir vertreiben uns häufig die Zeit mit Spielen, Kapitän. Dieses Spiel kennt Ihr vielleicht noch nicht. Wir nennen es Federball.«

»Ich habe es noch nie gesehen. Auf einem Schiff wird man es auch kaum spielen können.«

Lady Mildred sah ihn von der Seite her an. »Wir spielen auch andere Spiele, solche, die mehr den Kopf als die Gliedmaßen beschäftigen.«

Mildred Cecils Augen wanderten zu ihrer Tochter und wieder zurück. »Spielt Ihr Schach, Kapitän?«

Tavistock seufzte. »Nicht sehr gut, Madam.«

»Wirklich? Dann sollt Ihr einen gleichwertigen Gegner bekommen, und gleichzeitig den besten, den unser Haus zu bieten hat – wenn Ihr Lust habt.«

»Es wäre mir eine Ehre«, log er höflich und war gleich darauf angenehm überrascht, als Anne Cecil auf ihn zukam und auf einem kleinen, schön geschnitzten Tisch ein Schachspiel aufstellte. Sie saßen ungestört in einer Ecke auf gepolsterten Stühlen, etwas abseits vom Lärm und Trubel des großen Raums. Während sie spielten, gingen Tavistock immer wieder Gedanken durch den Kopf, die nichts mit den Figuren auf dem Brett zu tun hatten. Hatte er seine Sache gut genug gemacht, damit de Spes auf Hawkins' Plan einging? Hatten seine offenen Worte bei Sir William den Plan gefährdet? Was könnten die Neuigkeiten bedeuten, die Bacon gebracht hatte?

Er versuchte, die Möglichkeit, daß Sir William sie verurteilen könnte, auszuschließen und überlegte die viel folgenschwerere Möglichkeit seines Erfolgs. Angenommen, die Spanier willigten ein, John und die übrigen Überlebenden auszuliefern, was dann? Würden sie sie nicht allesamt umbringen, wenn er de Spes im kritischen Moment verriet? Welche Qualen würden sie sich für einen Mann ausdenken, dessen Bruder ein gesamtes *tercio* vernichtet hatte?

Er hörte Anne sagen: »Ihr seid am Zug, Kapitän!«

Gedankenverloren nahm er seinen schwarzen Läufer und bewegte ihn auf ein Feld zu, doch als er Annes Stirnrunzeln bemerkte, nahm er sich zusammen und korrigierte den Fehler. Sie spielte gut. Zu gut. Er betrachtete ihre schlanken Finger, die mit einem Bauern spielten, den er verloren hatte. Er hatte sie anfangs für schüchtern gehalten, aber das war sie nicht. Sie hatte unbestreitbar etwas Verwegenes an sich. Ein paar Strähnen ihres braunen Haars hatten sich unter ihrer Haube gelöst und hingen neben ihrem Ohr herab. Während sie nachdachte, wickelte sie die Haarsträhnen um ihren Finger – eine Geste, die ihn mit einem plötzlichen Schmerz an Jane erinnerte. Arme tote Jane.

»Schach.«

»Das habe ich übersehen.«

»Eure Gedanken sind woanders, Kapitän.«

»Ja.«

»Wäre es Euch lieber, wenn wir nicht mehr spielten?«

»Nein, nein.« Er lehnte sich zurück und schaute sie an. »Sagt mir, wer hat Euch das Schachspiel gelehrt?«

»Mein Vater.« Sie erwiderte offen seinen Blick und freute sich, daß eine Unterhaltung in Gang kam. »Er kümmerte sich sehr sorgfältig um die Erziehung seiner Kinder. Und er ist wirklich eine nie versiegende Wissensquelle.«

»Mir ist aufgefallen, daß viele Jurastudenten hierherkommen, um zu trinken.«

Sie lächelte über seinen Scherz, und ihr Lächeln rührte ihn. »Und einige etwas über den Durst, fürchte ich. Aber mein Vater hat gern junge Menschen im Haus. Er sagt, dann fühle auch er sich wieder jung, obwohl er bereits fünfzig ist.«

»Nur wenige Männer haben ein erfüllteres Leben gelebt.«

Ihr Lächeln verschwand. »In letzter Zeit arbeitet mein Vater doppelt soviel wie sonst. Eine regierende Königin ist ein schwieriger Vorgesetzter. Ihre Majestät weigert sich zu heiraten, und das ärgert und belastet ihn. Die Königin kann sich zu nichts entschließen. Sie stützt sich auf ihn, wie er sich auf seinen Ebenholzstock stützt. Ich fürchte, daß noch mehr als seine Gesundheit darunter leiden wird.«

Tavistock wußte, daß Cecil vor einiger Zeit versucht hatte, die Königin zu einer Heirat mit Herzog Karl von Frankreich zu bewegen. Es wäre eine vorteilhafte Verbindung gewesen, aber vor zwei Jahren hatte die Königin alle Verhandlungen wegen irgendwelcher Nebensächlichkeiten abgebrochen.

»Hattet Ihr den Eindruck, der Franzose wäre eine gute Wahl gewesen?«

»Ich bin kaum die richtige Person, um dazu etwas zu sagen, Kapitän Tavistock. Die Thronfolge ist eine komplizierte Angelegenheit.«

Tavistock war sich der Risiken bewußt, die sich aus der Tatsache ergaben, daß die königliche Majestät eine Frau war. Seit dem Tod von Lady Catherine Grey vor einem Jahr und der Ankunft der schottischen Königin in England wurde über die Thronfolge diskutiert.

»Meint Ihr, die Königin sollte heiraten?«

Tavistock wählte seine Worte vorsichtig. Er hätte ihr gern getraut, war sich jedoch nicht sicher, ob er es wagen konnte. »Ich weiß es nicht. Was meint Ihr dazu?«

Für einen Augenblick wirkte sie verärgert, dann sagte sie: »Wenn Ihre Majestät einen Engländer zum Mann nimmt, zum Beispiel den Earl of Leicester, hebt sie einen ihrer Untertanen in eine überragende Stellung und macht ihn zum Brennpunkt der Eifersucht. Wenn sie denselben Fehler begeht wie ihre Halbschwester und einen Ausländer heiratet, bringt sie ihr Reich unter den Einfluß einer fremden Macht. Wenn sie überhaupt nicht heiratet, wird es keinen Tudorerben geben, und die Frage der Thronfolge bleibt ungelöst, solange sie lebt.«

Tavistock nickte, beeindruckt von ihrem Verständnis der politischen Realitäten, aber schließlich befand er sich in Sir William Cecils Haus und sprach mit seiner Tochter. Annes Vater hatte sie in die Grundlagen der Staatskunst eingeführt, und Tavistock kam der Gedanke, daß er von ihr viel erfahren könnte, was ihm vielleicht von Nutzen war. Er sagte: »Viele sind der Meinung, die Königin vernachlässige ihre Pflicht.«

»Glaubt Ihr das auch?« entgegnete sie bestürzt.

»Nein, aber es gibt viele, die sich zu Mary, der Königin von Schottland, hingezogen fühlen.«

Annes Gesicht verriet, wie besorgt sie war, und Tavistock wurde klar, was Sir William am meisten fürchtete. Wenn die schottische Königin genug Unterstützung fand, könnte sie Elisabeth stürzen, und England in den Schoß der katholischen Kirche zurückführen, ohne daß eine spanische Invasion notwendig würde.

Was gäbe ich darum, dachte Tavistock, wenn ich über die inneren Vorgänge am Hof im Bilde wäre. Verrat und Selbsterhaltungstrieb scheinen dort Hand in Hand zu gehen, und in jeder dunklen Ecke lauerte anscheinend eine Hinterlist. Im Mittelpunkt des Ganzen stand die Königin, eine Göttin, strahlend in königlichem Glanz und mit der Macht über Leben und Tod aller gewöhnlichen Sterblichen. Ja, dachte er plötzlich, sie ist der Schlüssel zu Reichtum und Ansehen in England – je höher, um so näher, und je näher, um so höher! Und niemand befand sich näher bei ihr als Sir William.

Er dankte Gott, daß ihn die Umstände in Cecils Haus geführt hatten. Es konnte für ihn keinen besseren Ort geben, um seine geplante Vergeltungsaktion gegen die Spanier zu lancieren, sobald Johns Rettung geschafft war. Zweitausend Pfund hatte er von de Spes verlangt, aber nur eintausend Pfund waren mit Hawkins vereinbart, und er hatte auch Cecil gegenüber nicht mehr erwähnt. Mit der Differenz ließ sich einiges erreichen. Aber solche Gedanken führten zu weit in die Zukunft. Er vergaß, daß er in zehn Tagen vielleicht schon auf dem Weg nach Tower Hill war, wo der Galgen auf ihn wartete. Es war noch nichts entschieden. Er mußte sich auf jede Möglichkeit einstellen. Er entsann sich, was Lady Mildred gesagt hatte und wußte, daß er von nun an sehr vorsichtig sein mußte.

Sie begannen ein neues Spiel. Tavistock nahm seiner Gegnerin zwei Figuren ab, sie nahm ihm eine. Als sie seine Königin aus dem Spiel nahm, fragte sie ihn unschuldig: »Seid Ihr verheiratet, Kapitän?«

»Ich war es. Meine Frau ist vor kurzem gestorben.«

»O, ich wollte nicht –«

Sie wandte den Blick von ihm ab und schwieg. Aber er begann plötzlich zu sprechen. Er hatte noch nicht vergessen, wie furchtbar er unter seinem Schmerz gelitten hatte, aber zum ersten Mal fühlte er das Bedürfnis, darüber zu reden.

»Es geschah, während ich in Westindien war. Ein Sturm und ein hinterhältiger Überfall der Spanier verzögerten unsere Heimkehr. Als ich an Land kam, erfuhr ich, daß meine Frau und mein Junge an den Blattern gestorben waren. Es braucht seine Zeit, bis man so etwas versteht. Warum hat Gott sie mir auf so grausame Weise genommen? Was haben sie verbrochen? Welche große Sünde konnte sie begangen haben? Und mein Junge war noch viel zu klein, um gesündigt zu haben. Immer wieder stellte ich mir diese Fragen.« Plötzlich schnürte sich ihm die Kehle zu, und er schluckte, um weitersprechen zu können. »Dann hörte ich auf zu fragen – um mir den Schmerz zu ersparen und vielleicht, um die Schuld zu vergessen.«

»Welche Schuld?«

»Ich konnte nicht bei ihr sein, als sie krank war und litt.«

Sie legte tröstend eine Hand auf seinen Ärmel. Er schaute sie an und es gelang ihm sogar zu lächeln. Im selben Moment erhob sich in der Halle grölendes Gelächter.

Tavistock blickte hoch und sah den völlig naß geschwitzten Earl of Oxford gierig aus einem schäumenden Bierkrug trinken. Er wischte sich die vollen Lippen ab. Das dunkle, lockige Haar klebte ihm feucht am Kopf. Dann fiel sein Blick auf Annes Hand.

»Wie ich sehe, habt Ihr eine passende Unterhaltung gefunden«, sagte er mit schwerer Zunge. Tavistock übersah er völlig.

Augenblicklich zog sich Anne wieder in ihr Schneckenhaus zurück; sie wirkte peinlich berührt, sogar ängstlich. Oxford packte sie am Handgelenk und drückte, bis sie ihm in die Augen sah. »Ihr sagtet, Ihr wärt zu müde, um zuzusehen, wie ich Nicholas Breton fertig mache. Warum stellt Ihr mir diesen – Schachspieler – nicht vor?«

»Edward, das ist Kapitän Tavistock«, sagte sie. »Er ist hier auf Wunsch meines Vaters.«

»Ah! Der Bootsmann! Sagt ihm, wer *ich* bin.«

Anne sah sich um, fand aber niemand, der ihr in dieser Situation hätte helfen können. Um Oxfords Zorn zu bändigen, kam sie rasch seinem Wunsch nach. »Kapitän, das ist Edward de Vere, der Earl of Oxford.«

Tavistock hörte die Warnung in ihrer Stimme.

»Der *siebzehnte* Graf«, lallte Oxford und richtete seine glasigen Augen auf den sitzenden Tavistock. »Wir sind eine sehr alte Familie. Ich bin der berühmteste Dichter Englands, der bedeutendste Dramatiker und der größte Liebhaber. Deshalb will ich, daß die Leute stehen, wenn sie mir vorgestellt werden. Genauer gesagt, ich verlange es.«

Tavistock nahm ihn mit einem Kopfnicken zur Kenntnis. Er verabscheute die rüde Einmischung und die dünkelhafte Angeberei des Grafen. Während er von Jane gesprochen hatte, war aller Zorn aus ihm gewichen.

»Aufstehen habe ich gesagt!«

Tavistock blieb auf dem niederen Stuhl sitzen. Mit unverhohlenem Ekel sah er zu, wie der Graf den Schachtisch umstieß, so daß die Figuren über den Boden kullerten und alle Anwesenden erschreckt zu ihnen hinsahen.

Ruhig Blut, ermahnte sich Tavistock, denn er wußte, wenn er jetzt aufstünde, würden Oxfords theatralische Mätzchen zu einer Schlägerei ausarten. Der Earl griff wieder nach Annes Handgelenk und befahl ihr grausam: »Sagt ihm, daß er aufstehen soll!«

Trotzig wandte sie sich von ihm ab, worauf Oxford seinen Griff verstärkte, bis sie vor Schmerz aufschrie.

Im selben Moment war Tavistock auf den Beinen. Mit zwei Schritten stand er vor Oxford und befreite Anne Cecils Arm aus seinem Griff.

»Seid vorsichtig! Ihr tut ihr weh.«

Oxfords Stimme schnappte fast über vor Wut. »Ihr *wagt* es, mich anzufassen?« Unvermittelt setzte er Tavistock mit der Faust einen Schlag an den Kopf, der ihn taumeln ließ. Als Tavistock spürte, daß ihm sein Angreifer zu Leibe rückte, stieß er ihn mühelos zurück.

»Richard!«

Es war Hawkins' strenge, aber irgendwie unnatürlich klingende Stimme. Neben ihm stand die große, schwarze Gestalt Cecils. Tavistock wich einen Schritt zurück. Ihm dröhnte der Kopf von dem heftigen Schlag. Jeder Nerv in ihm wollte Oxford in Stücke reißen, aber Hawkins zuliebe, und auch um seinetwillen, mußte er sich beherrschen.

Langsam sagte er: »Ich bitte um Verzeihung, Mylord.«

Die Musik hatte aufgehört zu spielen, so daß man seine Worte im ganzen Saal hörte. An die hundert Augen starrten ihn an. Oxfords rotes Gesicht war bleich geworden. Er preßte die Lippen zusammen und zitterte vor Angriffswut. »Erst kniet Ihr nieder und dann sagt Ihr es!«

Anne machte einen Schritt auf ihn zu und flehte: »Bitte, Edward.«

Oxfords Augen glitten zwischen ihr und Tavistock hin und

her. »Raus!« Er stieß sie zur Seite, und als Tavistock instinktiv auf ihn zuging, wich der Earl zurück und schnappte sich ein langes Tranchiermesser, das in einem Rinderbraten auf dem Tisch neben ihm steckte.

»Ihr geht auf die Knie, wie ich es gesagt habe!«

Oxfords Worte dröhnten bis unter die Dachbalken. Ihr schriller Ton zerrte an Tavistocks Nerven. Zurückhaltung, Selbstdisziplin – aber der Kerl war verrückt! Und er ging auf den Earl los wie auf einen meuternden Matrosen.

Oxford stieß mit dem Messer zu. Tavistock machte einen Schritt zur Seite und ließ Oxfords ausgestreckten Arm unter dem seinen durchgehen. Mit stählernem Griff packte er die Hand, die das Messer hielt, klemmte sich Oxfords Unterarm unter die Achsel und drehte sich so, daß sein volles Gewicht auf Oxfords Ellenbogen drückte. Oxfords Arm streckte sich ruckartig; er spreizte die Finger, und das Messer fiel klirrend auf den Boden.

Was als nächstes geschah, war überflüssig, aber Tavistock dachte, Oxford hätte es verdient. Nur wenige sahen, wie er mit einem scharfen Ruck das Knie hob. Englands größter Liebhaber klappte stöhnend vor Schmerz zusammen.

Plötzlich zerrten ein Dutzend Hände an Tavistock, und er wurde förmlich aus der Halle getragen.

Wutentbrannt nahm ihn Hawkins aus den Händen der Wache in Empfang und führte ihn laut fluchend zum Ausgang.

»Himmelherrgott noch mal, du bist der holzköpfigste Narr, den ich kenne. Kann ich mich keine fünf Minuten auf dein dämliches Temperament verlassen?«

»Auf *mein* Temperament? Gütiger Himmel! Mein Temperament ist nicht schuld!«

Hawkins baute sich vor ihm auf. »Schuld! Schuld! Du bist schuld, und das bei Gott!«

»Wenn dieses verzogene Balg auf meinem Schiff wäre, ich hätte –«

»Ruhe!« brüllte Hawkins, als wollte er einen Sturm übertönen. »Händel zu suchen mit einem Herrensöhnchen, der noch dazu Cecils Liebling ist! Bist du noch zu retten? Allein schon deswegen bist du schuld, egal, was er getan hat.«

Die Nachtluft strich über Tavistocks Gesicht und kühlte ihn ab. Er bückte sich, um den Degen aufzuheben, den man ihm nachgeworfen hatte, und als das schwere Tor krachend hinter ihnen zuschlug, wandte er sich bockig an Hawkins: »Wir können uns als Wölfe oder als Schafe hängen lassen.«

Hawkins schüttelte den Kopf. »Wir werden überhaupt nicht hängen – und das nicht dank dir. Sir William hat den Köder geschluckt. Bacon brachte die Nachricht von Walsingham, daß sich der französische Prinz mit dem Gedanken trägt, um Elisabeth zu werben. Du wirst deine verdammten Schiffe bekommen.«

# 9

John Tavistock lag im Stroh und blickte zu den Sonnenstrahlen hinauf, die durch die Ritzen des Scheunendachs sickerten. Die Fliegen summten um seinen Kopf, ließen sich auf dem blutigen Schorf in seinem Gesicht und auf seinen Armen nieder und trieben ihn fast zum Wahnsinn. Jeder Knochen tat ihm weh; eine Fliege verscheuchen, bedeutete Höllenqualen. Er steckte den Ring an, den John Chamberlain ihm gegeben hatte – den Ring seines Bruders mit dem sich erhebenden Phönix. Er paßte genau auf seinen Mittelfinger.

Den Nachmittag und Abend des ersten Tages hatte John Tavistock in zermürbender Unsicherheit verbracht. Er wartete auf den Augenblick, da man ihn mit seinen Sünden konfrontieren würde; statt dessen brachte man ihn in eine Küche, und eine völlig verängstigte Magd, der man erzählt hatte, daß er vom Teufel besessen sei, servierte ihm eine Riesenportion Geflügel.

Dieses Geflügelfleisch hatte wie Huhn geschmeckt; es war

nur etwas trockener. Der Soldat, der ihn bewachte, hatte ihm gesagt, es sei *gallopavo*, aber daß es Pfau sei, hatte er nicht geglaubt. Wahrscheinlich war es dasselbe amerikanische Geflügel, von dem sein Bruder so geschwärmt hatte: Truthahn. Er hatte sich die Finger geleckt und das weiße Fleisch gegessen, und die zwei Bluthunde, die neben ihm saßen, bekamen auch etwas ab.

Draußen, vor den Küchenhäusern, erstreckte sich das bebaute Land so weit das Auge reichte. Zitrushaine und bestellte Felder und Sklaven, die den harten Boden der Hochebene aufbrachen. Die Diener erzählten ihm, daß im Westen und Süden die großen Salzseen von Tezcuco und Chalco lägen, und daß die großen, bedrohlich rauchenden Vulkane am gezackten Horizont im Südosten Iztaccihuatl und Popocatépetl hießen und von den Azteken verehrt würden. Und Don Bernal, sagten sie, sei der Herr. Er war es, der Ordnung und Zivilisation gebracht hatte.

Das große Haus hatte im Licht der untergehenden Sonne eine Farbe wie vergilbtes Pergament; Schatten vertieften die Konturen der überwölbten Eingänge und Fenster. Die Frontseite zierten Weinlaubreliefs und Engelfiguren, und rings um den Innenhof, wo sich eine Fontäne in einen erbsengrünen Teich ergoß, war der Boden mit roten Ziegeln gepflastert.

Er sah Gonzalos Männer auf scheckigen Pferden daherreiten. Sie stiegen ab, tranken aus Lederschläuchen Wasser oder roten Wein und nahmen den Pferden das Zaumzeug ab. Mit ihnen war ein Trupp Indianer gekommen, Männer mit kupferfarbener Haut und finsteren Gesichtern – gute Fährtensucher und Führer, wie ihm die Stallknechte erzählt hatten.

»Als ich hierherkam, gab es nur wilde Indianer«, erzählte ihm Esteban, der Vorsteher der Dienerschaft. »Ihr König verehrte ein Pferdestandbild. Modell gestanden hatte ein Pferd, das die Truppen von Cortes, weil es lahmte, zurückgelassen hatten. Aber heute ziehen sie Orangen und leben in sauberen Hütten. Sie können das Vaterunser, das Ave Maria, das

Glaubensbekenntnis und die Zehn Gebote aufsagen und sind getaufte Kinder Gottes.«

Fasziniert hatte Tavistock die Indianer beobachtet, die sich in der äußersten Ecke des offenen Hofs unter der gefiederten Krone eines großen Baums versammelt hatten. Einige tranken *pulque* aus Flaschen, andere hielten sich die Nase zu und schluckten den Rauch aus einer Schildpattpfeife. In diesem Augenblick hatte Tavistock begriffen, daß er ein Fremder in einem fremden Land war, und daß er seine Heimat nie wiedersehen würde.

Ein Becher mit einem herben Rotwein wurde vor ihn hingestellt, aber er hatte den Wein nicht getrunken aus Angst, er könne bei der Gegenüberstellung, die kommen mußte, nicht klar genug denken. Er hatte nur einen Finger eingetaucht und Tropfen auf den Tisch fallen lassen – Tropfen so rot wie Blut. Die Pest wünsche ich dir an den Hals, Bernal de Escovedo, dachte er finster. Blut und Krankheit, Dürre und Hagel. Sollen deine Rinder sterben und die Heuschrecken deine Felder abfressen. Aber vor allem soll sich der Herr deinen Erstgeborenen schnappen und ihn zur Hölle schicken.

Die Schuld, die er wegen der Hinrichtung von Robert Howell und Jeremiah Walsh empfand, hatte seine gesamte Handlungsweise in Ciudad de México bestimmt. Er hatte Bedingungen ausgehandelt, hatte Versprechungen gemacht und Forderungen gestellt; er hatte Entgegenkommen für ordentliches Verhalten verlangt und eine unblutige Lösung des Problems, was mit dreißig verzweifelten, nur Kosten verursachenden Männern anzufangen sei, zu erreichen versucht. Er hatte gesehen, daß sich die Spanier in Mexiko nicht zu Dienstbotentätigkeiten herabließen, daß sie Kammerdiener brauchten, Leute, die bei Tisch servierten oder die sie auf ihren Auslandsreisen begleiteten. Waren nicht die geringsten, rauhbeinigen Engländer für solche Aufgaben immer noch besser geeignet als Indianer und Schwarze? Die minderen konnten die Arbeit der Sklaven in den Bergwerken beaufsichtigen. Er hatte sich bei Gonzalo als Bürge für sie verpflichten müssen. Erstaunlicherweise war Gonzalo von seinen Forderungen nach weiteren Bestrafungen abgegangen, aber er hatte Don Emilio gebeten, Tavistock unter seine persönliche Obhut nehmen und ihn auf dem Besitz seines Vaters in Chalco unterbringen zu dürfen.

Was hat der Bastard mit mir im Sinn? hatte er sich gefragt. Jetzt, nachdem meine Kameraden an Privatleute verkauft sind, wie will er sie da noch gegen mich ausspielen? Ich bin allein und muß mich nur vor Gott verantworten. Escovedo weiß, daß wir uns eher in der Hölle wiedersähen, als daß ich ihm ein Geheimnis anvertraute.

Er hatte sich vor dem, was ihn auf der *encomienda* erwartete, gefürchtet. Zwei Stunden vor Mitternacht wurde er mit gefesselten Händen vor den Herrn und seinen Sohn geführt, aber er hatte in Don Bernal de Escovedo einen aufrechten und frommen Ehrenmann erkannt. Trotzdem war das ungute Gefühl geblieben, daß Gonzalo ihn benutzte.

»Ihr werdet hier für Euren Lebensunterhalt arbeiten«, hatte ihm Don Bernal erklärt. »Wenn Ihr gute Arbeit leistet, werdet Ihr genug freie Zeit, genug zu essen und ein Dach über dem Kopf haben und, nach einer gewissen Zeit, Geld, um Euch etwas Eigenes zu kaufen – wenn nicht, werden Euch diese Dinge verweigert. Wenn Ihr mir Ärger macht – einen von meinen Leuten verletzt oder etwas auf meinem Besitz beschädigt –, werde ich Euch auspeitschen lassen wie jeden anderen auch. Habt Ihr das verstanden?«

»Ja.«

»Jetzt sagt mir, Engländer, von welcher Arbeit Ihr etwas versteht.«

»Mein Hauptberuf ist Kanonengießen, und wenn ich auf See bin, weiß ich, wie man damit auf spanische Schiffe schießt.«

Gonzalo war bleich geworden vor Zorn. Der Anschein, er habe Tavistock völlig in seiner Gewalt, war dahin. »Ihr habt unbewaffnete Handelsschiffe angegriffen!«

»Nein! Nur verräterische Kriegsschiffe, die das Geschäft

meines Generalkapitäns behinderten, aber die Stärke unserer Antwort nicht voraussahen.«

Don Bernal brummte etwas in seinen Bart und blieb völlig ungerührt. »Gut. Ich habe die geeignete Arbeit für Euch. Als erstes werdet Ihr den Bau einer Hütte leiten. Ihr werdet den Platz aussuchen und für ihre Anlage und Errichtung zuständig sein. Sie soll eine Kanonenschmiede werden mit den gleichen Einrichtungen wie die Eures Herrn in England. Fünf Männer stehen Euch zur Verfügung, ebenso Bauholz, Steine und alles, was Ihr aus meiner Schmiede benötigt. Ihr werdet Esteban täglich Bericht erstatten, der direkt an mich berichten wird. Alle drei Tage werde ich selbst Eure Fortschritte begutachten. Ist das klar?«

Tavistock hatte gerade vor sich hingestarrt und Don Bernal genau zugehört. Ist das wirklich so schlimm? hatte eine innere Stimme gefragt. Sie hätten dich anstelle von Howell und Walsh töten können. Sie könnten dich immer noch umbringen und das auf ebenso grausame Weise wie es die Azteken taten. Pedro Gomara hatte ihm einiges darüber erzählt. Was sprach dagegen? Er sollte eine Hütte bauen und das für einen Mann, den er respektieren konnte.

Aber seinen Sohn kannst du nicht respektieren, hatte die härtere Seite in ihm geantwortet. Ich traue Gonzalo nicht. Und diese Befehle stammten von ihm oder, genauer gesagt, von Don Emilio. Er verlangt praktisch, daß ich mein eigenes Grab grabe und die Gräber für meine Kameraden. Und was er will, ist nicht nur eine Hütte, sondern eine Kanonengießerei! Lieber Herr Jesus, wo bleibt mein Stolz?

Daraufhin meldete sich wieder die andere Stimme. Was ist schon dabei? Bau ihnen eine Gießerei. Ohne das Geheimnis des englischen Kanonenmetalls zu kennen, können sie keine Kanonen gießen. Verschwende ihre Zeit! Verschwende ihr Geld! Täusche sie! Dann werden sie als Narren dastehen!

Er hatte in Don Bernals offenes, erwartungsvolles Gesicht geblickt und den Kopf geschüttelt.

Gonzalos Züge verhärteten sich. »Was ist los? Versteht Ihr die Anweisungen meines Vaters nicht?«

»Ich verstehe sie, aber ich lehne sie ab. Ihr seid ein gewissenloser Bastard, Euer Vater ist der Gefoppte, und der Vizekönig ist ein Werkzeug des Satans, und ich pisse auf Euch alle!«

Don Bernal war aufgesprungen. Angesichts dieser unerträglichen Beleidigung hatte er eines der zwei langen Messer, die an seinem Gürtel hingen, gezogen und richtete es bebend vor Wut auf Tavistocks Herz. »Ihr wagt es, so mit mir zu sprechen? In meinem eigenen Haus?«

Tavistock blickte wie gebannt auf den Dolch, erfüllt von dem befriedigenden Gefühl, Widerstand geleistet zu haben, froh, daß sein Schicksal besiegelt war, und trotzdem litt er Todesangst, während er auf den Schmerz wartete.

»So tötet mich doch! Und wenn Ihr Euch nicht traut, befehlt es Euren Sklaven!«

Don Bernal vollführte einen kräftigen Hieb mit dem Dolch und durchschnitt die Fesseln zwischen Tavistocks Handgelenken. Dann zerrten sie ihn auf den Hof und schlugen ihn mit hölzernen *porras*. Von allen Seiten hatte es Schläge gehagelt und besonders auf die Stellen seines Körpers, wo die Knochen dicht unter der Haut lagen.

»Das ist für die Ehre meines Sohnes! Und das ist für meine Ehre! Und das ist für die Seiner Exzellenz! Ich habe dich gewarnt, Engländer! Aber du wolltest ja nicht hören.«

Er war blutüberströmt und grün und blau geschlagen, aber sie prügelten weiter, sorgfältig und diszipliniert.

»Das ist für deinen Trotz! Das ist für deine Weigerung! Und das ist für die Beleidigungen! Ich habe dieses Land gebändigt, und dich werde ich auch noch bändigen!«

Gonzalo hielt seinen Vater zurück. »Laßt ihn.«

Schließlich war Don Bernal die Luft ausgegangen, und Tavistock hatte sich, eine Ohnmacht vortäuschend, fallen lassen. Er hatte gehört, wie Gonzalo sagte: »Bringt ihn nicht um. Don Emilio will ihn lebend.«

»Kein Mensch redet so mit mir!«

Don Bernal versuchte, sich von Gonzalo loszumachen. »Nein, Vater! Wenn Ihr ihn umbringt, verwirkt Ihr Euer eigenes Leben. Das ist der Kerl nicht wert.«

Don Bernals *porra* fiel zu Boden. »Was meinst du damit?«

»Don Emilios Befehle. Wir müssen ihn mit allen Mitteln überreden. *Mit allen Mitteln.* Wenn er nicht mitmacht, werdet Ihr alles verlieren.«

Sie waren ins Haus gegangen, und die Indianer hatten ihn an den Füßen gepackt und in die Scheune geschleift.

Zwei Stunden nach Sonnenaufgang erwachte Tavistock. Er richtete sich auf und tastete seinen Körper nach Knochenbrüchen ab. Dann drehte er sich stöhnend auf die andere Seite und dachte an die Ereignisse der vergangenen Nacht. Er lag eingebettet in weichem Stroh, als wäre er ein zerbrechlicher Krug, und genoß das unvorstellbare Glück einer kleinen Schmerzerleichterung.

Jetzt habe ich dich, Don Gott der Allmächtige, dachte er vergnügt. Du bist genauso in meiner Hand wie ich in deiner. Und unser Respekt beruht jetzt auf Gegenseitigkeit.

Ein Schatten fiel auf ihn und nahm der Morgensonne ihre Helligkeit. Verschwommen erkannte er die Silhouette einer Frau, die einen Wassereimer trug. Sie zögerte einen Augenblick, bevor sie nähertrat.

»Ihr?«

Es war Maria.

»Ihr seht furchtbar aus«, sagte sie unsicher und setzte ihren Eimer ab. »Laßt mich Euer Gesicht sehen.«

Er hob das Kinn, und sie kniete nieder und wusch ihm Hals und Schulter mit einem Schwamm. Dann löste sie die Stricke, die noch um seine Handgelenke geschlungen waren. Das kühle Wasser belebte ihn und linderte die brennenden Wundschmerzen, trotzdem zuckte er bei der Berührung zusammen.

»Haltet still.«

»Aber warum Ihr?« fragte er, erstaunt, daß sie, die Tochter des Hausherrn, gekommen war, um nach ihm zu sehen.

»Ich habe gesagt, Ihr sollt stillhalten.« Ihre Stimme war hart wie Obsidian. »Mein Vater bat mich, nach Euch zu sehen. Ich habe seine Bitte nicht abgeschlagen, denn er ist ein guter Mensch und verdient Gehorsam.«

»Hat er Euch geschickt? Oder war es Euer Bruder?«

Sie überhörte seine Frage und fuhr fort, das getrocknete Blut von seinen Armen und seiner Brust zu waschen. Als sie damit fertig war, trocknete sie sich die Hände; dann schaute sie ihn an und sagte mit plötzlicher Anteilnahme: »Bitte, John Tavistock, zu Eurem eigenen Besten, vergeßt Euer altes Leben und tut, was Gonzalo möchte.«

Ihre dunklen Augen glänzten, und er sah, wie schön sie war. »Ihr verlangt von mir, daß ich mein Land verrate.«

»Das braucht Ihr doch gar nicht. Bitte – um meines Vaters willen und um Euretwillen, erklärt Euch einverstanden.«

Er richtete sich auf. Er wußte, er mußte dieser Verführung widerstehen. Es ist nur ein neuer Trick, sagte er sich, obwohl er ihre sanften Worte genoß. Sie meint nicht, was sie sagt. Sie wurde geschickt, um mich herumzukriegen. Trotzdem scheint sie sich Sorgen zu machen. Wie kann ich ihr widerstehen, ohne sie zu verletzen?

»Könntet Ihr das nicht tun? Für mich?«

»Ich könnte schon. Aber es wäre für den Vizekönig und nicht für Euch.«

»Bitte. Ich habe die Hinrichtungen in Ciudad de México gesehen. Ich will nicht, daß sie auch Euch holen.«

Er nahm seine ganze Kraft zusammen und sagte mit beißendem Spott, der sie mit Absicht – und dann doch gegen seinen Willen – vertreiben sollte: »Ich habe gehört, die Spanier hätten ein besonderes Talent, Menschen zu überreden. Aber ich dachte, es bezöge sich nur auf glühende Eisen und *porras*.«

»Was meint Ihr damit?«

»Das wißt Ihr genau, Lady.«

Sie erhob sich, und er stand ebenfalls auf. Sie holte aus, als wollte sie ihn schlagen. »Macht Eure Augen auf und seht, was Ihr anrichtet! Ich wünschte, Ihr wärt nie hierhergekommen. Ich wünschte, ich hätte Euch nie gesehen, *Inglés*! Ich hasse Euch!«

»Auf diese Weise überredet Ihr mich nicht«, sagte er ruhig und ohne jeden Spott in der Stimme. Er kannte ein sicheres Mittel, um sie loszuwerden.

Es entstand eine Pause, bevor sie fragte: »Und wie laßt Ihr Euch überreden?«

»So.« Er nahm sie in die Arme, hob sie hoch und küße sie voll auf den Mund.

Für einen Augenblick wirkte sie wie gelähmt. Er ließ sie los und blickte ihr in die Augen, ungewiß, was er darin sehen würde. Dann schlug sie ihm mit aller Kraft ins Gesicht.

»Füchsin!«

Ein scharfer Schmerz zuckte durch seinen Kiefer, und nun küßte er sie noch einmal, aber diesmal ungestüm, so daß sie sich vergeblich gegen seine Kraft wehrte. Der Wassereimer kippte um. Dann öffnete er die Arme und ließ sie einfach fallen. Er stand da und tat, als wischte er sich den Staub von den Händen. Die Stelle im Gesicht, wo ihn der Schlag getroffen hatte, tat höllisch weh. Einen Moment lang konnte er nichts mehr sehen. Sie hatte erbittert zugeschlagen, aber er wollte sich nichts anmerken lassen.

Glühend vor Erregung sah sie ihn an. »Ihr seid ein Dummkopf! Ein lächerlicher, eingebildeter Kerl! Und wie alle Männer müßt Ihr immer recht haben. Ihr seid zu eitel, um irgend etwas zu begreifen. Ihr seht nur Eure eigene Wichtigkeit, für alles andere seid Ihr blind!«

Er ließ sich langsam auf den Boden nieder und hielt sich die Hand vor den Mund, als wollte er einen Kirschkern ausspukken. Als er die Hand wegnahm, lag ein elfenbeinweißer Zahn darin. Vorsichtig untersuchte er mit der Zungenspitze die Stelle, wo der Zahn herausgebrochen war.

Ihr Zorn war wie weggeblasen. Ein Zahn! Sie hatte ihm

einen Zahn ausgeschlagen. Oh, Muttergottes, ein Zahn war unersetzlich. Sie hatte ihm einen nicht wiedergutzumachenden Schaden zugefügt.

Es war ein Backenzahn.

»Laßt sehen«, sagte sie kurz angebunden trotz ihrer Sorge. Er faltete die Hände im Nacken und bog folgsam den Kopf nach hinten. Sie kniete sich neben ihn, legte eine Hand leicht auf seine Stirn, und mit dem kleinen Finger der anderen Hand weitete sie seinen Mund, um besser hineinschauen zu können.

Aus dem dunklen, matschigen Loch, wo der Zahn gesessen hatte, quoll Blut, aber der Zahn war sauber herausgebrochen. Ohne die Miene zu verziehen, setzte sie sich zurück auf die Fersen und sagte: »Alles in Ordnung.«

»Gut«, sagte er und reichte ihr den Zahn. Dann wandte er sich taktvoll ab und spuckte aus. Sie betrachtete schuldbewußt den Zahn, einen gesunden weißen Zahn.

»Es tut mir leid«, sagte sie. »Ich wollte Euch bestimmt keinen Schaden zufügen.«

»Ich bin nicht beschädigt.«

»Nein? Und Ihr habt keine Schmerzen?«

»Nein.«

»Ich werde Euch heißes Wasser und Salz bringen. Wenn Ihr damit gurgelt, wird die Wunde rasch heilen.«

Er zuckte die Achseln. Das war keine deiner typisch englischen Gesten, dachte sie. Das war echte südländische Sorglosigkeit. Du lernst schnell. Dein Spanisch ist zehnmal besser als damals, als du mich in Pedro Gomaras Stall erschrecktest. Du bist schon fast wie einer von uns.

Eine innere Stimme zerrte an ihr. Es war die Stimme ihrer Mutter oder vielleicht die einer der Schwestern der hl. Theresia von Avila, wo sie vor der Grausamkeit Don Carlos' Zuflucht gesucht hatte. Vergiß nicht, sagte die Stimme, daß dieser Mann, der dir trotz seiner Schrammen und Blutergüsse gefällt und der klüger ist, als du dachtest, trotz allem ein gottloser Engländer ist.

Es war schwer zu glauben, daß dieser Mann keine Seele haben sollte, dachte sie, als sie ihn dasitzen sah wie ein Kind, das über ein zerbrochenes Spielzeug trauerte. Er wirkte wie andere Männer, nur tiefsinniger und leidenschaftlicher –

Ärgerlich riß sie sich aus ihren Gedanken und wiederholte, äußerlich ruhig, ihre Bitte: »Wollt Ihr Don Emilio nicht ein klein wenig entgegenkommen?«

Er wurde sofort wieder abweisend. »Ich muß meine Pflicht gegenüber meinen Landsleuten erfüllen.«

Sie seufzte gereizt. »Pflicht! Die Männer, die sich auf den *estancias* niedergelassen haben, sind jetzt auch Eure Landsleute. Schuldet Ihr nicht auch ihnen etwas?«

»Ihnen schulde ich weniger als sonst jemand. Was ihnen gebührt, habe ich bereits bezahlt. Morgen wird es genau ein halbes Jahr her sein, daß Don Emilio das Feuer auf uns eröffnete. Dieses halbe Jahr ist meine Gabe an sie. Mehr können sie nicht erwarten.«

»Nur ein kleines Zugeständnis ist alles, worum mein Vater bittet. Das ist doch nichts Unmögliches.«

Er sah ihr Gesicht und den flehenden Ausdruck darin. Sein Blick wanderte weiter, und er sah den See in der Sonne glänzen und die ordentlich angelegten Äcker mit der roten Erde und die fernen versengten Hänge der *volcanos*, und er hatte plötzlich das Gefühl, als sei England hunderttausend Meilen weit entfernt.

»Niemals«, flüsterte er auf englisch, aber als er es aussprach, wußte er, daß es für ihn und für seine Kameraden kein Entkommen aus Mexiko gab, weder heute noch irgendwann, und daß sie recht hatte – der Tag war gekommen, an dem er Kompromisse machen mußte.

# 10

Es dunkelte bereits, als Tavistock das schwer bewaffnete Schiff verließ, das bei Deptford im Fluß vor Anker lag. Die Frühlingsluft über den Salzmarschen war lau; eine westliche Brise kräuselte das Wasser und wiegte das Schilf an den Flußufern. Unwillkürlich erinnerte ihn die Gegend an den weiten Himmel Westindiens. Fast neun Monate waren vergangen, seit sein Bruder ihm das Leben gerettet hatte.

Nun dauerte es nicht mehr lange, dachte er. Wenn alles gut ging, würde er morgen die zweitausend Pfund von de Spes bekommen. Mit den tausend Pfund, die er aus dem Gewinn, den die *Minion* nach Haus gebracht hatte, ausbezahlt bekommen hatte, und den fünfhundert von Drake besaßen sie genug für ihre geplante Expedition. Endlich würde er Hawkins' gebieterische Hand abschütteln und die Sache zu Ende führen können, für die sich Hawkins mit seinem Wort verbürgt hatte. Mit Francis Drake an meiner Seite werde ich eine Chance haben, die ausgesetzten Seeleute und meinen Bruder frei zu bekommen, dachte er – wenn sie noch leben.

Während er mit dem Leichter ans Ufer ruderte, kam er zu dem Schluß, daß er dem Mann, mit dem er eben gesprochen hatte und dessen Unterschrift auf dem Papier stand, das er bei sich trug, vertrauen konnte.

Die *Zeeland*, deren Eigner und Kapitän Jan de Groote war, würde mit der nächsten Flut auslaufen und auf die Suche nach spanischen Naos gehen. Die Naos waren leichte, von den Portugiesen entwickelte Handelsschiffe, mit denen einst Vasco da Gama gefahren war. De Groote nannte sie ›Wachteln‹ und jagte sie mit der wilden Begeisterung eines Moor- und Heidejägers. Nur diesmal würde er keine aufstöbern, keine verfolgen und keine versenken – denn so war es geplant.

De Groote war ein fanatischer Calvinist. Er kam aus Sluys, und seit den Massakern von 1566 hegte er gegen die Spanier einen unversöhnlichen Haß; letzteres traf auch auf seine

Mannschaft zu. Er war wie viele andere, die ähnlich dachten, an die englische Küste geflüchtet, um von dort aus die Schiff-fahrt zu bedrohen und die am Rande der Existenz lebenden Rebellengruppen zu versorgen, die sich in dem vom Wasser vollgesogenen Norden Hollands geschickt den bewaffneten Bataillonen der Unterdrücker entzogen. Argumente, die et-was mit Geld zu tun hatten, waren für de Groote zweitran-gig, wenn Blut im Spiel war. Es hatte einiger Überzeugungs-kraft bedurft, um de Groote klarzumachen, daß den Spaniern für ein bißchen Vertrauen und eine Portion Geduld ein schwerer Schlag versetzt werden konnte. Aber schließlich hatte der Flame eingewilligt.

Tavistock ging durch das Gewirr von Hütten und Schup-pen von Deptfords Skaw und dachte an die drei heimlichen Begegnungen mit Anne Cecil. Bei ihrem ersten Stelldichein hatte sie ihm von den wachsenden Zweifeln ihres Vaters er-zählt, der sich fragte, ob es klug war, sich Spanien zum Feind zu machen; beim zweiten hatten sie über die immer deutli-chere Opposition des Earl of Leicester gesprochen, und beim dritten hatte sie atemlos vor Angst berichtet, was ihr Vater über den Plan des Duke of Norfolk wußte, der Maria von Schottland heiraten und Elisabeth stürzen wollte.

Diese Information war unbezahlbar. Sie hatte ihn auf eine Idee gebracht, die, wenn er sie ausführte, wohl an Piraterie grenzte, mit der er jedoch Sir Williams Zweifel zerstreuen und bei de Spes jeden Verdacht ausräumen konnte.

Er hatte seinen schönen Anzug gegen einen schäbigen Mantel, einen runden Hut und seine alten, vom Salzwasser hart und brüchig gewordenen Stiefel vertauscht, die er zu-letzt auf der *Minion* getragen hatte. Normalerweise wetteifer-ten Deptfords Bordelle lautstark um Kunden, sobald die Nacht hereingebrochen war. Und wenn wie jetzt ein ganzer Mastenwald auf dem Fluß schaukelte, hätten sich die Män-ner durch die engen Gassen geschoben, um ihre Heuer oder ihren Gewinn für ein rasches Vergnügen auszugeben. Das auf dem Kontinent verdiente Geld saß locker in den Taschen;

es rann den Männern wie Quecksilber durch die Finger und landete immer in der Gosse, bei Zuhältern, Dieben, Schwindlern und Betrügern. Heute abend jedoch, obwohl an die hundert Skipper im Hafen festgemacht hatten, waren die Straßen verlassen, und an Geld, ehrliches oder ergaunertes, war schwer heranzukommen. Tavistock lächelte. Genau darauf hatte er gehofft.

Die Blockade von Antwerpen hatte den Handel wieder einmal fast zum Erliegen gebracht, und solange die Merchant Adventurers nicht zu den deutschen Häfen aufbrachen, saßen in den Schenken nur Männer, die sich ihre Gewinne von spanischen Schiffen gestohlen hatten. Seeleute, die keine Arbeit hatten, mußten warten, bis die Merchant Adventurers einen Konvoi zusammenstellten. Dann würden die Tuche in den großen Lagern verpackt und auf die Schiffe verladen werden, und Englands Handel käme wieder in Gang. Jetzt aber lag der Handel brach, und Männer, die keine Arbeit hatten, wurden schnell arm. Und genau solche Männer wollte Tavistock hier finden.

Als ersten Anlaufhafen wählte er den *Surrey Cock*.

In der Gaststube, die wie das Innere eines alten Schiffs gebaut und eingerichtet war, mußte er sich unter den tief herabhängenden Balken bücken. Hier saßen meistens Leute, die sich nach einer Reise sehnten, und er entdeckte auch gleich etliche Männer aus seiner alten Crew: die stämmige Figur von Browne und den jungen Momfrey, der sein Gesicht im Busen einer Dirne vergraben hatte. Und in der Ecke saß Ingram, bleich, mit Furunkeln am Mund und mißtrauischem Blick.

»Kapitän!«

Es war Bowen. Trotz der warmen Jahreszeit trug er wollenes Zeug, und sein Filzwams war wie im Winter bis obenhin zugeschnürt. »Schön, Euch wiederzusehen, Bootsmann.«

»Ja, wahrhaftig.« Freudige Überraschung spiegelte sich in Bowens Gesicht – und Hoffnung. Er senkte die Stimme. »Ihr seid in Deptford, Sir. Habt Ihr Arbeit?«

Tavistock schwieg.

»Ich bin mehr als bereit, Sir, wenn Ihr einen ganzen Kerl und einen einigermaßen tüchtigen Seemann braucht.«

»Macht Euch nicht schlechter als Ihr seid, Bowen. Ihr habt auf jedem Schiff, das ich führe, als Bootsmann Euren Platz.«

»Danke, Sir.« Bowens Hoffnung sank, aber er fragte trotzdem. »Habt Ihr ein Schiff, Sir? Und eine Fracht?«

»Weder noch.«

Bowens Augen verloren ihren Glanz, und sie verengten sich zu Schlitzen, als Tavistock von Hawkins und London erzählte und daß er und Francis Drake planten, wieder nach Westindien zu fahren. Er erwähnte mit keinem Wort de Groote oder irgendwelche Abmachungen mit dem spanischen Botschafter.

»Nehmt mich mit, Kapitän«, flüsterte Bowen flehentlich. »Ich schlage mich lieber mit den Spaniern herum als daß ich hier herumlungere.«

»Freut mich, das zu hören. Ihr habt die Stelle. Aber vorher müßt Ihr noch etwas für mich tun.«

»Was Ihr wollt, Sir!«

»Es wird Euch nicht gefallen.«

Bowen runzelte die Stirn, als ihm eine Rolle Goldmünzen in die Hand gedrückt wurde. »Was soll das?«

»Ich möchte, daß Ihr heimlich verbreitet, daß Jan de Groote und ich vorhaben, die Flotte der Merchant Adventurers zu überfallen; daß wir einen Pakt mit Alba haben, und daß das Geld des Herzogs von Norfolk dahintersteckt.«

Bowen war sprachlos vor Entsetzen.

»Wollt Ihr das tun, Bowen?«

»Aber, Sir – wollt Ihr Euren guten Namen so in den Dreck ziehen?«

»Gebt Ihr mir Euer Wort?«

»Aber die Jungs hier wollen auf der Flotte anheuern. Sie werden nicht gut auf Leute zu sprechen sein, die ihnen die Tour vermasseln.«

Die Sommerreise des Hofs hatte die Königin nach Guildford geführt. Alles war aufs beste für ihr Kommen vorbereitet. Trotz des regenarmen Augusts leuchteten die Rasenflächen des Herrschaftshauses in frischem Grün – ein Heer von Wasserträgern hatte für die Bewässerung von Park und Gärten gesorgt – und hier im Park, vor einem blauweiß gestreiften Zelt, neben dem Tische und Stühle aufgestellt waren, fochten die Grafen Oxford und Leicester elegant auf dem Rasen.

Sir William Cecil und Anne gingen auf die Fechter zu. Tavistock folgte ihnen. Irgendwo in der Ferne hörte er eine Lerche trillern, dann drang die nasale Stimme Cecils an sein Ohr. Die sommerliche Idylle war dahin.

»Mylord of Leicester, ich muß Euch in einer wichtigen Angelegenheit sprechen.«

Mit gespannter Wachsamkeit umkreiste Leicester seinen Gegner. »Kann das nicht warten, Mister Secretary?«

»Nein, Mylord.«

Tavistock bemerkte, daß Leicester durch Cecils Leichenblässe seine in Düsterkeit gehüllte, sich schwer auf einen Stock stützende Gestalt abgelenkt war. Die Sonne blinkte auf Leicesters Klinge, als er einen Ausfall machte, aber Oxford, der Tavistock und Anne an seiner Seite entdeckte, parierte hart und stieß so heftig zu, daß Leicester das Gleichgewicht verlor und auf dem Hosenboden landete.

Der Ausgang des Gefechts wurde von den Umstehenden diskret und nur halblaut kommentiert, während aus einer Gruppe von Oxford-Anhängern höhnisches Gelächter erscholl.

»Verdammt, Edward, der Teufel soll euch holen!« sagte Leicester und zupfte an seinem bestickten Ärmel.

»Ihr seid zu langsam. Ich hätte Euch den Bart zweimal scheren können.«

Tavistock erkannte, daß das eitle Gefecht zwischen Oxford und Leicester für letzteren gefährlich werden konnte. Obwohl sie nur einen Übungskampf fochten, würde Oxford, seit er Anne Cecil unter den Zuschauern wußte, kein Pardon

mehr kennen. Leicester würde seine ganze Kraft zusammen-
nehmen müssen, um sein Ansehen zu wahren. Als er aufstand, hatte er sich aber bereits wieder so gefaßt, daß er Oxford als guten Sparringspartner loben konnte. »Ich fürchte,
ich bin von der gestrigen Jagd noch etwas steif.«

Oxford schenkte sich eine Antwort. Statt dessen wandte er
sich mit einem halben Lächeln und Tavistock bewußt ignorie-
rend an Cecil. »Und wie geht es *Eurem* Rücken, Onkel? Immer noch gebeugt unter der vielen Kopfarbeit, nehme ich an.
Aber gewiß hat das Alter auch seine Freuden, nicht wahr,
Onkel?«

Leicester warf ihm bei dieser Anspielung auf seine Man-
neskraft einen wütenden Blick zu und sagte bissig: »Ich
hoffe, Euer Ellbogen ist gut verheilt.« Und etwas leiser ergänzte er: »Desgleichen Eure Eier.«

Tavistock hatte gehört, daß Oxfords Erscheinen bei Hofe
mit dem Arm in einer Schlinge Anlaß zu viel Gespött gegeben
hatte, vor allem, weil er behauptet hatte, er sei bei der Jagd
gestürzt. Aber zum Entzücken einiger, nicht zuletzt von Lord
Leicester, der ihn gründlich verabscheute, war ihm die Geschichte von der Keilerei mit dem Seemann vorausgeeilt.

Tavistock rührte sich nicht. Im Schatten zu stehen und zuzusehen, war ihm im Augenblick Unterhaltung genug. Was
ihn störte, war das vertrauliche ›Onkel‹, mit dem Oxford Sir
William angeredet hatte. War dieser Barbar etwa für Anne
ausersehen? Sie empfand doch nur Verachtung für ihn. Hielt
sich Oxford vielleicht schon für Sir Williams Schwiegersohn?
Wenn es stimmte, was Hawkins ihm erzählt hatte, bestand
kein Zweifel über Sir Williams Absichten.

Hawkins sagte, Cecil habe viel Zeit und Mühe aufgewendet, um einen Nachweis für seine aristokratische Herkunft
beizubringen. Aber nirgends fand sich auch nur die geringste
Spur. Er hatte an Doctor Dee ein Vermögen bezahlt, der aber
auch nicht mehr beweisen konnte, als daß Cecil ein Nach-
fahre König Arthurs war. Trotz seiner hohen Stellung war
Cecil ein Bürgerlicher. Er hatte keinerlei Verbindung zum

Adel, und so hatte er das Nächstbeste getan und Edward de Vere als Schüler und Mündel unter seine Fittiche genommen. In Cecils Haus hatten sich Oxfords Lehrer zweifellos bemüht, ihm mehr als Griechisch und Latein beizubringen, aber Oxford hatte sich lediglich zu einem undankbaren Ungeheuer gemausert.

Du bist zwar von hoher Geburt, dachte Tavistock, während er zusah, wie sich Oxford in Positur stellte, du hast ein verblüffendes Auftreten, bist immer auf der Höhe der Mode, aber du bist verzogen und undiszipliniert. Du bist hübsch vom Scheitel bis zur Sohle, und die Hofdamen fallen bei deinem Anblick in Ohnmacht, aber du bist auch ein selbstsüchtiges Neunauge, das eines Tages in ganz England verhaßt sein wird.

Rings um den Platz, wo die Fechter inzwischen zur nächsten Runde angetreten waren, zog sich eine von sauber gestutzten Hecken umgebene Grasbank. Aus dem dahinter liegenden Garten wehte der Duft von Blumen und Kräutern. Cecil schwitzte in seinem schweren Mantel, und die kurz bevorstehende Ankunft des Duke of Norfolk belastete ihn ebenfalls. Er sah, wie Oxford seinen Gegner *en garde* plazierte. Insgeheim genoß er diese Konfrontation. Es war schon lange sein Plan, Oxford einmal als Hebel gegen Leicester einzusetzen. Wenn Oxford mit seinen wohlgeformten Beinen in seidenen Hosen bei Hofe den Galliard tanzte und hübsche Manieren zeigte, könnte er Leicester bei der Königin ausstechen. Aber er ist jung, unerfahren und launisch, und er übernimmt sich leicht. Der Seekapitän hat ihn ein bißchen entlarvt. Er hätte erkennen müssen, daß es gefährlich ist, einen Mann wie Tavistock zu provozieren. Vielleicht bist du noch nicht reif genug, um die Rolle zu spielen, die ich dir zugedacht habe, dachte er nun. Vielleicht bist du auch zu hitzköpfig dafür. Wie gut, daß ich noch ein Eisen im Feuer habe. Die Gunst der Königin ist ein zartes Pflänzchen. Außerdem wäre da noch die Kleinigkeit einer Mordanklage.

Cecils Hand spannte sich fester um den Griff seines Stocks.

Er ließ Oxford nicht aus den Augen. Selbstverständlich weißt du, fuhr er mit seinem stummen Monolog fort, daß ich einen Freispruch für dich erwirken kann. Es war schließlich nur ein Diener, den du in einem Wutanfall getötet hast, aber es wird Zeit und Geld kosten, die Geschworenen davon zu überzeugen, daß sich das Opfer in deine Waffe stürzte. Vielleicht sollte ich dich etwas kürzer an die Leine nehmen.

Er sah, wie Leicester Oxfords Klinge fest ins Auge faßte. Aufgepaßt! Leicester ist kein junger Springinsfeld, dachte er ungehalten. Er ist siebenunddreißig, Soldat, der Sieger von St. Quentin und der Günstling der Königin.

Leicester vollführte mit der Klinge einen Kreis und griff an. Oxford war gezwungen, einmal, dann noch einmal zurückzuweichen. Leicester sprang nach links und schwang das Rapier in einer sauberen Parabel. Der Schlag kam schnell und traf ganz offensichtlich dort, wo er treffen sollte. Es floß kein Blut, was Oxfords Stolz um so mehr verwundete. Als sie zur Ausgangslinie zurückgingen, gestattete sich der Ältere ein kleines Lächeln.

Angewidert verfolgte Cecil die Reposte. Oxford, du bist ein Narr, dachte er, aber leider unentbehrlich. Seine verwandtschaftlichen Verbindungen waren immer noch wichtig für Cecil. Oxford war ein Vetter ersten Grades von Leicesters Erbfeind, Thomas Howard, des Duke of Norfolk – und um dessen Person rankten sich gegenwärtig alle möglichen Arten von Verrat. Glücklicherweise – aus Cecils Sicht – saßen sowohl Leicester als auch Norfolk in einem hübschen Käfig aus List und Tücke gefangen.

Cecil wußte, daß Leicester der köstlichen Aussicht, Norfolk in die Falle zu locken und zu vernichten und anschließend vielleicht auch noch Cecil aus dem Weg zu räumen, nicht widerstehen konnte. Er hatte den Köder bereits geschluckt und war dadurch in eine Falle geraten, aus der es kein Entkommen gab. Jetzt war es an der Zeit, die Entscheidung herbeizuführen und Norfolk zu knicken wie einen dürren Zweig.

»Ich danke Euch für den Kampf, Mylord«, sagte Leicester herablassend, während sich sein Gegner vom Boden erhob. Oxford ignorierte Leicesters Häme, und Leicester wandte sich an Cecil. »Sagt, Herr Minister, was ist so dringend, daß es uns in unserem Vergnügen stören darf?«

»Wir befinden uns in einer Krise, Sir.«

»Eine Krise? Was ist denn zu befürchten?«

»Die Armee des Herzogs von Alba hat eine Stärke von fünfzigtausend Mann erreicht und sitzt wie ein Geier vor unserer Küste.«

»Aber dem edlen Herzog fehlen die Schiffe.«

»Das mag stimmen – für den Augenblick.«

Leicester hob sein Rapier auf und warf es seinem Fechtlehrer zu, dann wischte er sich mit einem kleinen Handtuch den Schweiß von Gesicht und Hals. Er setzte sich und ließ Cecil warten, bis er seinen Durst aus einem Bierkrug gestillt hatte. Dann sagte er: »Ich frage noch einmal: Was ist zu befürchten?«

Cecil brachte ein Schreiben zum Vorschein. »Mylord, ich möchte Euch dies zur Kenntnis bringen.«

Leicester nahm das Papier und las. Als er zum Ende kam, warf er es achtlos auf den Tisch.

Cecil nahm das Papier wieder an sich und fragte: »Ihr habt nichts dazu zu sagen, Mylord?«

Leicester lachte höhnisch. »Ich finde es – faszinierend.«

»Das hier ist ein *Beweis*, daß sich der Herzog von Norfolk und sein Schwiegervater vor drei Monaten mit dem spanischen Botschafter gegen englische Interessen verschworen haben.«

»Was das Papier zu besagen scheint, ist, daß ein paar Tuchhändler eine Flotte zusammengestellt haben, um nach Hamburg zu segeln, weil sie nicht nach Antwerpen konnten, und daß Norfolk, Arundel und de Spes versucht haben, sie aufzuhalten.«

»Sie baten die Spanier – den Herzog von Alba –, die Merchant-Adventurers-Flotte aufzuhalten!«

Leicester zuckte nur die Achseln über Cecils Zorn. »Sie sicherten sich die Hälfte der Kanalpiraten. Was ist dabei? Wurde die Tuchflotte belästigt?«

Entrüstet richtete sich Cecil auf. »Ihr wißt sehr wohl, daß sie nicht belästigt wurde.«

»Wozu dann die Aufregung?«

»Die Flotte blieb nur deshalb unbelästigt, weil sie zwei Tage früher als vorgesehen auslief aufgrund einer Warnung aus unbekannter Quelle.«

»Sir William, was soll das Ganze? Die privaten Interessen von Norfolk und seinen Kumpanen sind seine Angelegenheit.«

»Bei Gott, Mylord, zu intrigieren mit der Absicht, die City in Panik zu versetzen, ist verräterisch. Er versucht offensichtlich, die Stadt für einen Umsturz reif zu machen!«

Leicester konnte nicht länger den Sorglosen spielen. »Ihr schließt eine ganze Menge aus einem bloßen Memorandum, Herr Minister!«

»Und ich werde noch mehr daraus schließen – gegenüber der Königin. Wenn Ihr von dieser Sache wußtet und mich nicht informiert habt –«

»Ja?«

Zu einer offenen Drohung wollte es Cecil nicht kommen lassen. »Ich wollte Euch nur warnen«, sagte er, verbeugte sich knapp und ging, gefolgt von seiner Tochter und Tavistock.

Das dürfte genügen, um ihn zum Handeln zu bringen, dachte Cecil zufrieden und fand es unglaublich, daß Norfolk so dumm sein konnte. Aber so war es. Und nun war die Falle zugeschnappt.

Als sie das Haus erreichten, erinnerte sich Cecil an den Tag, an dem Robert Slade ihm die ersten Hinweise auf die Verschwörung gebracht hatte. Bis dahin, dachte er, wußte ich nur, daß Leicester Norfolk in den Hintern kriecht, und ich glaubte, sie steckten unter einer Decke. Nun, da ich in der Lage bin, Leicesters Leidenschaft zu lenken und zu kontrollieren, fühle ich mich wesentlich besser. Nun kann geschehen, was will, dachte er vergnügt, Leicester gehört mir, und Norfolk ist ein toter Mann.

Eine Bewegung am Turmfenster des Torhauses ließ ihn aufblicken. Sein Bursche signalisierte, wie sie es vereinbart hatten, mit einem Taschentuch: Norfolk war angekommen.

Da tauchte auch schon Leicester auf. Eiligen Schritts durchquerte er den äußeren Hof, passierte die Wache und blieb an einer Stelle stehen, von der aus er den Herzog beobachten konnte. Leicester hatte es besonders auf den Herzog abgesehen, seit ihre Rivalität vor ungefähr drei Jahren vor der Königin auf peinliche Weise in Gewalttätigkeit ausgeartet war. Norfolk, wütend, weil er bei einem Tennismatch schwer in Bedrängnis geraten war und wegen Leicesters Vertraulichkeit mit der Königin vor Eifersucht schäumend, hatte sich hinreißen lassen, Leicester zu bedrohen. Um ihn einzuschüchtern, war er mit seinem Schwiegervater, dem Earl auf Arundel, angerückt und hatte ihn einen Verräter genannt.

O ja – Cecil schwelgte in der Erinnerung –, damals mußtest du vor Norfolk kriechen, der für den gesamten alten katholischen Adel sprach und gegen deine Stellung bei der Königin protestierte. Aber du hast dem Ruf der Königin nicht geschadet, wie Norfolk behauptete, und du standest auch einer Ehe nicht im Weg, was ich dir vorgeworfen habe. Als Oberstallmeister der Königin hattest du rechtmäßig Zutritt zum Audienzsaal der Königin. Aber du mußtest dich vor Norfolk beugen, mußtest ihm Versprechungen machen, und ich weiß, mein lieber Dudley, daß der Zorn über diese Erniedrigung ebensolange leben wird wie du selbst.

Seit jener Zeit hatte Cecil jeden Augenblick genützt, um Norfolk zu einer nachgiebigen Haltung gegenüber Leicester zu bewegen und ihn für den Plan zu gewinnen, der Leicester vernichten würde. Der erste konkrete Sieg war ein geheimes Treffen im architektonischen Garten von Leicesters eigenem Besitz, dem prachtvollen Kenilworth. Vorausgegangen war die Unterhandlung mit Walsingham in dessen Haus in Kent –

ein Trick, der garantierte, daß kein Teil des Plans von Cecil auszugehen schien. Es war der Abschluß eines in jahrelanger Feinarbeit gewebten Netzes. Seitdem war jedes Treffen von Spionen belauscht worden, und Norfolk hatte nie den geringsten Verdacht geschöpft, denn der Mann, den er mit seinen Sicherheitsmaßnahmen beauftragt hatte, wurde von Robert Slade bezahlt.

Leicester hatte Norfolk etliche Male besucht, und jedes Mal hatte Cecil einen wortgetreuen Bericht ihrer Unterredung erhalten. Leicester hatte bei jedem Besuch ein klein wenig mehr Gift in Norfolks Ohr mit redseliger Begeisterung für die schöne Königin von Schottland geträufelt – eine Frau, die als Königin die ideale Partie für Englands einzigen Herzog wäre und daß Norfolk ohne diese Verbindung immer nur Herzog bliebe, ein unbedeutendes Mitglied des Kronrats, wenn auch Herr über riesige Ländereien in Ostengland; aber in der Gunst der Königin stünde er stets im Schatten eines kleinen Grafen, nämlich ihm, dem Earl of Leicester.

Norfolk war eitel, er dürstete nach königlicher Macht, und er haßte Leicester – alles Schwächen, die Leicester leicht gegen ihn verwenden konnte, solange die Frage der Thronfolge nicht geklärt war. Norfolk war ein Rivale mit Reichtum und hohem Rang, aber einer, der vernichtet werden konnte – ja, vernichtet werden *mußte*, wenn Leicester in Sicherheit leben wollte.

Gleichzeitig gab es noch einen anderen Grund, der einen Versuch, Norfolk zu benutzen, rechtfertigte und weshalb es Leicester geraten erschien, erst einmal heimlich und ohne einen Verbündeten vorzufühlen. Die Gesundheit der Königin war ein Gegenstand ständiger Sorge; sollte sie sterben, würde sich die ganze Protektion, die Leicester genoß, in Luft auflösen; er erntete einzig den Lohn für Neid und Mißgunst – beides reich gesät. Aus diesem Grund hatte er sich zu einem komplizierten Umweg entschlossen: Zuerst hatte er Norfolk geschmeichelt, dann hatte er ihm einen Krümel Hoffnung angeboten – nämlich die drei unglücklichen Ehen, die der

Herzog bereits hinter sich hatte, zu vergessen. Jede seiner drei Ehefrauen war gestorben: Mary, Tochter des Duke of Arundel, Margaret, Tochter von Lord Audley, und Elisabeth, die Witwe des Baron Dacre. Mit dem Land, das ihre Kinder einmal erbten, hoffte er, seinen Einfluß zu vergrößern und seine Stellung zu festigen. Als nächstes hatte Leicester auf Norfolks schlummernden Katholizismus angespielt und ihn daran erinnert, in welch hoher Gunst er einst als junger Mann am Hof der Mary Tudor gestanden hatte.

Schließlich hatte die Schmeichelei Wirkung gezeigt. Es war kein Zufall, daß Mary Stuart, die Königin von Schottland, ein Schiff nach Carlisle nahm, als sie nach England flüchtete, und sich dort an den Busen von Norfolks Schwester, Lady Scrope, warf. Norfolk hatte sie dort besucht. Er hatte die Hure gesehen und sich prompt in sie verliebt.

Kurz darauf war Norfolk die Leitung des Tribunals in York übertragen worden, das über Marys Zukunft entscheiden sollte, und dort hatte ihm Leicester das stärkste Aphrodisiakum verabreicht. Wie von ungefähr war er auf den zentralen Punkt zu sprechen gekommen – die Tatsache, daß in der Person der Mary Stuart die Kronen von England und Schottland legitim vereinigt werden könnten, und daß der Mann, der sich Marys Gebieter nennen durfte, auch über das Schicksal Europas gebieten könnte. Ein solcher Mann könnte, wenn er es richtig anstellte, zunächst Prinzgemahl – dann König von Großbritannien werden. Wollte Norfolk alle seine Interessen und Ambitionen unter einen Hut bringen, mußte er Leicesters Plan Gehör schenken. Einen größeren Preis gab es nicht zu gewinnen.

Sobald Leicester sah, daß der Herzog angebissen hatte, zog er sich zurück und ließ seine schöpferischen Ideen in Norfolks schlichtem Gemüt gären, denn er hatte auch andernorts einiges zu tun.

Über den Bischof von Ross übermittelte Leicester eine geheime Botschaft nach Bolton Castle, wo Mary Stuart inzwischen gefangengehalten wurde. Er machte sich erbötig, alles, was in seinen Kräften stehe, zu unternehmen, um diese Ehe für Mary zustande zu bringen, sofern sie es wünsche. Dann ging er zu Elisabeth, um sich ihr gegenüber abzusichern. Ganz offen, aber mit der entsprechenden Schonung sprach er davon, ob die Peinlichkeit mit der schottischen Hure nicht vielleicht durch eine Heirat mit Norfolk aus der Welt zu schaffen sei. Wenn die Bagatelle ihrer Ehe mit James Hepburn, Lord Bothwell, bereinigt werden könnte, böte sich Elisabeth je eine bessere Gelegenheit, die Bedrohung zu neutralisieren, die Mary darstellte, als sie mit Englands höchstem Aristokraten zu verheiraten? Er hatte geduldig auf Elisabeths Mißfallensäußerung oder auf irgendein Anzeichen einer Reaktion gewartet, aber kein Wort war in dieser Angelegenheit über ihre Lippen gekommen. Und so hatte er das größte Risiko gewagt und Walsingham aufgesucht, um ihn zu überzeugen, daß eine Verschwörung im Gange war.

Als Walsingham Cecil informierte, war er überrascht, daß Cecil die Fakten bereits kannte. Und Cecil war auf die Idee gekommen, daß Leicester den Plan vermutlich auch deshalb gegenüber Walsingham ausgeplaudert hatte, um sich ein Alibi zu verschaffen, sollte die Sache platzen.

Cecil hatte mit angehaltenem Atem gewartet. Leicesters nächster Schritt war ein Gespräch mit Norfolk in Kenilworth. Norfolk hatte wegen Bothwell Bedenken geäußert, und Leicester hatte ihm versichert, Bothwell wäre überhaupt kein Problem. Dieser dreckige Feigling habe sich vor der Schlacht bei Carberry Hill aus dem Staub gemacht und es Mary, seiner Frau, die noch bettlägerig war nach der Fehlgeburt der von ihm gezeugten Zwillinge, überlassen, ihr Reich abzutreten. Bothwell war nach Norwegen geflohen, wurde jedoch gefangengenommen und nach Kopenhagen gebracht, wo ihn König Frederick in einem stinkenden Loch unter der gewaltigen Festung Dragsholm lebendig begraben hatte. Es wäre die einfachste Sache der Welt, so Leicester, einen Mörder zu dingen oder die Bischöfe zu bestechen, damit sie diese Ehe annullieren oder scheiden.

Laut Slades Informanten war die chiffrierte Antwort, die Leicester von Mary erhielt, mitten in der Nacht eingetroffen, versteckt im Ärmel ihres Gesandten am Hof von St. James, des doppelzüngigen Bischofs von Ross. Cecil hatte sie gelesen. Marys verschlungene Handschrift wurde immer fahriger, als sie bei den glänzenden Zukunftsaussichten verweilte, die Norfolk ihr eröffnet hatte. Soweit war alles geklärt.

Cecil lächelte, als er sich an die eng beschriebenen Seiten der Berichte erinnerte, in denen geschildert wurde, wie Norfolk, unfähig, seine Vorfreude zu unterdrücken, erneut nach Kenilworth gelaufen kam. Einfältig wie er war und Leicester nun völlig vertrauend, war er allein und ohne Begleitung gekommen.

»Ihr seid verdammt dicht davor, alles zu gewinnen«, hatte Leicester seinem Opfer erklärt. »Aber um sicher zu gehen, braucht Ihr Verbündete. Als erstes muß Cecil entwaffnet werden, und dann muß der Vorschlag der Königin auf eine Weise unterbreitet werden, daß sie ihn praktisch nicht ablehnen kann. Ich bin bereit, das zu tun, aber vorher brauche ich Euer feierliches Versprechen, daß Ihr die Sache zu Ende führen werdet.«

»Habe ich das nicht die ganze Zeit gesagt?«

Dann hatte Leicester wieder geschmeichelt und Norfolk freundschaftlich die Hand auf den Arm gelegt. »Eure Feldzüge gegen die Schotten in den Jahren 59 und 60 waren meisterhaft. Ihr seid der größte Landbesitzer Englands und der einzige lebende Mensch, der mit der Bedrohung, die Schottland für England darstellt, ein für allemal Schluß machen kann. Ihr seid ein kluger Mann, und ich teile Eure Zweifel über die Art, wie Cecil Elisabeth in einen Krieg mit Spanien treibt. Ihr wißt so gut wie ich, daß England einen solchen Krieg nicht gewinnen kann. Mit Euren Verbindungen im Norden könntet Ihr diese Gefahr mit einem Schlag beseitigen, indem Ihr den katholischen Adel des Nordens dazu bringt, sich gegen Elisabeth zu erheben und sie abzusetzen.«

Mit diesem Gespräch hatten sie sich zu Hochverrätern gemacht. Nie zuvor war die volle Konsequenz dieses Plans so unverfroren ausgesprochen worden. Cecil war beim Lesen des Berichts fast der Atem gestockt. Norfolk muß diese Erkenntnis mit der Wucht eines Sturmbocks getroffen haben, weil er plötzlich zögerte.

»Das könnte ich tun, aber nicht ohne Eure Starthilfe, Leicester.«

»Wenn Ihr von mir abhängt, bedenkt, um wie vieles mehr ich von Euch abhänge. Meine Rolle wäre einfach, und danach läge alles bei Euch und Ihr hättet mich in der Hand.«

»Aber ich wäre in Eurer Schuld.«

»Eine Schuld, die zu bezahlen Euch als König nicht schwerfallen dürfte. Ihr hättet England, Wales und Schottland – zum ersten Mal in der Geschichte vereint – gehorsam und vollständig unter Eurer Knute.«

»Welchen Preis würdet Ihr von mir verlangen?«

»Den Preis, den jeder König einem Königmacher bezahlt. Ihr würdet mich zum Herzog machen und mir die Ländereien geben, die jetzt den Protestanten gehören, die zu dumm oder zu stur sind, zu begreifen, woher der Wind weht. Wir sind Verbündete, oder? Ich werde Euer treuester Anhänger sein. Aber vergeßt nicht: für mich eine Verdopplung, Verdreifachung meines jetzigen Status, für Euch die Herrschaft über zwei Königreiche. Wir werden beide enorm zulegen.«

»Und in der Zwischenzeit, Mylord Leicester? Ich muß den Unmut der Königin riskieren. Ich muß Euch trauen.«

Der Spion hatte berichtet, wie Leicester an dieser Stelle die Arme ausbreitete und sagte: »Bei diesem Spiel, mein lieber Herzog, ist der Einsatz sehr hoch. Ich kann die Maid nackt ausziehen, wenn Ihr wollt, aber ich kann sie nicht auch noch für Euch besteigen. Das müßt Ihr schon selbst tun.«

»Warum sollte Elisabeth meiner Heirat zustimmen? Womit wollt Ihr sie überreden, damit sie nicht mehr auf Cecils Rat hört? Sie ist keine Närrin. Und mit Cecil an ihrer Seite denkt sie mit zwei Köpfen. Und vielleicht versucht Ihr gar, mir eine Falle zu stellen.«

»Nun hört mir einmal gut zu, Mylord«, hatte Leicester geantwortet. »Ich bin siebenunddreißig; die Königin ist sechsunddreißig. Ich kenne sie seit ihrem fünften Lebensjahr, und ich kam schon immer näher an sie heran als andere. Ich weiß besser als jeder andere auf der Welt, wie sie denkt, und meine Argumente haben bei ihr stets Gewicht.«

»Dennoch war sie die ganze Zeit nicht bereit, Euch zu heiraten.«

»Glaubt ihr, ich hätte noch Ambitionen auf ihre Hand? Sie hat es sich in den Kopf gesetzt, nicht zu heiraten, und selbst wenn sie es täte, bestünde nur wenig Hoffnung, daß sie noch ein Kind bekäme, geschweige denn einen gesunden männlichen Erben. Nein. Solange Elisabeth lebt, kann es keinen Erben geben. Meinen Ehrgeiz habe ich begraben, aber ich werde nicht stumm leiden und warten, bis ein paar Brosamen von ihrem Tisch für mich abfallen, während andere albern grinsen und mich Schoßhund nennen. Ich bin mehr als ein Handbuch zur Person der Königin. Mein größter Wunsch ist es, zu sehen, wie Sir William Cecils schwarzes Blut über den Richtblock rinnt. Dafür würde ich beinahe jedes Risiko eingehen und jeden Preis bezahlen.

»Dieses Geschenk würde ich Euch sofort machen.«

»Dann ist es also abgemacht?«

Norfolks Augen waren schmal geworden, und er hatte gefragt: »Wann wollt Ihr mit ihr darüber sprechen?«

»Sobald wir die Einzelheiten verbindlich festgelegt haben. Sie bleiben selbstverständlich geheim, bis Ihr in der Lage seid, entsprechend zu handeln.«

»Und wenn ich auf Eure Forderungen eingehe?«

»Ihr werdet vor zwei Zeugen aus meinem Haushalt den Vertrag unterzeichnen, verbindlich und ohne die Möglichkeit auszusteigen. Jeder von uns erhält eine Ausfertigung.«

An diesem Punkt hatte Norfolk noch einmal gezögert. »Es ist, wie ich sagte: Ihr wollt, daß ich Euch vertraue.«

»Vertraut mir, ja! Unsere Ziele decken sich. Wir haben nichts zu gewinnen, wenn wir uns jetzt bekämpfen. Wenn wir handeln, müssen wir siegen. Seid wankelmütig, und unsere Chance ist vertan. Ihr müßt entscheiden, welchen Weg Ihr gehen wollt. Heute. Jetzt.«

»Was ist, wenn die Königin Euer Ansuchen zurückweist? Wenn sie die Heirat verbietet?«

»Das wird sie nicht tun.«

»Und wenn doch?«

Leicester verbarg seine Ungeduld hinter viel gutem Zureden. »Dazu besteht überhaupt kein Anlaß, Mylord. Und wenn sie es doch tut, was soll schon sein? Ihr habt doch nichts zu befürchten. Ihr seid das Oberhaupt der berühmten Familie Howard. Ihr seid Reichsverweser. Es ist Eure Pflicht und Schuldigkeit, Euch um die Interessen des Landes zu kümmern. Ihr hättet nur nach dem Wohl des Volkes getrachtet, etwas, das inzwischen nahezu jeder von Rang und Namen in diesem Land tut – und versucht, die strittige Frage der Thronfolge zum künftigen Wohl des Landes zu regeln. Ihr könnt sie fragen: Ist es ein Verbrechen, wenn ein Witwer eine Witwe heiraten will? Nein! Ist es ein Verbrechen, wenn er die Königin um die Heiratserlaubnis bittet? Nein! Zumal wenn mit dieser Heirat ein Dorn aus dem Fleisch meiner Herrscherin gezogen würde? Nein, Mylord, für Euch besteht keine Gefahr, die nicht mit einem Mundvoll Honig gebannt werden könnte.«

»Einige haben bittere Galle im Mund.«

Leicester hatte die Achseln gezuckt. »Damit müssen wir uns abfinden. Raserei, Ketzerei und Neid sind Geschwister, die ewig leben – es sei denn, man lebt als Bettler.«

»Vielleicht ist der Preis, den Ihr verlangt, zu hoch. Bedenkt: Mary kann ihren Thronanspruch recht gut beweisen – besser als Elisabeth. Und dann sind da in der Tat die adeligen Herren im Norden. Northumberland und Westmorland sind beide angesehene Katholiken, und bei ihrer Achtung vor den alten Zeiten werden sie sich nicht von mir kommandieren lassen. Wie Ihr selbst gesagt habt: Gemeinsam können sie eine zehntausend Mann starke Armee aufstellen.«

»Aber das ist nicht nötig«, hatte ihn Leicester angefaucht. »Ein Aufstand im Norden würde England in einen Bürgerkrieg stürzen – Norden gegen Süden, ein einziges blutiges Gemetzel, das den Spaniern Tür und Tor für eine Invasion öffnen würde! Die drohende Invasion ist eine Waffe in Eurer Hand, das wohl. Aber das Volk würde sich nie einem Mann anschließen, der ihnen Albas mörderische Banden ins Land brächte.«

Cecil stellte sich vor, wie verächtlich Norfolks keuchendes Gelächter geklungen haben mochte, bevor er sagte: »Ich bin beeindruckt von Eurer Sorge um das brave Volk, Mylord. Ich wäre noch beeindruckter, wenn Ihr Eure Fürsprache bei Elisabeth ohne geheime, verbindliche Verträge und andere würdelose Kleinkrämerei anbötet.«

»Genauso ist es«, hatte Leicester ungerührt geantwortet. »Und wenn Ihr noch so wortgewandt argumentiert, Ihr macht entweder einen Alleingang und versucht, die Tür zu England mit Gewalt einzurennen oder Ihr nehmt den goldenen Schlüssel, den nur ich zu vergeben habe. Ihr könnt das Land gewaltsam nehmen oder es wie Euer Schlafgemach betreten, geliebt vom Volk, das sich Euer als Retter und Erlöser erinnern wird. Was also soll's nun sein?«

Die Diskussion war beendet, und diesmal hatte Norfolk nicht mehr gezögert. »Gebt mir Eure Feder.«

Sie hatten sich hingesetzt und die Einzelheiten ausgehandelt, eine Grafschaft hier, eine Statthalterschaft dort, und Leicester sah zu, wie Norfolk seine verschnörkelte Unterschrift unter ein Vermögen setzte, von dem er nicht einmal zu träumen gewagt hatte.

Cecil erinnerte sich, wie sehr er beim Lesen des Berichts über diese Zusammenkunft erschrocken war. Der Schweiß war ihm ausgebrochen, und er hatte verzweifelt über die Alternative nachgedacht, die Norfolk angedeutet hatte. Was passierte, wenn er sich tatsächlich für diesen Weg entschied?

Ein Aufstand in den Grafschaften des Nordens! Eine unaufhaltsame, plündernde Armee, die nach Süden flutete und immer größer würde! Eine entsetzliche Vorstellung. Im Geist hatte er schon Northumberlands kettenklirrende Kohorten an seine Tür schlagen hören, sie hatten ihn auf den Tower Hill geschleppt und ihm dort –

Sein Verstand war plötzlich nur noch ein großes schwarzes Loch. Ein Schweißtropfen war über seine Schläfe geronnen, und er hatte sich wieder auf die Gegenwart besonnen und beim kühlen Nachdenken erkannt, daß seine Angst unbegründet war. Norfolk war ein asthmatischer Schwächling, nie ein Kriegsherr. Er könnte nie einen Staatsstreich führen.

Nachdem Leicester seinen eleganten Namenszug unter das Dokument gesetzt hatte, war ein Handel abgeschlossen, der seine und Norfolks Zukunft besiegelte.

Vom Eingang des Torhauses aus beobachtete Cecil nun das letzte Treffen der beiden. Norfolk war allein gekommen. Diesmal gab es keinen Arundel und keinen grinsenden Oxford als Rückendeckung. Norfolk stieg ab – sein Gesicht war gerötet von der Anstrengung des Ritts –, warf die Zügel dem Stallburschen zu und schritt über den gepflasterten Hof, wobei er immer wieder zur Uhr im Turm des Torhauses hinaufsah. Leicester beobachtete ihn eine volle Minute und ließ ihn warten, bis das Glockenspiel die volle Stunde schlug. Norfolk zerrte nervös an seinen Handschuhen; sein trockener Husten zerriß die Stille. Dann trat er in den Schatten. Der Geruch des Fremden lockte einen Jagdhund mit einem verwirrend hellroten Samthalsband an. Norfolk tätschelte ihn, bis er mit dem Schwanz wedelte, dann gab er ihm einen Tritt.

Gespannt hielt Cecil den Atem an. Er wollte unbedingt hören, was gesprochen wurde, wenn Leicester endlich erschien. Und da war er schon! Norfolk machte zwei Schritte auf ihn zu. Ganz offensichtlich ging er durch eine Hölle. »Nun?«

»Mylord?«

»Ihr kommt von der Königin? Hat sie meine Absicht gebilligt?«

»Die Königin lauscht dem Musizieren ihrer Patenkinder. Ich komme eben von ihr.«

Norfolk suchte nach einem Fingerzeig, aber Leicesters Gesicht war ausdruckslos.

»Aber Ihr habt mit ihr darüber gesprochen?«

»Ich . . . ja.«

Norfolk wurde immer erregter. »So sagt doch. Ist meine Heirat nun genehmigt? Sprecht! Wie hat sie es aufgenommen?«

Leicester seufzte. »Nicht besonders gut, Mylord.«

»Nicht besonders gut . . .?«

Cecil sah, wie Norfolk offenen Mundes starrte, wie seine Augen nach links und rechts zuckten und sich dann auf Leicesters lächelndes Gesicht hefteten. Unwillkürlich ging er einen Schritt auf Leicester zu, die Hand auf dem Degengriff, aber noch bevor ihn der Zorn übermannte, hatte Leicester die Hand gehoben, und auf sein Zeichen waren drei bärenstarke Kerle in himmelblauer Livree und dicken Knüppeln hinter den Säulen vorgetreten und hatten sich schützend vor ihren Herrn gestellt.

Norfolk wich zurück, als hätte er einen Stoß mitten ins Herz bekommen. Dann wandte er sich wortlos ab und ging.

Cecil konnte seine Gedanken lesen: Wenn er Northumberland und Westmorland noch in dieser Woche zusammenbrächte, wenn der Kanal gesichert würde und wenn Albas Truppen vor Herbstanfang einmarschierten, könnte er seinen Alternativplan noch durchführen. Wenn! Wenn! Wenn! Das Wort muß in Norfolks Kopf wie ein Hammerwerk geschlagen haben. Als er bei seinem Pferd angelangt war, erstickte er fast an einem Hustenanfall. Leicesters Stimme drang kaltblütig und von oben herab an sein Ohr und versetzte ihn in eisigen Schrecken. Warum er nicht atmen könne, rief Leicester ihm lachend nach, sei offensichtlich; stecke er doch bereits im Leichensack.

Tavistock lag im weichen Gras, entspannt und den tiefen Frieden genießend, der ihn erfüllte. Anne lag nackt in seinen Armen. Die dicht belaubten Zweige, die ihr Versteck überdachten, regten sich sacht und verschoben die goldenen Sonnensprenkel auf ihrer Haut. So muß es im Himmel sein, dachte er träg. Eine Jungfrau und ein Mann, dessen Samen zwei Jahre Zeit gehabt hat, um zu reifen. Eine solche Erlösung löst alle Probleme, erübrigt das Denken – alles geht auf in einem goldenen Glorienschein.

Er legte Anne neben sich ins Gras und liebkoste sie zärtlich. In ihren Augen sah er, daß auch sie sich wünschte, dieser Augenblick möge nie vergehen. Doch als er sie losließ, war der Zauber gebrochen, und als sie ihre Blöße bedeckte, brachten ihn ihre Worte in die Wirklichkeit zurück. Er erinnerte sich wieder, daß sie beide nur unbedeutende Randfiguren waren in dem Drama, das sich am Hof der Königin abspielte, und daß sie sich nicht im Paradies befanden, sondern an einem abgeschiedenen Ort in einem Wald in der Grafschaft Surrey.

»Du kämst in große Gefahr, wenn Edward herausfände, was zwischen uns vorgefallen ist.«

»Er ist ein harmloser Narr.«

»Er handelt selten aus Vernunftgründen, Richard, aber er ist kein Narr. Er haßt dich bereits, weil du gegen ihn aufgestanden bist.«

Als er sah, wie sie sich Sorgen machte, ergriff er ihre Hand. »Sprich nicht von ihm.«

»Er ist auch nicht harmlos. Er hat mächtige Verwandte. Er könnte dir jederzeit jemand nachschicken und dich überfallen lassen.«

»Nicht solange ich in Cecil House wohne. Ich werde diesem Aal das Genick brechen, wenn er auch nur –«

Sie stützte sich auf den Ellbogen und brachte ihn mit einem Kopfschütteln zum Schweigen. »Du verstehst nicht! Mein Vater würde dich auspeitschen lassen und ins Exil nach Irland schicken, wenn er wüßte, daß du und ich –«

»Tut es dir leid, daß wir hierhergekommen sind?«

»Nein. Wie könnte es mir leid tun? Aber es gibt stärkere Mächte in unserer Welt als Liebe. In ihren Augen haben wir ein abscheuliches Verbrechen begangen.«

»Ich bin ein Mann, du bist eine Frau. Worin liegt das Verbrechen?«

»Ich habe dir doch gesagt, daß mein Vater mich mit Edward verheiraten will. Das allein reicht.«

»Während ich mit dem spanischen Botschafter flirte?«

»Wie lange kann dich das schützen? Was ist, wenn –«

Sie hielt inne, als sie seinen liebevollen Blick sah, und ließ es geschehen, daß er mit dem Finger über die hellen Sommersprossen strich, die ihren Nasenrücken sprenkelten.

In ihren großen Augen stand echte Furcht, und er kam sich vor, als sei er das nicht wert.

»So darfst du nicht reden«, ermahnte er sie liebevoll. »Du kannst nicht immer fragen: ›Was wäre, wenn.‹ Ein Seemann lernt, daß es im Leben eine Strömung gibt, auf der er dahinfährt, so wie sie es will. Und daß es eine Kraft in uns gibt, die uns, wenn wir auf sie achtgeben, Klippen umfahren und Stürme heil überstehen läßt.«

Sie blickte ihm in die Augen. »Glaubst du das wirklich?«

»Ich habe es erlebt.«

Sie wirkte verblüfft. »Also begegnen sich Männer und Frauen nicht durch Zufall?«

Er lächelte über ihren Ernst und strich mit der Hand leicht über ihren festen, glatten Körper. »Es war vorbestimmt – und mit Recht – in diesen weiten Räumen zwischen den Sternen, den gleichen Sternen, die mir auf See meinen Weg zeigen.«

»Dieselben, die dich bald von mir wegführen werden?«

»Auch das ist vorbestimmt.« Er schwieg eine Weile und dachte an seinen Bruder und den Eid, den er geschworen hatte. Die Strömung wollte ihn nach Westindien tragen. Er spürte ganz deutlich ihren Sog und auch, daß ihre Richtung stimmte; er wußte, daß ihm nur dann Gefahr drohte, wenn er sich diesem Sog widersetzte. *Laß dich nicht aufhalten*, mahnte ihn des Nachts seine innere Stimme, und manchmal war es auch die Stimme seines Vaters. *Du hast deine Treue aufgeteilt, wie du es nie hättest tun dürfen!*

Er haßte das Gefühl, das ihn in diesen Stunden überkam. Er fühlte sich unrein und wurde von einer kaum zu bändigenden Ungeduld erfaßt. Nach Monaten des Wartens war es höchste Zeit aufzubrechen, das Schicksal wieder selbst in die Hand zu nehmen, die Seele zu stärken.

Er erzählte Anne von seinem Bruder und daß er ihn befreien wollte. Sie spürte die Kraft und die Leidenschaft, die hinter diesem Wunsch standen, und sie liebte ihn um so mehr, weil er versuchte, sich selbst treu zu bleiben.

»Wie sieht dein Bruder aus?« fragte sie ihn. Sie legte ihren Kopf auf seine Brust, und ihr Haar breitete sich fächerförmig darüber aus.

Er seufzte. »Jünger und ein bißchen kleiner als ich und dunkel. Er geht mehr nach meiner Mutter, während ich mehr meinem Vater nachschlage.«

»Dann ist er also ein gütiger Mann mit dem sanften Gemüt einer Frau?«

Richard lächelte. »Er ist ein Mann. Laß dich nicht täuschen. Und sollte es jemand in seiner Hörweite anzweifeln, würde er es schnell beweisen. Aber du hast recht. Er hat eine ruhigere Seele als ich, mehr Geduld mit den Narren, und er ist geschickter bei kniffligen Dingen.«

»Ich glaube, du liebst ihn sehr.«

»Das stimmt. Er ist mein einziger Blutsverwandter. Meine Mutter ist tot. Mein Sohn und die Mutter meines Sohnes sind tot. Mein Vater wurde für seinen protestantischen Glauben auf den Scheiterhaufen von Smithfield verbrannt. Er war Soldat, dann Abenteurer, und später hatte er sich mit den im Krieg gemachten Gewinnen in Bristol als Kaufmann niedergelassen.« Der Stolz, mit dem er über seinen Vater sprach, ließ seine Stimme wieder fester klingen. »Er war der dickköpfigste Bastard in ganz England. Er hatte unter Mary nicht geschwiegen. Von Bescheidenheit hielt er nicht viel. Er hat John und mir niemals gepredigt, wir sollten unseren Blick nicht auf Dinge richten, die uns unerreichbar erschienen. Nein, für uns sei nichts zu hoch, und erreichen könnten wir alles. Er wurde verurteilt, weil er die Vorschriften aus Rom nicht akzeptierte.«

»Er war ein Märtyrer Christi?«

»So jedenfalls steht es im Buch des verehrten John Foxe.«

»Und du wirst ebenfalls ein Märtyrer sein, wenn du dich mit de Spes nicht vorsiehst.«

Der Schweiß auf seiner Haut ließ ihn plötzlich frösteln. Er setzte sich auf. »Glaubst du?«

»Mein Vater benützt dich. Er muß höhere Ziele anstreben als Gerechtigkeit für einen einzigen. Verglichen mit dem Schicksal von Völkern ist das deine bedeutungslos. Ich weiß, daß er dich in dem Augenblick fallen lassen wird, sobald du ihm nichts mehr zu bieten hast, was seiner Politik nützt. Sein Ziel ist es, den Staat so zu lenken, wie du dein Schiff lenken würdest.« Sie berührte ihn sanft. »Mein Vater lehrte mich, daß England eine ähnliche Anatomie hat wie der menschliche Körper: Der Landesherr ist der Kopf; die Diener der Kirche sind die Augen, die niemals zwinkern noch schlafen; die Richter sind die Ohren, die die Klagen hören; der Adel stellt Schultern und Waffen dar, die den Staat tragen und sein Haupt verteidigen. Die Menschen aus den unteren Schichten bilden die unteren Körperteile; sie sind die Beine, die laufen und holen und bringen und die schwere Arbeit leisten müssen. Du hast die Karten und Stammbäume meines Vaters gesehen. Für ihn haben alle Menschen den für sie bestimmten Platz.«

Er lächelte über einen Gedanken, der ihm durch den Kopf ging, während er Anne zuhörte. »Wenn mein Vater mit dir fertig ist, wird er dich wegwerfen«, wiederholte sie eindringlich. »Laß es dir gesagt sein. – Warum lachst du über mich?«

»Ich lache nicht über dich. Ich habe mich nur gefragt, wer in diesem großartigen medizinischen Katalog das Arschloch ist. Für meine Begriffe ist Edward de Vere dieses unedle Organ.«

Sie brach in schallendes Gelächter aus, aber es klang nicht ganz so heiter wie sonst. Dahinter verbargen sich Angst und Nervosität, und so fragte sie bald darauf: »Was wird aus uns allen werden, Richard?«

»Wenn wir den Glauben nicht verlieren, werden wir siegen. Wo Glaube ist, ist auch Hoffnung. Verstimme diese Saite, und der Akkord klingt falsch.«

Sie schaute ihn kühl überlegend an, und dann sagte sie, als hätte sie eben einen Entschluß gefaßt: »Der Mißklang hallt bereits durch England. Die Königin hat den Herzog von Norfolk nach Windsor gerufen. Wenn er ihrem Befehl gehorcht, wird er in den Tower gesperrt, verurteilt und hingerichtet. Wenn er nicht gehorcht, sondern auf seine Besitztümer flieht, gibt es bis Weihnachten Krieg.«

Als sie zum Herrenhaus zurückgingen, zogen Gewitterwolken herauf. Es donnerte und blitzte und dicke Regentropfen fielen erst einzeln, dann prasselnd auf die siebenfingrigen Blätter der Roßkastanien. Tavistock wünschte, der Sommer nähme nie ein Ende und die goldenen Tage gingen endlos weiter als eine Idylle ohne Sorgen und Ängste, aber er wußte, daß das unmöglich war. Im Haus angelangt erfuhren sie, daß sich Norfolk mit Krankheit entschuldigt hatte und nicht vor Elisabeth erscheinen würde.

Noch vor Einbruch der Dämmerung wurde Richard Tavistock ausgerichtet, er möge auf Geheiß von Sir William unverzüglich nach London zurückkehren. Ein Geschwader wartete auf ihn.

Robert Slade ritt in scharfem Galopp auf Windsor zu und traf gegen Mittag im königlichen Schloß ein. Ohne sich von den Wachen aufhalten zu lassen, eilte er in den Saal, wo die Plenarsitzung des Rates – allerdings ohne die Königin – stattfand. Den Bericht, den er mitbrachte, legte er persönlich in die Hände seines Herrn.

Der Saal hatte ein hohes eichengetäfeltes Deckengewölbe, von dem der Lärm widerhallte. An einem riesigen, reich mit Schnitzereien verzierten Holztisch saßen Sir Nicholas Bacon, Sir Ralph Sadler, der Earl of Sussex und Cecil, ihnen gegenüber Sir Walter Mildmay, der Schatzkanzler, Leicester und seine Anhänger.

Cecil bat um Ruhe, als er die steinerne Miene auf Slades Gesicht sah. Demnach war die Nachricht dringend und wenig erfreulich.

Slade verneigte sich knapp. »Sir William, der Bote aus York bringt schlechte Neuigkeiten. Die Männer des Duke of Northumberland verbrannten das Gebetbuch in der Kathedrale von Durham.«

»Wann?«

»Am 14. November. Vor drei Tagen. An ihrer Spitze steht der Sheriff von Yorkshire, Richard Norton, mit dem Banner der Fünf Wunden.«

»Noch eine heilige Pilgerfahrt«, sagte Cecil wie betäubt.

Jene andere Erhebung, auf die er anspielte, hatte 1538 stattgefunden, als der englische Norden gegen den Bruch Heinrichs VIII. mit Rom protestierte sowie gegen die Art, wie er mit den Klöstern umging. Heinrich hatte diesen Aufstand despotisch und grausam niedergeschlagen, vor mehr als dreißig Jahren, aber Cecil wußte, daß der Haß in einer neuen Generation der Katholiken im Norden wieder aufgeflammt war. Wie versessen waren diese Jungen darauf, die Niederlage ihrer Väter zu rächen? Wie viele würden sich dem Banner auf dem Weg nach Süden anschließen?

»Die Earls marschieren im Augenblick mit fünftausend Mann nach York. Überall in den Marschen rufen die Kirchenglocken die Männer zu den Waffen. Der Hafen von Hartlepool ist genommen.«

»Mary muß weiter nach Süden gebracht werden«, sagte Mildmay aufgeregt. Die schottische Königin war bereits von Wensleydale nach Staffordshire gebracht worden.

»Veranlaßt den Earl of Shrewsbury, sie in Huntingdons

Gewahrsam zu geben, der sie umgehend nach Coventry bringen wird.«

»Und unsere Herrscherin?« hatte Leicester gefragt.

»Ist bereits geschehen!« Cecil nahm seine Feder und begann rasch zu schreiben. »Die Mauern von Windsor sind der beste Schutz für Ihre Majestät. Hier sitzen wir hinter einem steinernen Vorhang.«

»Ihr glaubt, die Rebellion wird bis hierher gelangen?« fragte Sadler entsetzt.

Der Earl of Sussex, Ratspräsident des Council of the North und ein Feind Leicesters riet zur Vorsicht. »Ich weiß nicht genau, wie viele Truppen ich aufbieten kann. Zu den Sommerappellen kamen sechzigtausend, aber das ist keine Zählung. Ich schätze, daß sie keine besondere Lust auf einen Bürgerkrieg haben. Laßt die Rebellen erst einmal den Winter überstehen. Vielleicht sind sie dann so abgekühlt, daß sich alles mehr oder weniger von selbst erledigt.«

»Wie gehabt in Irland, Mylord Thomas?« spöttelte Leicester.

»Ich bin Soldat und Realist!«

Cecil wandte sich an beide. »Meine Herren. Wir schweben in höchster Gefahr. In zehn Tagen ist London vielleicht von einer spanischen Armee eingeschlossen. Wir dürfen nicht unvorbereitet angetroffen werden.«

»Albas Truppen sammeln sich in Flandern«, sagte Slade.

Cecil wandte sich an Sussex. »Wo ist der spanische Botschafter?«

»In seinem Londoner Haus.«

»Die Königin muß ihn kommen lassen.«

»Laßt sie doch auch Northumberland und Westmorland herbeordern – so wie Norfolk«, warf Leicester grinsend ein.

In Zeiten der Gefahr war es üblich, daß die Königin jeden, an dessen Loyalität gezweifelt wurde, an den Hof befahl. Dort konnten sie bewacht und von gefährlichen Verbündeten isoliert werden. »Sie werden nicht kommen. De Spes jedoch muß kommen.« Über seine Papiere gebeugt, schrieb

Cecil hastig seine Anweisungen nieder. Dann hob er den Blick Leicester zu. »Der Herzog von Norfolk fand allerdings Zeit, das Böse zu bereuen, zu dem Ihr ihn verführt habt. Ich mache Euch dafür verantwortlich, aus dem einzigen Herzog Englands einen Verräter gemacht zu haben. Und das um Eurer eigenen betrügerischen Pläne willen!«

Wutentbrannt sprang Leicester auf. »Verdammt, Cecil! Ihr seid ein dreckiger Lügner! Es ist nicht meine Schuld, daß er Verrat im Sinn hatte. Und auch nicht, daß er neulich wimmernd wie ein verprügelter Köter zur Königin gekrochen kam und um Verzeihung bettelte. Euer Kopf ist so vollgestopft von Euren eigenen Scheißintrigen, daß Ihr sie schon überall wittert.«

Cecil war mit Leicesters ordinärem Wutausbruch sehr zufrieden. Er hatte gezeigt, wie sehr es den Earl verdroß, daß er selbst manipuliert worden war, und daß er sich Sorgen machte. Wenn die Königin Gnade walten ließ und Norfolks Kopf nicht rollte, welche Ausmaße würde sein Unmut dann wohl annehmen? Wie groß wäre dann seine Furcht vor möglichen Vergeltungsmaßnahmen seitens Norfolks? Leicester hatte alles auf Norfolks Untergang gesetzt, und bis jetzt hatte er weder verloren noch gewonnen.

Immer schön ein Zweig nach dem anderen, dachte Cecil erbarmungslos, indem sein Blick erst zu Bacon, dann zu Leicester wanderte. Robert Dudleys Zweig wird gekrümmt, dann geknickt; Marys königlicher Ast auf den Boden gezwungen; Norfolks beinahe abgesägt. Als nächstes kamen die Herren Northumberland und Westmorland an die Reihe. Diese beiden muß ich gemeinsam brechen.

Mit gedämpfter Stimme wandte er sich an seinen Bundesgenossen, Sir Ralph Sadler, den Kanzler des Herzogtums von Lancaster. »Ihre allergnädigste Majestät ist geneigt, Norfolks Kopf zu belassen, wo er ist. Was meint Ihr dazu?«

Der sechzigjährige, immer dünner werdende Sadler blickte unter seinen buschigen Brauen hervor. »Das Parlament wird es anders sehen. Er ist ein Verräter, ob er nun Vergebung erfleht hat oder nicht.«

Cecil senkte seine Stimme noch mehr. »Es wäre vielleicht nicht undiplomatisch, der Königin in dieser Sache freie Hand zu lassen. Unterstützt mich, und ich werde dafür sorgen, daß Ihr zum Generalzahlmeister des englischen Schatzamts ernannt werdet – um Sussex' Führungsrolle im Norden zu überwachen.«

Sadler lächelte flüchtig. »Ihr scheint mir sehr siegessicher zu sein.«

»Das bin ich auch. Slade!« Der Kurier beugte sich zu ihm nieder. »Sagt Kapitän Tavistock in meinem Londoner Haus«, sagte Cecil unhörbar für andere, »daß Hawkins' Plan in Kraft tritt. Er wird Euch verstehen. Chatham und Deptford sind informiert. Ich befehle der Königlichen Marine, heimlich, aber in voller Stärke, ihre Kanalstationen anzulaufen. Ihr müßt der Marine unmißverständlich zu verstehen geben, daß Hawkins' Schiffe nicht behindert werden dürfen, unter keinen Umständen und egal, was sie tun.«

Slade verbeugte sich und eilte aus dem Saal mit Befehlen in seiner behandschuhten Faust, aus denen noch der Streusand rieselte und die nicht einmal versiegelt waren.

Und nun, dachte Cecil befriedigt, wäre es vielleicht an der Zeit, Leicester noch ein bißchen mehr in die Knie zu zwingen. Er hatte in diesem Jahr schon viel zuviel Zeit, um am königlichen Hof wie ein Hahn umherzuspazieren und sich lieb Kind zu machen. Vergangene Woche ging er mit der Königin auf die Jagd – auf diesem stolzen andalusischen Streitroß! – und erzählte ihr, er wisse aus sicherer Quelle, daß ich bereit sei, den Spaniern die Füße zu küssen. Jetzt hat er mich öffentlich einen Lügner genannt. Er übernimmt sich etwas, der Gute. Ich denke, er verdient einen kleinen Rüffel, der ihn auf den Boden der Tatsachen bringt. Und welches Mittel eignete sich besser dazu als der Vertrag?

Mit höchst angenehmen Gefühlen dachte er an den Tag, an dem Norfolk aufgegeben hatte. Die Vorladung der Königin muß er entgegengenommen haben, als müßte er eine Giftnatter anfassen. An jenem verhängnisvollen Sommertag, als Leicester die Falle zuschnappen ließ, war Norfolk erst nach London und dann auf seinen Besitz im Osten des Landes geflüchtet, der sich rings um Norwich, die zweite Hauptstadt Englands, erstreckte.

Wie ein Wahnsinniger hatte er versucht, die einzelnen Fetzen seiner Pläne zusammenzuflicken, was ihm anfangs schier unmöglich erschienen sein mußte. Aber als sich das Laub seiner Obstgärten golden und später braun verfärbte, war in ihm eine schwache Hoffnung aufgekeimt. Walsingham hatte Briefe von Northumberland und Westmorland abgefangen, aus denen hervorging, daß sie beide fest auf Norfolks Seite standen. Auch Mary hatte ihn in ihrem gerechten Zorn über ihre Gefangennahme ermutigt. Alba, dessen Geduld bereits arg strapaziert war, hatte versprochen, Truppen zu schicken. Wider alles Erwarten war es de Spes gelungen, Alba zu überzeugen, daß die risikoreiche Kanalüberquerung noch vor Einbruch des Winters möglich sei – mit englischer Hilfe. Selbst der Papst hatte sich bereit erklärt, ein bösartiges Dokument zu fabrizieren, in dem er Elisabeth verdammte und ihre Untertanen gegen sie aufhetzte.

Gerade, als Norfolk einen Silberstreif am Horizont entdeckt haben mochte, hatte Cecil ein Gespräch mit Elisabeth. Danach hatte er ihre Vorladung an Norfolk neu formuliert in versöhnlicherem Ton, als läge ihr sehr viel an einer Wiederannäherung. Norfolk hatte geschwankt. Nur noch ein paar Tage und alles wäre bereit.

»Schindet Zeit!« hatte Mary ihm aus Tutbury förmlich zugeschrien. »Haltet sie hin. Elisabeth muß gezwungen werden zu warten!«

»Sagt dem Kurier, daß ich krank bin«, hatte Norfolk seinem ihm keineswegs treuen Schreiber heiser zugeflüstert. »Sagt, daß ich in drei – nein, vier Tagen kommen werde. Schreibt, daß ich mit Fieber im Bett liege.«

Dann hatte er sich an Arundel gewandt: »Ich bin doch in Si

cherheit in Kenninghall, nicht wahr? Ich kann achtzehntausend Fußsoldaten und viertausend Berittene aufbringen. Wenn ich eine Woche durchhalte, bin ich gerettet. Eine Woche! Gott, gib mir diese eine Woche!«

Durch seinen Spion hatte Cecil erfahren, daß Norfolk drei Tage später, als er das Siegel von Elisabeths zweiter Vorladung, diesmal mit dem höchst ungnädigen Originaltext, aufgebrochen hatte, leichenblaß geworden war und Blut gehustet hatte.

»Wir sind es nicht gewöhnt, eine solche Antwort von wem auch immer entgegenzunehmen«, hatte sie zornig geschrieben und ein sofortiges Erscheinen gefordert – wenn nötig, getragen in einer Sänfte und selbst dann, wenn ihn die Reise umbringen sollte.

Nachdem er das furchteinflößende Schreiben zweimal gelesen, das ungeduldig stampfende Pferd des königlichen Boten in seinem Hof und das mit Knöpfen besetzte schwarze Lederwams gesehen hatte, muß ihn eisige Verzweiflung gepackt haben, denn er hatte Northumberland in einer Eilbotschaft aufgefordert, den Aufstand zu stoppen.

»Ich werde nach Windsor gehen und auf die Gnade der Königin vertrauen!« sagte er zu Arundel, der ihm in dieser schweren Stunde beistand.

»Du kannst die Sache immer noch durchführen!«

»Nein!«

»Feigling! Verräter! Du wirst uns alle umbringen!«

Norfolks Gefolgsleute hatten versucht, ihn aufzuhalten. Sie hängten sich an seine Steigbügel, aber er hatte sie umgeritten, weil er nichts anderes wollte, als sich der Königin in kriecherischer Reue zu Füßen zu werfen.

Und als er dann nach Windsor gekommen war – wie hatte ihn die Königin angeschrien, ihn mit Gegenständen von ihrem Schreibtisch beworfen und ihn erbarmungslos mit Drohungen überschüttet! Man hatte ihn aus ihrem Zimmer schleifen müssen, weil er nicht aufhören wollte, um Verzeihung zu winseln und den Blödsinn herzuleiern, den ihm Leicester eingesagt hatte, er habe Mary neutralisieren und die Thronfolge sichern wollen; dabei rang er ständig mühsam nach Luft, denn der kühle Stahl in seinem Nacken gemahnte ihn an die Strafe, die er bezahlen mußte.

Es war ein ungewöhnliches Schauspiel. Anschließend war es ein leichtes gewesen, dem schlotternden Herzog den Vertrag zu entlocken, den er mit Leicester geschlossen hatte. Soll ich Leicester jetzt, auf der Stelle, knicken? überlegte Cecil, der glaubte, daß er die Dinge, soweit er sie überblickte, fest in der Hand hatte. Soll ich ihm eine Abschrift des Vertrags zeigen? Es wäre, als zeigte ich ihm sein Todesurteil, und wohl auch ein sicherer Schutz gegen alle Malicen seinerseits. Aber vielleicht sollte ich damit warten. Ein kluger Mann ließe sich Zeit.

Er dachte noch einmal an das Reisigbündel, das er Nicholas Bacon gezeigt hatte. Ein zäher Ast steckte noch darin: Tavistock. Sein nächster Brief würde an den Herzog von Alba gehen – unter größter Geheimhaltung via Giuseppe Gradenego und Spinolas Bank – des Inhalts, daß sich der Begleitschutz, den Alba für seine Truppen organisiert hatte, gegen ihn wenden würde.

# 11

Als John Hawkins die *Antelope* entdeckte, lag sie vor der flachen, marschigen Insel Walcheren; mit vier weiteren properen Zweihundert-Tonnen-Schiffen bildete sie in weit auseinandergezogener Linie eine wachsame Postenkette quer über die westliche Scheldemündung. Alle fünf Schiffe gehörten Hawkins; alle waren Handelsschiffe, die er nach den guten Geschäften des vergangenen Sommers, als er im Konvoi mit den Merchant Adventurers in Hamburg gewesen war, gekauft hatte, und alle fünf lagen tief im Wasser, als hätten sie schwer geladen. Ihre Ladung war allerdings keine übliche Fracht; sie bestand aus Munition und aus Kanonen.

Hawkins stand am Bug eines flachen kleinen Fahrzeugs aus Chatham, das als Versorgungsschiff diente. Es war ein kalter Nachmittag, aber windstill, so daß die See ruhig war und glatt wie Fensterglas.

Er begrüßte die Offiziere und schüttelte Tavistock mit dem üblichen festen Griff die Hand; trotzdem lag diesmal etwas in dem Händedruck, das Tavistock warnte.

»Willkommen an Bord, General«, sagte er mit der an Bord angemessenen Förmlichkeit.

»Ich danke dir, Richard.«

»Neuigkeiten aus England?«

»Neuigkeiten schon, aber sie werden dir nicht gefallen. Zuerst möchte ich deinen Bericht hören.«

Sie stiegen auf das Poopdeck. Tavistock fühlte sich durch Hawkins' Schweigsamkeit leicht beunruhigt. Ich habe nichts zu berichten, dachte er, und das weißt du genau. Seit zwölf Tagen lungern wir hier herum. Du bist gekommen, um mir zu sagen, warum sich hier nichts tut, und hoffentlich weißt du einen guten Grund. Verdammt! Ich möchte wissen, welche teuflischen Ideen Walsingham dir in den Kopf gesetzt hat und wo er jetzt steht. Und was ist mit dem Aufstand? Weiß Gott, Wissen ist Macht – ohne Bescheid zu wissen komme ich mir vor wie ein gefesseltes Pferd. Und du, lieber John, weißt auch das genau.

»Die Spanier wissen, daß ich hier draußen liege«, sagte er. »Entweder sie treffen mich hier, wenn sie soweit sind, oder wir treffen uns überhaupt nicht. Ich werde auf keinen Fall in die Honde hineinsegeln, um sie abzuholen.«

Hawkins knurrte verständnisvoll und hakte die Daumen in seinen Gürtel. »Meinst du, sie ahnen den Verrat, den du für sie bereithältst? Aye, das würde ihr Zögern erklären.«

Tavistock warf ihm einen grimmigen Blick zu. Seit er vor vierzehn Tagen Sir Williams Befehl erhalten hatte, freute er sich auf den Tag, an dem er es de Spes mit Pulver und Blei heimzahlen konnte. Der Botschafter hatte ihm Gold gegeben und ihn gebeten, Briefe an Albas Gesandte zu übermitteln. Die Hälfte des Goldes war an Hawkins gegangen; der Rest, der von Bowen gehütet wurde, war auf Drakes energische Bitte hin nach Plymouth gewandert. Der Brief an Alba lag noch unter Verschluß in seiner Kajüte.

Tavistock war damals bester Stimmung gewesen. Es war herrlich, nach so langer Zeit außer Dienst wieder an Bord eines Schiffes zu sein, zu handeln und aktiv am Ablauf der Ereignisse teilzuhaben. Er hatte die Operation bis in die – vorletzte – Einzelheit besprochen und war zu dem vereinbarten Treffpunkt vor der flandrischen Küste gefahren, genau, wie es die Spanier gewünscht hatten. Sobald die mit Soldaten beladenen *urcas* erschienen, würde er sich ihnen mit seinem Geschwader anschließen und die Kiellinie neben ihnen fahren, bis die englische Küste in Sicht käme. Dann würde er die letzte Einzelheit der Operation ausführen, die er nicht mit de Spes besprochen hatte: eine gewaltige Kanonade aus englischen Vierundzwanzigpfündern!

Jetzt müßte John hier sein, dachte er. Diese dreizehn Fuß langen Samuel-Stanton-Culverinen, von denen jede ihre viertausend Pfund wog, konnten, richtig eingesetzt, jedes Schiff zerstören. Ein solches Geschütz verlieh einer vierundzwanzig Pfund schweren Eisenkugel die Sprengkraft, um fünf Fuß starke Schiffsbalken zu durchschlagen, und das auf eine Reichweite von hundert Yards. Albas dürftige Truppentransporter würden splittern wie Kistenholz, und die massiveren Naos, die vielleicht als Begleitschutz mitfuhren, würden aufplatzen wie Weinfässer.

Aber nichts war geschehen. Kein einziges Schiff aus der Schelde hatte versucht, an ihm vorbeizukommen, weder bei Tag noch bei Nacht. Und die, die nach Antwerpen wollten, waren, sobald sie ihn sahen, abgefallen.

»Ich habe gehört, daß sich Francis Drake ein schnelles Schiff und zwei Pinassen gekauft hat«, sagte Hawkins.

Tavistock schwieg. Hawkins ahnte vermutlich, daß Tavistock ebenfalls der Meinung war, ein Krieg mit Spanien sei unvermeidlich und daß man die Spanier schon vorher schröpfen und schädigen sollte, wo es nur ging.

»Ich habe gehört, daß er ohne Genehmigung und ohne Passierschein losgefahren ist«, fuhr Hawkins fort. »Weißt du etwas darüber?«

»Ich bin hier weit weg von Plymouth, General.«

Hawkins grunzte. »Aye. Aber das ist keine Antwort auf meine Frage.«

»Ich habe selbst genug zu tun, um mir auch noch wegen Francis Drake und was er zu tun beliebt Gedanken zu machen.« Die Pläne, die Tavistock mit Francis kurz vor dessen Hochzeit im Juli heimlich geschmiedet hatte, waren ziemlich konkret gewesen. Sie hatten zusammen in Hawkins' Küche gesessen und ohne Hawkins' Wissen auf das Wohl der armen Kerle aus Deptford und Plymouth getrunken und dabei ihre Idee, ein Schiff für Westindien auszurüsten, bis ins kleinste zu Ende gedacht.

Anschließend hatte Drake bewundernswerte Arbeit geleistet. Mit seinem eigenen Geld und mit den Goldpesos von de Spes hatte er ein schnelles leichtes Schiff gekauft und es mit Stanton-Geschützen bestückt. Unmittelbar danach hatte er mit der Verproviantierung für eine Reise nach Vera Cruz begonnen. Wenn Drake es schaffte, in Westindien zu sein, bevor bekannt wurde, daß Albas Invasion ins Wasser gefallen war, könnte er John und die anderen englischen Seeleute gegen ein Lösegeld freikaufen und ungeschoren entkommen.

»Das wird keine große Sache«, hatte Drake grinsend gesagt, »nur ein kleiner Kuhhandel in letzter Minute mit dem fetten und doch ganz netten Don Luis Zegri – freimütig, ehrlich und freundschaftlich. Wenn dann die Jungs an Bord sind, werden wir auf den Falschspieler Don Emilio zurückkommen.«

Seitdem hatte Richard immer wieder genüßlich bei dem Gedanken verweilt, daß es de Spes' Gold war, das dies alles finanzierte. Und wenn Drake sich treu blieb, würde das Lösegeld nur ein Lockmittel sein, und er würde das Zwölffache davon nach Hause bringen. Aber irgend etwas war schief gelaufen. Zehn Tage waren vergangen und kein Gesandter von Alba hatte sich blicken lassen. War es möglich, daß die Rebellion Männer und Waffen für sich gewann? Sollte Norfolk gar Erfolg gehabt haben? Hatte sich London gegen Elisabeth erhoben? Tavistock bekam plötzlich Angst. War Anne in Sicherheit?

»Du wirst nach Hause zurückkehren, Richard.«

Tavistock glaubte, nicht richtig gehört zu haben. »Was?!«

»Jetzt. Sofort. Ich habe andere Aufgaben für dich.«

Genau das hatte er in dem Moment befürchtet, als er Hawkins in der Pinasse kommen sah. Er hatte geahnt, daß ihn die lichtscheue Politisiererei in London seiner Chance zu handeln beraubt hatte.

»Was ist passiert?« fragte er.

Hawkins legte seine Hände flach auf die Reling. »Die Häfen sind geschlossen, und ich habe mich über Sir Williams Befehle hinweggesetzt, um hierherzukommen. Du weißt, daß Northumberland und Westmorland Truppen aufgestellt haben? Sie haben Hartlepool genommen, damit Albas Truppen im dortigen Hafen landen können.«

»Die werden Hartlepool nie erreichen. Bei Gott!«

Hawkins schüttelte den Kopf. »Möglich. Aber bestimmt nicht dank deiner Bemühungen. Der Herzog von Norfolk ist im Tower. Die Königin hat sich in ihre Festung nach Windsor zurückgezogen, und der Vetter Ihrer Majestät, Henry Carey, Lord Hunsdon, befehligt die Miliz gegen die Rebellen. In London gehen Gerüchte um, Alba hätte geschworen, er würde seinen Soldaten den rückständigen Sold in Cheapside auszahlen und die Königin hätte er bis Lichtmeß soweit, daß sie in St. Paul's die Messe hören würde. Eifrige Verbreiterin dieser Gerüchte ist die Gräfin von Northumberland, die an der Spitze der Armee ihres Gatten reitet. Im Augenblick zieht sie mit siebentausend Mann nach Tadcaster.«

Tavistocks Magen verkrampfte sich. »Dann kann ich hier unmöglich weg! Alba muß aufgehalten werden!«

Hawkins hob den Blick und sah ihn an. »Du wirst tun, was ich dir sage. Die Gerüchte sind dummes Geschwätz. Alba denkt nicht daran, Truppen einzuschiffen. Und ohne seine Hilfe bricht der Aufstand zusammen.«

»Er wird keine Truppen einschiffen? Wurden wir an de Spes verraten?« Tavistocks Gedanken rasten.

»Nein. Alba schrieb in einem Brief an de Spes, daß er erst dann Hilfe schicken werde, wenn sich die Königin von Schottland auf freiem Fuß befände. Für ihn ist das ein Test, wie sich die Engländer gegenüber Elisabeth verhalten, und der zu liefernde Beweis, daß die Rebellion keine verlorene Sache ist. Aber die Aufständischen können Mary nicht befreien, weil sie nicht wissen, wo sie sich aufhält. Lord Huntingdon und Sir Ralph Sadler haben sie nach Warwickshire gebracht, und soweit nach Süden könnte die Armee Northumberlands nur mit Albas Hilfe.«

Tavistock erkannte das Dilemma der Rebellen sofort: Keine Unterstützung ohne Mary, und ohne Mary keine Unterstützung. Wenn dieser Teufelskreis nicht durchbrochen wurde, war die Rebellion gescheitert. Dieses Manöver trug deutlich den Stempel von Sir William Cecils erfinderischem Verstand.

»Wie kam Alba auf die Idee, eine solche Bedingung zu stellen? Ich wette, daß unser Herr Minister dahintersteckt«, sagte Tavistock wütend. Dieser doppelzüngige Bastard! Cecil hat Alba gewarnt, und ich vertrödle hier meine Zeit für nichts und wieder nichts!

Hawkins zuckte die Achseln. Er sagte weniger, als er wußte. »Sir William ist mit unseren Ideen nicht ganz einverstanden, Richard.«

Tavistocks Geduld war zu Ende. »Ihr werdet jetzt ganz offen mit mir reden, General!«

Hawkins stutzte angesichts der unverhohlenen Gereiztheit seines Untergebenen, aber er blieb sachlich. »Überlege einmal: Sir Williams Ziel ist es, den Aufstand zu vereiteln.

Das gelingt vielleicht, wenn die Unterstützung durch die Spanier wegfällt. Also muß die spanische Unterstützung verhindert werden. Es bestand nie die Absicht, eine spanische Armee zu vernichten, aber es mußte verhindert werden, daß sie englischen Boden betritt.«

»Und was ist mit meiner Absicht? Und mit Eurer, John?« Tavistock hieb mit der Faust auf den Verschlußblock einer Kanone. »Und wozu diese Feuerspeier?«

»Du könntest genausogut Quadersteine geladen haben.«

»Die wären jedenfalls leichter zu verdauen als der Brocken, der mir im Magen liegt.«

»Das mag schon sein«, sagte Hawkins und wirkte plötzlich ganz versöhnlich. »Aber verstehst du denn nicht? Unser Weg wäre unwiderruflich. Sir Williams Spiel ist wesentlich intelligenter und flexibler. Er hat Alba vor dem Untergang gerettet und damit signalisiert, daß er mit Spanien keinen Krieg wünscht. Und er hat de Spes in Albas Augen zum Narren gemacht.«

»Und mich hat er auch zum Narren gemacht! Er hat uns die Chance für einen entscheidenden Schlag verpatzt!« Tavistock war so wütend, daß er noch einmal mit der Faust auf die Kanone hieb und sich die Knöchel blutig schlug. Und dann fiel ihm ein, daß Jan de Grootes Zorn noch wesentlich größer sein würde; daß er seinen Männern und seinen Verbündeten falsche Hoffnungen gemacht hatte; und daß de Groote eine Entschädigung erhalten mußte, die er aus dem kostbaren Goldschatz, den er für eine andere Aufgabe vorgesehen hatte, bezahlen würde, selbst wenn sie tausend Pfund betragen sollte; und daß nichts, aber auch gar nichts das Vertrauen in seinen Namen bei jenen wiederherstellen würde, von denen er am meisten Respekt verlangte. »Der Satan hole diesen Aal von einem Politiker!«

»Ruhig, Richard«, sagte Hawkins warnend. »Sir William ist ein mächtiger Mann. Gefährlich wie eine Viper, das schon, aber er arbeitet gottlob nicht gegen uns. Wenn der katholische Aufstand im Süden ausbleibt und wenn es Sussex und Hunsdon gelingt, die Rebellen im Norden abzuschneiden und zu Staub zu zermalmen, wird Cecil als der Sieges dastehen. Dann wird es nicht mehr lange dauern, bis Norfolk und Mary Stuart bekommen, was sie verdient haben, und Sir William die Pairswürde erhält. Und das alles hätte er dann erreicht, ohne Spanien provoziert zu haben. In seinen Augen ist das ein totaler Sieg für ihn und eine Niederlage für die anderen, und warum nicht? Du mit deinen nicht anerkannten Verbündeten und eigenmächtigen Aktionen, du *warst* einmal gefährlich.«

Tavistock blickte auf das Mitteldeck hinab, wo seine Männer, eingehüllt in dicke Filzmäntel, auf ihren Posten standen und so taten, als hörten sie nicht zu. Er sah Momfrey und Riveley, Browne und Gonson, alle Überlebende der letzten Westindienfahrt. Ein Jahr war inzwischen vergangen. Er wußte genau, wie es sie juckte, die alte Rechnung für ihre Schiffskameraden zu begleichen. Es waren gute Männer, verläßliche Männer, die Kopf und Kragen für ihren Kapitän riskierten und die man nicht einfach ihrem Schicksal überließ oder wie Marionetten behandelte, wie Hawkins das mit ihm machte. Enttäusche sie jetzt nicht!

»Und wie stehen wir jetzt da?« fragte er Hawkins verbittert. »Sind wir wieder die dreckigen Piraten?«

»Unsere Piraterei ist inzwischen Vergangenheit. Die Spanier werden Süßholz raspeln und alte Geschichten geflissentlich ruhen lassen, denn noch befindet sich ihr Gold in Elisabeths Besitz. Sir William hat mit seinen Tricks auch ein gewisses Maß an spanischem Vertrauen erkauft.«

»Und de Spes? Haben wir es mit ihm verdorben?«

Hawkins holte tief Luft und atmete langsam aus, während er über diese gute Frage nachdachte. »Ich glaube nicht. Sir William ist hier ebenfalls sehr geschickt vorgegangen. Alba wurde von einer Meuterei innerhalb deiner Mannschaft gewarnt. De Spes wird also höchstens die Loyalität deiner Männer anzweifeln.«

Tavistock nickte kurz und Hawkins verschränkte die Arme

vor der Brust. »Ich denke, wir sprechen am besten mit Walsingham. Er hat außerdem eine neue Aufgabe für dich.«

»Welche Aufgabe?«

»Eine, die du hervorragend beherrschst – schmuggeln.«

»*Schmuggeln?*« stieß Tavistock hervor. »Soll ich schon wieder mißbraucht werden?«

»Nun reicht es aber, Mann. Kannst du keinen Befehl entgegennehmen, wie es sich gehört? Es ist eine wichtige Aufgabe. Für eine vertrauenswürdige Person. Und es geht dabei nicht um Tuchballen oder Weinfässer.«

Tavistock warf Hawkins einen bitterbösen Blick zu. »Worum dann?«

»Du sollst einen italienischen Bankier nach England bringen. Mit ihm kommen die besten Hoffnungen für unser aller Zukunft.«

Tavistocks Zorn war in der strengen Kälte rasch geschrumpft; nun dachte er wieder etwas klarer und sah die Dinge im Zusammenhang. Es hatte keinen Sinn, eine Doppelzüngigkeit, die sich als nützlich erwiesen hatte, zu entlarven, und aus de Spes' Leichtgläubigkeit würde Cecil bestimmt jeden möglichen Vorteil ziehen. Aber diese neue Aufgabe ging über alle bisherigen Vereinbarungen hinaus und war ihm keineswegs willkommen.

»Ich werde für Euch nicht mehr die Dreckarbeit machen«, erklärte er Hawkins. »Ich habe eigene Pläne. Mein Bruder –«

»Du wirst nirgends hingehen ohne ein Schiff und ohne Paß.«

»Und wer will mich daran hindern?« entgegnete Tavistock heftig.

»Ich und die gesamten Streitkräfte der Königin. Wenn du mir Schwierigkeiten machst, Richard, bist du innerhalb einer Woche ein toter Mann. Bring mir diesen Bankier und ich besorge dir einen Paß, damit du segeln kannst.«

»Wer ist dieser Bankier?«

»Sein Name ist Roberto di Ridolfi. Er hat einen sehr wichtigen Auftrag.«

»Dann sollte mich für, vorausgesetzt ich stimme zu, mehr herausspringen als ein beschissener Fetzen Papier.«

»Wenn du den Auftrag erfolgreich ausführst, ist dein Lohn ein eigenes Schiff.«

»Das hier?«

»Verdammt, Richard!« stieß Hawkins erbittert hervor. »Habe ich dich nicht in meine Familie aufgenommen? Dich wie einen Schößling gehegt und gepflegt? Und wofür? Daß du nun *forderst* – und noch dazu mein bestes Schiff!«

Tavistock umklammerte den Griff seines Entermessers. »Ich bin inzwischen eine stämmige Eiche. Und Euer bestes Schiff habe ich bereits und noch vier andere dazu. Wenn ich etwas von Euch gelernt habe, John Hawkins, dann das, daß ein Kapitän auf See Herr über alle und alles ist – mehr als ein Minister, mehr als ein Fürst. Aye, und mehr als ein Schiffseigner. Ihr seid jetzt auf meinem Schiff, es befindet sich auf hoher See, und wir können fahren, wohin ich will. Ich werde die *Antelope* für meine Bemühungen bekommen, oder das ganze Geschwader segelt nach La Rochelle, wo mich die Hugenotten auf den Knien bitten werden, die Spanier zu überfallen.«

Hawkins sah ihn stumm an, dann nickte er.

Tavistock hätte am liebsten einen Luftsprung gemacht. Welch eine Prise! Im Altertum war die Antilope ein Fabeltier, das an den Ufern des Euphrat lebte. Es war sehr wild und schwer zu fangen, und gegen seine Feinde rannte es mit spitzen Hörnern an und spießte sie auf. Die *Antelope* war das ideale Schiff für seine Pläne. Es war neu, schlank, schnell, solide gebaut und ließ sich mit schweren Geschützen bestücken.

Im Geist ließ er das Treibgut Revue passieren, das die jüngste Wendung dieses politischen Sturms an seine Küste gespült hatte. Da war De Spes' Gold und da war Anne Cecil. Wenn als nächstes ein hübsches Schiff dahergeschwommen kam, besäße er auch das. Dann würde er warten, bis Drake mit John zurückkäme, und dann würden sie gemeinsam die tropischen Meere befahren, und die Spanier würden erleben, daß englischer Stolz und englische Rache mehr waren als ein paar alte Taktierer, die auf Pairswürden aus waren und Gerechtigkeit für überflüssig hielten.

Hawkins sah ihn durchdringend an und sagte leise mit einem warnenden Unterton, als könnte er Gedanken lesen: »Ich kann dich verstehen, Richard. Aber sei vorsichtig. Cecil ist skrupellos und schlau. Aye, schlauer und härter als du, Richard. Und er hat tausendmal mehr Verbindungen als du und ich je haben werden, und Hunderte von Spionen in ganz Europa, die ihn mit geheimen Informationen beliefern. Er ist von fanatischer Loyalität gegenüber Elisabeth. Du hast gesehen, welches Interesse er an Stammbäumen, an Ahnenforschung und Erbrecht hat. Er wird alles tun, um die Macht zu behalten und in den Hochadel aufzusteigen. Du hast ihn einen Aal genannt. Er ist einer. Er dreht und wendet sich, wie es gerade paßt. Im Augenblick hat er es auf Spanien abgesehen und auf den Earl of Oxford. Wenn du dein grünes Laub behalten willst, stolze Eiche, vergiß das nicht und laß die Finger von seiner Tochter.«

Tavistock war sehr still geworden. Er mußte plötzlich an die kämpfenden Hirsche in den königlichen Parks denken. Es war ein allgemeines Bedürfnis bei Wesen männlichen Geschlechts, gegen alles, was zwischen ihnen und ihren Wünschen stand, mit gesenktem Kopf anzurennen. Die Versuchung, sich mit Cecil anzulegen, war fast übermächtig, aber Hawkins hatte recht. Es wäre tödlich, diesem Drang nachzugeben – zumindest für den Augenblick.

Aber niemand würde ihn von Anne fernhalten. Niemand.

Am Morgen von Beltane, dem 1. Mai im alten schottischen Kalender, brachte Robert Slade seinem Herrn das Dokument, vor dem ihm gegraut hatte. Es hätte ihn kaum mehr erschüttert, wenn die Königin seinen Kopf verlangt hätte.

Als Slade bei Cecil eintraf, war er gerade damit beschäftigt, eine Liste von geeigneten Schauprozessen und Exekutionen aufzustellen, um die Verbrechen der Rebellen aus dem Norden darzustellen und zu sühnen. Die Ereignisse hatten sich bisher zu Cecils Zufriedenheit entwickelt. Edward de Vere hatte endlich in eine Heirat mit seiner Tochter eingewilligt. Er, Cecil, hatte das Reich vom Abgrund eines Krieges mit Spanien zurückgehalten. Der Norden war streng bestraft worden. Seine Feinde waren geschwächt und ihre Zahl war kleiner geworden.

Abgesehen von ein paar kurz aufflammenden Gewaltakten des dickköpfigen Großgrundbesitzers Leonard Dacre, die Lord Hunsdon mit eiserner Faust erstickt hatte, war von der katholischen Revolte schon vor Lichtmeß nicht mehr viel vorhanden, und Ende Februar war sie völlig niedergeschlagen. Was von Northumberlands Armee übriggeblieben war, wurde über die Grenze nach Schottland gejagt in die Arme von Mary Stuarts letzten Sympathisanten. Der Earl war von schottischen Protestanten auf schmähliche Weise gefangengenommen worden und befand sich nun in englischem Gewahrsam. Nur dem Wiesel Westmorland war es gelungen, sich aus dem Staub zu machen und sich in den für englische Renegaten sicheren Hafen des Herzogs von Feria in Spanien zu retten. Die zwei wichtigsten Fragen waren nun: Wie sollte man sich Mary Stuart gegenüber verhalten und was sollte mit Norfolk geschehen?

Cecil hatte sehr viel darüber nachgedacht. Noch vor zwei Tagen war ihm das Problem ziemlich einfach erschienen. Das Parlament verlangte Marys Kopf, und kein Tag verging, ohne daß nicht der blutrünstige Londoner Pöbel gegen sie aufgehetzt wurde. Es schien ihm die einfachste Sache der Welt, Elisabeth davon zu überzeugen, daß Marys Hinrichtung unvermeidlich war.

Doch als er zu ihr gegangen war, hatte sie ihm widersprochen: eigensinnig, heftig und unnachgiebig. Cecil hatte insistiert und war zu weit gegangen. Er hatte sie bis an den Rand eines hysterischen Wutanfalls gereizt – durchaus mit Absicht. Sie war seit über zehn Jahren Königin und hatte gelernt, wie man verlangte und wie man bekam. Er jedoch war schon um einiges länger Staatsmann und wußte, wie er seine Königin dazu brachte zu wollen, was er wollte. Ein Blick hatte ihm Schweigen geboten. Ihre geballten Fäuste, auch wenn sie die einer Frau waren, hatten unmißverständlich das Wesen ihres Vaters erkennen lassen – den durch nichts getrübten Machtanspruch Heinrichs VIII.

Dahinter steckte natürlich Methode. Und so hatte er sich denn auch als eingeschüchterter Untertan tief verneigt und sich mit einer schwungvollen Armbewegung gehorsam zurückgezogen mit dem Gefühl, sie genau dort zu haben, wo er sie haben wollte.

Jedoch hinter der Maske, im vertrauten Kreis, hatte er in ihrem Gesicht die widerstreitenden Gefühle und Gewissensbisse gesehen. In jener Woche war über das heikle Thema nicht mehr gesprochen worden – leider, aber es konnte warten – und auch nicht über Thomas Howard – Gott sei Dank, denn der närrische Herzog von Norfolk war lebend noch zu gebrauchen. Nachdem die Königin auf beide wütend war, hatte Norfolk eine Chance zu überleben. Cecil würde das schließlich als den Wunsch aller Engländer präsentieren und vorschlagen: Begnadigung für Norfolk, den Richtblock für Mary. Und Elisabeth würde akzeptieren, weil der Vorschlag gerecht und weise war und weil sie ihm, Cecil, absolut vertraute. Slades knapper Verbeugung folgte keine weitere Erklärung. Er legte nur ein großes, handbeschriebenes Blatt vor Cecil auf den Tisch. Beim Anblick der italienischen Schreibschrift stockte ihm der Atem. Dieser Alptraum war es, der ihn vor Weihnachten veranlaßt hatte, die Häfen zu schließen und sie während und nach dem Aufstand geschlossen zu halten. Es war der Vergeltungsschlag vom Stuhl Petris, den er hatte abwehren wollen und der ihn nun, obwohl er ihn erwartet hatte, zutiefst erschreckte.

»Gefunden an der Haustür des Bischofs von London in St. Paul's Churchyard, Sir William.«

»Danke«, sagte er völlig schockiert. »Danke. Wurde es gelesen?«

»Es wird darüber geredet, und die Wachleute haben Hunderte von diesen Zetteln gefunden. Die Straßen werden bald davon übersät sein.«

»Du hast es geradewegs hierhergebracht?«

»Ja.«

»Gut. Warte hier auf mich. Ich bin gleich wieder zurück.«

Er faltete das Papier zusammen, stand auf und begab sich zum Audienzsaal der Königin. Er merkte sofort, daß er ungelegen kam. Die Königin reagierte gereizt; sie würdigte ihn keines Blicks und wandte sich ausschließlich an Leicester.

»Du fühlst dich nicht wohl, Robert.«

Das war keine Frage, sondern eine Feststellung.

Leicester kraulte sich lustlos die Stirn. Cecil begriff, daß er just in dem Augenblick gekommen war, als Leicester wieder einmal etwas ausheckte, um die Königin zu amüsieren und sich dabei zu bereichern. In Gegenwart der Königin zu intrigieren, war für Leicester im allgemeinen ein erregendes Erlebnis, aber jetzt, in Cecils Gegenwart, war ihm die Lust vergangen. Es gab nur wenige, die es fertigbrachten, die Wahrheit über längere Zeit vor der Königin zu verbergen, und niemanden, der ihr ins Gesicht lügen konnte.

Cecil wartete geduldig, bis Leicester sich davonmachen würde.

»Ich fürchte, mein Arzt hat recht«, sagte der Earl und erhob sich von den Polstern. »Vermutlich bekomme ich eine Sommerinfluenza.«

»Ich werde den Doktor Caius zu Euch schicken«, sagte Elisabeth, und ihre Stimme klang tückisch.

»Zu gütig! Aber bitte, bemüht ihn nicht.«

»Er ist hervorragend und kennt seinen Galen genau. Er wird Euch sagen, ob Ihr die Grippe habt, und eine Arznei verabreichen.«

Sie sah Lettice Knollys, ihre hübsche Kusine und Leicesters augenblickliche Geliebte, durchdringend an, dann wandte sie sich wieder an ihn.

»Warum sich damit quälen?«

»Vergebung, Majestät, darf ich die Wahrheit sagen?«

»Bitte.«

»Ich muß Euch um die Erlaubnis bitten, mich hinlegen zu dürfen, damit ich heute abend in Bestform bin für das Theaterstück. Ich bin vom strahlenden Glanz Eurer Majestät überwältigt.«

Elisabeths schlechte Laune war wie weggeblasen. Er nahm sich die Freiheit, unaufgefordert ihre Hand zu küssen, aber sie zog sie zurück, als ihr einfiel, daß Cecil zusah.

»Was Euch heute an Gunst zustand, habt Ihr bekommen. Mehr gibt es nicht.«

Wie ein Pfau stolzierte Leicester an Cecil vorbei und flüsterte ihm zu: »Ich überlasse Ihre Majestät Eurer Obhut, Herr Minister.«

»Ihre Majestät hat keinen Herrn«, erwiderte Cecil lächelnd und verneigte sich mit übertriebener Höflichkeit. »Und«, fuhr er etwas lauter fort, »auch keinen, der ihr ebenbürtig wäre.« Leicester drehte sich einmal um sich selbst und verließ steifbeinig den Saal. In den Reihen der jüngeren Hofdamen wurde gekichert; diejenigen, die mitgehört hatten, sahen sich verblüfft an. Lettice Knollys ließ das Gekicher und Geflüster völlig kalt, und auch an Cecils unheilverkündender Miene hatte der Wortwechsel mit Leicester nichts geändert.

Elisabeth winkte herrisch. Cecil näherte sich ihr mit dem Papier in der Hand und sprach flüsternd auf sie ein, worauf sich die Königin sofort erhob und mit einem Händeklatschen alle aus dem Saal schickte. Alles Weiche war aus ihrem Gesicht verschwunden, während ringsum Katzen, Schoßhund und Stickrahmen aufgesammelt und eiligst hinausgebracht wurden.

Als Elisabeth mit dem Papier zu ihrem Schreibtisch ging, steckte sie den Finger durch das Loch, wo die päpstliche Bulle *Regnans in Excelsis* von einem Nagel durchbohrt und an der Tür des Bischofs befestigt gewesen war. Dann studierte sie sorgfältig, was der Papst verfügt hatte: Elisabeth, »die angemaßte Königin von England und ihr ketzerischer Anhang«

waren exkommuniziert. Sie habe ihre Thronrechte einge-
büßt, und jeder ihrer Untertanen, der sie in Zukunft als Königin anerkenne, wäre ebenfalls exkommuniziert.

Als die Königin aufblickte, wirkte sie gefaßt. Nur ihre wild
funkelnden Augen verrieten ihre Erregung. Sie heftete ihren
Blick auf den Minister und ließ das Papier in ihren Schoß fallen. Sie atmete flach und schnell.

»Ich bin exkommuniziert, und alle meine katholischen Untertanen sind entweder Verräter oder sie fahren mit mir zur
Hölle.«

»Majestät...«

Cecil wußte nicht, was er sagen sollte. Tod und Teufel! Pest
und Schwefel! Damit war jeder einzelne englische Katholik
zu einer Brutstätte für Verrat geworden. Die Bedrohung, die
von Mary Stuart ausging, hatte einen neuen, schrilleren Ton
angenommen. Wird die Königin jetzt ihr Todesurteil unter-
schreiben? Sie muß es tun.

»Haltet mich.« Ihre kalte Hand griff nach der seinen. »Hal-
tet mich, bis ich den Krampf überwunden habe, der mein
Herz erfaßt hat.« Sie zitterte, stöhnte wie eine Frau in den
Wehen, und der Schweiß glänzte auf ihrer hohen Stirn.

»Wird Christus mich verlassen? Und der Heilige Geist?
Sagt es mir!«

»Die Liebe des Heilands ist ein starker Fels, Majestät.«

»Und mein Volk? Wird es sich gegen mich erheben?«

»Eure Untertanen lieben Euch, Majestät.«

Sie sprang plötzlich auf und begann, auf und ab zu gehen,
umgeben von ihren schwarzrot gekleideten Leibgardisten,
die unbeweglich in ihren Nischen standen und kaum zu atmen wagten. Cecil beobachtete sie voller Sorge. Der Druck,
der auf dem Herzen der Königin lastete, hätte einen Stier töten können.

Schneidend fuhr ihre Stimme durch die Stille im Raum.
»Haben wir nicht eine wesentlich größere und ganz unmittel-
bare Bedrohung zu bedenken? Von diesem Tag an kann sich
jeder mit meinem Kopf das Himmelreich erkaufen. Dutzend-

weise werden die Mörder versuchen, sich ein ewiges Leben gegen das Leben dieser ketzerischen Königin einzutauschen. Nicht zuletzt vielleicht der Erzpapist selbst, dieser selbsternannte Heerführer von Gottes eisernen Legionen, König Philipp!«

»Majestät, bitte!« sagte Cecil flehend. Mit einem Ruck drehte sie sich um und klatschte in die Hände. Cecil fühlte sich wie vom Blitzschlag getroffen durch diesen plötzlichen Knall. Er trat einen Schritt zurück, und dann sah er, wie sie den Mund öffnete, sah ihre Zähne, die gelb wirkten in dem kreideweißen Gesicht. Sie lachte.

Zwei Tage später, kurz nach Sonnenuntergang, wurde Cecil erneut von Slade in dringender Angelegenheit aufgesucht.

»Ihr wart erfolgreich?«

»Ein John Felton, Kaufmann aus Southwark, hat seine Rolle gestanden.«

»Er hat die Bulle angeschlagen?«

»Das hat er zugegeben. Master Felton befindet sich im Kerker des Tower.«

»Habt Ihr ihn gestreckt?«

»Ich ging davon aus, daß Ihr es angeordnet hättet, Sir.«

»Ja. Gut... Laß ihm eine Nacht Zeit, in Ruhe nachzudenken, aber schärft ihm ein: Wenn er nicht sagt, wer bei dieser Sache mit der Bulle seine Komplizen waren, kommt er morgen wieder auf die Bank. Ich brauche den Namen des Mannes, der ihn nach England gebracht hat.«

Slades Augen glänzten im Kerzenlicht. »Ich habe ihn bereits überredet, Sir.«

»Wer also ist es?«

»Ein gewisser Robert di Ridolfi. Ein Italiener. Ein angeblicher Finanzier und Agent des Papstes. Er brachte die Schriftstücke von einem Hafen auf dem Kontinent.«

Cecil packte Slade am Ärmel. »Aus welchem Hafen? Wie ist das Zeug nach England gekommen?«

»Das müssen wir noch herausfinden, Sir.«

Slade nahm eine Tasche und schickte sich an zu gehen. Dieser Slade war Cecils treuester Gefolgsmann, aber er stammte aus einer katholischen Familie. War ihm noch zu trauen? Nicht doch, ermahnte sich Cecil, es gibt keine größeren Fanatiker als die Konvertiten. Erst die Zukunft würde zeigen, welche Macht die gehässige Bulle von Papst Pius auf das Volk ausüben würde, und dann war es vielleicht schon zu spät.

Wer? fragte er sich, nachdem Slade gegangen war. Ich muß wissen, wer dahintersteckt? Walsingham? Nein. Er ist Puritaner. Leicester? – Ja! O dieser feige Ehrgeizling! Scharwenzelt um die Königin herum, stellt sich mir in den Weg! Ich hasse ihn. Ich werde ihn vernichten. Ich werde der Königin zeigen, was er mit Norfolk ausgeheckt hat – aye, und ich werde ihn Norfolk gegenüberstellen, und der wird jede Zeile bestätigen. Dich da herauszuwinden, meineidiger Lügner, wird dir nicht gelingen!

Aber wenn ich mich nun irrte, dachte er plötzlich, seine eigene Schläue anzweifelnd. Mary muß sterben und Norfolk leben, zum Wohle Englands. Was geschieht, wenn Mary am Leben bleibt und Norfolk stirbt? Nicht auszudenken – für England und für mich. Ich kann Leicester nur anklagen, wenn ich vorher Norfolk anklage. Dann müßte ich wieder warten. Norfolk muß aus der Haft entlassen werden. Das habe ich dem jungen Oxford versprochen, und ohne die Freilassung seines Vetters wird es keine Heirat mit meiner Anne geben.

Auf seinem Fensterbrett stand eine Vase mit welkenden Osterglocken. Hinter den offenen Fenstern lag der Schloßhof im weichen Dämmerlicht, darüber das samtblaue Geviert des Himmels, ausgezackt von Kaminen und fantastischen Steinfiguren, durchzogen von Wolkenbändern in lachsrosa und flüssigem Gold, und darunter die kleinen trüben Lichter in den Fenstern der königlichen Wohnräume.

Elisabeth stand allein auf ihrem Balkon und wünschte sich, dieser milde Abend wäre ein Omen. Sie hatte an die listenreichen Arrangements denken müssen, die man rings um sie anstellte, um sie mit dem neunzehnjährigen Franzosen zu verheiraten und bedauert, daß sie allein diese Idee nicht von vornherein zurückweisen konnte.

Diese Gedanken hatten sie an den jüngsten dynastischen Schachzug ihres Schwagers erinnert: Anna von Österreich war die neue Braut König Philipps. Sie war eine Tochter von Kaiser Maximilian und würde Philipps vierte Frau werden. Von Antwerpen aus sollte sie demnächst die lange Seereise nach Spanien antreten. Die große Eskorte, die das Protokoll verlangte und die zur Abschreckung von Piraten nötig war, versammelte sich bereits. Wie einfach wäre es für Philipp, die päpstliche Bulle als Ausrede zu benutzen, um seine ersehnte Invasion in England durchzuführen.

Walsinghams Spione hatten berichtet, daß Westmorland in Spanien eine Heimat gefunden hatte in einem Rudel von Exilanten, die Philipp täglich mit ihrem Kriegsgeschrei in den Ohren lagen. Wenn sie an Northumberland ein Beispiel statuierte, würde das die Gemüter in Spanien dämpfen. Es könnte allerdings auch das Gegenteil eintreten.

Sie hatte Cecils Bericht über Northumberland erhalten und den Vollstreckungsbefehl unterzeichnet; er lag mit der noch feuchten Unterschrift auf ihrem Schreibtisch. Warum war es immer so schwer, das Leben eines Menschen auszulöschen? fragte sie sich. Warum scheine ich weniger eisern zu sein als mein Vater? Wenn ihn sein Gewissen beunruhigte, merkte das keiner. Vielleicht war das sein Geheimnis. Und außerdem war er ein Mann.

Sie unterzog ihre Gefühle einer genauen Prüfung. Es war nie leicht, Untertanen nur deshalb zum Tode zu verurteilen, weil sie an einer Überzeugung festhielten, und es war letzten Endes immer unklug, sie vor Gericht zu zerren, denn nicht die Leiden, sondern der Prozeß schuf Märtyrer.

Um ihr Gewissen zu beruhigen, beschloß sie, Feltons Witwe zu gestatten, für den Rest ihres Lebens heimlich in ihrem Haus die Messe hören zu dürfen.

Cecil möchte, daß ich aus Vernunftgründen eine souveräne Königin ermorden lasse, aber zu welchem Nutzen? Die Ermordung einer Königin ist ein gefährlicher Präzedenzfall, den nur Päpste in Betracht ziehen. Mary hat eine Verschwörung gegen mich angezettelt, das ist wahr. Aber jetzt ist sie meine Gefangene. Sie hat getan, was ich an ihrer Stelle auch getan hätte. Ich habe ihr die Freiheit genommen, aber ich werde ihr nicht das Leben nehmen.

Und Norfolk, der liebenswürdige, hochmütige, stümperhafte Norfolk! Immer dient die Dummheit des Feiglings der Bosheit eines anderen. Aber er hat gestanden und bereut, so wie ich am Jüngsten Tag meine Sünden bereuen werde. Aber auf gar keinen Fall möchte ich, aus welchem Grund auch immer, am Tor des Heiligen Petrus Gottes Gnade in Anspruch nehmen.

Mein Reich soll Bestand haben, und ich werde seine Königin bleiben. Wenn aber die Aufrechterhaltung dieser königlichen Macht zur Folge hätte, daß sich das Reich veränderte, daß es seine Würde verlöre oder ins Elend stürzte? Welcher Herrscher hätte Freude an einem Land, in dem die Tyrannei zu einem Krebsgeschwür ausartete? Ich bin umgeben von Narren und Schwächlingen, die gut und böse nicht unterscheiden können.

Sie dachte an die düsterste Zeit ihres Lebens zurück, an jenen fahlen Morgen vor sechzehn Jahren, als ihre damals regierende Halbschwester Mary sie von Hatfield nach London kommen ließ. Einundzwanzig Jahre war sie damals, und sie hatte ihre ganze Kraft aufbringen müssen, um erhobenen Hauptes unter den mit Reißzähnen bewehrten Wasserspeiern von Traitors Gate zu passieren. Sie wurde vor Gericht gestellt, angeklagt wegen Hochverrats, weil sie angeblich mit Thomas Wyatt gegen den Thron, gegen die katholische Kirche und gegen die Ehe Marys mit Philipp intrigiert hatte. Ein Jahr lang wurde sie im Tower gefangengehalten; darauf folgten vier Jahre des Schreckens in Woodstock und Hatfield, in denen ständig der Schatten jener

Klinge über ihr schwebte, der auch das Haupt ihrer Mutter zum Opfer gefallen war.

Aber Mary Tudor hatte nie die Hand gegen Elisabeth erhoben, obwohl sie wiederholte Male dicht davor stand. Auch sie war eine Tochter des grausamen Heinrich VIII. und hatte dennoch nie einen tödlichen Schlag gegen einen der anderen Nachkommen ihres Vaters befohlen. Und deshalb war ich es, die an jenem schicksalhaften Tag im November 1558, als Mary in ewigen Schlaf sank, in London einzog, um an ihrer Stelle als Königin ausgerufen zu werden. Die Menschen streuten Blumen und begrüßten mich als Retterin und Beschützerin, und im selben Atemzug verdammten sie meine Schwester in die tiefste Hölle.

Ich habe die Angst vor dem Block kennengelernt, dachte Elisabeth, während sie auf das Land hinausblickte, wo die Schatten länger und länger wurden. Ich kenne sie zu gut, um sie weder mir noch einem anderen zu wünschen. Ich werde mit Mary Stuart genauso verfahren wie Mary Tudor mit mir verfahren ist. Weder sie noch der törichte Thomas Howard verdienen es, vorschnell verurteilt zu werden – ungeachtet der Bedrohung, die sie für mich darstellen und ungeachtet meines guten Geistes Cecil.

Sie ging zurück an ihren Schreibtisch und schrieb den Freilassungsbeschluß für Thomas Howard, Herzog von Norfolk.

»Halt!«

Wer immer dieser riesige Mann in Schwarz und der andere mit einer Nase aus angelaufenem Silber waren, für den jungen Hauptmann der Wache hatten sie hier nichts zu suchen.

Den übelriechenden, löwengesichtigen Roger Groton kannte er. Er hatte ihn oft in der Gesellschaft von Francis Walsingham gesehen, und während der langen Unruhen war er überall aufgetaucht, wo sich der Hof Ihrer Majestät aufgehalten hatte. Er war ein Mathematiker und Zauberer, trotzdem bekam er ohne Genehmigung keinen Zutritt zu den königlichen Gemächern. Nicht, solange Hugh Travers hier die Wache befehligte.

Die Anordnungen seines Onkels Sussex waren eindeutig. Seit dem Skandal mit der päpstlichen Bulle war die Leibwache verdoppelt, später sogar verdreifacht worden. In den Kasernen war verschärfter Drill angeordnet worden, bis jedem einzelnen Mann die vielfältigen Möglichkeiten, wie es zu einem Attentat kommen könnte, bewußt waren.

Alle Geschenke, Parfüms, Puder, Medikamente, Süßigkeiten, Schmuck, Taschentücher, Bücher, Blumen – alles, womit Elisabeth in Berührung kommen konnte, wurde zurückgewiesen. Die Küchen wurden ständig inspiziert. Jedes Wasser, alle Schnäpse, Weine und Biere mußten von den Lieferanten vorgekostet werden. Jede Speise wurde mehrmals probiert, vom Koch, vom servierenden Diener, von der Wache vor der Tür. Die Königin war sicher, ob ihr nun ein rasender Papist mit einem Schlachtermesser, ein französischer Giftmischer oder ein angeblicher Bewunderer zu Leibe rücken wollte.

»Laßt uns ein!«

Travers' Soldaten nahmen Aufstellung und versperrten den Eingang, ihre Blicke starr auf den Mann in dem schwarzen Kapuzenmantel gerichtet, von dessen hoch aufragender Gestalt eine finstere Macht auszugehen schien und dessen grauer, in der Mitte gespaltener Bart aussah, als trüge er Stoßzähne im Gesicht.

Der ekelhafte Groton schlurfte näher und streckte ihnen in seiner verkrüppelten Hand die zusammengerollte Order entgegen.

»Seht her! Es ist das Siegel des Ministers!«

Die Wache prüfte das dargebotene Dokument zögernd, bis es ihnen unwillig entrissen wurde.

»Also?«

»Es sieht so aus wie das Siegel von Sir William Cecil«, sagte der Hauptmann widerwillig.

»Dann laßt uns passieren.«

»Meine Befehle lauten strikt, daß ich heute niemand ohne besondere –«

Groton richtete sich auf, so daß die Morgensonne auf seinen Augengläsern blinkte und seine Augen unsichtbar machte. »Wie heißt du eigentlich, Kleiner?«

Der junge Hauptmann erstarrte. Für Groton war er nicht mehr als ein Milchgesicht, das diesen unbedeutenden Posten durch familiäre Beziehungen bekommen hatte. Solche Leutchen wie er waren gelegentlich lästig, weil sie versuchten, sich hervorzutun. Dieser hier war jedoch harmlos. Nicht einmal vor seinen Untergebenen konnte er sich entscheiden, ob er auf die Beleidigung hin losbrüllen oder ob er verlangen sollte, daß sie zurückgenommen wurde. »Ihre Majestät ist nicht da«, war alles, was er hervorbrachte.

»Das weiß ich. Glaubt Ihr, sie würde einen Grünschnabel mit wenig Grips und null Mumm in den Knochen mehr bewachen lassen als ein leeres Zimmer? Laßt uns passieren. Los!«

Der junge Mann faßte sich ein Herz. »Und ich sage: Los, verschwindet, alter Spinner!«

»Nennt mir Euren Namen.«

»Nein.«

»Du wirst jetzt gehorchen, Junge!« meldete sich eine neue, tiefe Stimme befehlend zu Wort. Die Soldaten wichen zurück.

»Wozu braucht Ihr meinen Namen, Waliser?«

»Weil ich Sir William Cecil melden werde, daß Ihr es gewagt habt, Euch in die Angelegenheiten der Königin zu mischen. Habt Ihr nicht das Siegel gesehen? Oder wollt Ihr vielleicht bestochen werden?«

Trotz seiner argen Verwirrung schob der Hauptmann nun trotzig den Unterkiefer vor und sagte: »Ich lasse mich nicht bestechen. Der Haushofmeister muß –«

Groton fiel ihm ins Wort. »Erkennt Ihr diesen ehrwürdigen Waliser nicht?«

»Ich weiß, daß er nicht der Haushofmeister ist.«

Die Kapuze wurde zurückgeschlagen und das graue Gesicht, das nun zum Vorschein kam, war das des berüchtigten Doctor Dee.

Es hieß, daß er seine Kraft aus dem großen Stein von Merlin bezog und daß er die Seele eines Menschen in einen schreienden Esel verwandeln konnte, einfach dadurch, daß er ihn in Schlaf versetzte. Mit finsterer Miene wandte er sich an die Wachsoldaten. »Ihr wollt mir den Eintritt verwehren an diesem höchst bedeutungsvollen Tag?«

»Warum ist er bedeutend? Was wollt Ihr hier?« entgegnete der junge Hauptmann unsicher.

Groton grinste. »Wißt Ihr nicht, daß wir ein Perihel erreicht haben und daß der Mond im Apogäum steht? Wir sind gekommen, um die Gemächer der Königin von bösem Zauber zu reinigen. Jeden Tag schickt König Philipp aus seinem schwarzen Turm die Teufel aus, und Doctor Dee ist der einzige, der Ihre Majestät davor schützen kann. Er kann in die Herzen der Menschen blicken und kennt alle ihre Geheimnisse.«

»Er spricht die Wahrheit, Hugh Travers!« dröhnte Dees tiefe Stimme.

Der Hauptmann der Wache erbleichte. »Ihr kennt mich?«

»Das ist sein Name!« flüsterte der Soldat hinter ihm.

»Laßt uns ein, und er soll seinen Namen behalten.«

»Ich darf es nicht!«

»Aber du kannst gar nicht anders, denn, wie ich sehe, bist du ein aufrechter Mann, der seine Königin liebt.«

Der Hauptmann trat unwillkürlich zur Seite und die Soldaten wichen zurück. Doctor Dee schritt, gefolgt von dem humpelnden Groton, durch den langen, eichengetäfelten Korridor.

»Ein hübscher Trick, Doktor.«

Dee schnaubte verächtlich. »Soldaten sind Dummköpfe, besonders die jungen. Und Sussex' Neffe ist bekannt als solcher.«

Sie gelangten zum königlichen Schlafzimmer, in dem das große Himmelbett stand, von dem sich die Königin eine halbe Stunde zuvor erhoben hatte. Über den dicken Matratzen lag eine bestickte Brokatdecke. Das Bett war noch ungemacht, und die Mulde, wo die Königin gelegen hatte, war genau zu erkennen.

Groton behielt wachsam die Tür im Auge, während Dee die Decke zurückzog und aus seinem Mantel ein mit einem winzigen Korken verschlossenes Fläschchen hervorholte, in dem sich eine dunkelrote Flüssigkeit befand. Er goß etwas davon in seine Hand und verschmierte es auf den Laken, wobei er vor sich hinmurmelte.

Seit sieben Monaten hatten diese beiden Männer jeden Morgen nach Vollmond und immer mit demselben Fläschchen im Schlafgemach der Königin ihren Auftrag ausgeführt – manchmal hier in Richmond, manchmal im Palast von Nonsuch, einmal in Greenwich, wo Elisabeth geboren war, sowie an den jeweiligen Aufenthaltsorten ihrer Sommerreise.

Groton legte das gefälschte Papier aus der Hand, mit dem sie sich Eintritt verschafft hatten, und öffnete das Fenster. Sein kranker Leib durfte keinen Geruch hinterlassen.

Dee neigte sich über das Bett und preßte die Hand auf das Laken, bis die rote Farbe durchgesickert war. »Fertig.«

»Ochsenblut? Mit der Sonne im Stier?« fragte Groton.

»Ochsenblut ist zu dunkel. Besser ist Schweineblut, aber speziell für diesen Zweck ist Lammblut am besten. Ob die Sonne im Stier, im Widder oder wie jetzt im Sternbild der Königin, der Jungfrau, steht, ist völlig nebensächlich. Es sind die Mondphasen, die diese Zyklen beeinflussen.«

Groton kicherte und sah sich überall um. »Virgo, virago! Ah! Die Freuden des Fleisches! Was für eine Monarchin, die sich der Staatsräson zuliebe überwindet! Weiß Gott, ich könnte das nicht.«

»Lästermaul!«

»Vergebung, Doktor«, sagte Groton grinsend und mit einer tiefen Verbeugung. »Ich vergesse mich. Denn Ihr seid

Doktor John Dee von Mortlake, ein Mann von großem Ansehen: Erzzauberer des Königreichs, Vertrauter der Königin, Berater von Seeleuten, Freund des großen Gerard Mercator, Verfechter der Ideen des Kopernikus, Übersetzer von Euklid...«

Dee hob mahnend den Finger. »Psssst!«

Sie lauschten angestrengt. Eine Diele knarrte. Über ihnen raschelte es im Deckengebälk; vermutlich waren es Ratten.

»Wir müssen verschwinden.«

Am Ausgang trat Groton auf den jungen Hauptmann der Wache zu, stieß ihn, den wesentlich größeren, gegen die Mauer und sagte: »Ihr könnt jetzt die Kammerzofen hineinschicken, damit sie das königliche Bett machen, Hugh Travers.«

»Aye, Sir. Habt Ihr etwas gefunden, das nicht in Ordnung war?«

»Nur eine kleine Verschwörung von spanischen Teufeln. Aber keine Bange, sie ist beseitigt. Außerdem habt Ihr Ratten unter dem Dach. Doctor Dee hat sie durch die vergipste Decke gesehen. Er besitzt nämlich eine Maschine, die alles ausspioniert.«

»Wirklich?« staunten der Hauptmann und seine Soldaten mit offenen Mündern.

»Ja, wirklich. Zudem beabsichtige ich, Euren Namen zu vergessen«, sagte Doctor Dee und schaute ihn eindringlich an. »Aber merkt Euch, wenn Euch jemand fragt – wir sind nicht hier gewesen. Wenn irgend jemand etwas davon erfährt, werden deine Eier in Wachs gegossen.«

Das Gesicht des Hauptmanns verzerrte sich vor Angst.

Als sie den Schloßhof verließen, zog sich Dee die Kapuze wieder über den Kopf. Dann führte er Groton zum Richmond Pier, wo sie von einem Fährmann erwartet wurden.

Der flache Kahn, der den Seekapitän und den Meisterspion die wenigen Meilen flußaufwärts zu Doctor Dees riesigem Haus brachte, glitt durch die nach Norden führende Flußbiegung, vorbei an mit Weiden bestandenen Ufern, an Wiesen und Getreidefeldern. Walsingham deutete auf die am Fluß gelegenen Ländereien von Barn Elms und das dazugehörige Herrenhaus und erklärte Tavistock, daß er beabsichtige, sie demnächst zu kaufen.

»Foot's Cray ist zu entlegen. Ich werde in Zukunft hier wohnen.«

»Ein schöner Besitz.«

»Richmond und Hampton sind in der Nähe, und auch in die City ist es nicht weit.«

»Doctor Dee findet das offensichtlich auch.«

Walsingham nickte anerkennend. »Ihr werdet feststellen, daß unser Hexer durchaus kein Narr ist. Mit seinen ›Wundern‹ kann er sogar Eurer Westindienreise nützlich sein.«

Tavistock sah einer davonfliegenden Wildentenschar nach, die sie aufgescheucht hatten. Er traute Walsingham mehr als jedem anderen, den er in London getroffen hatte. Als Tavistock den wahren Auftrag Ridolfis erfahren hatte, hätte er dem Mann am liebsten die Kehle durchgeschnitten, aber Walsingham hatte ihn beruhigt, indem er ihm freimütig erklärte, worum es ging.

»Was macht es schon aus, daß Ihre Majestät exkommuniziert ist?« hatte er gesagt. »Die ganze Welt weiß, daß der Papst ihr Feind ist. Wenn die Sicherheitsmaßnahmen zum Schutz ihrer Person verschärft werden, ist das nur gut. Noch besser aber ist, daß die antispanischen Gefühle angeheizt wurden und daß Sir Williams Position ein klein wenig erschüttert wurde. Für den Aufstand im Norden kommt die Bulle zu spät; der ist bereits niedergeschlagen. Unsere englischen Katholiken sitzen in einer Zwickmühle: Entweder dulden sie schweigend oder sie lassen sich öffentlich brandmarken. Der Handschuh ist geworfen, aber sie sind nicht in der Lage, ihn aufzunehmen. Was wir jetzt am dringendsten brauchen, ist ein Bündnis mit Frankreich. Sobald Verhandlungen über eine Heirat zwischen der Königin und dem Bruder des Königs von Frankreich in Gang kommen, ist das

Bündnis zwischen Frankreich und Spanien geschwächt. Ihr habt nur Gutes getan, indem Ihr diesen Italiener herbrachtet, denn Ihr habt damit auf das Risiko aufmerksam gemacht, das wir mit der Person der Königin eingehen. Und ich versichere Euch: Wenn Ridolfi weiterhin mit Norfolk intrigiert und versucht, die Idee einer Heirat zwischen Norfolk und Mary erneut zu beleben, wird sein Hals bald in meiner Schlinge stecken. Er wird nach Tower Hill gehen, das verspreche ich Euch.«

Dann hatte Walsingham Tavistocks Gedanken auf Anne gelenkt. »Wenn Norfolk hingerichtet wird, besteht für Oxford überhaupt kein Grund mehr, Cecils Tochter zu heiraten.«

»Das ist ein schwacher Trost für mich, der ich sie nie heiraten darf, obwohl ich sie mehr liebe als jeder andere.«

»Nun ja, Ihr seid kein Edelmann, obwohl Ihr einen besseren abgäbt als mancher andere.«

Tavistock versuchte, in Walsinghams Blick zu lesen, aber dessen dunkelbraune Augen hatten nur Interesse für das Land auf der Surrey-Seite des Flusses. »Also«, sagte er, »Ihr habt Eure Reiseerlaubnis und Euer Schiff. Wo soll's nun hingehen?«

»Zuerst nach London, um Anne zu sehen, dann nach Plymouth. Alles, was danach kommt, bleibt besser zwischen mir und meinen Kameraden zur See.«

»Was Ihr auch unternehmt, ich werde gespannt auf Nachricht von Euch warten.«

»Ihr werdet nicht lange warten müssen.«

Kurz hinter Chiswick wandte sich der Fluß nach Süden. Sie passierten das Flußinselchen Eyot und erreichten bald darauf Mortlake und ihr Ziel. Walsingham bat den Fährmann zu warten. Das alte Haus war offensichtlich immer wieder durch Anbauten vergrößert worden, um Bücher und Landkarten, Retorten, Brennöfen und alle sonstigen Dinge unterzubringen, die sein Besitzer für seine diversen Beschäftigungen benötigte. Ein Wäldchen neben dem Haus verstreute sein buntes Laub. Im dornigen Unterholz hingen reife Brombeeren, die aber niemand pflückte, weil die Menschen glaubten, die Wespen, die hier umherflogen, seien ebenso wie die Raben Vertraute des Doktor Dee. Gegenüber, hinter einer Mauer, lag ein Garten, von dem der Duft welkender Heilkräuter herüberwehte. Im Innern des Hauses, in diesem Labyrinth von Zimmern und Gängen, an deren Wänden geheimnisvolle Zeichnungen und Zaubersprüche hingen, roch es nach schimmligen Büchern und Chemikalien.

Tavistock betrat das Haus mit dem größten Unbehagen, aber es war bald vergessen über den interessanten Dingen, die er hier fand. Zwischen den schweren Vorhängen eines verstaubten Zimmers fiel grelles Sonnenlicht auf eine riesige vergilbte Landkarte. Dee war ein Gelehrter der Welterforschung, und er hatte bei dieser Beschäftigung eine Möglichkeit gefunden, um dem seefahrenden Volk und dem Schiffbau Antrieb zu geben. Wie alle seine guten Ideen war auch diese einfach, ein bißchen merkwürdig und wirklich großartig: Die Katholiken essen am Freitag Fisch, also brauchen die Engländer zwei Fischtage in der Woche. Mehr Fisch bedeutete, daß mehr Menschen Fischer würden und das wiederum, daß mehr Menschen mit der Seefahrt vertraut wären.

Ein Ire mit ernstem Gesicht – er war Dees Medium – betrachtete Tavistock und Walsingham argwöhnisch aus einer mit Büchern, Kerzenstummeln und Medaillons vollgestopften Ecke. Er sprang auf, um Groton und seinem Herrn die mit schweren Riegeln versehene Tür zu öffnen.

»Wir müssen vorsichtig sein«, erklärte er. »Die Puritaner verstehen uns nicht. Es gibt sogar welche, die den Doktor umbringen würden.«

Dann erblickte Tavistock den Magus, eine düstere, ganz in Grau gehüllte Gestalt mit hagerem Gesicht, einem gespaltenen Bart und dem Blick eines Falken. Obwohl er völlig ungefährlich zu sein schien, kroch Tavistock eine Gänsehaut über den Rücken.

»Hattet Ihr Erfolg?« erkundigte sich Walsingham ungeduldig.

»Ja.«

»Und Ihr kamt ohne Schwierigkeiten hinein?«

»Ich, mein guter Puritaner, käme auch am dreiköpfigen Hund, der das Tor zum Hades bewacht, vorbei.«

»In London werden schon Wetten abgeschlossen«, sagte Groton fröhlich. »Königliche Hochzeitswetten.«

»Ich würde davon abraten«, sagte Dee tiefernst.

Walsingham betrachtete die Situation unter einem größeren Blickwinkel. Schon während seines ersten Frankreichaufenthalts hatte am Hof der Valois die Tochter eines Florentiner Bankiers geherrscht: Katharina von Medici. Im Alter von acht Jahren war sie in Florenz während einer Revolution gefangengenommen worden. Aufständische Soldaten hatten sie nackt an eine Mauer gekettet, um sie zu vergewaltigen, und sie war nur mit knapper Not entkommen. Mit vierzehn Jahren wurde sie mit dem Herzog von Orléans verheiratet, dem späteren Heinrich II. von Frankreich. Mit dieser Heirat hatte der Papst versucht, Mailand, Parma und Urbino in französische Hand zu bringen, aber Heinrich hatte umsonst eine Bürgerliche geheiratet: Die territoriale Mitgift hatte sich als leere Versprechung erwiesen, und Katharina mußte Schimpf und Schande ertragen, während sich ihr Ehemann mit der üppigen Diane de Poitiers die Zeit vertrieb.

Walsingham erinnerte sich der Katharina, die er gesehen hatte: eine schmalbrüstige Frau mit ausladenden Hüften, vorquellenden Augen, spitzer Nase und dicken Lippen. Und trotzdem hatte sie sieben Kinder geboren; fünf davon waren Söhne.

Seit zehn Jahren war Frankreich der Amboß Europas, auf den von allen Seiten Schläge niedergingen. Und seit eben dieser Zeit wurde über eine Heirat zwischen Elisabeth und einem der Söhne Katharinas gesprochen. Die Werbung des französischen Herzogs Karl scheiterte an Elisabeths Befürchtungen, daß eine Verbindung mit den katholischen Valois

England erneut in religiöse Unruhen stürzen könnte. Nach dem abschreckenden Beispiel, das die schottische Königin Mary mit ihren Ehen geliefert hatte, wurde das Projekt fallengelassen. Aber jetzt, nachdem sich Spanien, Frankreich und der Papst noch nicht entschieden hatten, ob sie eine unheilige Allianz bilden sollten oder nicht, war eine Heirat eine Waffe, die nicht außer acht gelassen werden durfte. Vor vier Wochen war in St. Germain ein Edikt erlassen worden, das die Aufnahme neuer Verhandlungen unbedingt erforderte.

Die Geduld Karls war erschöpft, aber sein Bruder, der Herzog von Anjou, war der nächste in der Thronfolge.

Walsingham beobachtete Dee, teils angewidert von dem falschen Zauber, den er trieb, teils fasziniert von dem ungewöhnlichen Verstand des Mannes. Katharina von Medici mag ihren überirdischen Nostradamus als Ratgeber haben, aber die praktischen Vorschläge unseres John Dee sind mir lieber, dachte er mit Befriedigung. Es hängt so viel davon ab, daß wir Elisabeths Fruchtbarkeit garantieren können! So vieles ruht auf der Geburt eines Erben!

Als Groton von einem französischen Spion in der königlichen Wäscherei erzählt hatte, lieferte Dee die perfekte Lösung. Die Franzosen sollten ihren Beweis haben. Die Laken der Königin würden jeden Monat die entsprechenden Flekken aufweisen.

Dees gründliche Überlegungen zur künstlichen Herstellung von Menstruationsblut hatten sich bereits als sehr fruchtbar erwiesen und fünfzig Berichte an den französischen Botschafter hervorgebracht. Sämtliche Zweifel hinsichtlich der Gebärfähigkeit der achtunddreißigjährigen Königin waren zerstreut.

»Ihr würdet abraten?« wiederholte Walsingham fragend.

Dee schüttelte traurig den Kopf. »Die Zukunft ist nicht so, wie wir sie gerne hätten.«

Tavistock erhob sich und trat vor eine Wand, an der ein Brett mit einer darauf befestigten Landkarte des Atlantischen Ozeans hing. Er betrachtete sie sehnsüchtig.

»Nun, Doktor Allwissend, hattet Ihr nicht auch diverse Ideen über Atlantis?« fragte Walsingham. »Was, meint Ihr, wird die Zukunft in dieser Hinsicht bringen? Doktor Groton erzählte mir von Euren Fantasien – etwas von einem englischen Imperium?«

Dee wurde plötzlich lebhaft. »Ich möchte damit das Interesse an Explorationen fördern. Es gibt viele im Land, die lieber heute als morgen an die Reichtümer von Cathay herankämen, und Ihr könnt nicht bestreiten, daß das Land sie sehr gut brauchen könnte. Wir werden die Straße von Anian finden, durch die diese Reichtümer auf schnellem Weg hierhertransportiert werden können. Zum Ruhme unserer Königin.«

Tavistock wandte sich um. Berauschende Gedanken schwirrten durch seinen Kopf. »Der verehrte Roger sprach von schriftlichen Beweisen? Ich würde mich freuen, wenn Ihr sie mir zeigen würdet. Ich stelle mir vor, daß englische Schiffe über die Hoheitsgebiete der Spanier und Portugiesen hinaus ins Unbekannte vorstoßen und eigene Routen in den Orient entdecken. Im spanischen Handel gibt es nichts, was wir nicht doppelt so gut und zum halben Preis anbieten könnten. Seht Ihr nicht, daß unser Land überschäumt vor Selbstvertrauen? Wir sind bereit, unseren rechtmäßigen Platz in der Welt einzunehmen. Ich sage, schickt unsere Schiffe los, um den Spaniern und allen, die behaupten, ihnen gehöre die Welt, Widerpart zu bieten – und dann werden wir ja sehen, was dabei herauskommt.«

Dees Falkenaugen glühten voller Begeisterung. »Elisabeth ist ein Abkömmling von König Arthur und hat Anspruch auf ein Reich in Atlantis – das Land, das Ihr Nordamerika nennt und das im 12. Jahrhundert von dem Waliser Owen Madoc gefunden wurde. Ich habe um einen Patentbrief ersucht, solche entlegenen heidnischen und barbarischen Länder, die weder einem christlichen Fürsten noch einem christlichen Volk gehören, aufzusuchen und zu erforschen und dort Kolonisten anzusiedeln, die sich

mit den Gesetzen und der Politik Englands einverstanden erklären.«

Walsingham knurrte, enttäuscht, weil Dees Gedanken rein
hypothetisch waren. Er wollte auf die eigentliche Sache zu
sprechen kommen. »Meine Politik richtet sich gegen die Spanier. Wir können auf dreierlei Weise gegen sie vorgehen. Erstens: Wir müssen ihnen die Möglichkeit für eine Invasion in
England nehmen. Zweitens: Wir müssen sie aus den Niederlanden hinauswerfen. Und drittens: Wir müssen den Kampf
mitten ins Herz ihres überseeischen Reichs hineintragen. Für
all das brauchen wir Schiffe, bessere als die, die wir heute haben und bessere als die der Spanier. Und wir brauchen ähnlich gute Männer, Männer wie meinen Freund Kapitän Tavistock, der sich eben auf eine Reise vorbereitet. Richtet Eure
Gedanken darauf, Doktor, und Ihr werdet uns einen großen
Dienst erweisen.«

»Was wollt Ihr haben, Kapitän?«

»Gebt mir Routenbeschreibungen und Karten, die mir helfen können. Ich bringe Euch dafür so viel wie möglich aus der
Neuen Welt zurück.«

»Abgemacht!« sagte Dee und auf seinem Gesicht lag ein bei
ihm seltener Ausdruck der Freude.

»Und das andere?« warf Walsingham ein.

»Das habe ich hier. Edward, bring mir den besonderen Gegenstand.«

Der Ire brachte eine hölzerne, vier Zoll breite und sechsunddreißig Zoll lange Schatulle und stellte sie mit geheimnis-
voller Miene auf den Tisch.

»Eine Kartenschatulle?« fragte Tavistock vorsichtig.

»Nein. Etwas viel Wertvolleres. Etwas ganz Wunderba-
res!«

»Vielleicht ein neues magnetisches Instrument?«

»Nein. Es stammt von einem venezianischen Glasbläser,
den Sir William Cecil ins Land geholt hat. Bei seiner Arbeit
für die Erkerfenster von Cecil House lernte er Hans van
Hoorbecke kennen, einen Flamen, der dem Doktor Groton

wegen seiner schlechten Augen als Brillenmacher bekannt war.«

Groton tippte aufgeregt gegen die Gläser rechts und links von seiner silbernen Nase. »Seht Ihr? Diese hier!«

Tavistock untersuchte den länglichen Kasten und sah, daß sich an jedem Ende ein schwenkbarer Verschluß befand. Hinter dem ersten entdeckte er einen silbernen Ring, in dem eine glatte gläserne Linse saß. Der Ring am anderen Ende war wesentlich größer, drei Zoll im Durchmesser, und umschloß eine Glaskugel. Instinktiv versuchte Tavistock hindurchzuschauen, sah aber nichts als einen verschwommenen hellen Fleck.

Inzwischen hatte Dee die Vorhänge zurückgezogen und das Fenster geöffnet. Er hob den Kasten in die Höhe, zog den kleineren Silberring vorsichtig heraus, so daß er sich zu einem Rohr ausdehnte, und hielt dieses Ende nun an Tavistocks Auge.

»Nicht anschauen, durchschauen müßt Ihr! Seht Ihr die Bäume dort drüben und die Drossel, die dort singt? Ihr müßt ein Auge schließen, so als würdet Ihr zwinkern.«

Tavistock befolgte Dees Anweisungen, sah aber zunächst gar nichts. Dann aber stellte sich sein Auge ein, und er sah den Lichtschein der Bäume, die bewegten Zweige – alles schien eigenartig verdunkelt und mit roten und blauen Rändern besetzt. Und dann sah er den Vogel. Er war riesig!

»Ahh!« machte er erschrocken, ließ den Kasten los und wich davor zurück, als wäre er glühendes Eisen. Dann starrte er mit offenem Mund aus dem Fenster. »Der Teufel soll mich holen. Es ist wie verhext!«

»Vorsichtig, bitte!« Dee nahm den Kasten und prüfte, ob noch alles in Ordnung war.

»Wo ist er?« fragte Tavistock und blickte suchend über den Rasenplatz.

»Wo ist wer?«

»Der riesige Vogel! Ich habe ihn deutlich gesehen!«

Dee wies hinüber zu den Bäumen. »Er ist immer noch da.«

Tavistock sah die Drossel auf dem schwankenden Ast unverändert. »Es ist nicht möglich«, sagte er, sich an Walsingham wendend, der ihn interessiert beobachtete.

»Versucht es noch einmal.«

Diesmal nahm er das Instrument mit großer Ehrfurcht in die Hand. Sprachlos schwenkte er den Guckkasten von links nach rechts. Er sah weißen und lila Fingerhut, die Ziegel einer Mauer und sogar den Kirchturm, und alles näher, größer. Unglaublich! Er schaute durch den Kasten und dann ganz schnell am Kasten vorbei in der Hoffnung, den Kirchturm noch zu erwischen, bevor er sich wieder zurückzog. »Wie kann das sein? Eine feste Kirche, die näherrückt und einen Augenblick später wieder an ihrem Platz steht! Und doch habe ich es gesehen.«

Plötzlich dröhnten schwere Schläge gegen die Haustür. Dee nahm Tavistock das Optikon aus der Hand und ließ es verschwinden. Der Ire nahm einen Schürhaken vom Kamin und ging an die Tür.

»Wer da?«

»Öffnet! Im Namen des Kronrats!«

»Was wollt Ihr!« rief Dee.

Sie schlugen erneut gegen die Tür, diesmal mit Säbelgriffen. »Öffnet oder wir schlagen die Tür ein. Und versucht nicht zu fliehen, Hexer. Das Haus ist von fünfzig Mann umstellt.«

Dee schob den schweren Eisenriegel zurück, die Tür flog auf und helles Sonnenlicht flutete ins Haus. Draußen war eine kleine Armee angerückt. Ein großer Soldat in Helm und rot und schwarzem Lederzeug, ein Soldat aus Elisabeths Elitekorps, trat ein. Seine stählernen Waffen blitzten in der Sonne. Er hielt ein zusammengerolltes Schriftstück hoch. »Ich habe einen Haftbefehl.«

»In wessen Auftrag?« verlangte Walsingham zu wissen.

»Im Auftrag des Ministers.«

»Für wen? Und mit welcher Begründung?«

»Für Kapitän Richard Tavistock. Er steht im Verdacht,

einen gewissen Robert von Ridolfi nach England gebracht zu haben mit einem päpstlichen Sendschreiben, das sich gegen die Königin richtete.«

Tavistock brauste auf. »Ich bin Tavistock. Aber Ihr könnt mich nicht verhaften. Ich habe die Genehmigung, mit meinem Schiff auszulaufen!«

»Sie wurde widerrufen«, entgegnete der Soldat und wies seine Männer an, Tavistock zu entwaffnen. »Ihr seid verurteilt zur Haft im Tower, bis Euch der Prozeß gemacht werden kann.«

## 12

Pedro Gomara begrüßte ihn mit breitem, zahnlosen Grinsen. »Hey, Juan! Du Teufelsbraten!«

»Pedro, mein Freund!«

Sie umarmten sich und schlugen sich gegenseitig auf den Rücken. Dann hielt ihn der alte Mann auf Armeslänge von sich und sagte: »Du siehst gut aus! Wie ein reicher Mann.«

John Tavistocks Kleidung war einfach, aber von guter Qualität. Er trug grüne Breeches und ein weißes Leinenhemd, die einst Gonzalo gehört hatten.

»Wohin bist du unterwegs?«

»Nach Vera Cruz – wohin sonst? Die *flota* ist bald fällig, und da muß ich zur Stelle sein. Ich habe ein paar Stückchen von dem weißen Metall für Admiral Luzon.«

Pedro Gomara war dreimal durch Chalco gekommen, jedesmal mit seinen *burros* und begleitet von bewaffneten Männern des Vizekönigs, und kein einziges Mal hatte er es versäumt, Tavistock aufzusuchen. Das erste Mal hatte ihn Tavistock in einem kahlen Raum auf der Rückseite der Gießerei empfangen, später dann in einem Hinterzimmer des großen Herrschaftshauses. Pedro hatte draußen auf dem flachen Dach geschlafen. Nach so vielen Jahren des Umherwanderns, hatte er seinem Gastgeber erklärt, fiele es ihm schwer, unter einem Dach zu schlafen. Wenn er des Nachts aufwache, wolle er sehen, wie weit Orion und Pegasus gewandert waren, um zu wissen, wie spät in der Nacht oder wie früh am Morgen es sei.

»Ich bin viele Jahre lang gereist, Juan Tabisto«, hatte er gesagt und nach dem *chalchihuitl*-Anhänger aus Jade gegriffen, den er an einer Lederschnur um den Hals trug. Die Figur stellte einen auf den Stufenpyramiden geopferten Armen dar. Sie war aus Gold und mit einem merkwürdigen Türkis besetzt, der die Farbe eines blinden Auges hatte. »Du weißt, der gehörte einmal Montezuma. Willst du ihn tauschen gegen deinen Ring?«

»Dieses wertlose Ding, das gestern von Indianerkindern gemacht wurde?«

»Du siehst, *amigo*, alte Bräuche halten sich lang.«

»Hör mal. Ich möchte alles über dieses Land wissen.«

»Alles? Dazu würde die Zeit nicht reichen, und wenn wir bis zum Jüngsten Tag hier säßen.«

»Ich beneide dich, Pedro. Du kannst dich frei bewegen, während ich hier festsitze.«

»Aber sieh doch! Du hast einen Platz für dich ganz allein.« Er hatte die Hand auf eine Dachstütze der Schmiede gelegt. »Eine Hütte, die du selbst gebaut hast. So etwas macht zufrieden. Sie ist fast fertig, nicht wahr?«

»Ja.«

»Bald wirst du Messing brauchen«, hatte Gomara gesagt und ihm einen wissenden Blick zugeworfen, »und Schwefel für das Pulver. Ich weiß einen Berg, der ganz und gar aus gelbem Schwefel besteht – dem reinsten Schwefel der Welt.«

»Den du zweifellos hierherbringen kannst.«

»Ich nicht! Es liegt nämlich ein Fluch darauf. Aber Glockenscherben, vielleicht auch eine alte ausgemusterte Bronzekanone – das kann ich dir bringen. Ich habe gesehen, wie sie mit Pulver gefüllt und zugestopft werden, so daß sie beim Feuern in Stücke springen.«

»Besser wäre reines Kupfer«, hatte Tavistock geantwortet. »Dann kann ich die Anteile selbst genau bestimmen. Weißt du, die Stärke eines Kanonenrohrs hängt zum Teil von der Bauweise, zum Teil von der Reinheit des Gusses und zum Teil von der Mischung der Legierung ab, die –«

Fast wäre die Begeisterung mit ihm durchgegangen. Er hatte Gomara den Weinschlauch zugeworfen und gesagt: »Hier, trink. Und dann erzähle mir noch etwas von den Wundern dieser Welt, die ich nie sehen werde.«

In der ersten Zeit hatte er sich für den Bau der Schmiede nicht interessiert. Er hatte zynisch zugesehen, wenn die Männer die tragenden Mauern falsch errichteten, wenn die Ziegelmacher Steine machten, die bei hohen Temperaturen zerkrümeln würden. Doch als der Bau allmählich Gestalt annahm, hatte er sich seiner langen Lehrzeit in Samuel Stantons Gießerei erinnert und wie er damals von einer eigenen Schmiede geträumt hatte, in der er alle die kleinen Ideen, die winzigen Verbesserungen, die ihm eingefallen waren, ausprobieren könnte. Als er damals den Gießern seine Vorschläge erklären wollte, hatten sie ihm nicht zugehört. Sie hatten ihn ausgelacht, die Herren der Gilde, und sich eisern an die herkömmliche Verfahrensweise und vor allem an ihre Stellung geklammert. Und er war herangewachsen und hatte gelernt, genauso zu sein wie sie, weil er wußte, daß er nie eine eigene Schmiede oder Gießerei haben würde und nie zufriedenstellende Antworten auf Fragen bekäme wie: Was wäre, wenn man für die Legierung mehr Zink und entsprechend weniger Zinn nähme? Ließe sich der Geschützlauf vertikal genauer ausbohren? Und was war das weiße wächserne Zeug, das sich in den gelbschäumenden Bottichen ansammelte und das in der Nacht leuchtete?

Jetzt hatte er eine Gießerei zu seiner eigenen freien Verfügung.

Allmählich war er stolz auf dieses eigene Projekt.

Don Bernal hatte die Veränderung, die in ihm vorging, bemerkt und ihn ermutigt. Schließlich hatte John alles, was falsch gemacht worden war, niederreißen lassen und den Leuten gezeigt, wie eine Gießerei auszusehen hatte. Und nachts, wenn das Gewissen an ihm nagte, hatte er sich gesagt, daß diese Dinge nebensächlich seien, weil er die wesentlichen Geheimnisse nie, nie preisgeben würde.

Später war er dann ins Haus der Escovedos übergesiedelt. »Ich beneide dich um deine neue Familie, Juan«, hatte Pedro gesagt. Tavistock dachte an den letzten Besuch des alten Mannes. »Es ist eine Schande, daß du nicht katholisch bist, Juan«, hatte er gesagt. »Ich glaube nämlich, daß du einen guten Ehemann für ein spanisches Mädchen abgäbst. Natürlich müßtest du auch einen anständigen spanischen Familiennamen annehmen. Du kannst ihr nicht einfach Tabisto zumuten. Ich meine, ich werde dich Juan de Tordesillas taufen. Du hast doch vom Vertrag von Tordesillas gehört und von der berühmten Grenzlinie. Du bist drübergefahren auf dem Weg hierher. Und deshalb bist du für mich jetzt Juan de Tordesillas. Wie gefällt dir das?«

»So etwas würde ich nie zulassen. Aber welche spanische Mutter würde schon einen Ketzer als Schwiegersohn wollen? Das ist ganz unvorstellbar.«

»Warum kommst du dann nicht mit und besuchst die Padres in der Mission von Chalco? Es sind gute Männer. Wenn du bei ihnen das lateinische Credo lernst, wirst du dich hier mehr zu Hause fühlen. Und wenn sie dich fragen, ob du an das Sakrament glaubst und ob nach der Wandlung Brot und Wein übrigbleiben, sagst du ja.« Er hatte ihm zugezwinkert. »Wir sind beide Männer von Welt, Juan. Keiner von uns würde leugnen, daß es wichtigere Dinge im Leben gibt als wie viele Engel auf einer Nadelspitze tanzen können. Wir beide wissen, daß ein Lächeln hier und ein Kopfnicken da so manches Gute tut und Gutes einbringt.«

Tavistock hatte weder genickt noch gelächelt. Er spürte, daß etwas auf ihn zukam, etwas Erstickendes, und daß der alte Mann deshalb so mit ihm gesprochen hatte, statt von seinen Wanderungen zu erzählen.

Gomara hatte weitergeredet, mit einem träumerischen Ausdruck in den Augen und weichen, runden Handbewegungen. »Diese Neue Welt, Juan, ist geformt wie eine Frau. Sie hat eine schmale Taille, aber nach Norden und Süden hin breiten sich riesige Kontinente aus. Und sie hat auch das Wesen einer Frau. Ich war im Süden in den Gebirgen von Peru und im Dschungel des großen Flusses Orellana. Und im Norden bin ich auch gewesen, über den Wendekreis des Krebses hinaus. Das da oben ist wertloses Land, unwirtlicher als Estremadura, nur Wüste, Gestrüpp und Eidechsen.« Er hatte verächtlich ausgespuckt. »Ich habe dort einen guten Freund verloren, *Inglés*, in Cibola, als wir in der Armee von Francisco de Coronado gegen die gefiederten Wilden kämpften. Es heißt, weiter westlich gäbe es noch ein Königreich, das sagenhafte Kalifornien, und es stecke voller Gold, aber Genaues weiß ich nicht.«

Jetzt gingen sie zusammen hinüber in die Gießerei, und John zeigte Gomara die technischen Einrichtungen, die er über der Gußgrube installiert hatte. Der Schmelzofen war fast ganz gefüllt. An einem großen, massiven Holzgerüst befanden sich Flaschenzüge und hölzerne Zahnräder.

»Wo liegt dein so besonderer Schwefelberg, Pedro?«

»Du siehst ihn jeden Tag. Dort!«

»Der Popocatépetl?«

»Die Azteken nannten ihn den ›rauchenden Berg‹. Sein Krater ist ein brodelnder Schwefeltopf mit einem Durchmesser von eintausend *varas*. Er stinkt wie die Achselhöhle des Teufels. Und eine Meile davon entfernt gibt es Stellen im Boden, die sind so heiß, daß du ein Hühnerei darin kochen kannst. Du buddelst es ein und nach fünf Minuten ist es hart gekocht.«

»Das glaube ich nicht. Oben auf dem Vulkan liegt doch Schnee!«

»Ich schwör's dir. Aber das ist noch gar nichts. Vor einundzwanzig Jahren war ein großer Vulkanausbruch. Ich habe es gesehen. Es war gewaltig. Eine ungeheure Kraft wohnt in der

Erde.« Er wirkte plötzlich müde. »So etwas läßt einen alten Mann über das Leben nachdenken, Juan, und über den Tod, und wie dumm wir sind, wenn wir uns wegen kleiner Dinge Sorgen machen.«

Nachdem die Sonne untergegangen war, aßen sie eine Mahlzeit aus Avocados, Mais, grünen Bohnen, Süßkartoffeln und Tomaten, scharf gewürzt mit einem roten Pulver, und danach rauchten sie eine Pfeife von dem getrockneten Kraut, das die Indianer rauchten. Es roch angenehm und beruhigte den alten Mann; und John hoffte, daß es ihn vielleicht auch zum Geschichtenerzählen anregte. Aber statt dessen zog Gomara ein Stück Papier aus seiner Tasche und reichte es Tavistock. Es war ein Brief von Robert Barrett aus Tezcuco.

Während sich Gomara in seinem Stuhl zurücklehnte, las Tavistock, was da Buchstabe für Buchstabe auf das Papier gemalt stand.

John, wie geet es dir? Mir geet es gut. In dem schön Haus, wo ich Diener bin, hab ich allens, was ich brauch. Richard Williams hat ne reiche Witwe gefundn mit 4000 Pesos und eim nettn Haus, was ir gehört. David Aleksander und Robrt Cook ham in Tezcoco Negerfraun geheirat und Paul Horswell ne mestiza von eim spanischn Fater und ir Mutter is Indianerin. Chamberlain hat nach Spanien dürfn. Was mit den anern is, weiß ich nich. Ich jednfals wil mich hir nich fessetzn, trozdem ich gute Angebote hab. Ich hab inner Mine gearbeit und prima verdint. 60 Pfund in Jar und noch Geld für die Neger, wo an Sontag unner meine Aufsich gearbeit ham, in unserm Geld 4 Pfund zehn Schillig inner Woche. Kanst dich noch an Jung Francis Drake erinan, wo dein Bruder kent? Der wont jez inner Villa MARGARITA und is verheirat mit ner Schwarzn nams Boaz und mit nochn paa annere, wo in bedien. Er hat villeich Iden, will plünnern und reich wern. Schreib mir wenn du kanst. Pedro Gomara is en Freund, trozdem er en Lügner und Göttsndiner is und bein Kartnspiel bescheist. Nässes Jar bin ich vielleich schon von hir wech. Dein Robrt Barrett.

Tavistock verbarg seine Gefühle, als er den Brief, der ihn in große Erregung versetzt hatte, beiseite legte. Es war ihm nicht leicht gefallen, sich auf die neuen Verhältnisse einzustellen. Sollte er jetzt wieder alles über den Haufen werfen, fragte er sich verzweifelt, auf der dünnen Grundlage eines sorgfältig verklausulierten Briefs?

Noch vor einem Jahr hatte der Gedanke an Flucht ganz dicht unter der Oberfläche seines Bewußtseins gelebt. Die Vision, mit seinen dreißig Männern an die Küste zu marschieren und mit einem gestohlenen Schiff nach Hause zu fahren, war immer nur schemenhaft aufgetaucht; es gab keinen Plan, nur ein paar Details. Aber immer war es eine mondhelle Nacht, und Don Zegri saß schlotternd vor Angst in der gestohlenen Pinasse, während Don Emilio in ohnmächtigem Zorn am Kai von Vera Cruz stand und tobte. Und immer saß Maria in einen dunkelroten Mantel gehüllt im Bug des Bootes.

Aber der Traum war langsam verblaßt und ausgebleicht wie die seidenen Signalflaggen unter der mexikanischen Sonne. Es war absurd, an Flucht zu denken, wenn seine Schiffskameraden über das ganze Tal verstreut waren, gutes Geld machten und das Leben genossen – manche sogar als Ehemänner. Und wenn es keine Flucht mehr geben sollte, wozu dann weiterhin Widerstand leisten? Alles auf der *estancia* hatte im Laufe der Zeit sehr persönlichen Charakter angenommen. Und das Schlimmste war, daß ihn die Menschen hier mochten: die Diener, seine Arbeiter, Esteban, Don Bernal – einfach alle. Er war nun schon so lange hier, daß Trotz nur noch schlechtes Benehmen wäre und Widerstand nichts anderes als Undankbarkeit. Er konnte sich nicht einmal mehr erinnern, wie Don Emilio aussah.

Vielleicht hatte Pedro recht: Biege dich wie eine Ähre im

Wind. Nimm das Schicksal an, das Gott dir zugedacht hat. Du wurdest in England geboren, du mußt irgendwo sterben – warum nicht in Mexiko leben? Aber Drake war in Westindien. Verdammt! Vielleicht sollte ich doch an Barrett schreiben, dachte er schuldbewußt. Plötzlich war alles wieder offen.

Nachdem sich Pedro schlafen gelegt hatte, ging Tavistock, den Kopf voller Erinnerungen, hinaus in die sternenhelle, vom Zirpen der Zikaden widerhallende Nacht, um Maria zu treffen.

»Es gab einen Ort, den wir häufig anliefen, um unsere Waren zu verkaufen«, erzählte er und wirkte völlig in Gedanken verloren. »Eine Insel mit dem Namen Margarita.«

»So heißt auch meine Mutter.«

Er hob die Augenbrauen. »Tatsächlich?«

»Auf spanisch heißt es –«

»Ich weiß. Perle.«

Als sie sich auf die Schaukel setzte, die von einem der schattenspendenden Bäume herabhing, verstummte das Grillengezirp.

»War es hübsch auf Margarita?«

»Die Insel war sehr arm, und der *Gobernador* war ein Gauner. Es gab nur eine Erwerbsquelle, die Perlenfischerei. Wir konnten dort jeden Sklaven verkaufen, den wir an Bord hatten, und wir verkauften sie, obwohl unser General wußte, was mit ihnen geschah.«

Maria lehnte sich auf der Schaukel zurück. »Was geschah mit ihnen?«

»Der *Gobernador* hatte ein System. Er ließ die Sklaven arbeiten, bis sie starben. Er ließ sie tiefer und immer tiefer nach Muscheln tauchen, bis sie ertranken oder bis ihre Lungen platzten.«

Geistesabwesend zupfte er am Schaukelseil. »Margarita«, sagte sie leise in die Stille, »ist auch der Name einer kleinen weißen Blume mit vielen schmalen Blütenblättern und einem dicken gelben Punkt in der Mitte. Sie ist meine Lieblingsblume. Wächst sie auch in England?«

»Meinst du Gänseblümchen?« Er schaute ihr in die Augen. »Ja, die wachsen auch bei uns.«

Sie stieß sich mit den Füßen ab und ließ die Schaukel schwingen. »Vermißt du deine alte Heimat?«

»Manchmal«, sagte er versonnen, »wenn die Sonne im Zenit steht und die Erde versengt, denke ich an kühlen sanften Regen, der auf grüne Wiesen fällt. Ich glaube, nirgends auf der Welt gibt es ein solches Grün wie bei uns in England – Felder, aneinandergereiht wie zu einem riesigen Teppich, auf denen seit fünfhundert, vielleicht auch schon seit tausend Jahren gepflügt, gesät, gedüngt und geerntet wird; Wälder mit Eichen und Ulmen so hoch wie die Strebepfeiler von Kathedralen, voller Frieden und kühlem Schatten und mit dem schönsten Blumenteppich ausgeschmückt.«

»Sehnst du dich danach?«

Er wandte sich plötzlich von ihr ab und bedeckte das Gesicht mit den Händen. »Nein.«

Sie legte die Hand auf seine Schulter und merkte, daß er weinte – leise wie der sanfte Regen, der auf grüne Wiesen fällt.


Am Freitag darauf erzählte er den Spaniern in der fast fertiggestellten Schmiede, wie er ihre Kanone machen würde.

»Ich muß Euch erklären, was ich alles dazu brauche. Zuerst einmal das Modell. Es wird aus Lehm geformt.«

»Am Ufer des Tezcuco-Sees, in der Nähe von Iztapalapan, gibt es guten Lehm«, sagte Esteban und wies mit dem Kinn nach Westen. Er war ein großer hagerer Mann mit gewaltigem Schnurrbart und einem permanenten, zehn Tage alten Stoppelbart, der nur die Stelle frei ließ, wo sich eine Narbe in vielen Windungen über sein Kinn zog. Über der Stirn hatte er eine zweite Kahlstelle, und er gab sich unendliche Mühe, sie vor den Augen der Frauen der *Encomienda de Escovedo* verborgen zu halten. Während des Gesprächs blickte er immer wieder zu den Männern hinüber, die er als Hilfskräfte für Tavistock ausgesucht hatte. Sie hämmerten und sägten und schrien sich an und waren von ihrer Arbeit völlig in Anspruch genommen.

»Er darf nicht zu salzhaltig sein. Das müssen wir prüfen. Schade, daß wir nicht mehr in Vera Cruz sind. Eine Rahnock vom Großmast einer abgewrackten Karavelle wäre eine ideale Spindel – das Fundament, auf dem das Modell geformt wird. Die Spindel muß länger sein als die Kanone, damit für den Gießkopf Platz bleibt. So.«

Mit einem Stück Holzkohle zog er über faseriges Agavepapier ein paar Striche, die die Spindel darstellten, wie sie in den Hohlkehlen zweier Traggerüste ruhten. Dann machte er am dicken Ende der Spindel vier Striche, die wie die Speichen eines Rades abstanden und dazu dienten, daß die Spindel gedreht werden konnte.

»Als nächstes wird sie eingefettet für den Tag, wenn wir sie herausnehmen, und dann umwickeln wir sie fest mit Seilen, um die grundlegende Form zu erreichen. In England verwendeten wir dazu gedrehtes Stroh, aber ein anderes Seil tut es auch. Es wird auf die langsam drehende Spindel aufgespult und festgeklopft. Eine Arbeit für drei Männer.«

»Und auf diese Oberfläche wird der Lehm aufgetragen?« fragte Don Bernal. Er mußte ziemlich laut sprechen, um das Gehämmer der Arbeiter zu übertönen.

»Ja. Der Lehm wird vorher noch mit Sand versetzt, damit er sich gleichmäßig verteilen läßt, und mit Pferdemist und Tierhaaren als Bindemittel. Dann wird er schichtweise aufgetragen, und jede Schicht muß trocknen, bevor die nächste aufgetragen wird. Inzwischen hat der Schmied die Schablone angefertigt – wir nennen sie den Streichmodel. Das ist eine Metallplatte, in die die Form des Kanonenprofils geschnitten wurde, und wenn das Rohr dagegen gedreht wird, schabt sie den überschüssigen Lehm ab und zurück bleibt eine glatte Oberfläche.«

»Aber es dauert doch sehr lange, bis so viel Lehm trocknet«, warf Esteban ein.

»Nein. Das Modell wird über diesem Steinbett gebaut, in

dem ein Holzkohlenfeuer angemacht wird. Aber während das Feuer brennt, muß das Modell ständig gedreht werden, damit sich keine Risse bilden. In Samuel Stantons Gießerei benutzten wir einen Lederriemen, der über eine mit Wasserkraft betriebene Welle lief.«

»Genial. Aber hier haben wir Sklaven für solche Arbeiten«, sagte Gonzalo mit einer Hochnäsigkeit, die Tavistock ärgerte. Aber er ignorierte ihn und wandte sich statt dessen an Don Bernal. »Wenn das getan ist, gießen wir flüssiges Wachs über das Ganze, um es zu versiegeln.«

»Was ist mit den Schildzapfen und dem Delphin?« fragte Gonzalo.

»Was ist das?« fragte Esteban.

Gonzalo unterstrich seine Erklärung mit langsamen Auf- und Abbewegungen des Unterarms. »Die Schildzapfen sind die drehbaren Bolzen am Kanonenrohr zur Höhenverstellung, und ein Delphin ist eine oben auf dem Lauf angebrachte Öse, um das Rohr auf die Lafette zu heben. Diese Ösen werden oft in Form von Delphinen gearbeitet.«

Tavistock nickte und bedauerte Gonzalo insgeheim, daß er es nötig hatte, auf ein bißchen Allgemeinwissen so stolz zu sein. »Alle Verzierungen und alles Zubehör werden in diesem Stadium angebracht. In England ist es üblich, das königliche Wappen anzubringen, die Lilien und Löwen unserer Königin und ihre Initialen. Es wird aus Wachs in hölzernen Modeln hergestellt und mit Eisennägeln auf der Oberfläche befestigt.«

»Ihr seid jetzt nicht in England. Legt mir Eure Entwürfe vor«, sagte Gonzalo. »Ich werde Don Emilio ersuchen, sie sich anzusehen.«

»Vielleicht könntet Ihr Zeichnungen beschaffen, aus denen hervorgeht, welche Ornamente der Vizekönig haben möchte. Ich schlage jedoch schlichte Muster und so wenig Dekoration wie möglich vor.«

»Läßt Euer Können in dieser Hinsicht zu wünschen übrig?«

»Don Emilio kann meinetwegen Cherubim und Seraphim und Weinlaubgirlanden haben. Aber sagt ihm, daß jede Eitelkeit die Herstellungszeit verlängert.«

»Was kommt im Anschluß daran?« fragte Don Bernal und blickte zu der Apparatur über seinem Kopf hinauf.

»Als nächstes beginnen wir mit der Gußform. Weißer Sand – derselbe, den wir zum Trocknen von Tinte verwenden – wird mit Lehm vermischt und zunächst ganz dünn mit einem Pinsel aufgetragen, damit er auf dem Wachs haftet. Diese ersten dünnen Schichten müssen langsam in der Sonne trocknen. Anschließend, sobald die Beschichtung eine gewisse Stärke erreicht hat, kann wieder über kleinem Feuer getrocknet werden. Natürlich darf dabei das Wachs auf dem Modell nicht schmelzen.«

»Das ist ein viel langwierigeres Verfahren, als ich angenommen habe, Juan. Wie dick muß die Gußform sein?« fragte Esteban und rieb sich das Kinn. Tavistock hatte bemerkt, daß Esteban in Gegenwart von Gonzalo mit seinem Verhalten stets dessen Gefühle ausdrückte und wie eine Wetterfahne auf Gonzalos Launen reagierte.

»Zwei Zoll – *dos pulgadas* – für einen Sechspfünder, bis zu vier *pulgadas* für einen Vierundzwanzigpfünder.«

»Wie lang dauert das Ganze insgesamt?«

Tavistock zuckte die Achseln. »Das hängt von vielen Faktoren ab, Don Bernal. Aber es könnte mehrere Wochen dauern. Ihr versteht jetzt sicher, warum Kanonen möglichst in größeren Stückzahlen hergestellt werden. Als nächstes käme die Verstärkung der Gußform mit eisernen Bändern und Dauben.«

»Wozu ist das nötig?« fragte Gonzalo sichtlich beunruhigt wegen der vielen kostspieligen Vorbereitungen und Materialien, die für eine einzige Kanone nötig waren.

»Bedenkt, daß die Gußform sehr zerbrechlich ist und das geschmolzene Metall weißglühend. Wenn es in die Form gegossen wird, entsteht ein gewaltiger Druck, der eine nicht verstärkte Form sprengen würde.«

»Also ist der nächste Schritt der Guß?« fragte Don Bernal hoffnungsvoll.

»Noch nicht. Erst muß das Modell entfernt werden. Wir schlagen die spitz zulaufende Spindel aus der Mitte heraus. Dann kann das Strohseil heraufgezogen werden, und schließlich wird das Lehmmodell aus der Wachshülle gebrochen und mit langen Greifwerkzeugen Stück für Stück herausgeholt.«

Er wies mit seinem Holzkohlestift nach oben auf die schweren Balken und Winden, mit denen die Gußform senkrecht gestellt werden konnte, erklärte, daß in der Form ein Feuer angemacht wurde, um sie zu trocknen und alle Wachsspuren zu beseitigen, und wie dann das Innere der gereinigten Form mit einer Mischung aus Lauge und Ruß bestrichen wurde. Don Bernal nickte, als er hörte, daß der knollenförmige Fortsatz am Ende der Mündung der Gießkopf sei – ein Trichter, in den das geschmolzene Metall fließen würde.

»Ganz besonders wichtig ist es, daß sich im Messing keine Blasen bilden. Sie wären Schwachstellen, die beim Abfeuern zur Zerstörung einer Kanone führen könnten«, erklärte er ihnen. »Ich habe so etwas schon gesehen, und es ist schrecklich. Auf einem Schiffsdeck ist es besonders verheerend.«

Gonzalo nickte wissend. »Die Gewalt einer großen Culverine weiß man erst zu schätzen, wenn man sie selbst aus nächster Nähe erlebt hat. Wenn die Detonation nicht entweichen kann, zerreißt der Verschluß, und die Mannschaft und alles im Umkreis von zehn *varas* wird niedergemäht.«

Don Bernal bat Tavistock fortzufahren.

»Nun«, sagte Tavistock und zeichnete mit seinem Kohlestift die Hohlform, »wenn wir Metall in eine Form wie diese gössen, bekämen wir eine Kanone, bei der das Wichtigste fehlt.«

»Was würde fehlen?« Gonzalo studierte angestrengt die Zeichnung. Esteban kratzte seine Stirnglatze.

»Meine Herren, die Kanone wäre durch und durch massiv. Sie hätte keine Bohrung.« Sie nickten und beugten sich noch dichter über die Skizze. »Aus diesem Grund brauchen wir einen Kern: einen Eisenstab, der ein paar Fuß länger ist als die Bohrung und ungefähr den halben Durchmesser hat, und der genauso wie das Modell mit Lehm beschichtet, mit dem Streichmodel geglättet und dann mit Draht umwickelt wird. Dieser Kern wird mit einem eisernen Kronenring und mit Kränzen in die Gießform eingebaut, und zwar so, daß er genau in der Mitte hängt. Von der genauen Aufhängung des Kerns hängt die Zielgenauigkeit und die Stärke der Kanone ab. Ist der Kern nicht richtig zentriert, erhält die Rohrwand keine gleichmäßige Stärke und die Gefahr, daß sie zu Bruch geht, erhöht sich.«

»Wenn Ihr aber nun das Metall hineingießt, werden dann nicht der Kern und diese Kränze im Metall eingeschlossen?« fragte Don Bernal.

»Der Kern läßt sich nach dem Guß leicht entfernen – deshalb muß der Eisenstab um ein gutes Stück herausragen. Aber mit den Kränzen habt Ihr recht. Ihr, Gonzalo, bei Eurer Erfahrung mit Kanonen, habt sicher schon die Roststellen auf der Messingoberfläche rings um den Verschluß gesehen.«

»Ja, natürlich.«

Tavistock grinste. »Seht Ihr, Don Bernal, das sind eben spanische Kanonen. Unsere sind wesentlich besser verarbeitet. Diese Kranzarme werden herausgebohrt; dann setzt man Messingzapfen ein und feilt sie glatt.«

Don Bernal ging ein paar Schritte über den festgestampften Erdboden. Dann blieb er stehen, verschränkte die Arme und sah sich anerkennend um. »Ihr habt gute Arbeit geleistet, Juan. Das ist wirklich beeindruckend. Wann kann ich mit der ersten Eurer Culverinen rechnen?«

»Es ist eine Frage von Monaten.«

»Gut. Und Ihr garantiert, daß sie ebenso wirkungsvoll sein wird wie englische Culverinen?«

Tavistock zögerte einen Moment, als er an die zahlreichen Faktoren dachte, die zusammen die phänomenale Stärke der Stanton-Culverine ausmachten. Er wußte, daß er mit der nötigen Zeit und dem richtigen Material die Qualität der Stantonkanonen erreichen konnte, aber – sollte er es wirklich versuchen? Sein Berufsstolz rang mit seiner Treue zu England. Er wußte, daß er im Grunde behaupten konnte, was er wollte, weil es keine konkreten Vergleichsmöglichkeiten gab.

Schließlich sagte er: »Ja, Don Bernal, davon bin ich fest überzeugt.«

Don Bernals Augen wurden schmal. »Dann werdet Ihr auch nichts gegen eine Erprobung einzuwenden haben.«

Tavistock schüttelte verständnislos den Kopf. »Eine Erprobung? Natürlich nicht. Alle Kanonen müssen erprobt...«

»Ich meine ein Probeschießen zwischen einer englischen Culverine und Euren ersten Geschützen.«

»Wenn das nur möglich wäre«, sagte er mit Bedauern in der Stimme.

»Aber es ist möglich, *Inglés*«, sagte Gonzalo.

Don Bernal nickte. »Wenn Pedro Gomara das nächste Mal nach Chalco kommt, wird er eine englische Culverine mitbringen. Don Emilio hat Perlenfischer zu dem Wrack bei San Juan de Ulua hinuntergeschickt. Die Überreste der *Jesus* liegen in flachem Wasser, und drei ihrer langen Geschütze konnten geborgen werden.«

Gonzalo hob den Kopf und blickte hochmütig auf Tavistock herab. »In zwei Monaten werden wir die Kanone haben, und dann werden wir sehen, ob Ihr so gut seid, wie Ihr behauptet, *Inglés*.«

Der Teufel soll dich holen! dachte Tavistock und versuchte verzweifelt, seine Gedanken zu ordnen. Was konnte er Don Bernal jetzt erzählen?

»Es gibt ein Problem.«

Don Bernal sah ihn an. Das Hämmern und Sägen hatte aufgehört.

»Ein Problem?«

»Eine Kanone ist nur ein Rohr aus Metall. Schießen aber kann sie nur mit Pulver.«

»Wir haben Pulver!« sagte Gonzalo.

Tavistock wiegte bedächtig den Kopf. Er sah eine Chance. »Spanisches Pulver taugt nicht viel.«

»Was? Diese englischen Kanonen brauchen englisches Pulver?«

»Sie können mit spanischem Pulver geladen werden, aber es ist eben nicht sehr gut. Wollt Ihr Kanonen mit minderwertiger Ladung erproben? Das wäre wie ein Wettrennen zwischen zwei Hengsten, von denen keiner richtig losgaloppieren darf. Um die volle Feuerkraft der Culverinen festzustellen, müßt Ihr mir meinen Pulvermacher bringen, und wir brauchen einen Vorrat an Schwefel, Salpeter und von diesem hier.« Er hielt das Stück Holzkohle in die Höhe.

Don Bernal überlegte. Nachdem er sich mit Gonzalo und Esteban beraten hatte, wandte er sich wieder an Tavistock. »Euer Vorrat an Holzkohle ist reichlich, nicht wahr?«

Tavistock nickte. Die Herren berieten erneut und zuckten hilflos mit den Achseln. »Woher bekommen wir Salpeter?«

»*Cerdos. Marranos*«, sagte Tavistock.

Die Spanier waren verblüfft. »Von Schweinen?«

»Das beste Nitrit erhält man aus Schweineurin. Menschlicher Urin ist weniger streng. In England schabt man die Kristalle von den Wänden der Schweine- und Kuhställe. Es ist der beste Salpeter, den es gibt. Andernfalls kann Exzellenz eine Mauer errichten lassen und seinen Sklaven befehlen, dagegen zu pinkeln.«

»Salpeter kann aus Ciudad de México herbeigeschafft werden.«

»Dann wird uns das genügen müssen.« Tavistock nützte seinen Vorteil aus, weil er wußte, daß er mehr in Erfahrung bringen mußte als das, was in Robert Barretts Brief stand. »Ich brauche meinen Pulvermacher. Sein Name ist Job Hortop. Und wir müssen erstklassigen Schwefel bekommen. Neunundneunzigprozentig reinen Schwefel.«

Don Bernal nickte kurz; dann entfernten sich die drei Spanier mit dem vagen Gefühl, daß Tavistock sie möglicherweise die ganze Zeit zum Narren gehalten hat.

Der Vulkan überragte alles.

Seit zwei Tagen mühten sie sich auf den unteren Hängen. Sie hatten Biwaks errichtet und waren stundenlang auf steilen steinigen Pfaden gestiegen, und erst jetzt war der Gipfel in Sicht gekommen. Am letzten Lagerplatz ließen sie ein Dutzend der weniger kräftigen Männer und die Hälfte der Esel zurück.

Hier, in einer Höhe von fast viertausend Metern über dem Meeresspiegel, begann die letzte Etappe des Anstiegs. Tavistock sah weiter unten kleine weiße Wolken dahinziehen. Im Nordwesten erstreckte sich das zentrale Tal von Mexiko – eine heiße Ebene mit Salzseen und Straßen und Farmen. Der Ausblick von hier oben war noch eindrucksvoller, als er ihn sich vorgestellt hatte, als er vor drei Tagen von der Ebene aus zum Vulkan emporgeschaut hatte.

Ein unglaubliches Panorama breitete sich vor ihm aus. Tavistock empfand es als ein Privileg, daß er diesen ehrwürdigen Boden betreten und hinabschauen durfte auf das riesige fremde Land, das von den stolzen spanischen Eroberern so grausam in Besitz genommen worden war. Dieses Land erstreckte sich weit über den dunstigen Horizont hinaus, Hunderte von Meilen weit, und verband den Atlantischen Ozean mit der Großen Südsee. Und es war in seiner ganzen gewaltigen Größe eine Eroberung der Väter dieser Männer, die hier neben ihm standen. Eine fantastische Leistung – und eine großartige Generation von Männern! Welch heldenhafte Entschlossenheit muß ihnen zu eigen gewesen sein, zu glauben, daß sie all dies bezwingen könnten. Es schien ein unmögliches Unterfangen, aber sie hatten es geschafft und hatten dabei ein Vermögen gemacht für sich und die etwas weniger großartigen Männer, die ihnen gefolgt waren.

Dann blickte er auf ihr eigenes Unterfangen zurück. Das

fruchtbare Land, das sie auf den vorgelagerten Hügeln durchquert hatten, war bewaldet. Hier oben wurden die Bäume kleiner, knorriger und immer seltener. Über ihnen ragten die kahlen, gebänderten Felswände des Vulkans in märchenhaften Rot-, Gold- und Purpurtönen in den Himmel. Trotz der sengenden Sonne lagen im Schatten noch Schneereste. Tavistock entdeckte einen gut begehbaren Felsgrat, auf dem sie zum Krater emporsteigen konnten.

Job Hortop wandte sich um und wischte sich den Schweiß von seinem hageren Gesicht. Auch er blickte hinunter ins Tal. »Ist'n gemeiner Anstieg, was, Gunner?« Er freute sich, wieder einmal Englisch zu sprechen. »Wie hoch sind wir? Was meinst du?«

»Fünf-, vielleicht sechstausend Fuß über dem Tal.«

»Und wie weit ist es noch?«

»Ich schätze, noch einmal so viel.«

Hortop sah ihn skeptisch an. Er war zäh und kräftig. Über sein sonnenverbranntes Gesicht zogen sich tiefe Falten. »Sieht nicht so weit aus.«

»Das täuscht – sagt man jedenfalls.« Tavistock verachtete diesen Hortop. Er hatte sich in Mexiko verändert. Aus einem ruhigen, ausgeglichenen Mann war ein launischer, mißtrauischer und nervöser Mensch geworden. Jetzt befanden sie sich zum ersten Mal während des Aufstiegs nicht in Hörweite der Spanier, und Tavistock stellte ihn zur Rede. »Gott helfe mir, Job Hortop. Sag mir, was du gegen mich hast oder ich schlag' dich zusammen.«

»Ich wünschte, du hättest mich in Frieden gelassen, Gunner«, antwortete er eisig.

»Und wieso?«

Hortop wies mit dem Daumen zurück in Richtung des Tals. »Ich hab' dort unten nach Gold gegraben und wollte 'ne Fliege machen – bis du mir dazwischengekommen bist!«

»Still!«

Hinter ihnen quälten sich drei Spanier, angeführt von Gonzalo, den steilen Hang herauf. Sie bohrten die Zehen in den bröckeligen Fels und wirbelten beißenden Schwefelstaub auf. Immer wieder blieben sie nach Atem ringend stehen. Gonzalo hatte versucht, Indianer als Führer zu gewinnen, aber sie hatten sich entsetzt geweigert, und als er sie zwingen wollte, hatten sie in ihrer Vogelsprache geschnalzt und geschnattert, aber mitgegangen war keiner.

Tavistock blickte weiter zurück zu Don Bernal und Maria. Hinter ihnen folgten fünfzig Männer und mit leeren Säcken beladene Esel. Don Bernal war mitgekommen, weil er endlich einmal den Berg besuchen wollte, der über seinem Land wachte. Nachdem er Gonzalo diese Absicht mitgeteilt hatte, bestand Maria darauf, ebenfalls mitzukommen; ihr Bruder hatte nur die Achseln gezuckt.

Gonzalo beobachtete sie und schien nur darauf zu warten, daß sie aufgab. Aber noch sah es nicht danach aus.

Tavistock wandte sich wieder an Hortop. »Nun erzähl mir, was du erfahren hast.«

Drakes Schiff trieb sich in der Karibik herum. Er hatte ein Dutzend kleiner Küstensegler aufgebracht, sie ihrer Vorräte beraubt und anschließend mit großem Pomp versenkt. Die Mannschaften hatte er stets an Land geschickt und ihnen seinen Namen eingeschärft, als ob er ihn überall und so laut wie möglich verkündet haben wollte. Danach war er jedesmal ebenso schnell verschwunden wie er gekommen war.

»Er hat in Vera Cruz versucht, uns auszulösen. Was hältst du davon, Gunner? Alle anderen haben uns vergessen. Ich wußte, daß er uns holen würde. Ich habe immer an ihn geglaubt.«

»Ist das auch wahr?« Tavistock war plötzlich sehr aufgeregt.

»Wenn ich's dir sage. Von Guadeloupe bis Vera Cruz flüstern sie ›Guardarse de El Draque!‹ Hütet euch vor dem Drachen! – So nennen sie ihn, unseren Kapitän Drake. Was hältst du davon?«

»Du kommst nie auf sein Schiff.«

»Ich kann's versuchen.«

»Es ist Wahnsinn, wenn du glaubst, du kannst dich mit ihm treffen. Wenn du wegläufst, fangen sie dich wieder ein.«

»Nein. Ich will nach Hause. Und ich habe einen Plan.«

»Mach Mexiko zu deiner Heimat.«

Hortops heiseres Flüstern klang gereizt. »Ich sage dir, Gunner, ich will nach Hause und ich werde es schaffen. Mir gefällt's hier nicht. Ich hasse das alles. Ich will mein Gold dahin mitnehmen, wo ich es ausgeben kann. Nur daß du mir meinen Plan so ziemlich versaut hast.«

Tavistock schwieg einen Augenblick, dann sagte er: »Ich habe einen Job für dich.«

Hortop spuckte aus. »Verdammt noch mal, Gunner! Mich hierher zu schleppen, wo ich einen Plan hatte. Ich habe vier unmündige Kinder zu Hause. Was soll aus ihnen werden?«

»Der Spatz in der Hand ist besser als die Taube auf dem Dach«, meinte der Gunner warnend.

»Ich jedenfalls werde mein Glück versuchen!«

Als alle Rast machten, gesellte sich Tavistock zu Don Bernal. Er setzte sich auf einen Stein neben Maria. Der kühle Wind blies durch seine Kleider und ließ ihn frösteln – und noch etwas anderes wehte ihn an, etwas Kälteres, das ihm durch Mark und Bein drang. Er wusch sich mit dem grobkörnigen Schnee den Staub von den Händen. Rings herum legten die Männer ihre Ausrüstung ab und tranken aus ihren Wasserflaschen. Auch sie wirkten angespannt; auch sie empfanden ein merkwürdiges Unbehagen, das vom Land und von der gewaltigen Felsmasse über ihnen ausging. Aber Tavistock war in Gedanken versunken. Er hörte weder den Männern zu noch nahm er an Don Bernals Unterhaltung teil. Alles wirkte so öde, so merkwürdig trostlos, als ob etwas Böses heraufzöge.

Plötzlich hörten sie ein dumpfes Grollen und Poltern. Der Hang über ihnen bebte. Kleine Steine rieselten in Felsspalten. Niemand gab einen Laut von sich.

Tavistock befiel ein beklemmendes Gefühl. Die Vögel hatten aufgehört zu singen, sogar der Wind hatte sich gelegt.

Die Stille war überwältigend, ohrenbetäubend unnatürlich –
bis sie jemand laut fluchend zerriß.

Alle starrten auf den Berg, und plötzlich wies Don Bernal
zum zerklüfteten Kraterrand hinauf. Eine dünne, beinahe
elegante Rauchfahne wehte am Gipfel.

Tavistock stand auf, und auch die Soldaten erhoben sich
und brachten ihre Esel auf Trab.

»Du lieber Gott, Gunner – was war das?« fragte Hortop mit
aufgerissenen Augen. Die Pulvermischerei hatte ihn empfindlich und reizbar gemacht gegen plötzliche Stöße und Er-
schütterungen. Er wirkte wie ein Pferd, das jeden Augenblick durchgehen konnte.

»Eine kleine Verdauungsstörung«, sagte Tavistock beruhigend. Insgeheim aber dachte er, daß es die Strafe war für
Hortops Gehässigkeit oder für ihn selbst. Vielleicht hatte der
Pulvermacher recht. Vielleicht sollte er versuchen, eine
Fluchtmöglichkeit zu finden. Aber warum? Es war doch nur
ein verrückter Traum. Woher sollte er wissen, wo Drake zu
finden war? Und warum sollte er fliehen? Sicher, es wäre
großartig, Richard wiederzusehen, aber das wäre auch schon
alles, was ihn in der Alten Welt erwartete. »Aye, nur ein bißchen Bauchweh.«

Hortop grinste. »Wenn er uns nur nicht anspuckt, was,
Gunner? Das wäre eine schlechte Belohnung für diese Kletterei, die du mir aufgehalst hast.«

Die Sonne stieg rasch höher und höher, während sie weiter
kletterten, bis sie die Schulter des Berges erreichten. Von hier
aus ging es weniger steil über gleißende Schneefelder zum
Gipfel. Während Tavistock durch den knirschenden Schnee
schritt, erkannte er, daß größere Schneemassen hier die Regel waren und daß er mit der Jahreszeit ausgesprochen Glück
hatte, weil jetzt die Gesteinsschichten frei lagen und die
Schwefellager leicht zu finden sein müßten.

Als sie die letzte Steigung überwunden hatten, atmete er
schwer, so daß er glaubte, die Lunge müßte ihm platzen.
Dann sah er den Krater – ein riesiges Oval, eine halbe Meile

breit und fünfhundert Fuß tief. Der Boden des Kraters war schrundig und zerklüftet, und aus den Spalten stiegen erstickende Dämpfe und Rauch empor. Glücklicherweise trug der Wind die Gaswolke über den ihnen gegenüberliegenden Kraterrand in östliche Richtung.

Dann schoß Tavistock plötzlich ein Gedanke durch den Kopf. Vielleicht lag nur deshalb so wenig Schnee, weil der Vulkan heißer war als sonst. Vielleicht hatte Hortop recht – vielleicht stand er wirklich kurz vor einem Ausbruch. Gott bewahre!

Wie gebannt starrte er in den Krater, diese offene Wunde im Leib der Erde. Er schauderte, als er noch einmal die Mauern aus wabernder Hitze auf sich zustürzen sah, damals, auf der brennenden *Jesus*. Und dann sah er das schreckliche Bild seines Vaters vor sich. Es war immer der gleiche Alptraum. Ein Gesicht, das er liebte, verzerrt vor Schmerzen, Haut, die Blasen warf und verkohlte, eine aufschießende Feuergarbe – und dann verschwand alles im Dunkeln, weil ihn die Mutter fest an sich drückte.

Er schüttelte sich, blickte sich suchend nach Maria um, und es gelang ihm, die aufsteigende Panik zu unterdrücken.

Hortop starrte mit offenem Mund in den Krater. »Was hältst du davon?«

Esteban bekreuzigte sich. »Das ist das Tor zur Hölle«, sagte er fasziniert von der geschmolzenen Masse, die tief unter ihnen brodelte und spuckte. Heiße Gesteinsbrocken wurden höher als der Kraterrand emporgeschleudert und fielen, eine Rauchfahne hinter sich herziehend, in den Krater zurück.

Der Pulvermacher zuckte zusammen. »Das Ding sieht aus, als würde es gleich in die Luft fliegen.«

»Hoffentlich hast du unrecht, Job.«

»Mir gefällt das gar nicht. Hättest du mich bloß nicht hergebracht.«

Die Soldaten säumten den Kraterrand. Ihre roten Helmbüsche wehten im Wind, während sie fasziniert von der unbändigen Kraft der Erde in diesen brodelnden Schlund blickten.

»Schau dir das an«, sagte Esteban zu Hortop. »So ist es in der Hölle. Wenn du stirbst, wirst du für immer dort unten angekettet. So sehr haßt Gott die Protestanten.«

»Du mußt es wissen, Papist, weil du mit deinem stinkenden Weihrauchfaß und deinem Rosenkranzgeklapper geradewegs von dort unten kommst.«

»Ich beichte jeden Samstag meine Sünden und werde freigesprochen. Aber du –« Esteban schüttelte finster den Kopf. »Du landest dort unten, mein Freund.«

»Ihr geißenfickenden Spanier denkt, euch gehört alles – die Erde, die Meere und sogar der Himmel dort oben. Ihr könnt ruhig auch euer Mitleid behalten. Ich brauche es nicht.«

Tavistock trat zwischen die beiden und wies auf eine Stelle etwas abseits des Kraters, wo sich eine große Wand aus gelbem kristallinen Schwefel gebildet hatte. Während er Hortop hinführte, sagte er: »Mir hat der Erdstoß von vorhin nicht gefallen. Am besten, wir erledigen unsere Arbeit und sehen zu, daß wir wieder hinunterkommen.«

Als sie die Ablagerungen erreichten, war Hortop sprachlos. Der Schwefel war federig und blaßgelb. Die ganze Wand war krümelig wie Sand, und heißes, zähflüssiges rotes Harz, ebenfalls eine Form von rohem Schwefel, sickerte daraus hervor. Der Pulvermacher schabte ein paar Schwefelkristalle ab, zerrieb sie in der Hand, roch und leckte daran und verzog das Gesicht.

»Reiner Schwefel!« sagte er erstaunt. »Verflixt und zugenäht, Gunner! Hier liegt tonnenweise natürlich geläuterter Schwefel! Nie im Leben hab ich so reinen Schwefel gesehen. Es ist einfach unwahrscheinlich.«

»Ist er gut genug für dich?«

»Gut genug?« Hortop sah sich plötzlich um, dann packte er Tavistock beim Wams, zog ihn zu sich heran und fuhr ihn zischend wie eine Schlange an: »Ich hab' dir gesagt, ich mach' deinen dreckigen Job nicht. Hast du den Bleiglanz gesehen? Hier drunter liegt bester Graphit. Du willst ihnen das doch nicht etwa zeigen, oder? Du willst ihnen doch nicht zeigen, wie sie ihr Pulver mit Graphit wasserdicht und ihre Ladung gleitfähig machen können, damit ihre Kanonenläufe nicht verkrusten? Und was ist mit der Körnung? Willst du, daß ich ihnen das auch beibringe? Sie wissen nicht, wie man Pulver herstellt, das gleichmäßig brennt. Sie wissen nicht, wie man es körnt. Du willst, daß ich es ihnen sage. Deshalb hast du mich herkommen lassen!«

Tavistock wurde ärgerlich. »Hör auf damit! Ich weiß selbst, wie man Pulver macht. Besser als du. Ich habe dich holen lassen, weil ich etwas erfahren wollte. Über Drake. Und nur du konntest mir Nachricht bringen.«

»Du lügst. Was ist mit den Kanonen, die du für sie machst? Ich hab' gesehen, wie du ihnen in den Arsch kriechst.« Hortops Augen funkelten häßlich. »Womit haben sie dich gekauft, Gunner? Was haben sie dir versprochen?«

Tavistock stieß ihn zurück, aber Hortop hielt fest. John rutschte aus, fiel und riß Hortop mit zu Boden.

»Du hast uns verkauft, stimmt's? Das hast du getan!« Hortops Augen waren rot und brannten von dem beißenden Rauch. In einer Wolke aus gelbem Staub drückte er Tavistock zu Boden.

»Ich habe euch aus dem Schweinestall geholt! Ich habe dafür gesorgt, daß ihr – ihr alle – am Leben bleibt.«

»Aye, und du selbst auch! Du willst Neuigkeiten erfahren? Bitte sehr. Wir haben Krieg mit Spanien, Gunner, und du bist ein Verräter!«

»Du lügst!«

Hortop holte aus und gleichzeitig hob sich der Boden unter ihnen, und ein schreckliches, gefährlich starkes Beben setzte ein.

Tavistock hörte den Schrei einer Frau.

Mit einer überraschenden Drehung befreite er sich aus Hortops Griff und rannte zu dem etwa fünfzig Schritte entfernten Kraterrand, wo Maria verzweifelt versuchte, ihren Vater festzuhalten, während die Soldaten angesichts der gewaltigen Kraft, mit der die Erde das geschmolzene Gestein aus ihrem höllischen Schlund höher und höher spie, wie gelähmt dastanden und glotzten. Dann sah er mit Entsetzen, daß der Felsvorsprung, von dem aus Maria ihren Vater zu retten versuchte, einzubrechen drohte. Ein schwarzer Spalt markierte bereits die Abbruchstelle. Don Bernal rutschte hilflos im Staub scharrend auf die Kante zu. Der Spalt öffnete sich gähnend, die angrenzende Oberfläche des Vorsprungs zerfiel und riß Don Bernal in die Tiefe.

»Maria!«

Tavistock löste sich aus seiner momentanen Erstarrung, sprang vor und erwischte Don Bernal an den Beinen, der nun mit dem Kopf nach unten über dem Abgrund hing.

Donnernd brach sich das Echo der Steinlawinen zwischen den Kraterwänden. Der Spalt war inzwischen zwei Schritte breit und drohte, den ganzen Vorsprung, auf dem sich Maria, Tavistock und Don Bernal befanden, abzutrennen. Tavistock versuchte, an Don Bernals Gürtel heranzukommen, aber jede ruckartige Bewegung konnte sie in den Krater stürzen; mit jeder verzweifelten Drehung trat Tavistock mehr von dem Boden unter sich ab.

Er blickte auf und sah, daß Gonzalo und die anderen von dem Beben völlig verwirrt waren. Flehend streckte er die Hand nach ihnen aus, denn sein Gewicht würde den Felsblock, gegen den er sich stemmte, womöglich wegdrücken. Dann fand seine freie Hand die Hand von Maria. Er packte ihren Arm und versuchte, aus ihren drei Körpern eine Kette zu bilden.

Ein weiterer Stoß erschütterte den Berg. Rote und schwarze Felszacken brachen von den Kraterwänden und stürzten schwindelerregend ins Leere. Esteban, der auf den Felsvorsprung zulaufen wollte, geriet zwischen zwei Esel, die sich wild im Kreis drehten und sich und Esteban in ihren Führleinen verhedderten. Tavistock sah, wie sich Esteban im letzten Augenblick befreien konnte, bevor die Tiere über den Kraterrand stürzten.

Maria schrie auf, weil sie Tavistocks Hand nicht mehr halten konnte. Er rief ihr zu, sie solle sich retten. Dann kam ihnen Esteban zu Hilfe. Er riß Maria gewaltsam zurück. Ein Seil schwirrte zu Tavistock hinüber. Er fing es auf, wickelte es dreimal um die Hand, und dann zogen die Soldaten ihn und Don Bernal vom Abgrund zurück, während sich der Felsvorsprung auflöste und versank.

»Herrgott, hilf!« keuchte Tavistock, als der Zug auf seine Arme einsetzte und das Seil, das um sein Handgelenk gewickelt war, in die Haut einschnitt. Plötzlich zerriß etwas in seiner Brust, ein schneidender Schmerz durchfuhr ihn, und er merkte, daß er kurz davor war, bewußtlos zu werden. In der dünnen Luft war jede Anstrengung ein Kampf mit dem Tod, aber wenn er das bleierne Gewicht von Don Bernal noch länger hielte, würde es ihn auseinanderreißen. Trotzdem ließ er nicht los. Das Leben eines Menschen hing an seinen Fingerspitzen.

Eine Ewigkeit schien vergangen, als das Zerren an seinen Armen aufhörte. Der scharfe Schmerz in seiner Hand hatte nachgelassen, und das Blut strömte wieder in seine Arme. Er lag auf festem Grund.

Maria beugte sich über ihn. »Juan!« rief sie weinend. »Kannst du mich hören?«

Ihr Haar und ihr Gesicht waren dick mit Staub bedeckt. Er war nicht imstand zu antworten; er konnte nur hilflos die Arme heben.

Durch den Nebel vor seinen Augen sah er Don Bernal neben sich liegen und daß Maria neben ihm kniete, ungeachtet ihrer eigenen Verletzungen. Im Hintergrund blitzte und funkelte es, als explodierten Feuerwerkskörper. Alles drehte sich und verschwamm; und dann sagte jemand etwas über die Blässe und die blauen Lippen von Don Bernal.

»Tretet zurück! Er braucht Luft!«

»Wir müssen ihn hinunterbringen, wo die Luft besser ist.«

»Ja. Sofort. Wir müssen versuchen, noch vor Sonnenuntergang im Tal zu sein.«

»Das schaffen wir nicht«, sagte Gonzalo.

»Wir müssen es versuchen.«

Tavistock sah, wie zwei Männer den bewußtlosen Don Bernal hastig und stolpernd vom Krater wegschafften, der jetzt wie ein riesiger Mörser rotglühende Felsbrocken emporschleuderte. Ringsum ging ein Hagel von kleinen und größeren Steinen nieder. Esteban half Tavistock auf und zerrte ihn fort, den anderen nach.

»Schnell. Ich kann dich nicht halten. Stell dich auf deine Beine, ich flehe dich an!«

Sie folgten den restlichen Eseln und den Soldaten, von denen sich die meisten bereits unaufgefordert auf den Rückweg gemacht hatten. Tavistock stolperte vor sich hin, geführt und gestützt von Maria und Esteban.

Die nächsten vier Stunden waren ein Alptraum. Der gewaltige Gott Popocatépetl war aufgebracht und verfolgte sie mit grimmigem Zorn. Er schürfte ihnen Hände und Knie wund und zerriß ihnen die Kleider, während sie bergab eilten und verzweifelt versuchten, seiner Wut zu entkommen. Erst als sie das Lager an der Baumgrenze erreicht hatten, legten sie eine Pause ein. Der Zorn des Vulkans ließ allmählich nach. Hinter ihnen erhob sich eine riesige Wolke aus Asche und Rauch, die, als der Wind umsprang, den ganzen Himmel verdeckte. Die Erdstöße, die den Berg immer wieder erschütterten und ihnen Lawinen aus Steinen, Schlacke und Eis hinterherschickten, wurden seltener und schwächer, bis sie schließlich aufhörten.

Tavistock trank gierig. Maria wusch ihm das Gesicht.

Gonzalos Männer rechneten aus, was das Unternehmen gekostet hatte.

»Warum hörst du nicht auf?« schrie Esteban mit erhobener Faust zum Gipfel hinauf.

»Dieser Berg ist ein Teufel.«

»Ein Teufel, der seine Schätze nicht hergeben will.«

»Weiß Gott.«

»Wir sind hier unerwünscht.«

Tavistock ließ sich auf die Erde nieder. Als Maria ihm ihr Gesicht zuwandte, das ganz verschmiert war von Staub und Schweiß, sah er in ihren Augen, daß sie sich fürchtete. Er tröstete sie und merkte, daß sie nur mit Mühe die Tränen zurückhielt. »Ich danke dir«, flüsterte sie. »Für das Leben meines Vaters und für das meine. Ohne dich wären wir jetzt beide tot.«

Sie küßte ihn. Trotz seiner Erschöpfung empfand Tavistock ein ungeheures Glücksgefühl. Er lebte. Maria lebte. Der rauchende Berg konnte ihnen nichts mehr anhaben – nichts anderes zählte in diesem Augenblick.

Die Soldaten, die fast genauso zerschunden und erschöpft waren wie Tavistock, hatten inzwischen die Esel bepackt und waren bereit zum Aufbruch.

Auch der weitere Abstieg war mühsam. Don Bernal wurde auf einer Bahre aus Ästen getragen. Tavistock mußte zu Fuß gehen. Sie gingen so lange, bis sie die Hand nicht mehr vor Augen sahen. Dann halfen alle beim Feuermachen und Aufstellen der Zelte. Man teilte das Essen untereinander, und die Flaschen gingen selbstlos reihum. Der Berg hat uns in die Flucht geschlagen, dachte Tavistock, aber er hat uns einander nähergebracht. Nun herrscht unter uns eine Kameradschaft wie auf einem Schiff nach einem Gefecht oder nach einem Sturm. Alles ist plötzlich so klar. Ich war dem Tode nah und sehe jetzt mit den Augen eines Menschen, der eigentlich tot sein sollte. Alles Schwere, alles Bedrückende ist leicht geworden wie Distelflaum. Meine Seele ist wie neugeboren, meine Erinnerung ein klarer Teich.

Die Angst vor dem Feuer war verschwunden.

Er blickte zu der riesigen Wolke empor, deren Unterseite in der Dunkelheit bald gelb, bald orange, bald zinnoberrot pulsierte, als ihm plötzlich auffiel, daß ihre Gruppe nicht vollständig war. Job Hortop war nicht mehr bei ihnen.

# 13

»Abendessen, Captain! Weg von der Tür!«

Schlüssel klirrten, der Riegel sprang zurück. Vertraute Geräusche. Tavistock blickte auf. Ballard, der behäbige Wärter, brachte ein zugedecktes Tablett herein und stellte es auf den Tisch zwischen die Holzspäne.

Die Zelle war die beste, die für Hawkins' Geld zu haben war: dickwandig, hoch über dem Graben gelegen und trokken; kühl zu jeder Jahreszeit, aber mit einem Fenster versehen, das trotz eines Gitters, das zu eng war, um den Kopf durchzustecken, einen Blick auf den Fluß und das mächtige Tor gewährte, das sich manchmal öffnete, um den Raben einzulassen. Es gab eine Pritsche mit einem Strohsack, einen Stuhl, einen Tisch mit einer Kerze und einer Bibel darauf. Die winzigen Eichenholzspäne waren die Spanten und Schälborde eines Schiffmodells ähnlich der *Antelope*. Der Gang vor der Zelle war stets bewacht; in der Festung dahinter lagen Elitetruppen. Ein Ausbruch war unmöglich, höchstens eine mit viel List vorbereitete Flucht.

»Es gibt ein Glas Porter und Aalpastete.«

»Zerpult, wie ich sehe.«

»Es ist meine Aufgabe nachzusehen, daß Ihr außer dem Aal nichts anderes in Eurer Pastete bekommt, Captain!«

»Vor allem keinen Aal, du Ekel.«

Ballard lachte zufrieden. »Ich bin vielleicht ein Schurke, aber Ihr seid der Gefangene, und zwar einer, der größere Annehmlichkeiten genießt als jeder andere, den ich hier erlebt habe, ausgenommen den Herzog von Norfolk. Ihr seid ein seltener Vogel, Captain, selten wie Aalei.«

Tavistock warf ihm ein Goldstück zu. »Dann gib gut acht, daß ich mich nicht an deinem Fettwanst vorbeischlängele.«

»Das tut Ihr bestimmt nie, Sir.«

Bald werde ich ebenso fett sei wie du, dachte Tavistock angewidert, während der stets gut aufgelegte Gefangenenwärter ging und die Zellentür abschloß. Aye! Fett wie ein

Schwein, das zum Metzger geht. Und wie lange wird es noch dauern, bis ich vor Gericht gestellt und verurteilt werde? Cecils Männer müssen eine Unmenge an Beweisen gegen mich haben. Was hält ihn noch zurück?

Er blickte auf den geöffneten Brief, den Wat Painter vor vier Tagen gebracht hatte. Sein Anblick beunruhigte ihn. Hawkins sprach darin optimistisch über den Prozeß, wies aber warnend daraufhin, daß Walsingham als Botschafter nach Frankreich gegangen war. Auf unverfängliche Weise gedrückt hat er sich, dachte Tavistock. Wo blieb die Gerechtigkeit, wenn es ein Unschuldiger nicht wagen konnte, die Wahrheit zu sagen, um seine Unschuld zu beweisen? Ich hatte doch keine Ahnung, was Ridolfi in seinem Gepäck hatte oder was er plante, und Hawkins ebensowenig, der fürchterlich fluchte, als die Geschichte herauskam und seitdem alles tat, um den Schaden gut zu machen. Aber Walsingham hatte es gewußt. Es war seine Idee. Wie wäre es, wenn ich drohte, die wahre Geschichte zu erzählen? Mein Wort stünde gegen das des Botschafters in Frankreich? Ich stünde da wie ein Mann, der sich an jede Lüge klammert, die ihn hoffen läßt. Kann ich darauf vertrauen, daß sich Hawkins auf meine Seite stellt? Wer weiß. Sicher ist nur, daß Scheiße nach unten rutscht. Und es gibt niemand da unten, an den ich meine Sorgen weitergeben könnte – niemand, der nicht bereits bestochen war, einen Meineid zu schwören. Und sie können mir noch mehr anhängen als diesem Ridolfi. Was passiert, wenn die wahre Geschichte von Jan de Groote herauskommt? Und das kommt bestimmt heraus.

Er trank einen Schluck Porter und wanderte auf dem gekalkten Fußboden hin und her. Dann setzte er sich und schlug das schwere Buch auf, das Dee geschickt hatte; er blätterte darin mit einer Niedergeschlagenheit, wie er sie noch nie empfunden hatte.

Seit Monaten, dachte er, schmachte ich hier mit nur einem einzigen Gedanken im Kopf – eine Kaperfahrt nach Westindien. Und nun scheint es, daß ich nie mehr dorthin kommen werde. Warum studiere ich ständig diese Karten und Berichte? Es ist idiotisch, meine einsamen Stunden mit Überlegungen totzuschlagen, wie man am besten eine Galeone von der Küste abschneidet und kapert, welche Küste des Festlands am besten als sicherer Hafen dienen könnte, wieviel Männer ich bräuchte, um Nombre de Dios zu nehmen und wie viele Faden Tiefe die Hafeneinfahrt hat. Er betrachtete sein Schiffsmodell, unzufrieden mit der Form des Heckwerks und dem Randsomholz, das sich warf und immer wieder heraussprang. Alle seine Hoffnungen schienen plötzlich so weit in die Ferne gerückt, daß sich Mutlosigkeit in ihm auszubreiten begann. Trotzig schrie er die dicken Mauern an: »Bei Gott, wenn ich nicht lang genug lebe, werden andere tun, was ich tun wollte!«

Das Echo verhallte. Seine Gedanken trieben dahin, ziellos, frustrierend. Er stand wieder auf, versuchte, kontrolliert zu denken, aber jeder Fluchtplan, den er sich ausdachte, hatte einen Haken, einen Hemmschuh, ein unüberwindliches Hindernis.

Er schlug mit der Hand gegen die Mauer. Dann kehrte seine innere Disziplin zurück und er hörte seine eigene spröde Stimme sagen: »Als ich auf der *Minion* heimsegelte, hielt ich mich für einen glücklichen Überlebenden. Als Hawkins und ich nach London kamen, rechnete ich damit, daß wir beide im Tower landen würden – oder an einem noch übleren Ort. Und als ich Anne in den Armen hielt, erzählte ich ihr, daß ich auf des Messers Schneide tanze. Damals hätte ich aufbrechen müssen. Aber ich habe die Tide verpaßt und mein Glück wich mit der Ebbe bis ans andere Ende der Welt, dorthin, wo ich eigentlich sein sollte.«

Er setzte sich auf seine Pritsche, legte die Füße hoch und leerte seinen Bierkrug. Und wieder sprach er laut zu sich selbst, aber diesmal, um sich zu trösten. »Es ist wahr – ich lebe hier geradezu fürstlich, wie mir Ballard tagtäglich versichert. Solange ich atme, brauche ich nicht zu verzweifeln. Also! *Was ist zu tun?*«

Er fand keine Antwort.

Der Anblick von Hawkins' Brief peinigte ihn. Er warf seinen Becher danach, der nach einem dumpfen Aufprall eingebeult liegenblieb.

»Verdammt sollst du sein, Lord Oxford! Verdammt in die tiefste Hölle!«

Das sagte sich leichter. Mit diesen Worten spuckte er einen Teufel aus, einen Klumpen Galle. Denn der schärfste Stachel in Hawkins' gutgemeintem Brief war nicht das Lamento über seine Lage oder eine trügerische Hoffnung hinsichtlich des Henkers, sondern die Nachricht, daß das Datum für Anne Cecils Hochzeit feststand.

Er hatte einen Diener von Hawkins bezahlt, der solche Dinge zu handhaben wußte und hatte ihn gewarnt, es koste ihn sein Leben, wenn er versuchte, ein krummes Ding zu drehen. Und er hatte Bowen beauftragt, Hawkins' Mann zu beschatten und ihn den Bettlern von Bishopsgate zum Fraß vorzuwerfen, wenn er nicht spurte.

Hawkins' Diener sollte einen dringenden Brief befördern, der noch einen zweiten enthielt, dreifach versiegelt und schön geschrieben. Dieser Brief hatte das Fenster zur Spülküche in Cecil House passiert und von dort aus würde er nach den Worten des Dieners von einem Dienstmädchen zum anderen weitergereicht werden und schließlich in Annes Hände gelangen.

»Schreibt mir nur ein einziges Mal, liebste Lady, dann kann ich als normaler Mann sterben«, hatte er geschrieben, und noch vieles mehr, das er ihr nie von Angesicht zu Angesicht zu sagen gewagt hätte.

Inzwischen waren vier Tage vergangen – und keine Antwort. Es war ein ruhiger Sonntag gewesen. Keine Boten, die von den Hofhunden angebellt wurden. Von irgendwoher waren die Klänge eines Kirchenlieds an sein Ohr gedrungen, dann dröhnte der mittägliche Böllerschuß, und danach kam nichts mehr bis zu der verdammten Aalpastete.

Er schloß die Augen; das fahle Licht eines bedeckten Himmels fiel auf sein Gesicht. Er legte die Arme über die Augen, um die Helligkeit abzuhalten, und während er döste, bildete er sich ein, Geräusche zu hören. Geräusche, die näherkamen. Er stellte sich vor, es sei Ballards schwerer Schritt und ein zweiter, leichterer.

Wieder drehte sich der Schlüssel im Schloß.

Die Tür krächzte in ihren schweren Angeln.

»Eine Stunde«, sagte Ballard mit eigenartig unterdrückter Stimme. »Nicht länger.«

Tavistock nahm den Arm vom Gesicht, als die Tür krachend zufiel, und sah, daß er nicht geträumt hatte. Es war jemand in seiner Zelle. Seine Liebste war gekommen.


Als Walsingham das Vorzimmer des Ministers betrat, rief er sich noch einmal die verschiedenen Gründe ins Gedächtnis, die ihn veranlaßt hatten, heimlich aus Frankreich nach London zu kommen.

Cecil empfing ihn in Gegenwart von Slade, vielleicht, weil er sich einbildete, die Anwesenheit eines Zeugen verhindere eine Diskussion. Ein Jammer, daß Slade kein Schwätzer ist, dachte Walsingham. Je mehr Zeugen es hierfür gab, um so besser, nachdem die Angelegenheit nicht länger verborgen bleiben konnte.

»Herzlichen Glückwunsch zu Eurer neuen Würde, Mylord Burleigh«, sagte er eintretend. Er wußte, daß Elisabeth ihren Minister in den höheren Adelsstand erhoben hatte als Belohnung dafür, daß er das Staatsschiff so geschickt an den Riffs der vergangenen drei Jahre vorbeigelenkt hatte. Hier hatte Leicester Erfolg gehabt, dachte Walsingham sarkastisch; er hat den Namen von Sir William Cecil in der Tat für immer begraben, obwohl ihm die Alternative, die an seine Stelle trat, nicht gefiel.

Diese Begegnung zwischen Cecil und Walsingham war die erste, seit Sir William im vergangenen Februar die Pairswürde erhalten hatte. Die Arbeit an der Pariser Botschaft und die delikaten Verhandlungen mit dem Haus Valois hatten

ihn sehr in Anspruch genommen – viel zu sehr, um nur wegen eines gesellschaftlichen Anlasses nach Hause zu reisen,
dachte er nun mit einem Anflug von Eifersucht.

»Ich danke Euch, Mister Walsingham.«

»Ja. Es ist eine Belohnung, die Ihr zu Recht verdient habt«,
sagte Walsingham, »und die Euch, wie ich sehe, mit Freude
erfüllt und zweifellos mit noch größerer Bewunderung für
Ihre Majestät.«

»Tatsächlich? Letztere ist von nicht zu steigernder Quanti-
tät!«

»Ganz recht.«

Das weitere dachte er nur: Ihr könnt nicht leugnen, daß Ihr
auf den Hosenbandorden aus seid. Es heißt, wenn der Marquis von Winchester stirbt, werdet Ihr Erster Lord der Schatzkammer. Viel Glück. Aber wo bleibe ich? Wo ist die Anerkennung für meinen Anteil an der permanenten Verteidigung
Englands? Welcher Lord soll ich werden? Keiner! So will ich
denn einen Anteil an der Macht, eine einflußreiche Stellung,
und nennen könnt ihr mich, wie ihr wollt. Titel sind wertlos,
es sei denn, sie verleihen einem die Macht, die Dinge zu lenken. Ich will die Nabe sein. Und Ihr werdet mich dazu machen. Und wenn ich noch skrupelloser sein muß, werde ich
eben noch skrupelloser sein, Mylord Burleigh. Und wenn Ihr
die Ministerrobe ablegt und die des Schatzkämmerers an-
zieht, muß diese Ministerrobe die meine werden.

»Wie geht es in Frankreich?«

»Sir Henry Norris läßt Euch grüßen. Wir sind beide sehr
zuversichtlich, was den Ausgang der dortigen Verhandlungen betrifft. In vielem ist man sich bereits einig, was nicht
überrascht: Wenn der Bruder des Königs von Frankreich die
Königin von England heiratet, können sich Katharina de Medici und ihr Sohn durchaus glücklich schätzen.«

Hätte Burleigh diese Verbindung von sich aus gefördert?
fragte sich Walsingham. Würde er sie jetzt unterstützen,
nachdem ich der Architekt bin? Er unterstützt die Idee, weil
Elisabeth durch diese Heirat vielleicht einen Erben bekommt.

Aber was wäre, wenn er wüßte, daß Elisabeths Menstruation aus der Alchimistenküche des Doctor Dee stammt? Wie tief ist er mit den Spaniern verwickelt? Von Leicester kamen beunruhigende Briefe zu diesem Thema, die ich nicht ignorieren kann.

»Ich möchte wissen, wie Ihr die Heirat der Königin behandeln werdet«, sagte er geradeheraus. »Seid Ihr dafür oder dagegen?«

»Ihr habt mein Wort als Minister, daß ich die Heirat vorbehaltlos unterstütze.«

»Und Euer Wort als William Cecil?«

»Das ist meine Angelegenheit.«

»Dann gibt es da ein Problem – eines, das eine andere Heirat betrifft. Ich muß offen mit Euch darüber reden. Jetzt. Ich denke, Ihr wißt, was ich sagen will.«

Cecil saß ihm reglos gegenüber; er verzog keine Miene und gab auch Slade kein Zeichen, den Raum zu verlassen.

»Ihr habt Eure Tochter Anne dem Grafen von Oxford versprochen.«

»Es ist allgemein bekannt, daß sie heiraten sollen.«

»Ja, und noch dazu möglichst bald.«

»Wir wollen es einmal so ausdrücken: Junge Liebe ist ungeduldig.«

»Oh, wie wahr.« Walsingham drehte an seinem Ehering. »Aber zu welchem Preis?«

»Was meint Ihr? Die Mitgift?«

»Ich habe gehört, daß der Kopf des Verräters Norfolk die Mitgift sein soll. Dieser Preis ist zu hoch für England, und zu hoch für mich, Mylord.«

Burleigh richtete sich in seinem Stuhl auf, überrascht von der Direktheit von Walsinghams Angriff. »Ihr habt einen Beweis für diese – Abmachung?«

»Es ist kein Geheimnis, daß Ihr versucht, jedes Eurer Kinder mit einem Aristokraten zu verheiraten. Das ist verständlich. Unverständlich ist jedoch, wie Ihr vorschlagen könnt, Norfolk die Freiheit zu geben, nach allem, was er getan hat.

Möglicherweise ist es für Euch ein ausreichender Grund, daß er der Vetter eines Mannes ist, der bald Euer Schwiegersohn sein wird.«

»Ein magerer Beweis.«

Ungeduldig stieß Walsingham den Atem aus. »Ihr habt Norfolks Entlassung aus dem Tower unterzeichnet. Warum? Unter dem Vorwand, ihn vor der Pest zu retten. Ihr habt ihn auf seinem Besitz unter Hausarrest gestellt. Warum? Um seine Unschuld zu beweisen. Ihr habt versucht, ihm so weit wie möglich seine frühere Stellung wiederzugeben. Warum? Um der Welt zu zeigen, daß ihm vergeben wurde.«

»Der Herzog von Norfolk ist rehabilitiert, Francis. Er ist reumütig und aufgrund seines Geständnisses freigesprochen.«

»Das entsprach genau Oxfords Wünschen. Für mich sieht der Handel so aus: Als Gegenleistung für Norfolks Pardon erklärt sich Oxford bereit, Eure Tochter zu heiraten – *obwohl Eure Tochter schwanger ist*!«

Burleigh starrte ihn an. Eine Sekunde später hatte er sich gefangen und winkte nur gelangweilt ab. »Alles Vermutungen, Mister Walsingham. Die Missetaten Norfolks sind Schnee von gestern. Er hat ehrlich bereut. Und es war unsere huldvolle Majestät, die Königin, die ihn lieber lebend haben wollte, nicht ich. Ihr spracht von Beweisen. Legt sie vor oder unterlaßt Eure Anschuldigungen.«

Walsingham zog ein Bündel Papiere hervor und legte sie nacheinander auf den Tisch. Seine Stimme klang ruhig, fast eintönig: »Punkt eins: Norfolk hat seinen Treueid auf Elisabeth bekräftigt, aber den Sinn dieses Eids in einem privaten Brief an den Bischof von Ross geleugnet – das Original des Briefes befindet sich in meinem Besitz. Punkt zwei: Der Herzog stand in Verbindung mit Roberto di Ridolfi. Hier, Mylord, ist der Beweis, daß Norfolk seit seiner Entlassung in ständigem Kontakt mit dem Italiener stand; ebenso, daß Ridolfi seinerseits mit de Spes, Alba und Philipp gesprochen hat und daß er letztlich plant, sogar mit dem Papst zu sprechen. Kurz gesagt, hier habt Ihr die Beweise, daß Norfolk seit seiner Entlassung keine wache Stunde ausgelassen hat, um sich die Hilfe der Katholiken zu sichern, damit die schottische Königin noch einmal versuchen kann, Elisabeths Krone an sich zu reißen.«

Burleigh nahm die Papiere auf und las wie vom Donner gerührt. Er war von der exakten Tätigkeit des Walsinghamschen Geheimdienstes erschüttert. Wie konnte er nur von Annes Schwangerschaft erfahren haben? Wen hatte er in Norfolks Haushalt? Steckte Walsingham nun mit Leicester unter einer Decke?

Er winkte Slade, der zurückgezogen im Schatten stand, zu sich und sprach leise mit ihm. Walsinghams Augen folgten ihm, als er das Zimmer verließ.

»Ihr müßt mir glauben. Das kommt für mich völlig überraschend.« Walsingham zuckte die Achseln. »Es stimmt, daß ich Oxford geben wollte, was er verlangte. Mein Enkelkind braucht einen Vater. Es stimmt ebenfalls, daß die Königin Norfolk für einen einfältigen Narren hielt. Aber ich sah in Norfolk vor allem ein Gegengewicht zu Leicester. Er haßt ihn wegen des an ihm begangenen Verrats, und wenn Leicester ständig ein Auge auf Norfolk haben mußte, bedeutete das, daß er mir weniger lästig sein konnte.«

Walsingham erhob sich und trat ans Fenster. »Diese Sache ist für jeden von uns zu wichtig, als daß wir uns mißverstehen dürfen. Ihr wurdet zum Lord Burleigh von Stamford Burleigh ernannt, weil Ihr den Frieden mit Spanien bewahrt habt. Aber Ihr habt andere Ambitionen. Ihr wollt, daß dieser heilige Friede anhält, aber Ihr wollt auch, daß Leicester gelenkt und gezügelt wird. Ihr wollt, daß Eure Tochter Oxford heiratet. Und Ihr wollt, daß der Vater ihres Wechselbalgs getötet wird.«

Burleigh stieß seinen Stock auf den Boden. »Und Ihr, Mister Walsingham? Welche Ambitionen habt Ihr?«

Walsingham drehte sich um, sorgfältig darauf bedacht, ein Lächeln zu verbergen. »Ich will, daß meine Königin den Herzog von Anjou heiratet. Diese Heirat würde den Schutz der französischen Protestanten ermöglichen und verspräche einen englisch-französischen Pakt gegen Spanien, durch den die protestantischen Niederlande beschützt würden. Ich will, daß Norfolk hingerichtet wird und de Spes des Landes verwiesen – um der Gerechtigkeit Genüge zu tun. Und ich will, daß Captain Tavistock freigelassen wird – aus persönlichen Gründen. Wenn wir geschickt vorgehen, können wir beide genau das haben, was wir uns wünschen.«

Burleighs Augen verhärteten sich. »So nicht! Ihr wollt, daß die Königin heiratet, damit Flandern von französischen Truppen niedergerungen wird. Ihr wollt Leicester Norfolks Kopf auf einem silbernen Tablett servieren. Und Ihr wollt, daß de Spes ausgewiesen wird, damit die Beziehungen zu Spanien abbrechen. Und schließlich wollt Ihr die Freilassung Tavistocks, damit er über Oxford herfällt und einen Mann erledigt, den Ihr am Hof verachtet und den Leicester verachtet.«

Walsingham lächelte und hob, überrascht von dieser neuen Idee, eine Augenbraue. »Keiner von uns ist ein Narr, William. Also laßt uns vernünftig sein. Nehmt die französische Heirat. Ihr habt ihr im Prinzip bereits zugestimmt. Ihr habt gesagt, Ihr würdet sie nicht verhindern, aber Ihr würdet sie auch nicht fördern.« Er wandte sich wieder dem Fenster zu. »Dennoch, obwohl wir gegensätzliche Ziele verfolgen, stimmen wir, Ihr und ich, in manchem überein. Wir messen beide der *Aussicht* auf eine Heirat der Königin einen gewissen Wert bei. Allein, daß darüber geredet wird, reicht aus, um die Spanier vom Gebrauch ihrer Waffen abzuhalten, und solange sie davor zurückschrecken, kann es keinen Krieg zwischen Spanien und England geben. Auf diese Weise läßt sich Euer Friede vielleicht erhalten.«

»Und Leicester?«

Walsingham lächelte wissend. »Im Augenblick haltet Ihr ihn mit dem Vertrag in Schach, den er so übereilt mit Norfolk geschlossen hat. Ihr fragt Euch: Und was wird, wenn Norfolk stirbt? Wie halte ich mir meinen Lord Leicester dann vom Leib? Meine Antwort lautet: Der Tod von Norfolk. Eure stumme Opposition gegen die Heirat der Königin und die Freilassung von Captain Tavistock werden ihn hinreichend überzeugen, seine Bemühungen, Euch zu entmachten, aufzugeben.«

»Tavistock muß sterben! Um meiner Tochter willen. Und weil er mithalf, eine bösartige Lüge über Ihre Majestät zu verbreiten.«

»Nein! Ohne seine Freilassung hat Leicester keine Garantie, daß Ihr Euch ihm gegenüber weiterhin loyal verhalten werdet. Die Stellung Eurer Tochter als Gräfin von Oxford ist sein Unterpfand. Wenn Norfolk am Tag nach der Hochzeit verhaftet wird – das verspreche ich Euch –, wird es genug Beweise geben, um auch Oxford hineinzuziehen. Ihr könnt diese Beweise haben – für einen günstigen Preis: Captain Tavistock.«

Weißlicher Speichel schob sich in Burleighs Mundwinkel, als er frustriert hervorstieß: »*Warum?*«

»Weil ich Verwendung für ihn habe.«

»Welche Verwendung?«

Da erschien Slade wieder, gefolgt von einer Gruppe bewaffneter Männer. Sie trieben einen zerlumpten Kerl in Fesseln vor sich her, den Slade in der Mitte des Zimmers auf die Knie zwang. »Hier ist der Mann, Euer Lordschaft.«

Der verlauste Gefangene kratzte und schüttelte sich. Walsingham sah, daß diese zusammengeschrumpfte, bucklige und von Schwären bedeckte Gestalt einmal ein großer, kräftiger Mensch mit geradem Rücken gewesen war. Der Gestank, der von den feuchten Lumpen des Mannes ausging, zwang ihn, sich abzuwenden.

»Wer ist das?« fragte Walsingham angewidert.

»Rede! Sag dem Herrn deinen Namen!« schnarrte Slade.

»Jack Ingram, Euer Ehren.«

Cecil blickte ihn leidenschaftslos an. »Dieser Mann wird bezeugen, daß Tavistock mehrere gemeine Verbrechen plante. Er sagte außerdem, daß Tavistock einen von niemand autorisierten Pakt mit den von Jan de Groote angeführten Freibeutern schloß, die die spanischen Schiffe im Kanal belästigen sollten.«

Walsinghams Stimme klang gelangweilt und verächtlich. »Es ist sehr schade, Lord Burleigh, daß die volle Bedeutung von Tavistocks Geschäft mit Jan de Groote nie erkannt wurde. Ein bewaffneter Trupp sollte an Land gebracht werden, um den holländischen Hafen Brille zu besetzen, sobald Alba seine Armee für die Invasion in England eingeschifft hatte.«

Das brachte das Faß zum Überlaufen. »Er wollte also auf eigene Faust englische Außenpolitik machen!« rief Burleigh wütend. »Das kann ich nicht durchgehen lassen!«

Ingram räusperte sich und hustete.

»Ich schlage vor, Ihr laßt den Mann wegbringen, bevor er hier stirbt.«

»Er wird zu seinem eigenen Schutz festgehalten. Seine Aussagen sind von weitreichender Bedeutung und belasten noch andere. Er sagt, er könne bezeugen, daß Tavistock Roberto de Ridolfi mit der päpstlichen Bulle nach England gebracht habe. Schon das reicht aus, um Tavistock als verräterischen Schurken zu hängen, zu schleifen und zu vierteilen.«

»Nur ein Narr wappnet sich nicht gegen die Zukunft«, sagte Walsingham mit plötzlich aufflammendem Zorn. »Schurken gibt es wie Sand am Meer. Manche sind gemeines Volk, manche, die noch übler sind, werden Pairs in unserem Königreich, und die schlimmsten von allen erobern die Throne Europas, besonders den in Rom. Tavistock brachte Roberto de Ridolfi nach England auf meinen Befehl. Darin lag keinerlei Bosheit gegen die Königin. Bedenkt: Nicht *er* hat Elisabeth exkommuniziert, sondern der Papst. Ich wollte mehr Sicherheit für die Königin. Ich wollte die Katholiken in England auf ihre wahre Situation aufmerksam machen. Ich wollte auch, daß die wirkliche Absicht Spaniens ans Licht käme, damit sie alle erkennen könnten. Ridolfi mit seinen Intrigen und geheimen Plänen hat sich als der bestmögliche Agent für alle drei Ziele erwiesen. Deshalb ist Tavistock kein Verräter. Er muß wieder frei sein.«

Burleigh studiert Walsinghams Gesicht sorgfältig; er wußte, dieser Mann war ihm durchaus gewachsen. Walsingham besaß einen scharfen Verstand und konnte hervorragend täuschen, aber sein Wesen war zu aggressiv. Er suchte immer nach offensiven Lösungen. Er versuchte, eine Allianz mit Frankreich zustande zu bringen gegen Spanien und zwar nicht als Gegengewicht zu Philipp, sondern um einen Schlag gegen ihn zu führen, der ihn vielleicht stürzte. Von mir aus bräuchten wir überhaupt keine Allianz mit Ausländern, dachte Burleigh grimmig. Walsingham scheint darauf versessen zu sein, uns unangenehm eng an die Seite der Franzosen zu rücken. Ein Jahr lang hatte er sich in Paris unablässig darum bemüht. War er seit Tavistocks Festnahme nicht regelmäßig nach England zurückgekehrt? Einmal angeblich aus Gesundheitsgründen, später, im Januar, um der Eröffnung von Thomas Greshams Englischer Börse in der Lombard Street beizuwohnen. Diese Börse war eine konkrete Folge vom Untergang Antwerpens; sie wurde von der Königin gebilligt und umgenannt in Royal Exchange. Wie eng war Walsingham mit den erstarkenden merkantilen Kräften in London verbunden? Hatte er nicht öfter mit Hawkins gespeist? Vielleicht hat er noch andere von den unmittelbaren Vorteilen einer feindlichen Haltung gegenüber Spanien überzeugt. Zehn Jahre später wäre das ein vernünftiges Argument, aber noch sind wir nicht so weit. Noch muß England den gehorsamen Vasallen spielen. Es muß wachsen und gedeihen im Handel und in der Waffentechnik. Es braucht ein Oberhaupt, das stark ist, majestätisch und zeugungskräftig, um Philipp und sein Reich zu besiegen. Jetzt mangelhaft vorbereitet loszulegen, wäre eine Katastrophe.

Der Wind drehte sich. Ganz langsam und allmählich gewann der kleine Staat England sein Selbstvertrauen zurück, und in allen Lebensbereichen sahen die Menschen neue

Möglichkeiten. Kluge Leute gründeten sich eine Existenz im Land, aber andere blickten nach draußen. Leicester liebte ausländische Kriege, Walsingham wollte die Protestanten schützen, der verdammte Doktor Dee setzte Ihrer Majestät Flausen in den Kopf mit seinem Gefasel über ferne Ländereien im Westen. Da war Hawkins mit seinem privaten Streit mit Spanien. Und nun mischte auch noch dieser naseweise Brigant Tavistock mit.

Burleigh sträubten sich die Haare, wenn er daran dachte, wie sehr man ihn mißbraucht hatte. Er verfluchte den Tag, an dem er dieses Ungeheuer in sein Haus gebracht hatte. Die Unverfrorenheit dieses Mannes hatte ihn schockiert. Ein Verbrechen nach dem anderen. Er hatte sich mit einem Grafen geprügelt. Dann hatte er die Stirn, mit Anne zu schlafen und ihr ein Kind zu machen. Ein Enkelkind, empfangen in einer Gefängniszelle! Oh, nichts als Sünde und Schande!

Tavistock hatte einiges auf dem Kerbholz: Er hatte schamlos eintausend Pfund von de Spes genommen und davon ein Schiff ausgerüstet, in dem sein Mitverschwörer Drake ohne Paß oder Erlaubnis Plymouth verlassen hatte, um in Westindien zu marodieren. Er hatte Ridolfi nach England gebracht und eine Invasion in den Niederlanden geplant. Was war von einem so ungebärdigen Menschen als nächstes zu erwarten, wenn man ihn auf die Welt losließe?

»Nein«, sagte er, »ich kann ihn nicht freilassen. Er ist zu gefährlich.«

»Ihr wollt ihn doch loswerden«, drängte Walsingham.

»Ich bin ihn bereits los.«

»Und wenn er schwört, daß er nie wieder versucht, Eure Tochter zu sehen noch den Grafen von Oxford noch das Kind?«

Burleigh schwankte. Er preßte seinen Nasenrücken mit Daumen und Zeigefinger, dann blickte er hoch. »Ließe er sich dazu überreden?«

»Bestimmt.«

»Und wird er sein Versprechen halten?«

»Ja.«

»Dann wird er hoffentlich weit fort segeln und in einer Wasserhose ertrinken oder von einer Seeschlange verschlungen werden.«

»Das kann ich nun wieder nicht versprechen.«

»Ha!« Burleigh saß da und betrachtete Ingram, der zitterte und mit weit aufgerissenen Augen um sich starrte. Es bestand kein Zweifel: Walsingham sagte praktisch, daß er, Burleigh, Tavistock nicht länger festhalten konnte. Er mußte ihn vor Gericht stellen oder laufen lassen. Wenn Tavistock freikam, würde er mit Walsinghams Plänen konform gehen. In England würde er ständig irgendwo auf Anne lauern, Versprechen hin oder her. Außerhalb von England war er eine Bedrohung. Nur ein Heiliger entscheidet sich jedesmal für das Gute, dachte er. Wo es nur Böses gibt, wählt der Kluge das geringere Übel. Traue ich Walsingham genügend? Was hat er wirklich mit Tavistock vor? War ihm nicht klar, daß Tavistock, sobald er frei war, nach Vera Cruz segeln würde mit der halbgaren Idee, seinen Bruder freizukaufen?

Ingram begann erneut zu husten. Burleigh deutete auf ihn und sagte zu Slade: »Gib ihm fünf Shilling und laß ihn laufen.«

Fluchend trieb Slade den erbarmungswürdigen Gefangenen aus dem Zimmer. Als sich die Tür schloß, bot Burleigh Walsingham einen Becher Wein an, um den Handel zu besiegeln.

»Sagt mir, warum protegiert Ihr Tavistock? Ich kann mir nicht vorstellen, daß er etwas von Euch weiß, das Ihr nicht verlauten lassen wollt«, sagte Burleigh, indem er seine weiten Ärmel raffte und auf den Tisch legte. »Und ich glaube nicht, daß er ein Neujahrsgeschenk für Lord Leicester ist.«

Walsingham trank. Dann blickte er auf und lächelte höflich. »Zumindest kommt durch Euer erstes Enkelkind tatkräftiges Blut in die Familie. Wenn es ein Junge wird, wird er bestimmt eines Tages Lord Protector.«

»Es ist gefährlich, zu weit vorauszuschauen, Francis. Aber

Ihr? Was wollt Ihr? Denkt Ihr an einen königlichen Erben durch den Franzosen, mit Euch als Regent? Oder würde der schottische Junge James Stuart besser in Eure Pläne passen?«

»Ich wäre nie so treulos, mir den Tod der Königin vorzustellen.«

»Was dann? Die ferne Zukunft zu planen ist gar nicht so einfach.«

Walsingham sagte nur ein Wort, und es klang wie von weither, wie die Offenbarung eines Sehers: »Lepanto.«

Die Schlacht von Lepanto war vor drei Monaten geschlagen worden und Walsingham hatte drei Tage später davon gehört. In den detaillierten Berichten, die er erhalten hatte, hieß es, eine gewaltige Flotte von zweihundertsiebzig türkischen Galeeren unter der Führung von Ali Pascha traf vor der griechischen Küste auf die vereinigten Seestreitkräfte des Papstes, Spaniens und Venedigs unter dem Oberbefehl des unehelich geborenen Halbbruders Philipps II., Don Juan d'Austria: zweihundert geruderte Galeeren, unterstützt von hundert Transportschiffen, vollgestopft mit mehreren zehntausend Soldaten, voran sechs gewaltige Galeassen, jede bestückt mit fünfzig Kanonen.

Don Juan war unter der Kreuzesfahne in die Schlacht gezogen und hatte sich mit unglaublicher Grausamkeit auf die Flotte der Hohen Pforte gestürzt. Er wußte, daß nur ein Sieg in Frage kam; andernfalls fiele das gesamte Mittelmeer in die Hände der Ottomanen und Rom wäre verteidigungslos den Ungläubigen ausgeliefert gewesen. Eine Niederlage hätte außerdem das Ende der spanischen Seemacht bedeutet und den Sultan ermutigt, seine Janitscharen gegen Granada zu schicken.

In der gigantischen Schlacht war der türkische Admiral ein besonderes Ziel geworden. Spanische Soldaten hatten in immer neuen Angriffswellen seine Galeere geentert, und Ali Pascha war gefallen. Als Don Juan den Kopf Ali Paschas auf einer Pike am Heck seiner Galeere aufpflanzen ließ, wendete sich die Schlacht.

Fünfzehntausend christliche Galeerensklaven wurden befreit. Nur fünfzig türkische Galeeren entkamen. Der Rest war vernichtet oder erobert worden.

»Lepanto«, wiederholte Walsingham. »Mit diesem Sieg ist Philipps Mittelmeerküste gesichert. Wie lang wird es noch dauern, bis sich die volle Stärke Spaniens gegen uns richtet?«

Das Pferdegetrappel hallte von den hohen Fenstern von Richmond Palace wider. Tavistock stieg ab, und Leicesters Leute führten ihn rasch durch ein kleines Vorwerk, verfolgt von den neugierigen Blicken der Diener und dem Getuschel der Frauen. Leicester persönlich nahm ihn in Empfang und führte ihn die Treppen empor.

»Beeilt Euch. Hier gilt es, keine Zeit zu vertrödeln.«

»Aber ich bin noch nicht richtig angezogen. Ich habe keinen Degen.«

Leicester schüttelte den Kopf. »An diesem Ort werdet Ihr nicht einmal ein Buttermesser bei Euch führen.«

Sie eilten an Hellebardieren vorbei, die Haltung einnahmen; die Offiziere grüßten zackig. Jede Eichentür öffnete sich wie von selbst. Die langen Gänge hallten wider vom Geräusch ihrer Schritte. Die Zimmerflucht, vor der zahlreiche bewaffnete Posten Wache hielten, war mit den herrlichsten Schnitzereien und anderen Kostbarkeiten geschmückt. Die prächtigen Wandbehänge schienen sich endlos in jede Richtung auszudehnen. Nach dem Aufenthalt im Kerker erschien Tavistock dies hier ein Wunderland. Schließlich gelangten sie zu einer Tür, die geschlossen war und sich auch bei der Ankunft von Lord Leicester nicht öffnete. Der Wachhabende fragte ihn, auf wessen Wunsch er erscheine und in welcher Angelegenheit. Leicester holte eine Vorladung hervor, die der Kämmerer entgegennahm, an einen Pagen mit einem Tablett weiterreichte, der daraufhin den Weg, den sie gekommen waren, wieder zurückging und in einen engeren Korridor abbog.

»Was jetzt?« fragte Tavistock und verlegte sein Gewicht mal auf den einen, mal auf den anderen Fuß.

»Wir warten.«

»Und wenn wir drin sind, was dann?«

»Ich werde nicht mit Euch hineingehen.«

Tavistock war wie vom Donner gerührt. »Aber ich habe die höfischen Umgangsformen nie gelernt, Mylord! Ich kann da nicht allein hineingehen.«

»Euch wurde *befohlen*, allein zu erscheinen. Und deshalb werdet Ihr auch allein gehen. Keine Sorge, Ihre Majestät ist auch dort drin gut bewacht.«

»Dann zeigt mir wenigstens das Nötigste«, dachte Tavistock finster. »Ich bitte Euch.«

»Entspannt Euch ein bißchen und seid höflich. Antwortet mit ›Euer Majestät‹ und äußert keine Meinung, wenn Ihr nicht danach gefragt werdet. Mehr ist eigentlich nicht nötig. Ist das zu viel für einen Mann wie Euch?«

Tavistocks Magen knurrte. Er stellte einen Fuß vor und streckte die behandschuhte Hand vor. »Also, als erstes werde ich ihr höflich die Hand schütteln. So!«

»Nein!« stöhnte Leicester entsetzt. »Ihr tretet vor die Königin von England, Mann. Da stürzt man nicht aufeinander zu wie beim Fechten. Ihr berührt Ihre Majestät überhaupt nicht!«

Das Gesicht des Hauptmanns der Audienzsaalwache war dunkelrot angelaufen. Tavistock warf ihm einen giftigen Blick zu.

»Ach! Ich verstehe nichts von solchen Manieren.«

»Das jedenfalls ist bewiesen«, sagte Leicester. »Wenn Ihr vortretet, müßt Ihr Euch so verneigen.«

Er machte eine tiefe Verbeugung und schob dabei sein Gesäß mit einer absolut unnatürlichen Bewegung nach hinten. Tavistock wußte, wenn er das auch nur versuchte, würde er kentern. Dann schwenkte Leicester die eine Hand dicht über dem Boden, als holte er ein Kabel ein, und kniete nieder.

»Macht es nach.« Tavistock senkte den Kopf und schwenkte die Hand, wie er es von Leicester gesehen hatte.

Bevor er sich aufrichten konnte, flogen die Türen auf, und er wurde in den Audienzsaal geschoben.

Er sah die Königin, umgeben von ihren Herren, links Burleigh, rechts Walsingham. Tavistock ging auf sie zu, dreißig Augenpaare folgten ihm, und kniete in tiefster Demut nieder, überwältigt von der glitzernden Eleganz und dem kalkweißen Gesicht seiner Herrscherin.

Die Augen in diesem angespannten Alabastergesicht warfen ihm einen blitzschnellen Blick zu. Die Perlengehänge im roten Haar zitterten; die hochroten Lippen waren hochmütig geschürzt. Die Pupillen, umgeben von einer nahezu schwarzen Iris wirkten unter den nackten Brauen groß wie Untertassen. Die schmalen Lippen, eine karmesinrot gemalte Blüte, standen in grellem, grausamem Gegensatz zu einem Haupthaar wie aus hellem gesponnenem Kupfer. Es schien, als sei ihr Kopf losgelöst von ihrem Körper, als schwebe er auf dem tiefen Kragen aus gerüschter Spitze – eine furchteinflößende Maske.

Er vernahm ihre Stimme – hoch, scharf und beängstigend.

»So! Ist das der mit den verwegenen Plänen? Es spielt keine Rolle, daß er ein niederträchtiger Kerl ist, der die letzten Monate in der steinernen Umarmung des Tower gelegen hat, was, Mister Walsingham?«

Walsinghams Gesicht nahm den Ausdruck eines so unaufrichtigen Lächelns an, daß sich Tavistock innerlich krümmte. »Er ist ein Kavalier, der durch Zufall dort hineingeriet, Euer Majestät.«

Elisabeth blickte ihn an und schnaubte verächtlich. »Gefangen in Euren Machenschaften, fraglos. Und den Schaden soll ich nun wieder gutmachen?«

»Majestät.«

Sie wandte sich Tavistock zu. Ihre Augen schienen ihn zu durchbohren. Das ist der Moment, dachte er, und seine Aufregung wurde fast unerträglich. Was soll ich sagen? Worum kann ich bitten? Gebt mir die Erlaubnis, die Schiffe und Untertanen Eures Schwagers zu versenken? Erlaubt mir, in einem fremden Reich nach Herzenslust zu plündern? Nehmt mich von Eurer Rechtsprechung aus, und obwohl ich im Tower geschmachtet habe, werde ich Euer getreuer Diener bleiben!

»Was wollt Ihr von mir, Captain Tavistock? Sprecht.«

Sein Mund war trocken wie Sägemehl. »Drei Gefälligkeiten, Euer Majestät.«

»Nur drei?«

»Es fiele mir sehr schwer, eine vorrangig zu nennen«, murmelte er.

»Dann zählt sie mir auf.«

»Erstens möchte ich mein Schiff zurück haben.«

Burleigh beugte sich vor, um der Königin eine Erklärung ins Ohr zu flüstern. »*Euer* Schiff?«

»Aye. John Hawkins, dessen Namen Ihr vielleicht kennt, hat es mir auf sein Wort versprochen.«

»Heißt das Schiff *Antelope*?«

Tavistock schluckte mühsam; seine Nerven waren zum Zerreißen gespannt. »Captain Hawkins hat sich sozusagen für mich um das Schiff gekümmert, Euer Majestät, während ich in Eurem Tower über meine verwegenen Pläne nachdachte.«

Der Blitzstrahl aus Elisabeths Augen war tödlich. »Und die zweite Gefälligkeit?«

»Die zweite ist ein Stück Papier. Ich habe ein solches Papier noch nie gesehen, aber ich stelle mir vor, daß es so groß ist wie ein Großsegel, denn ohne es kann mein Schiff nicht fahren.«

Die Königin schürzte unwirsch die Lippen. Ihre schneidende Stimme gellte durch den Raum. »Das Schiff Eures Kollegen Captain Drake hatte keine derartigen Schwierigkeiten.«

Tavistock vollführte erneut seine Version einer Verbeugung, die diesmal noch weniger formvollendet ausfiel. »Ja nun, er ist wie ich ein Mann, der weiß, was recht ist, und nicht weiß, wie man es recht macht.«

»Er ist ein Schurke.«

Die Finger der Königin umspannten die samtbespannten Armlehnen. Sie erhob sich von ihrem Thron und nahm Burleighs Hand. Der Stoff ihres Kleides knisterte und rauschte, als sie die drei Stufen von ihrem erhöhten Platz herabstieg. Die Juwelen auf ihrem Kleid glänzten und funkelten. Und plötzlich, völlig überraschend, trat sie auf Tavistock zu – viel zu dicht, wie er meinte. »Und wenn ich auf diese unverschämten Forderungen einginge, wie lautete die dritte?«

»Nur dies, Euer Majestät –«

»Kommt, folgt mir ans Fenster. Ich möchte auf den Fluß hinaussehen.«

Er folgte ihr linkisch, bis sie, getrennt von den neugierigen Lords und Ladys des Audienzsaals und außerhalb der Hörweite von Lord Burleigh und Walsingham, beinahe allein waren. Tavistock schwieg; er erinnerte sich an Leicesters Mahnung, zu warten, bis sie als erste zu sprechen begann, egal, wie lang es dauerte. Und er sah, daß sie tief in Gedanken versunken war.

Dann sagte sie: »Als ich zum ersten Mal die Augen öffnete und die Welt sah, blickte ich auf diesen Fluß. Ich habe noch nie das Meer gesehen. Erzählt mir davon.«

Wie ein Rasender kramte Tavistock in seinem Gedächtnis nach einem der vielen Wunder des Ozeans, die er gesehen hatte, aber es wollte ihm nichts einfallen. Der einzige Gedanke, den er im Augenblick mit dem Wort Meer verband, war Aalpastete. Verzweifelt versuchte er, sich zu konzentrieren – auf irgend etwas –, aber in seinem Gehirn schien alles wie ausgelöscht von dem einen Wunsch, mit der dritten Gefälligkeit, um die er bitten wollte, herauszuplatzen. Wie kann ich die Königin bitten, Anne vor der Lasterhaftigkeit des Lord Oxford zu schützen? fragte er sich und er fühlte sich auf eine Weise bedroht, wie er dies noch nie erlebt hatte. Kann sie die Heirat nicht annullieren oder ihrem Bischof befehlen, sie für ungültig zu erklären? Er begann zu schwitzen, und sein Herz schlug wie ein Hammer. Lieber Herr Jesus! Das ist die reinste Todesnot!

Stockend begann er: »Halten zu Gnaden, Euer Majestät, es gibt häufig große Stürme auf dem Meer...«

Ungeduldig winkte sie ab. »Ich habe in Hampshire Stürme gesehen, Captain. Ich wollte etwas über das Meer wissen. Rasch jetzt.«

Auf der gegenüberliegenden Seite des Saals stand Walsingham und betrachtete mit gemischten Gefühlen den hochroten Kopf von Tavistock. Der Kerl ist völlig verwirrt, dachte er besorgt, und ich habe ihn ihr als tapferen und fähigen Mann vorgestellt, als jemand, der andere befeligen und inspirieren kann. Als Helden! Und nun ist er kaum in der Lage, sich selbst in den Griff zu kriegen. Hol ihn der Teufel. Ich wünschte, ich könnte hören, was er sagt. Er ist eine Katastrophe!

Dann bemerkte er, daß Tavistock nicht mehr herumstotterte. Seine Hände bewegten sich wie das wogende Meer, während er sprach. Die Königin legte ihre Hände zusammen. Tavistock fuhr fort zu reden. Die Königin nickte und Tavistock redete weiter. Unglaublich – Elisabeths Laune besserte sich.

Sie begann, genau zuzuhören. Sie zog ihren Handschuh aus, reichte ihn Tavistock, und dann lachte sie.

Tavistock sprach über zehn Minuten mit der Königin, während sie ihn gelegentlich unterbrach.

Als er schließlich entlassen wurde, geschah dies höchst liebenswürdig.

Walsingham folgte ihm und holte ihn ein, als er um die Ecke des Korridors bog.

»Was hat sie gesagt?«

Tavistock rieb sich den Nacken, wo ihn die lästige Halskrause kratzte. Er schaute Walsingham mißtrauisch an. »Sie bat mich, ihr von der See zu erzählen.«

»Was habt Ihr gesagt?«

»Ich hab' ihr von der See erzählt.«

»Und die dritte Gefälligkeit?«

Tavistock warf ihm einen weiteren finsteren Blick zu. »Ich bat sie um die Erlaubnis, ihren Handschuh an Bord meines Schiffes mitzunehmen, als Erinnerung an sie.«

»Und sie hat zugestimmt?«

Er hielt ihm einen schmalen seidenen Handschuh hin. Walsingham stieß einen gewaltigen Seufzer der Erleichterung aus. In der Großen Halle verlangsamte er seine Schritte. Prachtvolle flämische Gobelins hingen an den Wänden; die langen Tische waren für ein Bankett gedeckt. Tavistock eilte unter vollen Segeln in Richtung Schloßhof. Walsingham rief ihm nach, so ungeduldig und laut, daß das Silber auf den Tischen klirrte:

»Wie habt Ihr sie bezaubert? Womit habt Ihr sie zum Lachen gebracht?«

»Das ist ohne Bedeutung, Sir.«

Stürmischen Schritts verließ Tavistock den Palast und betrat den Hof. Einer von Leicesters Knechten überreichte ihm die Zügel eines weißen Pferds. Es war der Andalusier, den ihm der Graf gegeben hatte, damit er nach Westen reite, bevor es sich die Königin anders überlegte. Er holte tief Luft. Frühling!

Die Luft war voller Verheißung, und seine Straße lag endlich gerade und frei vor ihm, frei bis nach Plymouth.

»Nichts ist so gut für das Innere eines vielbeschäftigten Mannes als das Äußere eines schnellen Pferds«, sagte der Stallknecht freundlich.

Walsingham holte ihn erneut ein. Er streckte Tavistock die Hand entgegen. »Viel Glück, Richard Tavistock.«

»Ich danke Euch, Mister Walsingham – für alles.«

»Aber nun sagt mir doch – was habt Ihr der Königin erzählt?«

Tavistocks Wangen röteten sich und er stieg rasch aufs Pferd.

»Ich habe Ihrer Majestät etwas über Aale erzählt.«

Walsingham starrte ihn verständnislos an. »Über Aale?«

»Ja, und daß sie in der Saragossasee ihre Eier legen.«

Tavistock ritt durch das Tor am Flußufer. Walsingham blickte ihm nach, wie er das Gittertor passierte und an der Wache vorbeisprengte, die ihm verdutzt nachschaute.

Endlich lief das Unternehmen, das er geplant hatte, an.

# Buch III

# 14

»Segel hart Steuerbord voraus!«

Der Ruf von den Großmastsalingen erregte Juan Hernando de Ortega. Sein Magen zog sich vor Aufregung zusammen, und seine Augen glitten suchend über den Horizont. Als er nichts entdeckte, blickte er rasch hinüber nach Backbord und schwor, den Ausguck auspeitschen zu lassen, falls er sich wieder einmal geirrt hatte.

Die anderen Schiffe der nach Übersee fahrenden *flota* stampften auf einer kabbeligen See. Es war ein strahlend schöner Tag, und wie um diese Jahreszeit westlich der Azoren nicht anders zu erwarten, ging die See schwer unter dem frischen Wind. Die Schiffe der *flota* fuhren diszipliniert in engem Konvoi in backbord; Admiral Luzon in seinem Flaggschiff *San Lorenzo* und sechsundzwanzig weitere größere und kleinere Schiffe liefen vor diesem lebhaften nordöstlichen Wind – und die *Concepción*.

Die *Concepción* war ein Fünfhundert-Tonnen-Schiff, eine Viermast-Galeone, die absichtlich so getakelt war, daß sie zwanzig Jahre älter aussah als sie war. Ihre Aufbauten waren durch leichte Hölzer verlängert worden, so daß sie toplastig wirkte, und dicke, vom Bug bis zum Heck verlaufende hölzerne Rippen betonten ihre Wasserlinie, wodurch sie plump und schwerfällig aussah.

Aber sie war alles andere als plump und schwerfällig. Sie war hervorragend ausbalanciert. Ihr Schwerpunkt lag etwas weiter vorn als die Stellung der Masten vermuten ließ. Unter Wasser glitt sie elegant und glatt wie ein Messer dahin.

Die sieben Geschützpforten an den Seiten waren versenkt gebaut, bündig verkleidet und selbst auf eine Kabellänge nicht erkennbar. Dahinter befanden sich mächtige, flämische Geschütze. Die *Concepción* war eine Erfindung von Admiral

Luzon; sie war nach seinem Plan gebaut als Antwort auf die französischen Piraten, die sich immer häufiger in der Karibik herumtrieben.

Ortegas Gedanken wandten sich seinem Admiral zu, diesem außergewöhnlichen Mann. Seit dem Debakel bei San Juan de Ulua hatte sich Luzon bemüht, diesen Fleck auf seiner Ehre zu beseitigen, aber die Anklage gegen seine Untergebenen hatte mehr erfordert als nur sorgfältig gewählte Worte. Während Ortega im Gefängnis saß, hatte Luzon seine Verbindungen in Madrid genutzt und erreicht, daß eine Petition an Don Juan erging, den Bruder des Königs. Der Prinz hatte Luzon anstandslos ein Kommando besorgt, denn er schätzte ihn nicht nur als Admiral, sondern auch als Mensch. Luzon war dem Marquis von Santa Cruz unterstellt worden, um ein Galeerengeschwader gegen die Türken zu führen, und bei Lepanto hatte sich Luzon für das Vertrauen, das der Prinz in ihn gesetzt hatte, revanchiert. Als ruhmreicher Sieger war er zurückgekehrt, doch nicht einmal in seiner Siegesfreude, wo sich manch anderer vielleicht im Wohlwollen seines Monarchen gesonnt und nach noch höheren Zielen ausgeschaut hätte, hatte er den in Ungnade gefallenen Ortega vergessen.

Während der langen Monate, in denen Ortega auf sein Erscheinen vor dem Gerichtshof in Sevilla gewartet hatte, war er ein gebrochener Mann; seine Karriere war zerstört, sein Leben hing nur noch an einem seidenen Faden. Aber Luzons Zeugenaussage war unwiderlegbar gewesen, seine Unterstützung einfach großartig. Ortega erinnerte sich an den Tag, als er, angetan mit dem Orden von Calatrava, vor dem Gericht erschienen war, um für ihn auszusagen. Sein Auftreten hatte das Gericht verwirrt. Aber Ortega wurde freigesprochen, und er war wie berauscht vor Glück aus dem Gerichtssaal gestürmt, endlich von jedem Makel befreit, und er schickte eine ganze Litanei von Dankgebeten hinauf zum heiligen Elmo, dem Beschützer aller Seeleute, und überschüttete seinen Admiral mit Dankesbezeugungen.

Doch einen Tag später hatte Ortega festgestellt, daß er nicht mehr Vizeadmiral der Ozeanischen Meere war. Trotz des Freispruchs war er nicht mehr in sein altes Amt eingesetzt worden, es gab keine Pension und kein einziges Wort der Erklärung. Er war aus dem Dienst des Königs entlassen, ohne Ehre und ohne Zukunft.

Wie eine arme Seele im Fegefeuer war er umhergeirrt, bis ihn die Agenten des Admirals eines Nachts aus einem Bordell in Cadiz geholt hatten. Er war unglaublich betrunken gewesen, völlig erledigt von sinnlosen Ausschweifungen, und hatte sie grob und herausfordernd abgewiesen; aber sie hatten ihn so lange in Salzwasser getunkt, bis er vernünftig wurde, und dann hatten sie ihn so, wie er war, mit brennenden roten Augen, zu einem geheimen Treffpunkt an der Küste bei Port Royal gebracht.

Er hatte es nicht glauben wollen, als ihm Luzon die *Concepción* gezeigt hatte. Er war sprachlos, als Luzon ihn zum Kommandanten dieses Schiffs ernannte. »Ihr werdet sie meistern, Juan Hernando«, sagte er geheimnisvoll, als sie unter der vergoldeten Galionsfigur standen. »Ich brauche einen Mann, der nach einer Aufgabe hungert, und Ihr seid der hungrigste in ganz Andalusien. Ihr werdet sie mit der nächsten *flota* nach Westindien bringen und dort die Piraten aufs Korn nehmen. Diese hugenottischen Schweinehunde werden denken, die *Concepción* sei eine ideale Beute, ein fetter Kauffahrer, vollgestopft mit Silber, der alt, toplastig, langsam und nur leicht bewaffnet dahinschippert. Sie wird diese Ratten anlocken wie eine Abfallgrube. Aber dann!«

Ja, dachte Ortega jetzt, als er sich erinnerte, wie loyal sich Luzon verhalten hatte. Die Verurteilung in Vera Cruz durch Don Emilio Martinez hätte mich leicht an den Galgen bringen können, wäre nicht der Admiral gewesen. Ich verdanke ihm mein Leben. Er hat mir eine Chance gegeben, meine Ehre wiederherzustellen, zu beweisen, daß ich weder unfähig noch feige bin. Gott helfe mir, daß ich mein

Bestes gebe, um dem Vertrauen, das der Admiral in mich gesetzt hat, gerecht zu werden.

Ortega schritt über sein Achterdeck und beugte sich so weit wie möglich hinaus, bis er am Spritsegel vorbeisehen konnte. Er wartete, daß das Schiff den nächsten Wellenkamm erreichte. Nichts.

Ich kastriere den Ausguck, wenn es wieder nur eine Falschmeldung war, dachte er.

Ortega war unruhig. Der Alarm vor sechs Stunden hatte an seinen Nerven gezerrt, und diese neuerliche Enttäuschung steigerte seine Anspannung. Er würde noch länger in diesem Fegefeuer ausharren müssen, bevor er Gelegenheit bekam, seinen Mut zu beweisen.

Aber die *Concepción* war ein bemerkenswertes, absolut einzigartiges Schiff mit ungewöhnlichen Segeleigenschaften, die neu für Ortega waren, und für alle anderen auch. Der Gedanke an ihre verborgenen mächtigen Kanonen erfüllte ihn mit Ungeduld. Er blickte zur Mastspitze hinauf und verfluchte den Ausguck noch einmal. Zum Navigator gewandt, knurrte er: »Wenn er sich wieder geirrt hat, bekommt er die Peitsche, Diego.«

»Es ist ein klarer Tag, *Capitán*. Jetzt, wo die Sonne hoch genug ist, kann er kaum einen Fehler machen.«

Diego Ugarte spürte Ortegas Gereiztheit und antwortete beruhigend. Er war ein gutmütig derber Mann, kahl wie eine Schweinsblase, aber mit einem mächtigen Schnauzbart und dicken Augenbrauen, und zugleich ein fähiger und im Umgang mit Schiffen und Schiffsmannschaften erfahrener Offizier. Luzon hatte darauf bestanden, daß Ortega diesen Mann in Dienst nahm.

»Nein! Er ist müde und denkt nur an schlafen!«

»Marco Gines hat scharfe Augen. Ich kenne ihn. Er ist ein guter Mann.« Unvermittelt wandte sich Ugarte an einen herumlungernden Seemann. »Du da!« schnauzte er. »In den Großmasttop, enter auf! Sieh nach, was Gines treibt. Ein bißchen plötzlich!«

Gines war als letzter seiner Wache an der Reihe gewesen, in die Takelage zu steigen, als die *Concepción* die Segel gerefft hatte. Der Bootsmann hatte ihm den Strick in die Hand gedrückt, mit dem ungehorsame Seeleute ausgepeitscht wurden, und ihm phlegmatisch zugenickt, und der Seemann war verdrossen zum obersten Querbalken des Großmasts emporgeklettert. Dort hatte er sich, siebzig Fuß über dem Deck, an den Flaggenmast gebunden mit dem Bewußtsein, daß er nun vierundzwanzig Stunden kein Auge schließen durfte, daß er ständig die Verbindungslinie zwischen Himmel und Erde absuchen mußte und daß ihm das solide Seil aus Manilahanf die Haut vom Rücken reißen würde, sollte der Ausguckmann am Bugspriet vor ihm Schiff oder Land ausmachen. Dann, zwölf Stunden später, hatte Gines geglaubt, ein Segel in Lee zu sehen. Sein Ruf hatte die Männer an Deck geholt und Ortega in seiner Kajüte aufgeschreckt.

»Ja, *Capitán*, Marco Gines ist ein guter Mann.«

»Dieser gute Mann hat die gesamte Wache gestern abend zum Narren gehalten«, sagte Ortega eigensinnig. Er unterstrich seine Worte, indem er die flache Hand bedächtig auf die Besanquerreling vor sich legte. »Mein Schiff muß bis ins kleinste funktionieren, Diego. Das bedeutet eine disziplinierte Mannschaft – und eine Lektion für die, die den Befehlen zu langsam nachkommen. Ihr wißt, dies hier ist kein gewöhnliches Schiff. Wir können uns keine Nachlässigkeiten leisten.«

Ugarte kratzte sich den Schädel. »Ja, *Capitán*. Ihr habt natürlich recht. Ich bin noch nie auf einem solchen Schiff gefahren.«

»Keiner von uns, Diego.«

Unter ihnen schwärmten Männer auf das Hauptdeck. Der Seemann, den Ugarte auf das Großmasttop geschickt hatte, legte die Hände trichterförmig um den Mund und fluchte erbärmlich in unverständlichem Galizisch.

Ortega fühlte, wie die Erwartung in ihm anschwoll. Dann sah es auch er.

Anfangs war er sich nicht ganz sicher, aber dann erfaßte sein Auge den grauen Fleck. »Signal an den Almirante«, schrie er. »Unbekanntes Schiff Kurs Nordwest zu Nord, fünf Meilen voraus.«

Die Flaggen stiegen an den Signalleinen hoch; unmittelbar darauf erfolgte die Antwort von der *San Lorenzo*. Ortega jubelte innerlich: *Plan rot*.

Hier, in der Mitte des Atlantiks, war das Wasser unendlich tief und saphirblau. Hier endlich würde er diese durchsichtige Bläue mit protestantischem Blut röten. Hier, über dieser bodenlosen Tiefe war genau der richtige Ort, um den aufgerissenen Rumpf eines Korsaren zu versenken. Er würde ihn für immer in die kalte Finsternis hinabschicken, die unter allen Meeren Neptuns lag. Gebe Gott, daß es ein fremdes Schiff ist, betete er. Ortega hob sein blankes Rapier und legte die rechte Hand auf die Parierstange des Bügelgefäßes.

»Für Gott, König und Spanien!« sagte er feierlich und bei jedem seiner Glaubensartikel drückte er die Lippen auf die Klinge. Unten, auf dem Hauptdeck, taten seine Offiziere das gleiche.

Seht ihn euch an, dachte er. Beschnüffelt uns wie ein schleichender Wolf. Komm her, *el Lobo*, laß deine Zähne sehen! Es kann kein Spanier sein – ein spanisches Schiff würde versuchen, sich davonzumachen wegen der Strafe, die ihm von Sevilla aufgebrummt würde, sobald sich herausstellte, daß es ohne Konvoi fuhr. Es kann auch kein Portugiese sein, nicht in diesen Gewässern – nur ein Protestant, der nichts von den westlichen Winden wußte, die man weiter nördlich fand, und nichts von der mächtigen, drei Knoten schnellen Strömung, die ein Schiff in Richtung Osten trug, würde so weit südlich in Richtung Europa fahren. Meine Gebete wurden erhört. Es ist ein protestantisches Schiff! Vermutlich beladen mit Diebesbeute, und zweifellos klebte an den Händen dieser Piraten das Blut spanischer Siedler. Sind es Franzosen oder Engländer? Noch sind sie zu weit entfernt, um das festzustellen. Jedenfalls sind es Piraten, und sie werden für ihre Verbrechen mit dem Leben bezahlen – hier und heute!

»Schleppanker an Backbord klarmachen«, befahl er.

Als das Schiff am Horizont allmählich als eine rahgetakelte Dreimastbark erkennbar wurde, zogen die Männer ein langes Tau auf das Hauptdeck der *Concepción*, an dem sie in Abständen Eimer und Bütten und Bleigewichte befestigten. Dann wurde das Ganze an der dem Feind abgewandten Schiffsseite über Bord gelassen.

Dieser Schleppanker würde die Piraten verwirren. Sobald er im Wasser war, verlor das Schiff Fahrt. Ortega merkte bereits, wie die *Concepción* langsamer wurde. Die Stage ächzten und knarrten, als beschwerten sie sich über den zusätzlichen Widerstand. Die See schäumte am Bug, und Ortega merkte an der Art, wie der Wind sein Haar zauste, daß er leicht auffrischte. Kurz darauf blickte er zum Rest der *flota* hinüber, um zu sehen, wie weit sie schon davongezogen war. Die *Concepción* fiel allmählich zurück – wie ein verwundetes Tier, das hinter der Herde herhumpelte.

»Focksegel los!« rief er den Männern an den Schoten zu.

Die Geitaue, die das Segel von oben nach achtern hielten und ihm ermöglichten, Wind aufzufangen, wurden mit einem Mal losgemacht. Die Wirkung war spektakulär. Das Segel flatterte so wild, daß es aussah, als wäre es gerissen, und die Männer mußten auf die Rah hinausklettern, um es wieder zu reffen.

Ortega wartete auf eine Reaktion des Piratenschiffes. Es schien ein oder zwei Strich nach Lee zu gehen. Ja, ihr gotteslästerlichen Hunde, kommt näher. Ihr seht unsere bis zum äußersten gespannten Segel, als wollten wir fünf Knoten laufen, und ihr stellt euch vor, wir zerreißen uns, um ja dem bösen Wolf zu entkommen!

»Leesegelspieren ausfahren und Leesegel setzen.«

Ugarte gab den Befehl an die Offiziere der Wache weiter. Die verzweifelten Versuche der Männer dort oben, noch mehr Leinwand auf die bereits stark belasteten Rahen zu laden, würden in den Augen der Fremden dort drüben aussehen, als versuchten sie, das Weite zu suchen. Er befahl, noch einen Schleppanker auszulegen, um die durch die Leesegel erhöhte Geschwindigkeit zu drosseln. Auch die anderen Schiffe der *flota*, die sich nun auf einer Linie zwei Meilen voraus bis backbord verteilten, setzten zusätzliche Segel und zogen unaufhaltsam davon. Sie flüchteten und überließen ihr schwächstes Glied dem Räuber.

Das einzelne Schiff näherte sich unbeirrbar und ohne ein Anzeichen, langsamere Fahrt zu machen, auf Abfangkurs. Seine Rahen waren so stark rundgebraßt, daß die Segel kaum zu sehen waren. Weder ein Zeichen noch ein Emblem waren darauf zu erkennen. Und es gab auch keine Schiffsflagge. Das *bewies*, daß es Piraten waren.

Ortega beobachtete, wie das Schiff immer größer wurde. Als es näher kam, änderte sich seine Silhouette. Es zeigte weniger von seiner Seite, und Ortega erkannte, daß der Pirat beabsichtigte, ihn quer vor dem Bug zu passieren, so daß Ortega gezwungen war, abzudrehen und mit der Breitseite zum Wind und zu den Wellen zu laufen. Dann wird er achteraus wenden und uns auf unserem Kurs laufend einholen. Und dann wird das Ziel erreicht sein, dachte er grimmig. Dann werden sie merken, daß sie kein Lamm, sondern einen Löwen in die Enge getrieben haben.

Als das Kaperschiff auf zwei Kabellängen herangekommen war, konnte Ortega die Männer an Bord erkennen. Sie waren alle braungebrannt. Auf dem Vorderkastell befand sich eine Geschützmannschaft. Er wartete, bis die vorwärts feuernden Geschütze einen Schuß abgeben und die Seeräuber in ihr legendäres Geheul ausbrechen würden. Erst dann wollte er antworten.

Er wandte sich an den Bootsmann. »Seid Ihr klar beim Schleppanker?«

»Ja, Kapitän. Ein Mann mit einem Beil steht am Ankerdavit.«

»Erst kappen, wenn ich den Befehl dazu gebe. Dann aber sofort.«

Unter Deck wurden vierzehn Halbkanonen geladen mit Schwarzpulver und Eisenstücken; es waren alles Hinterladergeschütze, die nicht nach jedem Schuß ein- und wieder ausgefahren werden mußten. Ihre Pforten waren mit langen Leinwandstreifen verdeckt, die genauso braun wie das Holz des Schiffs gefärbt und mit vielen kleinen Löchern versehen waren, durch die die Richtschützen ihre Ziele sehen konnten. Ortega wußte, daß die Anzahl der Männer, die er die Wanten hinauf und hinunter geschickt hatte, den Eindruck vermittelte, als würde die *Concepción* von einem unerfahrenen Kapitän befehligt. Das scheinbare Chaos auf den Decks war sorgfältig geübt.

Zwei Schüsse lösten sich aus den vorderen Falkonetten des Piratenschiffs und fuhren zischend in die Wellen steuerbord voraus. Ortega war beeindruckt, wie genau die Schüsse gesessen hatten, und er sah, wie sich Ugarte wortlos abwandte. Der Mann hielt ihn für leichtsinnig und seine Taktik für viel zu auffällig. Trotz all seiner Seemannskunst war Ugarte eben doch ein Mann, der den Kampf scheute. Ortega roch die Mahnung zur Vorsicht an diesem Mann wie einen schlechten Geruch.

Die Männer im Vorderkastell der *Concepción* schienen die Nerven zu verlieren, als das fremde Schiff auf sie zuhielt. Es sah so aus als wäre ein Zusammenstoß unvermeidlich. Einige liefen weg, andere drohten trotzig mit den Fäusten. Dann, im letzten Augenblick, befahl Ugarte, das Ruder hart umzulegen.

»Schleppanker kappen!«

Die *Concepción* drehte ihre Breitseite in den Wind und wälzte sich in der Dünung. Das Kaperschiff lief quer am Bug vorbei; eine offene Geschützpforte nach der anderen zielte aus erschreckender Nähe auf ihren Vordersteven. Alles an diesem Schiff wirkte bedrohlich, während es unter strahlender Sonne einen Kreis beschrieb. Die glänzenden Mündungen ihrer Geschütze waren ausgerannt, und es hätte leicht eine gestaffelte Breitseite abgeben können, nach der die *Concepción* ihren Bug hätte vergessen können.

Schweißperlen glitzerten auf Ugartes Glatze. Ungläubig starrte er Ortega an.

»Segel reffen!«

»Kapitän! Was habt Ihr vor? Seht Ihr nicht, daß sie uns am Wickel haben?«

»Segel reffen, verdammt noch mal! Vorbereiten zum Beidrehen.«

»Kapitän, bitte! Um Christi willen!«

Aber Ortegas Aufmerksamkeit war ausschließlich auf das Kaperschiff gerichtet, das nun langsam herumschwenkte, so daß die Schiffe auf gleicher Höhe nebeneinander fuhren, nur noch knapp eine Viertelkabellänge – zirka fünfzig Schritte – voneinander getrennt.

»Näher ran, Bastard! Noch näher!«

»Kapitän!« flehte Ugarte. »Befehlt die Breitseite, bevor sie nach achtern kommen.«

Doch Ortega sah und hörte nichts. Der Pirat war jetzt so nah und er fiel zurück, zweifellos, genau wie er sich das gedacht hatte.

»Kapitän!« Ugartes Stimme war heiser vor Aufregung. Er packte Ortegas Arm, aber der schüttelte ihn ab.

»Befehlt den Geschützen zu feuern, bevor es zu spät ist! Gebt den Befehl! Oder ich werde ihn geben!«

»*Nein!*«

Dann war der kritische Moment vorbei; ihr Ziel glitt aus dem Schußbereich. Ortega sah ihre Ringe glänzen, die sie in den Ohren und an den Fingern trugen. Die Gesichter der Feinde waren ursprünglich hell, inzwischen jedoch dunkel gebräunt. Es waren keine Iberer. Das waren Leute aus dem Norden. Keiner der drei Gestalten auf dem Poopdeck war gekleidet, wie es sich für einen Kapitän gehörte, aber der vorderste trug einen dunkelgrünen Seemannsrock mit Kreuzbandelier und weißer Tresse besetzt sowie einen breitkrempigen Filzhut mit Pfauenfedern, der unter seinem goldroten Bart festgebunden war. Der Leutnant dieses Mannes grüßte herüber. Der kehlige, in schlechtem Spanisch erteilte Befehl klang scharf und bestimmt.

»Welches Schiff ist das?«

Ortega antwortete sofort mit kräftiger Stimme, trotz des flauen Gefühls in seinem Magen. »*Santa Teresa de Avila*«, log er, »Kauffahrer aus Cadiz. Ich bin Kapitän Martin Garcia de Onaz und bringe Fernando Torres y Portugal, den Conde de Villar, nach Mexiko unter dem Schutz Seiner Kaiserlichen Majestät, König Philipp von Spanien. Mit wem habe ich die Ehre?«

Zwei kleine Heckgeschütze ziemlich dicht über der Wasserlinie und zwei *versos* oder Drehbassen auf dem erhöhten Deck waren alles, was die *Concepción* jetzt auf den Piraten richten konnte. In der angsteinflößenden Stille klatschte die Dünung gegen das Schiff, und der dumpfe Ton erfüllte die Luft. Der Rest der *flota* war hinter dem Horizont verschwunden, und plötzlich überkam alle ein schrecklich erdrückendes Gefühl: Sie waren in dieser Wasserwüste völlig auf sich allein gestellt und ohne Freunde.

Zoll für Zoll schob sich das fremde Schiff an ihrem Heck vorbei und ging in Luv, so daß seine Galionsfigur nur einen Pistolenschuß vom Raharm des Spaniers an Steuerbord entfernt war.

»Um Gottes willen, haltet Abstand! Sie werden die Leinwandverkleidungen sehen«, warnte Ugarte.

»Dazu sind sie zu weit weg.« Ortega ballte beide Fäuste, um sich Mut zu machen.

»Seht! Sie argwöhnen etwas!«

Ortega fuhr herum und zischte Ugarte an. »Das ist kein Kriegsschiff. Es sind Piraten! Gierige Piraten, die nehmen, was sie kriegen. Sie wollen uns kapern, aber nicht zerstören.«

»Und was ist, wenn sie das Feuer eröffnen und uns manövrierunfähig machen?«

»Sie wollen uns als Prise!« stieß Ortega wütend hervor. »Zum Teufel! Wo ist Euer Mut geblieben?«

Ugarte war durch diese Beleidigung plötzlich ernüchtert. Er schien zu begreifen, daß seine Vorsicht als Feigheit ausgelegt wurde. »Ich denke nur an das Schiff, Kapitän«, sagte er förmlich.

»Ihr sollt nicht denken, sondern tun, was ich sage.«

Ortega versuchte, seine heftige Erregung zu unterdrükken. Sein Herz schlug laut, als er versuchte, auch das Bewußtsein zu negieren, daß dies der Augenblick war, von dem er geträumt hatte. Bald würde er wissen, ob ihm der Luxus eiskalter Rache vergönnt war. Und bald würde er erleben, wie sich die *Concepción* und ihre Mannschaft im Kampf verhalten würden.

»Komm zu mir«, flüsterte er mit zusammengebissenen Zähnen.

Kanonen aus Holz und gehämmertem Kupfer standen gut sichtbar und unbemannt auf dem Hauptdeck, aber hinter dem Dollbord an Steuerbord duckten sich seine Männer und rollten das Ölzeug auf, unter dem sich ein Vorrat an Piken, geladenen Musketen und schweren Degen befand. Ortega sah zu, wie sich das Piratenschiff unerbittlich in Position schob. Sein Kapitän wollte es in die bedrohlichste Position bringen – querab und so nah wie möglich, so daß seine sämtlichen Backbordgeschütze auf den Bauch des Opfers gerichtet waren. Ein Pirat würde keinem Ehrenkodex trauen. Das Seekonsulat war ihm schnuppe; er wollte längsseits gehen, ein Prisenkommando an Bord der *Concepción* schicken, das jeden, der Widerstand leistete, entwaffnete, bevor er selbst an Bord kam. Und dazu mußte er neben der *Concepción* festmachen.

Ortega hörte unbestimmte Befehle von dem Piratenschiff herüberschallen. Welche Sprache war das? Der Häuptling der Bande, der große Kerl mit dem roten Bart, war seiner Sache so sicher, daß er auf Brustpanzer und Helm verzichtet hatte. Als er die Hände an den Mund legte, tönte derselbe barsche, arrogante Zuruf in schlechtem Spanisch herüber. »Befehlt Euren Leuten, die Waffen niederzulegen und sich mit erhobenen Händen an die Speigatten zu stellen, *Capitán*. Wir kommen an Bord. Wenn Ihr Euch weigert, jagen wir Euch in die Luft.«

Nur zu, frecher Angeber. Wie konnte er nur so sorglos sein! Sie gehörten zum gleichen Abschaum wie jenes Pack, das den Seeweg nach Flandern durch den Ärmelkanal beinahe geschlossen hätte. Ortega hob die Hand. Er schloß ein Auge und mit dem Daumen zerdrückte er im Geist diese Witzfigur wie eine Fliege an der Fensterscheibe. Unter ihm, auf dem Niedergang zum Orlopdeck, hob der Hauptmann der Geschützmannschaften ebenfalls die Hand, und als Ortega seinen Arm jäh senkte, folgte der Hauptmann seinem Beispiel.

Der Pirat hatte gerade noch Zeit zu erkennen, daß dies keine Einladung war, sondern der Befehl zu feuern. Sieben ohrenbetäubende Explosionen zerrissen die Luft zwischen den Schiffen. Die *Concepción* bebte und krängte unter dem Rückstoß der Geschütze. Zunächst war der Rumpf des Piratenschiffs in dichte Rauchwolken gehüllt, über die die Masten und Bäume hinausragten wie die Kreuze auf dem Kalvarienberg.

Als sich der erstickende Rauch verzog, stählte sich Ortega innerlich für den Gegenschlag, aber er kam nicht. Die wilden Anfeuerungsrufe, die von unten heraufdrangen, sagten ihm daß seine Geschützmannschaften neu luden. Dann machte sein Herz einen Sprung, als er sah, welche Verheerung sie angerichtet hatten. Das Kanonendeck des Piratenschiffs war verschwunden. Statt der sieben in die Schiffswand gestanzten Öffnungen war die ganze Seite zwischen Rüstholz und Wasserlinie ein einziges Loch. Die senkrechten Teile des Schiffsrahmens sahen aus wie die Rippen eines verkohlten Leichnams. Das Tageslicht flutete von der gegenüberliegenden Seite durch die Trümmer, in denen Teile von menschlichen Körpern und Lafetten hingen. Wasser drang strudelnd in die Bilgen, und ein Ruf von seinem eigenen Deck sagte Ortega, daß der Großmast des Piratenschiffs brach, dessen Fundament ebenfalls zerfetzt worden war.

Das Echo der Explosionen war noch nicht verklungen, als die Mannschaft des Spaniers ein berserkerhaftes Geschrei anstimmte. Wie verwandelt rannten sie los, bewaffnet und voll wilder Kampflust. Enterhaken flogen zu dem feindlichen Schiff hinüber, manche waren zu kurz geworfen, andere verfingen sich in den Relings des angeschlagenen Schiffs. Die Mannschaften auf dem Vorderkastell und dem Achterdeck zogen ihr Opfer dicht an die *Concepción* heran.

Ortega hatte plötzlich das himmlische Gefühl, daß er, egal, was jetzt noch geschehen würde, den Sieg davongetragen hatte. Er wandte sich seinen Männern zu, hob das blanke Rapier und schrie: »Santiago! Für König Philipp und Spanien!«

Ein ungeheures Kriegsgeheul schlug ihm als Antwort entgegen, und der Angriff begann.

Von Schanzkleid zu Schanzkleid wurden Bretter gelegt, und die Männer strömten über die immer schmäler werdende Kluft zwischen den Schiffen, oder sie schwangen sich wie Dschungelaffen von den Rahen aufs feindliche Deck hinüber, das Entermesser zwischen die Zähne geklemmt. Arkebusen krachten und das Piratenpack war zurückgeschlagen, bevor es Zeit hatte, nach dem Einschlag der Kanonen wieder auf die Füße zu kommen. Dann drangen die Spanier auf die Decks und machten alles nieder, bis die Planken rot waren von Blut und übersät von zuckenden Leibern.

Einige der Piraten versteckten sich im Schiffsbauch, andere sprangen, in die Enge getrieben, ins Meer, wieder andere kletterten in die Toppen, bereit, sich zu wehren oder erbärmlich um Gnade winselnd. Ortega ging mit der zweiten Welle an Bord des Piratenschiffs und kämpfte sich die Treppe zum Achterdeck hinauf, um gegen den Piratenkapitän zu kämpfen.

Aber er kam zu spät. Der Mann war bereits tot. Graue Eingeweide quollen aus ihm heraus, der Unterkiefer war weggerissen und mit ihm sein rotblonder Bart, den ein Arkebusier triumphierend als Siegestrophäe schwenkte.

Ortega sah, daß die Schlacht geschlagen war. Er wußte, wenn dieser Zeitpunkt unkontrolliert überschritten wurde, uferte der Mut der Verzweiflung in fanatische Grausamkeit aus. Er unterbrach den Kampf und gab genau acht, wer von seinen Leuten seinem Befehl am spätesten nachkam. Das waren immer die Feiglinge, die am wenigsten gehorsamen und schwierigen, auf die man am meisten aufpassen mußte und die er sich sobald wie möglich vom Hals schaffen würde. Diese Leute schickte er sofort zurück auf die *Concepción*. Die übrigen schickte er unter Deck, um dort rasch nach eingesperrten Gefangenen und möglicher Beute zu suchen, bevor das zerstörte Schiff sank.

In seiner prächtig ausgestatteten Kajüte an Bord der *San Lorenzo* legte Don Francisco de Luzon hochbefriedigt sein Logbuch zur Seite. Ortega hatte seine Befehle buchstabengetreu ausgeführt und bewiesen, daß die *Concepción* eine tödliche Falle für Kaperschiffe war. Der zielstrebige Kapitän hatte sich großartig bewährt. Luzon war überzeugt, wenn er einen anderen Untergebenen mit dieser Aufgabe betraut hätte, hätte dem Unternehmen dieses letzte Quentchen Wagemut, das Juan Ortega für seine Wiedergeburt brauchte, gefehlt. Er gratulierte sich zu dem Einfall, Ortega eine Chance zur Bewährung gegeben zu haben. In den Händen eines anderen hätte sich die *Concepción* vielleicht als weniger wertvoll erwiesen, aber der unglückselige Pirat war auf einen Mann gestoßen, für den es nur zwei Wege aus einer aussichtslosen Lage gab: Tod oder Ehre. Der Wert eines solchen Mannes war gar nicht hoch genug einzuschätzen.

Luzon wollte eben seine Kajütentür öffnen, als er die kardinalrote Robe vor sich sah. Um seine gute Laune war es geschehen.

»Mein Sohn«, sagte der Priester, »ob Ihr mir wohl einen Augenblick Eurer Zeit opfert?«

Es war Don Pietro Moya de Contreres, ein Mann von vogelartiger Zerbrechlichkeit mit einem verkniffenen, strengen Gesicht. An Deck, in der Sonne und vor den Männern trug er gewöhnlich den breitrandigen Kardinalshut, doch hier unten im Zwielicht bedeckte nur ein rundes Käppchen den Hinterkopf seines spärlich graubehaarten Schädels. Contreres war mit dem Segen König Philipps an Bord gekommen und mit einem Koffer voller Ablässe. Er war dazu ausersehen, seine Botschaft nach Westindien zu bringen, zur Ehre Gottes und um die Seelen der Menschen in den fernen Ländern des Königs in Übersee zu betreuen. Luzon kannte den Ruf dieses Mannes und verabscheute ihn so sehr, daß es ihm schwerfiel, höflich zu antworten. Aber es gelang ihm, einen kühlen, förmlichen Ton zu finden. »Don Pietro. Ich hoffe, Ihr befindet Euch wohl. Bitte, tretet ein.«

Die Admiralskajüte war luxuriös eingerichtet. Das gesamte Achterschiff des 1200-Tonnen-Flaggschiffs diente zur Unterbringung der ranghöchsten Offiziere des Reiches, ihrer Familien und zahlreichen Bediensteten. Weil eine Reise, die zwei Monate dauerte, für einen Nichtseemann möglicherweise unerträglich beschwerlich oder beengend werden konnte, hatte man größten Wert auf Komfort gelegt und weder Mühe noch Kosten gescheut. Die Herrschaften speisten vom feinsten Silber. Der Wein war erstklassig und reichlich vorhanden. Vergoldete Schnitzereien schmückten die Galerien des Achterdecks und die Hecklichter. Und weil die *regidores*, die im Auftrag des Königs nach Westen fuhren, sowie die Gesandten des Heiligen Stuhls bekanntermaßen die unebenen Bewegungen eines Schiffdecks nicht gewohnt waren, hatte man für geräumige Betten gesorgt und sie mit komfortablen Matratzen ausgestattet, gefüllt mit den Daunen von der Brust einjähriger Gänse. Dennoch hatten sich Don Pietro und seine Koterie nicht auf ihre Quartiere beschränkt, sondern waren auf dem Schiff umhergeschlichen, hatten mit den Seeleuten gesprochen und die Arbeit auf dem Schiff behindert.

Luzon ließ sich auf ein Knie nieder, nahm die behandschuhte Hand, küßte den Blutstein im päpstlichen Ring und bekreuzigte sich.

Unaufgefordert ließ sich Don Pietro im Stuhl des Admirals nieder, hob die Finger, um ein Glas Wein zurückzuweisen und fragte: »Die Häretiker: wie viele sind es?«

»Einundzwanzig.«

»Warum habt Ihr sie an Bord Eures Schiffs genommen?«

Don Francisco hielt sich höflich die Fingerknöchel vor den Mund und hüstelte, um seinen Ärger über diese Befragung zu verbergen. Contreres war ein außerordentlich gewitzter Fragensteller, und ganz offensichtlich genoß er das Gefühl der Macht, das sich daraus ergab. Es ist doch bei all diesen Zwergen das gleiche, dachte Luzon in einer plötzlichen Erkenntnis. Stets versuchen sie, ihren Mangel an Körpergröße oder Umfang zu kompensieren. Und die sexuell verkrampften oder zwangsweise keuschen sind dabei die schlimmsten. Hast du in den sechzig Jahren deines Lebens jemals mit einer Frau geschlafen? fragte er den alten Mann stumm, dessen seelenlose Augen alles suchten, nur nicht den Kontakt mit Luzons Augen. Nie! Und wenn doch, wie hast du dich angestellt? Ich sehe dich vor mir als zwanzigjährigen käsigen Novizen, der sich bis zum äußersten anstrengt, um seinen Samen in eine Abteihure zu pumpen. Deinesgleichen, dieses übereifrige Gesindel und seine Exzesse waren es, die Luther so erbosten und das Schisma heraufbeschworen. Mönche mit schmutziger Fantasie und pervertierten Gehirnen – das waren sie doch, trotz all ihrer Frömmelei!

»Für diese Gefangenen bin ich verantwortlich«, sgte er ruhig. »Es sind französische Piraten, und sie werden nach Seerecht gehängt.«

»Ah! Aber ich fragte Euch, warum sie an Bord der *San Lorenzo* sind. Warum blieben sie nicht auf dem anderen Schiff?«

»Weil sie aufgrund meiner Handlungsvollmacht hingerichtet werden. Ich werde Ihnen ihre Verbrechen erklären, so daß sie bereuen können, bevor sie sterben.«

Luzon deutete mit einer Geste an, daß er die Fragestunde

für beendet hielt, aber Don Pietro schien plötzlich sehr munter bei der Sache. Er versuchte es auf einem anderen Weg.

»Natürlich. Sie sind wertloses Pack, aber sie haben eine Seele. Ist es nicht Eure Pflicht, ihren Tod zu einer Lobeshymne an Unseren Herrn zu machen? Seid Ihr nicht katholischen Glaubens?«

»Ich kenne meine Pflicht, Don Pietro. Und mein Glaube ist meine persönliche Angelegenheit.« Er bedauerte seine Worte, kaum daß er sie ausgesprochen hatte.

Langsam glitten die Augen des Inquisitors auf ihn zu und sahen ihn an. »Nein, Admiral. Euer Glaube ist auch meine Angelegenheit.«

Luzon spürte, wie sich sein Magen verkrampfte. Er wollte es nicht wahrhaben, aber er fühlte sich von einem Gefühl gepackt, das er nicht mehr gekannt hatte, seit er ein junger Mann gewesen war: eiskalte Angst. »Die Hinrichtung wird in Anwesenheit der Besatzung stattfinden, Don Pietro«, sagte er vorsichtig.

»Ihr habt natürlich daran gedacht, sie als Warnung für andere hinzurichten, aber – berichtigt mich – Ihr werdet sie wegen Piraterie hängen? Das ist ein Exempel für niemanden. Es sei denn, Ihr habt den Verdacht, es befinden sich Männer in Eurer Mannschaft, die möglicherweise Piraten werden könnten.«

Luzon wurde ärgerlich. »Die Mannschaft der *San Lorenzo* – alle meine Mannschaften – sind loyal bis zum letzten Mann!«

Der andere lächelte dünn. »Ah! Eure Loyalität ist beispielhaft. Es ist gut, wenn ein Soldat seinen Untergebenen vertraut. Aber Ihr habt mich nicht verstanden. Es muß ein noch rühmlicheres Beispiel gegeben werden, eine noch größere Loyalität geprüft – für ein Gesetz, das weit über dem Gehorsam gegenüber König und Vaterland steht.«

Ganz langsam entspannte Luzon seine geballten Fäuste. Er hatte die Richtung geahnt, in die die verfänglichen Worte des Priesters führten, und er wußte, daß er sich Don Pietro widersetzen mußte, um ihm zu zeigen, daß hier auf See der Admiral der uneingeschränkte Herr sein mußte. Dennoch, die strangulierenden Fangarme des Heiligen Stuhls waren zahlreich. Er durfte keinen Augenblicksregungen nachgeben. Es wäre heller Wahnsinn, sich einen der exaltiertesten und grausamsten Männer der Inquisition unnötig zum Feind zu machen.

Es war Don Pietro Moya de Contreres, der vor fünfzehn Jahren den Großinquisitor Valdez dazu überredet hatte, in Valladolid das große Autodafé zu veranstalten. Der stolze Francisco Herrero war damals gestorben, ohne zu bekennen. Augustin Callaza hatte dem Heiligen Stuhl öffentlich vergeben, wie er behandelt worden war, und er wurde trotzdem verbrannt, während er seine Sünden Gott und dem zuschauenden König entgegenschrie. Später hatte Don Pietro das große Autodafé in Sevilla angeregt, in dem sechsundsiebzig Männer und Frauen vorgeführt wurden. In einem Akt ›höchster Frömmigkeit‹ hatte er Leonor Gomez mit ihren drei Töchtern verbrennen lassen sowie den streitsüchtigen Prior von San Isidro, der es gewagt hatte, etwas gegen ihn zu sagen. Und je größer seine Macht wurde, um so schrecklichere Höhepunkte erreichte sein Terror. In Malaga hatte sich ein Jude im Gefängnis den Penis abgeschnitten, um den teuflischen Priestern keinen Beweis für seine Beschneidung zu liefern und dadurch seine schwangere Frau zu retten. Aber sie hatten ihn trotzdem für schuldig befunden, und Don Pietro hatte ihn verbrennen lassen und später auch seine Frau, genau in dem Augenblick, als sie ihr Kind gebar, damit alle Leute sehen konnten, wie tief die Kirche jene verabscheute, die Jesus ans Kreuz geliefert hatten.

In den vergangenen fünf Jahren hatte Don Pietro besonders die ketzerischen Seeleute verfolgt, die aus dem Ausland nach Spanien kamen. Er hatte festgestellt, daß ihm diese Tätigkeit mehr als jede andere die Belohnungen eines dankbaren Königs einbrachte. Auf diese Weise hatte er den Posten erlangt, den er haben wollte. Don Pietro wurde der Mann, der die Politik der reinen Rasse und des reinen Glaubens verbreiten und festigen sollte. Er war verantwortlich für die Ausmerzung des lutherischen Fluchs in den spanischen Dominien. Es war sein Traum, als erster die Inquisition nach Westindien zu bringen.

»Seid Ihr nicht vom rechten Glauben?« fragte Don Pietro. »Wünscht Ihr nicht ebenso wie ich, das Wort Gottes allen Menschen einzuprägen, bevor sie sterben, ungeachtet ihrer Unwürdigkeit?«

Luzon neigte ergeben den Kopf, obwohl er innerlich nichts als Abscheu empfand. »Ich hoffe allein auf Jesus Christus. Ihm allein vertraue ich, nur Ihn verehre ich, und indem ich meine unwürdige Hand in Seine Heilige Wunde lege, weiß ich meinen Glauben in Seiner Hut.«

Don Pietros Stimme wurde schärfer, als er den Widerstand bei Luzon merkte. »Ich frage Euch: Sollen wir Ketzer wie gemeine Verbrecher hängen?«

»Das ist das auf See herrschende Gesetz.«

»Das Gesetz der See! Und was ist mit dem Gesetz Gottes? Sein Gesetz sagt: Ketzer sollen durch das Feuer sterben.«

Don Francisco hatte das Gefühl, als legte ihm eine Krake die Fangarme um den Hals. »Es ist eine Frage der praktischen Ausführung. An Bord eines Schiffes können wir Menschen nicht verbrennen, aber wir können sie hängen. Oder wollt Ihr, daß ich sie nach Mexiko mitnehme?«

»Ihr seid ein Kommandant, Don Francisco. Ihr denkt wie ein praktischer Mensch.« Wieder lächelte der Priester dünn, dann änderte er plötzlich das Thema, und es klang tückisch, als er fortfuhr: »Ich habe Berichte gehört über Eure Tapferkeit in der großen Schlacht gegen die Ungläubigen. Kommandiertet Ihr nicht ein Geschwader unter der Flagge des Marquis von Santa Cruz? Und war es nicht gar Eure Galeone, die das große Banner von Mekka vom Fahrzeug des Ali Pascha holte? Es heißt, es sei so zerschossen gewesen, daß seine schändliche Botschaft unleserlich geworden war, wohingegen die azurblaue Standarte mit dem Bild unseres Erlösers makellos geblieben und kein einziges Kruzifix in der gesamten Flotte weder von einem Pfeil noch von einer Kugel getroffen worden sei. Kein einziger Muselmann habe seinen Fuß auf ein spanisches Deck gesetzt. Wenn Männer das Werk Gottes rechtschaffen ausführen, genießen sie Gottes Schutz und Wohlwollen. Ist es nicht so?«

Don Francisco starrte in sein fast leeres Rotweinglas. Er verachtete den Priester um so mehr, je intensiver er sich der schrecklichen Wahrheit von Lepanto erinnerte. Die Türken waren ein gefährlicher Feind. Nach der Eroberung der Insel Cypern hatten sie den christlichen Garnisonskommandanten lebendig gehäutet, seine Haut mit Stroh ausgestopft und sie als Trophäe nach Konstantinopel geschickt, und als die Nachricht von dieser Greueltat Madrid erreichte, hatte man Philipp überredet zu handeln. Die christliche Flotte hatte die Türken vor dem Golf von Korinth überrascht, ja, geradezu überrumpelt.

Da der Gegner völlig verwirrt war, fand die Schlacht bereits am Nachmittag ein Ende. Der rechte Flügel und die Mitte der türkischen Flotte waren vernichtet und in die Flucht geschlagen. Die Überreste des linken Flügels unter dem algerischen Vizekönig hatte weitergekämpft – knapp dreißig Galeonen – und hatten versucht, übel zugerichtet wie sie waren, die Küste von Morea zu erreichen. Die ionische Dämmerung war an jenem Tag auf einen Schauplatz schrecklichster Verheerung herabgesunken. Das Meer war in einem Umkreis von Meilen vom Blut verfärbt und übersät mit den Überresten zerstörter Schiffe und getöteter Menschen. Und dazwischen fuhren die Boote der fanatischen Priester, die mit Schwertern und Hellebarden den überlebenden Feinden die Köpfe spalteten. Als die Nacht hereinbrach, hatten sie dieses ekelhafte Blutbad im gespenstischen Licht von fünfzig brennenden Schiffen fortgesetzt, und die Flammen loderten zum Himmel empor, damit Gottes Werk getan werden konnte.

Luzon fühlte, wie die Spannung in ihm eine bestimmte Richtung annahm. Vielleicht hat der Priester ja recht, dachte er voller Furcht. Vielleicht wankt mein Glaube. Er wußte plötzlich, warum sich die Menschen an ihren Glauben klammerten – weil die Welt ohne Glauben zu schrecklich war, ein Chaos des Bösen, ein Katalog unerklärlicher Grausamkeiten. Er erinnerte sich, wie seine siegreichen Schiffe in den Hafen von Petala eingelaufen waren, wo er zusammen mit den anderen Admirälen den Dank von Don Juan d' Austria entgegengenommen hatte. Der Inquisitor Geronimo Manrique hatte unter einem prächtigen, mit purpurnen Mandelblüten geschmückten Pavillon ein Hochamt zelebriert, begleitet von den Trompetenstößen der Signalgeber und dem Gesang der Mönche, und als die Hostie hochgehalten wurde, feuerte jedes Schiff der Flotte dreifachen Salut. Sie hatten siebentausend Mann verloren und mehr als doppelt so viele waren schwer verwundet. Die Türken hatten fünfundzwanzigtausend Mann verloren. Und doch hatten alle an denselben Gott geglaubt.

Kalt und beharrlich drang Don Pietros Stimme an sein Ohr. »Sinn und Zweck des Prozesses und der Hinrichtung von Ungläubigen ist nicht die Rettung der Seelen der Angeklagten, sondern um jene, die Zeugen sind, das Fürchten zu lehren.«

»Auf meinem Schiff wird es kein Autodafé geben«, sagte Luzon sich erhebend. Seine Worte klangen fest und endgültig. Er hatte seine Entscheidung getroffen. Nun war der Priester an der Reihe.

Don Pietro betrachtete ihn einen Augenblick lang schweigend, dann raffte er seine Robe zusammen und stand auf.

»Ich werde beten, mein Sohn, daß Gott Euch veranlaßt, Euren Entschluß zu ändern.«

Er ging zur Kajütentür und verließ den Admiral, ohne sich noch einmal nach ihm umzudrehen.

Der nächste Tag war ein Sonntag und man hatte sich auf einen Kompromiß geeinigt.

Dem Inquisitor war erlaubt worden, zur Mannschaft zu sprechen. Er hielt eine große Schriftrolle in der Hand mit goldenen Haltern und schweren Quasten, die im Wind flogen, und es schien dem Admiral, als ob sich Don Pietros Augen kein einziges Mal auf das Pergament verirrten, sondern nur begierig über die Gesichter der Männer glitten, an die er seine Worte richtete.

»Hört mich an, Ihr gläubigen Christen, Männer und Frauen, Mönche und Priester, Offiziere des Staates und Seiner Majestät Schiffe, Seeleute und Soldaten, Männer jeden Ranges, jeden Standes, und ich werde euch zum Heil führen in Jesus Christus, Unserem Herrn.«

Es war ein ruhiger, friedlicher Tag. Unter den Schäfchenwölken am Himmel wehten die seidenen Banner. Die ganze weltliche Pracht des Staates war aufgeboten für diesen Anlaß, die gesamte Besatzung der *San Lorenzo* war angetreten. Dreihundert Gemeine standen auf dem Mitteldeck in ihren Lumpen, die *marineros* der ersten Klasse und die *grumetes* der zweiten. Darüber, auf dem Achterdeck, saßen in aufsteigender Rangordnung fünfzig weitere Besatzungsmitglieder, und über ihnen allen Don Francisco de Luzon, der *Admirante*, flankiert von den fünf Kapitänen der anderen Schiffe, darunter auch Ortega und Sancho de Aldana, der Kapitän der *San Lorenzo*. Dann kam der *Gobernador*, der Kommandant der Infanterie, mit seinem *Sargento Instructor* und einer Reihe von Seesoldaten in voller Montur. Die Offiziere der unteren Ränge hatten sich auf dem Vordeck aufgestellt: der *Piloto*, der *Contramaestre* oder Bootsmann, hinter ihm seine Handwerksleute – der Faßbinder, der Zimmermann und der Kalfaterer, der Profos, der Wundarzt und der erste Geschützoffizier. Selbst die Kaufleute und andere Passagiere sowie die Finanzbeamten des Königs, mit denen sie heimlich Geschäfte machten, waren versammelt: der *Maestre de Plata* oder Silbermeister, der *Veedor* oder Inspektor, und der *Contador* oder Bücherrevisor.

Don Pietros Stimme wurde schneidend scharf. »Ihr seid hiermit aufgefordert, anzugeben und offenkundig zu machen, wenn ihr gesehen oder gehört habt, daß eine oder mehrere lebende oder tote Personen den Heiligen Katholischen Glauben verleumdet oder gegen ihn gehandelt haben, oder daß jemand den abscheulichen Gesetzen von Moses oder der mohammedanischen Sekte anhängt oder irgendein anderes ketzerisches Verbrechen verübt hat. Kennt ihr jemand, der sagt, daß Unser Herr Jesus Christus nicht der wahre, uns in der Heiligen Schrift verheißene Messias sei? Oder der wahre Gott? Oder der Sohn Gottes? Habt ihr einen Mann oder eine Frau leugnen gehört, daß Er gestorben ist, um die Menschheit zu erlösen, daß Er auferstanden und in den Himmel aufgefahren ist? Daß die Jungfrau Maria die Mutter Gottes ist? Kennt Ihr jemand, der schlecht über die Inquisition spricht oder ihre Ausführenden beleidigt? Oder der behauptet, daß das Heilige Sakrament des Altares nicht der wahre Leib und das wahre Blut Jesu Christi seien? Wenn Ihr von so einem wißt, dann befehle ich Euch, es jetzt zu sagen!«

Zwanzig französische Gefangene in Ketten standen unterhalb des Achterdecks. Einer war während der Nacht an seinen Verletzungen gestorben und über Bord geschafft worden, bevor die Nachricht von seinem Tod Don Pietro mitgeteilt werden konnte. Nun traten ihnen die Offiziere Gottes entgegen, die eine Autorität ausstrahlten, die keiner geleugnet hätte: Don Pietro, ihr Anführer in seinen purpurfarbenen Gewändern; Felipe de Bovilla, sein beflissener Begleiter, der das Kreuz trug. De Bovillas Aufgabe war es gewesen, den Index ketzerischer Bücher auf dem laufenden zu halten; er hatte Jahre damit zugebracht, die Bibliothek des Escorial zu überprüfen. Luzon wußte, daß Bovillas besonderer Haß den jüdischen *conversos* galt, und er betete zu Gott, daß weder Ortega noch einer seiner übrigen Männer so dumm sein mögen zuzugeben, daß sie nicht ganz reinblütig waren. Neben Bovilla saßen Juan Sanchez, der Fiskal, und Cristobal de los Rios, der Sekretär, beide in Mönchskutte und mit finsterem Blick.

Luzon kochte vor Zorn. Er hatte einen Kompromiß geschlossen, aber für dies hier hatte er seine Erlaubnis nicht gegeben. Don Pietro hatte sich einverstanden erklärt, daß die Piraten gehängt würden und als Gegenleistung darum gebeten, sich in einer Predigt an die Mannschaft wenden zu dürfen. Diese kleine Gefälligkeit würde der Admiral dem Heiligen Offizium doch nicht verweigern? Auch nicht ein Admiral, der das Gesetz der See über das Gesetz Gottes stellte? Luzon hatte diese Beleidigung überhört. Don Pietro war vielleicht verachtenswert, aber er stand auch über dem Gesetz.

Luzon beobachtete die Szene mit steinernem Gesicht; noch war er nicht gewillt, den verderblichen Zorn Don Pietros auf sich oder seine Offiziere zu lenken. Das erschien ihm auf jeden Fall ratsam; aber tief im Innersten plagten ihn Zweifel. Einerseits wollte er diesem Widerling von einem Priester das Maul stopfen, auf der anderen Seite befürchtete er, er würde dadurch nachgiebig gegenüber den Übeltätern erscheinen. Die Leute müssen bestraft werden für das, was sie getan haben, nicht für das, was sie sind, sagte er sich, und er antwortete sich zornig, daß die Leute durch ihre Taten zu dem werden, was sie sind.

Keiner rührte sich, und Don Pietro senkte seine Schriftrolle ein wenig, wodurch er allen ein wenig näherzurücken schien, und sein Blick ruhte bald auf den Offizieren, bald auf den Kaufleuten.

»Und wenn einer hier von jemand weiß, daß er das Kind oder der Enkel eines von dieser Inquisition bereits verurteilten Ketzers ist, soll er vortreten. Denn diese schändliche Nachkommenschaft ist nicht berechtigt, ein Amt zu bekleiden oder Waffen zu tragen oder feine Kleider oder sich mit Silber, Gold, Edelsteinen oder Perlen zu schmücken.

Und ist ein Mann unter euch, der einen kennt, der einst verurteilt wurde und nun konfisziertes oder verbotenes Gut besitzt? Möbel oder Kleidung, Juwelen oder Geld? Wenn ja, so trete er vor!«

Das ist unerhört, dachte Luzon, der plötzlich erkannte, was hier vorging. Der Priester hielt keine Predigt, er exerzierte ihnen seine Schreckensherrschaft vor. Aber er machte noch immer keine Anstalten einzugreifen.

Nun reckte sich Don Pietro zornig und seine schrille Stimme überschüttete die Zuhörer mit Drohungen.

»Wenn ihr etwas wißt und spätestens nach der Gnadenfrist nicht sprecht und verstockt bleibt, wisset, daß eure Seele schweren Schaden nehmen wird. Ihr werdet mit der Exkommunikation bestraft, und ihr werdet als Anstifter zur Ketzerei vor Gericht gestellt. Ihr werdet verurteilt, ausgeschlossen von der heiligen Mutter Kirche und ihren Sakramenten, verflucht von Gott, dem Allmächtigen, und von der glorreichen Jungfrau, den heiligen Aposteln Sankt Peter und Sankt Paul. Und über eure Häupter und Häuser werden die Plagen und Verwünschungen kommen, die einst Ägypten heimgesucht haben und die verworfenen Städte Sodom und Gomorrha, die in Hölle und Verdammnis umkamen, und Athan und Abiron, die von der grollenden Erde verschlungen wurden.

Verflucht sei der Mann, der Gott entsagt! Möge er nirgends Trost und Ruhe finden, nicht lebend und nicht sterbend, nicht essend noch trinkend, weder arbeitend noch schlafend, und möge sein Körper von Schmerzen gepeinigt sein tagaus tagein. Seine Tage seien gezählt und vergiftet. Mögen seine Kinder verwaisen und andere sich seines Weibes und seines Hab und Guts erfreuen. Seine Familie soll Not leiden und niemand soll ihr helfen. Möge sie, auf die Straße gejagt, in Armut verkommen. Verflucht soll sie sein wie Judas und Luzifer und alle Teufel der Hölle!«

Don Pietro starrte die Männer an, erfüllt von heiligem Zorn. Er sah das seraphische Licht von seinen Händen und Füßen leuchten, fühlte die Angst in den armen Teufeln, die vor ihm kauerten. Die Franzosen, die nur grüngelbe Lendenschurze aus Segeltuch, auf die ein Kreuz gemalt war, und große spitze Hüte trugen, mußten auf seinen Befehl niederknien, damit ihnen die Köpfe geschoren wurden. Weihrauchfässer wurden geschwungen und Weihwasser verspritzt, während der Erlaß verlesen wurde. Bovillas Stimme gellte über den gebeugten Häuptern der Gefangenen, die dies alles völlig verschreckt und verständnislos über sich ergehen ließen. Dann stieß ihnen Bovilla das Kruzifix vor das Gesicht, so daß sich jeder entsetzt abwandte.

»Küsse den Leib des Herrn!« forderte Sanchez jedesmal in lateinischer Sprache.

Die Seeleute starrten einander fragend an.

»Seht, wie sie den Erlöser verachten!«

Die Weihrauchfässer spien und qualmten, die langen purpurnen Soutanen wehten und wirbelten, während die Inquisitoren durch die Reihen der Mannschaft schritten. Dann hob Don Pietro das Kreuz über die spanischen Seeleute und rezitierte eine Liste von ketzerischen Verbrechen.

»Euer Admiral will uns innerhalb von dreißig Tagen in die Neue Welt bringen. Die Hälfte dieser Zeit ist eure Gnadenfrist. Wenn ihr irgendeinen Anhänger des mosaischen Glaubens kennt oder von einem gehört habt, der am Freitag kein Licht brennt, der frisch geschlachtetes Fleisch in Wasser ausbluten läßt und den Rindern die Kehle durchschneidet und das Blut mit Erde bedeckt; oder einen, der Fleisch in der Fastenzeit ißt oder sich zur Wand wendet, wenn er stirbt; oder einen, der den Namen Luthers ausspricht oder der nicht zugibt, daß sich in der Eucharistie Brot und Wein in das Fleisch und das Blut Christi verwandeln – tretet vor und sprecht! Wer von euch gelangt nicht in den Genuß der Gnade Gottes? Heraus damit! Ah, ja! Wer von euch hat böse Gedanken? Ich verspreche euch, ihr werdet keine schwere Strafe erleiden, wenn ihr gesteht. Tretet vor! Bekennt! Kommt zu Christus!«

Luzon saß wie angekettet in seinem Stuhl, gebannt von dem sich immer mehr steigernden Don Pietro. Er wollte handeln – er wußte, er mußte dem Priester befehlen aufzuhören, aber etwas unglaublich Mächtiges lähmte seinen Willen und zwang ihn, den drängenden Worten zu lauschen. Die Männer dort unten auf dem Mitteldeck starrten mit offenen Mündern, während sie über diese in höchster Verzückung geäußerten Fragen nachdachten. Noch kämpften sie mit ihrer

Furcht, aber ihre Seelen waren bereits gefangen. Luzon tobte innerlich, als er sah, wie seine Leute mit dem schrecklichen Drang zu bekennen kämpften. Dann wallte der Haß in ihm auf und durchbrach die unsichtbaren Fesseln, die auch seinen Verstand in Bann geschlagen hatten.

»Genug!«

»Gesteht! Wartet nicht, bis eure Brüder eure Verbrechen gegen Gott anprangern! Gesteht! Und es wird besser um euch bestellt sein!«

»Haltet ein! Ich befehle es!«

»Gesteht! Gott wartet!«

Don Pietro war taub für die Welt. Als er auf das Hauptdeck hinunterfegte, wichen die Seeleute vor ihm zurück, als wäre sein Satansgewand gerötet von ihrem eigenen Blut. Im sicheren Bewußtsein seiner Macht schritt er nun sehr aufrecht und viel größer wirkend als vorher mit fromm gefalteten Händen an den Männern vorbei, bis er neben dem großen Beiboot anlangte. Seine Ekstase steigerte sich unaufhaltsam, während er sich dem Höhepunkt seiner Arbeit näherte. Am Morgen hatte er einen Bootsmann dazu gebracht, das vorzubereiten, was er sich vorstellte. Er ließ ihn das Beiboot innen mit Pech, Schießpulver, Schwefel und Talg ausstreichen und dann wieder mit dem Regenschutz abdecken, damit niemand merkte, was mit dem Boot geschehen war.

Ah ja! Sieh nur, wie sie den heiligen Geist verehren, sagte die vertraute Stimme in Don Pietros Kopf. Ihr Respekt gereicht ihnen zur Ehre, aber wer wollte bestreiten, daß sie alle längst nicht mehr empfänglich für Christus sind? Sag ihnen, daß sie nun den Tod von Ketzern erleben sollen.

Er sagte es ihnen.

Sag ihnen, daß sie jetzt die Gelegenheit haben, Gott zu beweisen, daß sie frohlocken bei der Vernichtung des Bösen!

Er sagte es ihnen.

Es sind einfache Leute, und einfache Leute sind schwach und das Opfer aller möglichen Arten von Ketzerei. Ihnen muß zum Heil verholfen werden um ihrer unsterblichen Seelen willen. Ihre Dämonen müssen vertrieben werden um der Liebe Christi willen. Ihre Herzen müssen Gott dargebracht werden, um sie von Satan zurückzufordern. Zeig ihnen, wie das heilige Wasser brennt!

Er besprengte die Franzosen mit Weihwasser.

»Seht, wie sie vor dem heiligen Wasser zurückschrecken! Seht, wie es ihr Fleisch versengt!« Er schritt die Reihe der Gefangenen ab. Völlig verstört durch das furchteinflößende Ritual begannen sie zu jammern und auf französisch um Gnade zu betteln, und die Soldaten, die sie bewachten, hielten die Ketten straffer.

Ah! Wie ihre Seelen zu mir aufschreien! Wie sie ihre Sünden bereuen. Keine Angst, meine Kinder. Ich werde für euch tun, was ich kann. Ich weiß, wie schwer es für euch ist, ohne unsere Hilfe dem Teufel zu widersagen. Aber ich kenne das Leiden. Lange habe ich allein in meiner Zelle gefastet. Ich habe meine Mannesjahre in innerer Einkehr und mit Kasteiung verbracht. Ich weiß, wie man den Satan bekämpft. Ich werde euer Führer sein. Ich werde euch den Pfad zu Gott zeigen. Ich erinnere mich eines jeden verlorenen Schafs, dessen Seele ich gerettet habe. Auch wenn ihre Leiber von Teufeln besessen waren, habe ich sie gereinigt. Obwohl ihre Seelen verdorben waren, habe ich sie gerettet!

Er zog die Hülle vom Beiboot, so daß das schwarze Innere sichtbar wurde, und als sich der Gestank des leicht entzündlichen Materials ausbreitete, ging ein Raunen durch die Reihen der Männer, denn sie hatten verstanden.

»Nur die durch nichts entweihte Flamme kann das Böse im Menschen zerstören«, rief er. »*Nam verae voces tum demum pectore ab imo eliciuntur, et eripitur persona, manet res!*« – Erst dann werden die wahren Worte aus der Tiefe des Herzens emporgeholt, wird die Maske herabgerissen und die Wahrheit gelangt an den Tag!

»Bringt die Davits aus! Macht das Boot bereit!«

Der Bootsmannsmaat, der sich dazu hergegeben hatte, die Vorbereitungen für das Strafgericht zu treffen, sang den Befehl aus. Drei Seeleute liefen los, um ihn auszuführen.

»*Nein!*« Luzon packte den ersten am Arm und stieß ihn mit verzerrtem Gesicht zurück. Zu gestatten, daß die Gefangenen im Beiboot ausgesetzt und dann mit Hilfe dieser teuflischen Mixtur verbrannt werden! Es wäre ungeheuerlich gewesen. Er mußte dagegen vorgehen, koste es, was es wolle.

»Ich werde das nicht erlauben!«

Don Pietro wandte sich zu ihm. »Ihr könnt den Willen Gottes nicht verhindern.«

»Das war nicht abgemacht!« rief Luzon.

»Bleibt, wo Ihr seid!« Don Pietros Finger wies steil gen Himmel. »Niemand darf sich gegen den Willen Gottes auflehnen. Das wird kein Mann hier erlauben!«

Luzon blieb stehen. Tausend Augen blickten ihn an. Sein Infanteriehauptmann versperrte ihm den Weg. »Suarez! Tretet beiseite! Ich befehle es Euch. Diaz, Ihr bereitet die Schlingen vor! Ihr dort, Sergeant! Ihr werdet die Gefangenen jetzt hängen. Sofort!«

Keiner rührte sich.

»Bewegt euch, sage ich! Das ist Meuterei!«

»Sie werden nur dem Wort Gottes gehorchen! Ergreift ihn!«

»Nein!«

Einen schier endlosen Moment lang war alles wie erstarrt. Luzon sah, daß er verloren hatte. Er griff nach seinem Degen. Da kippte das Universum zur Seite und er verlor den Boden unter den Füßen.

Als das Schiff plötzlich krängte, stürzten die Männer durcheinander und jeder versuchte, irgendwo Halt zu finden. Über ihren Köpfen begannen die killenden Segel wie verrückt zu schlagen, als die *San Lorenzo* nach steuerbord drehte. Das riesige Schiff richtete sich auf, krängte wieder, diesmal so stark, daß das Hauptdeck die Wellenkronen berührte, bevor es sich wieder aufrichtete. Luzon begriff sofort, was geschehen war, und er dankte Gott.

In der allgemeinen Verwirrung trat Ortega aus dem Schatten unter dem Achterdecksbogen. Er zog seinen Degen und ging auf Suarez zu. »Gehorcht dem Admiral – oder ich spieße Euch auf, *señor*! Alle übrigen auf die Posten! Sofort!«

Im Handumdrehen war alles wieder beim alten. Das Durcheinander auf dem Schiff hatte die Zweifel vertrieben; die vertrauten Befehle hatten die Männer von dem schrecklichen Bann befreit, der sie gepackt hatte.

Luzon versuchte, seine Gedanken zu ordnen, aber sie rasten wie im Fieber. Er verfluchte seine Dummheit. Es war unglaublich, wie Don Pietro sie alle verhext hatte! Gott sei Dank hatte Ortega die Geistesgegenwart besessen und den Rudergänger vom Steuer weggezerrt, so daß sich das Schiff dramatisch auf die Seite legte. Wie konnte mir nur ein solcher Fehler unterlaufen? Meine eigenen Männer haben mir nicht mehr gehorcht! Es war Meuterei, bis Ortega sie wieder zu Verstand brachte. Wie der Priester ihnen allen seinen Willen aufzwang – wahrhaft erstaunlich! Selbst ich konnte mich ihm nicht entziehen. Luzon lief es kalt über den Rücken, als er daran dachte. Aber wie kann ich ihm jetzt entgegentreten? Ich kann ihn nicht einfach beschwichtigen, und er kann den Affront nicht einfach ignorieren. Lieber Gott, wie kann ich ihn aufhalten?

Er riß sich gewaltsam zusammen und konzentrierte seinen in Panik geratenen Verstand eisern auf die augenblicklichen Aufgaben. Auf keinen Fall durfte die Initiative, die Ortega auf ihre Seite gerissen hatte, wieder verspielt werden.

»Wir müssen die Hinrichtung sofort ausführen«, sagte er zu Ortega. »Je schneller, um so besser.«

Er wußte, daß seine Autorität davon abhing. Seine Angst spornte ihn an, kroch in seine Stimme, als er Aldana, dem Kapitän der *San Lorenzo*, seine Befehle zurief.

Männer schwärmten in die Toppen und auf die Rahen hinaus, um das Schiff wieder unter Kontrolle zu bringen. Luzon ließ zwanzig Schlingen von der Großrah über Blöcke und Läufer zum Backbordankerdavit legen, an dem einer der großen Draggenanker hing. Das dicke hanfene Ankertau wurde nicht mehr festgemacht – dafür blieb keine Zeit – und das bedeutete den Verlust des Ankers, aber Aldana zögerte nicht. Er sorgte dafür, daß das Gewicht des Ankers von einem dünnen, bereits ausfasernden Taljenseil gehalten wurde, das er an der vorderen Belegbank befestigen ließ. Als nächstes wurden die Franzosen auf die Beine gezerrt und in einer Linie aufgestellt. Als ihnen die Augenbinden umgelegt wurden, begannen einige zu beten, andere machten unter sich.

Luzon sah sich nach Don Pietro um. Der Priester lehnte wie betrunken am Dollbord; sein ganzer Körper schien von einem merkwürdigen Leiden geplagt. Die Augen waren verdreht, so daß nur das Weiße sichtbar war, seine Lippen waren nach innen gerollt und von schaumigem Speichel benetzt. Es muß die gleiche Krankheit der geistigen Leere sein, dachte Luzon entsetzt, die Menschen befällt, wenn sie während des Schlafwandelns geweckt werden. Und dann begriff er, was er tun mußte.

Er befahl einem Mann, den Stiel eines Beils in Pech zu tauchen und anzuzünden. Er packte Don Pietro und schüttelte ihn, bis die Pupillen seiner Augen wieder zum Vorschein kamen. »Wenn das Gesetz Gottes befiehlt, daß Ketzer durch Feuer sterben müssen, werde ich dieses Gesetz nicht brechen!« Trotzdem werden sie hängen, dachte er. »Nehmt die Fackel! Richtet sie selbst!«

Er drückte dem Priester den brennenden Axtstiel in die Hand, hielt die Flamme unter das straff gespannte Seil, bis sie übersprang und die gedrehten Hanffasern verkohlten. Dann riß das Seil, knallend wie ein Peitschenschlag, unter dem enormen Gewicht, und der Anker fiel.

Luzon hörte ihn mit einem tiefen dumpfen Aufprall ins Wasser eintauchen. Dann quietschten die Scheiben in den Taukloben, die Seile mit den Schlingen spannten sich, und die Piraten wurden einer nach dem anderen von den Füßen und in die Höhe gerissen. Einen gräßlichen Moment lang sausten sie durch die Luft, bis sie mit dem Hals gegen die Blöcke stießen und ihr Genick brach.

Ortega wandte seine Augen angewidert von den baumelnden Leibern ab. Er sah die leeren Augen des Inquisitors und wußte, daß der Admiral seine Pflicht getan hatte. Don Pietro zitterte. Er war nur noch die leere Hülle jenes Mannes, der noch vor einigen Minuten zu ihnen gesprochen hatte. Der Admiral war großartig gewesen. Es gehörte viel Mut dazu, um in diesem Augenblick gegen den Inquisitor aufzutreten.

»Kapitän Aldana soll sie abschneiden lassen«, sagte Luzon mit unendlich müder Stimme zu Ortega.

»Ja, Admiral.«

»Und vielen Dank, Juan.«

»Suarez, bringt Don Pietro nach unten und sperrt ihn in seine Kajüte.«

»Zu Befehl, Admiral.«

Ortegas Genugtuung verflog bald, als er erkannte, daß sich Luzon gegen einen unerbittlichen Feind gestellt hatte.

»Was haben wir getan?« fragte er.

Luzon schüttelte hoffnungslos den Kopf. »Wir haben einen Teufel am Schwanz, Juan.«

»Ja.«

»Er ist der Handlanger Satans. Was sollen wir mit ihm machen?«

»Ihr habt ihn in sein Quartier gesperrt, Admiral.«

»Aber ich kann ihn dort nicht für immer einsperren.«

»Es wird keine andere Möglichkeit geben, Admiral. Zumindest bis wir in Mexiko sind.«

Luzon fuhr sich über das Gesicht. Dann nickte er. »Ja, ich kann nichts anderes tun. Aber danach? Wenn wir Vera Cruz erreichen, muß ich ihn freilassen.«

Ortega schluckte. Der Inquisitor würde nach dieser Erniedrigung auf Rache sinnen. Der Gedanke an die Anklage wegen Amtsmißbrauchs, die sie in Spanien erwarten könnte, verwandelte seine Eingeweide zu Eis. Er blickte zu den Männern, die an Deck geblieben waren; alle taten ungemein beschäftigt und arbeiteten wie wild. Auch sie hatten Angst bekommen nach dem, was sie gesehen hatten.

»Hast du seine Augen gesehen, Juan?«

»Ja. Sie waren – unirdisch.«

»Er ist wahnsinnig. Weißt du das?«

»Ja.«

Der Admiral senkte die Stimme. »Weißt du, was wir tun sollten?«

Der schreckliche Gedanke brach über Ortega herein wie eine Meereswoge, gefolgt von einer zweiten, noch unheimlicheren Überlegung. Er wurde bleich. »Heilige Muttergottes, Ihr meint doch nicht etwa? Es sei denn –«

»Was?«

»Ich wage es nicht auszusprechen.«

»Ich befehle dir, mir zu sagen, was du denkst.«

Ortega faltete die Hände, als wollte er beten. »Ich fragte mich, was wir tun könnten, wenn – wenn wir entdeckten, daß Don Pietro *besessen* ist.«

Luzon starrte ihn an. Er glaubte, seinen Ohren nicht zu trauen. *»Was?«*

»Was wäre, wenn er einen Exorzismus bräuchte?«

»Das sind gefährliche Gedanken, Juan Hernando.«

Ortega packte Luzons Arm. »Ja. Aber Gedanken, die eine Menge erklären – und vielleicht noch mehr lösen.«

Luzons Augen weiteten sich, als er die Bedeutung von Ortegas Worten zu verstehen begann.

»Denkt einmal, Admiral! Wenn der Großinquisitor vom Teufel besessen ist!«

»Madonna! Das heißt, mit unaussprechlichen Dingen spielen. Kannst du dir den Aufstand vorstellen, zu dem es kommen muß, wenn bekannt wird, daß ein so hoher Funktionär des Heiligen Offiziums von Luzifers Dienern verführt wurde?«

»Genau darum geht es!«

»Heißt das, ich soll das *bekannt* machen?«

»Nein. Das wäre Euer Untergang.« Ortegas Gesicht war aufs äußerste gespannt, während er seinen Plan vortrug. »Aber Ihr könntet es als Drohung benützen. Welchen besseren Hebel könnte es geben, um Don Pietro zu bremsen, wenn er wieder an Land ist? Sagt ihm, wenn er versucht, Euch zu stürzen, wird er selbst stürzen. Ich werde Euer Zeuge sein, und ich werde noch andere Zeugen beibringen. Das ist die einzige Möglichkeit, ihn im Zaum zu halten.«

Luzon schloß die Augen. Als er sie wieder öffnete, sagte er: »Einverstanden. Ich werde es ihm genauso beibringen. Eine solche Drohung lenkt ihn vielleicht etwas ab – sie könnte vielleicht unsere Haut retten, aber sie wird ihn nicht aufhalten. Er wird andere Möglichkeiten finden, um seinen Durst nach Blut zu stillen. Gnade Gott allen in Mexiko, wenn wir es erreichen.«

# 15

Maria sah die Kirche und drückte die Hand ihres Vaters. Die Franziskanerkirche St. Lucar stand hier seit den Tagen von Pater Olmedo, der vor über einem halben Jahrhundert mit dem tapferen Cortés gekommen war. Die weiß verputzten Mauern waren uneben, wo die Porphyritsteine grob mit Mörtel verbunden waren. Der niedrige Turm warf keinerlei Schatten, weil sich seine Mauern nach innen neigten und die Sonne beinahe senkrecht über ihm stand. An den Mauern und lederartigen Bäumen rankten sich blühende Kletterpflanzen empor, und aromatische Sträucher erfüllten die Luft mit ihren Düften. St. Lucar, hatte ihr Vater erzählt, war inmitten der alten Blumenwiesen errichtet, auf denen die Azteken seit Jahrhunderten den Blumenschmuck für ihre Feste gesammelt hatten.

»Bist du aufgeregt, meine Tochter?« fragte er.

Maria nickte und suchte die Hand ihres Vaters. Er saß neben ihr in der Kutsche und blickte auf die vorüberziehende Landschaft. Auch sie blickte hinaus und seufzte leise angesichts dieser Pracht. Die sengende Sonne hatte die Straße ziegelhart gebrannt, aber ein mit Fransen besetzter, rhythmisch auf seinen Stangen wippender Baldachin schützte die Insassen der Kutsche vor der Hitze. Sie fuhren durch Agavenplantagen und gelbe Maisfelder, die sich bis zu den Ausläufern der Sierra Madre erstreckten. Sie fand diese Landschaft sehr passend und wußte, daß sie recht gehabt hatte, auf diesem Ort und einer kleinen Hochzeit in der Kirche zu bestehen, trotz der Einwände ihrer Mutter, daß es sich nicht ganz schickte.

Wie sehr war ihr ihr Vater eine Stütze gewesen! Ein stiller Verbündeter, vermittelnd und ermutigend. Er hatte ihre Mutter überredet einzusehen, daß dies Marias Entscheidung sein mußte.

Don Bernal merkte, daß sie ihn betrachtete. Seine gütigen Augen wanderten zu ihr hin, und er brummte freundlich.

»Du hast deine Meinung nicht geändert, Maria, oder?« fragte er mit gespieltem Ernst.

»Nein. Ich habe meine Meinung nicht geändert.«

»Und du bedauerst nichts?«

»Nichts, Vater.«

Sie dachte an den Widerstand ihres Bruders, verscheuchte den Gedanken jedoch gleich wieder.

»Ich nehme an, deine Mutter hat dir etwas über Standhaftigkeit und Treue erzählt. Es sind die Worte, die ihr am teuersten sind und die sie seit dreißig Jahren in ihrem Herzen bewahrt. Sie wurden ihr von ihrer Mutter gesagt – nachdem sich herausstellte, daß ein gutaussehender, aber närrischer junger *caballero* namens Bernal de Escovedo ihre Schönheit unwiderstehlich fand. Sie ist diesen hohen Prinzipien immer treu geblieben, obwohl der Mann, den sie heiratete, eine solche Hingabe nie verdient hat.«

Maria protestierte gegen die Bescheidenheit ihres Vaters, und dann verweilte sie in Gedanken bei dem, was ihr ihre Mutter am Abend zuvor in der Stille ihres Schlafzimmers gesagt hatte.

»Meine liebe kleine Taube«, hatte sie gesagt und Tränen

glänzten in ihren Augenwinkeln. »Unser Herrgott weiß, daß du unser eigen Fleisch und Blut bist, und es ist meine Pflicht, dich genauso ernsthaft zu belehren wie meine Mutter mich belehrt hat. Wer sonst wird dir sagen, was du tun und was du nicht tun mußt? Du darfst vor allem nicht vergessen, was dir dein Vater gesagt hat, denn es sind vernünftige und wichtige Dinge, aber es gibt auch noch anderes, was dir kein Mann sagen kann.« Sie war dann mit ihrem Stuhl ein bißchen näher herangerückt und hatte Marias Hände in die ihren genommen. »Hör zu, meine Tochter: In dieser Welt muß man sich mit Klugheit und Umsicht bewegen. Deinen Mann mußt du stets mit Respekt behandeln, dann wird auch er dich respektieren. Misch dich nie in Männerangelegenheiten, sonst wird er dich insgeheim verachten, und wenn der Tag kommt, an dem du ihn um das bittest, was du dir wünschst, wird er dich zurückweisen. Und achte darauf, daß du in keiner Weise den Verrat gegen ihn begehst, den man Ehebruch nennt.

Meine liebe Tochter, die ich ganz innig liebe, sieh zu, daß du alle Tage deines Lebens in Frieden und Ruhe in dieser Welt lebst, daß du zufrieden bist, keine Schande über dich bringst, daß du deine Ehre nicht befleckst und weder den Glanz noch den Ruhm deiner Vorfahren trübst. Und obwohl ich den Tag, an dem dein zukünftiger Ehemann zum ersten Mal hier auftauchte und ich nicht wollte, daß er unser Haus betrat, nie vergessen werde, segne ich jetzt euch beide, damit Gott euch und eurer Ehe gewogen sei.«

Der Hain teilte sich, als die Kutsche die letzte Biegung hinter sich ließ. Marias Herz schlug rascher, als sie die ersten Töne ihres gesungenen Hochzeitsgedichts vernahm, das immer lauter ertönte, je mehr sie sich der Kirche näherten. Was wird der Vizekönig sagen, wenn er feststellt, daß er nicht konsultiert wurde, obwohl es das Protokoll verlangt? Gonzalo hatte die Nachricht nicht gut aufgenommen und auch nicht den Eid, den sein Vater von ihm gefordert hatte.

Am Portal hatten sich ein paar Frauen versammelt, Mägde und Dienstmädchen und neben ihnen eine Gruppe von Arbeitern. Als Maria und ihr Vater ausstiegen, knieten sie nieder, die Männer entblößten ihre Köpfe und die Mädchen bestaunten die kostbare Spitze des Hochzeitskleides.

Ihr Vater führte sie in die Kirche. Die wenigen Sonnenstrahlen, die durch die Buntglasfenster drangen, warfen farbige Schatten auf den Steinfußboden, verschwommene Bilder von Heiligen. Der Raum war kühl und sauber und wirkte geradezu spartanisch nach der Blütenpracht draußen in der Natur. Sie suchte das Gesicht ihrer Mutter und sah, daß Gonzalo nicht neben ihr stand. Dann schritt sie durch den Mittelgang auf das große goldene Kreuz zu. Jetzt stand sie vor Gott und seinem Priester, sie roch den Weihrauch und schmeckte den Leib und das Blut Christi auf ihrer Zunge, und die Minuten reihten sich aneinander wie Perlen einer endlosen Kette.

»An diesem Sonntag auf Michaeli, im Jahr unserer Erlösung 1572, empfangen wir in der Kirche von St. Lucar des Ordens der Franziskaner Maria de Escovedo, Tochter von Don Bernal de Escovedo und Margarita, seiner Frau; und Juan de Tordesillas, den Sohn unbekannter Eltern.«

Maria betete andächtig an der Seite des Mannes, der in ihr Leben getreten war und sie erobert und der ihr zuliebe den Glauben angenommen hatte, damit er ihr Ehegemahl werden konnte. Lieber Herr Jesus, betete sie, wisse, daß Juan jetzt aufrichtig glaubt. Wenn er lügt, Herr, magst Du mich vernichten. Und er liebt mich, wie nur je ein Mann eine Frau geliebt hat. Als mein Vater zu ihm ging, um ihm zu danken, daß er ihm auf dem feuerspeienden Berg das Leben gerettet hatte, bot er ihm als Beweis seines Dankes einen freien Wunsch an. O Herr, ich sah, wie er spielerisch Don Bernals Lieblingspferd abschätzte; ich sah das Lächeln auf seinen Lippen, als er mir einen heimlichen Blick zuwarf. Er muß die Erwartung auf meinem Gesicht gesehen haben. Und dann sagte er kühn: »Ich bitte Euch nur um die Erlaubnis zu heiraten, denn es gibt eine, die ich heiraten möchte.« Und mein Vater, der ein ehrlicher Mensch ist, nickte und richtete sich stolz in die Höhe. »Ein Leben für ein anderes? Das ist gerecht und billig. Aber wird die Frau deiner Wünsche deine Liebe erwidern?« Dann blickte Juan zu mir, Herr, und er sagte: »Ja, Don Bernal. Das kann ich sagen.« Er hatte recht, süßer Herr Jesus. Bitte, erhöre mich! Was er auch in der Vergangenheit getan hat, er ist kein Protestant mehr. Er hat jetzt den wahren Glauben. Und ich liebe ihn.

In der Kirche herrschte tiefe Stille, als sie das Ehegelöbnis sprachen. Sie versprachen, sich zu lieben und zu ehren, in guten und in schlechten Tagen und bis der Tod sie scheide – Juan, ihr Ehemann, Maria, seine Frau. Die Zeugen wurden aufgerufen, zu sprechen oder hinfort zu schweigen, und plötzlich drang in die Stille das dröhnende Geräusch galoppierender Pferde. Es kam immer näher und übertönte die Worte des Priesters, als dieser erneut zu sprechen anhub.

»*In nomine patris, et filii, et spiritus sancti.*«

Juan schob einen goldenen Ring über jeden Finger ihrer linken Hand und zog ihn wieder ab; dann steckte er ihn sanft auf ihren Mittelfinger.

»Ich, Juan, gebe meinen Leib dir, Maria, als dein treuer Ehegemahl.«

»Ich empfange ihn. Ich, Maria, gebe meinen Leib dir, Juan.«

»Ich empfange ihn.«

Der Pater legte seine Hand über ihre verschlungenen Hände und machte das Zeichen des Kreuzes. »Ich gebe Euch zusammen durch das heilige Sakrament der Ehe im Namen des Vaters, des Sohnes und des Heiligen Geistes.«

Sie blickte ihn an, als sähe sie ihn zum ersten Mal. Sein Gesicht war erfüllt von Bewunderung. Sie hatte den Schleier hochgeschlagen, als sie seinen Ring empfing, das sichtbare Zeichen für die Verbindung zwischen Mann und Frau.

Als er sie küßte, strahlten seine blauen Augen, daß ihr der Atem stockte.

Der Tumult vor der Kirche wurde lauter. Waffen und Rüstungen klirrten, Befehle wurden gerufen. Hufe klapperten. Sie wandte sich um, sah, daß sich auch ihr Ehemann umdrehte, und dann flog die Kirchentür auf und grelles Sonnenlicht flutete in den Mittelgang. Draußen stand ihr Bruder Gonzalo, stolz und in voller Rüstung an der Spitze von zwei Reihen Spalier stehender bewaffneter Soldaten. Alle Köpfe wandten sich ihnen zu. Der Priester hob die Hand und das neuvermählte Paar ging Hand in Hand dem hereinströmenden Licht entgegen, sicher und ohne Furcht, denn was Gott verbunden hatte, konnte nun kein Mensch mehr trennen.

Don Bernal legte die Hand über die Augen, als er seinen Platz verließ und sich dem Ausgang zuwandte. Fünfzig Rapiere zischten aus ihren Scheiden. Eine Salve krachte. Und dann gingen sie, gefolgt von ihren Pagen, von Don Bernal und seiner Frau und den Hochzeitsgästen durch das Spalier der Soldaten, die Gonzalo vom Vizekönig mitgebracht hatte, um sie zu ihrer Hochzeit zu beglückwünschen.

Er ermahnte Esteban zurückzutreten, eingedenk jenes schrecklichen Tags in seinem ersten Jahr in der Gießerei von Samuel Stanton, als der alte Eisenschmelzofen geborsten war und sich das flüssige Metall über Old Neck ergossen und ihn getötet hatte.

Es hatten sich inzwischen so viele Menschen versammelt, daß Tavistock in einem Abstand von drei Metern ein Abgrenzungsseil um die Gießgrube gespannt hatte. Es hätten ohnehin nur wenige ertragen, näher heranzugehen. Im Schmelzofen toste das weißglühend erhitzte Metall, die Jungen an den Blasebälgen pumpten wie wild, als würden schwarze Teufel die Orgel in der Höllenkathedrale des Antichrist bearbeiten. Jedesmal, wenn die schwere Tür der Schüre aufging, strömte ein Hitzeschwall aus diesem Höllenschlund, und in dem großen, rauchgeschwärzten Kessel darüber brodelte es bedrohlich. Der Sklave Cristobal schöpfte den Schaum von der Oberfläche des geschmolzenen Metalls mit einer langstieligen Holzkelle ab, die schwarz verkohlt war und jedes Mal aufflammte, wenn sie die glühende Masse berührte. Er trug eine dicke Lederschürze, die ihm bis unter die Knie reichte, einen Lederhelm mit Schutzklappen für Ohren und Nacken sowie dicke Handschuhe mit langen Stulpen.

»Bald sind wir soweit«, verkündete Tavistock mit Befriedigung, als er auf die versammelten Würdenträger zuging. Es war in allen Gießereien der Christenheit dasselbe, wenn große Geschütze gegossen wurden. Wenn der Höhepunkt herannahte, das Arbeitstempo zunahm, wurden erlauchte Besucher eingeladen, und der Guß fand in großem feierlichen Rahmen statt. Unentbehrliche Zeugen waren alle die, die mit der Gießerei zu tun hatten sowie die Vertreter der Behörden und des Staates, die die Kanonen kauften. Dies war eine Tradition, auf deren Einhaltung Don Bernal bestanden hatte.

Tavistock blieb anerkennend stehen und genoß einen der wenigen Augenblicke, in denen seine Aufmerksamkeit nicht einer praktischen Notwendigkeit gelten mußte. Gemeinde- und Stadträte waren hier in voller Uniform. Der *Alcalde* von Chalco hatte ihm die Ehre seines Besuchs erwiesen, der Bischof mit seinen Insignien, flankiert von den Mönchen und Patres von San Clemente und Santa Barbara, und der *Adelantado* und seine Hauptleute, die in ihren Rüstungen prangend das Militär vertraten. Sogar der ansässige *Oidor* und die Sekretäre seines Gerichts waren gekommen, um das Ereignis mitzuerleben und sich an den leiblichen Genüssen, die darauf folgten, gütlich zu tun. Außerdem konnte man sich unmöglich einen Anlaß entgehen lassen, in Gesellschaft des Vizekönigs gesehen zu werden.

Don Emilio stand auf der eigens für den hohen Besuch errichteten Empore, neben ihm Don Bernal und Gonzalo. Sie blickten zu dem schweren hölzernen Laufkran über den eingegrabenen Formen hinauf und hinab zum brodelnden Schmelzofen. Maria wartete stolz bei den Damen, den Ehefrauen und Müttern und kleinen Kindern in der Nähe des großen Scheunentors, in sicherer Entfernung von Ruß und Hitze und der Gefahr einer möglichen Explosion. Er sah Margarita im Gespräch mit der furchteinflößenden Doña Isabella zum Vizekönig hinweisen.

Tavistock wurde von den Militärs sehr eingehend befragt. Er erklärte ihnen, wie die Grube ausgehoben wurde, wie die sechs größten Formen – die der Culverinen – mit Hilfe der starken Seilzüge, die von dem Gerüst herabhingen, nacheinander in die Gruben gesenkt wurden. Sie wurden vertikal in die Gruben gestellt, sagte Tavistock, nicht zu dicht beieinander und mit den Mündungen nach oben, während die unteren Enden in Sand gebettet wurden. Dann hatten sie etwas weiter von der Anstichstelle entfernt die Formen für den Culverin-Bastard und drei Halbculverinen in die Grube gesenkt und anschließend in die etwas aufgefüllte Grube noch ein paar Formen für kleinere Geschütze, hauptsächlich Falkonette und leichte Geschütze, so daß schließlich zwanzig Formen in der Gießgrube aufgebaut waren. Sechs Männer hatten im Lauf des Vormittags die Erde festgestampft, und Tavistock hatte darauf geachtet, daß sie nicht zu fest gestampft und zwischendurch immer wieder mit Wasser begossen wurde, dies jedoch nur mäßig, damit nicht allzuviel Feuchtigkeit bis zu den sorgfältig getrockneten Formen durchsickerte.

»Die Oberseite der Gießgrube ist natürlich geneigt«, sagte er und deutete die Neigungsrichtung mit einer Handbewegung an. »Die Grube muß an ihrem höchsten Punkt tiefer liegen als das Anstichloch, so daß das flüssige Metall aus dem Schmelztiegel gegossen werden kann, und entsprechend niedriger bei zunehmender Entfernung von der Anstichstelle. Das flüssige Erz wird aus dieser Öffnung kommen und durch diese Lehmkanäle fließen. Ihr könnt sehen, wie sie sich verzweigen. Jeder Zweig führt zu einem eigenen Geschützrohr.

Verzeiht, Exzellenz!« rief Tavistock zum Vizekönig hinauf. »Es ist alles bereit. Mit Eurer Erlaubnis werde ich nun mit dem Guß beginnen.«

Er stieg die Leiter hinauf, die oben über die Gießgrube

führte, und zog seine Handschuhe an. Er war müde. Den ganzen vergangenen Tag und die letzte Nacht war er unaufhörlich auf den Beinen gewesen, um das Erz abzuwiegen, mit dem er den Schmelzofen beschickte. Und dabei hatte er sich geradezu fanatisch um Geheimhaltung bemüht, besonders vor den neugierigen Augen von Estaban.

Anfangs hatte er Probleme mit den Mengen, da er aus seiner Lehrzeit nur die englischen Gewichte im Kopf hatte, und es war nicht ganz einfach gewesen, von seinen Männern die entsprechenden spanischen Einheiten zu lernen. Der *peso* war eine Sechstelunze, wobei die spanische Unze etwas mehr wog als die englische. Sechzehn *onzas* ergaben ein spanisches Pfund oder *libra*, und fünfundzwanzig *libras* waren eine *arroba*. Ein Doppelzentner waren vier *arrobas*.

»Es ist grundlegend wichtig, in welchem Verhältnis die Metalle gemischt werden«, hatte er Esteban geduldig erklärt, der sich bemühte, mit Hilfe der spanischen *azumbre* und *cantara* das Volumen der Formen auszurechnen. »Das Geheimnis der Legierung ist das Wichtigste. Das muß unbedingt stimmen.«

Estebans leuchtende Augen hatten ihn verraten. Irgend jemand – vermutlich war es Gonzalo – hatte Esteban beauftragt, das Schlüsselgeheimnis herauszubekommen. Aber Esteban eignete sich schlecht zum Spion, denn er war ein guter Freund von Tavistock geworden. Er hatte ihm geholfen, die Gießerei zu bauen, er war sein Trauzeuge, und Tavistock hatte sich gefragt: Wie kann ich ihn anlügen?

Bis jetzt hatte er Esteban freimütig in alle Einzelheiten eingeweiht, aber dabei hatte es sich um Techniken gehandelt, die den Spaniern, den Flamen und sogar bestimmten Italienern bereits bekannt waren. Anders verhielt es sich mit dem Geheimnis der Legierung. Die Zusammensetzung der Legierung bestimmte die Stärke einer Kanone, die Pulverladung, wie genau das Kaliber ausgebohrt werden kann und letzten Endes die Reichweite des Geschützes.

Dieses Problem – zu wissen, daß er sein Geheimnis über

kurz oder lang an seinen Feind preisgeben mußte – hatte ihn nachts nicht schlafen lassen. Aber dann hatte er seinen Irrtum erkannt. Wo war dieser Feind? Keiner der Männer, die für ihn arbeiteten, war sein Feind. Im ganzen Haushalt der *encomienda* hatte er keinen Feind. Seine neue Familie? Wie konnten sie seine Feinde sein? Selbst der kühle Gonzalo und der hochmütige Vizekönig handelten schließlich nur als Funktionäre des Staates. Alles, was sie unternommen hatten, war durch die Umstände vorgeschrieben und von daher recht und billig. Es war ihre Pflicht gewesen, ihn und die anderen einzusperren. Und hatten sie sich anschließend nicht unglaublich nachsichtig erwiesen, obwohl sie Protestanten waren?

Der Vizekönig hatte schon recht gehabt: John Hawkins hatte das Gesetz des Meeres gebrochen. Er hatte die Spanier bewußt provoziert, die nun einmal die Eroberer dieses Landes waren und das Recht hatten, es nach eigenem Gutdünken zu nutzen. Wofür hielten sich die Engländer, daß sie glaubten, sie könnten hier mitmischen?

»Was ist los, Juan?« hatte ihn Maria in jener Nacht gefragt, als sie nebeneinander lagen und er nicht schlafen konnte. »Läßt dich die Hitze nicht einschlafen?«

Er hatte geseufzt. »Die Hitze und ruhelose Gedanken.«

»Vielleicht kann ich helfen?«

»Vielleicht.«

Er hatte ihr seine Sorgen erzählt, und sie hatte zugehört, und die ganze Zeit mußte er an den sturen und argwöhnischen Job Hortop denken und seine Anschuldigungen, und er hatte sich gefragt, wie ein Mensch beschaffen sein mußte, um so eisern auf Distanz zu bleiben und die freundschaftlich dargebotene Hand konstant zurückzuweisen wie Hortop das getan hatte. Das brachte nur ein barbarischer Engländer fertig, einer dieser sturen, stumpfsinnigen angelsächsischen Bauerntölpel, deren Beine wie Baumstümpfe im eigenen Lincolnshireboden steckten – ohne jegliche Bildung, ohne Musik in der Sprache oder ein Licht in der

Seele, aber alle ausländischen Dinge verachtend und verdammend.

In England brütete ein dumpfer, dunkler Geist, der den Menschen ihr Leben lang anhaftete. Sich selbst überlassen schlief er, aber einmal geweckt, brach er los wie ein Sturm. Doch er konnte auch heimtückisch sein und unsichtbar, so daß er nicht einmal einen wahrnehmbaren Schatten warf. Er hatte dies nur bemerkt, weil er von England und allem Englischen weggerissen worden war und wie ein Außenseiter zurückblicken konnte. Kein Wunder, daß die Spanier von den Engländern behaupteten, sie seien von kalten, hinterlistigen, nur ihre Ziele verfolgenden Dämonen besessen.

Er fror innerlich bei diesem Gedanken, und er fragte sich, wieviel von jenem dunklen Geist in ihm schlief. Er betrachtete Maria. Ihr Haar schimmerte vor dem Hintergrund der schwarzblauen Nacht. Die seidige Oberfläche ihres Körpers zeichnete sich dunkel von dem weißen Laken ab, und er fühlte, wie sie ihn erregte, während er sagte: »Weißt du, was die Engländer sagen, wenn sie einen hübschen Ausländer sehen? Sie sagen nicht: ›Er sieht gut aus‹ oder: ›Sie hat ein hübsches Gesicht‹. Nein. Sie sagen: ›Sieht er nicht richtig englisch aus?‹«

Sie lachte.

»Gibt es viele gutaussehende Männer in England? Doña Isabella sagte, alle Engländer sähen aus wie Schweine. Aber du bist auch Engländer und trotzdem der schönste Mann, den ich je gesehen habe.«

»Ich war Engländer. Und du bist blind vor Liebe.« Er küßte sie auf die Stirn. »In England gibt es viel schwerfällige Menschen, dumme Menschen, die imstand sind, einen anderen auf der Stelle zu hängen. Die Untertanen Ihrer Majestät sind alles andere als unschuldig und tadellos.«

»Das ist in anderen Ländern nicht anders.«

Er legte seine Hand flach auf ihren Bauch und spreizte die Finger. Seine Berührung war unendlich zart. »Seit wir verheiratet sind, habe ich mich oft gefragt, wie es wohl einer spanischen Besatzung ergangen wäre, die es an einen englischen Strand verschlagen hätte. Ich bin überzeugt, wäre ich als Spanier in Plymouth oder Dover ins Gefängnis gekommen, wäre ich heute tot.« Sie legte ihre Hand über die seine, und er sprach mit leichterer Stimme weiter. »Als ich noch in England war – gerade in der letzten Zeit –, wurde viel über die Spanier gelästert – daß die spanischen Männer gespaltene Schwänze hätten, die sie in ihren Hosen versteckten, und die Frauen zwei Kaninchenlöcher, eins neben dem anderen.«

Marias Zähne leuchteten weiß, als sie lächelte.

»Und das glauben sie wirklich?«

»Es ist schwer vorstellbar, aber sie glauben es wirklich.«

Er nahm sie in die Arme und blickte zum Fenster hinaus, wo die Glühwürmchen in den Jasminbüschen tanzten. Die Luft war schwer von Blütenduft, die Frösche in den Gräben quakten. Dann liebten sie sich, ließen sich Zeit, bis das Bett feucht war von ihrem Schweiß und das Moskitonetz völlig verheddert. Danach, als sie nebeneinander lagen und ihre Herzschläge wieder ruhiger gingen, hatte er ihr erzählt, was ihn wirklich beunruhigte.

»Man kann doch bestimmt Kanonen machen, die funktionieren, auch ohne deine Spezialmischung, oder?« hatte sie schließlich gefragt.

»Ja.«

»Dann tu das. Gib Don Emilio geeignete Kanonen, aber verweigere ihm die ganz besonderen.«

Er hatte geseufzt. »Das kann ich nicht. Weißt du, ich liebe meinen Beruf. Ich bin stolz auf ihn. Und ich schulde ihm mein Bestes.«

»Du fühlst dich dieser Kunst verpflichtet, nicht wahr?«

»Ja. Aber die Meister, die mich in diese Kunst eingeweiht haben – und die mir damit das Leben retteten –, sind Engländer. Es wäre eine Sünde, sie zu verraten. Ihr Geheimnis zu verraten hieße, den Eid brechen, den ich geleistet habe, als ich in die Gilde aufgenommen wurde. Ich kann es nicht tun.«

Sie dachte nach, dann sagte sie: »Ich weiß einen Weg.«

Er legte sich zurück und lächelte über ihre Worte. Glaubte sie wirklich, es gäbe eine einfache Lösung. »Dann verrat ihn mir.«

»Du hast diese Kunst in einem anderen, deinem alten Leben erlernt. Und in jenem Leben bist du ihr treu geblieben. Aber jetzt hast du ein neues Leben in einer neuen Welt. Du mußt auch hier treu sein. Sag niemandem, wie man die besondere Legierung herstellt, *aber mache sie trotzdem*. Bestelle Zutaten, die du gar nicht brauchst, als Tarnung. Du mußt Tricks anwenden und täuschen. Auf diese Weise kannst du deine großartigen Kanonen bauen und dein Geheimnis bewahren.«

Er hatte seiner Eitelkeit nachgegeben. Es sollten *fantastische* Kanonen werden! Die besten, die er je gemacht hatte. Neun Teile Kupfer und ein Teil Zinn als Hauptbestandteil. Drei Pfund Blei auf einhundert Pfund, um den Schmelzpunkt zu senken und einen glatten und möglichst blasenfreien Guß zu erhalten. Messingblech – eine Legierung aus Kupfer und Zink – zum Binden und um dem Metall eine schönere Farbe zu geben: viereinhalb Pfund auf hundert. Schließlich drei Silbermünzen: eine für ihn selbst, eine für den Geschützoffizier und eine für die Seelen der Männer, die durch die Kanone sterben würden. Und diesmal würde er noch eine vierte hinzufügen, einen goldenen Peso für Maria. Die Geschütze würden seinen Namen tragen und keiner außer ihm würde wissen, wie sie gemacht wurden. Und wenn sie ihn fragten, würde er lügen.

Ja, er war müde, dachte er, als er über der Gießgrube stand, aber nur, weil er nicht genug geschlafen hatte – und dies war nun der große Augenblick, auf den er gewartet hatte, von dem er fünf seltsame, schwierige, aber lohnende Jahre geträumt hatte, und er fühlte, wie ihn ein angenehmes Gefühl der Erregung erfaßte.

Der Schmelzofen war bereit, abgeschäumt, die Temperatur stabil. Die Zuschauer warteten, während der Rauch in die Dachsparren puffte und durch die Öffnungen am Giebel abzog. Tavistock ergriff eine lange Eisenstange und stieß das Verschlußstück der Gießöffnung nach innen. Als er die konisch geschliffene Spitze zurückzog, ergoß sich das flüssige Metall wie ein goldener Strom aus Licht und Hitze, strahlender als die Sonne, in die Einlaufrinne und teilte sich an jeder Abzweigung in drei, vier, dann fünf leuchtende Ströme. Tavistock stieg über die Einlaufrinne, während das Metall darin floß und entfernte die Eisenbleche, die die Öffnungen der Füllvorrichtungen versperrten. Dann beobachtete er, wie der glatte Metallfluß die Speilöcher erreichte und in den fünf großen Culverinenformen verschwand. Sie tranken gierig wie Säuglinge an der Flasche.

Es war lange her, seit er dies zum letzten Mal getan hatte, und noch nie war er allein für einen Guß verantwortlich gewesen, aber sein Können hatte ihn nicht verlassen. Ein sicheres Gefühl lenkte ihn bei seiner Arbeit. Er wählte den richtigen Moment, um den Fluß abzuschotten, und er lenkte ihn um, indem er weitere Einlaufrinnen öffnete. Immer mehr dieser hellen Bäche zweigten ab, diesmal zu den mittelgroßen, danach zu den kleineren Geschützrohren, bis schließlich das überschüssige Metall am Ende der Einlaufrinne in große, mit Lehm ausgekleidete Furchen lief, wo es, nachdem es sich verfestigt hatte, zerkleinert wurde, damit es beim nächsten Guß wieder verwendet werden konnte.

Als sich das glühende Metall rötete und seine Leuchtkraft verausgabt hatte, blickte er auf und sah, daß hundert Gesichter das Geschehen stumm und gebannt verfolgt hatten. Er hob die Hand und winkte ihnen zu wie ein Gaukler nach einer gelungenen Darbietung – und erhielt Applaus.

Die Männer holten die Glut aus dem Ofen und löschten sie. Als dicke weiße Dampfwolken aus der Gießerei hervorquollen, verließen die Zuschauer ihre Plätze und begaben sich in den Innenhof der *encomienda*, wo Tische und Bänke aufgestellt waren.

Gonzalo trat auf ihn zu. »Seine Exzellenz möchte die Geschütze möglichst bald in Aktion sehen. Wann, meinst du, werdet ihr soweit sein?«

»Das ist in diesem Stadium schwer zu sagen. Es muß noch einiges getan werden.«

»Du weißt, daß er allmählich die Geduld verliert. Die Befestigungsarbeiten bei Vera Cruz sind beinahe beendet. Wir haben zwar drei weitere Kanonen aus den englischen Wracks bergen können, aber es ist eine große Batterie geplant.«

»Ich hoffe, unsere neuen Culverinen werden bald fertig sein.«

Gonzalo nickte kurz. »Gut. Don Emilio hofft, die Geschütze rechtzeitig in Vera Cruz aufstellen zu können, um die nächste *flota* im September zu schützen.«

»Schützen – vor wem?«

Gonzalo schien die Frage zu überraschen. »Vor den Piraten natürlich. Den englischen Piraten.«

Eine Woche später bereitete sich Tavistock darauf vor, Don Bernal und den Vizekönig auf dem Prüfgelände zu empfangen. Entlang einer Mauer stand ein Dutzend massiver Lafetten, vor ihnen das neu montierte Geschützrohr der Culverine von der *Jesus*, die man aus Vera Cruz gebracht hatte. Es war grün angelaufen und die Stellen, wo sich Unterwasserpflanzen angesetzt hatten, sowie die Reibstellen der Seile, mit denen es über die Hälfte dieses Kontinents gezogen worden war, waren noch deutlich sichtbar. Beim Anblick dieser Kanone von der *Jesus* wanderten seine Gedanken wieder zu seinem Bruder. Er berührte die mit der Form gegossene Tudorrose mit den Fingerspitzen, fühlte den rauhen grünen Belag, den die See an der Stelle zurückgelassen hatte, die er einst so blank poliert hatte, daß man sich darin spiegeln konnte. Er spürte, daß Richard lebte. Nur – wo? War er vielleicht einer der Piraten, von denen Gonzalo gesprochen hatte, die die Karibik unsicher machten?

Er versuchte, den schmerzlichen Gedanken zurückzudrängen, aber er wußte, wenn Richard überlebt hatte, würde er nach Westindien zurückkommen. Merkwürdig, daß er dabei ein banges Gefühl empfand. Er hatte sich nach ihrer Trennung schrecklich verlassen gefühlt, und vielleicht war dies nun das entsprechende Gefühl, wenn er an Richards Rückkehr dachte. Er dachte wohl zum fünfzigsten Mal über Gonzalos Worte nach, dann prüfte er seine Gefühle und entdeckte einen noch größeren Irrtum.

»Ich habe mich inzwischen verändert«, sagte er laut, um das Bedauern, das in dieser Erklärung mitschwang, zu übertönen. Zornig reckte er sich. Geh nach Haus, *hermano*, sagte er tonlos. Der Bruder, den du einst hattest, ist längst tot und begraben. Hier ist jetzt mein Zuhause. Ich bin ein neuer Mensch, ein verheirateter Mann, neugeboren – und von dem anderen blieb keine Spur zurück.

Neben ihm, in Sägemehl und Hobelspänen watend, arbeiteten die Zimmerleute an weiteren schweren Lafetten. Sie flüsterten untereinander, bestaunten die illustre Gesellschaft, die sich eingefunden hatte und schlossen Wetten ab, welche der Culverinen am besten schießen würde. Nachdem die Rohre in der heißen Erde der Grube erstarrt waren, hatte die schmutzige Arbeit des Ausgrabens begonnen.

»José, Diego, Cristobal – ihr müßt die Eisenstützen abnehmen und die Lehmformen aufbrechen, und dann entfernt ihr die Sandkerne«, hatte er am Tag nach dem Guß seinen Arbeitern erklärt. »Dann seh ich mir die Sache an, und danach werdet ihr, Juan-Baptista, Raul und Salazar, die Füllköpfe absägen. Bei den größten Kanonen braucht ihr dafür mindestens eineinhalb Tage. Arbeitet abwechselnd zu zweit, bis ihr damit fertig seid.«

»Können wir dann die Läufe ausbohren?« hatte Esteban gefragt.

»Ja. Und seht zu, daß nichts von dem ausgebohrten Metall verlorengeht.«

Er hatte jede Kanone genau untersucht, um festzustellen, ob die Kerne während des Gießens in Position geblieben waren, und er hatte bei jeder einzelnen Kanone aufgepaßt, daß sie richtig auf die große, vertikale Bohrmaschine montiert wurde. Dann hatte er die Stahlschneider justiert, die den Lauf von unten her gegen den Druck des stehenden Rohres ausbohren sollten. Dieses Bohrgerät war an eine Tretmühle gekoppelt und mußte viele tausend Mal gedreht werden, bis der Lauf zwölf Stunden später endlich ausgebohrt war.

»Wir müssen genau die richtige lichte Weite ausbohren, um Spielraum im Rohr zu haben«, hatte Tavistock den Männern erklärt, während er den Durchmesser der Eisenkugel mit einem Greifzirkel maß. »Ideal ist eine Bohrung, die einen Viertelzoll größer ist als das Geschoß.«

»Was ist ein Zoll, *patron*?«

»Entschuldige, Cristobal«, hatte Tavistock gesagt. »So viel. Schau.«

Bevor mit dem Polieren begonnen wurde, hatte er die Bohrung noch einmal mit einem Sucher – einer kleinen Kerze an einem langen Stock und einem Stück Spiegelglas an einem anderen – nach kleinsten Höhlungen im Metall abgesucht. Peinlich genau hatte er die fünf großen Culverinen untersucht, seine Lehrlinge folgten seinem Beispiel bei den kleineren Stücken, und schmunzelnd hatte er beobachtet, wie sie untereinander eifersüchtig waren, weil ein paar eine größere Kanone untersuchen durften als andere. Sie hatten gelernt, daß der Meister damit seine Achtung und sein Vertrauen in sie ausdrückte, und sein Lob war für alle von höchster Wichtigkeit. Als nächstes hatte er Miguel de Caravantes gezeigt, wie das Luftloch gebohrt wurde – ein Loch nicht größer als sein kleiner Finger, das zur Kammer führte. Durch diese Öffnung wurde die Ladung gezündet und sie mußte genau um fünfundsiebzig Grad geneigt angelegt werden, weil dies für den Kanonier der günstigste Winkel war.

»Wir werden nie rechtzeitig fertig sein«, hatte Esteban gejammert.

»Mach dir keine Sorgen.«

»*Ich* mache mir keine Sorgen.«

»Wir werden bald fertig sein.«

»Aber wir müssen die Geschütze noch prüfen, Juan!« Esteban schüttelte den Kopf.

»Überlaß das mir. Jedenfalls können wir mit halbfertigen Kanonen kein Probeschießen veranstalten«, hatte er geantwortet und polierte voller Befriedigung das elegante Vorderteil seiner besten Kanone.

»Sie ist perfekt. Einfach perfekt. Was soll denn noch fehlen? Don Bernal will, daß wir fertig sind, bevor der Vizekönig am Freitag wiederkommt. Er sagt, Don Emilios Geduld ist zu Ende.«

»Eine Sache fehlt noch.«

»Lieber Gott, hoffentlich keine große«, hatte Esteban resignierend geantwortet, als stünde für ihn fest, daß Kanonen nie fertig würden.

»Es ist das Allerwichtigste überhaupt.«

Und noch am selben Nachmittag hatte er es getan. In jeden Sockelring hatte er stolz den Namen des Herstellers geritzt: *Juan de Tordesillas*.

Nun lagen vier der fünf großen Kanonen auf dem Feld, das ihm als Versuchsgelände zugewiesen worden war – jede ein Meisterstück aus polierter Bronze mit einem Gewicht von fünfeinhalbtausend Pfund. Jedes Rohr ruhte schräg auf einem Holzblock, so daß die Mündung etwas höher lag als der hintere Teil der Kanone. Die vierte Kanone, die beste von ihnen, stand geladen und schußbereit auf ihrer Lafette neben der Culverine von der *Jesus von Lübeck*.

Don Bernal empfing den Vizekönig im großen Hof und begleitete ihn zum Prüfgelände, gefolgt von Gonzalo und einem Dutzend streng dreinblickender Offiziere der vizeköniglichen Garde. Als Tavistock die Herren aufforderte, die nicht auf Lafetten montierten Geschütze zu inspizieren, riß Don Emilio die Geduld. »Wie lang soll das noch dauern, bis endlich geschossen wird?«

»Sobald alle erforderlichen Maßnahmen getroffen wurden, Exzellenz.«

»Ich wünsche eine präzise Antwort.«

Tavistock ärgerte sich über die Ungeduld des Vizekönigs. Ja, dachte er finster, Kanonengießen ist eben schwieriger als du dachtest. Aber du wirst mich nicht drängen, und du wirst bekommen, was ich versprochen habe, und mehr. »Ich bitte um Vergebung, Exzellenz. Ich kann die Kanonen sofort abfeuern, wenn Ihr das wünscht.«

Don Bernal schaltete sich ein. »Bitte, Don Emilio, wenn ich erklären darf –« Er hob beschwichtigend die Hand und wies auf ein eine Meile entferntes Balkengerüst. Es war das Ziel, das in Form eines Dreimasters aufgebaut war.

»Ihr habt vor, auf dieses Ziel zu schießen?« fragte Don Emilio mit hochgezogenen Brauen. Anscheinend mochte der Vizekönig nicht glauben, daß die Kanonen eine solche Reichweite haben könnten oder gar das Ziel treffen würden.

»Als ich zum ersten Mal hierherkam, bat mich Don Bernal, die Stärke meiner besten Kanonen zu demonstrieren und mit der von der *Jesus* in einem direkten Wettstreit zu messen. Damals glaubte er nicht, daß ich mein bestes Können in den Dienst Seiner Majestät stellen würde.«

Don Emilio blickte ihn herablassend von der Seite an. »Dann wollen wir hoffen, daß seine Zweifel grundlos waren.«

Gonzalo betrachtete wohlgefällig die schußbereite Culverine. »Die Waffe erscheint eindrucksvoll, Exzellenz.«

»Sie ist es«, bestätigte Tavistock.

»Vielleicht sollten wir jetzt weitermachen.« Don Bernal trat neben den Vizekönig.

»Na gut«, knurrte Don Emilio, »fangt an. Beweist uns, daß Euer Können so groß ist, wie Ihr behauptet, Engländer.«

Tavistock lächelte fröhlich, innerlich war er jedoch durch das Benehmen des Vizekönigs beunruhigt. Er hatte ihn absichtlich »Engländer« genannt, und seine Gedanken waren offensichtlich mit einer anderen, wichtigen Sache beschäftigt. Irgendwie machte ihn das gefährlich.

»Bevor ich die Geschütze vorführe, möchte ich alle bitten, sich in sicheren Abstand von der Kanone zu begeben.«

Don Emilio blickte um sich. »In sicheren Abstand?«

»Es wäre außerordentlich unklug, zu dicht neben einer ungeprüften Kanone zu stehen, Exzellenz.«

»Ungeprüfte Kanonen? Ich nahm an, daß sie fertig sind. Heute, jetzt!«

»Das sind sie auch, Exzellenz. Fertig, um geprüft zu werden. Wie Ihr seht, wurden die Kanonen noch nie abgefeuert. Ich hielt es für angemessen –«

»...zu warten, bis ich komme?« Der Vizekönig wurde noch eisiger.

»Es ist in England Brauch, den Beweis zu erbringen, daß und wie ein Geschütz einsatzfähig ist.«

»Verstehe.«

Tavistock wies auf eine Absperrung, die ungefähr fünfzig Schritte weit entfernt mittels eines Seils angelegt worden war. »Darf ich Euch und Eure erlauchten Gäste bitten, sich dorthin zurückzuziehen?«

Gonzalo begann, sich mit seinen Offizieren zurückzuziehen, hielt jedoch inne, als er sah, daß sich der Vizekönig nicht vom Fleck rührte.

»Ihr werdet mitkommen.«

»Das kann ich nicht.« Tavistock machte eine entschuldigende Geste. »Ich habe die Kanonen·gemacht, also muß ich sie auch prüfen.«

Der Vizekönig verschränkte die Arme. Ein Verdacht keimte in ihm auf, und er beobachtete Tavistock wie ein Falke das Kaninchen. »Dann werden wir hier bei Euch bleiben.«

»Das wird nicht gehen –«

»Ich sagte, wir werden hier bei Euch bleiben.«

Tavistock stieß einen Seufzer aus. »Wie Ihr wollt, Exzellenz.«

Gonzalo und die anderen kehrten unsicher zurück. Ihre Hutfedern wippten irritiert, während sie ihren mißtrauischen Anführer mit scheelen Blicken bedachten. Schließlich sagte Don Emilio: »Ihr scheint Euch nicht wohl in Eurer Haut zu fühlen, Engländer. Erklärt mir den wahren Grund, warum wir hier nicht stehen sollen. Warum seid Ihr so unglücklich?«

In Tavistock regte sich der Stolz, aber er blieb vorsichtig und erwiderte nur kühl: »Ich habe in mein Können Vertrauen genug. Ich kann Euch versichern, daß diese Kanonen, einmal in Dienst gestellt, zufriedenstellend funktionieren werden.«

»Warum sollen wir uns dann also zurückziehen? Haltet Ihr mich etwa für ängstlich?« Don Emilio blickte herrisch zu seinen Offizieren.

Tavistock senkte den Blick. »Natürlich nicht, Exzellenz.«

»Sagt: Habt Ihr keine zuverlässigen Kanonen gebaut? Sind sie gar unsicher?«

»Es ist nur so, daß sich im Metall eines Geschützrohrs, und wenn es noch so sorgfältig gegossen wurde, Drusen gebildet haben können – nicht auszumachende Hohlräume. Sie können die Struktur so schwächen, daß das Rohr beim Abfeuern des ersten Schusses explodiert.« Tavistock blies auf das glimmende Ende seines Zündstocks. »Und wäre da nicht außerdem eine weitere Kleinigkeit, hieße ich Euch herzlich an meiner Seite willkommen, wenn ich den Zündstock ans Zündloch halte.«

»Eine Kleinigkeit?«

»Ich habe gutes Schwarzpulver vorbereitet, gekörnt, wie es die Engländer machen. Die Probeladung der Geschütze hat dasselbe Gewicht wie die Kugel, wohingegen eine normale Ladung nur zwei Drittel des Geschoßgewichts beträgt. Wenn es also eine schwache Stelle gibt, wird sich das bei diesem ersten Schuß herausstellen.«

Don Emilio betrachtete die Kanone mit neuem Respekt. Seine Sicherheit war verschwunden, und Tavistock genoß den Augenblick. Er gestattete sich ein feines Lächeln, als er gelassen erklärte: »Wenn wir hier stehen blieben, und die Kanone erwiese sich als fehlerhaft, würde sie ganz hübsch Hackfleisch aus uns machen, Exzellenz.«

Der Vizekönig bellte einen Befehl, Gonzalo schoß nach vorn und nahm Haltung an. Dann sagte Don Emilio an Tavistock gewandt: »Ich denke, ich habe mich klar genug ausgedrückt: Eure Aufgabe ist es, Kanonen für meine Batterien herzustellen. Wie könnt Ihr es wagen, unnötig Euer Leben aufs Spiel zu setzen? Dieser hier wird die Kanone erproben.«

»Aber Euer Exzellenz, es ist meine Pflicht –«

»Schweigt! Eure Pflicht ist, zu gehorchen.«

Tavistock verneigte sich leicht. Aus Gonzalos Gesicht war alles Blut gewichen. Er wandte sich um und begegnete den wenig respektvollen Blicken der Geschützmannschaft.

»Gonzalo ist kein ausgebildeter Schiffsgeschützoffizier.«

»Kanonen sind Kanonen!« fuhr ihn Don Emilio wütend an. »Sagt ihm, was zu tun ist.«

Tavistock blickte den Vizekönig an, dann schüttelte er langsam, beinahe anmaßend den Kopf. »Ich bitte untertänigst um Vergebung, Exzellenz, aber ich kann Gonzalo nicht erlauben, meine Kanone zu erproben.«

Don Emilio wurde immer wütender. »Ihr werdet tun, was ich sage!«

»Bei allem Respekt, Exzellenz, das werde ich nicht. Ich muß sicher sein, daß Gott will, daß Spanien in den Besitz meiner Fähigkeiten gelangt.«

Der Vizekönig hielt inne und unterdrückte seinen Zorn, als er plötzlich begriff, daß er nichts mehr gegen Tavistocks Logik ins Feld zu führen hatte. »Nun denn. Zurück.«

Tavistock sah den hohen Herren nach und genoß seinen kleinen Sieg, als sie sich hinter der Absperrung aufstellten. Seine Mannschaft redete aufgeregt durcheinander, aber er beruhigte sie, erwähnte jedoch nichts von dem zusätzlichen Viertelpfund Pulver, das er der Ladung beigegeben hatte. Er drängte sie aus der Gefahrenzone und spuckte aus, um das trockene Gefühl im Mund loszuwerden. Es stimmte alles, was er dem Vizekönig gesagt hatte, alles bis auf eines: Es konnte durchaus ein fehlerhafter Guß sein. Er setzte sein Leben ein als Unterpfand für sein Können, seine Überzeugung, was nur recht und billig war. Warum hatte er dann wegen der Ladung gelogen? Warum hatte er zusätzlich zu seinem Probelimit noch ein Viertelpfund Pulver hinzugetan? Das war leichtsinnig und verwegen. Hatte er vielleicht insgeheim den Vizekönig dazu herausfordern wollen, hier neben ihm stehenzubleiben, damit sie beide in die Luft flögen? Nein. Es wäre ein Leichtes gewesen, den Vizekönig mit seinem Geltungsdrang entsprechend zu manipulieren.

Also, was war es dann? Und warum war ihm der Schweiß ausgebrochen, nachdem sich der Vizekönig hinter die Absperrung zurückgezogen hatte? Da wußte er plötzlich, daß das zusätzliche Viertelpfund Pulver ausreichte, um dem Experiment jede sichere Grundlage zu entziehen. Das Ganze war ein einziges Hasardspiel. Er hatte die Wahrheit gesagt, als er von einem Gottesurteil gesprochen hatte.

Als sich die Mannschaft in sicherer Entfernung befand, kniete er nieder und betete zum Schutzpatron der Kanoniere, wie er es schon Tausende Male getan hatte, aber diesmal war es ein katholisches Gebet, das er leise auf spanisch sprach. Dann blies er auf den Zündstock, was ihm Glück bringen sollte, und hielt ihn an das Zündloch.

Die Erschütterung war ohrenbetäubend. Die Explosion schleuderte das Rohr und die Lafette hoch in die Luft und riß ihn zu Boden. Als die Kanone zu Boden krachte, flogen ihm dicke Erdklumpen um die Ohren. Ein paar Sekunden lang war er eingenebelt in Pulverdampf; dann sah er seine Mannschaft auf ihn zurennen. Er stand benommen auf, noch ganz taub von dem Riesenknall, packte seinen Hut und warf ihn hoch durch die stinkende Rauchwolke. Das Rohr hatte gehalten!

In der Ferne flatterten scharenweise aufgescheuchte Vögel, während der Schuß über die Felder dröhnte. Die Pflanzer richteten sich auf und blickten zum Himmel. Tavistock blickte hinüber zum Vizekönig, sah, wie Don Bernal die Hand hob und winkte. Er befahl, die Culverine sofort nachzuladen, diesmal mit einer regulären Probeladung. Cristobal warf sich über das Rohr, um es wieder auf die Schildzapfen zu drücken. Eduardo brachte den Wassereimer und wusch mit einem Schwamm die glimmenden Reste des Ladepfropfs und das überschüssige ätzende Pulver aus dem Lauf. Bläulicher Rauch zischte aus dem Zündloch und bildete einen Rauchring. Dann wurde neu geladen, ein Pfropf aus Heu nachgestopft und mit einer langen Stange ordentlich fest ins Rohr hineingestoßen. Salazar setzte die große Eisenkugel ein, stopfte Füllmaterial nach und stampfte es fest. Dann schickte Tavistock die Mannschaft nach hinten.

Wieder brüllte und ruckte die Kanone. Eine große Rauchwolke stieg auf und verzog sich mit dem leichten Wind. Alles war gut gegangen. Sie luden wieder, diesmal schneller, und donnernd ging der dritte Schuß los.

Tavistock fühlte das altbekannte Klingeln im Kopf, diese Art Trunkenheit, in der die Zeit langsamer verging und alles euphorisch und unwirklich wurde. Er fühlte sich benommen, als hätte ihm jemand eine kräftige Kopfnuß verpaßt, aber paradoxerweise zielte er in diesem Zustand besonders gut. Pedantisch genau wog er die neue Ladung ab, richtete die Höhe mit Keilen, bis die Reichweite stimmte, prüfte den Wind und stellte den Scheitelwinkel ein.

Mit einem weiteren ohrenbetäubenden Knall schleuderte der Schuß die Kanone zurück. Die Mündung spie eine beißende Rauchwolke und Klümpchen brennenden Füllmaterials aus, das, kleine Rauchfahnen hinter sich herziehend, zu Boden sank. Tavistock ging auf die Windseite des Geschützes, um der Kugel nachsehen zu können. Die Männer am anderen Ende des Felds hoben rote Flaggen über die Erdwälle, in denen sie sich verschanzt hatten, und zeigten an, daß der Schuß knapp über das Ziel hinausgegangen war.

Er befahl der Hälfte der Mannschaft nachzuladen und führte die anderen hinüber zu der zehn Schritte entfernten *Jesus*-Culverine, wobei er noch einmal den Wind prüfte. Diese Kanone war bereits geladen und schußbereit, aber er drehte die Lafette mit einem Eisenbolzen noch ein winziges Stück nach links, bevor er sie abfeuerte. Diesmal zeigte eine grüne Flagge, daß der Schuß zu kurz war.

Er spürte, wie ihn der Zerstörungstrieb packte, genau wie an jenem Tag im Hafen von San Juan. Das Holzgerüst wurde ein echtes Ziel, der Boden, auf dem er sich bewegte, war ein Schiffsdeck und die gepflügte Erde zwischen ihm und dem Ziel war die graue See. Er drängte seine Männer, sich noch mehr anzustrengen, er feuerte sie an, hetzte sie, spielte sie gegeneinander aus, damit sie noch schneller arbeiteten.

Mit den nächsten beiden Schüssen war das Ziel eingegabelt, der genaue Abstand gefunden. Dann verzeichneten sie einen Treffer. Es war zu einfach: ein feststehendes Ziel, kein schlingerndes Deck, und der leichte Wind blies stetig und aus einer Richtung. Seine Schüsse legten das festliegende Schiff in Trümmer, und er sah voller Entzücken, daß sein goldglänzendes Geschütz das tödlichere war. Er hatte eine der präzisesten Zerstörungswaffen der Welt geschaffen.

Als erste wurde das Achterdeck des Zielschiffs zerstört, dann ging der geschälte Baum, der den Großmast darstellte, entzwei. Eine weiße Flagge folgte der anderen, mit der die Beobachter die Treffer anzeigten, und Tavistock schoß weiter, einmal mit seiner Kanone, einmal mit der von der *Jesus*. Nach zwei Dutzend Schüssen waren die Läufe so heiß, daß man sie nicht mehr berühren konnte. Die Luft roch nach Pulver. Die Männer waren in Schweiß gebadet. Sie schossen weiter, ein Dutzend Schüsse, so schnell nacheinander wie sie nur konnten. Und noch immer trieb Tavistock sie an – schneller, schneller – und sie sahen, daß ihn der Teufel gepackt hielt, daß er wütete, ohne wütend zu sein. Die Zeit verging, aber er hatte kein Gefühl mehr dafür. Nichts hemmte seine Leidenschaft und die Intensität des Angriffs. Das Ziel, das einst die Silhouette eines Schiffs gezeigt hatte, war durch das Bombardement nur noch ein Haufen zerfetzter Hölzer, aber er ließ erneut laden und immer wieder, bis alle Furcht und alle Sorge, aller Zorn und aller Haß aus seinen Männern herausgeflossen waren, bis sie keinen Willen, keinen Atem und in Armen und Beinen keine Kraft mehr hatten, um die Kanonen zu laden und den schrecklichen Brand im Innern ihres Meisters zu schüren.

Als sie vor Erschöpfung in die Knie gingen, lud er die Kanonen selbst und stieß die Hände, die ihn aufhalten wollten, schroff beiseite.

»Genug! Es reicht!«

Die Offiziere der Garde kamen herbeigeeilt. Sie sahen den fiebrigen Glanz in seinen Augen und wußten, daß hier ein Mann vor ihnen stand, der bereit war, bis zum äußersten zu gehen, um sein Können zu beweisen.

Don Emilios Augen ruhten ehrfürchtig und fasziniert auf der neuen Kanone. Schon vom ersten Schuß an war er von der Vorführung tief beeindruckt, von der Feuergeschwindigkeit, der konstanten Zielgenauigkeit, der Zerstörungskraft. Die Befürchtungen, die er bereits am Morgen gehegt hatte, stellten sich wieder ein, als er den Engländer betrachtete. Er hatte halb erwartet, halb gehofft, daß sich die Demonstration als Fehlschlag erweisen würde. Nach so vielen Verzögerungen war beinahe damit zu rechnen, daß das Ergebnis die Kosten nicht rechtfertigen würde, daß sich das Experiment als kostspielig und wenig überzeugend erweisen würde; aber der Engländer hatte alles gehalten, was er versprochen hatte – er hatte sogar noch mehr getan. Was für ein Jammer, dachte er, daß er diese fantastische Beute so bald wieder hergeben mußte. Der potentielle Aktivposten Tavistock ist konkret geworden. Wie bedauerlich, daß es so lang gedauert hat.

»Das war hervorragend geschossen, Engländer. Ich gratuliere Euch.«

Tavistocks Augen sahen durch ihn hindurch. Don Bernal nahm ihn aufgeregt atmend am Arm, wischte ihm Schweiß und Ruß vom Gesicht und schüttelte ihn. »Hörst du das, Juan? Solche Kanonen! Wer könnte jetzt noch unser Feind sein?«

Der Vizekönig sah die Freude seines Gastgebers mit finsterer Miene. Wenn wir hundert Stück davon hätten, könnten wir die gesamte Welt unterjochen, dachte er. Aber mit fünfen ist kaum daran zu denken. Reichte die Zeit noch? Reichte sie vielleicht doch noch?

»Don Bernal, Ihr werdet sofort die Produktion in Eurer Gießerei aufnehmen. Nächstes Jahr um diese Zeit will ich hundert von diesen Culverinen haben. Es darf keine Verzögerungen geben. Kosten spielen keine Rolle. Versteht Ihr mich?«

»Ja, Exzellenz. Danke, Exzellenz. Es ist eine große Ehre, aber einhundert Kanonen in einem einzigen Jahr übersteigt die Kapazität unserer kleinen Geißerei.«

»Dann müßt Ihr eine zweite bauen. Das Geld dafür bekommt Ihr. Ihr werdet morgen beginnen. Nein, am besten noch heute.«

»Zu viel Ehre, Exzellenz.«

Don Emilio zog den *encomendero* beiseite. »Geht es ohne den Engländer?«

Don Bernal schien die Frage nicht zu verstehen.

»Ich frage Euch: Kann die Gießerei ohne den Engländer arbeiten? Haben Eure Männer genug gelernt?«

»Ich – ich weiß es nicht, Exzellenz.«

»Dann findet es heraus. Ihr habt ein Jahr Zeit, um diese hundert Kanonen zu machen, Don Bernal.«

Aber der Vizekönig wußte, daß es kein Jahr mehr war. An diesem Morgen hatte er von seinem Rat erfahren, daß Don Pietro Moya de Contreres bereits dabei war, seine gesegnete Hand auf der Suche nach Ketzern auszustrecken. Als erstes wünschte er die englischen Gefangenen zu examinieren, und der Name John Tavistock stand an oberster Stelle seiner Liste.

# 16

Francis Drake legte die Hand schützend über die Augen und blickte von der Einpfählung zur *Pasco*, zur *Swan* und dann wieder zurück zur Einpfählung. Dies hier war sein geheimer Ankerplatz, sein Schlupfwinkel gewesen; er hatte ihn Port Pleasant genannt wegen der Lagune, des weißen Sandstrands und der hohen ausladenden Bäume, die köstlichen Schatten spendeten. Das steil ansteigende Land dahinter leuchtete in üppigem Grün, über das die sinkende Sonne die Schatten der Berggipfel warf. Ein großer schützender Fels stand am Eingang der kleinen, drei Faden tiefen Bucht, und ganz in der Nähe rauschte ein kristallklarer Wasserfall.

Aber die Spanier hatten die Einpfählung entdeckt und alles zerstört.

Drake stand am Strand und blickte auf die zweihundert Schritt entfernten, rauchgeschwärzten Ruinen; er fühlte den Schmerz in seinem Bein und die Bitterkeit einer neuerlichen Enttäuschung. Hinter ihm traten die Männer, die ihn an Land gebracht hatten, unruhig von einem Bein aufs andere, beobachteten das Unterholz und lauschten trotz des Winds und der Brandung auf gefährliche Geräusche.

»Also haben uns die Hurensöhne doch gefunden«, sagte er.

»Wir sind verraten worden!« John Oxenham, sein Erster Offizier, trat neben ihn. »Sie müssen es von denen erfahren haben, die wir bei Nombray als Tote zurückgelassen haben. Von Gardiner oder Taft.«

»Aye, und vielleicht war's auch nur ein blöder Zufall!« sagte Frane, der Steuermann, und warf zornig seinen Hut auf die Erde. Er und Taft waren Freunde gewesen. »Wir sind einfach vom Pech verfolgt!«

»Hör auf damit, Frane. Der Captain duldet keine solchen Reden.«

Die Mannschaft zog, unterstützt von den Brechern, die gegen den steilen Küstensockel prallten, das große Beiboot auf den Strand und schwärmte aus. Ein anlandiger Wind rauschte in den Bäumen, trieb kleine Wolken nach Westen und hielt alles am Himmel und auf der Erde in Bewegung.

Die Männer folgten Drake vorsichtig durch das feuchte Unterholz zu der Ruine. Ihre Hemden flatterten im Wind. Port Pleasant sollte ihre Operationsbasis sein, ein sicherer Hafen, wo Drake seine Schiffe verproviantieren und die Beute lagern wollte, die sie den Spaniern abjagten. Aber nun waren ihre Vorräte gestohlen oder zerstört; es gab nur noch feuchtes, verkohltes Holz und die Gefahr eines Hinterhalts. Port Pleasant war dem Feind bekannt und damit nutzlos geworden.

»Seid Ihr in Ordnung, Captain?« erkundigte sich sein Steuermann zum wer weiß wievielten Mal mit seiner heiseren Stimme.

Der Teufel sollte dich holen, Frane! Er wollte auskosten, was die Spanier getan hatten, um die richtige Strafe für sie zu finden. Die tiefe Wunde in seiner Wade pochte; keine Sekunde lang ließ sie ihn die Katastrophe, die sie bei Nombre de Dios ereilt hatte, vergessen. Drei Monate waren seitdem vergangen, und das Bein war noch immer nicht geheilt. Er haßte es inzwischen, weil ihn die Männer wie einen Krüppel behandelten und weil es sie an ihren Mißerfolg erinnerte. *Seinen* verdammten Mißerfolg!

»Alle Mann zurück an Bord. Hier haben wir nichts mehr verloren.«

»Aye, Sir!«

Lammfromm saßen sie an den Riemen, hin und her geworfen von der Brandung, und sahen ihm zu, wie er ins Wasser humpelte. Das Salzwasser brannte wie Feuer, als es durch den Verband drang.

Frane zögerte. »Captain –«

»Kümmert Euch um Eure Arbeit«, stieß er schnarrend hervor.

Der neue Verlust ärgerte ihn maßlos. *Und dann dieses teuflisch brennende Bein!* Er würde sich das verdammte Ding abschneiden lassen, wenn es nicht in drei Tagen besser war. Er watete tiefer ins Wasser und hievte sich geschickt ins Boot. Boaz' hilfsbereit ausgestreckte Hand stieß er beiseite, denn er wollte ihnen keine weitere Vorstellung vom armen verkrüppelten Captain bieten.

Er blickte in ihre Gesichter, ein jedes gekennzeichnet von Sorgen und Entbehrung. Keiner hielt seinem Blick stand. Er wußte, sie konnten diesen neuen Rückschlag nicht einfach so wegstecken. Er las ihre Gedanken. Sie brüteten über dem Verrat, sie waren zornig und vor allem enttäuscht. Und wieder Gardiner und Taft. Aber da irrten sie. Gardiner, der Trompeter, wollte ein Held sein. Er war mit Sicherheit tot. Eine Kugel hatte seinen Schädel durchschlagen. Aber Taft könnte noch leben. Drake verschränkte die Arme, damit seine Hände nicht immer wieder zu seinem Knie wanderten. Eine Aderpresse könnte diesen pochenden Schmerz vielleicht stillen. O nein! Leide und lächle, alter Hurenbock! Und denke gefälligst an etwas anderes.

Es gab noch eine andere Erklärung. Vielleicht hatten sie Richard Tavistock erwischt, und er hatte geredet. Nein, Richard hätte bestimmt nichts verraten. Nicht er. Aber wer dann? Vielleicht seine Leute? Nur Richard kannte alle Pläne, nur er wußte genau, wo Port Pleasant zu finden war. Aber Richard wäre eher gestorben, als den Spaniern etwas zu verraten. Und er, Drake, war mit seinen Seekarten nie unvorsichtig gewesen.

Also muß es Taft gewesen sein. Der Taugenichts Taft. Diese Ratte. Diese Filzlaus. Vielleicht haben sie ihm vorher die Eier abgeschnitten. Aye, daran mußt du denken, Francis, und deine Wut hebst du dir auf für die, die ihm das vielleicht angetan haben.

Als sie die *Pasco* erreichten, schwang er sich mit zusammengebissenen Zähnen über die Bordwand, sah sich um und blickte in Gesichter, von denen keines seinem Blick standhielt. Und weil er sich darüber ärgerte und sein Ärger erkennbar war, wichen sie seinen Blicken noch mehr aus. Er preßte die Kiefer zusammen, hart wie eine geballte Faust, schob die Lippen vor und ging unter Deck. Er öffnete eine Flasche Wein und trank, aber der Alkohol spendete weder Trost noch Mut und vertrieb auch nicht die Gesichter seiner Mannschaft und was er darin gelesen hatte.

Er hatte ihnen unvorstellbare Reichtümer versprochen. Bis jetzt hatten sie nur Mühsal, Plackerei und Tod erlebt. Fünfundzwanzig von ihnen waren am Fieber gestorben, fünf waren verunglückt und an infizierten Wunden gestorben, zwei waren beim Wasserholen von karibischen Kannibalen geschnappt worden. Und die übrigen hatten weder Gold noch Silber gesehen – nichts, was den Wert seiner Versprechungen bewiesen hätte.

Der ursprüngliche Plan hatte so ausgesehen: Genug Beute machen, um die Männer, die nach Mexiko verschleppt worden waren, freizukaufen und die Schuld zu tilgen, die John Hawkins durch die Aussetzung der Seeleute auf sich geladen hatte. Aber was sollte er jetzt tun? Durch den Engländer, den sie von jenem spanischen Schiff aufgelesen hatten, hatte sich alles geändert. Der Pulvermacher hatte ihm schwer zu denken gegeben.

Ein Versprechen war ein Versprechen, aber peruanisches Silber war in England ebenso schnell ausgegeben wie in Vera Cruz, was immer Richard Tavistock darüber dachte.

Er erinnerte sich, wie sie es gesehen hatten. Tonnenweise lagen die Barren aufgestapelt im Schatzhaus von Nombre de Dios. Und sie hatten keinen einzigen Barren mitgenommen. *Er hatte es ihnen vermasselt.*

Es war ein jämmerliches Debakel. Er hatte die Gewitterwolken gesehen und geplant, bei Tagesanbruch zu landen, aber die Gruppe unter Peter Gilbert hatte ihren Ausfall zu früh gestartet, um drei Uhr in stockfinstrer Nacht, und sie waren gezwungen gewesen, ihnen zu folgen. Dann wurden ihre vier Boote von einer Karavelle entdeckt, und die Glocken der Stadt läuteten bereits Sturm, noch bevor sie den Strand erreicht hatten.

Es war ein einziges Chaos. Vorsichtsmaßregeln und Disziplin waren vergessen. Mit lautem Geschrei hatten sie die Brustwehr gestürmt, die Befestigungen niedergerissen und waren brüllend wie die Irren und ohne Rücksicht auf Leib und Leben in das Musketenfeuer gelaufen, das ihnen aus dem Dunkel ziellos entgegenschlug.

Und so unglaublich es war – aber die Schießerei hörte auf!

*Nombre de Dios!* Eine Stadt von der Größe von Plymouth war plötzlich menschenleer. Die Einwohner waren in panischem Schrecken vor der teuflischen Horde, die sie da in der Nacht überfiel, geflohen, aber die drei vor Angst schlotternden Gefangenen, deren sie habhaft geworden waren, hatten ihnen vom Haus des Gouverneurs erzählt und von dem märchenhaften Schatz, den es enthielt, und so waren sie, getragen von einem unverdienten Glück und den Überraschungseffekt nützend ungehindert in die engen Gassen vorgedrungen.

Drake lächelte schmerzlich bei der Erinnerung. Was für ein unsinniges Wunder! Durch Gottes Vorsehung und seine eigene innere und völlig irrationale Überzeugung waren sie genau an den Ort gelangt, wo der Reichtum Westindiens versammelt lag. Tonnen von Silber! Ein Barren für jeden Tag des Jahres. Drei Vermögen für jeden Engländer. Zwei Faden hoch aufgestapelte Silberbarren, die den großen Keller bis an die Decke füllten. Wie Mondlicht hatten sie geleuchtet im Schein ihrer Fackeln – ein Anblick, der jeden in Erstaunen versetzte, denn es war zweifellos der größte Silberhort aller Zeiten.

Doch in der eigenartigen, spannungsgeladenen Atmosphäre vor einem Tropengewitter, wenn die Nachtluft so schwül ist, daß Milch gerinnt, verliert der Mensch leicht den Sinn für die Wirklichkeit, und dann erscheint ihm Silber wie irgendein anderes Metall, wie frisch gegossenes Blei oder helles Eisen.

Er hatte ihnen verboten, es anzurühren. Er hatte auf sein Gefühl vertraut, daß es in der Nähe noch einen zweiten Ort gab, der einen ähnlich immensen Schatz beherbergte – *aber aus Gold.*

Und genauso war es gewesen! Im königlichen Schatzhaus am Kai hatten sie den unbewachten Tresorraum gefunden – vollgestopft mit Gold. Ein unsäglicher Jubel hatte sie alle erfaßt – Oxenham und Frane und Gilbert und den schwarzen Boaz und seinen eigenen Bruder John. Alle seine Leutnants hatten ihre Hände im Gold gebadet, sie hatten geglotzt und wie die Narren Luftsprünge gemacht angesichts des goldenen Geschirrs, der Goldmünzen und der schweren juwelenbesetzten Kleinplastiken. Dann hatten sie ihre staunenden Augen auf ihn gerichtet, und er hatte innerlich frohlockt, weil er sie hierher gebracht und damit sein Versprechen eingelöst hatte.

Dann vernahmen sie plötzlich Musketenschüsse und Laute aus spanischen Kehlen. Die Soldaten der Garnison hatten sich von ihrem Schrecken erholt und waren zurückgekehrt. Sie hatten die vier Boote gesehen und erkannt, wie jämmerlich gering die Zahl ihrer Angreifer war. Und als die Spanier begannen, ihre Stadt wieder in Besitz zu nehmen, war der goldene Traum verblaßt. Doch dann hatte der verhangene Himmel plötzlich seine Schleusen geöffnet, und im niederprasselnden Regen waren Pulver und Bogensehnen naß und unbrauchbar geworden.

*Es war Gottes Wille, daß sie das Gold mitnahmen!*

Er hatte sich stark und sicher gefühlt, durch nichts aufzuhalten und unbesiegbar. Aber seine Männer! Wie anders hatten sie das Omen ausgelegt! In dem eigenartigen Licht, inmitten eines unermeßlichen Goldschatzes, der unter den Blitzen des Tropengewitters bläulich aufleuchtete, hatten sie sich ängstlich aneinander gedrängt, und die alten abergläubischen Vorstellungen ihrer Herkunft waren wieder aufgeflakkert.

Aus dem vor Angst gelähmten gemeinen Matrosen sprach der einstige Bauernjunge, aus dem Zimmermannslehrling das Waisenkind, aus dem Kochsmaat der Schweinehirt.

»Es ist ein Zeichen! Es ist ein Zeichen!«

»Es ist die Strafe Gottes!«

»Das ist nichts für Leute wie wir!«

»Es ist ein Todestraum! Das letzte, was ein Mann in seinem Leben sieht!«

»O Captain, der Anblick von so viel Reichtum war nicht bestimmt für die Augen so armer Männer wie wir es sind.«

»Denkt dran, es heißt: Du sollst nicht stehlen! Wir sind verdammt.«

»O Gott, rette uns. Wir werden sterben!«

»Gott hat dies hier den Spaniern gegeben, nicht uns! Wir dürfen es nicht nehmen!«

Und er hatte sich zornig aufgerichtet und sie angebrüllt: »Jetzt hört mir mal zu! Ich habe euch in das größte Schatzhaus der Welt gebracht! Ihr gehorcht mir jetzt, bis die Arbeit getan ist. Wenn ihr ohne das Gold abhaut, seid ihr selbst schuld und niemand sonst!«

Sein Zorn hatte sie wachgerüttelt. Sie hatten ihre Furcht abgeschüttelt und begonnen, König Philipps Tribut einzusacken, denn sie wußten – und auch das hatte er ihnen erklärt –, wenn sie diesen Schatz zurückließen, würde ihn diese schwarze Spinne von einem König, den keiner liebte, am wenigsten Gott im Himmel, dazu verwenden, um schließlich die ganze Welt mit katholischen Heeren zu überschwemmen.

»Wollt ihr, daß sie nach England kommen und eure eigenen Leute überfallen? Eure Frauen vergewaltigen? Eure Kinder erschlagen?« Eine Kette bleicher Perlen schwang in seiner Faust. »Das hier ist es, mit dem sie ihre Söldner bezahlen!«

Dann hatte er plötzlich aufgestöhnt und war in einem Anfall von Schwäche getaumelt. Und sie hatten gesehen, wie Blut und Eiter aus dem Loch in seinem Stiefel geflossen waren.

Diese dämlichen Bauerntölpel und Waisen und Schweinehirten hatten ihre mit Schätzen gefüllten Säcke fallen lassen, um ihn aufzuheben. Sie hatten ihn zum Boot getragen und ihn zum Schiff gerudert, denn er war ihr Captain, der ihnen mehr wert war als ein Sack voll Abfall vom Tisch eines widerlichen Spinnenkönigs.

»Nehmt das Gold und vergeßt den Mann. Gott ist mein Zeuge, daß ich ihnen das eingebleut habe«, dachte er, krank vor Zorn über ihre unangebrachte Loyalität. »Das Fell sollte man ihnen gerben, denn unser Auftrag lautet, rauben und plündern, und nicht, sich um einen Idioten zu kümmern, der eine Bleikugel mit seinem Bein abwehrt.«

Verdammt! *Warum fühle ich mich so schwach?*

Niedergeschlagen starrte Drake in seinen Rasierspiegel. Was ihm daraus entgegenstarrte, war keinen Schuß Pulver wert. Die sonnenverbrannte Haut pellte sich, eine wüste Mähne roter Haare, zusammengebunden mit einem von Salzwasser und Sand verklebten Band. Um den Hals zog sich ein Streifen entzündeter Sandflohbisse. Er zog das Hemd aus und untersuchte seine Brust, seine weißen Oberarme und die mit Sommersprossen übersäten Unterarme, die von der Sonne braun gebrannt worden waren. Bei jedem Schlag, den sein Herz tat, fuhr ein Schmerzstrahl durch seinen Schenkel hinunter in den Wadenmuskel.

Er horchte tiefer in sich hinein und fand nichts als Erschöpfung. Ich habe sie getäuscht, dachte er. Ich bin ihre ganze Zukunft, ich bin ihre treibende Kraft. Aber viel ist nicht mehr davon übrig, und es gibt nichts, was ich gegen das immer stärkere Brennen in meinen Augen tun könnte. Und ich sehe auch nicht so aus, wie ich eigentlich als ihr Anführer aussehen sollte. Diese kleine Sache sollte ich tun, wenigstens das.

Er trank noch einen Schluck Wein und fragte sich plötzlich, an welchem Ort sein Herz zuletzt schlagen würde – wie viele Schläge es überhaupt noch machen würde. Doch dann schämte er sich dieser Gedanken. Es war das erste Mal in seinem Leben, daß er sich eine solche Frage stellte. Er steckte den Korken in die Flasche und schwor sich: Einmal und nie wieder.

Hör zu, Francis Drake, dachte er, als er die Flasche an ihren Platz im Wandschrank zurückstellte, nur du, du allein hast die Last der Hoffnungen und Ängste für diese hundert Männer getragen, all diese vielen Monate lang, nur du hast ihnen Träume geschenkt und sie vorangetrieben und nie mehr von ihnen verlangt als Gehorsam und blindes Vertrauen. Und deine Männer sind dir gefolgt, willig und ohne viel zu fragen. Sie haben klaglos gelitten, einige bis in den Tod, weil du ihr Führer bist, ihr Captain. Und sie taten es weder aus Angst noch unter Zwang, sondern aus Überzeugung. Sei ihrer würdig, Francis, du jämmerlicher Bastard! Hörst du!

Als es an der Tür klopfte, war er wieder der alte. John Oxenham, sein großer, nie lächelnder Erster Offizier trat ein und war überrascht, seinen Captain mit nacktem Oberkörper vorzufinden. Drake rasierte sich über einem Eimer Wasser. Sein Haar war feucht zurückgekämmt und über den Ohren sauber gestutzt.

»Nun?«

»Ich dachte, daß –«

»Was hast du gedacht, John?«

»Ich – der Steuermann hätte gern gewußt, ob Ihr bereit seid, ankerauf zu gehen, Sir.«

Drakes Antwort klang verzerrt, weil er gerade mit dem Rasiermesser über seine Wange strich. »Wir müssen einen neuen sicheren Hafen finden, aber ich bin mir noch nicht sicher, wo. Was würdest du tun, John?«

»Eine neue Festung bauen, irgendwo in Richtung Margarita, und von da aus weiter nach Trinidad.«

»Nicht weiter nach Norden? Nach Santo Domingo oder Hispaniola?«

»Ich glaube, Sir, unsere einzige Hoffnung auf Profit sind jetzt die Küstenfahrer. Wenn wir nicht alle unseren Bauch verlieren, gehen wir heute hungrig in die Hängematten. Die Zwischendecks sind leer. Wir müssen irgendwo Lebensmittel auftreiben – wir brauchen dringend einen neuen Stützpunkt.«

»Dann werden wir jetzt gemeinsam überlegen, wo wir ihn suchen werden.«

»Weit weg von den Spaniern, damit wir nicht wieder vertrieben werden.«

Drake blickte auf und schüttelte sein nasses Haar, daß die Tröpfchen flogen. »Nein, bei Gott. Davon halte ich gar nichts. Wir sind hier, um eine Aufgabe zu erfüllen. Wir bleiben in der Nähe unserer Beute.«

»Wenn Ihr meint, Sir.«

»Jawohl, ich meine das. Auf jeden Fall geht es in England jetzt auf den Herbst zu, und ich habe vor, mich an dem seit langem für den November dieses Jahres vereinbarten Treffpunkt einzufinden.«

»Aye?«

»Es gibt einen Mann, der sich, sofern es ihm irgend möglich ist, im November mit uns bei einer hübschen Insel zwischen den Großen und den Kleinen Antillen treffen will – ein Mann, dem wir eine Menge verdanken.«

Oxenhams Gesicht hellte sich auf, als er die Lösung des Rätsels ahnte. »Wir werden Captain Tavistock in Dominica treffen?«

»So Gott will, ja.«

»Werdet Ihr ihm sagen, was der Pulvermacher erzählt hat?«

»Ich werde es tun müssen.«

Drake zog ein frisches Hemd an. Seine Kniehosen lagen frisch gewaschen auf seiner Koje. Er würde sie erst anziehen, wenn es wirklich etwas zu feiern gab.

»Hilf mir mit den Stiefeln, John.«

Oxenham packte den einen Fuß, als würde er ein Pferd beschlagen und zog den Stiefel ab. Der andere, der linke, rührte sich erst, nachdem sich Drake auf die Kante seiner Koje gesetzt hatte.

»Soll ich den Schiffsarzt holen?« fragte Oxenham, wohlweislich jeden Kommentar über den von Eiter durchtränkten Verband und den Gestank, der davon ausging, vermeidend.

Drake bewegte den Knöchel, so daß sich die Wade von oben bis unten öffnete und der gerötete Verband sich dunkelrot verfärbte.

»Den Schiffsarzt? Nein! Der ungeschickte Teufel ist mir zu schnell mit dem Messer. Als er mir die Kugel herausnahm, hat er mich fast umgebracht. Er wird mir das Bein abschneiden, und wie steh ich dann vor Captain Tavistock?«

Auch darüber konnte Oxenham nicht lachen. »Dann etwas Brandy?«

»Ich werde keinen guten Schnaps an eine Wunde verschwenden, und dieser Froschfresserfusel brennt außerdem wie Eberpisse.«

»Ich meine, um Euer Körperinneres zu baden, Sir. Um den Schmerz zu lindern.«

Drake richtete sich auf. »Hast du den Eindruck, daß ich Schmerzen habe?«

Oxenham schüttelte den Kopf. »Nein, Captain, aber die Fäulnis...«

»Ich brauche einen klaren Kopf, und gegen die Verwesung gibt's ein besseres Mittel, das ich von Amyas Poole, seine Knochen ruhen in Frieden, gelernt habe. Öffne die Klappe da drüben. Die Rinderhaxe – bring sie mir.«

Seit einer Woche hing die Vorderhaxe, nur grob gehäutet, sogar der Huf war noch dran, vor der Luke und verrottete in der tropischen Wärme. Drake schlitzte sie mit seinem Messer auf und holte mit der Messerspitze ein halbes Dutzend weißer Maden aus dem Fleisch.

Er grinste. »Den Teufel mit Beelzebub austreiben, sagte Amyas immer, was, John? Kommt schön raus, meine Süßen.«

Er legte Oxenham ein Dutzend Maden in die Hand. Dann setzte er eine nach der anderen an die Stelle, wo die Wunde am stärksten näßte. Sie zappelten ein bißchen und schon waren sie weggetaucht.

Oxenham kniete neben Drake und schaute fasziniert zu.

»Nimm zuerst die kleinen. Die haben den größten Appetit.

Sie werden sich satt fressen, und meine Wunde wird sauber werden. Ich spüre schon jetzt, wie sie mir gut tun.«

Er faltete ein Stück Stoff von seinem alten Hemd mehrmals zusammen, legte es auf die Wunde und band es mit einem zweiten Stück Stoff fest. Dann zwängte er das Bein wieder in den Stiefel und schien hochzufrieden mit sich. Er tanzte Oxenham zu Gefallen sogar eine Gigue, die mit viel Klatschen und Stampfen endete.

»Siehst du?«

Auf Oxenhams Gesicht breitete sich tatsächlich ein Grinsen aus, und Drake schlug ihm kräftig auf die Schulter. Er spürte, wie sich die Stimmung des Mannes hob.

»Also? Gehen wir hinauf und sagen wir dem Steuermann, wohin die Reise geht?«

»Aye, Captain! Aye!«

Tavistock ging von Bord seines Schiffes und freute sich auf einen guten Braten und das ausführliche Gespräch danach, bei dem er mit Drake die weiteren Pläne erörtern wollte. Die *Antelope* ankerte neben Drakes *Pasco* an dem Ort, den sie Providence Bay genannt hatten. Sie hatten sich schon einen Tag vor dem vereinbarten Datum getroffen, und die Mannschaften hatten große Feuer am Ufer entzündet, um zu feiern. Tavistock war bereits kurz mit Drake zusammengekommen, aber es hatte zunächst so viele praktische Dinge zu besprechen gegeben, daß ihnen für anderes keine Zeit geblieben war.

Tavistock sah sich um. Es war schön, wieder unter einem tropischen Himmel zu weilen und die Sonne rotglühend im Westen untergehen zu sehen. Aber jede Nacht ereigneten sich Dinge am Himmel, die er noch nie erlebt hatte, und dann mußte er an seinen Bruder denken und den eigentlichen Grund seines Hierseins.

Als er den Strand betrat, brannten rings umher Feuer.

»Richard.«

»Francis. Was gibt es Neues?«

»Nichts Gutes. Komm, setz dich zu uns.«

Tavistock bekam einen gebratenen Vogel vorgesetzt und lauschte Drakes Bericht. Es war Mai gewesen, als Drake mit dreiundsiebzig Männern und Jungen auf der *Paco* und der *Swan* England verlassen hatte. Ausgerüstet für ein Jahr waren sie ausgelaufen, bevor sie ein Gegenbefehl des Privy Councils aufhalten konnte. Im Juni hatten sie diesen Ort hier erreicht, und nachdem sie frisches Wasser an Bord genommen hatten, waren sie zu den Küsten gefahren, die Drake auf seiner Reise im Jahr zuvor erkundet hatte.

Drake grinste, als er erzählte, wie sie die Küste von Guatemala gesichtet hatten. »Im Juli griffen wir Nombray an. Dabei habe ich mir das hier eingefangen.« Er wies auf sein Bein. Der birnenförmige Muskel an seiner Wade war von frischen Narben entstellt, aber es schien ihn nicht zu behindern.

»Man sagte mir, du seist beinahe getötet worden.«

»Und das stimmt, Captain Tavistock«, brummte Boaz. Sein Devonshire-Schiffsenglisch wirkte komisch, und Tavistock erinnerte sich an jenen schrecklichen Tag, an dem Boaz zum ersten Mal Plymouth gesehen hatte und wie er mit ihm nach der Nachricht von Janes Tod in der Schenke gesessen hatte, damals konnte Boaz kaum ein Dutzend Worte auf englisch sagen. »Ich mußte ihn aus dem Tresor des Königs tragen, so versessen war er auf diesen Schatz.«

»Ich bin ohnmächtig geworden«, gestand Drake angewidert. »Mein Stiefel war so voll Blut, daß er überlief. Aber ich schwöre euch, es gehört mehr dazu als ein Zufallstreffer von einem spanischen Soldaten, um mich zu erledigen.«

Tavistock nahm einen großen Schluck Wein und biß kräftig in die Geflügelbrust. »Dann habt ihr ihnen ihr Silber weggenommen?«

Drake schüttelte traurig den Kopf, und während das Feuer flackernd sein Gesicht beleuchtete, erzählte er die ganze Geschichte. Trotz seines Versagens, dachte Tavistock, scheint er mit Gott und der Welt völlig zufrieden zu sein, bis auf eines.

»Es war wie verhext! Es lag in meiner Hand, meine Finger schlossen sich bereits – und dann? Alles dahin. Ehrlich gesagt, es wäre auch ein bißchen viel zum Verladen gewesen, und wir waren ein ziemlich armseliger Haufen. Das nächste Mal machen wir's anders.«

»Das nächste Mal?«

»Ich habe mich dazu entschlossen. Wir sind arm, aber noch nicht geschlagen. Das wenigstens mußt du mir zugestehen.«

»Daß es in Nombray nicht geklappt hat, ist schade. Schon ein kleiner Teil des Schatzes wäre ein fürstliches Lösegeld gewesen – für die Jungs.«

»Vielleicht«, sagte Drake und rutschte unruhig auf seinem Hosenboden herum. »Was ich dir noch sagen wollte...« Er senkte den Blick.

»Was denn?«

»Oh...«

Nach einer Weile stand Drake auf und ging barfuß hinunter ans Wasser. Tavistock nahm seine Ledertasche und folgte ihm. Was Drake ihm sagen wollte, ging anscheinend nur sie beide an.

Die Wellen schlugen leicht gegen den Strand. Hier, abseits der Feuerstellen, war der Himmel tief dunkel und übersät mit Sternen. Besonders ein Stern, ein blauweiß leuchtender Punkt in vierzig Grad Nord, strahlte heller als Arcturus, ja sogar heller als Sirius. Tavistock betrachtete ihn traurig.

»Der neue Stern hat meine Männer in Angst und Schrekken versetzt«, erzählte er Drake.

»Aye, und ich gebe zu, er macht auch mir zu schaffen.«

»Glaubst du, er ist ein böses Omen?«

»Es ist unnatürlich, daß ein Stern einfach so am Himmel erscheint.«

Tavistock blickte wieder zum Himmel empor. Ähnlich wie bei Drake hatte die Erscheinung dieses Sterns auch seinen Seefahrerinstinkt beunruhigt. Er funkelte wie ein Diamant und reiste im Schoß der Prinzessin Cassiopeia über den schwarzen Nachthimmel, ein Juwel, hell genug, um einen Schatten zu werfen, und auffälliger als die Venus.

Noch vor zwei Monaten war der Stern unsichtbar gewesen, und dann plötzlich, Anfang November, hatte ihn Tavistock entdeckt, und er war nicht heller gewesen als die anderen Sterne in seiner Umgebung, aber Tavistocks Auge war sofort das eigenartige Strahlenmuster aufgefallen.

Er hatte nichts zu Thomas Sark, seinem Navigator, gesagt und auch nichts zu Bowen, dem Steuermann, aber in der Nacht darauf war der Stern größer geworden, und sie waren zu ihm gekommen und hatten gefragt, was sie tun sollten.

Neue Sterne erschienen nicht einfach so – das wußte jeder Seemann. Und Tavistock konnte seiner Mannschaft auch keine bessere Erklärung geben. Die stellare Sphäre war unveränderlich, kristallklar und ortsfest, was sogar Kopernikus eingeräumt und Doctor Dee in seinen Schriften bestätigt hatte. Die langen Stunden im Ausguck hatten Tavistock gelehrt, daß die Sonne, der Mond und die Planeten veränderliche Größen waren, sogar die feurigen Sternschnuppenschauer, die lautlos am Himmel niedergingen, erschienen nach einem voraussagbaren Plan. Das war normal und war zu jeder Jahreszeit und in jedem Jahr zu beobachten, aber in Zeiten irdischer Krisen geschahen merkwürdige Dinge am Himmel, denn er war ein Spiegel, in dem sich alle Dinge widerspiegelten.

Es gab Kometen, die wie Geister erschienen und der Welt Pest und blutige Kriege prophezeiten. Diese Boten der Erzengel erschienen in jeder Generation nur einmal als letzte Warnung. Er selbst hatte noch nie einen Kometen gesehen, aber als er jünger war und für alles Seltene und Merkwürdige mehr Begeisterung aufbrachte als für das Alltägliche, da hatte er ältere Seeleute davon erzählen gehört. Sie hatten von fantastischen Formen gesprochen, von Kometenschwertern und Kometenschädeln, die unheilvoll und rätselhaft wochenlang über einer Stadt standen und dann verblaßten oder zerfielen. Und immer war danach eine Katastrophe eingetreten oder der Tod eines großen Herrschers. Aber niemals, kein einziges Mal in der Geschichte der Welt – ausgenommen bei der Geburt des Erlösers – hatte jemand erlebt und davon berichtet, daß ein neuer Fixstern unangekündigt am Himmel erschienen wäre.

»Läuft es dir nicht auch kalt über den Rücken?« fragte Drake besorgt. »Meine Leute haben mich gefragt, wie wir denn navigieren sollen, wenn alle Sterne plötzlich anfangen, nach Belieben zu kommen und zu gehen. Wie sollen wir nach England zurückfinden? Obwohl es wirklich nur ein einziger Stern ist, der mich nervös macht. Ehrlich gesagt habe ich so etwas noch nie gesehen. Was hältst du davon?«

Tavistock betrachtete den standhaft an seinem Platz flimmernden Stern, zutiefst erschüttert von der Botschaft, die er seiner Meinung nach brachte. »Frag lieber, was auf der Erde von so großer Bedeutung sein kann, daß es ein neuer Stern ankündigen muß. Ich glaube, ich weiß es bereits.«

»Was ist es?«

Tavistock berichtete ihm von den erschreckenden Nachrichten, die er in Plymouth, als er die *Antelope* verproviantierte, erfahren hatte. Hawkins schrieb in einem Brief, daß der Herzog von Norfolk für seine Verbrechen enthauptet und de Spes schimpflich aus England verjagt worden war, nachdem er versucht hatte, Lord Burleigh auf offener Straße zu erschießen. Und Hawkins' Brief enthielt noch einen weiteren Bericht, der von Walsingham aus Paris stammte und auf erschütternde Weise ein ganz schändliches Blutbad schilderte.

Der französische König hatte in der Nacht zum 24. August, dem Bartholomäustag, die Ermordung der Hugenottenführer, Admiral Colignys und des gesamten hugenottischen Adels befohlen; verschont blieben nur der König von Navarra und Henri de Condé.

Drake war wie betäubt. »Dann haben diese tollwütigen

Hunde von Paris ihre protestantischen Nachbarn überfallen?«

»Sie haben, ohne auf Rang oder Namen zu achten, unterschiedslos Zehntausende hingemordet, bis sich sogar das Wasser der Seine rot verfärbte. Walsingham schreibt, er sei völlig ahnungslos gewesen. Noch bis zum selben Tag habe er mit Katharina Verhandlungen geführt wegen der königlichen Heirat. Er mußte sogar die britische Botschaft gegen die Mörderbanden, die durch die Straßen zogen, verbarrikadieren. Es heißt, er selbst sei nur knapp mit dem Leben davongekommen.«

Nach dieser Mordnacht rückte Englands Position wieder einmal ins Zwielicht. Alles hatte sich geändert. Als Drakes Empörung über diese Greueltat abgeebbt war, nahm Tavistock aus seiner Tasche die Briefe, die er ihm übergeben sollte. Sie enthielten bessere Nachrichten, bedurften aber einer ausführlichen Erklärung.

Sie gingen an dem leise anschlagenden Wasser entlang, hörten das übermütige Gelächter der an den Feuern zechenden Männer, ihre Rufe und die Klänge von »John Dory«. Drake konzentrierte sich in dem flackernden Licht auf die Dokumente und stieß schließlich fuchsteufelswild hervor:

»Nichts als Niedertracht!«

»Das sind bessere Nachrichten, als wir erwarten durften.« Die Briefe enthielten Pässe, Kaperbriefe und eine Einreiseerlaubnis, unterzeichnet von einem Sekretär des Privy Councils, außerdem Kopien der finanziellen Vereinbarungen, die Tavistock ausgehandelt hatte.

»Bessere Nachrichten nennst du das? Dann weißt du nicht, wie ein beschissenes Geschäft aussieht.«

»Du irrst dich, Francis«, sagte Tavistock ungerührt und fuhr mit leiserer Stimme fort: »Wir, du und ich, werden jetzt von mächtigen Parteien unterstützt. Lord Leicester hat Geld in unsere Reise gesteckt – ohne ihn hätte ich keine Crew zusammengebracht. Von Walsingham kam Geld, und dann ist da noch das Geld, das ich von de Spes bekommen habe. Unsere Fahrt ist vielleicht kein offizielles Unternehmen, aber es wird als solches verstanden und man wird zu Hause sehr genau verfolgen, was wir tun.«

Drake gab ihm die Papiere zurück. »Die Unterschrift der Königin ist verdammt teuer! Und wenn sich so viele ein Stück vom Pudding abschneiden wollen, werden wir von Glück sagen können, wenn wir nur leer ausgehen.«

Tavistock wurde ärgerlich. »Kannst du nicht auch einmal über deine Nase hinaussehen, Francis. Hier geht es um mehr als um das Gewicht unseres Geldbeutels!«

»Ist das 'ne Tatsache?«

»Aye. Verstehst du das denn nicht? Es gibt keine Alternative.«

»Nein?« Drake pflanzte sich vor ihm auf. »Wir könnten auch Piraten werden! Dann ist alles, was wir tun, zu unserem eigenen Vorteil!«

»Sei doch vernünftig! Das hier ist besser. Wir werden Elisabeths Instrument sein. Wenn ich ihre Absicht richtig verstanden habe, dürfen wir die Spanier rupfen, wie es uns paßt, solange dabei etwas herausspringt und wir ihr die Hälfte des Profits überlassen.«

Drakes Gesicht war eine eiserne Maske mit dem Ausdruck grimmigsten Mißtrauens, aber Tavistock fuhr fort. »Weil wir von Privatleuten finanziert wurden, sind wir dem Council keine Erklärung schuldig. Das bedeutet, wir umgehen Cecils – Lord Burleighs – Amtsgewalt. Wir können einen Privatkrieg führen, bei dem es nur um Geld geht, und den Spaniern nehmen, was und so viel wir wollen.«

»Und wenn wir den Spaniern in die Hände fallen sollten?«

»Dann wird die Königin keine Ahnung haben, wer wir sind.«

Drake spuckte aus. Dann sagte er verächtlich: »Und so etwas nennst du ein ausgewogenes Geschäft. Du hörst dich schon fast so an wie Hawkins. Die Königin riskiert nichts und steckt die Hälfte ein. Und was bekommen wir dafür, daß sie am Geschäft beteiligt ist?«

»Wir behalten unsere Köpfe. Und wir dürfen uns in England frei bewegen.«

»Pah! Ich kann zu den schönen Küsten nördlich der Floridakeys segeln und mein eigenes England gründen. Ich kann mein eigener König sein, der um seinen Kopf nicht zu bangen braucht und der sich von den Dons holt, soviel er will.«

»Du willst England nie mehr wiedersehen, und auch nicht deine Frau?«

Drake blickte trotzig. »Die kann ich leicht durch einen Überfall auf Plymouth aus England herausholen. Aye, und noch mehr von der weiblichen Sorte für alle meine Männer.«

»Und wo willst du dein Gold und dein Silber nördlich von Florida ausgeben? Wo Geld nichts wert ist und alles Geldähnliche ebensowenig?«

Drake knurrte, und Tavistock sah, daß sich der Sturm verzogen hatte. Sie setzten sich, und er kam erneut und etwas gelassener auf seinen Plan zu sprechen. »Wir sind Engländer und es ist unsere Pflicht, England zu dienen. Wie die Motten kreisen wir alle um die Flamme der Königin, und der Kronrat ist das Fenster, durch das wir hineinfliegen können. Diese fünfzehn gestrengen Herren wachen über die Geschäfte des Staates England, als wäre es ein hochherrschaftlicher Haushalt mit Grundbesitz; sie wachen eifersüchtig über alles, und am meisten bewachen sie sich gegenseitig. Überlege dir! Wir wollen erstens Reichtum und Rache, zweitens Ansehen bei unserem Volk und drittens das Bewußtsein, daß wir König Philipps gierigen Griff nach den Rechten und Freiheiten der Protestanten abgewehrt haben. Das ist es, was uns der neue Stern sagt. Wir werden genug von Spaniens unrechtmäßig erworbenem Ruhm nach Hause bringen, um Spanien vernichten zu können.«

»Aber nur die Hälfte von allem, was wir erbeuten! Es ist ein miserables Geschäft, Richard.«

Tavistock hob ein paar kleine weiße Herzmuschelschalen auf.

»Glaubst du, das Motiv der Königin sei Habsucht?«

»Was sonst?«

»Aus jeder Schatzkiste, die wir ihr bringen, wird sie ein besonders schönes Stück nehmen, um sich damit zu schmücken – und das ist in Ordnung –, denn sie wird dem Volk damit zeigen, daß sie Erfolg hat, daß sich Englands Monarchin nicht hinter anderen Monarchen verstecken muß.« Er stand auf und warf eine Muschelschale zum Wasser hin. »Sie wird ein zweites Stück nehmen für den Unterhalt einer Flotte in Chatham, ein drittes, um spanische Machenschaften in Irland zu vereiteln; ein viertes, um dem Prinzen von Oranien einen Kredit zu gewähren und ein letztes, um den Hugenotten zu helfen.« Er hielt die letzte Muschel in die Höhe. »Verstehst du jetzt?«

»Und du weißt das alles? Dabei bist du erst vor kurzem aus dem Tower entlassen worden, und sie hätten dich beinahe auf den Befehl dieser Königin hin gehängt!«

»Ich weiß es, weil ich mit ihr gesprochen habe.«

Drake stand auf und kratzte sich am Kopf. »Da brat mir einer 'nen Storch. Aber ich wüßte nicht, wie du das angestellt haben könntest.«

»John Hawkins hat gute Verbindungen.«

»Aye! John Hawkins!« Drakes Stimme klang schneidend. »Aber du sagst, *du* hättest mit der Königin gesprochen!«

»Traust du mir nicht?«

»Ich traue Hawkins nicht. Und ich habe eigene Pläne, bei denen mir kein Blutsauger im Genick sitzt.« Drake wies mit dem Finger auf den Ankerplatz. »Da liegt die *Antelope* – Hawkins' feines Schiff, gebaut nach seinen Vorstellungen. Ich glaube, er benutzt dich, Richard.«

»Er hat eindeutig Talent dazu. Er hat auch die besten englischen Schiffbauer für sich arbeiten lassen, was bedeutet, daß die *Antelope* zum Feinsten gehört, das auf den Meeren fährt. Aber sie ist *mein Schiff*!«

Drake holte tief Luft. »Sie scheint genau für den jetzigen Zweck gebaut zu sein. Kannst du mir versichern, daß du nicht mehr Hawkins' Marionette bist?«

Tavistock warf sich in die Brust. »Ist das eine Marionette, was du hier vor dir siehst?«

»Das weiß ich nicht. Aber ich glaube dir nicht. Oder du hast mir nicht alles erzählt. Bitte, Richard! Haben wir tatsächlich kein Vertrauen mehr zueinander?«

Es entstand eine lange, quälende Pause, bis Tavistock schließlich das Gefühl hatte, er müsse sie beenden.

»Ich habe geschworen zu schweigen.«

»Aye! Und wir haben geschworen, ehrlich zueinander zu sein.«

»Dann glaub mir, daß John Hawkins mit diesem Unternehmen nie etwas zu tun hatte. Wenn du es unbedingt wissen willst – die Hauptrolle spielte dabei die Tatsache, daß ich mich verliebt habe.«

»Du hast dich verliebt? Du?«

Drakes Überraschung war echt, aber Tavistock empfand sie als Spott. »Ja! Ich!« fuhr er Drake wütend an. »Und ich bin verheiratet – im Geiste – genauso wie du mit Leib und Seele.«

Tavistocks Gesicht erschien im Licht der lodernden Feuer eisenhart. Und dann sprudelten die Worte aus ihm heraus, und er erzählte, wie es gekommen war, daß er sich in die Tochter des Ministers verliebte, wie er sie verfolgte und ein gefährliches Spiel direkt vor Cecils Nase spielte. Nachdem er geendet hatte, setzte er sich wieder auf den sandigen Boden und vergrub das Gesicht in den Händen.

Drake schüttelte verwundert den Kopf. »Du bist wirklich erstaunlich.«

»Sie heiratete in Westminster Abbey, bevor ich England verließ, in Anwesenheit Ihrer Majestät und einer ganzen Reihe von Bischöfen und Lords. Und die Braut trug mein Kind unter ihrem Herzen.« Er hob den Kopf und blickte hinauf zu dem hellen Punkt im Sternbild der Cassiopeia. »Der Stern dort oben scheint für meinen Sohn. Es ist sein Stern. Aber wenn er auf die Welt kommt, wird es ein besseres Bett für ihn geben als die ärmliche Wiege, die ein gemeiner Seemann ihm bieten könnte. Wahrsager werden kommen, um sein Gesicht zu betrachten. Und die Königin wird bei ihm Pate stehen.«

Die Wellen liefen langsam auf dem sanften Bogen des flachen Strandes aus. Die meisten Feuer waren bereits zu roten Gluthäufchen heruntergebrannt. Da und dort lagen Männer, die Arme hinter dem Kopf verschränkt, und schliefen; andere erzählten Geschichten, ihre Zuhörer lachten. Die Männer waren glücklich mit dem, was sie im Augenblick hatten, und keiner kümmerte sich um das Morgen.

»Ich will meinen Bruder, Francis.«

»Ich weiß.«

»Willst du mir dabei helfen oder mich daran hindern? Ich muß das wissen, denn ich will ihn zurückholen, ob es dir paßt oder nicht.«

Drake seufzte. »Das kannst du jetzt nicht.«

»Das kann ich sehr wohl. Es gibt keinen lebenden Menschen, der nicht aus Mexiko herausgekauft werden kann.« Tavistock sah Drake herausfordernd an. »Wenn man den Spaniern genug bietet.«

»Diesmal nicht.«

»Hör zu, wenn –«

»Nein, Richard. Nein!« Drake legte Richard die Hand auf die Schulter.

»Warum nicht? Erklär es mir.«

»Es ist so, daß auch ich Neuigkeiten erfahren habe – Neuigkeiten, die dir nicht gefallen werden.«

Drake rief nach Frane und trug ihm etwas auf, woraufhin er kurz danach mit einem anderen Mann aus Drakes Mannschaft zurückkehrte. Obwohl der Mann stark verändert aussah, weil er seine Zähne verloren hatte, erkannte ihn Tavistock wieder.

»Sag, bist du nicht –«

Drake fiel ihm ins Wort. »Wollte Gott, Richard, ich könnte dir das ersparen, aber auf andere Weise läßt du dich nicht abhalten«, sagte er und wandte sich an Job Hortop. »Erzähl Captain Tavistock, was du mir erzählt hast.«

»Aye, Sir.«

Tavistock hörte stumm, aber mit zunehmendem Entsetzen zu. Hortop berichtete von Ciudad de México und wie er von Don Emilio Martinez ins Gefängnis gesperrt worden war. Dann sprach er über die schwere Arbeit in den Silberminen, aber das alles war nur die Einleitung zu einer noch schlimmeren Geschichte.

Mit unglücklichem Gesicht stand Hortop vor Tavistock. »Es war so, Captain Tavistock, daß Euer Bruder mir die Gelegenheit vermasselt hat, ein Vermögen in Gold auf die Seite zu bringen. Und nur, weil er eine Spanierin liebt, die die Tochter von einem mexikanischen Landedelmann ist. Es tut mir in der Seele leid, Sir. Er hat den Spaniern gesagt, daß sie mich holen, damit ich ihnen zeige, wie man bestes englisches Pulver macht für ihre Kanonen. Aye. Kanonen. Er macht Kanonen für sie. Große Culverinen und Bastardculverinen. Er macht sie so gut, wie er es versteht, und aus freiem Willen, und dafür lebt er wie ein feiner Herr. Ehrlich wahr. Dann hat er einen Trupp Soldaten bestellt und ist mit ihnen auf einen Feuerberg gestiegen, der oben aussieht als wär's das Tor zur Hölle, wo's aber wunderbar reinen Schwefel gibt. Als sie den Schwefel eingesammelt haben, schoß der Teufel selber aus dem Höllenschlund hervor, und nur, weil ich 'nen klaren Kopf behalten habe und gelaufen bin, so schnell ich konnte, bin ich noch am Leben.«

Drake erkundigte sich noch nach etlichen Einzelheiten, bevor er Hortop entließ. Als sie wieder allein waren, sagte Drake: »Wir haben Hortop an Bord genommen, als wir ein Handelsschiff auf der Fahrt an die Moskitoküste schnappten. Er arbeitete für die Überfahrt, gab sich als Portugiese aus. Er wollte sich bis Kuba durchschlagen und dort versuchen, auf einem Schiff nach England anzuheuern. Ich habe diese Geschichte vor zwei Monaten gehört, ziemlich genauso, wie du sie jetzt gehört hast.«

»Er lügt!«

»Nein, Richard.«

»Ich sage dir, er lügt!«

»Warum sollte er lügen? Welchen Grund hätte er dafür?«

Tausend unwahrscheinliche Erklärungen schwirrten durch Tavistocks Kopf. Diese Schande! Es konnte nicht wahr sein. John! Sein eigener Bruder! Er machte keine Kanonen für die Spanier! Er würde sich nicht in eine *hidalgo*-Frau verlieben! Nein. Drake hatte den Mann zu diesen Lügen angestiftet.

»Da steckst doch du dahinter.«

Drake lehnte sich zurück. Sein Gesicht drückte Mitgefühl aus. »Es ist kein Theater. Du kennst den Pulvermacher. Du weißt, daß er vor vier Jahren nach Mexiko ging. Er hat keinen Grund zu lügen.«

»Nein. Ich glaube ihm nicht.«

»Aber das hier wirst du glauben müssen.« Drake zog den Ring mit dem schwarzen Stein und dem aufsteigenden Phönix hervor. Es war derselbe Ring, den er einst John Chamberlain gegeben hatte. »Er gelangte aus der Hand des Stewards in die deines Bruders, von deines Bruders Hand in die von Hortop während des Kampfes auf dem feuerspeienden Berg, und er hat ihn mir gegeben. Du mußt dich damit abfinden, Richard: Dein Bruder hat dich zum Narren gehalten.«

Brennend vor Scham drehte Tavistock den Ring immer wieder in seinen Fingern. Bei Gott und allen Heiligen, wie konnte John so etwas tun? Hortop sagte, sie hätten ihn nicht gefoltert. Er hatte sein unbezahlbares Können freiwillig zur Verfügung gestellt.

»Ich kann es einfach nicht glauben«, flüsterte er und wußte gleichzeitig, daß es die Wahrheit war.

»Er hat uns alle getäuscht –« Tavistock versuchte, Drakes Worte nicht zu hören, aber sie drangen schonungslos auf ihn ein »– und er wird es wieder tun.« Und es klang ungewollt vorwurfsvoll, als Drake sagte: »Wenn Vera Cruz und Nombray und Cartagena und die anderen Häfen entlang der Küste englische Kanonen haben werden, können wir unsere Landausflüge vergessen. Dann bleibt uns nichts anderes übrig, als die Küstensegler nach Hühnern und Weinfässern zu durchstöbern und am Hintern der *flota* zu riechen und zu warten, was bei Schlechtwetter für uns abfällt –«

»Herr Jesus, es ist genug!«

»Tut mir leid, Richard. Aber du mußtest es erfahren.«

Drake ging zurück zu seinem Feuer, und Tavistock war froh, allein zu sein. Seine Pläne waren zerstoben, seine Seele litt, als schmorte sie in der Hölle.


# 17

Die Gemächer des Vizekönigs lagen im Dunkeln. Don Emilio Martinez ruhte auf seiner Chaiselongue, aber die Befriedigung über die Befestigung der mexikanischen Häfen wollte sich nicht so recht einstellen.

Müde rieb er sich die Augen. Das Problem mußte gelöst werden, bevor er einschlief. Geh die Sache noch einmal durch, sagte er sich, führe sie dir noch einmal vor Augen, von Anfang an.

Die ersten unheilvollen Anzeichen waren aufgetaucht, als die *flota* im Hafen festgemacht hatte. Die Nachricht von der Ankunft Don Pietros war seinem Eintreffen in Ciudad de México zwei Wochen vorausgeeilt, und die wilden Gerüchte, die aus Vera Cruz ins Hochland gedrungen waren, hatten das ganze Tal wie eine Seuche infiziert. Verdienstvolle Männer hatten sofort ein Komitee gegründet, und er hatte sich einverstanden erklärt, sie zu empfangen, angeblich um über eine angemessene Begrüßung des prominenten Inquisitors zu sprechen. Aber der wahre Grund ihrer Zusammenkunft war ein anderer gewesen.

Die Angst, daß sich die Inquisition auch auf Mexiko ausdehnen würde, lastete schon seit einiger Zeit auf den *estancieros*, den spanischstämmigen Bauern, und die meisten *encomienda*-Besitzer fürchteten sie nicht minder. In all den Jahren, seit der Conquista, hatten sie von den Grausamkeiten dieses Heiligen Offiziums nichts zu spüren bekommen. Madrid hatte den Status quo respektiert; aus praktischen Gründen waren die Männer, die die Quelle für König Philipps Reichtum darstellten, von der geistlichen Überwachung verschont geblieben, die in Spanien, wo es von Juden und *moriscos* nur so wimmelte, unumgänglich war. Aber der Großinquisitor hatte im Lauf der Jahre so großen Einfluß gewonnen, daß sich der König seinem Druck nicht länger widersetzen konnte. Er hatte seinen Einfluß auf die Cortes benutzt, die daraufhin an den König herangetreten waren, und so hatte sich die gesegnete Hand bis auf die andere Seite des Ozeans ausstrecken können.

Don Emilio erinnerte sich des bitteren Bedauerns, mit dem er zur Kenntnis nehmen mußte, daß die Inquisition auch seine weltliche Machtstellung bedrohte. Er hatte eine Möglichkeit gesehen, dem Offizium gefällig zu sein und die Furcht der Bürger zumindest für den Augenblick zu zerstreuen, aber das Komitee hatte recht gehabt mit seinem Vorschlag, den Inquisitoren einen Leckerbissen vorzuwerfen in der Hoffnung, sie würden sich damit zufrieden geben.

Don Pietro hatte sich in dem großen Haus gegenüber der *plaza* neben den Karmelitermönchen einquartiert und beschlossen, als erstes die Engländer zur Befragung heranzuziehen – besonders jene, die durch ihre Arbeit in den Minen reich geworden waren.

Der Befehl war erteilt, die Nachricht öffentlich verkündet worden, die Engländer seien der Ketzerei verdächtig und müßten Rechenschaft über sich abgeben. Sie wurden im ganzen Land gesucht und abgeholt, und wer einen Lutheraner versteckte oder nicht anzeigte, dem drohten Exkommunikation und die Konfiszierung seines Eigentums.

Don Emilio hatte zunächst nichts unternommen, um seine Investitionen zu schützen; möglicherweise war Diskretion die wirksamere Politik. Er hatte Gonzalo de Escovedo zu seinem Vater geschickt, um mit ihm über den Kanonengießer zu sprechen und die Familie zu beruhigen, aber nicht mehr. Denn schließlich war dieser Engländer jetzt ein echter Katholik. Und war seine ehrliche Absicht nicht doppelt bestätigt durch das Ehegelübde, das er abgelegt hatte? Der Mann hatte einen neuen Namen angenommen. Er widmete sich gewissenhaft seiner Arbeit, lebte abgeschieden auf der *encomienda*. Mit ein wenig Glück, hatte Don Emilio gedacht, konnte es Jahre dauern, bis die Inquisitoren nach Chalco kämen.

Aber Tavistock war verraten worden. Von wem, ob von einem Diener, einem seiner eigenen Leute, von einem anderen Engländer, der wußte, wo er sich aufhielt und was er machte, spielte keine Rolle. Die Inquisition hatte, durch wen auch immer, von ihm erfahren und ihn geholt.

An diesem Punkt hatte Don Emilio seine vizeköniglichen Privilegien ausgespielt. Als Statthalter Seiner Majestät verfügte er über gewisse Rechte, so daß er durchaus bestimmte kleinere Forderungen stellen konnte. Er hatte wegen der Kanonen vorsichtig Einspruch erhoben. »Eine Sache von höchster strategischer Bedeutung, Don Pietro. Das werdet Ihr sicher verstehen.«

Aber der Inquisitor hatte nur den Kopf geschüttelt. Bei ihrer zweiten formellen Begegnung hatte sich Don Pietro dann bemüht, seine Haltung zu erklären. »Euer Exzellenz sind vielleicht Stellvertreter eines Königs, aber bitte, bedenkt, unser Heiliges Offizium ist das Instrument Gottes.«

»Selbstverständlich, und wir waren uns ja auch einig, daß Lutheraner entlarvt werden sollen. Aber dieser Mann ist kein Lutheraner.«

»Einig?« wiederholte Don Pietro sich zurücklehnend und ohne eine Spur seiner zuvor gezeigten Liebenswürdigkeit. »Ich bin mir keiner Übereinkunft zwischen uns bewußt. Der Ausdruck ›Lutheraner‹ gilt auch für sogenannte Ex-Lutheraner und solche, die behaupten, sie seien *conversos*.«

»Aber ich bitte Euch – gemach, gemach«, hatte er jovial abgewiegelt, war aber unangenehm berührt von der Unnachgiebigkeit Don Pietros. Noch einmal hatte er seinen Stolz hintangestellt.

»Wie kann das sein, Don Pietro? Dieser Mann ist Konvertit. Ich kann das mit meinen eigenen Augen sehen. Er ist ein ebenso guter Katholik wie ich.«

»Tatsächlich?« Don Pietro legte eine bedeutungsvolle Pause ein, bis der fragliche Punkt bewertet und verbucht war. »Ich begrüße die großmütigen Bemühungen Eurer Exzellenz für unsere Sache, aber ich muß darauf hinweisen, daß genaue Angaben über die Tiefe und Aufrichtigkeit des Glaubens nur mit Hilfe jenes großen Wissensschatzes und jener Befragungskunst zu erhalten sind, die allein die *calificadores* des Heiligen Offiziums besitzen.«

Er hatte geseufzt und sich noch tiefer erniedrigt. »Aber man könnte doch gewiß über diesen einen Mann, der Seiner Majestät möglicherweise einen großen Dienst erweist, hinwegsehen, nicht wahr?«

Daraufhin hatte der Inquisitor die eng beschriebene Pergamentrolle vor ihn hingelegt und mit der Hand auf all die Namen gewiesen. »Es ist Gottes Wille, daß alle – *alle* hier aufgeführten Personen nach Ciudad de México gebracht und einzeln ins Gefängnis gesperrt werden, damit man sie dort befragen kann.«

»Und wenn Ihr feststellen solltet, daß er unschuldig ist?«

»Ah –«, Don Pietros häßliches Lächeln hatte ihn schockiert. »Sollte er wirklich unschuldig sein, würden wir ihn entlassen.«

»Das freut mich zu hören, Don Pietro«, hatte er gesagt und Anstalten gemacht zu gehen. »Das freut mich sehr, wirklich, und ich bin froh, daß wir einander verstehen.«

Don Emilios Augen ruhten unverwandt auf dem Inquisitionshaus, dessen Keller in Verliese umgewandelt waren, wo in einem der Mann saß, der für ihn der Schlüssel zum Ruhm gewesen wäre. Es ist ein Jammer, dachte er. Ich habe es versucht. Aber ob es der Engländer überlebt, ist vermutlich kein Thema mehr. Er hat seinen Zweck erfüllt. Wie man gute Kanonen gießt, werden seine Lehrlinge inzwischen gelernt haben. Jedenfalls bete ich zu Gott, daß es so ist, denn – jede Wette, daß er aus der *Placa del Marquese* nicht lebend herauskommt.

»Glaubst du an die Göttlichkeit Christi, John Tavistock?«

Der Hauptinquisitor, ein kleiner, grauhaariger Mann in rotem Gewand saß in einem hohen Stuhl hinter einem großen Eichentisch; zu seiner Rechten ein weiterer geistlicher Herr mit strengem Blick unter einer stark vorspringenden Stirn; er war vielleicht Ende vierzig und trug eine schwarze, rot paspelierte Soutane, zugeknöpft bis zum Hals und mit einer Pelerine über den Schultern. Stumm starrte er auf seine Papiere. Zur Linken des Hauptinquisitors saß ein jüngerer Mann in schlichtem Schwarz, der mühelos, weil darin geübt, aufschrieb, was gesprochen wurde; und ganz außen, im Schatten, saß gegen die Wand gelehnt ein großer Mann in einem schwarzen Habit. Auf dem Tisch, der sauber mit einem grünen flanellartigen Stoff bezogen war, standen eine kleine Glocke, ein Halbstundenglas, ein silbernes Tintenfaß, Federhalter und Federmesser. In der Mitte des Tischs lag eine vergoldete und in altes Leder gebundene Bibel.

»Ich frage Euch noch einmal: Glaubt Ihr an die Göttlichkeit Christi?«

»Ja.«

»Zeugen sagen, daß Ihr nicht daran glaubt.«

»Welche Zeugen?«

Der Mann rechts neben dem Hauptinquisitor antwortete: »Viele gute Menschen bieten sich uns als *familiares* an. Man braucht nichts weiter als eine reine Vergangenheit, um unserem Heiligen Offizium bei der Ausrottung des Bösen zu helfen.«

»Wer hat mich denunziert?«

»Es ist bei uns die Regel, das niemals zu sagen.«

»Sagt mir, wer behauptet, ich sei jetzt ein Ketzer.«

»Wir brechen keine Regeln. Wir halten uns an unsere Methoden.«

»Was genau wirft man mir vor?«

»Wir pflegen das nicht bekanntzugeben.«

»Wie soll ich mich dann verteidigen?«

»Es ist nicht Eure Sache, Verteidigungen vorzubereiten. Ihr sollt lediglich unsere Fragen wahrheitsgemäß beantworten.«

»Glaubt Ihr an die Göttlichkeit Christi?«

Tavistock war am Verdursten, das Blut pochte in seinen Schläfen und das Licht der hohen Kerzen tat seinen Augen weh. Er war längere Zeit in einem stockfinsteren Kerker eingesperrt gewesen. Waren es drei Monate oder sechs oder neun? Er konnte es nicht sagen. Das Kratzen der Feder zerrte an seinen Nerven. Er beobachtete den Sand, der durch das Glas rann, während die Fragen endlos wiederholt wurden. Immer wieder fragten sie dasselbe, bis er endlich das unwiderstehliche Bedürfnis empfand, mit anderen Worten zu antworten.

Nach dem zweiten Wenden des Glases tauchte eine neue Frage auf.

»Erzählt uns etwas über Euch.«

»Da gibt es nichts zu erzählen.«

»Jeder Mensch hat zumindest eine Geschichte zu erzählen.«

»Und manche mehr als eine«, sagte Bovilla.

»Könnt Ihr lesen?«

»Ja.«

»Und schreiben?«

»Ja.«

»Wißt Ihr, was das ist?«

»Eine Talgkerze.«

»Nehmt sie.«

»Warum?«

»Nehmt sie mit in Eure Zelle. Tinte und Feder werden Euch gebracht. Ihr werdet uns eine vollständige Beichte Eures Lebens aufschreiben mit jeder Einzelheit, genauso, wie Ihr Euch daran erinnert. Erst wenn Ihr damit fertig seid und nachdem wir sie geprüft haben, werdet Ihr wieder vorgeführt.«

»Und wenn ich mich weigere?«

»Ihr werdet Euch nicht weigern.«

Er litt überall am Körper unter Schmerzen.

Er wußte nicht, ob es Tag war oder Nacht. Er konnte einen Monat, ein halbes, ein ganzes Jahr hier gewesen sein – es gab keine Möglichkeit, dies festzustellen, keine regelmäßigen Zeiten, zu denen Wasser oder Brot gebracht, die viel zu hell leuchtende und die Augen blendende Kerze angezündet wurde. Kein Sonnenstrahl drang in den feuchtheißen Keller, nur die Fliegen fanden herein, angelockt von dem Gestank in der Ecke.

Seine Ohren lauschten auf jedes Geräusch jenseits der großen Eisentür. Es waren gedämpfte Geräusche, als hätten die Wärter ihre Füße mit Filz umwickelt. Sie hatten ihm befohlen, keinen Lärm zu machen, und als er nicht gehorchte, hatten sie ihm die Fußsohlen bis zur Empfindungslosigkeit geschlagen. Niemand sprach dort draußen, obwohl er sie oft leise vorbeigehen hörte. Kein menschlicher Laut drang zu ihm bis auf ein gelegentliches fernes Husten, ein Räuspern oder Schreie, die sich hinter einer anderen mit Filz abgedämmten Tür verloren.

Wann würden sie wiederkommen, um ihn zu schlagen? Die Angst davor hielt ihn ständig wach, bis sein Verstand bleischwer wurde und seine Gedanken ins Chaos taumelten. Bin ich krank? fragte er sich, weil er die unglaubliche Mattigkeit, die ihn erfüllte, nicht begriff. Sterbe ich? Haben sie Gift ins Wasser getan? Haben sie mir ein Fieber angehext?

Er legte sich zurück und stellte sich vor, der Raum stünde plötzlich verkehrt herum und er würde fallen. Er träumte, daß er träumte. Er merkte, daß er Wasser lassen mußte, aber er konnte nicht aufstehen, konnte seine Beine nicht dazu bringen, daß sie ihn trugen. Er hatte seine Beichte geschrieben nach der dritten Tracht Prügel, jede Einzelheit aus seiner Vergangenheit, an die er sich erinnern konnte, und danach waren sie gekommen, hatten die beschriebenen Blätter abgeholt und ihn in seinem Loch sitzen gelassen. Er fühlte den Druck in seiner Blase, aber er konnte sich nicht bewegen, und er brachte nicht die Kraft auf, die unmißverständlichen Regungen in seinem Bauch zu kontrollieren. Und dann war es zu spät. Der heiße Urin floß über seine Schenkel, und ein Geruch wie von verdorbenem Bier stieg ihm in die Nase, aber er konnte nur daliegen und sich sagen, daß es völlig gleichgültig weil nicht wirklich war und daß der Alptraum nichts anderes war als ein Alptraum.

Als er wieder in die blendende Helligkeit zu den Inquisitoren gebracht wurde, sagten sie ihm freundlicherweise, daß sie alles, was er geschrieben hatte, gelesen hätten. Sie saßen in der gleichen Anordnung wie zuvor, und sie sagten ihm auch wieder ihre Namen, befragten ihn nach seinem Glauben und befahlen ihm, das Vaterunser, das Ave Maria und das Glaubensbekenntnis auf lateinisch zu sagen, was er einst mühelos gekonnt hätte, aber schon nach wenigen Worten begannen seine Gedanken abzuschweifen, zu wandern, und sie gaben ihm Wasser zu trinken, damit er wie ein Mensch zu reden fortfahren konnte und nicht schrie wie ein Esel. Er dachte an Robert Barrett und die übrigen. Er wußte, daß viele von ihnen nur auf englisch ein Gebet sprechen konnten.

Dann fragten sie ihn mit dünnen, flachen Stimmen: »Bleibt nach der Wandlung Brot oder Wein übrig?«

»Nein.«

»Glaubst du, daß die Hostie, die der Priester bei der Wandlung in die Höhe hält, der wahre Leib Christi ist und daß sich im Kelch das wahre Blut Christi befindet?«

Tavistock schwieg.

»Antwortet.«

»Ich glaube.«

»Ihr lügt!«

»Nein.«

Der mit dem Namen Sanchez fuhr zornig auf ihn los: »Ihr lügt und versucht nur, Euer Leben zu retten! Denn Ihr wißt, wenn Ihr ehrlich sagtet, was Ihr glaubt, müßtet Ihr sterben.«

»Ich möchte sterben.«

»Was hat man Euch als Kind gelehrt?«

»An den Herrn Jesus Christus als meinen einzigen Erlöser zu glauben.«

»Nichts anderes?«

»Ich war das Kind armer Leute. Unsereins wurde nichts gelehrt.«

»Aber als Erwachsener hörtet Ihr nicht auf jene, die Euch auf Euren Irrtum hinwiesen – erst als Ihr nach Mexiko kamt. Warum?«

»In England hat mich kein Mensch nach meinem Glauben gefragt.«

»Es gibt viele Katholiken in England.«

»Die verhalten sich sehr still.«

»Wer befiehlt das?«

»Die Königin.«

»Eine böse Frau.«

»Ja.«

»Aber die Königin war nicht an jedem Ort in England.«

»Nein.«

»Wer zwang dann die Katholiken, sich still zu verhalten? Wer war Euer Hirte?«

»Niemand. Ich weiß es nicht.«

Er begann plötzlich zu zittern, daß seine Zähne wie Elfenbeinwürfel klapperten.

»Ihr gingt jeden Sabbat zur Kirche?«

»Ja.«

»In eine lutherische Kirche?«

»Wir nannten sie anglikanisch.«

»Aus freien Stücken?«

»Ich glaube schon.«

»Ja oder nein?«

»Ja.«

»Dann gingt Ihr freiwillig zu den Ketzern.«

»Ich ging zur Kirche wie alle anderen, die ich kannte.«

»Wie ein Schaf in der Herde.«

»Ja.«

»Doch Ihr sagtet, es gab keinen Hirten.«

»Das Gesetz in England zwang alle Männer und Frauen, zur Kirche zu gehen.«

»Dann gingt Ihr also doch nicht freiwillig? Lügt nicht schon wieder!«

Dann fragte ein anderer: »Gab es nie Zeiten, in denen Ihr gezweifelt habt? Nie Tage, an denen Ihr lieber nicht die Ketzerei des protestantischen Rituals mitgemacht hättet?«

»Solche Tage gab's schon.«

»Hat man Euch etwas über die Bilder der Heiligen gelehrt?«

»Bilder waren nicht erlaubt.«

»Ihr hattet ein Wort für den Brauch, Bilder zu haben, nicht wahr?«

»Wir nannten es Götzenanbetung.«

»Glaubt Ihr an Gott?«

»Ja.«

»Öffnet Eure Augen.«

Bovilla rückte die Blätter seines Lebenslaufs ins Licht und las darin. »Wenn ich Eure Geschichte lese, frage ich mich: Wie kam es zu diesem späten Wandel in Euren Überzeugungen?«

De los Rios, der Jesuit mit dem bläulichen Kinn, erklärte: »Wir stellen fest, wie bereits auch unsere Vorfahren, daß die Seele eines Menschen vergleichbar ist mit einem Tongefäß, formbar auf der Drehscheibe des Töpfers, also in der Jugend, aber zu fester Form gebrannt, wenn der Mensch älter geworden ist. Dann ist die Form starr und unveränderlich.«

»Und wenn das Gefäß unter Druck gesetzt wird«, fügte Bovilla ohne die Miene zu verziehen hinzu, »bricht es.«

»Und doch behauptet Ihr, Ihr hättet Euch verändert, John Tavistock«, sagte Don Pietro. »Und Ihr seid nicht gebrochen.«

»Mein Glaube hat sich geändert, ebenso wie mein Name. Ich heiße jetzt Juan de Tordesillas.«

»Ah! Einen Namen zu ändern, ist nicht schwer.«

»Alle Verbrecher haben angenommene Namen«, sagte De los Rios.

»Ich bin kein Verbrecher.«

»Und Alibis.«

»Ich bin kein Verbrecher.«

Bovilla schlug mit den von John beschriebenen Seiten auf den Tisch. »Ist das hier Euer Alibi, John Tavistock?«

»Es ist die Wahrheit, wie Ihr es verlangt habt.«

»Merkwürdig, daß Euer Bericht nicht mit den Berichten gewisser anderer Engländer übereinstimmt.«

»Wieso?«

»Sie behaupten alle, daß sie als Katholiken geboren und erzogen wurden.«

»Sie haben Angst.«

»Aber Ihr habt keine?«

Diesmal antwortete er nicht.

In der Kohlepfanne glühte die Kohle; Brandeisen steckten darin. Er entdeckte die entsetzlich verrenkte Gestalt von John Rider, der bewußtlos von der Folterleiter herabhing. Sie hatten ihm die Hände auf dem Rücken gefesselt, an die Knöchel Netze mit Steinen gehängt und ihn dann an den Handgelenken in die Höhe gezogen.

Peter Goodes nackter Körper lag auf dem Boden. Sein Kopf steckte in einer Lederhaube. Seine Nasenlöcher waren mit Stoff zugestopft. Sie drückten ihm den Hals zu und gossen durch einen Trichter Wasser in seinen Mund.

James Colliers Füße waren durch die Bastonade völlig zertrümmert. Sein Gesicht hatte eine gräßlich gelbe Farbe. Ein Eimer Urin wurde über ihn ausgeschüttet und er bäumte sich stöhnend auf. Der große Holzrahmen unter ihm war blutverschmiert. Beim Anblick seiner Beine brüllte er vor Entsetzen.

Ein Priester kniete mit Bibel und Kreuz neben Collier.

»Helft mir! Gott, hilf mir! O Gott, laß mich sterben!«

»Gestehe!«

»Was Ihr wollt.«

»Bereue deine Sünden!«

»Ich bereue!« schrie das Opfer mit vorquellenden Augen. »Ich bereue!« stieß er noch einmal schwer atmend hervor.

»Aber Gott will die Wahrheit hören, mein Sohn.«

»Die Wahrheit...«

»Er ist wieder ohnmächtig, Pater.«

»Hier ist ein anderer.«

Der Priester stand auf und kam lächelnd auf Tavistock zu. »Gefällt Euch unser hübsches Bett, *señor*?«

Dann fragte Don Pietro: »Seid Ihr nur deswegen zum *converso* geworden, damit Ihr Maria de Escovedo heiraten durftet?«

Er starrte sie an, und plötzlich war sein Zorn größer als seine Angst oder seine Erschöpfung. Die Erwähnung des Mädchennamens seiner Frau erfüllte ihn mit Panik. »Ihr braucht uns nur die Wahrheit zu sagen, und schon seid Ihr frei.«

»Ich habe Euch die Wahrheit gesagt.«

»Bedauert Ihr Eure Sünden und Beleidigungen, die Ihr in England gegen Gott und Unsere Liebe Frau und alle Heiligen begangen habt?«

»Um Gottes willen, ja!«

»Auf die Folterbank mit ihm!« befahl Bovilla.

»Müssen wir Euch wirklich foltern?«

Er rieb sich die Augen. Sein Mund war wieder ganz trocken.

Don Pietro wiederholte seine Frage, und tiefes Bedauern klang aus seinen Worten, daß eine solche Maßnahme nicht vermieden werden konnte. »Müssen wir es wirklich tun?«

»Ja!« rief Bovilla.

»Wenn Ihr nur offen zu mir sein wolltet und eine ehrliche Beichte ablegtet.«

»Ich habe Euch alles gesagt.«

»Oh, Ihr Verblendeter. Zeigt ihm, was ihm bevorsteht.«

Sie hatten sich üble Metzger und stumpfsinnige Kerle für ihre Folterkammer geholt sowie etliche andere, die sich daran weideten, andere leiden zu sehen.

»Darf ich diesen hier mit dem Gesicht nach unten legen, ehrwürdiger Vater?«

Eine gemeine Stimme flüsterte ihm ins Ohr. »Wir machen es mit dir mit ein paar heißen Eisen, bevor du in diesem Bettchen schläfst, Ketzer.«

Sie zwangen ihn, sich das *potro* anzusehen, fesselten ihn an Knöcheln und Handgelenken auf das Bett; doch wenn das ein Bett war, dann war es nach dem gebaut, das einst dem schrecklichen Prokrustes gehörte. Sie klemmten ihm ein dikkes Seil zwischen die Zähne und zogen es wie Zügel soweit nach hinten, daß es ihn würgte. Dann drehten sie die Winden am oberen und unteren Ende des Betts; die hölzernen Sperrhaken klickten wie die Winde des Ziehbrunnens vor seiner Schmiede.

Wo bist du, Maria? dachte er, halb irrsinnig vor Angst. Denkst du an mich?

Und dann begann die Folter.


Maria hatte nicht lang gezögert. Sie hatte die Erbstücke und das Pferd gestohlen und war aus der Gefangenschaft ausgebrochen, die ihre Familie in Chalco über sie verhängt hatte. Sie war nach Ciudad de México gekommen, um zu tun, was sie tun konnte. Tag und Nacht hatte sie vor der Residenz des Vizekönigs mit ihrer Petition gewartet, aber die Wachen wollten sie ohne Ausweis nicht einlassen, und sie hatte es nicht gewagt, ihre Identität preiszugeben aus Furcht, die Leute, die ihr der Vater nachgeschickt hatte, könnten sie finden.

Sie hatte ihre Hoffnung auf Gonzalo gesetzt. Ihr Bruder mußte ihr helfen. Er würde ihr bestimmt eine Audienz bei Don Emilio verschaffen. Aber als sie sich nach ihm erkundigte, hieß es, der ehrenwerte Hauptmann sei weit fort in Vera Cruz.

Ohne Freunde hatte die Stadt plötzlich ein anderes Gesicht. Eine düstere, von Angst geprägte Stimmung hatte sich ausgebreitet. Die Türen der Reichen hatten sich vor ihr verschlossen. Nur wenige wagten, ihre Bitten anzuhören, und diejenigen, die es taten, erklärten sich als ebenso hilflos wie sie oder sie nützten die Gelegenheit, sie daran zu erinnern, wie dumm es von ihr war, sich auf eine Heirat mit einem Ketzer einzulassen. Einige versuchten sogar, sie in die Falle zu locken und nach Chalco zurückzuschicken. Daraufhin hatte sie sich von ihrem hochwohlgeborenen Bekanntenkreis abgewendet.

Sie hatte das Pferd verkauft, sich eine bescheidene Unterkunft und Witwenkleider besorgt. Sie ertrug es, daß auf der Straße hinter ihr hergeflüstert wurde, daß die Bauersfrauen sie für verrückt hielten, daß sie hämisch darüber rätselten, welchen Fehltritt sie wohl begangen hatte. Sie nahm es ohne mit der Wimper zu zucken hin, wenn die Kinder Steine nach ihr warfen, ihr Grimassen schnitten und den abergläubischen Haß ihrer Eltern frech vor ihr ausspielten; und ebenso die übelriechenden Trunkenbolde, die ihr nachts begegneten und sich an sie drückten, wenn sie ihre Schönheit bemerkten, die ihr unsittliche Anträge machten und sie betatschten, bis sie ihnen ihren rasiermesserscharfen Beschützer zeigte, den sie in ihrem Rock verborgen hielt.

Es hatte Gerede gegeben. Die Leute ihres Vaters hatten die Gerüchte gehört. Ihre Zofe Clara und zwei Diener ihrer Mutter hatten Hand an sie gelegt, um sie gewaltsam nach Hause zu bringen, aber sie hatte sich gewehrt. Sie versuchte, sie zu überreden, ihr zu helfen statt sie aufzuhalten, aber sie hatten nur die Worte ihres Vaters wiederholt. Also hatte sie ihren Dolch gezogen und gedroht, sich selbst umzubringen, wenn sie sie nicht laufen ließen.

Und so war sie schließlich völlig verzweifelt zu den Ställen von Pedro Gomara gekommen.

»Bitte, du mußt mir helfen!«

»Kommt herein, meine Dame. Kommt herein.«

Er hatte einen Platz auf seiner Bank für sie abgestaubt und ihr einen Teller Bohnensuppe angeboten, die sie nicht essen wollte. Er hatte sich für sein bescheidenes Heim entschuldigt und zahnlos, aber mitfühlend gelächelt, bis ihre Tränen getrocknet waren.

»Was kann ich für Euch tun?« fragte er, nachdem er ihr gegenüber an dem roh gezimmerten Tisch Platz genommen hatte. Der intensive Geruch der *burros* zog durch das stallähnliche Haus, Zaumzeug und alles mögliche andere Gerät hingen an den Wänden. Vor der Stalltür knabberte ein Fohlen vorsichtig an einer Distel. »Du weißt, daß Juan im Gefängnis ist«, sagte sie.

»Ich hörte die Bekanntmachung.«

»Ich muß versuchen, ihn zu retten.«

Er tätschelte den schmalen, schon grau werdenden Kopf seiner ältesten Hündin, dann verschränkte er die Hände auf dem Tisch. »Ihr wißt sicher, daß Ihr nicht darauf hoffen könnt, ihn jetzt zu retten.«

Ihr Gesicht war weiß wie die Wand und von Angst und zu wenig Schlaf gezeichnet. »Ich kann das nicht glauben. Ich darf es nicht glauben. Sie werden ihn verbrennen, Pedro. Verstehst du? *Sie werden meinen Mann verbrennen.*«

»Ruhig, ruhig.«

»Pedro Gomara, du bist ein rechtschaffener Mann. Du bist Soldat gewesen. Du mußt mir helfen oder ich werde mich eigenhändig umbringen.«

»Ruhig jetzt, liebe Dame. Hört Euch selbst zu! Seid Ihr nicht die Tochter der Familie Escovedo? Ich werde Euch helfen. Nur Mut. Und plant, wie Euer Vater eine Sache planen würde. Denkt nach, wie Ihr die Inquisitoren dazu bringen könntet, ihren Entschluß zu ändern. Aber gefährdet dabei nicht Euer eigenes Leben. Diese schwarzen Mönche werden Eure Hingabe nur als ketzerische Schande auslegen.«

Sie nickte bestürzt, als sie erkannte, wie klug der Rat dieses alten Soldaten war. »Ich muß eine Möglichkeit finden, mit Don Pietro zu sprechen. Ich muß ihm erklären, daß Juan wirklich Katholik ist, daß er wirklich bekehrt ist. Aber die Wachen, die er vor seiner Tür postiert hat, lassen mich nicht ein.«

Gomara hob abwehrend die Hände. »O nein, liebe Dame! Ihr dürft nicht zu Don Pietro gehen.«

»Aber wenn ein Mensch den Beschluß des Tribunals aufheben kann, dann nur er.«

Gomaras Augen verdüsterten sich. »Es gibt nichts, das ihn veranlassen könnte, seine Meinung zu ändern.«

Maria hob ihre Röcke und brachte einen Lederbeutel zum Vorschein. Sie öffnete ihn und schüttete ein funkelndes Sortiment von Edelsteinen auf die zerkratzte Tischplatte. »Schau! Meine Juwelen könnten das Lösegeld sein.«

»Ich glaube nicht, liebe Dame.«

»Aber man hat mir erzählt«, fuhr sie in fieberhaftem Eifer fort, »Don Pietros Habgier sei grenzenlos. Die Inquisition finanziert sich durch die Beschlagnahmungen. Und das hier sind keine französischen Similisteine; sie sind echt und viel wert!«

»Dann laßt sie um Gottes willen nicht Don Pietro sehen.«

»Aber –«

Gomara schüttelte den Kopf. »Ich habe Leute wie diesen Don Pietro schon früher erlebt. Und in Vera Cruz erzählten mir die *marineros*, wie sein Eifer mit ihm durchgegangen ist auf dem Schiff von Admiral Luzon. Nein, meine Dame, das ist ein Fanatiker. Mit ihm kann man nicht handeln. Wenn Ihr ihm Eure hübschen Steine zeigt, wird er sie nehmen, und um seinen Diebstahl zu verschleiern, muß er Euch ins Gefängnis werfen.«

»Aber was soll ich tun.«

»Wir haben ein paar Verbündete bei diesem Kampf.«

»Sogar Conzalo ist in Vera Cruz«, sagte sie verbittert. »Alle, die ich für Freunde hielt, haben mich im Stich gelassen. Ich kann es immer noch nicht fassen, daß sie so feige sind.«

»Ihr dürft sie nicht tadeln. Sie fürchten sich. Ihr müßt begreifen, daß sich das Offizium nach anderen umsehen wird, die es anklagen kann, sobald die Engländer abgeurteilt sind.«

Eine Weile herrschte in dem kleinen Raum Totenstille.

»Dann muß Juan also sterben?«

Gomara hob den Kopf. »Gebt die Hoffnung nicht auf.«

»Glaubst du, er wird entkommen?«

»Er ist in einem Keller eingesperrt, allein und gut bewacht, umgeben von drei Fuß dicken Mauern. Er kann nicht entkommen. Aber –«

»Ja?«

Tränen glänzten in ihren Augen. Ihr ganzes Leben hing davon ab, was der *muletero* jetzt sagen würde.

»Ich weiß eines, meine Dame. Euer Bruder Gonzalo ist mit Sicherheit nicht in Vera Cruz.«

Dann sagte er ihr, was sie tun mußte.


Der Marktplatz lag völlig im Dunkeln, als sie ihn hastig überquerte. Scharf hoben sich die Türme und Zinnen des vizeköniglichen Palastes vor dem sternenübersäten Himmel ab. Das hölzerne Podium der Inquisitoren stand leer und unheimlich auf dem Platz. Am schmiedeeisernen Tor wurde sie von der Wache angehalten. Der Mann sah ihre billige Kleidung und verwehrte ihr den Eintritt.

»Verschwinde, Frau! Du kannst hier nicht durch.«

Der Wachmann war ein kräftiger Soldat mit pockennarbigem Gesicht und struppigem Bart.

»Wie könnt Ihr es wagen, so mit mir zu sprechen?«

»Mach, daß du fortkommst, bevor wir die Hunde auf dich hetzen«, ließ sich ein zweiter, kleinerer Mann vernehmen und stieß ihr seine Laterne ins Gesicht. »Los, hau ab.«

Aber sie ließ sich nicht vertreiben. »Ich bin die Schwester von Hauptmann Gonzalo de Escovedo. Ich muß ihn sprechen.«

Der große Wachsoldat beugte sich vor und blickte sie wenig überzeugt an. »Der Hauptmann ist nicht hier.«

»Lüg mich nicht an, Soldat.«

»Er ist nicht hier, wenn ich es Euch sage.«

Sie brachte aus ihrer Rocktasche einen großen ovalen Rubin zum Vorschein und ließ ihn im Licht der Laterne funkeln. »Dieser Stein sagt, daß dein Hauptmann heute abend mit dem Vizekönig speist.«

Der schmächtigere Wachsoldat nahm den Stein, benetzte ihn mit Spucke und rieb ihn an seinem goldbetreßten Ärmel blank. Dann sah er sich um, ging zum Fenster und ritzte einen Kratzer in die Scheibe.

»Ich werde den Hauptmann holen, *señora*.«

»Beeilt Euch.«

Er verschwand und kehrte wenige Augenblicke danach mit Gonzalo zurück, der sehr ungehalten über die Störung war. Er packte sie grob am Arm und führte sie weit genug in den Palast hinein, um außerhalb der Hörweite der Wachen zu sein.

»Maria«, zischte er dicht neben sie tretend, »bist du wahnsinnig? Was tust du hier? Weißt du nicht, daß unser Vater hier ist und die ganze Stadt nach dir durchkämmt? Wo bist du gewesen?«

»Ich will den Vizekönig sprechen.«

»Red keinen Unsinn. Das ist unmöglich!«

»Gonzalo, ich muß ihn sehen!«

Er bebte vor Zorn. »Begreifst du nicht? Bei der heiligen Jungfrau! Du bist *so weit* –« und dabei schnippte er mit Daumen und Zeigefinger vor ihrem Gesicht – »nur so weit davon entfernt, uns alle vor das Inquisitionstribunal zu bringen. Gott sei Dank, daß ich dich gefunden habe. Nun kann sich dein Vater um dich kümmern.«

»Du hast mich nicht gefunden! Ich habe dich gefunden!«

Ihre Stimme hallte in dem hohen Gewölbe. »Du mußt mir helfen, Gonzalo«, flehte sie. »Wenn je eine Schwester die Hilfe eines Bruders brauchte, dann jetzt. Sag nicht nein. Bitte!«

»Ich soll dir helfen? Wobei? Daß du einen Weg findest, um den Engländer aus dem Kerker zu holen. Du wirst uns alle ins Grab bringen.«

»Er ist dein Schwager. Du bist ihm verpflichtet.«

»Ich habe dich von Anfang an vor ihm gewarnt, Maria. Aber du hast mir nicht gehorcht.«

»Heuchler! Du warst es, der ihn zu mir gebracht hat. Und jetzt willst du aus Angst vor der Inquisition nichts mehr davon wissen. Bring mich zum Vizekönig oder ich verklage dich bei Don Pietro als Teufelsanbeter!«

»Um Christi willen, nimm dich zusammen!«

Sie neigte den Kopf und wiederholte ihre Drohung mit tödlicher Endgültigkeit: »Bring mich zu Don Emilio oder ich tue genau das, was ich gesagt habe.«

An allen Ecken tauchten Gesichter auf. Türen wurden aufgerissen. Gonzalo führte sie rasch den von Kerzen erhellten Korridor entlang ins Innerste des Palastes, einen stillen gepflasterten Innenhof mit Springbrunnen und Säulengang. Hier blieb er wieder stehen und versuchte, sie mit beschwörenden Worten und Gesten zur Vernunft zu bringen. »Denk sorgfältig nach, ich bitte dich, Maria. Ich bin schon einmal beim Vizekönig vorstellig geworden, und ich habe seine Antwort gehört. Er wird nie davon abgehen. Und selbst wenn er es täte – was könnte er unternehmen? Er hat keine Gewalt über das bischöfliche Gefängnis. Selbst er ist machtlos, wenn es darum geht, deinen Mann zu retten.«

»Bring mich zu ihm!« schrie sie, und es hörte sich an wie ein Todesschrei in einer Kathedrale.

Erschrocken legte er ihr die Hand über den Mund und führte sie weiter zu einer großen, kunstvoll gehämmerten Kupfertür. Die zwei Wachen davor nahmen Haltung an, als sie Gonzalos Uniform gewahrten. Keiner wagte es, Maria anzusehen. Sie blickten starr geradeaus und ließen den Ersten Leutnant des Vizekönigs passieren. Drinnen saß Luis de Vega, der Privatsekretär des Vizekönigs, an seinem Schreibtisch.

»Ist Don Emilio im Haus?« fragte Gonzalo ohne Förmlichkeiten.

Vega, ein Mann Mitte vierzig mit Augengläsern und glattem schwarzen Haar blickte langsam von seiner Lektüre auf und betrachtete interessiert die schmutzige, schäbig gekleidete Frau an Gonzalos Seite. »Er ist im Haus, Hauptmann Escovedo. Aber Ihr könnt nicht hinein. Der Hauptinquisitor ist bei ihm. Wer ist das?«

»Danke.« Gonzalo blickte seine Schwester finster an, doch als er sich zur Tür wandte, weigerte sie sich, ihm zu folgen.

»Maria —«

»Wir werden warten.«

»Wie Ihr wollt.« Vega zuckte die Achseln und saugte an einem hohlen Zahn. »Es kann aber eine Weile dauern. Darf ich fragen, in welcher Angelegenheit Ihr hier seid?«

»Das ist vertraulich.«

»Sehr wohl.«

Maria setzte sich ihm gegenüber auf die äußerste Kante einer Polsterbank. Gonzalo stand vor ihr mit dem Rücken zum Sekretär. Seine Gesichtsfarbe ließ erkennen, wie peinlich es ihm war, daß er sich vor Vega eine solche Blöße geben mußte. Er schien förmlich darauf zu warten, daß Vega eine geringschätzige Bemerkung machte, aber der Sekretär klappte nur die Drahtbügel seiner Brille auseinander und legte sie sich um die Ohren. Die einzige Geringschätzung, die er sich erlaubte, war seine völlige Gleichgültigkeit.

Hatte sich der Eseltreiber vielleicht doch geirrt? fragte sie sich. War der Inquisitor wirklich so schrecklich? Sollte sie sich der Gnade oder Ungnade Don Pietros ausliefern, wenn er jetzt erschien? Ein Mann Gottes hatte bestimmt Mitleid. Ihrem Mann zuliebe würde sie sich ihm zu Füßen werfen, sie würde ihn bitten, das Urteil zu revidieren, der Vizekönig würde ihre Bitte unterstützen, und Juan wäre gerettet.

Die Tür des Vizekönigs öffnete sich. Erstaunt sah Maria Doña Isabella an der Seite ihres Gatten stehen. Don Emilio wirkte unterwürfig, beinahe ehrerbietig vor dem winzigen Mann in Rot.

Sie stählte sich innerlich. Jetzt war der Augenblick gekommen. Wenn sie sich dem Inquisitor zu Füßen werfen sollte, dann mußte es jetzt geschehen. Als sie sich erhob, blickte der Vizekönig plötzlich auf, aber als er sie erkannte, drückte sein Gesicht so großes Mißfallen aus, daß sie erstarrte.

»Was tut sie hier, Escovedo?« fauchte er zornig und packte Gonzalo am Arm. Dann ging er rasch mit dem Inquisitor und der eifrig Konversation machenden Doña Isabella an ihnen vorbei.

Als das Echo von Doña Isabellas nasaler Stimme erstarb, sagte Vega zu Gonzalo: »Ich habe Euch gewarnt. Er war sehr beschäftigt heute abend. Wollt Ihr noch länger bleiben? Ich bin sicher, er ist bald wieder zurück.«

»Wir gehen jetzt.«

Er ergriff Marias Arm, aber sie wehrte ihn ab. »Nein. Ich gehe nicht.«

Als Don Emilio zurückkam, führte er Gonzalo und Maria sofort in seine Privatgemächer. »Ich wünsche eine Erklärung, Escovedo!«

»Exzellenz, ich bedaure den Vorfall sehr. Meine Schwester –«

Unvermindert zornig wandte sich der Vizekönig an Maria. »Was tut Ihr hier? Wißt Ihr nicht, daß sich Eure Familie große Sorgen wegen Euch macht? Und daß es hier für Euch gefährlich ist?«

»Ich – ich mußte Euch unbedingt sehen, Exzellenz«, stammelte sie, erschrocken, ihn so wütend zu sehen. »Es ist wegen meines Mannes.

»Was ist mit ihm? Er steht unter Arrest. Ich kann nichts für ihn tun.«

Doña Isabella kam herein und musterte sie kühl.

»Bitte, Ihr müßt ihn retten. In Eurem eigenen Interesse, Don Emilio.«

»Was meint sie, Emilio? Sprich, Kind.«

»Die Kanonen. Es sind die Kanonen. Juan sagte mir, er habe das Geheimnis, wie das Metall gemischt werden muß, für sich behalten. Es ist nur in seinem Kopf. Ohne dieses Wissen kann die Gießerei keine weiteren Kanonen machen. Wenn er stirbt, werdet Ihr Seine Majestät mit Eurer Arbeit nicht beeindrucken können, und er wird Euch nicht nach Spanien zurückholen.«

Der Blick des Vizekönigs glitt zu Gonzalo. »Stimmt das?«

Gonzalo machte eine hilflose Bewegung. »Ich weiß es nicht, Exzellenz. Es könnte so sein.«

Doña Isabella sah, wie sich ihr Mann schwerfällig auf einen Stuhl sinken ließ. Obwohl äußerlich ruhig, kochte sie innerlich vor Wut. Du Narr, dachte sie. Warum bist du diesem Don Pietro nicht wie ein Mann gegenübergetreten? Nun sitzen wir beide hier in der Falle, in dieser widerwärtigen Kolonie, und das für immer. Ich werde Madrid nie wiedersehen. Nie. Ich hasse dich, Emilio. Ich hasse deine Schwäche, deinen Stolz und die Art, wie du mich behandelst. Du wußtest, die Kanonen waren unsere einzige Hoffnung, und trotzdem läßt du dir von Don Pietro den Engländer wegschnappen. Und statt heute abend etwas für seine Freilassung zu tun, kriechst du vor diesem stinkenden kleinen Priester auf dem Bauch. Ist es dir gleichgültig, daß wir hier fast wie Schiffbrüchige ausgesetzt sind am äußersten Ende der Welt?

»Wißt Ihr, warum der Hauptinquisitor heute abend hier war, *señora*?« fragte Don Emilio. Er hatte sich etwas beruhigt. In seiner Stimme schwang echtes Mitgefühl. »Ich habe Don Pietro heute abend um die Freilassung Eures Gatten ersucht, aber er ist meiner Bitte nicht gefolgt. Es gibt keine gesetzliche Handhabe, mit der ich seinen Entschluß aufheben könnte.«

»Dann findet einen anderen Ausweg. Ich bitte Euch!«

»Gonzalo, bitte, bringt sie zu Eurem Vater. Sie muß begreifen, daß sie hier nur Schaden anrichtet.«

»Jawohl, Exzellenz. Komm jetzt, Maria.«

Plötzlich meldete sich Doña Isabella zu Wort. »Laßt sie bei mir, Hauptmann. Ich weiß, wie ich sie beruhigen kann. Sie braucht jetzt den Trost einer Frau und keine gestrengen Ermahnungen.«

Maria zitterte am ganzen Leib, als sie sich aus dem Zimmer des Vizekönigs führen ließ. Als sie allein waren, sagte Doña Isabella: »Sag mir, Kind, woher wußtest du, daß der König zögern würde, seinen Vizekönig aus Mexiko zurückzurufen, sollte mein Mann den Wunsch äußern, heimzukehren?«

Maria blickte zu ihr auf. Sie empfand einen Stich, als sie erkannte, daß sie ihr Wissen über die Vergangenheit des Vizekönigs offenbart hatte, aber es erschien ihr plötzlich unwichtig. »Ich wußte schon seit langem, daß Don Emilios Ernennung hier praktisch einem Exil gleichkam, und daß er mit Hilfe der Kanonen die Gunst des Königs wiedererlangen wollte.«

»Das war sehr gut beobachtet, Maria.«

»Ich weiß auch, daß der König ihn hierher schickte, weil er ein schweres Verbrechen verübte und damit doch gleichzeitig Seiner Majestät einen großen Dienst erwiesen hat.«

»Und weißt du auch, worin dieser Dienst bestand?«

»Nein, Doña Isabella.«

Das vollkommene Oval dieses Mädchenantlitzes, das sich ihr zuwandte, verwirrte sie, weil es ihr schmerzlich bewußt machte, daß auch sie eine Tochter wie Maria haben könnte, hätte sie nicht einen Mann geheiratet, der es in den zwanzig Jahren ihrer Ehe kein einziges Mal geschafft hatte, sie schwanger zu machen. Emilio hat mein Leben ruiniert, dachte sie, als sie in die vor Kummer geröteten Augen Marias blickte. Es ist allmählich Zeit, daß er dafür bezahlt.

»Ich werde dir Don Emilios Verbrechen verraten«, sagte sie. »Aber du mußt mir versprechen, daß du es benützt, um seine Hilfe zu erwirken: Er muß dir helfen, deinen Mann zu befreien.«

# 18

Mit verschränkten Armen und zufrieden mit sich und der Welt stand Tavistock auf dem Quarterdeck der *Antelope*. Der Morgen war angenehm kühl. Die Sonne stand tief und orangerot verschleiert am östlichen Horizont. Über den kleinen Inseln, zwischen denen sie hindurchfuhren, hing der Frühnebel. Das Deck war noch naß und der Scheuersand knirschte unter seinen Stiefeln. Da und dort saßen auf den breiten Geländern und Grätings große, herrlich gemusterte Falter und warteten zitternd auf die wärmende Sonne – grüne dreieckige Hinterflügel, pudrige Deckflügel, gefiederte Fühler, stachelige Beine und amethystfarbene Augen. Wunderschön. Jeder einzelne ein Kunstwerk Gottes. Sie waren von der fauligen Luft, die der Dschungel nachts ausatmete, aufs Meer geweht worden und lagen nun verstreut wie Fischköder auf dem wogenden Ozean. Ein herrlicher, aber von keinem menschlichen Auge wahrgenommener Anblick, vergeudet wie der Regen, der über dem Meer niederging. War es nicht merkwürdig, daß es Gott über dem Meer regnen ließ? Die Wege des Herrn waren in der Tat unerfindlich.

Er unternahm einen weiteren Rundgang auf dem Deck, und diesmal konzentrierten sich seine Gedanken auf die praktischen Dinge des Lebens. Seine Augen folgten den neu gespannten Tauen. Sie waren viersträhnig, rechtslinksgedreht, aus einer eigenartigen Faser, die völlig anders war als jedes Material, das er bislang gekannt hatte. Der portugiesische Kauffahrer, den sie ausgeschlachtet hatten, war damit getakelt gewesen. ›Sisal‹ hatte es der Pilot genannt und gesagt, daß es aus der Agave gewonnen wurde, einer Pflanze, die in Mexiko wuchs. Er fuhr mit den Fingern über eines der

Taue am Besanmast, wo es durch seine Jungfer geschert war. Er hatte vorgehabt, das stehende Gut mit diesen Sisaltauen zu erneuern, hatte sich dann aber doch dagegen entschieden. Wenn man so lange zur See gefahren war wie er, lernte man seine Taue kennen; wie sie in der Kälte und unter der heißen Sonne verwitterten, wieviel Belastung sie aushielten, wo sie reißen und wo sie halten würden. Von Amyas Poole hatte er gelernt, ein Tau festzumachen, zu spleißen, zu zurren, zu stecken, aufzuschießen und einzustroppen, aber dieses Sisal schien ein armseliger Ersatz für ordentlichen Hanf zu sein. Es mußte auch so gehen.

Von der Erinnerung an Amyas Poole wanderten seine Gedanken weiter zu seinem Bruder. Job Hortops Worte ließen ihn nicht los und beschworen immer wieder das beschämende Bild herauf, wie John gemütlich in Mexiko saß mit einer Frau und einer eigenen Schmiede, in der er Waffen für den Feind herstellte – wo er zum Feind geworden war. Nach all den Stunden, in denen er immer wieder um Johns Leben gebangt hatte, nach den Nächten, in denen er sich im Tower das Hirn zermartert hatte, wie er ihn freibekommen könnte; nach all den Widerständen und Risiken, denen er getrotzt hatte – und nun wozu? Die Enttäuschung hatte ihn schwerer getroffen als sich irgendeiner von Drakes oder von seinen eigenen Leuten vorstellen konnte. Die Spanier hatten John, seinen Körper, gefangengenommen – das konnte er verstehen, das hätte er ihnen sogar von Mann zu Mann verzeihen können; und er konnte sich vorstellen, ganz friedlich mit ihnen über Johns Freilassung zu verhandeln. Aber daß sie seinen Verstand verhext hatten, diese teuflischen Priester, und seine Seele verführt, dafür, bei Gott, dafür würden sie bezahlen!

Aber er wollte langsam und schrittweise vorgehen. Mit Vorbedacht und nach exakter Planung würde er sich seine Entschädigung holen. Als Lösegeld würde er wohl nicht mehr dienen, aber er würde sich von den Spaniern eintausend Pfund für jedes Pennygewicht von Johns Körper holen.

Tavistock hatte mit seiner neuen Mannschaft von Anfang an hart gearbeitet und sie nach seinen Vorstellungen geformt. Er hatte Thomas Fleming, dem Schotten, und John Oxenham, Männern, denen er vertraute, erklärt, daß Führerschaft etwas war, das man lernen konnte.

Beide Männer waren, ebenso wie Bowen, lernfähig. Im Grunde war Führerschaft einem Mann angeboren, aber sie konnte ihm auch unter guter Anleitung beigebracht werden. »Sorgt dafür, daß euch eure Untergebenen lieben, und wenn sie euch nicht lieben, müssen sie euch fürchten. Vor allem aber müssen sie Respekt vor euch haben. Wenn ihr straft, dann nie im Zorn. In jedem Fall sucht zuerst nach einer Möglichkeit, wie der Missetäter den angerichteten Schaden gutmachen kann. Duldet keine Mißachtung Ihrer Majestät, der Königin, und seht in einer Beleidigung ihrer Person eine, die gegen euch gerichtet ist. Sucht euch ein paar Leute aus als Vorbild für die anderen. Vertraut ihnen, aber fordert auch mehr Leistung von ihnen und stets mehr als ihr ihnen zutraut. Nehmt euch in acht vor denen, die zu viel reden. Vertraut ihnen kleine Geheimnisse an und seht zu, wohin diese Geheimnisse wandern und wer euch verrät, denn wenn einmal ein großes Geheimnis anvertraut werden muß, müßt ihr wissen, wohin es weitergetragen wird. Prägt euren Männern ein, immer so zu handeln, als würden sie von feindlichen Spionen beobachtet, und vergeßt nie, daß bei einem Gefecht fünf gute Männer immer zehn guten und einem Feigling überlegen sind.«

In den Tagen und Nächten ihrer Überfahrt waren diese Grundsätze allen an Bord in Fleisch und Blut übergegangen. Und obwohl sie wußten, daß sie nur einhundertundsiebzehn Seelen waren, glaubten sie fest, daß sein Plan Erfolg bringen würde – wie immer dieser Plan auch aussah.

Zwischen den Jahreszeiten, in denen die Schatzschiffe fuhren, hatte sich die *Antelope* hervorragend durchgeschlagen. Dicht unter der Küste von Darién auf Panama zulaufend hatten sie fünf kleine Küstensegler aufgebracht und sich von ihnen verproviantiert: Fässerweise Rind- und Schweinefleisch, ein 500-Liter-Faß mit Wein, mehrere Fäßchen mit Schnaps, große Mengen Trockenerbsen und Sauerkraut, gepökelten und gepickelten Fisch, Zitronen, Essig, Öl, Malz, Hafermehl, Senfkörner, Säcke voll Brot, getrocknetes Gemüse, Salz, Mehl – alles, was sie sich nur wünschen konnten. Sie hatten die Spanier, die kaum Widerstand leisteten, jedesmal in Küstennähe in Boote versetzt und die ausgeplünderten Schiffe verbrannt. Sie hatten kein Blut vergossen, aber den Spaniern gewaltige Angst eingejagt, und Angst war eine ansteckende Krankheit.

Die Islas Mulatas waren ihr Ziel gewesen.

»Boaz, geh jetzt an Land, und bei Gott, beeil dich, Bruder.«

»Aye, Captain.«

Boaz' weiße Augäpfel hatten kurz übermütig aufgeblitzt, als er in jener unheimlichen, stockfinsteren Nacht völlig allein zu dem gefährlichsten aller Landgänge aufbrach. Alle, die ihn vom Schiff gehen sahen, bewunderten seinen Mut, denn sie wußten, wenn die Spanier einen Schwarzen fingen, zogen sie ihm lebendig die Haut ab, Engländer oder nicht.

Dann hatten sie unter John Oxenhams Kommando ein Vorratslager an Land angelegt: Kohlen, Brennholz, Ballen von Tuch und Geschenke, um die Indianer versöhnlich zu stimmen. An einem steilen Strand hatten sie Kisten mit Ausrüstungsgegenständen versteckt: eine Hobelbank, Werkzeug zum Säubern der Schiffskiele, Hölzer, zerlegbare Pinassen, Bootsmannsbedarf, Hängematten, Seekisten und Seesäcke, Messetische und Stühle, Eimer und Wannen, Laternen, eine Esse und Blasebälge für den Schmied; Werkzeuge, ein zusätzlicher Anker, und Waffen: neue und teure Radschloßpistolen, Entermesser, Musketen, Piken, Fässer mit Schießpulver, Kanonenkugeln und genug Geschütze, um die Spanier aus der Neuen Welt hinauszupusten.

Dann waren sie nach Westen gefahren und hatten auf hoher See vor Nombre de Dios gekreuzt. Der portugiesische Pilot aus Havanna hatte Tavistock eine Menge erzählt – daß die

Schatzflotte in Kürze im Isthmushafen erwartet würde, daß ihr Kommandant Diego Flores de Valdes sein würde, und daß der Schatz nicht in Nombre de Dios lagerte.

»Der Überfall von El Draque hat die Spanier ihre Gewohnheiten ändern lassen, *senhor*«, hatte der Pilot berichtet. »Und sie wissen jetzt, daß noch ein anderes Pir – äh, Schiff in der Karibik kreuzt. Aber an der Südseeküste von Panama besteht für sie keine Gefahr. Vielleicht lassen sie ihr Silber dort liegen, bis Valdes seine Schiffe in den Hafen bringt.«

»Wie können wir die Spanier nach Captain Drakes Besuch denn noch ausrauben?« hatte Fleming gefragt, nachdem sie den Piloten an Land gebracht hatten. »Nombray wird ein einziges Wespennest sein.«

»Wir fahren nicht nach Nombray«, hatte Tavistock geantwortet.

»Wohin dann, Captain?«

»Alles zu seiner Zeit, Thomas.«

Schließlich sichteten sie Land, genau an der Mündung des Flusses Chagre, an der schmalsten Stelle der beiden Amerikas, wo die Küste südwestlich bis westlich verläuft. Tavistock wußte, daß die Spanier diese Gegend den Golfo de los Mosquitos nannten. Hier, in einer Bucht bei der Insel Escudo de Veragua, gingen sie neben Drakes Schiffen vor Anker und mußten erfahren, daß Drake knapp einer Katastrophe entkommen war.

»Achtundzwanzig sind bis jetzt gestorben«, berichtete Drake. »Die meisten am Tropenfieber.«

Tavistock fürchtete dieses tödliche Fieber, bei dem die Seeleute fantasieren und schwitzen und das Meer für eine grüne Wiese halten, auf der sie spazierengehen wollen. Er sah, daß sich auch Drake große Sorgen machte. »Verdorbenes Wasser, was meinst du?«

Drake schüttelte den Kopf. »Die Krankheit ist vorbei, aber bei den Übriggebliebenen ist der Kampfgeist erloschen. Die meisten wollen nach Haus. Sie denken sich, ein

Versprechen, das sich bei ihren toten Kameraden nicht erfüllt hat, wird auch bei ihnen nicht eingelöst werden.«

»Und du?«

»Ich bin auch nur ein Mensch, Richard.«

»Paß auf, daß deine Leute nicht Wind davon bekommen.«

Drake lächelte nicht. Er schabte sich am Arm. »Wir sind nicht viele und werden immer weniger. Noch so ein Fieberausbruch, und wir sind als Kaperfahrer am Ende.« Als er Tavistocks Augen sah, fügte er hinzu. »Meine beiden Brüder sind gestorben, John und Joseph – John bei einem Überfall, den ich nie erlaubt hätte, wäre ich dabei gewesen, und Joseph an dem verdammten Fieber. Der Schiffsarzt, der ihn zur Ader ließ, überlebte ihn keine vier Tage.«

»Sie sind jetzt im Paradies.«

»Amen.«

»Und John war ein hervorragender Seemann.«

»Aye.«

Tavistock sah, wie schwer es Drake fiel, seinen Kummer zu verbergen, und er erinnerte sich an Drakes Derbheit, als Job Hortop seinen Bericht vor ihm ablegte. »Dann müssen wir jetzt die Spanier für drei verlorene Brüder strafen, nicht wahr? Und unseren Leuten ein bißchen Mut machen für diesen Job.«

»Aye.«

Drei Tage später erhielt Tavistock die Nachricht, auf die er gehofft hatte. Von einem Hügel in der Nähe stieg Rauch auf, und er fuhr heimlich in einem der Rindenboote, die sie einige Wochen zuvor an Bord der *Antelope* genommen hatten, ein kurzes Stück die Küste entlang, um sie entgegenzunehmen. Dann hatte er sich mit Drake beraten.

»Wir werden sie ein bißchen aufmuntern. Ich mache den Quacksalber und du bist mein Gehilfe, wenn du willst.«

»Ein Zaubertrick mit ihren Seelen?«

»Du erklärst ihnen die Einzelheiten, und dann laß mich machen.«

»Einverstanden.«

An jenem Abend unterbreiteten die Kapitäne ihren Mannschaften einen sorgfältig besprochenen Plan. Sie versammelten sich an einem von überwucherten Vorgebirgen flankierten und zum Land hin durch einen Wald geschützten Festlandstrand. Drake strich den Sand zu seinen Füßen glatt und zeichnete mit der Spitze seines Dolchs eine Karte des Isthmus.

»Die Landbrücke von Panama verläuft in ostwestlicher Richtung. Das hier ist die Nordküste, an der wir entlanggefahren sind. Hier –« er tippte auf eine Stelle in der Mitte der Küstenlinie »– haben die Spanier ihren Hafen Nombray angelegt. Und das hier ist die Südküste und die Große Südsee dahinter, die noch kein Engländer gesehen hat. Dies ist der spanische Hafen Panama. Beide Häfen sind stark befestigt und gut verteidigt. Aber wie ihr seht, müssen die Spanier mit ihrem Gold und Silber, um es von Peru herauf zu bringen und nach Spanien zu verschiffen, zuerst Panama anlaufen, die Ladung löschen und sie dann über Land nach Nombray transportieren. Sie verladen alles auf Mulis und folgen der Königlichen Straße – hier.« Er zog eine Linie zwischen den beiden Häfen.

Drake erklärte noch einiges mehr, und am Schluß stieß er seinen Dolch bis zu dem juwelenbesetzten Griff genau in der Mitte der Königlichen Straße in den Sand. Das war das Stichwort für Tavistock. Er blickte in die Gesichter der Männer, sah da und dort Gier und Kampfeslust aufblitzen, aber auch Unlust, doch die meisten zeigten Interesse und schoben sich drängelnd näher. Er achtete vor allem auf jene, die am wenigsten auf einen Kampf versessen schienen. Dann stand er mit knackenden Knien auf und sagte, genau wie er es mit Drake verabredet hatte:

»Kommt jetzt, Captain Drake. Das ist eine schwere Aufgabe für eure müden Jungs. Wir wollen jetzt mal zwanzig Männer aussuchen und hoffen, daß wir mit ihnen eintausend Spanier besiegen. Ich weiß, welche meiner Männer für diese Aufgabe geeignet sind.«

»Eure Männer sind also Männer und meine sind Jungs, was?« erwiderte Drake gereizt. »Ihr haltet Eure Mannschaft für außerordentlich loyal und meine ist wohl ein treuloser Haufen?«

Tavistock beugte sich zu ihm herab. »Ich sag dir nur das eine, Francis. Jeder meiner Männer würde dir auf einen Befehl von mir die Kehle durchschneiden, obwohl sie dich mögen und respektieren.« Den hundert Seeleuten, die sich um ihre Kapitäne scharten, quollen die Augen aus dem Kopf. Sie glaubten, ihren Ohren nicht zu trauen, und als Tavistock fortfuhr, hörte ihm auch der geringste unter den Männern zu. »Wir sind hier, um gegen die Spanier zu kämpfen. Spanisches Gold ist unser Ziel. Tonnen von Gold, aye, und von Silber! Und Perlen wie diese!« Er holte aus seiner Westentasche eine riesige, glänzende Perle hervor und ließ sie über die Handfläche rollen. »Beinahe so groß wie ein Kuhauge. Und es gibt noch mehr. Riesige Smaragde, die wie grünes Feuer leuchten und jedes Mädchen bezaubern, das hineinsieht! Es gibt hier so viele Schätze, daß jeder von uns reich werden kann wie ein fürstlicher Bastard.«

Tavistock genoß seine Rolle. »Und jetzt frage ich euch: Wie sind die Spanier an diese Schätze herangekommen? Wem gehört das alles wirklich? Denn gestohlen haben sie es – das ist mal klar!«

Keine Antwort.

»Einem heidnischen König im fernen Peru, dessen Krieger Frauen sind, die Umhänge aus Federn tragen und mit Stökken und luftgefüllten Schweinsblasen kämpfen. Ja! Das sind die heldenhaften Feinde, gegen die unsere Dons kämpfen mußten! Sie reden immer von ihrem Weltreich, aber in Wahrheit ist alles gestohlen von Weichlingen und Feiglingen, die keine Ahnung vom Kriegshandwerk haben. Ihr habt alle schon Spanier gesehen. Weiß einer von euch etwas über spanische Tapferkeit zu berichten? Nein! Ihr habt gesehen, wie die Spanier ihre Schiffe bedienen. War ein einziger von euch davon beeindruckt? Nein!«

Die Männer rührten sich und schüttelten die Köpfe.

»Und außerdem: Das bißchen Mut, das die Spanier einmal hatten, ist in der Hitze und unter den papistischen Priestern ranzig geworden. Die Männer Spaniens sind fett geworden in ihrem Luxus. Ihr habt gesehen, wie sie betrunken und von Gicht geplagt auf ihren Kais herumgetorkelt sind!«

Ned Allen, Drakes Bootsmann, machte den Pantomimen. Er hielt sich die Arme vor den Bauch, als könne er um seinen Dickwanst nicht mehr herumfassen, blies die Backen auf und wankte schwerfällig hin und her. Einige grinsten, andere lachten höhnisch und knufften ihn. Dann ballte Tavistock die Faust, und Ned Allen war wieder er selber.

»Wir sind keine Spanier. Wir sind von anderem Schlag. Wir kennen die Not. Oder vielleicht nicht? Und obwohl ich durchaus verstehe, wenn sich der eine oder andere von euch wie eine dreibeinige Sau in Selbstmitleid suhlen möchte, so weiß ich doch – eure wahren Gefühle sind das nicht. Du, Job Harper? Bist du ein Feigling? Ein Spanier?«

»Nein, Sir!«

»Sehr gut.«

»Und du, Daniel Taylor. Was ist mit dir?«

»Ich auch nicht, Sir!«

»Gut gesagt, Danny! Denkt daran, wer angreift, hat eine echte Chance, und wer den Feind an der empfindlichsten Stelle trifft, wird Sieger. Wie kann uns etwas mißlingen, wenn Gott und ganz England hinter uns stehen und wünschen, sie stünden an unserer Stelle?«

Er sah, daß sie wieder Hoffnung geschöpft hatten. Einige juchzten sogar, hüpften vor Freude und winkten zustimmend, und währenddessen sortierten Tavistock und Drake die ehrlich begeisterten und die schwachen. Sie konnten den Männern ansehen, wer sich nur von der Stimme fortreißen ließ und wer wirklich bereit war, ins Landesinnere zu ziehen und wem sie die Schiffe und Pinassen anvertrauen konnten, die sie brauchten, um zu entkommen.

Dann wurde Tavistock ernst, denn er sah, daß es Zeit war,

denen, die neuen Mut gefaßt hatten, nun auch die Schwierigkeiten, die sie erwarteten, vor Augen zu führen.

»Aber wir sind nicht mehr als eine Handvoll Männer. Nur zwanzig von uns können für den Überfall auf die Spanier entbehrt werden. Zehn von meiner Truppe und zehn von der von Captain Drake. Und obwohl ihr stark wie die Löwen seid, bedenkt, daß dies hier ein wilderes und gefahrvolleres Land ist als Devonshire. Wir können Gott danken, daß wir bei unserer Mission nicht ganz allein auf uns gestellt sind.«

»Gott ist mit uns!« rief ein ganz eifriger.

»Aye!« kam es zustimmend von allen Seiten. »Gott haßt die Spanier.«

»Amen«, sagte Tavistock. »Aber ich habe etwas anderes gemeint, wie ihr gleich sehen werdet.«

Dann bahnte sich Tavistock einen Weg durch die Männer, legte die Hände um den Mund und rief die bewaffneten, stillen Männer herbei, die an den Waldrändern als Wachen aufgestellt waren. Er ließ sie sich allesamt hinsetzen und rief wieder zum Wald hinüber, dreimal, mit lauter Stimme, und dann warteten sie und spähten in die Dunkelheit, bis ihre Augen vor Erwartung Gespenster sahen.

Nach einer Weile hörten sie es im Unterholz rascheln. Drake zischte einen seiner Männer, der nach der Pistole griff, wütend an. Undeutlich sahen sie, wie sich die Blätter der Zwergpalmen teilten, und dann erschien eine Gestalt, ohne Kopf, ohne Arme, ohne Beine, und kam auf sie zu wie ein Geist in einem weißen, zerfetzten Hemd und Kniehosen.

Als der Geist in den Lichtschein der Fackeln trat, begannen die Männer seinen Namen zu rufen, und sie dankten dem Himmel, denn keiner hatte geglaubt, diesen Mann je wiederzusehen.

»Boaz!«

Hinter ihm tauchte nacheinander eine ganze Schar schwarzer Eingeborenenkrieger auf. Einige duckten sich, andere standen aufrecht; alle waren mit Speeren und Bogen bewaffnet. Nur einer trat vor, und Boaz stellte ihn Tavistock und Drake feierlich vor.

Sein Name war Pedro Mandinga, oberster Häuptling der Panama-Cimaroons, und in der ganzen Neuen Welt gab es keinen, der die Spanier mehr haßte oder ihre Gewohnheiten in dieser Provinz besser kannte als er.

Am nächsten Tag wurden Vorräte bereitgestellt, Messer und Säbel geschärft, Schuhe an die Landtruppe ausgegeben. Boaz dolmetschte unermüdlich, um von den Cimaroons herauszubekommen, was man am besten mitnahm und welche Anforderungen das Land an sie stellen würde. Der erste Tagesmarsch landeinwärts war schrecklich mühsam, ebenso der zweite und dritte. An manchen Stellen wurden Kundschafter vorausgeschickt, um den Weg ausfindig zu machen, den sie mit abgerissenen Blättern und geknickten Stielen kennzeichneten. Der Rest der Männer folgte so lautlos wie möglich, denn ihre Losung hieß Heimlichkeit.

Mit jedem neuen Tag gelangten sie höher hinauf in ein Land, das von Affengeschnatter und Vogelgeschrei widerhallte, und erklommen das Gebirge, das sich wie ein Rücken von Ost nach West über die Landenge erstreckte. Tavistock glaubte, daß sie erst Ruhe fänden, wenn sie die andere Seite der Berge erreicht hätten. Am Vormittag des vierten Tages ließ Drake plötzlich anhalten. Der Cimaroonhäuptling deutete auf einen dicht bewaldeten Berg, der eine oder zwei Meilen abseits ihrer Route lag. Sein Gipfel erhob sich ungefähr dreißig Meter über das übrige Land, und Tavistock war einverstanden, jetzt eine Stunde Pause zu machen. Es ging auf den heißesten Teil des Tages zu; die Sonne hatte den Frühnebel längst aufgesogen und brannte von einem klaren blauen Himmel auf das Land nieder. Aber die Bäume hier ragten hoch und boten dicht belaubt Schatten; die rote Erde darunter war feucht und kühl.

Drake kam mit hochrotem, schweißglänzenden Gesicht zu Tavistock.

»Ich habe mit Pedro gesprochen. Er sagt, ein kleiner Abstecher würde sich lohnen. Kommst du mit? Morgen wirst du mir dafür dankbar sein.«

Tavistocks Schenkel schmerzten von der Kletterei, und der Anstieg zur Paßhöhe hin würde noch steiler werden. Er lehnte sich erschöpft gegen einen Baum und schüttete sich Wasser in den Mund, wo er es erst ein paarmal hin und her spülte, bevor er es hinunterschluckte. Die Ablenkung irritierte ihn.

»Sollten wir nicht lieber ausruhen und mit dem Kopf bei der Sache bleiben?«

Drake machte ein langes Gesicht. »Ich verspreche dir ein seltenes Vergnügen und du sagst nein?«

»Ich habe genug von dem besonderen Wild gegessen, das diese Gegend bietet, und ich habe überhaupt keinen Appetit auf noch mehr Otterfleisch zum Abendessen.«

»Ich will dich nicht auf die Jagd mitnehmen, Richard. Und außerdem habe ich dir etwas zu sagen.«

Tavistock seufzte und stand auf.

»Sehr gut. Immer frisch auf, Richard!«

»Ich schwöre jeden Eid, daß du mit der Energie eines Teufels geboren wurdest.«

»Mit Energie schafft man alles. Das ist eine Tatsache.«

»Aye«, gab Tavistock zu, als er merkte, daß ein Spaziergang gar keine so schlechte Idee war. Von dieser Erkenntnis etwas wiederbelebt, griff er nach seinem Säbel, übergab seinem besten Mann das Kommando und folgte Drake. »Was willst du mir zeigen? Ein spanisches Lager?«

»Etwas viel Schöneres.«

»Ich kann mir im Augenblick nichts Schöneres vorstellen. Außer vielleicht ein Fußbad.«

Sie folgten den beiden Cimaroons, die sie über den Ausläufer des Berges zu dem Kamm brachten, der auf den Gipfel führte. Nach einem guten Stück Wegs, das anspruchsvoller war als ein Spaziergang, streckte Drake die Hand aus.

»Siehst du? Dort ist es.«

»Was?«

»Siehst du den Baum nicht?«

»Francis – *das ist ein Wald*!«

»Ah! Da! Da ist es. Sieh doch!«

»Was denn?« Tavistock folgte Drakes Blick. Ein besonders hoher Baum von gewaltigem Umfang stand auf einer Lichtung, umgeben von fünf oder sechs kaum weniger eindrucksvollen Baumstümpfen. »Ja, ein großer Baum, aber auch nicht viel größer als die, die wir heute morgen gesehen haben. Francis, wenn du mich hier heraufgeschleppt hast, um mir einen Baum zu zeigen –«

»Einen ganz besonderen Baum.«

»– der von mir aus von unseren vornehmen Verbündeten verehrt wird, ich schwöre dir, dann –«

Er hielt inne, als er die Stufen sah, die in den Stamm gehauen waren. Hoch oben, über den oberen Ästen, befand sich ein riesiges Nest. Es war so groß, daß ein Dutzend Menschen darin sitzen konnte.

Drake schlug Pedro auf die Schulter. »Unsere Gastgeber sind keine wilden Vögel, Richard. Es sind *protestantische* Vögel, von mir selbst bekehrt und unterwiesen. Sie können das Vaterunser fehlerfrei aufsagen, was, Pedro?«

»*Pratasans, si*«, bestätigte der Cimaroonhäuptling.

Tavistock hob eine Augenbraue. »Mißbrauch durch die Katholiken hat sie vielleicht zu irgendwas bekehrt, aber ich bezweifle, daß sie Anglikaner geworden sind.«

»Blödsinn! Also rauf jetzt in die luftige Laube.«

Sie zogen ihre Stiefel aus und stiegen in den ungefähr fünfzehn Meter hohen Baum – Tavistock eher resigniert als begeistert –, erreichten die ersten Äste und suchten einen Halt für Hände und Füße, um höher zu klettern.

Drake war der erste auf der hölzernen Plattform, wo sich ihnen ein umwerfender Ausblick bot.

»Lieber Herr Jesus, Richard! Sieh dir das an!«

Tavistock verschlug es den Atem beim Anblick dieses Panoramas. Die sekundenlange Stille, die darauf folgte, empfand er, körperlich müde, wie er war, besonders tief; es war ein Augenblick süßen Friedens, eine herrliche Ruhe, erfüllt vom Laubduft der grünen Wipfel, dem widerhallenden Geschnatter und Keckern der Affen und anderer merkwürdiger Lebewesen. In der Ferne erstreckte sich die großartige Kordillere. Im Norden sahen sie den matt schimmernden Atlantik, im Süden ein anderes Meer, blau und unendlich weit. Für die Seele eines jeden Seemanns war allein seine Farbe eine Verheißung für Wohlergehen und fette Beute.

»Das ist sie«, sagte Drake ehrfürchtig, »die Große Südsee. Ein Meer, das die halbe Welt umgürtet, so groß, daß es England und Spanien und ein Dutzend weiterer Länder schlukken könnte, ohne auch nur einen Faden zu steigen. Allmächtiger Gott, laß mich lang genug leben, damit ich es eines Tages auf einem englischen Schiff befahren kann.«

»Das wirst du bestimmt, Francis.«

»Ich weiß es.« Und dann ging Drakes Fantasie mit ihm durch. »Ich habe schon oft daran gedacht. Und ich schwöre bei meinem Plan, daß ich auf diese Weise das spanische und portugiesische Monopol im Orienthandel zerschlagen werde. Ich werde einen Weg durch die Magellanstraße eröffnen und Bahnbrecher sein für eine freie Schiffahrt nach Cathay und Zipangu und zu den Sultanaten von Indien. Und ich werde meinen Landsleuten zeigen, wie man aus England ein fürstliches Reich macht, denn Wohlstand entsteht durch Handel und Macht durch Wohlstand, und so werde ich mich schließlich durch meine Taten bei denen, die meine Brüder getötet haben, höchst schmerzlich und dauerhaft revanchieren.«

Sie marschierten noch einen weiteren Tag nach Süden, bis die Wälder zurückwichen und an ihre Stelle hoch wuchernder Knöterich und riesige Flächen bestes Land traten, das durch Brandrodung gewonnen worden war. Petro bestand auf noch größerer Vorsicht im Gelände, weil er wußte, daß sie sich Panama näherten, und nachdem sich Drake mit ihm beraten hatte, schlug er vor, etwas abseits der Straße weiterzugehen. Gebückt suchten sie Deckung am Rand eines ausgetrockneten Flußbetts, folgten ihm ein Stück, bis sie wieder in üppigen Wald gelangten. Als sie an einer Flußbiegung eine Kiesbank überquerten, hörten sie das Geräusch.

Tavistock ließ sofort anhalten. Was war das? Die Straße war hier eng und von großen Bäumen überhangen, die entlang des Wasserlaufs wuchsen. Die Truppe ging im Schatten unter der Straße in Deckung.

Das rhythmische Geräusch kam wieder, verweht von einer leichten Brise. Es klang hell wie Kinderstimmen; dann wurde es deutlicher, und Tavistock sah die Maultierkarawane.

Ihre Glöckchen klingelten, als wollten sie jeden aus nah und fern herbeilocken. Fünfzig Mulis gingen an Seilen hintereinander, ein jedes mit einem Gewicht von dreihundert Pfund beladen; neben ihnen die *arrieros* – die Treiber – mit Gerten, und an der Spitze des Zugs ritt ein Soldat, gefolgt von zwanzig Fußsoldaten. Die Nachhut bildete ebenfalls ein Trupp Soldaten. Jeder trug eine Arkebuse und ein um die Brust geschlungenes Bandelier mit Pulvertöpfen.

Als Tavistock um die Flußbiegung spähte, sah er staunend, daß in kurzem Abstand ein weiterer Maultierzug folgte mit siebzig Tieren, der wie der erste an der Spitze und am Ende von Soldaten begleitet wurde, und dahinter tauchte noch ein dritter auf mit sechzig Mulis. Er rechnete kurz und kam zu dem Ergebnis, daß die Tiere rund dreißig Tonnen Silber beförderten. Ein leiser Fluch entfuhr Ned Allen, der sich neben ihm flach auf den Boden preßte.

»Laß das Fluchen«, knirschte Drake.

Der Zug näherte sich, ohne daß einer der Soldaten oder Treiber ahnte, daß vor ihnen unter der Uferböschung Engländer lauerten. Drake betete, daß das Überraschungsmoment genügte, um den Begleitschutz zu überwältigen. Es blieb ihnen kaum Zeit auszuschwärmen.

Der Zug kam stetig näher. Drake schickte Boaz mit zwölf Mann hinter einer Kurve auf die andere Straßenseite, ein weiteres Dutzend arbeitete sich um eine Zuglänge zurück, der Rest ging mit ihm nach oben. Tavistock nahm sechs Cimaroons, Pedro, Jenkins, Allen und Fleming und hastete eine Zuglänge nach vorn. Er zog Pedro hinter den Scheinstamm eines Paradiesfeigenbaums.

»Sag deinen Männern, sie sollen erst schießen, wenn ich es befehle und wenn die Spanier das Feuer erwidert haben«, flüsterte er heiser und versuchte, sich mit erklärenden Handbewegungen verständlich zu machen. »Hast du verstanden?«

Pedro nickte. Er wandte sich um und gab den Befehl weiter. Er postierte seine Bogenschützen gut versteckt rechts und links von der Straße; dann zog er seinen ersten Pfeil aus dem Köcher, keinen leichten Jagdpfeil, sondern einen mit einem langen tödlichen Schaft und scharfer Eisenspitze und einem Gewicht von gut eineinhalb Pfund, wie man ihn zur Keilerjagd benützte. Er legte ihn auf die Kerbe seines Bogens und kroch davon.

Tavistocks Herz pochte laut. Er atmete tief durch, um sich zu beruhigen. Irgendwo in der Ferne hörte er das Rauschen eines Wasserfalls. Es mischte sich mit dem Ton der Glöckchen und füllte seinen Kopf mit Musik. Methodisch lud er seine Pistolen noch einmal mit trockenem Pulver aus einem Horn und stellte die Feuersteine exakt ein. Als er sie spannte, schien das Klicken durch den ganzen Wald zu hallen.

Zwanzig Schritte von ihm entfernt lud Allen seine Muskete grimmig mit Schrot und legte sich auf die Erde.

Pferd und Reiter kamen näher, fröhlich und nichts von der Gefahr ahnend, die sie umgab. Das Pferd ging im Schritt und schlug mit dem Schweif. Als der Reiter bis auf fünf Schritte herangekommen war, trat ihm Tavistock mit den Pistolen in der Hand entgegen.

Der *caballero* riß sein Pferd scharf am Zügel.

»*Buenas tardes, señor*«, grüßte Tavistock und heftete seine Augen auf die des Spaniers.

»*Qué gente?*«

»*Inglés.*«

Das Gesicht des Spaniers verzerrte sich. Die Frechheit des Angriffs hatte ihn verblüfft, aber er erholte sich rasch. Die Fußsoldaten zogen ihre Rapiere, griffen jedoch nicht an, weil ihre Sergeanten zuerst den Maultierzug anhalten mußten.

»Im Namen des Königs von Spanien, dem diese Straße gehört, werft Eure Pistolen weg, Engländer!«

»Warum sollte ich das wohl tun?«

Beide Läufe zielten direkt auf die Brust des Spaniers. Seine Augen weiteten sich vor Schreck, als sich sein Pferd seitlich drehte.

»Wir werden Euch mit aller Höflichkeit behandeln, wenn Ihr Euch ergebt.«

»Ich muß auf dieser Straße weiter.«

»Ergebt Euch, *señor*!«

»Im Namen der Königin von England, geht zurück, dahin, wo ihr hergekommen seid!«

Der Reiter zog seinen Säbel und gab dem Pferd die Sporen, daß es einen Satz nach vorn machte. Aber noch bevor der Kriegsruf aus seiner Kehle drang, steckte bereits ein Pfeil darin, und er stürzte vor Tavistock zu Boden.

»*Emboscada*! – Hinterhalt!«

Tavistock drückte ab, einmal, zweimal. Die zwei Soldaten unmittelbar vor ihm fielen rückwärts in die Arme ihrer Kameraden.

Sofort darauf krachten Schüsse aus dem Wald. Schwere Pfeile sirrten durch die Luft, durchbohrten die Fußsoldaten und hagelten auf die Straße nieder. Der plötzliche Lärm der Schüsse hatte die Mulis in Panik versetzt. Sie versuchten auszubrechen, wurden aber durch ihr Geschirr einigermaßen in Reih und Glied gehalten. Dennoch begann sich der Zug zu krümmen wie eine Riesenschlange. Er wankte auf der Straße hin und her und hinderte die Soldaten an der Spitze des Zugs, sich zurückzuziehen.

Wieder ging ein Pfeilregen auf sie nieder. Zwei Männer fielen. Ein dritter kämpfte weiter, obwohl ihm ein Pfeil in der Schulter und einer im Rücken steckte. Die Spanier schossen aufs Geratewohl eine Salve in den Schatten unterhalb der Straße. Tavistock fühlte sich wie von einer Riesenhand herumgerissen.

Heiliger Strohsack, dachte er, das war knapp! Er blickte an sich herab und sah die kleinen Löcher in seiner Hose und seinem Hemd. Die spanischen Arkebusiere hatten mit Schrot geladen. Ihre Waffen konnten noch auf vierhundert Schritt mit einer Bleikugel von einer Unze tödlich sein, allerdings haperte es an der Zielgenauigkeit. Der Vorteil von Schrot war, daß es auch blind und kampfunfähig machen konnte, wenn es in eine nicht genau auszumachende Gruppe abgeschossen wurde. Das Zentrum des Streuschusses war jedoch tödlich. Das wußte Tavistock, und ein paar Schritte weiter rechts wäre es aus gewesen mit ihm.

Von irgendwoher tröpfelte Blut über sein Gesicht und verschwand in seinem Bart. Er kümmerte sich nicht darum. Drei Soldaten drangen mit blanken Säbeln auf ihn ein. Die Verzweiflung auf ihren Gesichtern war grotesk. Er warf seine nutzlosen Pistolen fort, zog den Degen und sprang vor, um den ersten Schlag zu parieren.

Ringsum auf der Straße wurde gekämpft. Aus dem Unterholz hatten sich die geschmeidigen schwarzen Leiber der Cimaroons auf die Spanier gestürzt, und nun hieben und stachen sie mit ihren neuen englischen Entermessern auf sie ein. Durch einen roten Schleier sah Tavistock ein paar Mulis gefährlich nah an den Straßenrand taumeln. Ihre kleinen Hufe suchten vergeblich nach Halt auf dem zerbröckelnden überhängenden Boden vier Meter über dem Flußbett. Peter Jenkins schoß mit einem Messer aus der Deckung hervor und stürzte sich auf die verschreckten Tiere, um die Seile durchzuschneiden. Die Tiere, die sich ganz außen am Abhang be-

fanden, große Tiere, mehr Pferd als Esel und vierzehn bis
fünfzehn Handbreit hoch, begannen zu stürzen. Unter dem
Gewicht ihrer Last kippten sie seitlich weg und rollten hilflos
hinab in die grünen Tümpel. Andere glitten aus und wurden
hinuntergezogen, bis ein Dutzend Mulis wild um sich schla-
gend im flachen Flußwasser lag.

Tavistock fuhr sich mit der Hand über das Gesicht; als er sie
wegnahm, war sie dick mit Blut beschmiert. Er blutete so
stark, daß er befürchtete, er würde verbluten. Aber dann
rückten ihm erneut die Spanier auf den Leib.

Wütend schlug Tavistock in den Brustkorb des ersten eine
klaffende Wunde. Der Säbel blieb stecken, und als sich der
Getroffene daran festhielt, mußte Tavistock den Kampf um
seine Waffe aufgeben. Ein Rapier sauste auf ihn zu. Er lenkte
die Klinge nach unten ab, so daß sie zwischen seinen Schen-
keln hindurchfuhr. Dann hieb er mit der Faust in das Gesicht
seines Angreifers und stieß ihm den losen Helm vom Kopf.
Aber er hatte dabei selbst das Gleichgewicht verloren und fiel
auf die Knie. Er taumelte rückwärts, suchte hilflos nach einem Halt, als der dritte Soldat, ein Arkebusier ohne Brustpanzer, auf ihn zustürmte, seine Waffe wie eine Keule
schwingend. Tavistock wich dem ersten Schlag aus, indem er
sich über den Boden rollte. Seine Finger fanden den Kinnrie-
men des eisernen Morions, der in seine Reichweite gerollt
war. Er schleuderte ihn mit der Kraft der Verzweiflung in
Richtung des Spaniers. Der scharfe Rand traf die Finger der
Hand, die die Arkebuse hielt, und sie fiel zu Boden. Damit
hatte er sich den Bruchteil der Sekunde verschafft, den er
brauchte, um seinen Dolch zu ziehen, ihn, bereit für den Stoß
nach oben, fest zu packen und sich zu erinnern, was ihn in
seiner Jugend sein erster Bootsmannsmaat bei Raufereien gelehrt hatte: Der Brustkorb eines Mannes ist wie ein Dach-
türmchen geformt; ein Stoß nach unten prallt vom Knochen
ab, ein aufwärts geführter gleitet nach innen.

Nun stand der Mann wehrlos vor ihm. Er brauchte ihn nur
zu ergreifen und zu erledigen, aber dann sah er die nackte

Angst im Gesicht des Spaniers. Er war jung, gerade alt genug, daß ihm ein Bart wuchs. Im selben Augenblick veränderte sich etwas in seiner Wahrnehmung. Der geballte Gefechtslärm löste sich in hundert verschiedene Geräusche auf und wurde fern und ferner.

Der Mann, den Tavistock an sich riß, schien plötzlich seinem Bruder John so ähnlich zu sehen, daß er im letzten Augenblick, statt seinen Gegner zu töten, die Faust ballte, sie ihm in die Magengrube rammte und ihn, wütend über seine eigene Schwäche, zu Boden stieß.

Als er aufblickte, sah er, daß die übrigen Soldaten wie aufgescheuchte Tiere in den Wald flüchteten. Die Cimaroons spannten ihre Bogen und gingen auf ihre eigenartige Weise, die Bogen waagrecht haltend, in die Hocke. Tavistock rief ihnen zu, nicht zu schießen.

Zweihundert Schritte weiter hatte Drakes Gruppe bereits gesiegt und die Spanier in die Flucht geschlagen.

Tavistock fühlte eine Woge des Triumphes in sich aufwallen, als er erkannte, daß sie tatsächlich gewonnen hatten. Das Blut rann ihm über die Wange und tropfte auf die Schulter; die brennenden Stellen an Brust und Hals, wo ihn die Schrotkugeln getroffen hatten, waren in seiner Betäubung und Begeisterung nur eine kleine Unannehmlichkeit.

Es war alles so *einfach* gewesen!

Sie hatten einen riesigen Schatz, einen ganzen Silbertransport erobert – einfach so! Hier, mitten im tropischen Wald, auf den Rücken versprengter Mulis, befand sich mehr Gold und Silber als in ganz England seit der Thronbesteigung Elisabeths an Steuern eingenommen worden war. Es war ungeheuerlich und kaum zu fassen.

»Sie werden bald zurückkommen.«

Das war Drake, der ein Stück Stoff um seine Hand wickelte.

»Aye. In Gottes Namen, Francis –«

Drake grinste teuflisch. »Noch ist es nicht unseres.«

Panama war nicht weit. Die Garnison würde sofort aufbrechen, sobald die ersten Überlebenden eingetroffen waren. Im schlimmsten Fall könnte sich bereits innerhalb der nächsten Stunde ein berittener Trupp auf sie stürzen und tausend Soldaten könnten noch vor Einbruch der Nacht den Wald durchkämmen.

Während Ned Allens Männer begannen, die Mulis zusammenzutreiben, informierten sich Tavistock und Drake gegenseitig.

»Wieviel Tote?« fragte Tavistock.

»Zwei. Johnson und Kennedy. Peter Pole hat sich den Ellbogen gebrochen.«

»Und Spanier?«

»Einige. Und ein Dutzend Verletzte oder Gefangene.«

»Setz die, die nicht laufen können, auf die Mulis. Ein Mann kann sie nach Panama zurückführen. Die anderen binden wir irgendwo fest, von wo aus sie uns nicht sehen können.«

»Einverstanden.«

»Wir müssen von der Straße runter.«

»Das heißt, wir müssen diese Maulesel abladen.«

»Dreißig Tonnen?«

»Herr im Himmel! Das ist mehr als wir tragen können.«

»Die Hälfte des Jobs besteht darin, es zu kriegen; die zweite, es zu behalten.«

»Wir können das beste behalten.«

»Und vergraben, was wir nicht wegschaffen können. Die besten Stücke nehmen wir mit. Vierzig Pfund pro Mann. Nicht mehr. Sag deinen Jungs: nur Gold und Edelsteine. Das Silber lassen wir hier.«

»Meinst du, die Zeit reicht, um zu sortieren und den Rest zu vergraben? Frisch aufgewühlte Erde werden sie bald entdecken.«

»Wir müssen uns eben beeilen. Und ich weiß einen guten Platz.«

»Wo?«

»Dort unten.« Tavistock deutete auf die flachen Stellen im Fluß. »Wir vergraben es unter dem Flußbett.«

»Ja! Und das minderwertigere Zeug stopfen wir in Höhlenkrebslöcher, wo sie es finden und mit nach Hause nehmen können. Und wir verstreuen ein paar Münzen, um sie auf eine falsche Fährte zu lenken. Das sollte sie eine Weile aufhalten.«

Tavistock tastete zwischen dem blutverschmierten Haar seine Schläfe ab.

»Laß mal sehen«, sagte Drake. »Es ist nichts Gefährliches. Nur ein Schnitt, einen Zoll breit und nicht sehr tief.«

Dann machten sie sich an die Arbeit. Sie schütteten den Inhalt der Tragkörbe auf die Straße, stiegen mit Armen voll Schätzen die Uferböschung hinab, hoben Gräben aus und versenkten Unmengen von Silber in den grünen Tümpeln. Die Cimaroons sahen ihnen anfangs nur erstaunt zu und holten sich lieber die von ihnen bevorzugten Siegestrophäen von den toten Spaniern. Für sie hatten Gold und Silber keinen großen Wert; ihr wertvollstes Metall war Eisen. Als sie sich den Verwundeten und Gefangenen zuwandten und drohten, ihnen Nasen und Ohren und ähnliches abzuschneiden, erklärte ihnen Tavistock, daß sie damit den Spaniern kaum schadeten, weil sie das Gold mehr liebten als das Leben. Und er versprach den Cimaroons alles Eisen, das die *Antelope* entbehren konnte, wenn sie jetzt mithelfen würden.

Sie brauchten fünf Tage für den Rückweg über die Berge, durch Regen und Hitze, bis sie den Rio Francisco erreichten, wo sie ihre Pinassen treffen sollten. Aber von ihnen war weit und breit nichts zu sehen. Statt dessen kreuzte eine spanische Fregatte vor der Küste. Ned Allen sagte: »Wenn sie die Pinassen erwischt haben, sind wir verloren, Captain. Sie werden die Leute foltern und erfahren, wo unsere Schiffe liegen, und die *flota* in Nombray ist stark genug, um sie in ihre Gewalt zu bekommen!«

»Wir dürfen jetzt nicht den Mut verlieren, Ned, sondern müssen uns beeilen, um genau das, was wir alle befürchten, zu verhindern.«

Drake wetterte laut, er dulde kein allgemeines Kopfhängenlassen. Dann beruhigte er sich etwas und sagte: »Wenn die Spanier unsere Pinassen tatsächlich abgefangen haben, brauchten sie Zeit, um sie zu suchen. Sie brauchten Zeit, um die Männer auszufragen und Zeit, um ihren Gegenschlag vorzubereiten. All diese Zeit zusammengezählt bleibt uns vielleicht doch noch genug, um zu unseren Schiffen zu gelangen.«

»Gott hat ihnen widrigen Wind geschickt«, stellte Bowen fest.

»Und unseren Pinassen auch«, bestätigte Tavistock. »Wenn sie deshalb zu spät kamen und das Schiff dort draußen liegen sahen, könnten sie vielleicht doch irgendwo unter der Küste liegen. Habt ihr so wenig Vertrauen zu euren Kameraden?«

Sie vergeudeten keine weitere Zeit mit müßigen Spekulationen, sondern bauten rasch aus ein paar Stämmen ein Floß und hißten einen Zwiebacksack als Segel. Drake fuhr darauf mit drei anderen Männern auf die gegenüberliegende Seite des Vorgebirges, um die Küste im Westen nach den Pinassen abzusuchen. Tavistock blieb, um die übrigen aufzumuntern und die Beute zu bewachen. Er erklärte ihnen, daß sie auf einem Schatz säßen, der zwar nur ein Zehntel von dem war, was sie erbeutet hatten, aber daß das immer noch fünfzigtausend Pfund wären – und ein einziges Pfund war ein Vierteljahreslohn, wären sie dumm genug gewesen, bei der Royal Navy zu fahren.

Zwei Stunden vor Einbruch der Dunkelheit kehrte Drake mit den Pinassen zurück, und am Abend des nächsten Tages hatten sie ihre Schiffe erreicht. Als sie an Bord kamen, wurden sie mit Fragen überschüttet, wie das Unternehmen ausgegangen sei. Tavistock zog einen großen Wurfring aus Gold aus seinem Hemd und warf ihn lässig auf das Deck. »Oh, ganz hervorragend.«

Noch am selben Abend verteilten sie die Beute und zahlten Pedro seinen Wünschen entsprechend aus. Sie aßen wie König Neptuns Höflinge und tranken Bier aus Krügen mit hölzernen Deckeln, die innen mit Harz abgedichtet waren. Das Bier, das aus diesen Krügen unglaublich gut schmeckte, steigerte die Fröhlichkeit unter den Männern, so daß sie sangen und auf den Gräting herumsprangen und von ihrer Eroberung schwärmten.

Lockjaw, der sehnige Seemann, dem algerische Sklavenhändler die Zunge herausgeschnitten hatten, sägte ganz fürchterlich auf seiner Fidel. Tavistock hatte ihn nie ohne sein gezacktes Messer gesehen. Die eine Hälfte der Mannschaft nannte ihn einen Zigeuner, die andere einen Juden. Was er wirklich war, wußte keiner.

Der junge Harry Hart stimmte ein Shanty an. Boy Jacky neben ihm stimmte mit ein, dann Jenkins, der Mann vom Ausguck mit seiner tragenden Stimme, und gemeinsam sangen sie ein Dutzend Strophen. Und während die Mannschaften zechten, setzten sich Tavistock und Drake zusammen und beratschlagten.

»Weißt du, ich würde meine Männer gerne nach Hause bringen«, sagte Drake. »Ich hätte Lust, mit wehenden Flaggen und vollen Segeln an Cartagena vorbeizurauschen, um den Spaniern zu zeigen, daß wir uns keinen Deut vor ihnen fürchten.«

»Du weißt, daß ich bleiben möchte, um dasselbe zu beweisen.«

»Ja, dann werden wir wohl getrennte Wege gehen.«

»Ich wünsche dir Gottes Segen, Francis. Würdest du meinen Anteil mit nach Hause nehmen?«

»Wird gemacht. Und ich werde ihn so gut aufbewahren wie meinen eigenen, bis du zurückkommst.«

# 19

Sie traten hinaus ins Sonnenlicht, begleitet von Trommelwirbeln, Trompetengeschmetter und wehenden Fahnen, und die vielen Menschen auf dem Platz fragten sich, warum diese Engländer und Ketzer so königlich gefeiert wurden, wenn sie doch nur sterben sollten.

Tavistock ging in der Prozession mit. Er schwitzte unter dem schweren gelben Umhang und dem hohen Hut, den sie ihm auf den Kopf gebunden hatten. Plötzlich spürte er, daß er weiche Knie bekam; die Angst fuhr ihm in die Glieder. Wo war Maria jetzt? War sie hier in der Menge? Saß sie im Gefängnis? Würde sie die gleichen Qualen erleiden müssen wie er? Er hatte nicht gewagt, zu Pater Tomas, dem Beichtvater, den sie ihm aufgezwungen hatten, von ihr zu sprechen aus Furcht, er könnte dadurch ihre Verhaftung herbeiführen. Bete für meine Seele, Maria, bat er im stillen, so wie ich für die deine bete. Wenn ich nur dein Gesicht sehen könnte. Nur noch einmal. Wünsch es dir nicht, antwortete eine innere Stimme. Wünsch es dir nicht, daß sie hier ist und deine Erniedrigung sieht. Weit weg von dieser Hölle soll sie sein – glücklich und frei. Ihr seid im Geiste vereint. Der Gedanke, daß sie in Sicherheit ist, wird dir die Kraft geben, dich wie ein Mann zu betragen.

Er blickte nach vorn, zum Marktplatz, auf den sie zugingen. Die Plaza war völlig verwandelt. Zwischen den Türmen der Ecclesia Mayor und dem Vizeköniglichen Palast war eine dreißig Meter lange und neun Meter hohe Tribüne errichtet. Der Balkon des Palastes bildete einen Teil der oberen Sitzreihe. Vierzig Stufen führten zum Podium des Hauptinquisitors empor. Gegenüber standen, in einem Rechteck angeordnet, die Anklagebänke, zu denen die Engländer geführt wurden. Die großen Tribünen ringsum füllten sich allmählich mit geladenen Zeugen, und auf dem übrigen Marktplatz hatte sich bereits eine so große Menschenmenge versammelt, als wäre die ganze Stadt zusammengelaufen.

Der Bau der Tribünen für das Autodafé hatte mehrere Wochen gedauert. Das Hämmern und Sägen war bis in den dunklen Kerker hinabgedrungen, in dem er während der letzten Tage, seit die körperlichen Schikanen aufgehört hatten, eingesperrt war.

Tavistock war angewidert von dem Pomp dieses Rituals, der die Vernunft und alles Gute und Natürliche in einem schlichten Gemüt erstickte und aus der Intimität des Todes ein schändliches Spektakel machte.

Als die Befragungen und Foltern aufgehört hatten und die strengen Haftbedingungen etwas gemildert wurden, hatte er dies zunächst für eine Gnade gehalten. Aber die Flut der Erleichterung, die er empfand, war bald versiegt, als er erkannte, daß dies keine Gnade war, sondern nur eine Pause, in der er zur Besinnung kommen sollte. Danach würde er vielleicht bereit sein, sich ihnen völlig auszuliefern.

Während dieser Zeit hatte ihn täglich ein Priester besucht, der ihn anfangs tröstete und ihm später wie ein Freund gut zuredete, doch endlich einzulenken. Pater Tomas hatte sich geduldig taub gestellt gegenüber seinen Beteuerungen, daß er bereits bekehrt sei und deshalb nicht noch einmal zu Gott zurückgebracht werden könne. Später hatte er eine Kerze und Essen bekommen und durfte sogar täglich in dem von einer hohen Mauer umgebenen Hof spazierengehen. Schließlich war auch das Sprechverbot aufgehoben worden, und er durfte sich mit den anderen beim Spaziergang unterhalten.

»Kann man seinen Augen und Ohren trauen?« hatte Robert Barrett an jenem ersten Tag verwundert gesagt, als sie sich begrüßten.

Tavistock hatte ihn umarmt, aber John Bone hatte mißtrauisch die kahlen Wände betrachtet. »Aye, sie geben uns diese Freiheit für eine neue Bosheit.«

»Sie haben schon jetzt die Urteile gefällt. Verlaßt euch drauf«, hatte John Emery finster gesagt.

»Das ist bei ihnen die Regel.« Tavistock hatte sie bereits

durchschaut. Das Heilige Offizium legte Wert darauf, daß seine Opfer so aussahen, als hätten sie genügend zu essen und zu trinken bekommen, und daß die Wunden, die ihnen bei der Folter zugefügt worden waren, genügend verheilt waren, bevor sie öffentlich verurteilt wurden. »Wir werden bald vorgeführt werden.«

»Einen Krüppel zu verbrennen, sieht nicht gut aus«, meinte Thomas Ellis sarkastisch grinsend. Sie hatten ihm die Backenzähne herausgenommen, um ihn die Liebe Gottes zu lehren.

»Aye. Dieses heilige Teufelshaus hat sich viel Mühe gegeben, uns am Leben zu halten – sonst könnten sie uns ja nicht mehr töten.«

»Sie werden uns nicht zum Tod verurteilen, nicht nach ihrem Gesetz«, hatte Tavistock geantwortet.

Thomas Marks hatte verächtlich geschnaubt: »Nur bei einer großen öffentlichen Zeremonie, um zu zeigen, wie mächtig sie sind. Das ist ihr Gesetz.«

»Nein. *Sie* werden uns nicht töten.«

Pater Tomas hatte Tavistock versichert, daß die Gesetze der Inquisition das Töten verboten, daß das Heilige Offizium gnädig und gerecht sei. Er hatte auf seinem Alptraumbett mit ihm diskutiert und gefragt, wie Männer Gottes die wochenlangen Qualen und wiederholten Foltern, die sie ihren Gefangenen zufügten, rechtfertigen konnten. Und Pater Tomas hatte ihm allen Ernstes erklärt, was sie erduldet hätten, sei keine wiederholte Folter gewesen. Im Gegensatz zu anderen aufgeklärten Behörden erlaubten die Regeln des Heiligen Offiziums die Folter nur einmal, deshalb habe er auch nur eine Folter bekommen. Eine Folter erstreckte sich über mehrere Sitzungen. Das war ihre Art der Gesetzesauslegung und ihr Maß an Barmherzigkeit.

Tavistock hatte seinen englischen Kameraden die Haltung des Offiziums erklärt. »Nachdem sie uns nicht selbst töten können, müssen sie uns für die Hinrichtung den Zivilbehörden übergeben.«

»Ein verdammt feiner Unterschied!« Peter Deans dünnes rotes Haar war ihm inzwischen völlig ausgegangen, aber die Wunden in seinem Gesicht waren deutlich sichtbar, ebenso der Haß, den seine Peiniger in ihm aufgestaut hatten. Er spuckte aus. »Spielt es für dich eine Rolle, Gunner?«

Tavistock hatte sich darüber geärgert. »Für mich ist ihre Schuld völlig klar. Sie versuchen, sich mit legalen Tricks das Blut von den Händen zu waschen.«

»Vermutlich plagt sie ihr papistisches Gewissen. Wie vielleicht dich auch?«

»Was soll das heißen?«

»Es heißt, daß du ihre Religion angenommen hast!«

»Und du ihr Silber!«

»Silber? Du unterstehst dich, von Silber zu reden! Ich habe es ehrlich *verdient*, Gunner, mit täglicher Arbeit in den Minen. Ich habe dafür geschwitzt und mich abgerackert. Und womit haben sie dich bezahlt?«

Barrett war mit seinen großen Seemannsfäusten dazwischengegangen und hatte sie beruhigt. »Ihr seid beide verheiratete Männer und macht euch Sorgen um eure Frauen. Hört jetzt auf. Eure Bäuche werden früh genug Feuer fangen.«

»Aye. Gönnt ihnen nicht die Befriedigung, daß wir uns hier streiten. Sie beobachten uns.« Emery ließ sein einziges Auge über die Mauern gleiten und wies mit dem Daumen frech auf die blinde Höhle eines Fensters.

»Siehst du, sie schauen uns zu«, flüsterte John Bone.

Dann sagte Horne leise zu Tavistock. »Hast du nicht gehört, wie wütend man hier überall auf uns ist? Es war dein Bruder, der uns das eingebrockt hat, Gunner.«

»Mein Bruder? Wieso?«

»Du weißt es nicht?«

»Nein. Erzähle.«

»Richard soll zusammen mit Francis Drake ein Riesending gedreht haben, und angeblich bringen sie jetzt das ganze Peru-Silber in ihren Schiffen von Panama weg. Die Spanier sind ziemlich wütend. Reiche Männer wurden ruiniert, und im ganzen Reich haben sie Schrecken verbreitet. Es heißt sogar, die Sicherheit des Königs sei gefährdet und daß er bei den Italienern um Darlehen betteln muß, für die er jetzt doppelt so hohe Zinsen zahlen muß als früher. Das sage ich dir, Gunner, die Spanier sind unheimlich wütend auf uns.«

Tavistock hatte laut aufgestöhnt. Er war wie vor den Kopf geschlagen. »Und deshalb hat uns das Heilige Offizium am Wickel?«

»Ein paar von uns denken so.«

»Und du?«

Horne hatte die Achseln gezuckt. »Ich glaube das eigentlich nicht. Denn die hochheilige und unangreifbare Inquisition tut, was sie will. Sie schert sich nicht um König, Papst oder Gott, und noch weniger um das, was dein Bruder tut.«

Dann hatte sich Tavistock gegen die Mauer gelehnt und alle hatten geschwiegen, bis William Lincolns hell wie eine Bootsmannspfeife zu singen begann: »*King Philip has us in his grip —*«

Und die anderen hatten den Refrain gesungen: »*Fie, men. Fie.*«

»*King Philip has us in his grip —*«

»*Who's a fool now?*«

»*King Philip has us in his grip, but through his fingers we shall slip.*«

Tavistock hatte die Männer beobachtet, wie sie das Lied aufmunterte, während sich über ihnen Fensterläden öffneten und kapuzentragende Meßdiener verwundert herunterschauten, daß an einem Ort wie diesem so etwas wie Fröhlichkeit aufkam. Das Lied hatte sie an Bier und Frauen denken lassen, hatte wieder eine englische Mannschaft aus ihnen gemacht, aber trotz dieses ersten Lächelns, das ihre bleichen Gesichter seit einem Jahr erhellte, hatten sie alle gewußt, daß keiner von ihnen dem Griff König Philipps entwischen würde. Jeder hatte begriffen, daß diejenigen, die man für bußfertig hielt, durch die Straßen gejagt und halbtot geschlagen würden, bevor man sie als Galeerensklaven nach Spanien schickte, und daß die, die man für verstockt hielt, verbrannt würden. Tavistock hatte mit ziemlicher Sicherheit gewußt, wie sein Urteilsspruch lauten würde.

Einen Monat später hatte ihm Pater Tomas berichtet, eine Proklamation sei ergangen, in der den Bürgern von Ciudad de México mitgeteilt wurde, daß das Urteil auf dem Marktplatz verkündet werden sollte und daß jeder seine Arbeit oder Mußestunden unterbrechen müßte, um bei der feierlichen Urteilsverkündung zugegen zu sein. Allen Anwesenden würde ein Ablaß gewährt, hatte Pater Tomas in seiner leidenschaftlichen Art gesagt und auf Tavistocks Frage hinzugefügt, Drückeberger würden streng bestraft.

In der vergangenen Nacht hatten sie alle keinen Schlaf gefunden. Die Soldaten hatten sie in den Gefängnishof gebracht und exerzieren lassen. Sie mußten sich aufstellen, erhielten Anweisungen, wo sie zu gehen hatten und wer hinter wem gehen mußte. Dann war gegen Morgen Juan de Bovilla mit einigen Männern gekommen und brachte die *sanbenitos*, die ärmellosen schwefelgelben Narrenkutten, alle sauber gewaschen und gebügelt, und Bovilla hatte sie persönlich und voll Ehrfurcht an die Häftlinge ausgeteilt, wobei er jedem einzelnen erklärte, daß sein Kleid einen Tag lang in den Dachbalken der Ecclesia Mayor hängen würde zur unsterblichen Erinnerung an seine Besserung. Alle trugen auf Brust und Rücken das rote Andreaskreuz. Die *corazos*, die hohen Hüte, waren mit Feuerbällen und Teufeln bemalt, damit ihre Träger noch unwürdiger erschienen.

Um sechs Uhr hatten sie in Honig geröstetes Brot und einen Becher Wein bekommen. Ein kurzer Regenschauer hatte den Staub gebunden, und um acht Uhr hatte die große Prozession begonnen. Über eine Strecke von ungefähr einer Meile waren sie durch die von Menschen dicht gesäumten Straßen gezogen, angeführt von Soldaten mit langen Piken und zweihundert Indianern, die große Körbe mit Feuerholz auf dem Rücken trugen. Ihnen folgten die Dominikaner in ihren schwarzen Kutten mit dem weißen Kreuz, dann ein Dutzend Knaben mit dem Banner der Inquisition und hinter ihnen ein grünes, mit schwarzem Krepp verhülltes Kreuz. Wachen in schwarzweißer Uniform flankierten den Zug.

Tavistock schritt in dem feierlichen Tempo dahin, das die grausame Zeremonie vorschrieb. Nun sah er die Granden ihre Plätze in der Prozession einnehmen, allen voraus Don Emilio, eine ferne, aufrechte Gestalt in mitternachtsblauem Anzug mit Spitzenkrause und behangen mit den Orden seiner weltlichen Macht. Auf der gegenüberliegenden Seite der Plaza, aufgereiht an Balkonbrüstungen und Fenstern, sah Tavistock die herausgeputzten, sich unter bunten Sonnenschirmen Luft zufächelnden Damen des Adels. Der heutige Tag war zu einem großen öffentlichen Feiertag erklärt worden, aber hinter dem fröhlichen und erwartungsvollen Stimmengewirr lauerte die Angst; Tavistock konnte es ihren Gesichtern ansehen. Jeder Zuschauer am Platz, welchen Rangs und Namens auch immer, wußte: Heute folgten sie der Prozession von ferne. Morgen schon konnten sie selbst darin mitgehen.

Tavistock ging wie im Traum. Er wurde begleitet von Pater Tomas und einem jungen Mönch, die auf ihn aufpaßten und ständig lateinische Gebete murmelten. Ringsum ragten furchterregende lebensgroße Strohpuppen von Schiffskameraden in die Höhe, die gleich beim ersten Mal, als sie an Land kamen, gefallen oder inzwischen gestorben waren und deren Namen der emsig forschende Juan de Bovilla zutage gefördert hatte. Da war Job Hortop als Strohpuppe und jene Männer, die von den Chichemichi-Indianern ermordet worden waren. Die Puppen steckten auf langen Stangen und trugen die *sanbenitos* und *corazos* verurteilter Ketzer. Einige Männer trugen mit Flammen bemalte Holzkisten, in denen sich die Überreste von John Rider, James Collier und Silas Hooke befanden, die wegen ihrer Verstocktheit im Keller der Inquisition gestorben waren, obwohl es offiziell hieß, sie seien am Fieber gestorben.

Jeder Engländer wurde von zwei Vertrauten begleitet – Mönche, die sie auf den Tod vorbereiteten, wie dies Pater Tomas bei Tavistock tat. Jeder Gefangene hatte einen Strick um den Hals und trug eine große grüne Wachskerze in der Hand. John Emery war geknebelt und an den Händen gefesselt, damit er seine gotteslästerlichen Flüche nicht herausschreien konnte. Hinter ihm murmelte Peter Dean mit Augen wie glühende Kohlen das Vaterunser. Diejenigen, die Frau und Kinder hatten, zeigten sich am demütigsten, denn ihre Familien schwebten in großer Gefahr und sie hofften, sie durch gutes Verhalten zu retten.

Tavistock erkannte plötzlich, wie sehr ihn seine Hoffnungen getrogen hatten. Mein Können wird mich retten, hatte er gedacht. Maria wird Don Bernal gesagt haben, daß ich das Legierungsgeheimnis für mich behalten habe, und Don Bernal hat bestimmt mit dem Vizekönig gesprochen. Und der Vizekönig hat mit Sicherheit einen Handel vorgeschlagen. Er muß mit den Inquisitoren übereingekommen sein, denn er war nicht der Mann, der leicht aufgab. Was aber, wenn er sich irrte? Wenn den Spaniern die Rache für Panama wichtiger war als gute englische Kanonen? Ich sitze in der Falle, dachte er, als er sich umsah. Gefangen. Es ist Wahnsinn. Ich lasse mich von ihnen in den Tod führen. Klaglos, kampflos. Ist das die Haltung eines Mannes, der seine fünf Sinne beisammen hat?

Er geriet in Panik. Seine Augen irrten nach links und nach rechts auf der Suche nach einem Ausweg, aber es gab keinen. Hinter ihm setzte sich die Prozession fort mit den Vertretern der Ordensgemeinschaften; sie gingen in ihren verschiedenen Trachten paarweise nebeneinander. Den Abschluß bildete bewaffnete Reiterei in schimmernden Rüstungen. Entlang der ganzen Strecke säumten Pikeniere die Straßen. Schulter an Schulter bildeten sie ein doppeltes Spalier, um die Menschenmenge zurückzuhalten. Jedes Fenster, jede Galerie war besetzt. Die Menschen saßen auf den Dachfirsten und auf jedem Mauervorsprung, den sie finden konnten, ausgenommen am Vizeköniglichen Palast. Tavistock eilte das Gerücht voraus, daß er der Bruder des Piraten war, der das Panama-Silber gestohlen hatte, und alle Köpfe drehten sich nach ihm um, als er den Platz betrat. Beim ersten Anblick der gelben Gestalten erhob sich ein gewaltiger Schrei aus der Menge. Er sah die purpurnen Federn der vorausreitenden Offiziere, die der Prozession einen Weg durch die johlenden Menschenmassen bahnten, und das Aufblitzen eines blanken Säbels.

Vom Feuer eines fliegenden Händlers zog der Geruch von Holzrauch herüber, und eine grauenhafte Angst preßte seinen Magen zusammen wie eine eiserne Faust. Er erinnerte sich an das Feuerschiff, an das flehende Gesicht von Villanueva, an den Scheiterhaufen, auf dem sein Vater verbrannt war. Diese Erinnerungen hatten ihn in der Finsternis seines Kerkers heimgesucht. Er hatte sie sogar den Inquisitoren verraten, und sie hatten seine Worte aufgeschrieben: *Der Engländer John Tavistock war Zeuge, als sein Vater wegen hartnäckiger Ketzerei in der Zeit von König Philipps Herrschaft in jenem gottlosen Land verbrannt wurde.* Er hatte diese Erklärung unterschrieben, und sie hatten gelächelt und den Gedanken an seinen besonderen Horror vor dem Feuer genossen.

Er brach in die Knie. Seine Begleiter packten ihn an den Ellbogen und halfen ihm auf. Er blieb stehen, starr vor Angst, aber sie zerrten ihn weiter zu den Tribünen. Die Gefangenen wurden die Stufen zu ihren Plätzen hinaufgeführt, wo sie die Messe hören sollten, und plötzlich sah er sich, wie ihn die anderen gesehen haben mußten: angstschlotternd und wie ein Feigling nicht in der Lage, allein zu gehen. Wirst du dich wehren oder wirst du dich wie ein Vieh zur Schlachtbank führen lassen, John Tavistock? Entscheide dich! Sieh dir John Emery an. Er wehrt sich bei jedem Schritt, aber er bekommt nur blaue Flecken und bringt die Leute noch mehr gegen sich auf. Ist das nun Mut oder Dummheit? Besteht Mut nicht zu neun Zehnteln aus Dummheit? Das hatte Richard immer gesagt. Und das letzte Zehntel, woraus bestand das? *Aus Ver-*

*achtung!* Er hörte es Richard ganz deutlich sagen. Zeig der Welt deine Verachtung und sie weicht vor dir zurück wie ein getretener Hund. Wage, zu tun, was du tun willst. Stell dich aufrecht hin! Zeige dich unerschrocken und stolz!

Plötzlich wurde ihm leichter ums Herz. Er schüttelte die Hände ab, die ihn stützten und stieg ohne Hilfe die Stufen empor. Er reckte die Schultern, hob den Kopf, und der Mut, der ihn erfüllte, vertrieb tatsächlich die Angst, als er mit den anderen Gefangenen in die Bankreihe rückte.

Ein »*oyez*« ertönte. Dann wurde Ruhe gefordert, und an einem hohen Mast stieg das Banner der Inquisition empor wie ein riesiges Großsegel und entfaltete sich vor der Fassade der eindrucksvollsten Kirche Mexikos – grün, mit einem Kruzifix, flankiert vom Schwert der Gerechtigkeit und dem Ölzweig der Gnade, darüber die Inschrift EXURGE DOMINE ET JUDICA CAUSAM TUAM. Eine winzige Gestalt in scharlachroter Seide erklomm das erhöhte Podium, über dem die riesige Fahne wehte. Die Menge verstummte, Kinder wurden zur Ruhe ermahnt, und alle horchten angestrengt, um die gellend vorgetragenen Worte Don Pietros zu verstehen.

»Mit Genehmigung des Großinquisitors und des Rates der Obersten und Allgemeinen Inquisition von Sevilla sowie nach den Regeln, wie sie in den Inquisitionsmaximen von Toledo enthalten sind, verkünde ich hiermit die Urteile.«

Don Pietro begann, die einzelnen Urteile zu verlesen. Als erste kamen jene an die Reihe, die bereits tot oder geflohen waren; er beschäftigte sich ausführlich mit ihnen und der Niedertracht ihres Verbrechens. Tavistock beobachtete, wie sich die Stimmung der Zuschauer änderte, während Don Pietro sprach. Eine große Erregung hatte die Menge erfaßt. Wellen des Unmuts erhoben sich. Das Meer der Köpfe schien wie von einer heftigen Bö gekräuselt, als die Leute begannen, ungeduldig von einem Fuß auf den anderen zu treten. Er spürte, wie ihre Entrüstung in Haß umschlug. Ihre Stimmen ertönten lauter und lauter bei jeder Antwort, die zum Ritual gehörte. Die obszönen Strohpuppen wurden nacheinander in die Höhe gehalten und in Käfige gesperrt; jede wurde, so absurd es war, belehrt und anschließend der höhnenden Menge vorgeführt.

Dann öffnete sich die Tür zur Gefangenentribüne und Roger Tradescant, der Waffenmeister der *Jesus*, wurde herausgezerrt.

»Gunner«, knurrte Barrett neben ihm, »kannst du verstehen, was der Inquisitor über ihn sagt?«

»Daß er heimlich das Kreuz anspuckt und daß das Kruzifix deshalb weint und Blut vergießt.«

»Diese Teufel«, sagte Barrett, finster unter seinen tief herabhängenden Brauen hervorblickend. »Ich war im Jahr sechzig in Teneriffa, als die Inquisition Thomas Nicholas verurteilte wegen Hurerei und Diebstahls, und ein Jahr darauf erwischte es John Frampton in Cadiz, als er Weinfässer lud. Sie schleppten ihn nach Triana, das ist die große Festung der Inquisition in Sevilla. Sie haben ihn gefoltert wie uns und ihn gezwungen, sein Lebtag lang den *sanbenito* zu tragen. Und er durfte Spanien nicht mehr verlassen. Und weißt du, warum?«

»Wegen ihrer blöden Religion«, murmelte Miles Philips. Er war fünfzehn Jahre alt und noch im Stimmbruch.

»Nein, Junge. Sie schnappten ihn sich wegen seines Schiffs und seiner Ladung und wegen zweitausend Dukaten in Gold. Das war's, wie Don Pietro de Contreres zu seinem ersten Vermögen kam – durch reinen Diebstahl.«

»Und uns nennen sie Piraten!« sagte John Chamberlain.

Horne kratzte sich am Kinn. »All das Geld, das ich auf die Seite gebracht habe! Gott verdamm mich, ich könnte heulen!«

Paul Horsewell brachte ein gequältes Grinsen zustande. »Gunner, dieser Bruder von dir wird doch jetzt was unternehmen, oder? Gegen Männer auf tüchtigen Schiffen haben sie kein Rezept. Beim Anblick von freien Protestanten gerinnt ihnen doch das Blut!«

»Kein Mensch kann uns jetzt noch retten«, schnaubte

John Bone wütend. »Wir bleiben Gefangene, bis wir tot sind.«

»Meinst du, daß sie das mit uns machen, Gunner?« fragte Jacob, der Segelmacher hoffnungsvoll, weil er nicht wagte, eine andere Möglichkeit ins Auge zu fassen. »Daß wir diese stinkigen gelben Kittel für immer und ewig tragen müssen?«

»Wir werden es bald genug erfahren.«

Horne deutete auf die Straße, die vom Marktplatz zu den *braseros* des Hinrichtungsgeländes führte. Sie führte unter dem Bogen des alten Wachturms an der nördlichsten Ecke des Vizeköniglichen Palastes hindurch. Der Turm diente jetzt als Lagerhaus. Horne hatte häufig gesehen, wie die Müller dort ihre Mehlsäcke von den Karren luden. Jetzt war das Tor von Soldaten der vizeköniglichen Wache besetzt.

»Sieh dir diese Hundesöhne an in ihren schwarzen Jacken. Sie müssen natürlich die beste Sicht auf die Scheiterhaufen haben.«

»Sie werden harte Urteile fällen«, sagte John Bone. »Macht euch keine Hoffnungen. Sie fürchten alle die Taten eines Richard Tavistock. Sie brauchen uns als abschreckendes Beispiel.«

»Was ist aus ihnen geworden, Master Barrett?« fragte Philips mit zitternder Stimme.

»Aus wem, mein Junge?«

»Aus John Frampton und diesen anderen.«

»Sie sind entkommen. Mach dir keine Sorgen, Junge. Und sie kehrten beide nach Hause zurück und schrieben dicke Bücher für den Doctor Dee, den Astrologen der Königin, und noch andere ausführliche Abhandlungen, die sogar unser John Hawkins gelesen hat und die du auch lesen wirst in ein oder zwei Jahren.«

»Meint Ihr wirklich, Sir?«

»Eine Idee kann sehr mächtig sein, Miles, wenn sie sich im Kopf eines Menschen festsetzt. Ich schwör dir, deine Feder wird den Engländern, die erst noch auf die Welt kommen müssen, von unserem Schicksal berichten.«

»Aye, und wenn Frampton mit seiner Feder nicht entwischt wäre, würden wir vielleicht heute nicht verbrannt werden«, zischte Dean wütend.

Der junge Philips schluckte mühsam und starrte auf die Menschenmenge.

Barett beugte sich zu ihm hinüber. »Sie werden dich nicht verbrennen, Junge. Du bist zu jung. Sie wollen gut mit Fett durchwachsene Kerle wie mich als Kerzen – Männer, die ihnen im Weg sind. Sie wissen, ihre einzige Hoffnung besteht darin, die Engländer nicht aufkommen zu lassen. Wir sind alle miserable Hundesöhne. Und jetzt Kopf hoch!«

Die Menge verstummte, als das Urteil über den Waffenmeister verkündet wurde: dreihundert Hiebe auf dem Bock und zehn Jahre Sklavenarbeit auf einer Galeere. Er wurde durch einen anderen Ausgang abgeführt. Als nächsten zerrten sie John Emery aus der Bank. Er war noch immer geknebelt und wehrte sich wie wild. Seine Nasenlöcher blähten sich, sein einziges Auge funkelte böse. Die Narrenkappe fiel ihm vom Kopf, und er stieß eine Wache zu Boden. Doch als man ihm ein Joch um den Hals legte und seine Hände daran festband, hatte sein Sträuben bald ein Ende.

»Was sagt er, Gunner?«

»Verbrennen zu Asche.«

»Gott sei ihm gnädig.«

Paul Horsewells »Amen« fand bei den übrigen Gefangenen ein zwölfstimmiges Echo.

Der nächste war Miles Philips. Er sollte fünf Jahre in einem Kloster dienen. Auch er wurde abgeführt. Tavistock bemühte sich zu sehen, wohin er geführt wurde; erst verschwand er hinter der Tribüne, dann erschien er wieder, rittlings auf einem Esel sitzend. Er wurde durch den Torbogen geführt und von dort hinüber zum Gefängnis. An dieser Stelle, an der Ecke des Vizeköniglichen Palastes, hatte er Emery zum zweiten Mal aus den Augen verloren. Er war durch den Torbogen gegangen und dann nach rechts zur Hinrichtungsstätte und nicht nach links zum Gefängnis geführt worden. Schon versuchte ein Teil der Menschenmenge, sich durch den Flaschenhals des Torbogens davonzustehlen, um sich an den Stellen zu versammeln, die die beste Aussicht auf die *braseros* boten, aber die Soldaten drängten die Leute zurück. Hinter dem Tor waren, zum Teil durch die Kirche verstellt, die Scheiterhaufen zu sehen. Männer liefen geschäftig hin und her und schichteten Reisigbündel um die Holzstöße.

Ein Gefangener nach dem anderen wurde vor den Inquisitor geführt, und die Bankreihen vor Tavistock, in denen noch eben seine Kameraden nebeneinander gesessen hatten, leerten sich. Übelkeit stieg in ihm auf beim Anblick der freien Plätze. Der nächste, der aufgerufen wurde, war der erste in Tavistocks Reihe. Es folgten John Collier und Mathias Roberts, dann Davy Wingrove und Henry Smith. Robert Barrett neben ihm wurde auf die Beine gezerrt. Er wandte sich zu ihm und reichte ihm die Hand zum Abschied, und Tavistock ergriff sie. Zum ersten Mal sah er Angst in Barretts Augen aufflackern.

»Gott schütze dich, Robert.«

»Und dich, Gunner.«

Der Verschlag wurde geöffnet und Barrett ging hinaus, um sein Todesurteil entgegenzunehmen.

Pedro Gomara kletterte auf seinen Wagen und stellte sich aufrecht hin, um besser sehen zu können, doch was er sah, bestürzte ihn. Zur Zeit des Kaisers hätte es so etwas nicht gegeben, dachte er. Damals war dieses Land wirklich eine neue Welt, und die einzigen Spanier darin waren echte Helden – Nunez de Guzman, Panfilo de Narvaez, Francisco Vasquez de Coronado, der große Cortés! Und die Männer, die ihnen folgten, waren richtige Männer, Soldaten und Pioniere und unerschütterliche Priester, die der Rechtschaffenheit den Weg bahnten, keine Bürokraten, keine teiggesichtigen Administratoren und seelenlose Teufelsbraten wie dieser Don Pietro.

»He Alter, runter da!«

Der grobe Ton ärgerte Pedro. Wütend drehte er sich um und ballte drohend die Fäuste gegen einen Bären von einem Mann. »Nimm dich in acht, Flickschuster!«

»He, was soll das, Alter?«

Die Frau des Flickschusters zog ihren Mann an der Lederschürze. »Laß ihn, er ist verrückt.«

»Aber ich kann nichts sehen.«

»Weg da! Hüah!« Gomara stieß zwei Bengel von den hohen Seitengittern seines Wagens und gab den Ochsen die Peitsche. Dumpf muhend setzten sie sich in Bewegung. Die Menschen teilten sich vor dem Gespann, während es sich auf die freigehaltene Fahrstraße zubewegte. Die großen hölzernen Räder quietschten und pflügten eine Furche durch die Menge. Die Leute reckten die Hälse, um das neueste Urteil zu hören. Wer dem Gefährt ausweichen mußte, blickte vorwurfsvoll zu Gomara empor und beschimpfte ihn; andere versuchten wiederum, sie zum Schweigen zu bringen.

»Wo willst du hin?« fragte ein schnurrbärtiger Sergeant und zückte seine Partisane.

Gomara spürte ein flaues Gefühl im Magen. Was sollte er tun, wenn sie ihn aufhielten? War er zu früh losgefahren oder zu spät? »Ich soll zu den *braseros* kommen, Sergeant.«

»Du kannst hier nicht durch.«

»Wie soll ich sonst hinkommen?« fragte er achselzuckend.

»Ich sage, es geht hier nicht.«

»Aber ich muß meinen Befehlen gehorchen.«

»Welchen Befehlen? Wer hat dir etwas befohlen?«

»Ein mächtiger Hauptmann«, antwortete Gomara verächtlich.

»Welcher Hauptmann?«

Gomara sah sich um und deutete über den Marktplatz. »Der dort in dem schönen Rock, mit den eingravierten Federn auf der Rüstung. Der dort, siehst du ihn? Er heißt Hauptmann de Escovedo, und er hat gesagt, wenn mich die Wachen nicht –«

»Schon gut, alte Schlange. Komm mit.«

Der Sergeant packte einen Ochsen beim Nasenring und zog. Die Tiere zogen an und bogen in die kleine Gasse, durch die bereits fünfzig Ketzer gegangen waren, um ihren Lohn zu empfangen. Wieder ertönte das vielstimmige frenetische Geschrei, diesmal lauter denn je. Es hallte unter dem hohen Torbogen des einstigen Wachturms an der Ecke der Plaza und von den Wänden des dunklen Speichers, in dem sich Maria versteckt hatte. Durch die Ritzen des Ziegeldachs fielen einzelne schräge Sonnenstrahlen, in denen feine Staubkörnchen tanzten. Der Raum war erfüllt von den Geräuschen des *auto de fe*.

O Gott, hilf mir. Bitte, hilf mir! Ihr Herz hämmerte unter dem schweißnassen, steif gestärkten Halstuch. Mit zitternden Fingern verknotete sie das zerschlissene Ende eines Seils, das über den Dachbalken lief und in einer Rolle endete. Sie hatte es am Dachbalken festgebunden und in Abständen von zirka einem halben Meter Knoten hineingeknüpft, aber nützen würde es nur, wenn es ihr gelang, die Säcke von der Luke wegzuschaffen. Sie ließ sich auf den Boden nieder, stemmte sich mit dem Rücken gegen die Mauer und versuchte, die Säcke mit den Füßen wegzuschieben.

»O Gott, mach mich stark!«

Bei jeder neuen Urteilsverkündung war der Haß der Menge neu aufgelodert. Die Engländer waren auf einem Esel unter dem Torbogen durchgeführt worden, um geschlagen und mißhandelt zu werden. Sie hatte jedesmal zugesehen und ihren Plan immer wieder durchdacht, bis sie am Ende überzeugt war, daß er unmöglich gelingen konnte. Trotzdem mußte sie es versuchen.

Beide Säcke, die auf der Luke standen, enthielten Mehl und waren so schwer, daß sie sie auch einzeln nicht hätte bewegen können. Der Müller, der sie einließ, hatte ihre Juwelen genommen dafür, daß er ihr bis hierher geholfen hatte, und war verschwunden. Er hatte Todesangst ausgestanden und war nicht zu bewegen, ihr noch länger zu helfen, obwohl sie ihm noch mehr Geld versprochen hatte. Die Blöcke und Rollen des Flaschenzugs über ihr sprachen Hohn und Spott, denn sie hatte das Seil herausgezogen und Knoten hineingeknüpft, und jetzt reichte die Zeit nicht mehr, um den Fehler zu korrigieren. In hilflosem Zorn trat sie gegen die Säcke, als die Menge erneut aufheulte.

Diesmal erreichte die Strafpredigt des Inquisitors einen beißend scharfen Ton. Er sprach von dem Raubüberfall in Panama und den mordenden Piraten, die sich in der Karibik herumtrieben.

»Sagt mir, was werdet ihr mit diesen lutherischen Teufeln tun?« rief er der Menge zu. »Sagt es mir!«

Und die Antwort kam prompt und haßerfüllt: »Verbrennen! Verbrennen!«

Würden sie ihn jetzt gleich zu den Scheiterhaufen bringen? Der Gedanke erfüllte sie mit Panik. Sie stürzte ans Fenster, stolperte und fiel, raffte sich wieder auf, preßte ihr Auge an den Schlitz, den eine fehlende Leiste in dem Jalousienfenster freiließ, und schaute hinaus in die Helligkeit.

Dort drüben, in der Mitte der großen Tribüne, stand ihr Mann, allein und aufrecht in seinem gelben Umhang. Ihr blieb keine Zeit zum Nachdenken. In ein paar Sekunden würde er unter dem Torbogen sein.

»Dieser Sohn des Satans wurde vom König und seinem Vizekönig mit aller Höflichkeit behandelt, und ebenso vom Volk von Mexiko, aber wie hat er es euch vergolten? Selbst jetzt lauern seine üblen Brüder draußen auf dem Meer, um jeden zu vernichten, der sich hinauswagt! Was sollen wir mit ihm tun?«

»Verbrennen!«

Maria sah sich verzweifelt um, dann schob sie ihre zitternden Finger durch einen der Luftschlitze des Speicherfensters, riß ein gebrochenes Stück der schräg angeordneten Leisten ab und packte es wie einen Dolch. Unten ritt eben ein Engländer auf einem Esel durch das Tor. Sie konnte sein Gesicht sehen, das zu einer Maske des Grauens erstarrt war. Dann sah sie drüben auf der rechten Seite

Pedros Ochsen auftauchen, geführt von einem Sergeanten der Wache.

Es ist zu früh, dachte sie. Geh zurück! Geh zurück! Heilige Muttergottes, wir sind verloren!

Pedros Augen wanderten zu dem kleinen, mit luftdurchlässigen Läden verschlossenen Turmfenster hinauf und blickten sofort wieder weg. Er nickte sehr langsam. Als sie in den sieben Meter unter ihr dahinrumpelnden Wagen blickte, sah sie, daß die hohen geflochtenen Seitenteile des Wagens mit Heu gepolstert waren. Im Wagen lagen zwei große irdene Weinkrüge und eine Sense. Sie sah, wie der alte Mann nach der Sense griff. Die Sonne blinkte auf der frisch geschliffenen Schneide. Dann verschwand der Wagen unter dem Torbogen.

Sie blickte auf das spitze Stück Holz in ihrer Hand und dann auf die Säcke. Wie dumm von ihr, daß sie nicht eher daran gedacht hatte! Sie stach in die prall gefüllten Säcke und riß die Sackleinwand auf.

Tavistock beobachtete die Wogen der Feindseligkeit ringsum, wie sie anschwollen und abflauten. Dann wurde es plötzlich still auf dem Platz. Zehn Schritte von ihm entfernt glänzte Don Pietros kahler Schädel. Das hagere Gesicht war zum Himmel erhoben, die Hände zu einer frommen, flehenden Geste ausgebreitet.

»Allmächtiger Vater, nimm diesen bösen und verstockten Ketzer bei Dir auf, dessen Sünden Dich betrübten und dessen Verbrechen zu schwer sind, um gehört zu werden. Wir, Deine ergebenen Diener, übergeben Dir seinen Leib.«

Bovilla flüsterte Tavistock ins Ohr: »Bereue und du wirst Gnade empfangen, selbst jetzt noch!«

»Tu, was er sagt. Bitte!« bat Pater Tomas. »Um der Barmherzigkeit willen!«

Die Todesangst überfiel ihn erneut, aber er schüttelte den Kopf.

»Du kannst dir das Leiden ersparen. Überleg doch, die

Flammen, John Tavistock! Sie werden dein Fleisch zu Asche verbrennen, während du zusiehst! Zeige den Menschen, daß du bereust. Dann wird dich der Henker strangulieren! Bereue oder du wirst für alle Ewigkeit im Feuer der Hölle schmoren!«

»Es gibt nichts zu bereuen«, sagte er kühl und voller Verachtung.

Dann führten sie ihn die Stufen hinunter – seine Hände waren taub, so stramm waren sie gefesselt – und setzten ihn auf einen Esel, der so klein war, daß seine Zehen fast den Boden berührten. Steifbeinig setzte sich das Tier unter seinem Gewicht in Bewegung und trippelte durch den Dung, den seine Artgenossen hinterlassen hatten. Seine eingeschlafenen Finger fühlten das rauhe Fell am Hals des Tieres, die struppige Mähne; seine Schenkel den gerundeten Leib. Der kantige Rücken des Esels quetschte seine Hoden. Er blickte starr geradeaus. Als er in die Gasse einbog, fühlte er, wie der Traum von ihm wich. Die Hinrichtungsstätte winkte.

Urin und Kot regneten auf ihn herab und bekleckerten die Straße und die Soutane des Priesters, der ihn führte. Der Gestank von Unrat und Verwesung war ekelerregend, und plötzlich begriff er: Dies war sein Todesgang. Es war Wirklichkeit.

Ich muß mich auf den Tod vorbereiten, dachte er, als er zum ersten Mal der Unausweichlichkeit seines Schicksals ins Auge blickte. Er sah sich um. Die Menge war nicht mehr gesichtslos. Der Ton aus jeder einzelnen Kehle klang verschieden. Er sah jeden Zuschauer: junge und alte, Männer und Frauen, Spanier, Indianer und Halbblut – sah jeden als ein besonderes Gefäß eines besonderen menschlichen Wesens. Er sah, daß ihn einige brennen sehen wollten, daß ihn andere freigesprochen hätten. Er sah blanken Haß in den Augen einiger und bei anderen Grauen. Er sah dumpfe Seelen, strahlende Seelen, hysterische Seelen, solche, die sich auf das feurige Schauspiel freuten, andere, die sich deswegen schämten, wieder andere, die sich krümmten vor Schuld, einige,

514

die nur neugierig waren und auch einige mit echtem Mitgefühl und Erbarmen.

Je enger die Gasse wurde, um so weniger wurden die Zuschauer. Auf der *plaza* standen die Soldaten in Doppelreihen Schulter an Schulter Spalier und hielten die Hellebarden quer vor ihren Brustpanzer, so daß sie sich überlappten und eine Barriere gegen die andrängende Menge bildeten. Hier in der Gasse standen sie einzeln mit dem Rücken zur Mauer des Palastes. Einige hatten sogar ihren Platz verlassen. Als der Schatten des Wachturms kalt wie der Schatten des Todes über ihn fiel, sah er, warum. Auf dem hellen sonnigen Fleck jenseits des Tors blockierte ein Ochsenkarren die Straße. Soldaten bemühten sich, die Tiere auszuspannen, um die Straße freizumachen, aber einer der Ochsen lag brüllend mitten auf der Straße. Tavistock sah, daß das Tier an den Hinterschenkeln und Fesselgelenken blutete; jemand hatte ihm ziemlich ungeschickt die Kniesehnen durchgeschnitten.

»Platz da! Aus dem Weg!«

Ein paar Soldaten versuchten, das Tier an den Hörnern hochzuziehen. Andere schoben sich die Helme in den Nakken und bemühten sich, dem Gespann das Joch abzunehmen. Plötzlich schnellte die Wagendeichsel nach oben, der Karren kippte, das Stroh rutschte heraus und mit ihm ein großer ziegelroter *cantaro*, der auf der Straße in tausend Scherben zersprang und Gallonen von Wein verschüttete. Ein zweiter Krug rollte heraus und spie seinen Inhalt in die Gosse.

Ein Sergeant hob seine Partisane. »Paßt auf ihn auf!«

»He, du! Kümmre dich um deinen Gefangenen! Und du! Schaff diesen alten Trottel vom Wagen weg!«

Der Alte, der den Wagen gefahren hatte, kniete auf der Erde und tauchte laut jammernd die Hände in den verschütteten Wein. Dann sah Tavistock plötzlich das Gesicht des Alten. Es war Pedro Gomara.

Das kann nicht wahr sein, dachte er, von der allgemeinen Verwirrung völlig überrumpelt. Das kann nicht sein!

Fast hätte er den *muletero* beim Namen gerufen, aber im selben Augenblick trafen sich ihre Augen und er erkannte, daß Gomara dies alles hier mit Absicht tat. Als Gomara von einem kräftigen Soldaten derb am Hosenbund gepackt und hochgezogen wurde, schrie er Tavistock zu: »Hau ab!« Gleichzeitig drehte er sich zu dem Soldaten um und entwand sich geschickt seinem Griff, wobei er zeterte und schimpfte, so laut er nur konnte.

»Haltet ihn!«

Tavistock hörte ein knarrendes Geräusch über sich. Eine Bewegung ließ ihn nach oben blicken, aber er senkte den Kopf sofort wieder, denn wenn sein *corazo* verrutschte, würden andere seinem Blick folgen. Weißes Pulver schwebte von der Luke herab, die sich hoch über ihm zwischen den Balken öffnete. Ein Wunder geschieht, dachte er, oder vielleicht bin ich schon tot. Was rieselte da herab? Mein Gott, es ist Mehl. Dann fiel direkt vor ihm ein schweres Seil herab. Instinktiv griff er nach dem dicken Knoten am Seilende, trat gleichzeitig nach dem Mann, der seinen Esel führte, so daß er zu Boden fiel und der Esel davonstob.

»Juan!«

Der Atem stockte ihm. »Maria!«

»Schnell!«

In dem Viereck über seinem Kopf erschien ihr Haar, ihr Gesicht und ein riesiger Schwall feinen weißen Staubs, der in wirbelnden Wolken den ganzen Torbogen füllte. Er legte das Seil unter die Handfesseln. Als es sich straffte, meinte er, ihm würden die Ellbogen aus den Gelenken gerissen. Und dann kletterte er mit blutleeren Händen, die so kraftlos waren wie die eines Säuglings – aber er kletterte um sein Leben. Er hangelte sich zum nächsten Knoten empor, schlang die Beine um das Seil, fand Halt für die Füße und schob sich höher. Unter ihm kamen die Soldaten wieder zur Besinnung. Eine Hand schloß sich um seinen Knöchel, aber er trat wütend mit der Ferse dagegen, schüttelte sie ab und zog sich zum nächsten Knoten hinauf.

»Achtung!«

Ein Faß kippte über den Rand der Luke und stürzte an ihm vorbei hinab auf die Erde, wo es krachend in Dauben und Reifen zersprang. Ein weiterer Knoten war geschafft. Dann kam der Sergeant und stieß mit der Partisane nach ihm. Die zweischneidige Spitze fuhr durch den gelben Barchent seiner Beinlinge. Er spürte, wie die Parierstange an seinem Schienbein entlangschrammte. Inzwischen hatte er die Hälfte geschafft, aber nun drohte ihn die Kraft zu verlassen.

»Weiter, Juan. Steig weiter!« schrie Maria über ihm und schüttete ihm und allen anderen unter ihm den Inhalt eines aufgerissenen Mehlsacks in die Augen. Sie streckte die Hand nach ihm aus, versuchte verzweifelt, seine Hand zu fassen, und dann rutschte sein Fuß ab, und er wäre beinahe abgestürzt. Er konnte nichts sehen, zwinkerte, wischte sich mit der Schulter über die Augen. Er hustete, würgte an dem Mehl, das er einatmete und das ihm die Kehle verstopfte. Die Welt drehte sich so rasend schnell, daß ihm übel wurde. Und seine Hände! Sie gehorchten ihm nicht mehr. Jedes Gefühl war aus ihnen gewichen.

»Hilf mir!«

»Steig ihm nach!«

»Madre de Dios, er fällt!«

Er spürte, wie sich das Seil unter seinem Spann straffte. Ein Soldat kletterte ihm nach. Das Seil hörte auf zu schlingern und zu kreisen. Dann strichen Marias Fingernägel über seinen Arm. Ihre Hand schloß sich über seinem Ellbogen. Er stieß mit dem Kopf gegen den Lukenrand, als er sich mit letzter Kraft nach oben warf und keuchend über den Boden rollte.

»Das Seil! Kapp das Seil!« stieß er heiser hervor.

Suchend blickte sie sich nach dem Stück Holz um, mit dem sie die Säcke aufgerissen hatte. Es lag irgendwo unter Mehl begraben oder es war durch das Loch gefallen. Sie hatte keine Zeit, danach zu suchen. Das Seil knarrte und drehte sich. Der Helm eines Soldaten tauchte in der Luke auf.

Tavistock sprang auf und warf die schwere Falltür zu. Sie schloß nicht ganz wegen des Seils, aber der schwindende Schrei des Soldaten sagte ihnen, daß er hinabgestürzt war. Maria löste das baumelnde Seil von Dachbalken und ließ es fallen. Dann verließen sie hastig den Speicher und rannten durch die labyrinthähnlichen Gänge des Vizeköniglichen Palastes.

# 20

Richard Tavistocks Schiff lief auf dem Wendekreis des Krebses nach Osten, ungefähr zweiundachtzig Grad westlich seines Heimathafens London. Die Kurskoppelung hatte einen Standort einunddreißig Seemeilen vor dem nördlichsten Bogen der kubanischen Küste ergeben. Im Süden lag Havanna, das die *Antelope* vor einer Woche durch ihr plötzliches Auftauchen in helle Aufregung versetzt hatte. Doch sie hatte die überheblichen Drohgebärden des Feindes ignoriert und war weitergefahren. Nun knarrten ihre Spanten sowie die ausgelaugten Taue des stehenden Gutes, und Tavistock mußte an die vielen behelfsmäßigen Reparaturen denken, die in der letzten Zeit notwendig geworden waren, damit das Schiff seetüchtig blieb.

Der schwere Geruch des siedenden Pechs, mit dem die Kalfaterer die Schiffsnähte dichteten, wehte von den Brennern her über das Deck. Der Zimmermann hobelte eine Spiere glatt. Schafe blökten in ihren Verschlägen. Der Himmel war bleigrau, der Wind feucht und schwül. Wenn es auch ein friedlicher Tag war, fanden weder Kapitän noch Mannschaft Ruhe – Regen kündigte sich an und jeder war nervös.

Er saß auf dem Poopdeck – der Vormittag war schon halb verstrichen – und blätterte in den abgegriffenen Papieren, die auf seinen Knien lagen. Er plante die letzte waghalsige Unternehmung seines Feldzugs, aber die schwülwarme Brise ließ ihn keinen klaren Gedanken fassen. Also gestattete er seinen Gedanken, sich für eine Weile selbständig zu machen, und sie waren sofort wieder bei jener vornehmen *hacienda*, die nur in seiner Einbildung bestand, wo sein Bruder Erfolge genoß, die noch unrechtmäßiger erworben waren als die seinen. Immer wieder drängte sich ihm dieses Bild vor Augen, und es machte ihn jedes Mal traurig.

Als der Schiffsjunge das Wenden des Halbstundenglases aussang, fiel Tavistock ein, daß von den zwölf Zeitmessern, mit denen sie aufgebrochen waren, nur noch drei funktionierten. Venezianer, die in London im Exil lebten, hatten sie gemacht. Sie waren sehr genau, aber auch sehr zerbrechlich. Die *Antelope* würde sich demnächst einen Hochsee-Spanier suchen und mit seinen schlechteren Gläsern vorliebnehmen müssen. Siebenglasen, eine halbe Stunde vor zwölf und vor dem Wachwechsel. Es war sinnlos, bei diesem bedeckten Himmel und den unscharfen Schatten die Höhe der Sonne zu messen. Er streckte sich, rief nach einem Becher Wasser, trank und schickte den Jungen nach einer der kleinen süßen Orangen, die in seiner Kabine reiften. Als er die Augen schloß, lag vor ihm die Heide im ersten Schnee. Wunderbar kalte Luft strich über sein Gesicht, und der Frost machte die Zehen taub. Oh, was gäbe ich für einen englischen Winter, dachte er. Ein Wind, der beißt und einem durch alle Knochen fährt, kahle Bäume, zugefrorene Teiche und diese vielen unterschiedlichen Grautöne, die mehr Farbe enthalten als jede dieser farbenprunkenden karibischen Landschaften. Wie sehne ich mich nach dem Polarstern bei fünfzig Grad am Nachthimmel, nach dem Großen Bären – ach John, so vieles hast du verloren.

Als die Pfeife des Bootsmanns ertönte, öffnete Tavistock die Augen. Der schwarze Stein an seinem Finger glänzte, mißbilligend, wie er dachte, und rief erneut Erinnerungen wach. Auch wenn Richard mit John nichts mehr zu tun haben wollte, hatte er ihn noch lange nicht vergessen. Er würde sich wohl in aller Zukunft für seinen Bruder schämen, dennoch wollte er ihn wiedersehen – und wenn es nur deshalb war, um ihm einige Fragen zu stellen.

Dies war nun der vierte Tag, seit sie Land gesichtet hatten, und seine peinlich genauen Skizzen von den letzten drei sicheren Häfen, die sie angelaufen waren, hatte er inzwischen mit Peilungen und Segelanweisungen, Angaben über Untiefen und Landzeichen sowie mit den Daten von der Schiefertafel des Lotgasts vervollständigt. Das waren die eigentlichen Schätze, die er nach England bringen würde, denn sie würden anderen ermöglichen, seinem Kielwasser zu folgen und dies mit bedeutend größeren Erfolgschancen. Wohlgefällig blickte er auf seine Arbeit, trotzdem war es nicht eitel Befriedigung, die ihn erfüllte, denn in letzter Zeit hatten sich Probleme eingestellt, Probleme, die nicht durch Fehler oder Mißerfolge verursacht wurden, sondern im Gegenteil, die der Erfolg mit sich brachte.

Monat für Monat hatte die *Antelope* jungfräuliche Gewässer gepflügt, nach Osten hin bis zu der abgelegenen Insel Barbados, hatte sich an den Reichtümern der Inseln über und unter dem Wind schadlos gehalten, bevor sie für eine Weile verschwand, um überholt zu werden. Im Juni waren sie unverhofft vor der Isla de Pinos nahe der Westspitze Kubas aufgetaucht und hatten zwischen den Karibischen Inseln brauchbare Beute gemacht – ein paar Schaluppen und ein größeres Schiff. Dann kreuzten sie mit wehenden Flaggen und dem St. Georgskreuz an den Toppen vor Santo Domingo auf, um die Spanier zu ärgern wie Drake es getan hatte. Im Oktober machten sie einen üppigen Fang, ein großes Schiff voller Geschenke, die der Kaiser von China an den König von Spanien schickte, darunter auch eine Schatulle voll edelster Smaragde, die dem Kapitän gehörten. Er hatte mit der Pistole auf Tavistocks Brust gezielt, um seine kostbaren Steine zu retten, aber entweder war sein Pulver feucht oder sein Feuerstein abgenutzt gewesen

– jedenfalls hatte Gott den Pistolenlauf des Spaniers verstopft sein lassen und die Seinen gerettet.

Tavistock ließ den Mann, begleitet vom brüllenden Gelächter der Mannschaft, über das Deck jagen und verprügeln. Bevor sie ihn einhundertzwanzig Seemeilen vor einer Küste in sein Beiboot setzten – nah genug, um sich zu retten, weit genug, um einen scheußlichen Sonnenbrand und irrsinnigen Durst zu bekommen und seine Unbesonnenheit ordentlich zu bereuen, hatte er dem Schurken die Smaragde ›abgekauft‹ für eine Flasche Wasser und einen Strohhut.

»Sag deinen Landsleuten, diese grünen Steine sind ein Geschenk für meine Königin«, hatte er zu dem Mann hinabgerufen. »Und für den Fall, daß du es nicht wissen solltest: Es ist Elisabeth von England. Du brauchst dir also um deine Steine keine Sorgen zu machen. Eine rechtmäßige Königin wird sich damit schmücken.«

Im Jahr darauf war Tavistock mit der *Antelope* vor allen bedeutenden Häfen des Feindes aufgekreuzt und hatte festgestellt, daß ihn keines der großen Schiffe einholen konnte, und die wendigeren, schnelleren Fahrzeuge waren zu leicht bestückt, um der *Antelope* gefährlich zu werden. Solange Tavistock seine Mannschaft in guter Verfassung hielt, brauchte er keinen Verfolger zu fürchten und auch keinen Hinterhalt, denn er konnte weit entfernte Schiffe ausmachen wie kaum ein zweiter.

Im Dezember des vergangenen Jahres hatten sie von einem einstweiligen Stützpunkt in Grand Cayman aus die Küste von Honduras geplündert. Im Frühjahr waren sie nach Maracaibo gezogen und hatten eine Fregatte gekapert, die sie um vierzigtausend Golddukaten erleichterten. Mit jedem Erfolg war Tavistocks Selbstvertrauen gewachsen, und er stellte fest, daß er bei den seefahrenden Männern, die er ausgeraubt hatte, einen Ruf genoß. Nur noch wenige wagten es, Widerstand zu leisten, wenn er mit seiner *Antelope* aufkreuzte. Kein Spanier in ganz Westindien konnte sich erklären, wie er feindliche Schiffe ausmachte und taxierte, wie er erkennen konnte, welche reif waren und welchen er besser aus dem Weg ging. Er hatte seinen Trick keinem Menschen verraten, nicht den Männern an Bord, denen er vertraute, und nicht einmal Drake.

Bowen war am neugierigsten, und Fleming stand ihm nur wenig nach. Thomas Sark, der graubärtige Sailingmaster, fand es verdammt sonderbar, stellte aber lieber keine Fragen. Aus dem Augenwinkel hatte Tavistock häufig beobachtet, wie Bowen und Fleming beisammen standen. Um sie mit seiner Heimlichtuerei nicht zu sehr zu verletzen, pflegte er in Abständen auf den Großmars zu klettern, um sein Fernglas zu benützen. Aber er hatte übertrieben mit ihnen gespielt.

»Es ist keine Hexerei«, hatte er Bowen erklärt, als sein bester Bootsmann das Thema nun schon zum fünften Mal angeschnitten hatte. »Gute Navigation und eine flinke Crew sind die Grundlage. Außerdem mußt du alles sehen, alles hören. So einfach ist das.«

»Aye, Captain«, hatte Bowen erwidert und sich umständlich am Kopf gekratzt. »Aber woher wißt Ihr, ob ein Schiff einen Überfall lohnt oder nicht, wenn es da draußen nicht größer ist als ein Sandkorn?«

»Das könnte jeder feststellen.«

»Aber warum legt Ihr Euch dazu auf den Großmars? Ich kenne keinen Captain, der so etwas macht.«

»Die Mutter meiner Mutter war ein Adler, und ich habe ihre Augen. Schluß jetzt mit der Fragerei.«

»Bitte, Captain, wollt Ihr uns nicht sagen, was das für ein länglicher Kasten ist, den Ihr jedesmal hervorholt, wenn wir ein Schiff ausmachen?« bat Fleming.

Daraufhin war er aufgestanden und hatte gesagt: »Kommt, Mister Bowen, Mister Fleming, seht euch meine Zeichnungen an. Sind sie nicht ganz ordentlich geworden? Und eine große Hilfe bei unseren Fahrten?«

»Aye, Captain«, hatte Bowen mit dem traurigen Blick eines Bluthunds geantwortet.

»Seht her. Jeder Ort, an dem wir gewesen sind, ist hier vermerkt und so gezeichnet, daß man ihn wiedererkennen kann.«

»Aye, Sir.«

Bowen und Fleming hatten ihm höflich zugehört und waren unbefriedigt gegangen. Tavistock wußte, daß sie wieder fragen würden, nächste Woche, nächsten Monat – sobald das nächste Schiff auftauchte und er sein unerklärliches Kunststück wiederholte.

Tavistock rutschte in seinem Stuhl etwas tiefer und lächelte in sich hinein, während er Bowen beobachtete. Das Problem war geregelt, aber ungelöst. Er hatte ihnen nichts vorgelogen. Das Geheimnis der geglückten Überfälle auf spanische Schiffe bestand in der Tat zum größten Teil aus Disziplin und exakter Schiffs- und Mannschaftsführung – und noch ein paar kleineren Faktoren. Seine Politik war stets, seinen Opfern zu versprechen, daß sie milde behandelt würden, wenn sie sich ergaben, daß sie keinerlei Schonung erführen, wenn auch nur ein Tropfen englischen Blutes vergossen würde. Und er hatte sich daran gehalten. Er hatte Gefangene in der Nähe bewohnter Gegenden an Land gesetzt und sich den Kapitänen gegenüber als aufmerksamer Gastgeber erwiesen. Bei diesen Gelegenheiten konnte er den Samen für Gerüchte ausstreuen und Neuigkeiten und Informationen erfahren, unter anderem auch, wie intensiv er mit seinen Operationen den Offizieren des Königs einheizte und wie diese Operationen noch wirkungsvoller gestaltet werden könnten.

Wieder schaute Tavistock mißbilligend zum Himmel hinauf. Er würde heute kein Mittagsbesteck aufnehmen können. Wieder ein verlorener Tag für seine Bemühungen, seine Teilkarten wegen der Ortsmißweisung zu korrigieren und zu einer genaueren Schätzung über die Entfernung eines Längengrads am Wendekreis zu gelangen. Wer die genausten Karten hat, lebt am längsten, dachte er.

Bis jetzt hatte sie die Mischung aus guten Informationen und Glück über Wasser gehalten. Es gab in beiden Amerikas genug Inseln, um ein Dutzend Stützpunkte anzulegen, und genug Sklaven zu befreien, um jeden mit einer Garnison zu versehen. Sie hatten gute Ankerplätze entdeckt für die Zeit der Wirbelstürme oder für andere Notsituationen. An Land nutzten die Männer ihre Zeit und entschädigten sich für die Entbehrungen, die ein Seemann auf sich nehmen muß. Bowen hatte inzwischen mindestens drei Frauen geschwängert in drei verschiedenen Ländern, und jeder hatte er geschworen, sie wäre die einzige, obwohl er im christlichen Sinne mit keiner richtig vermählt war, wie ihm Nowell, der puritanische Erste Geschützoffizier, vorgehalten hatte. Trotz Nowells mißbilligenden Bemerkungen hatten viele der Männer ähnlich gehandelt, und auch Tavistock hatte schließlich den fleischlichen Versuchungen nachgegeben, die ihm das Schicksal über den Weg führte.

Also eine glückliche Mannschaft, dachte er schmunzelnd, und ein zufriedener Kapitän. Aber es gab auch Zeiten, vor allem wenn er mit sich allein war und sich erinnerte, daß er mehr vom Leben erwartete als ein gelegentliches Vergnügen und Störenfried in König Philipps zweitrangigem Handelsverkehr zu sein. Der merkwürdige Stern, unter dem sein Sohn zur Welt gekommen war, war inzwischen verblaßt, und so allmählich, wie dieser Stern verschwunden war, hatte er auch Annes Gesicht vergessen und den Klang ihrer Stimme. Wie mochte es ihr ergehen? Als Mutter? Als Frau? Als Gemahlin eines anderen Mannes? Und in einsamen Augenblicken tauchte auch die Frage auf, ob sie überhaupt noch lebte.

In jüngster Zeit hatte er begonnen, über das eigentliche Ziel seiner Arbeit nachzudenken – heimzukehren, reichlich bemittelt, um sich zu nehmen, was rechtmäßig ihm gehörte. Was seine Mannschaft anging, so waren die Männer bereits reicher als sie sich jemals träumen ließen. Aber er benötigte einen Reichtum, der so groß war, daß er damit das Herz der Königin von England kaufen konnte. Und das war eine gewaltige Summe – mehr als alles, was er bis jetzt gewonnen hatte. Von einer Jahreszeit zur anderen, von Jahr zu Jahr hatte Tavistock beobachten können, wie die Kühnheit seiner Mannschaft mit ihrem Können gewachsen war. Um sie richtig scharf zu machen, war er gezwungen, ihnen immer größere Herausforderungen zu bieten. Die kleinen Küstensegler, von denen sie früher gelebt hatten, verschmähten sie längst und schauten nur nach größeren Schiffen aus. Jedes Schiff, das sie aufbrachten, übertraf das vorherige an Prämiengeld und Beute, und Tavistock wußte, daß sie ihren Meister finden würden, sobald es ihnen nicht mehr gelang, den Gegner allein aufgrund ihres Rufs einzuschüchtern. Dieses Schicksal hatte manch einen Kaperfahrer ereilt, der zu habgierig geworden war. Wenn es zu einem richtigen Kampf käme, würden sie letzten Endes verlieren. Tavistock wußte, daß es dazu auf gar keinen Fall kommen durfte, denn seine Leute waren nicht nur gute Männer, sondern inzwischen auch keine armen Seeleute mehr, die nichts zu verlieren hatten. Es waren alles reiche Männer, auf die zu Hause eine große Menge Gold wartete, und es gab viele unter ihnen, die es bald ausgeben wollten.

Anfangs hatte er sie noch abwimmeln können, ein vertröstendes Wort hier, eine deftige Drohung dort, aber ihre Rastlosigkeit war gewachsen wie ein böses Geschwür. Er hatte Robert Butcher, dem Segelmacher, der nie seinen Mund halten konnte, erzählt, daß das Gold, das Drake nach England mitgenommen hatte, gut angelegt sei und daß Drake die Anteile erst nach Tavistocks Rückkehr auszahlen dürfe. Das Gerücht hatte einige von ihnen beruhigt, aber schließlich waren sie doch bei ihm erschienen und hatten offen gefragt: »Wann geht's nach Hause, Captain?«

Er hatte sie streng an den Eid erinnert, den sie geschworen hatten, als Drake sich von ihnen trennte und als sie die Wahl hatten, mit welchem Kapitän sie fahren wollten.

»Wollt ihr Verräter sein? Unseren Auftrag und mich im Stich lassen? Ihr habt mir euer Wort gegeben, habt es versprochen, jeder einzelne von euch!«

Stubbes, ihr Anführer, war vorgetreten. »Captain, man

kann nur in einem Haus wohnen und nur eine zur Frau nehmen. Wie viel Beute müssen wir noch machen, bis Ihr zufrieden seid? Wieviele Jahre und Monate soll das noch weitergehen? Wir wollen nach Hause.«

»Wir fahren heim, wenn ich es sage. Nicht eher.«

»Captain, wir haben unser Glück gemacht. Wir haben keine Lust mehr.«

Zornig war er auf sie losgegangen. »Soll ich mir von meinen eigenen Leuten vorschreiben lassen, was ich zu tun habe? Soll ich mir sagen lassen, daß meine Männer feig wurden wie die Spanier, sobald sie satt waren? Der Teufel soll euch holen! Geht mir aus den Augen, und zwar schnell, bevor ich mich vergesse!«

Murrend hatten sie ihren Widerstand aufgegeben, und um sie Dankbarkeit zu lehren für alles, was er ihnen beschert hatte, fuhr er mit ihnen zu den Bahamas und vergrub dort heimlich ihr kostbarstes Beutegut für den Fall, daß einer der Jungs auf dumme Gedanken kam. Dann hatte er Dunne, dem Zimmermann, befohlen, die Scharniere von der Tür zum Schatzraum der *Antelope* abzunehmen, damit alle sehen konnten, daß er leer war.

»Wie hungrig seid ihr jetzt?« hatte er sie gefragt, als sie am Sonntag darauf in Reih und Glied vor ihm standen. »Die Königin hat mich persönlich beauftragt, mit englischen Seeleuten in dieser spanischen Pfütze so viel Schaden anzurichten wie nur irgend möglich. Und das werde ich tun. Und wir werden erst zurückfahren, *wenn ich es sage*!«

Danach wurde wieder gegraben, diesmal gemeinsam und in der Wildnis von Panama, aber die eisenliebenden Cimaroons hatten ihnen gesagt, daß der größte Teil ihres Silbers abgeholt worden war; und die Barren, die sie unter dem Flußbett vergraben hatten, waren vom Regen fortgespült worden. Sie hatten sich mit dem wenigen, was sie noch finden konnten, zufriedengegeben und waren zu den Cabezas zurückgekehrt. Zuvor hatten sie noch drei Brücken zerstört und halb Venta Cruces in Flammen aufgehen lassen. Tavistock hatte die waffenstarrenden Häfen von Panama und Nombre de Dios gesehen. Sie ließen ihm keine Alternative: Er mußte ein großes Schiff finden und kapern oder mit unerfüllten Hoffnungen heimkehren.

Das erste geeignete Schiff, auf das sie stießen, war im Schutz der Dunkelheit entkommen. Das zweite hatte schleunigst einen sicheren Hafen aufgesucht. Das dritte war keine leichtere Beute. Sie verfolgten es über einhundert Seemeilen quer über die Caicos Bank und in den Schweinestall, aber es war flink und hielt sie in dem Labyrinth unzähliger Inselchen beinahe zum Narren; doch als es erkannte, daß es in die Enge getrieben war, eröffnete es nicht den Kampf, sondern holte die spanische Flagge ein und hißte einen schwarzen Fetzen mit weißem Geweih, was sie zunächst ziemlich ärgerte, denn es war das heimliche Erkennungszeichen der *Antelope*. Sie fühlten sich auf den Arm genommen. Tavistock hatte laut geflucht, zuerst vor Zorn, dann vor Enttäuschung, denn der Scherz machte den Kapitän ihrer Beute zu einem Mann, den er kannte.

»Das ist ein gekapertes Schiff«, sagte er zu Bowen, »und Jan de Grootes Trick. Er ist ein tollkühner Bursche und wie die Bettler nicht sehr wählerisch. Er stiehlt alles, sogar den guten Ruf eines Mannes!«

»Sollen wir ihn bestrafen?«

»Bestrafen? Den verrückten Jan? Nein! Ich will wissen, wo er gewesen ist und wohin er will und was er hier draußen ohne Genehmigung zu suchen hat.«

Bowen hatte gegrinst. »Ihr redet, als hätte er unbefugt euren Garten betreten.«

»Das hat er auch. Aber nun soll er uns willkommen sein, nachdem er sich als einer von uns zu erkennen gegeben hat.«

De Groote war brüllend vor Lachen an Bord gekommen, und Tavistock hatte ihn mit Wein und Fleisch bewirtet, aber im Lauf der Nacht hatte de Groote vieles berichtet, was sie alle beunruhigte.

Er hatte sein Messer herausgenommen und sich während

einer Gesprächspause ein Stück vom Daumennagel abgeschnitten. Auf seinem Kopf ringelte sich das kurze schwarze
Kraushaar wie eine Mütze aus Schafspelz. Seine blauen Augen waren unter den Lidern halbverdeckt, während er sich
mit dem Messer die Fingernägel putzte. Er sprach englisch
mit starkem Akzent. »Ihr wollt wissen, warum ich mich hier
draußen herumtreibe, aber die Antwort wird euch vielleicht
nicht gefallen, denn wir Holländer wurden ziemlich unsanft
aus dem Land eurer Königin vertrieben. Sie hat sich gegen
uns gewandt, um den König von Spanien zu besänftigen.«

Tavistock war ein Riesenschreck in die Glieder gefahren,
und er hatte seinen Offizieren einen warnenden Blick zugeworfen, damit sie ihre Gefühle unterdrückten. Eine erneute
Wende in der englischen Politik war genau das, was er am
meisten gefürchtet hatte, und er wollte, daß de Groote offen
redete. Er machte sich Sorgen um Drakes Sicherheit und die
Sicherheit ihres Goldes. »Erzähl ganz von vorn, Holländer,
denn ich bin lange nicht mehr zu Hause gewesen.«

»Wir wurden aus den kentischen Häfen vertrieben und
mußten uns allein durchschlagen. In der Proklamation hieß
es, es dürften keinerlei Lebensmittel oder Versorgungsgüter
auf See geschafft werden für die Proviantierung oder Unterstützung der Flotte, die im Dienst des Prinzen von Oranien
steht. War das eine Art, Verbündete zu behandeln, eh? Was
blieb uns übrig, als an die Meuse zurückzugehen? Erinnerst
du dich an den Plan, den wir ausgeheckt haben? Wie wir den
Spaniern Brille wegnehmen wollten?«

Tavistock hatte genickt. Sie hatten damals geplant, mit
Truppen im Hafen zu landen. Die Versorgung sollte aus England kommen. »Ja, ich erinnere mich.«

»Ich habe es getan! Ohne Verbündete waren wir ganz auf
uns allein gestellt. Aber wir hielten Brille, und eine Woche
später nahmen wir auch Flushing.«

»Verzweiflung macht Männer zu guten Kämpfern«, sagte
Tavistock angesichts de Grootes Unmut über die Engländer
und mit immer bangeren Gefühlen. Wie weit kann ich den

Berichten des Holländers trauen, hatte er sich gefragt. Er hatte so gut wie keine Chance vorauszusagen, wie man ihn in England empfangen würde, oder zu erfahren, wie man Drake empfangen hatte. Wenn Burleigh noch der einflußreichste Ratgeber der Königin war, hatte er sie bestimmt dazu überredet, mit Philipp in Verhandlungen einzutreten – vielleicht gar, sich als Vermittlerin anzubieten zwischen Spanien und Wilhelm von Oranien, damit im Gegenzug englische katholische Rebellen aus spanischem Territorium in ihre Heimat zurückgeschickt würden – und die Teilung der Niederlande zu besiegeln. Über den englisch-spanischen Beziehungen würden tonnenweise Liebenswürdigkeiten niedergegangen sein, und Drakes Kopf war Burleigh vielleicht gerade recht gekommen, um ihn Philipp als angemessenes Geschenk zu Füßen zu legen. Das und die Vertreibung der holländischen ›Bettler‹ aus ihren Häfen könnte der Kaufpreis gewesen sein für die Konditionen, die Elisabeth garantiert haben wollte.

»Dann ist die flandrische Pistole in Philipps Hand also nach hinten losgegangen?«

»O ja. Das ist wahr«, fuhr de Groote fort. »Wir haben viele Möglichkeiten gefunden, sie zu ärgern. Als Alba mit einer Armee anrückte, um uns fertigzumachen, haben wir bei Alkmaar die Deiche durchgestoßen. Als Haarlem belagert wurde, verloren die Spanier zwölftausend Mann, und bei Leyden sind wir mit flachen Kähnen über das überschwemmte Land gefahren, um die Stadt zu befreien.« Ein weiteres Hühnerbein verschwand hinter de Grootes wulstigen Lippen; aber seine Augen blieben stahlhart, während er in Erinnerungen schwelgte und mit ausholenden und heftigen Handbewegungen weitererzählte. »Weil Alba uns nicht niederwerfen konnte, wurde er zurückgepfiffen und er mußte den Schwanz einziehen wie ein getretener Hund. An seine Stelle trat Don Luis de Requesens, weil Philipp meinte, er sei ein besserer Unterhändler, aber wir hielten unsere Stützpunkte und machten den Ärmelkanal dicht, so daß sein

Geldnachschub versiegte, bis Gott dem Requesens ein Fieber schickte. Kein Geld und kein Führer, eh? Der Pöbel meuterte, mein Freund. Sie randalierten und zogen plündernd und alles niederbrennend durch den Süden. Antwerpen wurde völlig zerstört und zehntausend Bürger wurden getötet. Aber im Norden lief's anders. Wilhelm ist dort jetzt Statthalter. Er hat ganz Seeland und ganz Holland eingenommen, und alles Reden kommt zu spät, weil die schreckliche Herrschaft der Spanier das ganze Vaterland geeint hat!«

»Du sagst, Requesens ist tot?«

De Groote stopfte sich den Mund voll, spülte mit Bier nach und seufzte zufrieden. »Vergangenes Jahr. An Typhus.«

»Wer ist sein Nachfolger?«

»Na, was meinst du wohl, eh? Er heißt Don Juan d' Austria, aber ich bin ausgelaufen, bevor er nach Luxemburg kam. In der Genter Pazifikation wurde die freie Religionsausübung für unsere calvinistische Kirche bestätigt, also war meine Arbeit dort getan.« De Groote nickte kurz. »Aber mein Ziel ist es noch immer, reich zu werden, indem ich Spanier umbringe, was in den Niederlanden jetzt nicht mehr möglich ist.«

Tavistock hatte die Lippen zusammengepreßt. Don Juan, Spaniens neuer Generalstatthalter, in Antwerpen? Konnte das stimmen? Was könnte das bedeuten? Wenn die Friedensverhandlungen den Calvinisten tatsächlich Religionsfreiheit gebracht hatten, wie de Groote sagte, dann hatte Lord Burleighs Politik triumphiert. Die niederländischen Provinzen vereint gegen spanische Tyrannei? Die Besatzungsarmee in Auflösung? Philipp zwar nominell König, aber sämtliche Freiheiten garantiert? Nein, dachte er. Wahrscheinlicher ist, daß de Grootes Abenteuer in Westindien einen anderen, persönlicheren Grund hat. Ich möchte wetten, de Groote, daß dich die Kauffahrer los sein wollten. Du hast bestimmt eine Menge Feinde bei der flandrischen Kaufmannszunft, so wie du dich an ihren Waren schadlos gehalten hast, und du bist keineswegs ein Diplomat. Aber was, wenn du mir tatsächlich die Wahrheit erzählst? Wenn Don Juan in den Niederlanden antritt, kann das nur bedeuten, daß Philipp die Provinz wieder ganz unter seine Gewalt bringen will. Unter dem persönlichen Kommando des unehelichen Prinzen kann eine schlagfertige Armee aufgestellt werden. Und hatte nicht Walsingham immer wieder gesagt, der skrupellose Ehrgeiz Don Juans sei eine Gefahr für England? Don Juan glaubt, daß Spanien seine Machtstellung in den Niederlanden erst dann als gefestigt ansehen kann, wenn England wieder in den Status eines Vasallen gepreßt ist.

»Ich sehe an deinem Schiff, daß du erfolgreich warst«, hatte er zu de Groote gesagt und damit das Thema gewechselt.

»Ein wenig. Du bist nicht der erste Seeräuber, dem wir begegnet sind. Im Norden sind eine Menge Hugenotten. Angeblich mußten sie in letzter Zeit schwere Verluste hinnehmen. In den letzten drei Jahren wurden mehr Kaperschiffe versenkt als in all den Jahren davor.«

»Die Vizekönige haben Befehl, ihre Länder zu stärken.«

»Das ist nicht der Grund.«

»Was dann?«

De Groote hatte die Stirn gerunzelt. »Ich weiß es nicht. Aber ich rate dir, nimm dich in acht. Ein Teufel fährt auf diesem Meer und holt Männer und Schiffe, wo immer sie auf diesen Spanier treffen. Vielleicht sind es neue Kanonen, die die Spanier haben. Die Franzosen sagen, zu viele von ihnen seien vor der Küste von Florida verschwunden. Es müsse ein Ungeheuer sein, das auf diesem Meer sein Unwesen treibt, und ich glaube ihnen. Deshalb habe ich meine *Vrede*, die ein besseres Schiff war, eigenhändig versenkt und die *Trinidad* genommen, mit der ich schön vorsichtig unter spanischer Flagge fahre.«

»Und unter meiner.«

»O ja. Aber das ist ein Scherz gewesen, nicht wahr? Unter Freunden.«

»Du hast meine Flagge gehißt, Jan. Du hast sie gestohlen.«

De Groote ließ die Hammelkeule auf seinen Teller fallen, daß die Soße nach allen Seiten spritzte. Dann sagte er langsam: »Ich habe gehört, daß die Spanier deinen Hintern so sehr hassen, daß sich ein Mann eine Menge Pulver sparen kann, wenn er diesen Fetzen hißt.«

Tavistock hatte gegrinst, denn seine eigenen Masten zeigten selten eine deutlich erkennbare Flagge; auch er ließ seine Flagge erst dann wehen, wenn er es für angebracht hielt. Dann sagte er: »Ich habe gehört, daß es Leute gibt, die glauben, man könne ein Schaf grau anstreichen und es für einen Wolf ausgeben. Aber doch nicht du, Jan. Also, keine Hörner mehr, verstanden?«

»Wenn das dein Wunsch ist, Richard.«

»So ist es.«

Dann hatte er de Groote viel Glück gewünscht und ihm ein paar seiner weniger guten Skizzen von Jamaica und den Küsten der Inseln über dem Wind mitgegeben. Sie waren ihrer Wege gegangen, und Tavistock wußte genau, daß der Holländer auch in Zukunft die Geweihflagge hissen würde, wann immer es ihm beliebte.

Das war vor einem Monat gewesen. Tavistock riß sich aus seinen Gedanken. Der Wind frischte auf und die Mittagsglocke rief die Steuerbordwache an Deck. Er ging in seine Kajüte, aß eine Mahlzeit aus gepökeltem Rindfleisch mit Zwiebeln und einem Büschel Grünzeug, das ein bißchen wie Kohl schmeckte. Dann zog er seine Stiefel aus, legte sich in seine Koje, las eine Weile und döste ein, bis ihn die plötzliche Unruhe an Deck aufhorchen ließ. Als Daniel Peters, sein Steward, klopfte, um ihm die frohe Botschaft zu bringen, hatte er bereits seine Stiefel wieder an.

»Ausguck meldet Segel, Captain.«

»Hab ihn schon gehört, Daniel. Gib mir den Gürtel.«

Peters' Hände waren rot vom Wäschewaschen. Zögernd meinte er: »Ihr werdet Euren Degen und Euer Lederwams brauchen, Sir.«

»Ich werde dich rufen, sollte es so aussehen, als käm's zum

Kampf. Und ich werde mich bemühen, dir so wenig Flickarbeit wie möglich zu machen. So, nun geh schon.«

»Danke, Sir.«

Peters grüßte korrekt und trat ab. Seine Sorge um die Sicherheit seines Herrn war lobenswert, aber Tavistock wünschte, er würde ihn nicht jedesmal, wenn ein Kampf zu erwarten war, in volle Rüstung stecken wollen.

Sobald Peters gegangen war, nahm er den Schrankschlüssel, den er um den Hals trug, warf seine Habseligkeiten aus dem Schrank auf den Boden, schloß das Geheimfach auf und nahm den Sack mit dem schwarzen Kasten heraus. Dann ging er an Deck, klemmte sich seine kostbare Fracht unter den Arm und begann, an steuerbord in die Wanten des Großmasts zu klettern. Als er den Großmars erreichte, blickte er zu Fleming hinab, der die Backbordwache anschrie, weil sie sich Zeit ließ, an Deck zu kommen. Er schickte den Ausguck auf die Back, bevor er sein Fernglas auswickelte und gegen das Auge hielt. Was er sah, ließ sein Herz schneller schlagen.

»Ja, bei Gott! Sieh dir das an!«

Im Guckloch von John Dees wundervollem Geschenk erschien das Schiff blaugrau vor dem helleren Himmel, umgeben von einem Regenbogen unechter Farben, die wie heiße Sommerluft flimmerten und durch die Verkürzung entstanden, mit der das Instrument ferne Gegenstände heranholte. Es war ein großes Schiff. Vier Masten und die Spitze des Bugspriets lugten über den Horizont; zwei Topsegel blähten sich; ein Sprietsegel und zwei Lateinsegel waren an Groß- und Fockmast gesetzt. Es lief mit vollen Segeln, die nach spanischer Art geschnitten waren. Fünfhundert Tonnen, wenn nicht fünfhundertfünfzig. Ihm wurde richtig warm ums Herz bei dieser Aussicht. Sie macht fünf Knoten, oder ich will ein Portugiese sein. Ein Prachtstück von einem Schiff!

»Drauf zuhalten, Master Sark!« rief er. »Bootsmann! Bewaffnet antreten lassen!«

Das war es, worauf er gehofft hatte. Wenn er Glück hatte, war das Schiff so schwer beladen wie es aussah. Er beobachtete, wie sein Rumpf langsam über dem Wasser zum Vorschein kam und wie es Minuten später begann, nach Südosten abzudrehen.

Auf dem Poopdeck informierte er Fleming von seinen erstaunlichen Schlußfolgerungen. »Es ist ein Spanier, und er hat uns gesehen«, sagte er und raubte dem guten Fleming den letzten Nerv. »Er kommt aus Havanna und will vermutlich über Florida in Richtung Heimat. Aber ich glaube, er wird versuchen, sich in den Sabanas zu verstecken.«

»Wenn Ihr es sagt, Sir.«

»Zweifelt Ihr daran, Bootsmann?« Lächelnd wandte er sich an Sark. »Folgt ihm. Haltet Euch in Luv und geht näher heran, sobald Ihr könnt.«

Binnen einer halben Stunde wurde die Galeone größer und machte Tavistocks Voraussagen wahr. An Steuerbord reihten sich die Riffe und Inselchen des Archipiélago de Sabana, die im Lauf des Nachmittags an ihnen vorüberglitten. Der Spanier lief darauf zu wie ein Kaninchen, das sich in seinen Bau flüchtet. Es ist seine einzige Chance, uns abzuschütteln, dachte Tavistock, während er das Manöver beobachtete. Bei einer schnurgeraden Heckjagd würde ihn die schnellere *Antelope* erbarmungslos einholen. Andererseits durfte sich die Galeone bei ihrem Tiefgang nicht zu weit in die gefährlichen Kanäle zwischen der Inselkette hineinwagen. Sie muß einen sehr erfahrenen Piloten an Bord haben, einen, der diese Küste sehr gut kennt, und einen tüchtigen Lotgast. Der Spanier tut genau das, was ich an seiner Stelle tun würde. Vielleicht ist dies mal einer von der mutigen Sorte, der es auf einen Kampf ankommen läßt. Sein Schiff ist dick und schwer wie ein trächtiges Tier und wird nicht nur Felle geladen haben, vielleicht aber Gold für Spanien. Vielleicht wird es unsere letzte Prise und unser Passierschein für die Heimreise. In fünf Stunden ist es dunkel. Mit Gottes gerechter Hilfe werden wir uns den Spanier vorher schnappen, und dann werden wir es genau wissen.

Kapitän Carlos Solano schwitzte, während er darauf wartete, daß der Pirat näherkam. Er war ein kräftiger, feister und offensichtlich stark behaarter Mann, denn ganze Haarbüschel quollen aus dem Schlitz in seinem Lederwams. Sein Schiff, die *Nuestra Señora de la Popa* gehörte Garcia de Jerez, einem reichen Kaufmann aus Cartagena. Die Laderäume waren bis obenhin voll mit Silber. In den Heckunterkünften reisten fünfundzwanzig Passagiere nach Spanien, angefangen von dem erhabenen Bruder des Francisco de Toledo, des Vizekönigs von Peru, der sich am ersten Sonntag nach Ostern eingeschifft hatte, bis hinunter zu einem Taftweber und seiner schwangeren Frau, die vor drei Tagen in Havanna an Bord gekommen waren und bei der ausgerechnet in dem Moment, als sie den Piraten gesichtet hatten, die Fruchtblase geplatzt war.

»Warum muß mich Gott so strafen«, hatte er den Himmel gefragt. Vom Bug her drang der Ruf des Lotgasts: »*Seis brazas* – sechs Faden!« Der Kanal zwischen Sheet Island und ihrem felsigen Nachbarn wurde immer enger, während das Schiff an den blauen Untiefen entlangsteuerte. »Ich wußte, ich hätte diese Frau nicht an Bord nehmen sollen.«

Aus dem Schiffsbauch drangen ihre Schreie herauf; und die Männer brummten, daß Frauen nur Unglück brächten. Ich wußte, mit denen stimmt etwas nicht, dachte Solano, als er den Weber beobachtete, der bedrückt an der Reling des Achterdecks stand. Trotzdem habe ich sie mitgenommen. Die Frau ist viel zu schön, um die Frau eines Webers zu sein. Sie hat das Auftreten einer vornehmen Dame. Sie war es auch, die mit ihm verhandelt hatte. Der Weber hatte kaum etwas gesagt. Er hat einen eigenartigen Akzent, aus dem ich nicht schlau werde. Allein das hätte mich warnen können. Die Männer haben recht: nichts ist glatt gelaufen, seit die beiden an Bord sind.

Aber sie hatte mit einem fantastischen Edelstein für die Überfahrt bezahlt. Ein solches Juwel konnte man nicht zurückweisen. Er hatte zunächst gedacht, der Stein wäre gestohlen und sie die Diebin, die sich nach Spanien absetzen wollte, aber er hatte sich in Havanna umgehört und keine Anhaltspunkte für seine Vermutung gefunden. Und nachdem das Schiff mit der nächsten Flut auslaufen sollte und noch nicht alle Unterkünfte ausgebucht waren, hatte er beschlossen, sie nicht abzuweisen, obwohl sie dicht vor der Niederkunft stand. Er hatte ihr erklärt, daß die Fahrt mindestens fünf Wochen dauern würde, aber sie hatte ihn angefleht, sie mitzunehmen.

»Ihr müßt Euch darüber klar sein, daß mein Schiff nicht für eine Frau, die ein Kind erwartet, eingerichtet ist«, hatte er ihr auf der Werft in Havanna erklärt und den Edelstein gegen die Sonne gehalten.

»Ich bin schon früher auf einem Schiff gereist, *señor Capitán*. Ein Raum, wo ich mich zurückziehen kann, und saubere Bettwäsche – und ich bin zufrieden.«

»Ihr müßt es sehr eilig haben, Kuba zu verlassen, daß Ihr Euch auf ein solches Abenteuer einlaßt.«

Daraufhin hatte sie den Stein zornig wieder an sich genommen. »Wenn die *calentura* in Havanna die Menschen zu Hunderten tötet, *Capitán*? Welchen Weg würdet Ihr versuchen? Ich muß daran denken, was das Beste ist für mein Kind.«

Also hatte er mit den Achseln gezuckt und ihr erlaubt, an Bord zu gehen, selbst nachdem sie diesen idiotischen Ehemann angeschleppt hatte. Aber der Edelstein war wirklich sehr kostbar. Inzwischen hatte er den Mann beobachtet und bemerkt, daß seine Tölpelhaftigkeit wie weggeblasen war, sobald er sich unbeobachtet fühlte.

Wie der sich meine Geschütze ansieht, dachte Solano – zum Zeitvertreib, wie er sagt. Sieht eher aus wie eine Untersuchung. Er sagt nichts, sitzt herum und schaut meinen Leuten bei der Arbeit zu. Aber juckte es ihn nicht geradezu in den Fingern, ihnen zu zeigen, was sie beim Aus- und Einrennen der Geschütze falsch machen? Und falsch machten sie weiß Gott eine Menge, denn diese Mannschaft war der Abschaum Westindiens, aufgelesen in den miesesten Spelunken kubanischer und mexikanischer Häfen. Sie kennen nicht die einfachsten Regeln der Geschützbedienung. Aber – bei der Madonna – dieser Mann, der da so unschuldig an der Halbculverine lehnte, war nie im Leben ein Taftweber.

Solano blickte wieder über die Heckreling hinaus und konzentrierte sich auf den Piraten. Weil sein Steuermann und der Pilot aus Havanna beisammen standen, fühlte er sich überflüssig und so, als gehörte er nicht dazu. Verfolgungsjagden dauerten meistens lang, aber dieser Hurensohn von einem Piraten war schnell und würde sie in spätestens einer Stunde eingeholt haben. Er hatte gehofft, ihn mit Hilfe der Ortskenntnis des Piloten zwischen den Inseln abhängen zu können. Unbeschäftigt, wie er im Augenblick war, sorgte er sich um die Sicherheit des Bruders des peruanischen Vizekönigs, der durch und durch ein *hidalgo* war und lieber sterben würde, als sich schändlich freikaufen zu lassen. Möglicherweise gehörte der Pirat zu denen, die alle bedenkenlos töteten, nur weil sie einen Fluchtversuch gewagt hatten. Die Geschützmannschaft der Kaperfahrer verstanden ihr Handwerk, aber die *Nuestra Señora* war ein großes Schiff und entsprechend bestückt, und im allgemeinen ließen sich Piraten nicht gern ihrer Möglichkeit zu einer schnellen Flucht berauben. Drei gut plazierte Schüsse würden sie vielleicht auf die Suche nach leichterer Beute schicken. Außerdem bestand noch immer die Chance, daß sie auf eines der tückischen Riffe der Sabanas aufliefen.

Er verließ das Achterdeck über die Kajütstreppe und ging rasch an der nächsten Kanone an Steuerbord vorbei, an der der Weber lehnte. Unvermittelt blieb er stehen, drehte sich um und befahl: »Gib mir den Keil.«

Der Weber bückte sich und seine Finger schlossen sich um das Werkzeug, das beim Höhenrichten der Kanone gebraucht wurde. Als er seinen Fehler erkannte, erstarrte er.

»So, Weber, du verstehst also etwas von Kanonen.«

»Nein, Sir. Das heißt – ich weiß es nicht, Sir.«

»Lüg mich nicht an, oder ich werfe dich zu den Haien.«

John Tavistock stand vor dem Kapitän und verfluchte seine eigene Dummheit. Der Freibeuter, nach der Form seines Rumpfs und dem Schnitt der Segel höchstwahrscheinlich ein Engländer, würde sie noch vor dem nächsten Glasen eingeholt haben. Das bedeutete Kampf oder Kapitulation, und nach Solanos bisherigem Verhalten zu urteilen und den Geschichten, die er über die Schätze im Tresorraum des Schiffes gehört hatte, würde es bestimmt keine Kapitulation geben. Er hörte Maria vor Schmerz aufschreien. Kalter Schweiß trat ihm auf die Stirn. Wenn sie sich gegen den Freibeuter zur Wehr setzten, war das Leben des Kindes gefährdet. Und was geschähe, wenn er sich weigerte, Solano zu helfen, und der Freibeuter überwältigte sie? Was würde man an Bord eines Kaperschiffs mit einer schwangeren Frau anstellen – Engländer oder nicht? Am liebsten hätte er Solano für seine Unverschämtheit ins Gesicht geschlagen oder ihm gezeigt, was er mit einer Kanone tun konnte, aber er blieb bei seiner unterwürfigen Haltung.

Vom Bug kam der Ruf »*Cinco brazas, con arena blanquecina!*« – Fünf Faden, mit weißem Sand.

»Bitte, laßt mich zu meiner Frau gehen. Die Geburt beginnt. Bitte, Capitán, Sir, ich kenne nur die Worte, die Eure Seeleute sprechen.«

»Lügner!«

»Nein, Sir. Bitte, Sir. Ich bin ein Weber, ich webe Taft und Grogram. Ich war zwei Jahre lang Lehrling bei einem Seidenweber in Kuba.«

»Ich glaub dir kein Wort.«

»Es ist die Wahrheit, Sir. Ich schwöre es.«

Es war keine Lüge. Die Flucht aus dem vizeköniglichen Palast war ein Wunder gewesen. Fast die gesamte Wache war draußen auf dem Platz, um das Autodafé zu sehen. Maria hatte ihn in den Hof geführt, wo zwei schnelle Pferde bereitstanden. Sie waren unbehelligt entkommen durch menschenleere Straßen. Als sie die östliche Überlandstraße erreichten, hatte Maria vorgeschlagen, nach Norden zu reiten, weg von Chalco und zu dem Ort, den Conzalo als Treffpunkt bestimmt hatte. Aber er fand die Idee nicht gut. Die Flucht war bisher viel zu glatt verlaufen, so daß er sicher sein konnte, daß der Vizekönig die Hand im Spiel hatte.

»Hast du Don Emilio gesagt, daß nur ich das Geheimnis der Metallegierung kenne?« hatte er sie an jener Straßenkreuzung gefragt.

»Das mußte ich tun, Juan, damit er uns half.«

»Dann reiten wir nach Osten!«

»Aber Gonzalo wartet auf uns.«

»Ja, er wartet auf uns – mit einem Trupp Soldaten und den Foltereisen. Begreifst du nicht? Nicht mich wollen sie vor dem Scheiterhaufen retten, sondern mein Geheimnis. Gonzalo würde es aus mir herauspressen und mich wie ein ausgeweidetes Schwein an Don Pietro ausliefern!«

Zwei Tage und zwei Nächte waren sie ununterbrochen geritten in Richtung Vera Cruz, wo es auf den *ferias* von Fremden wimmelte; anschließend waren sie nach San Juan de Ulua geritten und hatten ein Schiff nach Havanna genommen, wo sich die Inquisition noch nicht ausgebreitet hatte. Bereits einen Tag danach waren sie in Kuba. Dort hatten sie sich in einer kleinen Stadt versteckt, und er hatte einen Seidenweber bestochen, damit er ihn als Lehrling einstellte und ihre Identität nicht bekannt würde. Zwei Jahre lang hatte er bei dem Seidenweber geschuftet, bis der Basiliskenblick des Heiligen Offiziums auch auf Kuba fiel. Auf dem Marktplatz von Havanna, wo er ein paar Hühner verkaufen wollte, wurde er von einem Soldaten erkannt, und er hatte gewußt, daß sie Havanna auf der Stelle verlassen mußten, trotz Marias Zustand.

Solanos Geduld war zu Ende. »Ich warne dich, du Narr von einem Mann!« fuhr er ihn an. »Reize mich nicht. Ich laß dir die Wahl: Wenn du Kanonier bist und uns kämpfen hilfst, kannst du hier bleiben. Wenn du aber lieber ein Weber bist, wirst du da unten in der Bilge und in Ketten ein Weber sein. Also, antworte!«

»Capitán, bin ich nicht ein zahlender Passagier?« hatte er gejammert und gespürt, wie er sich innerlich verkrampfte. »Das könnt Ihr nicht machen. Laßt mich zu meiner Frau!«

»*Cuatro brazas y media!*«

Solano stöhnte laut. Viereinhalb Faden! Die Durchfahrt wurde gefährlich flach, aber egal, wie wenig Wasser sie unter dem Kiel hatten, der Kaperfahrer würden ihnen immer folgen können. »Bringt den Idioten hier weg!«

Zwei *marineros* packten ihn und zerrten ihn nach unten. Dann hörte er das Donnern eines Kanonenschusses und die aufspritzende Fontäne eine halbe Kabellänge querab Backbord. Es war das Heckgeschütz des Piraten – eher eine Warnung als ein ernstgemeinter Schuß. Solano drehte sich um und stieg rasch auf das Poopdeck. Den Weber hatte er vergessen.

Der Pirat war in Schußweite gekommen und es war Zeit, eine Entscheidung zu treffen.

Voraus verbreiterte sich die Durchfahrt. Solano erkannte, daß er keine Chance mehr hatte, den Verfolger abzuschütteln und beschloß, sich zu wehren, wenn Gott ihm auch nur die Spur einer Möglichkeit dazu gab. Er befahl dem Steuermann, einen weiten Bogen um Sheet Island zu schlagen und dann auf das offene Meer hinauszuhalten, wo er wenigstens genügend Platz hätte, um seine Backbordgeschütze einsetzen zu können. Der Pirat folgte, durchschaute seine Absicht und wartete drohend den richtigen Zeitpunkt ab. Solano dämmerte es, daß er kaum darauf hoffen konnte, seinen Verfolger zu überlisten. Er befahl, einen Schuß vom Achterfalkonett abzugeben, der ordentlich laut knallte, und ließ beidrehen.

Der Anruf des Piraten kam nur schwach hörbar über das Wasser, trotzdem war jedes Wort genau zu verstehen.

»Wir sind Engländer«, rief der Pirat auf spanisch, »und deshalb allen wohlgesinnt, solange nichts dagegen spricht. Wer etwas gegen uns hat oder vor uns davonläuft, ist selbst schuld! Wenn es zu kriegerischen Handlungen kommen sollte, macht euch klar, daß ihr es dann eher mit Teufeln als mit Menschen zu tun bekommt!«

Als sie ihn in die muffige Finsternis des Schiffsbauchs hinunterführten, hörte Tavistock seine Frau leise stöhnen. Nach dem Brauch der spanischen Bauern durfte er bei der Geburt nicht dabeisein, und angeblich war er ja ein *peon*. Aber so ein Bauer hätte in einem Dorf gelebt, und in diesem Dorf hätte es Frauen gegeben, die etwas vom Kinderkriegen verstanden, und eine Schar von Geburtshelferinnen, nicht nur eine ausgeliehene Magd, die so gut wie keine Ahnung hatte.

»Bitte, legt mich nicht in Ketten«, flehte er die Seeleute an. »Sie hat niemand, der ihr hilft.«

»Befehl vom Capitán«, sagte der Mann, doch dann lenkte er ein. »Hab selber Kinder. Geh zu ihr und hilf ihr, wenn du kannst.«

»Ich verspreche, ich werde nicht von ihrer Seite weichen«, sagte er dankbar.

»Will ich dir auch geraten haben. Sonst zieh'n sie mir das Fell über die Ohren.«

Ein behelfsmäßiges Bett füllte die enge Kammer, in der sie untergebracht waren. Nur ein paar Fuß über Marias Kopf standen die Enden der großen Balken, die das Deck trugen, in den Raum. Maria stemmte sich mit den Händen dagegen, wenn ihre Wehen kamen. Die junge Magd einer Kaufmannsfrau – sie waren die einzigen anderen Frauen an Bord – tupfte ihr mit einem Tuch den Schweiß vom Gesicht.

»Ihr könnt nicht herein«, schrie sie, als er den Kopf in die Kammer steckte. »Das Kind kommt.«

»Beruhige dich«, sagte Tavistock und wünschte, er könnte es selbst. »Ich werde helfen.«

Die erstickende Hitze war beinahe unerträglich. Das Bett war schweißnaß. Maria sah ihn an, und ihr erschöpfter Blick brach ihm fast das Herz. Wenn ich dir nur helfen könnte, dachte er. Aber wie? Er nahm ihre Hand, drückte sie, konzentrierte all seine Kraft auf sie. Die Schmerzen ließen nach.

Unendlich müde und keuchend wartete sie auf die nächste Schmerzwelle. Als das Falkonett feuerte, fuhr die Magd erschrocken zusammen, aber Maria blickte ihn nur mit ihren großen Augen an, blind und taub für alles außerhalb dieser Kammer. Dann stand ihr wieder der Schweiß auf der Stirn und sie sammelte sich, um die nächste Wehe zu überstehen.

Tavistock blickte durch die winzige Fensterblende hinaus auf das Meer. Ein kleines Boot näherte sich, vollbesetzt mit bewaffneten Männern. An ihrem Boot und der Art, wie sie sich bewegten, erkannte er, daß es Engländer waren, obwohl sie noch zu entfernt waren, um sie sprechen zu hören. Das ist wenigstens etwas, dachte er. Dann kann ich wenigstens mit ihnen verhandeln, wenn sie hierher kommen. Wenn wir Glück haben, plündern sie uns aus und verschwinden wieder, ohne daß geschossen wird.

Marias Hand krampfte sich um die seine und sie stöhnte. Die junge Magd kniete zwischen ihren gespreizten Beinen. Ängstlich und scheu blickte sie über den hohen geschwollenen Leib. »Ich kann den Kopf des Kindes sehen. Preßt, *señora*. Preßt noch stärker!«

Das Wunder, das hier vor seinen Augen geschah, nahm ihn gefangen. Er hörte die Geräusche der an Bord Kommenden, hörte Füße über das Deck trappeln, Flüche und barsche englische Stimmen, als das Schiff systematisch nach Beute durchsucht wurde, aber er hatte nur Ohren für das Ächzen seiner Frau, und er hatte nur Augen für das schrumplige Köpfchen, das aus ihrem Leib hervorkam. Wie gebannt schaute er zu. Dunkle Haarbüschel kamen zum Vorschein, ein blutverschmiertes, vor dem Zusammenprall mit der Welt fest verkniffenes Gesichtchen, eine schmale Schulter, aalglatt in ihrer Schleimhülle, und eine winzige, ganz und gar vollkommene Hand. Er griff nach dem Arm des Kindes, holte den Rumpf und die purpurne Nabelschnur und kappte sie mit seinem Fischmesser, sobald die Beine des Kindes draußen waren.

Maria hob den Kopf, um das Kind zu sehen.

»Es ist ein Junge, Maria! Ein Sohn!«

Er wischte dem Kind das Gesicht ab und sah den zahnlosen Gaumen, als es den Mund öffnete. Irgendein Instinkt riet ihm, mit der Fingerspitze den Schleim aus dem Mund des Kindes zu holen, damit es atmen konnte. Gleich darauf ertönte ein zitternder, zorniger Schrei wie der eines kleinen Tiers. Maria nahm das Kind in den Arm und wiegte es, und Tavistock sah die Freude und Bewunderung in ihrem Gesicht und wußte, daß er eben Zeuge eines Wunders geworden war.

Langsam wurde er der tödlichen Stille gewahr, die auf dem Schiff herrschte. Die Engländer hatten die *Nuestra Señora* ausgeraubt und waren verschwunden, und er stellte sich vor, wie Solanos Männer an Deck standen und grimmig zusahen, wie das Boot mit ihren Schätzen abzog. Dann ertönten stürmische Jubelrufe von oben, und Tavistock drehte sich um und legte das Auge an die Fensterblende. Dort, hinter der Insel, die zwei Kabellängen von ihnen entfernt lag, schob sich ein Schiff in die Durchfahrt. Und am Flaggenstock wehte das Wappen von König Philipp.


Von seinem Achterdeck aus beobachtete Richard Tavistock die Rückkehr seines Enterkommandos und versuchte, den Wert ihrer Beute zu schätzen. Es sah gut aus. Sehr gut. Bowen winkte freudig von der achterlichen Bank eines Bootes, das durch das Gewicht von vier großen Kisten bis zur Scheuerleiste im Wasser lag. Er hatte Bowen eingeschärft: »Keine habgierigen Extratouren, keinerlei Zeitverschwendung. Ihr nehmt nur, was im Schatzraum ist und dann nichts wie weg. Das Vernageln der Kanonen könnt ihr euch sparen. Der Spanier holt uns nicht ein.«

Die furchteinflößenden Geschütze der *Antelope* zielten auf den Rumpf des Spaniers und sorgten dafür, daß sich sein Kapitän nicht anders besann. Während Tavistock auf das Boot wartete, bemerkte er, daß auf dem Spanier plötzlich Bewegung entstand – mehr als dort hätte sein sollen. Bei allen früheren Gelegenheiten hatten sie ihre Opfer geplündert und sie danach laufen lassen. Tavistock hatte die brennende Scham der Kapitäne, die sich in einer dumpfen Ohnmacht äußerte, beinahe körperlich gefühlt. Es gab keine lauten Beschimpfungen, keine wüsten Drohungen, nur die Schande der Niederlage und heimlichen Groll. Aber dies hier war anders.

»Seht Ihr das, Captain? Sie rennen die Geschütze wieder aus!« sagte Fleming warnend.

Das kann er nicht machen, dachte Tavistock ungläubig, als er sah, wie sich die Stückpforten des Spaniers öffneten. Begreift dieser Kapitän nicht, daß wir nicht bluffen? Wir haben die richtige Position und genug Feuerkraft, um ihn in Stücke zu zerreißen. Und seine Schätze ist er doch bereits los? Was, in Gottes Namen, hat er vor? Auf diese Entfernung könnte er uns kampfunfähig machen, wenn er dazu käme, uns eine Breitseite zu verpassen. Allerdings würden wir ihn vorher zur Hölle schicken.

»Haltet uns achteraus, Master Sark!« rief er nach vorn.

»Aye, Sir!«

Eine Schreckensvision baute sich vor Tavistocks innerem Auge auf. Sie sind unberechenbar, diese Spanier, hitzköpfig, aye, und stolz wie die Katzen. Wenn er nun meint, seinen Verlust nicht verantworten zu können? Wenn wir ihm so viel abgeknöpft haben, daß er sich an Land nicht mehr blicken lassen kann? Er würde einiges wagen, um einen Gegenschlag zu führen, aber er muß doch einsehen, daß er in dieser Lage überhaupt nichts tun kann? Er muß wahnsinnig geworden sein. Dieser Prahlhans muß den Verstand verloren haben!

Tavistock hob sein Fernglas und suchte das spanische Schiff. Er sah zwei Männer an der Drehbasse auf dem Poopdeck, die das Geschütz auf das Boot richteten, das auf die *Antelope* zuhielt. Grauer Pulverdampf verhüllte die Szene, und eine Sekunde später erreichte ihn der Knall der Explosion. Es war ein guter Schuß, der das Wasser rings um Bowen aufspritzen ließ. Die Männer an den Riemen duckten erschrocken die Köpfe. Und dann brach unter seinen Männern die Hölle los.

»Segel achteraus! Segel achteraus!«

»Captain!«

Tavistock drehte sich völlig überrascht um. Aus einem Kanal auf der anderen Seite von Sheet Island kam der Bug einer Galeone in Sicht. Tavistock sah auf den ersten Blick, daß es ein großes altes Handelsschiff war mit ein paar Kanonen, wahrscheinlich veraltete, kraftlose Geschütze, aber es kam erstaunlich rasch auf. Er begriff sofort, daß der Kapitän der *Nuestra Señora* das Schiff vor ihm gesehen haben mußte und deshalb neuen Mut geschöpft hatte.

»Wir können es leicht mit beiden aufnehmen«, sagte er zu Fleming und richtete sein Glas auf den Neuankömmling. »Steuerbordgeschütze fertigmachen zum Feuern«.

»Geschütze feuerbereit«, schrie Nowell, der Kanonierhauptmann zurück. In seinem schwarzen Rock und dem breitrandigen Hut wirkte er wie ein wackerer Puritaner, der Hölle und Verdammnis predigte.

»Bring ihnen dein Evangelium bei, Eiferer Gottes! Aber richtig!«

»Zu Befehl, Sir.«

Eine zweite Kugel pfiff von der *Nuestra Señora* herüber, hüpfte über die Wellen und zwischen die Riemen des Bootes. Es war ein Schuß aus einer Halbculverine, und die Kugel tauchte erst kurz vor der *Antelope* unter. Hätte der spanische Schütze nicht auf das Boot gezielt, wäre das Ruder der *Antelope* getroffen worden. Tavistock überlegte, wie kritisch ihre Lage war. Bowens antreibende Rufe »Puuull! Puuull!« klangen besorgt. Sie hatten noch fünfzig Yards bis zur *Antelope*; mindestens drei Riemen waren unbrauchbar.

»Feuer!« brüllte Nowell mit seiner blechernen Stimme. Eine volle Breitseite fuhr am Rand des Decks aus dem Bauch der *Antelope*. Die Mannschaften luden sofort nach, während die Schützen die Wirkung ihrer Schüsse beobachteten. Holzsplitter wirbelten von den Seiten der *Nuestra Señora,* und das ganze Schiff erschauerte unter dem Aufprall der Kugeln. Tavistock wandte sich dem neuen Schiff zu. Irgend etwas nagte an ihm, als er sah, mit welcher Geschwindigkeit es sich näherte. Noch einmal hob er das Glas und studierte das vegrößerte Bild, und sein Unbehagen wuchs. An diesem Schiff stimmte nichts. Es kam mit großer Geschwindigkeit näher und manövrierte so, als käme es absichtlich quer vor die Backbordgeschütze der *Antelope.* Entweder ist dieser Kapitän ein Narr oder er ist der tapferste Mann, den ich kenne, dachte er. Er kann sich unmöglich mit den Kanonen der *Antelope* messen. Das wird er doch sehen! Jedenfalls sieht er, was wir mit dem anderen Schiff machen. Er kann unmöglich versuchen, uns in die Zange zu nehmen. Dann wanderten seine Augen über den eleganten Bogen des Sprungs. Das Schiff hatte ein gutes Profil, und unter dem Schiffsschnabel mündeten die sich verjüngenden Planken sauber in den breiten Vordersteven. Sein Blick glitt über die Seite des Schiffs nach achtern, und als das Schiff stampfte, sah er es ganz deutlich: der Plankengang des Batteriedecks *kräuselte sich.*

»Das darf nicht wahr sein!« brüllte er.

Erbittert schlug er mit der flachen Hand gegen sein Fernglas, rieb es mit dem Ärmel wieder blank und schaute zu Bowens Boot, als könnte er die Männer an den Riemen durch seine Willenskraft zwingen, schneller zu rudern. Dann hob er das Glas wieder ans Auge. Das eigenartige Kräuseln war noch immer da, und jetzt sah er auch Muschelformen, eine neben der anderen, beinahe so, als wären die Plankennähte... *auf Leinwand gemalt*?

Es war verrückt. Leinwandschürzen, bemalt, damit sie wie Schiffsplanken aussehen! Um was zu verbergen? *Mein Gott!*

Die Geschütze der *Nuestra Señora* antworteten brüllend. Drei Kugeln flogen auf die *Antelope* zu. Eine klatschte ins Meer, die zweite rauschte durch den freien Raum zwischen Fock- und Großmast, die dritte war für das Poopdeck bestimmt und schlug in das Achterlog, unter Tavistocks Füßen.

Sie nahm einen Teil der Poopdeckreling mit und schleuderte Tavistock zu Boden. Als er wieder auf den Beinen stand, fühlte er sich leicht benommen.

Fleming stürzte zu ihm. »Captain, seid Ihr getroffen?«

»Geh an deine Arbeit, verdammt noch mal!«

Suchend blickte er sich nach seinem Fernglas um. Es war weg. Als er an die Reling trat, sah er, daß es über Bord gefallen war. Darüber zu trauern war jetzt nicht der geeignete Zeitpunkt. Die zweite Breitseite der *Antelope* zerriß die Luft und richtete Masten und Spiere des Spaniers übel zu.

»Achtet auf den anderen!« rief er und schickte die Leute auf Station, um die *Antelope* in Fahrt zu bringen. »Jetzt kämpfen wir den Kampf, für den wir hergekommen sind. Was auch geschieht, dies hier ist unsere entscheidende Schlacht!«

Über ihm öffneten sich die Segel. Im Mitteldeck richteten die Mannschaften ihre Geschütze auf das neue Ziel. Ein Gefecht wollte der gerissene Spanier haben. Er sollte es bekommen. Tavistock sah die schweißglänzenden, bronzenen Muskeln seiner Männer. Keine Crew auf Gottes Erde konnte ihnen das Wasser reichen, sobald sie richtig in Fahrt gerieten. Plötzlich war der Druck von ihm genommen. Seine Lunge füllte sich mit frischer Luft, und seine ganze Energie kehrte zurück. All die Ungerechtigkeiten von San Juan de Ulua reihten sich vor ihm auf, und er fühlte die Allmacht des großen Satans des Escorials wanken und schwinden. Niemand konnte den Söhnen Englands trotzen, wenn sie frei die Meere befuhren. Niemand. Das hier war das Ende von Philipps üblem, gottlosen Imperium.

Mit zusammengekniffenen Augen sah Bowen, daß die *Antelope* Segel setzte. Die Entfernung zwischen seinem Boot und der Seite der *Antelope*, die seine Leute so tapfer zu verringern trachteten, begann sich zu vergrößern – dreißig Yards, vierzig, fünfzig und mehr –, als sie ihren Kurs aufnahm und in den Wind ging. Nun konnten sie rudern so schnell sie wollten, sie würden das Schiff nicht mehr einholen; trotzdem ließ er mit äußerster Kraft weiterrudern. Seine Männer waren erschöpft. Sie blickten über die Schulter zu der Galeone, und Bowen sah die Angst in ihren Augen. Jeder von ihnen wußte, daß sie erledigt waren, entweder durch ein paar weitere Schüsse aus den Kanonen der *Nuestra Señora* oder durch diese neu auftauchende Gefahr.

»Sie lassen uns im Stich!« schrie der jüngste von ihnen.

»Pull, du Bettnässer!«

Bowen sah, daß Stubbes einen Rohrwischer in die Drehbasse auf dem Achterdeck rammte und auf das Boot zielte. Er feuerte und der sechs Fuß lange Stock flog wie ein Fischspeer auf sie zu. Hinter ihm schlängelte eine Leine spiralig durch die Luft und hieb wie eine Peitsche quer über das Boot. Ein Dutzend Hände griff gierig danach und zog; ein weiteres Dutzend Hände zog auf der *Antelope*, und das Boot schoß durch die schäumenden Wogen ihres Kielwassers.

Das Bombardement von Nowells Culverinen riß die Seite der großen Galeone auf, die sich so tückisch herangeschlichen hatte. Plötzlich sah Tavistock die sieben großen Geschütze auftauchen. Auf der Galeone hatte man die Maske fallen lassen, und Tavistock dankte Gott, daß er die Gefahr rechtzeitig genug erkannt hatte, um ihr zu entkommen.

»Das ist das Ungeheuer, von dem de Groote gesprochen hat«, sagte er zu Fleming.

»Aye. Ich schätze, daß sie diesen hübschen Trick bei vielen Schiffen angewandt hat. Auch bei uns hätte er beinahe funktioniert. Sie könnten uns noch immer in die Zange nehmen.«

»Nicht auf dieser Seite des Höllentors!«

»Feuer!«

Die zweite Breitseite des Gotteseiferers Nowell zerstörte den Bugspriet des Täuschers. Seine Kettenschüsse knickten den Fockmast unmittelbar unterhalb des Mars. Stangenkugeln schlugen Purzelbäume zwischen den Spieren und zerfetzten die Segel.

»In Grund und Boden werden wir sie schießen, bevor wir hier abziehen!«

Ohne den Druck des Fockmasts brach das Heck des Spaniers aus, die Segel killten, und der Steuermann mußte das Ruder hart umlegen. Aufgewühlt schäumte die See am Heck der Geleone, bremste ihre stürmische Fahrt und verhinderte das Manöver, das die Mündungen ihrer Kanonen vor die Seite der *Antelope* bringen sollte. Die Engländer stießen die Fäuste in die Luft. Jubelrufe ertönten, und der stumme Lockjaw, der nicht mitschreien konnte, schleuderte statt dessen Nowells Hut hoch in die Luft.

Während die Sonne im Westen sank, machten die Kanonen der *Antelope* das spanische Schiff zu einem Wrack. Feuerkugeln setzten seine Aufbauten in Brand, und die pausenlosen Breitseiten durchlöcherten seinen Bug, so daß es Schlagseite bekam und zu sinken begann. Tavistock sah die *Nuestra Señora* davonschleichen, um sich im Schutz der Dunkelheit in Sicherheit zu bringen, und er ließ sie laufen, als er sah, daß ihr Achterschiff ein einziger Trümmerhaufen war. In diesem Zustand würde sie Spanien nicht erreichen, und so war er nicht überrascht, daß ihr Kapitän den umspringenden Wind nutzte, um sie nach Havanna zurückzufahren.

Das Freudenfest, das in dieser Nacht auf der *Antelope* gefeiert wurde, war gigantisch. Bowen hatte eine Menge gemünztes Gold an Bord gebracht, und nachdem sie gezählt und gerechnet hatten, erklärte Tavistock seiner Mannschaft, daß er tatsächlich genug habe, daß ihr Vagabundendasein zu Ende sei und daß sie, sobald sie ihre vergrabenen Schätze abgeholt hätten, nach Hause fahren würden. Außerdem sei der Laderaum der *Antelope* so voll, daß nichts mehr darin Platz hätte. Betretenes Schweigen schlug ihm entgegen, gefolgt von einzelnen Hochrufen.

»Müssen wir dann von unseren Frauen und Kindern hier Abschied nehmen?« fragte einer ganz niedergeschlagen.

»Hör ich recht? Ich sage euch, daß wir nach Hause fahren, und ihr antwortet mir so?«

Er ließ sie stehen und ging kopfschüttelnd in seine Kajüte, wo er über die außerordentlich schwer zu begreifende Natur der Menschen und ihre vermeintlichen Wünsche nachdachte.

# 21

Der Nebel aus den Niederungen hing tief über der Themsemündung. Die Flut stieg, aber die königliche Barkasse schnitt durch die grauen Wellen wie ein Messer durch chinesische Seide und brachte den Gast der Königin nach Greenwich Palace. Die orangefarbene Scheibe der Sonne in seinem Rücken stand knapp über dem Horizont. Nach der Uhrzeit der Landratten war es halb acht, eine Woche vor Wintersonnenwende. Er war genau zweitausend Tage fort gewesen.

Wie der Tau auf den Spinnweben des Altweibersommers glänzten die silbernen Stickereien auf den Samthüten und Röcken der zehn Männer, die ihre Riemen mit den rotlackierten Blättern in den Fluß tauchten und die schlanke Barkasse stromaufwärts trieben. Am Steven prangte vergoldet der Löwe von England mit der Krone. Am Heck wehte das reich bestickte Banner Elisabeths. In der hinteren Hälfte der Barkasse, mittschiffs zwischen den Ruderern, thronte unter einem Baldachin Richard Tavistock wie der große Heinrich VIII. persönlich. Unter der Hose aus feinem Tuch traten seine kräftigen Wadenmuskeln hervor. Ein Mantel aus Bärenfell hing über seinen breiten Schultern. Auf dem Schoß hielt er die Schatulle mit den großen peruanischen Smaragden. Einen Bericht über die Edelsteine hatte er bereits vorausgeschickt.

Am Pier stellten die Ruderer die Riemen auf, königliche Leibgardisten hielten mit ihren Lanzen die Neugierigen und Müßiggänger fern. Trotz der frühen Stunde war eine Ehrenwache angetreten. Eine silberne Fanfare ertönte, als er seinen Fuß auf Englands Ufer setzte.

»Willkommen, Richard.«

»Mister Walsingham, schön, Euch wiederzusehen.«

»Ihr erinnert Euch an Mylord Leicester?«

»Euer Diener, Mylord.« Tavistock verneigte sich tief und Leicester schüttelte ihm die Hand. Das strapaziöse höfische Leben hatte sein blasses Gesicht gezeichnet, aber sein Witz war intakt.

»Ich sehe schon, Ihr habt Eure Lektion vergessen, wie man sich elegant verbeugt.«

»Captain Tavistock hatte in den vergangenen fünf Jahren wenig Gelegenheit, vornehmen Herren Respekt zu erweisen«, sagte Walsingham spitz, und Tavistock empfand die Bemerkung wie einen Stich. Er hatte vergessen, wie eisig der Wind in der Politik wehte und welche Macht ein Mann mit scharfer Zunge besaß. Einen Augenblick lang fühlte er sich benachteiligt. Vielleicht intrigierten die beiden im Augenblick gegeneinander. Er beschloß, sehr vorsichtig aufzutreten, bis er mehr in Erfahrung gebracht hatte und war froh, daß er vernünftige Vorbereitungen getroffen hatte für den Fall, daß sich die Situation bei seiner Rückkehr ungünstig entwickelte. Scherzend erwiderte er: »Zu wenige, denen ich in letzter Zeit begegnet bin, waren Engländer, und die Spanier begrüßte man zweckdienlicher mit einem Pfeil als mit einem Bogen, Mylord, wenn Ihr mir das schlechte Wortspiel erlaubt.«

»In der Tat!«

»Und Ihr, Mister Walsingham? Wie ich sehe, tragt Ihr die Amtskette, die einst auf Sir Williams Schultern lag.«

»Er ist unser Einpeitscher in einem widerspenstigen Parlament«, erklärte Leicester eilfertig. »Er übernahm Charles Howards Surrey-Sitz, nachdem Howards Vater starb und er Baron of Effingham wurde.«

»Seid Ihr dann jetzt *Sir* Francis Walsingham?«

Der Meisterspion vermied eine direkte Antwort. »Oh, ich mache mir nicht viel aus Ehrungen.«

»Schande über so viel Lüge!« knurrte Leicester und fuhr dann wenig diplomatisch fort: »Die Politik Ihrer Majestät war ja schon immer sehr weise, wenn es um die Anerkennung von Leistung ging. Unsere Königin ist keine Herrscherin, die ihre Gunst gratis verteilt. Je seltener sie einen zum Ritter schlägt, um so mehr wird diese Würde geschätzt. Aber – Sir Francis hört das vielleicht nicht gern – er befindet sich seit einer Woche im Ritterstand.«

»Eine verdiente Ehre!«

»Ich danke Euch, Captain, aber man soll den Tag nicht vor dem Abend loben.«

»Dann weht also kein günstiger Wind?«

»Am Hof genießt unsere Partei im Augenblick einiges Ansehen.«

Tavistock blickte sich um und blieb stehen. Er hatte erwartet, auch Hawkins hier zu sehen; daß er fehlte, ließ ihn noch vorsichtiger werden. »Sagt mir: Wie wurde Francis Drake empfangen?«

Die Antwort bestand zunächst nur aus Schweigen, dann zwirbelte Walsingham ein paar Haare seines Kinnbarts und ging weiter. »Ich würde sagen«, meinte er ausweichend, »seine Rückkehr kam etwas – ungelegen.«

»Inwiefern?«

»Wir mußten in seiner Sache sehr behutsam vorgehen.«

Tavistock erschrak. »Wo ist er jetzt?«

»Ihr wünschtet, daß er hier wäre, um Euch zu begrüßen?«

»Ja, natürlich.«

»Nun, daß Francis Drake andernorts zu finden ist, soll keine Unfreundlichkeit Euch gegenüber sein. Eure Geschäfte mit ihm werden sich keinesfalls verzögern. Ich habe Euer Geld in sicherer Verwahrung und werde Euch das sofort beweisen.«

Tavistocks Besorgnis steigerte sich zu Zorn. »Zum Teufel mit dem Geld. Was ist mit ihm? Lebt er wenigstens noch?«

»Er lebt«, sagte Leicester begütigend. »Aber wir sprechen nicht von ihm, und wenn, nur im Flüsterton.«

»Schweigen macht Unheil besonders beredt.«

»Beruhigt Euch, Captain. Mylord Leicester meint nur, daß

Drake nicht bei uns ist. Fragt in Deptford, und Ihr werdet hören, daß er sich auf dem Weg nach Alexandria befindet. Horcht Euch bei den spanischen Kaufleuten in der City um und Ihr werdet erfahren, daß er mit einem Schiff nach Schottland unterwegs ist, um den Königsknaben aus Edinburgh zu entführen.«

»Aber Ihr wißt es besser«, sagte Tavistock, und seine Ängste vervielfachten sich.

»Was haltet Ihr davon, wenn ich Euch sagte, daß ihn seine Reisen in jüngster Zeit öfter nach Westen führten?«

»Nach Westen? Ist das hier ein Ratespiel?«

»Ins Freudenhaus von Mortlake«, flüsterte ihm Walsingham verschwörerisch zu.

»Von Mortlake? So. Ja, dann!« Tavistock grinste und knuffte Walsingham ganz unziemlich begeistert in die Rippen. Wenn Drake in Doctor Dees Haus gewesen war, bedeutete das mit Sicherheit, daß die Königin eine Expedition genehmigt hatte, irgendein großartiges Unternehmen. »Wohin? Zu den Molukken? Nach Goa? Macao? Zipangu? Es heißt, von dort käme jedes Jahr ein Vermögen an Silber. Das ist Euer Werk, Mister Walsingham!«

»Zum Teil.«

»Walsingham fördert die Reise mit ein paar Pennys«, sagte Leicester. »Der Auftraggeber ist Sir Christopher Hatton. Ich und mein Neffe sind ebenfalls beteiligt. Keiner von uns hat etwas gegen die Portugiesen.«

Tavistock zermarterte sich den Kopf. Er dachte an die Landkarten, die er in Dees Haus gesehen hatte und stellte sich die Gesellschaft vor, die dort an den langen hellen Sommerabenden vermutlich zusammengekommen war: Männer mit Wagemut und Fantasie. Welches Ziel hatten sie sich wohl vorgenommen? Was würden sie in Angriff nehmen?

Nova Albion? Martin Frobishers Träume lagen dort, die von Humphrey Gilbert und seinem Schüler Walter Raleigh. Richard Grenville wollte das Land Beach entdecken, die halb mythische Landmasse, die angeblich hinter den Gewürzinseln lag. Aber Walsingham und Leicester interessierten sich gewiß am meisten dafür, wo Drake den Spaniern am wirksamsten schaden konnte...

Das war's!

Tavistock hielt den Atem an, als er sich plötzlich erinnerte. Es lag Jahre zurück, aber das Bild breitete sich vor ihm aus, klar und lebendig wie am ersten Tag. Er stand in der Krone eines Baumes und blickte auf ein saphirblaues Meer von blendender Helligkeit und lockender Verheißung – ein unbekannter Ozean jenseits des fernsten Strandes. Das war es, ob Walsingham das nun zugab oder nicht. Drake war in die Große Südsee gefahren!

Die fantastische Kühnheit des Plans faszinierte ihn.

Die Südseeküsten von Peru und Mexiko waren offen und ungeschützt jedem Angriff preisgegeben. Bis jetzt hatten nur spanische und portugiesische Schiffe den Weg durch die Magellanstraße und rund um die sich über 14 000 Seemeilen erstreckende Nordsüdbarriere der Neuen Welt gefunden. Spanische Frachtschiffe fuhren an diesen Küsten, bis an die Speigatten beladen mit Silber, und sie wiegten sich in völliger Sicherheit, weil ihnen hier noch nie ein feindliches Schiff begegnet war. Die unbewaffneten Schiffe mit Philipps Gold und Silber an Bord wären Drake auf Gnade und Ungnade ausgeliefert – wenn er einen Weg dorthin fand.

Nur ungern trennte er sich von seinen Spekulationen und wandte sich dem notwendigen Tagesgeschäft zu. Er mußte erfahren, wo er stand und welche Veränderungen sich in England während seiner langen Abwesenheit ergeben hatten. Vorsichtig entlockte er Leicester die wichtigsten Fakten und Ereignisse; seine zufällige Begegnung mit de Groote ließ er unerwähnt.

Walsingham hat also seine Beförderung bekommen, dachte Tavistock, während er zuhörte. Seit Weihnachten 73 ist er neben Burleigh oberster Staatssekretär Ihrer Majestät, und Burleigh hat bis jetzt Walsinghams und Leicesters Drängen auf eine militärische Intervention in den Niederlanden standgehalten. Die Königin hielt Flandern fest an der Kandare, indem sie einmal zehntausend Pfund spendete, ein andermal fünfzehnhundert Freiwillige schickte. De Groote hatte die Lage im großen und ganzen richtig geschildert.

Als Leicesters Quelle versiegt war, informierte ihn Walsingham über weitere Einzelheiten und riet ihm, sich mit einigem vertraut zu machen, bevor er mit Burleigh zusammenträfe. Es war nicht leicht, das komplizierte Netz zu durchschauen, das die Minister der Königin gesponnen hatten, obwohl es im Grunde ganz einfach war: Die Unruhe in Europa war und blieb Englands beste Sicherheitsgarantie. Die Vertreibung der Holländer aus den englischen Häfen war ein Meisterstück gewesen. Die Idee dazu war auf Walsinghams fruchtbarem Boden gewachsen; umgepflanzt in Lord Burleighs Kopf, hatte sie Wurzeln geschlagen und zu sprießen begonnen. Walsingham beobachtete Tavistocks wiegenden Seemannsgang, als er neben ihm durch die weiten Gänge des Palastes schritt. Die Jahre hatten den hochgewachsenen Mann verändert: ein Umgangston kurz angebunden bis barsch, ein Selbstvertrauen, als könne er Weltreiche stürzen. Er war ein reicher Mann geworden auf seiner Westindienfahrt, und die zerstörerische Verzweiflung über das Schicksal seines Bruders, die sein ganzes Handeln bestimmt hatte, war überwunden. Und das war gut so, denn bald würde England seine Helden brauchen.

Walsingham entsann sich des Tags, an dem er mit seiner Idee herausgerückt war.

»Ihre Majestät überreden, die Holländer hinauszuwerfen?« hatte Roger Groton, auf seinem Sterbebett liegend, ungläubig erwidert. Und beim Abendessen hatte ihn Ursula merkwürdig angesehen und gesagt: »Du nützt Vertrauen bis an die äußerste Grenze. Gib acht, Francis, daß deine Politik nicht eines Tages platzt, und du mit einer bescheidenen Stellung vorliebnehmen mußt. Obwohl ich mich nicht beklagen werde, wenn das geschieht, denn dann werden wir weniger diverse Unkosten haben.«

Aber er hatte sie getröstet, denn er wußte, daß er mit seinen ständigen Zahlungen an Spione und europäische Berichterstatter ihre Haushaltskasse arg strapazierte. Der größte Teil des Geldes, mit dem er seine Politik finanzierte, stammte aus dem Vermächtnis von Ursulas Vater – und langsam reuten sie die ständigen Ausgaben, was man von einer Puritanerin, die das Geld eines Puritaners ausgeben mußte, vielleicht schon eher erwartet hätte.

»Hab Vertrauen zu mir, Frau! Du wirst sehen, am Ende dieses Regenbogens wartet eine Belohnung.«

»Du bist mir ein Ehemann! Deine Märchen vom Regenbogen sind langweilig geworden, Francis. Ich habe sie schon zu oft gehört.«

Als sie an jedem Abend zu Bett gegangen waren, hatten sie noch eine Weile geplaudert. »Der arme Roger glaubt, daß es menschliche Eigenschaften gibt, die bei der Vererbung immer eine Generation überspringen. Die königliche Familie bildet keine Ausnahme, und Elisabeths Knauserigkeit stammt mit Sicherheit von ihrem Großvater. Du beklagst dich, daß meinem Aufstieg zu einem höheren Rang noch kein entsprechend höheres Einkommen folgte – aber glaube mir, innerhalb eines Jahres werde ich Erster Staatssekretär sein, und du wirst das schöne Haus am Fluß bekommen, das ich dir schon so lange versprochen habe.«

»Indem du anständige calvinistische Holländer ins Verderben stürzt?«

»Ich glaube schon.«

»Eher wachsen mir Hasenohren als daß Ihre Majestät so etwas tut. Ich hoffe, du fühlst dich in deiner Eitelkeit getroffen, Francis. Aye, und in deinem Gewissen.«

»Schweig, Frau!«

»Ich werde nicht schweigen.«

»Burleigh möchte mit den Spaniern ein Übereinkommen wegen der Beschlagnahmungen erreichen. Seine Verhandlungen mit Alba laufen über Antonio de Gauras. Er wird meinen Vorschlag als geeignete Gesprächseröffnung begrüßen.«

Und so hatte die Königin die Häfen in Kent und Essex für die holländischen Piraten schließen lassen und damit den Wünschen König Philipps entsprochen. Aber die Holländer, die nun Englands Küsten verließen, waren nicht mehr die armseligen Flüchtlinge, die vor Jahren im Schutz von Dover Castle gelandet waren. Sie waren wie de Groote durch das Morden und Plündern im Kanal stark und gefährlich geworden.

»Ja, Richard, sie waren gut bewaffnet und ausgerüstet – und verzweifelt. Ich dachte, wenn Philipp möchte, daß die Geusen, diese Bettler der See, aus England verbannt werden sollen, könnten wir ihm den Gefallen tun, nicht wahr?«

»Glaubt Ihr, Lord Burleigh hat Euren Plan als das erkannt, was er war?«

Walsingham lächelte. »Bestimmt dachte er, daß Alba – und Philipp – von Elisabeths neuem Entgegenkommen angenehm überrascht sein würden.«

Sie gelangten zu einem Innenhof mit einem großen Bleibecken, in dem das Regenwasser aus den Dachrinnen aufgefangen wurde. Es stand auf Stelzen in Gestalt von Engeln. Darunter, an einer kunstvollen Maschine aus Walzen und Hebeln und Zahnrädern, blickten vier auf Metallplatten geritzte Gesichter in die vier Himmelsrichtungen. Ein Gefäß, das von einem Tropfenspender geduldig gefüllt wurde, löste den Uhrmechanismus aus.

Sie blieben vor der Wasseruhr stehen, und Walsingham schilderte Tavistock ausführlich, wie auf den königlichen Befehl hin die Schiffe des Grafen de la Marck aus den sicheren englischen Häfen hinaus in den Ärmelkanal vertrieben wurden. »Burleigh schickte John Hawkins, um die Proklamation zu verlesen, und sie verdrückten sich alle – auch de Grootes wilde Männer –« – Walsingham betrachtete prüfend seinen Handrücken – »freundlich und ohne ein Wort der Klage, nach Brille.«

Tavistock verzog das Gesicht zu einem breiten Grinsen,

weil er den Ursprung des Plans kannte. »Um ein altes Geschäft wieder aufzunehmen.«

»Der Graf und ich fanden, Brille sei am besten geeignet: eine Kleinstadt im Süden Hollands, keine Garnison, ein brauchbarer Hafen. Die Einwohner waren alle geflohen. Wir schickten durch nichtöffentliche Zustellung Geschenke in Form von Pulver und ähnlichem, so daß der Graf seine Verteidigung organisieren konnte, und wenn ich mich recht erinnere, gab es sogar ein paar Niederländer, die dem Aufruf, sich als Freiwillige zu melden, folgten – ein Aufruf, der, ich weiß nicht, wieso, in fast jeder englischen Kneipe angeschlagen war.«

»Holländer, die kein Wort Holländisch sprachen, möchte ich schwören!«

»Viele, ja. Aber irgendwie müssen sie doch Holländer gewesen sein, denn sie haben sich unverzüglich bei Flushing eingefunden.«

Tavistock lachte, als er die Taktik erkannte, die darauf hinauslief, Antwerpen einzuschnüren und den größten Teil von Seeland und Holland einzunehmen.

»Wie es der Zufall wollte«, fuhr Walsingham unschuldig fort, »stand Wilhelm von Oranien hinter der deutschen Grenze mit fünfundzwanzigtausend Söldnern, und Ludwig von Nassau ließ in Frankreich zehntausend Hugenotten aufmarschieren.«

»Ein Angriff wie mit dem Dreizack Neptuns.«

»Philipp sprach vom Dreizack des Satans.«

Walsingham hatte gewußt, daß es mehr als genug war, um Alba nicht an Angriff denken zu lassen. Angriff war nur eine höhere Form der Verteidigung, aber der mittellose Wilhelm von Oranien war am Rhein aufgehalten worden, und Burleigh war sich des Ausmaßes des Plans bewußt geworden. Seine Einmischung hatte den Stoß mit dem Dreizack in ein Unentschieden zwischen Frankreich und Spanien umgewandelt, mit nur so viel englischer Hilfe für die Bettler, daß der Topf am Kochen blieb.

»Burleigh war überzeugt, daß die Franzosen, sobald Alba einmal vernichtet wäre, in die Niederlande strömen und es besetzen würden – mit all den Folgen, die sich daraus für die französische Politik in Schottland ergäben – und schließlich auch nach England ihre Hand ausstrecken würden.«

»Es kann keinen Sieg geben ohne einen entscheidenden Schlag«, sagte Tavistock und beobachtete interessiert das kunstvolle Uhrwerk.

»Wenn es mir nur gelungen wäre, Ihre Majestät mit dem Franzosen zu verheiraten«, seufzte Walsingham und zuckte bedauernd die Schultern. »Dann hätten wir gemeinsam mit Charles IX. diesen Alba erledigen können. Aber die Königin wurde umgestimmt. Sie war plötzlich gegen eine Politik, die Alba ganz und gar aus den Niederlanden vertreiben würde. Wir bekamen den Auftrag, in der Provinz das bestmögliche Gleichgewicht hinzudeichseln. Spanien als Gegengewicht zu Frankreich – das war ihr Ideal. Aber ich fürchtete um die Freiheiten der dort lebenden Protestanten. Ich glaubte nicht, daß unser Versprechen, Alba gegen die Franzosen zu unterstützen, die alten Freiheiten des Volkes garantierte oder die Menschen von Albas Tyrannei befreien oder gar die Inquisition verjagen würde. Aber –« Walsingham hob die Hände in einer hilflosen Geste. »Das Pariser Blutbad änderte alles. Ohne die Franzosen konnte der tapfere Einsatz Wilhelms von Oranien nichts bringen. Er zog sich in seine amphibischen Festungen im Norden zurück.«

Es war schwindelerregend, auf welche Weise Frankreich ins Chaos gestürzt war. Am St. Bartholomäustag hatte Walsingham dem jungen Philip Sidney, dem intelligenten ältesten Sohn seines Verbündeten im Privy Council, Sir Henry Sidney, und Leicesters Neffe und Protégé, in der Botschaft Zuflucht gewährt. Er war erst wenige Tage zuvor in Christ Church zu einer Europarundreise aufgebrochen und in Paris nur knapp dem Massaker entkommen. Leicester hatte später auf eindrucksvolle Weise seine Dankbarkeit bewiesen, indem er sich bei der Königin persönlich für Drakes Unternehmen einsetzte.

Die Kunde von dem schrecklichen Unheil der Bartholomäusnacht hallte durch ganz Europa. König Philipp hatte dazu geäußert, dieses Massaker habe ihm wie kaum etwas anderes in seinem Leben Vergnügen bereitet. In Rom brannten drei Nächte lang die Freudenfeuer. Die Königin von England aber hatte die Rechtfertigungen des französischen Botschafters in tiefschwarzem Samt entgegengenommen. Hinter ihrer öffentlich zur Schau getragenen Empörung war jedoch auch sie insgeheim zufrieden. Katharina de Medicis gewaltiger Fehler hatte ihr einen unanfechtbaren Vorwand geliefert, die französische Hochzeit abzublasen, und er hatte Frankreich in den Sumpf des Bürgerkriegs zurückgeworfen – auf Kosten von französischem und nicht von englischem Blut. Und es kam noch besser: Der Sohn Katharinas, der französische König Karl IX., war zwei Jahre danach gestorben, dahingesiecht zu einem ausgezehrten Leichnam durch Gottes langsam, aber stetig wirkende Gerechtigkeit – genau so, wie John Dee das Auftauchen des neuen Sterns gedeutet hatte. Sein Nachfolger, Heinrich III., war krank, pervers, ein völlig degenerierter Mensch, der sich wie eine Hure anzog und schminkte und den Hof mit seinen Ausschweifungen verdarb.

Mit der Thronbesteigung Heinrichs III. wurde sein Bruder Franz, der Herzog von Alencon, um den sich Walsingham so intensiv als Gemahl für Elisabeth bemüht hatte, Herzog von Anjou. Franz fand das Verhalten seines Bruders so abstoßend, daß er mit den Hugenotten gemeinsame Sache machte und, getrieben von seinem ausgeprägten Machtstreben, sogar in den Krieg zog, um sich in den Niederlanden ein eigenes Königreich zu schaffen.

Walsingham erinnerte sich, wie jenes Gleichgewicht, das sich Elisabeth erhofft hatte, durch Burleighs geduldige Diplomatie beinahe erreicht worden war, und fuhr mit seinem Bericht fort: »Alba wurde seines Postens enthoben, sozusagen als Freundschaftsgeste, und durch den weniger martialischen Don Luis Requesens ersetzt. Aber Don Luis starb im März vergangenen Jahres an einem Fieber, und Philipp schickte an seiner Statt Don Juan d' Austria. Es war eine kostspielige Entscheidung.«

Tavistock nickte, als wäre ihm das alles völlig neu. »Der Sieger von Lepanto? Aber er ist bekannt als kriegerischer Held.«

»Er mußte einen Rückschlag einstecken«, sagte Leicester. »Bevor er die Zügel übernehmen konnte, meuterte die Armee, und plündernde spanische Horden überfielen Antwerpen, was den freien Holländern gar nicht gefiel. In den Forderungen, die sie Don Juan stellten, waren sie absolut kompromißlos. Sie verlangten den Abzug der gesamten spanischen Soldateska aus ihren Ländern.«

Tavistock hörte Leicesters Erklärungen ungerührt zu und meinte dann skeptisch: »Seid Ihr der Meinung, daß die Niederlande von der spanischen Herrschaft bald frei sein werden? Ein selbstregiertes Land mit Religionsfreiheit für Protestanten?«

»Nein. Selbst wenn der Süden weiterhin die nominelle Souveränität anerkennen würde, wird Spanien das nicht zulassen.«

Walsingham gab sich doppelt Mühe, Tavistock rasch und gründlich zu informieren, als er an der Wasseruhr ablas, daß ihnen nicht mehr viel Zeit blieb. »Hört zu! Ich weiß viel besser als Burleigh, daß ein Gleichgewicht eine wackelige Angelegenheit ist; wenn man sich nicht dauernd darum kümmert, ist es schnell gestört. Burleigh ist ein intelligenter Mann, aber er ist ein Bürokrat bis auf die Knochen. Er glaubt, ein Land kann durch eine leise Korrektur hier und eine kleine Fummelei da geführt werden; in seinem System ist kein Platz für Leute mit Fantasie und Begeisterung. Er versteht nicht, daß ein Land ohne letzteres langsam in Selbstzufriedenheit versinkt. Das Schlimmste ist, daß Burleigh in seiner Fantasielosigkeit annimmt, andere dächten wie er, nur nicht ganz so effizient. Ich sage Euch, das ist ein Fehler. Don Juan ist kein Schwächling. Er wird Holland und Seeland niemals Religionsfreiheit zugestehen. Ihr jetziger Statthalter weiß das und wird ihn nie als Statthalter akzeptieren. Aber ich kann mir nicht vorstellen, daß Don Juan d' Austria mit eingekniffenem Schwanz abziehen wird.«

Walsingham wußte, daß Don Juan hinter seinem nach außen hin verkündeten Vorhaben, die Niederlande zu befrieden, andere, weniger offensichtliche, aber um so ehrgeizigere Pläne hegte. Inzwischen hatte er sogar Beweise dafür: Don Juan hatte schon seit langer Zeit die Verbindung mit den im ausländischen Exil lebenden englischen Katholiken gepflegt, mit der Renegatenbrutstätte in Douai und dem Erzverräter Kardinal Allen. Durch seine Spione dort hatte er erfahren, daß Don Juan plante, seine Truppen nach Spanien einzuschiffen, aber in England zu landen. Er hatte sich gebrüstet, er und kein anderer würde Maria Stuart heiraten.

»Dorthin wird das Geld der Königin fließen, Richard. Von den Schätzen in Eurem Schiff sind hunderttausend Pfund bereits als Darlehen für den Marquis de Havre vorgesehen, fünftausend Infanteristen und eintausend Berittene werden Leicesters Kommando unterstellt. Wir werden mit Philipp ein Abkommen treffen, daß die Generalstaaten Wilhelm von Oranien als ihren Führer akzeptieren und die Spanier über Land nach Italien geschickt werden – wenn die Königin auf die Stimme der Vernunft hört.«

»Gehen wir jetzt zur Königin?«

»Nein, zu Burleigh. Er hat Neuigkeiten für Euch, die Euch nicht gefallen werden, denn ich fürchte, Ihr wurdet durch einen äußerst geschickten Geschäftsmann ausmanövriert. Aber das wird er Euch selbst erzählen.«

»Wir haben einen Vertrag, Captain. Ihr kennt die Bedingungen ebensogut wie ich. Eine Hälfte der Gesamtsumme gehört Ihrer Majestät.«

»So ist es, nachdem wir es den Spaniern abgenommen haben.«

»Ein weiteres Viertel der – Ladung wird zwischen den folgenden Investoren geteilt.« Burleigh las die Namen vor – fünfundzwanzig der reichsten und mächtigsten Männer des Reiches – und ihren jeweiligen Anteil. Auch Burleighs Name befand sich darunter. »Alles übrige ist für Euch.«

Tavistock bemühte sich, freundlich zu bleiben, sah jedoch, daß der Schatzkanzler versuchte, ihm seine wahre Meinung zu entlocken. »Alles übrige ist für mich *und* meine Mannschaft. Mein eigener Anteil ist etwas weniger als die Hälfte des von Euch angegebenen Rests. Außerdem könnt Ihr von diesen Summen den exquisitesten Posten, eine Schatulle voller Smaragde, abziehen. Ich werde sie Ihrer Majestät als persönliches Geschenk überreichen – sagen wir, als vorzeitiges Neujahrsgeschenk und als Dank für Ihr Vertrauen. Richtig gerechnet heißt das also: ein Achtel für alle Männer, die dieses Riesenvermögen mit ihrem Schweiß und ihrem Blut erworben haben, beziehungsweise für ihre Hinterbliebenen, ein Zehntel für ihren Kapitän, der sich das Ganze ausgedacht hat.«

»Ihr wünscht, es wäre mehr?«

Tavistock zuckte die Achseln. »Hätte ich das gewollt, hätte ich mehr bekommen.«

»Wie schade, daß Ihr es nicht gewollt habt«, – Burleigh kniff plötzlich die Augen zusammen und sah Tavistock scharf an; dann stand er auf und legte die Hand auf den Kaminsims –, »denn vor zwei Jahren, als die Nachricht eintraf, Ihr wäret tot, haben alle Investoren, bis auf einen, ihre Anteile an mich verkauft.«

»Dann danke ich auch Euch für Euer Vertrauen«, sagte Tavistock ohne große Begeisterung und verbarg nur mit Mühe, wie zornig und schockiert er war. »Ich hoffe, die Anteile waren nicht allzu teuer.«

»Im Gegenteil. Sie waren billig. Sie kosteten nur halb so viel wie bei Eurer Abreise plus die Kosten für ein gut lanciertes Gerücht. Ich möchte mir ein Haus in Northamptonshire bauen, und der Unterhalt meines Hauses in Theobalds ist teuer genug. Dennoch – ich kann es mir leisten, Euch und Eurer Mannschaft etwas von meinem Gewinn abzugeben – genug, um sie alle zu glücklichen reichen Männern zu machen und Euch zu einem Magnaten, der sich ein halbes Dutzend Schiffe kaufen kann.«

Tavistocks Stimme verriet ihn. »So? Folglich darf ich ein Magnat sein mit dem, was bereits mir gehört! Das ist ein wahres Wunder!«

»Ich kann aus Euch einen Gentleman von beträchtlichem Vermögen machen.«

»Einen Gentleman, sagt Ihr?«

»Ja. Ist dagegen etwas einzuwenden?«

Tavistocks Stimme klang sehr leise, aber seine Augen ließen die von Burleigh keine Sekunde los. »Merkwürdiger Gedanke, daß Ihr glaubt, ich könnte durch Geld zu einem Gentleman werden. Wenn ich mich recht daran erinnere, dachtet Ihr schon anders darüber – da war es angeblich die Herkunft eines Mannes, die seine Qualität ausmacht.«

Burleighs Selbstvertrauen blieb unerschüttert. Nachsichtig meinte er: »Auch schon früher wurden Männer für ihre Dienste am Vaterland geadelt.«

»Es ist nicht an Euch, Ritterwürden zu vergeben.«

»Dennoch kann ich Euch eine fest versprechen.«

»Eure Versprechungen gehen auf Kosten von anderen, Mylord.«

Burleigh hatte sichtlich Spaß an der gefährlichen Richtung, die dieser hitzig geführte Wortwechsel nahm. »Laßt uns lieber daran denken –«

»Nein, Mylord! Laßt uns daran denken, was einen Mann adelt und was nicht. Mir scheint, es ist eine Sache von Leistung und Belohnung, wie in Eurem Fall.«

»Was wollt Ihr?«

Tavistocks Blick blieb unverändert. »Ihr wißt sehr gut, was ich will.«

Burleigh seufzte und hob die Hände. »Meine Tochter ist eine verheiratete Frau.«

»Dem Namen nach.«

»*De facto*, mein Herr.«

»Nicht entsprechend meinem Verständnis.«

»Zur Hölle mit Eurem Verständnis. Verdammt! Ihr vergeßt Euch.«

»Ich vergesse nichts, Lord Burleigh. Ich habe mein Gedächtnis täglich aufgefrischt mit dem Gedanken an meine Anne und den Sohn, den ich nie gesehen habe. Ich werde sie besuchen, und Ihr werdet nichts dagegen unternehmen!«

Burleigh fühlte, wie der Zorn in ihm aufwallte über das ungehobelte Benehmen dieses Mannes, der keine Bescheidenheit kannte und seit fünf Jahren nichts anderes getan hatte, als anderen Befehle erteilt. Er drehte sich wütend und mit zusammengepreßten Lippen um, ging ein paar Schritte, dann blieb er stehen, und er wußte genau, was ihn dazu veranlaßt hatte.

Du kannst anlügen, wen du willst, William, sagte ihm sein Gewissen, aber niemals dich selbst. Es war nicht zu leugnen. Die letzten fünf Jahre waren für seine Tochter eine nicht enden wollende Folter gewesen. Sobald Tavistock nach Westindien abgereist war, hatte Oxford die Königin um die Erlaubnis gebeten, ein Schiff ausrüsten zu dürfen, um Tavistock zu folgen. Sie hatte ihm die Bitte abgeschlagen, weil sie seine Anwesenheit bei Hofe schätzte wegen seiner Tanz- und Fechtkünste und vielleicht auch wegen seiner Streitlust, die ihr an jungen Männern gefiel.

Oxford hatte hinter dem ablehnenden Bescheid Burleighs Einfluß gewittert, und besonders unrecht hatte er damit nicht, denn Burleigh hatte der Königin in dieser Sache dringend abgeraten. »Er wird sich umbringen«, hatte er gesagt, und ein Teil seiner Seele hatte sich nichts anderes gewünscht. »Ein Schiff, das unter der Führung von Mylord Oxford nach Westindien auslaufe, wäre dreifach mit Unheil befrachtet.«

O ja, hatte er gedacht, ein dreifaches Unheil, weiß Gott, und eine brennende Lunte an einem Pulverfaß: Erstens bekäme Oxford mit Sicherheit die ansteckende Bindehautentzündung, würde beim ersten Sturm sinken oder sich bei einem Gefecht selbst in die Luft jagen. Zweitens würde sich die Königin über ihn ärgern – und sie war ohnehin schon schwer zu lenken. Und drittens würde er früher oder später einen Spanier provozieren und dies auf so ungeschickte Weise – wenn er nicht schon vorher daran glauben mußte –, daß er in Gefangenschaft geriete und teures Lösegeld kostete, oder daß das zarte Häutchen risse, das Spanien und England davon abhielt, gegeneinander Krieg zu führen.

Oxford hatte geschworen, sich dafür an Anne zu rächen.

»Ich werde dafür sorgen, daß sie den Rest ihrer Tage weinend verbringt«, hatte er Burleigh boshaft gewarnt. »Ich werde sie verderben, mein Wort darauf!«

Burleigh hatte sich erniedrigt und ihn angefleht: »Du weißt doch, die Königin selbst hat gesagt, daß du kein Schiff haben sollst. Willst du ihr den Gehorsam verweigern wegen einer kleinlichen Eifersucht?«

»Eifersucht? Ich bin auf niemanden eifersüchtig, Schwiegervater! Ich werde nach Flandern in den Krieg ziehen und dort Lorbeeren ernten.«

Und er war tatsächlich gegangen, ohne Elisabeths Einwilligung, aber zur Erleichterung Annes, die inzwischen schon das Geräusch seiner Schritte haßte. »Möge eine Kugel sein verrücktes Gehirn durchschlagen«, hörte er sie allabendlich beten. »Schnell und schmerzlos, aber endgültig. Liebster Herr Jesus, ich will ihn weit fort von mir und meinem Kind.«

Damals hatte Burleigh die Empörung und Verzweiflung seiner Tochter erkannt und auch, daß er einen gewaltigen Fehler gemacht hatte. Wie recht hatte doch Mildred mit ihrer Ansicht über die Heirat ihrer Tochter! Aber er war stur geblieben, und ein wenig hatte auch er wie alle anderen geglaubt, Tavistock sei tot, nachdem eineinhalb Jahre lang keine Nachricht von ihm gekommen war. Das war eine lange Zeit, und trotzdem hatte er die Anteile an Tavistocks Schiff gekauft, nur für den Fall, daß Tavistock doch zurückkäme. Er hatte sie eins zu eins gegen Drake-Anteile getauscht. Dann war Drake zurückgekommen mit seiner Beute und seinen erfreulichen Berichten, und viele hatten hinter seinem Rücken gespottet, weil er einen Gewinner verkauft und sich mit einem Toten eingedeckt hatte.

Aber nun war ihnen das Lachen vergangen. Trotzdem empfand Burleigh bei Tavistocks Rückkehr keine Freude, nicht einmal Genugtuung, nur ein kaltes Grauen, das schwerer wog als das Geld. *Warum?* Was geschehen war, war geschehen. Und wenn Anne auch dahinwelkte wie eine Blume in einem Klima, das ihr nicht bekam, so hatte sie doch geheiratet und in Westminster Abbey vor Gott und der Königin ihr Heiratsgelöbnis abgelegt. Aber das erklärte nicht ihren Eigensinn.

Nach der Flandern-Episode im Jahr 74 hatte Burleigh dafür gesorgt, daß Oxford nach Hause gebracht wurde und sich bei der Königin entschuldigte, was er aufrichtig getan hatte. Nachdem er den Krieg doch irgendwie mitbekommen hatte, lehnte er ihn als barbarisch und seiner unwürdig ab. Seine Ambitionen, ein Leben als Abenteurer zu führen, waren nicht mehr ganz so groß und konzentrierten sich nach den Neuigkeiten aus Panama und Drakes märchenhaftem Empfang mehr auf die hohe See, was wirklich erstaunlich war, denn jeder junge Mann hatte von diesem Zeitpunkt an nichts anderes mehr im Sinn als nach Westen zu fahren. Oxford hatte sich von allen Feiern ferngehalten und von einer jugendlichen Marotte gesprochen, der er bereits überdrüssig sei. Statt dessen tat er wieder das, was er schon als Jüngling getan hatte – er gerierte sich als dicherisches Genie, denn hier meinte er, gäbe es keine Maßstäbe, mit denen er gemessen werden könnte, nur Meinungen und Kritiken, die er mühelos so hinzubiegen verstand, daß sie ihm schmeichelten.

Burleigh krümmte sich innerlich, als er an Oxfords holpernde Hexameter dachte und die üble Bande zügelloser Anhänger, die Oxford wie einem neuen Messias folgte. Im Jahr darauf hatte ihm Burleigh Geld für eine Italienreise vorgestreckt, um ihn für eine Weile los zu sein; aber schon nach knapp einem Jahr war er wieder zurück, vollgestopft mit neuen Marotten, besserwisserisch in allem und verschuldet. Er stolzierte mit parfümierten Kleidern, Duftsäckchen und schön gearbeiteten Handschuhen umher. Ein Paar Handschuhe hatte er der Königin mitgebracht, seiner Frau jedoch nichts. In der Zeit danach hatte er sich Anne gegenüber wie ein Fremder verhalten, und sie lebte beinahe wie eine Verbannte in dem schäbigen Haus in Low Houghton.

Walsingham fand diesen Oxford widerlich; Leicester lachte sich halbtot. »Mylord Oxford – ein Spiegelbild der Toskana«, hatte er gehöhnt, aber wohlweislich so, daß es Oxford nicht hören konnte. »Ein neckisches Hütchen wie eine Auster, dazu französische Batistrüschen! Wahrhaftig kurios!«

Es war Philip Sidney, über den sich die Galle ergoß, die für Leicester gedacht war, denn ob Poet oder Modeaffe, an Oxfords gewalttätigem Wesen hatte sich nichts geändert. Er hatte Sidney den Krieg erklärt, ihn zu Duellen herausgefordert und sogar einen törichten Mordanschlag gegen ihn ausgeheckt.

Burleigh betrachtete den eisenharten Mann, der vor ihm stand. Krieg und persönliches Unglück hatten ihn gestählt. Es war ein Mann, der genau wußte, wer er war, was er wollte, der sich nicht beirren ließ. Kein Wunder, daß Anne ihn so bereitwillig mit dem Mann verglich, mit dem sie ehelich verbunden war.

Burleigh stand Tavistock gegenüber, unbeugsam und im Bewußtsein seiner ganzen Macht. Jetzt war es Zeit, sie anzuwenden. »Ihr habt einen Eid geschworen, nie mehr von meiner Tochter zu sprechen.«

»Dieser Eid wurde mir abgenötigt. Er *gilt nicht.*« Tavistocks Finger knackten, so fest preßte er die Fäuste zusammen, als er sich an den Tag erinnerte, an dem ihn die Soldaten blutüberströmt und völlig überrumpelt aus John Dees Haus geschleppt hatten.

»Schamloser Mensch!«

»Nein, Mylord. Ihr seid derjenige, der schamlos ist. Habt Ihr nicht Euer erstgeborenes Kind, nur um Euren Ehrgeiz zu befriedigen, zu einer unglücklichen Ehe gezwungen? Habt Ihr nicht Eurem Enkel das Geburtsrecht verweigert?«

»Ich warne Euch, Tavistock –«

»Und ich warne Euch! Kein Grot des Goldes, das ich erobert habe, wird in Eurer Schatzkammer landen, solange Ihr meinen Wünschen nicht entsprecht.«

Burleigh reckte sich, dann antwortete er mit einem Gesicht wie ein listiges Wiesel. »Es ist unklug, mir zu drohen, Tavistock. Euer Schiff liegt in der Themse unter der Aufsicht einer bewaffneten Eskorte. Diesmal könnt Ihr nicht fliehen. Wache!«

Sechs Pikeniere traten aus den dunklen Nischen des Zimmers und richteten ihre Hellebarden auf ihn. Tavistock schwieg, blickte auf seine Füße und freute sich innerlich, daß er diese Situation vorausgeahnt hatte. Äußerlich blieb er beherrscht und gelassen.

»Ich hatte nicht die Absicht zu fliehen, Mylord. Doch ich nehme an, daß man mich in der Stadt erwartet.«

»Eure Ankunft ist im Augenblick noch geheim.«

»Das kann sie nicht lange bleiben.«

Burleigh hatte inzwischen zu seinem kühlen, vernunftbetonten Wesen zurückgefunden und rief seinen Schreiber, der die Papiere brachte. »Das Volk will Eure Rückkehr feiern, und ich werde es nicht daran hindern, denn die Wünsche des Volkes liegen uns am Herzen. Aber nehmt Euch in acht, Captain. Wenn Ihr versucht, mir Schwierigkeiten zu machen, werde ich dem Volk seinen Helden nehmen.«

»Das habt Ihr schon einmal getan«, sagte Tavistock.

»Ihr wagt es, hämisch über mich zu lächeln?«

»Ich lächle nicht über Euch, Mylord.«

»Worüber dann?«

»Nur über Eure Bestechung. Ich spüre, daß Ihr dabei seid, ein neues Angebot zu machen.«

Es war Burleigh anzusehen, wie ihm die Galle hochstieg, aber er wandte den Blick ab. »Hört zu: Haltet Euer Versprechen, und Ihr werdet zum Ritter geschlagen. Ihr werdet eine Vollmacht erhalten und könnt in Irland Krieg führen, bekommt ein neues Schiff und einen neuen Auftrag. Was sagt Ihr dazu?«

Tavistock mußte wieder an Francis Drake denken – wie England seine hunderttausend Goldpesos von dem Ausflug nach Panama eingesteckt, ihn mit wenig Dank ausbezahlt und in einen aufreibenden Krieg nach Irland geschickt hatte.

Als sich der Konflikt mit Spanien entspannt hatte, mußte man mit Drakes peinlicher Anwesenheit in England irgendwie fertig werden, und deshalb wurde er nach Irland geschickt, um die Redshanks zu jagen.

Diese gälischen Krieger kamen von den Hebriden und aus Argyll; es waren Schotten, die sich plündernd in Ulster herumtrieben, eine unglaublich wilde Horde, die über die Iren herfiel und das Land gefährlich destabilisierte. Walsingham hatte erzählt, daß Drake die Eskorte von Black John Norris befehligte, daß er jedoch nie den Namen der Insel Rathlin aussprach, weil er sich schämte über das, was die Truppen der Königin dort getan hatten. Der gute Francis hatte wenig Sinn für ein Massaker an Unschuldigen. »Ein sauberer Kampf, eine richtig harte Nuß, an der ich mir die Zähne ausbeißen kann – so hab ich's gern!« hatte ihn Tavistock nach Panama brüllen gehört. In Wahrheit war es Captain Francis Drake aber noch lieber, wenn seine Chancen hoffnungslos schlecht standen, die Übermacht des Gegners gewaltig war, weil er wie ein leidenschaftlich überzeugter englischer Protestant daran glaubte, er sei ein Auserwählter Gottes, und er könne dies zur Zufriedenheit aller beweisen, wenn er viele große Schiffe der Ungläubigen besiegte. Daß er jetzt auf seine fantastische Abenteuerfahrt gegangen war, bewies, daß ihn nichts in diesem Glauben erschüttert hatte.

Tavistock achtete plötzlich nicht mehr auf die Männer, die ihn umringten. Er stieß eine Hellebarde beiseite; sah einfach darüber hinweg, als die anderen drohend gegen ihn vorrückten. Als Burleigh sah, daß sein Einschüchterungsversuch fehlgeschlagen war, gab er den Soldaten ungeduldig ein Zeichen, sich zurückzuziehen.

Burleigh war es also sehr gelegen gekommen, daß Drake abreiste, dachte Tavistock. Er hätte sein Veto einlegen können gegen Walsingham und Leicester und all die anderen, wenn er gewollt hätte. Walsingham hatte gesagt, der Ärger der Spanier über die Engländer begänne wieder zu brodeln. Tavistock spürte, daß sich der Wind drehte, und steuerte einen entsprechenden Kurs. Aus welchem Grund konnte Burleigh wollen, daß ein wertvoller Schiffskommandant Clansleuten im barbarischen Erin die Köpfe einschlug? Es ist ein Abschiebungsmanöver – damit bin ich aus dem Weg, komme den Spaniern nicht in die Quere, befinde mich auf mittlerer Distanz, weder zu Hause noch in weiter Ferne, aber weit genug weg von Anne.

»Was sagt Ihr dazu?«

»Ich sage nein.«

»Es ist ein gutes Angebot.«

»In der irischen See zu kreuzen? Im Moor zu kämpfen? Nein.«

»Ihr *werdet* es tun.«

»Nein.«

Burleigh schüttelte den Kopf, blickte auf den Vertrag und zog einen Strich quer darüber. »Euer Schiff ist beschlagnahmt und alles, was es enthält. Ihr steht unter Arrest.«

»Wirklich jammerschade.«

»Das werdet Ihr wirklich bald denken. Teufelsbraten! Ohne einen Funken Respekt!«

Als die Wachen erneut auf ihn zutraten, hob Tavistock die Hände, als flehte er den Himmel an. »Gütiger Gott, erlöse mich von diesem alten Mann, bevor ich platze!«

Und während ihn Robert Slade hinausbegleitete, brach er in schallendes Gelächter aus.

Tavistock stieg vom Pferd. Der Boden lag unter einer tiefen Schneedecke, die der Ostwind mit trockenem Reif überfroren hatte. Er war allein gekommen, und als er die Zügel festband, fühlte er sich innerlich so angespannt, daß er meinte, er müsse auseinanderbrechen. Nicht einen Augenblick lang dachte er an Weihnachtsgans und roten Bordeaux.

Das Haus von Low Houghton lag düster und still unter seinem schneebeladenen Reetdach. Einzelne Flocken wirbelten durch die Luft. Der Schnee dämpfte jedes Geräusch. Die gekalkten Mauern wirkten cremefarben neben dem jungfräulichen Weiß des Daches. Auf dem Rasen stand ein Schneemann mit Kieselsteinaugen, einem Stück Ast als Nase und gefährlichen Zähnen aus Blumentopfscherben. Er trug einen Umhang, einen breitrandigen Hut und einen Besen, der auch eine Aalgabel hätte sein können, was ihm einen kalten Schauer über den Rücken jagte.

Sein Mund war trocken. Hinter ihm stampfte das dampfende Pferd, das Zaumzeug klirrte.

An jenem Tag, als Burleigh ihn einsperren ließ, hatte er einen Teil des Nachmittags verschlafen und anschließend lautlos vor sich hingepfiffen, was er häufig tat, wenn er nachdachte. Er hatte die Schläge der Turmuhr gezählt, bis genug Zeit vergangen war, daß eine Zollbarkasse zur *Antelope* und zurück rudern konnte. Dann hatte er auf das Geräusch von Schritten gewartet. Eine Stunde später erschien Slade, um ihn zu Burleigh zu bringen, der bleich vor Zorn seinen Stock vor Tavistocks Gesicht schüttelte und fragte:

»Wo ist es?«

»Wo Ihr es nicht nehmen könnt.«

»Ich lasse Euch foltern, Tavistock.«

Tavistock schwieg.

»Ich lasse Eure Männer foltern!«

»Sie wissen nichts.«

»Das wird mich nicht aufhalten.«

»Was wird die Königin sagen, wenn sie erfährt, daß Ihr aus ihren Seeleuten Krüppel und Tote macht? Ihre Stimmung wird in den Keller sinken, wenn sie aus Geldmangel ihre Hollandpolitik nicht weiterführen kann.«

»England hat genug Gold dafür«, fauchte Burleigh.

»Auch Geld genug, um die Navy der Königin aufzubauen?«

Tavistock stieß das Gartentor auf und schob den Schnee dahinter in einem sauberen Viertelkreis zur Seite. Noch einmal versuchte er, jenen Augenblick auszukosten, den er sich so oft so anders vorgestellt hatte. Er lächelte in sich hinein und dankte Gott, daß er sich an die Gerüchte erinnert hatte, die seinerzeit bei seiner und Hawkins' Rückkehr kursiert hatten, sie hätten ihre Profite in Irland vergraben.

Alles, was seit seiner Ankunft in London geschehen war, bewies, daß er in weiser Voraussicht gehandelt hatte. Er hatte zu Burleigh gesagt, der Schatz sei in Irland vergraben.

»*In Irland.*«

»In einer einsam gelegenen Bucht, fünfzig Fuß tief unter der Erde, wo ihn niemand ausgeben kann, solang meine Forderungen nicht erfüllt sind.«

In Wirklichkeit lag er im Bauch eines Spaniers, in einem schwerfälligen großen Versorgungsschiff, das er bei den Kanarischen Inseln gekapert und nach Plymouth gebracht hatte. Der ganze Schatz lag jetzt dort, ringsum abgedeckt mit Pulverfässern und von Bowen mit einer brennenden Lunte in der Hand und der Eifersucht eines seinen Hort schützenden Drachens bewacht.

Tavistock zog seine Reithandschuhe aus und ging langsam über den Gartenweg. Seine Stiefel knirschten im Schnee. Beim Reiten war ihm warm geworden. Er lockerte seinen Kragen und öffnete den Bärenfellmantel. Ein kleiner brauner Vogel floh vor ihm und schüttelte den pudrigen Schnee von einem Zweig.

Dann bewegte sich am Fenster ein Vorhang, und ganz kurz

tauchte ein Blondschopf auf. Eine helle hohe Stimme drang an sein Ohr. Er streckte die Hand nach dem schweren Türklopfer aus, aber im selben Moment ertönte von innen lautes Gebell. Als er hörte, wie die Hunde auf die Tür zustürmten, trat er einen Schritt zurück.

Als sich die mit einer Kette verschlossene Tür knarrend einen Spalt breit öffnete, kamen ihre sabbernden Schnauzen zum Vorschein. Eine Magd mit kräftigen Armen rief ihren Mann herbei, der die Hunde zurückhielt. Tavistock wurde trotz seiner vornehmen Kleidung barsch nach Namen und Begehr gefragt.

»Ich bin Captain Richard Tavistock und möchte, daß man der Gräfin von Oxford meine Anwesenheit meldet.«

»Die Gräfin empfängt keine Besucher.«

Eine Kinderstimme rief. Das blonde Kind, das er am Fenster gesehen hatte, galoppierte auf einem Steckenpferd in den mit Steinplatten gepflasterten Vorraum. Es war ein Mädchen in einem hübschen Samtkleid. Als es ihn sah, blieb es stehen und drehte sich schüchtern um. Dann gab es dem Hund neben ihm einen Klaps und befahl ihm, still zu sein. Der Hund gehorchte knurrend.

»Ist das das einzige Kind der Gräfin?«

Die Dienerin nickte. »Ja, Sir. Aber Ihr könnt nicht –«

»Wie alt ist es?«

»Fünf Jahre, aber ich muß Euch bitten –«

Tavistock kniete neben dem Mädchen nieder. »Wie heißt du, Kind?«

»Lizbeth.«

»Elizabeth«, wiederholte er zärtlich und nahm ihre Hand. Dann holte er eine große rosarote Muschel aus seiner Jacke und gab sie ihr. »Wenn du sie ans Ohr hältst, hörst du das Meer.«

Und als er sich umwandte, sah er oben an der Treppe in einem dunkelgrünen Kleid eine Frau stehen. Es war seine Anne.

# Buch IV

# 22

Die Nachricht vom Tod des Königs hatte Nicolau Almeida getroffen wie ein Messer, das nicht aufhörte, sich in der Wunde zu drehen.

Schwerfällig stieg er vom Pferd, wischte sich den Schweiß vom Gesicht, und seine breite Hand zauste liebevoll die gestutzte Mähne seiner Stute. »Wir haben es mächtig eilig, wir beide. Aber ein Pferd muß schließlich saufen, was, *formoso*?«

Die Morgensonne fiel auf die staubbedeckte Kruppe des Pferdes, als es mit einer graziösen Bewegung den Kopf zum Trog senkte. Als es genug gesoffen hatte, stieg er wieder auf und blickte prüfend die Straße entlang, über die er gewiß schon hundert Mal mit seinen Tauben gekommen war, aber nie in seinem Leben hatte er sich so unter Druck gefühlt.

Er war seit fast einer Stunde scharf geritten und befand sich nun auf halbem Weg zwischen seinem Haus in Lissabon und dem Dorf bei Sta. Ubes, aus dem das Gerücht gekommen war. Er hatte gewußt, daß er selbst hingehen mußte, und zwar schnell, wenn auch nur die geringste Hoffnung bestand, daß das Gerücht stimmte. Als die Stute den Trog verließ, strich er mit den Absätzen über ihre Flanken und lenkte sie in leichtem Galopp über den steinigen Abhang hinunter zu dem Dorf und dem »Geisterschiff«, von dem der Fischer gesprochen hatte.

Ein entmastetes, vom Wetter schwer mitgenommenes, verlassenes Schiff, hatten sie gesagt, woraufhin er sofort und so unauffällig wie möglich aufgebrochen war. Wie so viele wertvolle Nachrichten hatte er auch diese über die Sardinenfischer erfahren. Er hatte sich immer um ein freundschaftliches Verhältnis mit ihnen bemüht wie mit allen, die zwischen Sta. Ubes und dem Cabo de São Vicente an der südlichen Atlantikküste Portugals lebten. Sie waren sehr wichtig für ihn –

schließlich waren sie seine Augen und Ohren, und war er nicht reich dabei geworden, indem er Augen und Ohren offen hielt? Gab es ein besseres Geschäft als den Verkauf von Informationen? dachte er. Du hast eine Ware, verkaufst sie und hast sie immer noch. Aber im Gegensatz zum Wein wurden Informationen mit der Zeit nicht besser, und die Informationen, mit denen Nicolau Almeida handelte, waren jetzt, seit König Sebastians Tod, nicht nur flüchtig, sondern auch ungeheuer gefährlich.

Mit einem Klaps auf den Widerrist trieb Almeida sein Pferd voran. Er war beliebt bei seinen Kollegen, den Kaufleuten, und bei den Bauern, bekannt für seine Gesprächigkeit und sein gutmütiges Wesen sowie als Vater von fünf erwachsenen Söhnen. Seine Familie machte recht gute Geschäfte in all den kleinen Häfen des Südens, indem sie Waren von ausländischen Händlern kaufte, Tuchballen ins Landesinnere bis an den Guadiana und die spanische Grenze versandte und einen Weinhandel betrieb mit dem Wein, der vom Handel mit England übrigblieb. Er konnte es sich leisten, großzügig zu sein. Er führte ein großes offenes Haus, wenn auch nicht ganz freiwillig, aber er bewies damit, daß er nichts zu verbergen hatte und daß keiner von ihm etwas zu befürchten hatte.

Aber es standen schwierige Zeiten bevor, und in solchen Zeiten brauchte ein Mann einen Stock, auf den er sich stützen konnte.

»Jaja«, sagte er zu seinem Pferd, »diesen Nicolau Almeida kennt jeder. Er nimmt sich Zeit, dem Geschwätz der Leute zuzuhören und fördert still seinen Wohlstand. Die Leute in der Stadt, die Kollegen, Kapitän da Silva in der Garnison, sogar die schleimigen Jesuiten – sie alle wissen, daß ich ein guter und großzügiger Mann bin, der jedem hilft und keinem schadet.«

Aber es gab bestimmt Leute, die sich über sein Glück wunderten, und unter denen, die sich ihren Lebensunterhalt in den Häfen des Alentejo verdienten, gab es mit Sicherheit einige, die neidisch waren und sich fragten, warum er reicher geworden war als sie. Diese Leute konnten ihm gefährlich werden.

Er sah das Schiff in dem Augenblick, als er bei der still daliegenden Häuserreihe aus grauen und weißen Fischerhäuschen ankam, die das Dorf São Paolo darstellte. Es lag im flachen Wasser, eine Viertelmeile weit draußen in der Hafeneinfahrt. Schon viele Male hatte er Schiffe gesehen, die schwer beschädigt in der Baia Zuflucht gesucht hatten, nachdem sie in einen Sturm geraten waren, aber so etwas wie dieses Schiff hatte er noch nie gesehen. Es war nahezu ein Wrack. Der Rost von den Eisenteilen rann in rotbraunen Streifen über die Hölzer. Von den Vergoldungen, die das Schiff vielleicht einmal zierten, war nichts mehr zu erkennen. Was von den Masten übriggeblieben war, war notdürftig betakelt, und unter dem Bug baumelte ein Hängegerüst aus Segeltuch, was darauf hinwies, daß das Schiff unterhalb der Wasserlinie beschädigt war. Es lag tief im Wasser, als sei es zu schwer beladen oder als sinke es bereits, und es gab keinerlei Lebenszeichen an Bord.

Den Umrissen nach könnte es ein Spanier sein, dachte Almeida. Doch als er den zertrümmerten Rumpf genauer betrachtete, sah er, daß dieses Schiff ein Seegefecht mitgemacht und dabei schwer getroffen worden war.

Almeidas Stimmung hob sich. Also hatte Inacio Ribeira doch recht gehabt! Dort lag ein »Geisterschiff« – und es war ihm in die Arme gelaufen. Mit einer Bergung ließ sich gutes Geld machen. Das war eine Gelegenheit, die er sich nicht entgehen lassen durfte. Schon standen zu viele Dörfler am Strand, die sich am Kinn kratzten und fragten, warum das Schiff dort mitten in der Flußmündung lag. Aber die Frauen schalten ihre Kinder und schickten sie ins Haus, und die Männer hatten ihre Fischerboote hoch auf den Strand hinaufgezogen. Bis jetzt war außer ihm kein anderer Außenstehender in das Fischerdorf gekommen. Almeida wußte, daß die Zeit jetzt eine entscheidende Rolle spielte.

João Ribeira, sein junger Agent am Ort, nahm die Zügel

und half Almeida vom Pferd. Neben ihm stand Inacio, sein Großvater, mit weißem Haar und einer Haut wie Leder. Er war zwanzig Jahre älter als Almeida.

»Senhor Ribeira, darf ich Euch um einen Gefallen bitten?« fragte er und streckte die Hand aus, um den Arm des alten Mannes zu berühren. »Leiht Ihr mir für kurze Zeit Euer Boot?«

»Ich fahre da nicht hinaus, Senhor Almeida. Nicht um alles in der Welt.«

»Großvater!«

»Das ist nicht nötig. Ich bin sicher, João wird mich zu dem Geisterschiff hinausrudern.«

Unbehaglich scharrte der alte Mann mit den Füßen. »Meint Ihr, da draußen gibt's Gold?« fragte er, und in seinen trüben Augen glomm kurz Interesse auf.

Almeida nahm ihn beim Arm und wies mit dem Kopf zu den anderen Fischern. »Ich möchte, daß Ihr sie überredet, nicht hinauszufahren. Sagt ihnen, ich hätte ein Kreuz, das die Mönche gegen Seegespenster geweiht haben. Fragt sie, ob sie auch einen solchen Schutz haben?«

Inacio kicherte und verzog das Gesicht zu einem verschmitzten Grinsen. »O, *senhor*, Ihr seid ein kluger Mann.«

João sah seinem Großvater nach. Almeida lachte. »Wo ist das Boot?«

»Dort, das blau und grün gestrichene. Bitte.«

Sie gingen über den knirschenden Kiesstrand, der nach verkrustetem Salz und ausgebleichten Fischköpfen roch. João stemmte sich gegen den Vordersteven und schob das Boot ins knietiefe Wasser; Almeida folgte ihm, kletterte in den Kahn und legte die Riemen ein.

Während João pullte, lehnte sich Almeida gegen den Achtersteven und betrachtete das gestrandete Schiff. Als sie nach fünf Minuten bis auf dreißig *varas* herangekommen waren, bat er João, diesen Abstand zu halten. Er legte die Hände trichterförmig um den Mund und rief. Ein gespenstisches Echo grüßte zurück, aber vom Schiff kam keine Antwort.

Dann ließ er João langsam längsseits gehen. Die hölzerne Schiffswand ragte sechs Fuß neben ihnen empor, und Almeida sah unter der Wasserlinie die wallenden Bärte von dunkelgrünem Moos. War es ein verlassenes Schiff? fragte er sich, und seine Finger zitterten vor Erregung. Er hatte schon Geschichten gehört von Schiffen, die nach einem verheerenden Sturm von ihrer Mannschaft aufgegeben worden waren. Vielleicht waren sie von einer Seeschlange angegriffen worden, die die ganze Mannschaft gefressen hatte?

»A-hoi!«

Er rief noch einmal. Niemand antwortete. Der junge Mann untersuchte mit gemischten Gefühlen, habgierig und ängstlich zugleich, die leeren Geschützpforten. »A-hoi dort unten!«

»Vielleicht ist wirklich niemand an Bord.«

»Wenn es so ist, gehört das Schiff uns. Wir haben es gefunden, nicht wahr, *patrão*?«

Almeida schluckte und wünschte, er hätte tatsächlich so ein wundertätiges Kreuz, um es schützend vor sich herzutragen. »Wir müssen nur an Bord gehen, um es für uns zu beanspruchen.«

João fuhr sich mit der Zunge über die Lippen. »Vielleicht sollten wir zurückrudern und Waffen holen – und die anderen?«

Almeida drehte sich um und blickte zum Strand zurück. Drei hohe schwarze Gestalten waren dort aufgetaucht. Sie ließen ihn schaudern.

»Und mit ihnen teilen? Bist du verrückt geworden?«

Daraufhin stand João spontan auf und sprang zur Reling empor. Er zog sich hinüber und blieb wie erstarrt stehen, schaute sich um und horchte. Das Kanonendeck war leer. Almeidas Blicke folgten João, der mit forschenden Augen die Decks absuchte. Wahrhaftig, es sah alles so aus, als hätte die Königin der Meerjungfrauen die gesamte Mannschaft über Bord gelockt. Es war ein großes Schiff, kein Kriegsschiff, sondern eine Galeone, die wie die meisten Schiffe, die auf der Silberroute fuhren, nur leicht bewaffnet war, um schwere Fracht laden zu können. João ging bis zum Achterdeck und blickte über die Kajütstreppe hinunter ins Dunkle.

»Hier ist überhaupt niemand«, rief er, als er zurückkam, um Almeida an Bord zu helfen.

Inbrünstig hoffend, dieses treibende Wrack möge vollgestopft sein mit kostbarer Ware, ging Almeida zuallererst zu den Luken, aber sie waren verschalkt. Dann ging er nach achtern. Von unten drang ihm ein widerlicher Geruch entgegen, wie gärende Maische. Wenn er das Geheimnis dieses Schiffs enthüllen wollte, mußte er in der Kapitänskajüte beginnen. Es ist ein Spanier, dachte Almeida, als er einen Blick auf die Schnitzereien am Achterkastell warf. Ein von Spaniern in Spanien gebautes Schiff. Er hatte in seinem Leben schon so viele verschiedene Schiffe gesehen und gelernt, sie anhand kleiner Dinge zu unterscheiden, um ihre Nationalität zu erkennen. Das große Beiboot war mit Sicherheit in Sevilla gebaut worden, und die Pfeilmarkierungen, die der Schiffbaumeister an den Verbindungsstellen eingeritzt hatte, bewiesen, daß der Rahmen des Schiffs ebenfalls von dort stammte. War es vielleicht wirklich ein Schiff, das zur Neuen-Welt-Flotte der Spanier gehörte? Ein Schiff der Silberflotte? Almeidas Hoffnungen wuchsen ins Unermeßliche, doch er faßte sich schnell. Niemand ließ ein Vermögen an Silber einfach im Stich, nicht einmal, wenn es das Leben kostete. Welche Greuel hatten die Menschen von diesem Schiff vertrieben?

Er ging weiter nach achtern, aus dem grellen Sonnenlicht heraus. Der Geruch von Salz und Teer wich einem unangenehmen muffigen Gestank. Bei jeder leichten Bewegung des Wassers knarrten Hölzer und straffe Taue. Wäre das Schiff doch nur ein Portugiese oder ein Franzose oder auch ein Engländer gewesen, dachte er – alles wäre viel einfacher. Aber Jehova hatte es für richtig gehalten, ihm ein spanisches Schiff zu schicken. Das bedeutete Beamte und bürokratische Untersuchungen und endlose Verzögerungen und schließlich Beschlagnahme, denn hier befand man sich in Portugal, und die portugiesische Unabhängigkeit war nur noch eine ziemlich unmaßgebliche Sache.

Wenn unser junger König nur vernünftig gewesen wäre, dachte er. Warum in Gottes Namen mußte er sich auf ein Abenteuer einlassen? So leichtsinnig die Thronfolge aufs Spiel zu setzen! Ai! In Marokko die Mauren bekämpfen war ein teurer und alberner Spaß, und die Idee dazu war ihm von einem Ratgeber eingegeben worden, in dessen Taschen spanisches Gold klimperte. Daß Sebastian ohne einen Erben sterben mußte! Jetzt ist nur noch der Kardinal übrig, der betagte Onkel des Königs, und nach ihm Philipp, der Verfluchte, der wie ein Krokodil darauf lauert, unser Land zu verschlingen – nach viereinhalb Jahrhunderten der Unabhängigkeit. Die Spanier wissen, daß Kardinal Heinrich nicht mehr lange leben wird und daß sie nur mit dem unehelichen Sohn seines Bruder Luiz, mit Dom Antonio, um den Besitz des Landes wetteifern mußten.

Einen ungleicheren Wettstreit konnte man sich kaum vorstellen. Die Vision von einem stolzen Portugal, unterdrückt wie Flandern von spanischer Infanterie, rückte der Wirklichkeit gefährlich nah. Philipp hatte bereits Soldaten an der Grenze stationiert. Er konnte Portugal so schwer unter Druck setzen, daß die portugiesische Innen- und Außenpolitik bis zur Unkenntlichkeit verzerrt würde. Philipp brannte darauf, seinen Nachbarn zu schlucken und die alte Identität von Lusitanien auszulöschen. Die strategischen und materiellen Vorteile einer unblutigen Eroberung Portugals wären überwältigend, von Philipps Habgier ganz abgesehen. Und Sebastian hatte ihm den perfekten Vorwand geliefert. In zwei, vielleicht drei Jahren, wenn der senile Heinrich völlig dem Altersstarrsinn verfallen sein würde, was käme dann? – Blutvergießen und Terror oder die demütige Anerkennung der spanischen Vorherrschaft. Und das wäre das Ende von allem, was gut ist.

Almeida verfluchte die neugierigen Fischer am Strand. Sie hatten ihm zwar die Nachricht gebracht, aber sie hatten auch die Kirchenmänner geholt, und die würden bekanntmachen, daß ein spanisches Schiff in die Baia gekommen war. Er wünschte König Philipp zur Hölle – in die unterste, heißeste, grausamste Hölle und alles, was spanisch war, dazu.

Spanische Embargos auf englische Schiffe und englische Waren, die Terrorherrschaft der Inquisition, die Einmischung Spaniens in Portugal – all diese Dinge haben meine Gewinne um die Hälfte geschmälert, dachte Almeida, während er in die dunkle Höhle des spanischen Schiffs hinabschaute. Aber bei Gott, sie werden es mir zurückzahlen!

Ist es nicht ein unveränderliches Gesetz, daß das Streitroß des Fürsten über den armen Kaufmann zu seinen Füßen hinwegtrampelt? Es gibt keine Gerechtigkeit in der Welt, nur einen Gott, der die Ironie liebt. Aber er tröstet Sein armes Volk in der Not, und er steht jenen bei, die versuchen, mutig für sich einzustehen.

Almeida knirschte bei diesen Gedanken mit den Zähnen. Er verachtete die Spanier gründlich und haßte die Vorstellung, sie könnten Protugal übernehmen. Ja, ein spanisches Schiff! Vielleicht. Vielleicht wurde es bei einem Sturm von einer Silberflotte getrennt. Das kam häufig vor. Gebe Gott, daß es nicht von Piraten überfallen und ausgeraubt wurde. Vielleicht ist es auch ein Einzelgänger, der versucht hat, heimlich herüberzukommen, um die unverschämt hohen spanischen Steuern zu umgehen. Das wäre Gerechtigkeit!

Aiee! Auf diese Weise schließt sich der Kreis. Wenn ich in diesem Jahr Geld verliere, ist das allein meine Schuld. Meine monatlichen Abrechnungen werden nur geringe Gewinne für Wein ausweisen. Der Verkauf von Information ist lukrativer. Die Informationen über ein- und auslaufende Schiffe müssen mehr wert sein als die gesamte Weinernte von Setúbal. Was ich im Vergleich dazu bekomme, ist lächerlich wenig. Vielleicht hat mir Gott dieses Geisterschiff als gerechte Belohnung geschickt!

Mit frischem Mut stieß er die Tür zur Kapitänskajüte auf und trat ein. Als er den Stahl im Rücken fühlte und erschrokken herumwirbelnd in ein verzerrtes Gesicht und die Mündungen von zwei gespannten Pistolen blickte, die auf seinen Bauch zielten, ließ ihn sein Mut schnell wieder im Stich.

Die wie aus dem Nichts aufgetauchte Erscheinung starrte ihn aus gelben Augen mit stecknadelkopfgroßen Pupillen an. Der Mund war zusammengepreßt; jede Faser dieses grimmigen Mannes war eine Drohung. Er zitterte, als bebte er vor Zorn, redete wie im Fieber mit einer Stimme wie ein Dämon.

»Hände hoch, du Hund!« stieß er wild und undeutlich hervor, aber Almeida verstand. Unwillkürlich trat er einen Schritt zurück und hob die Hände über die Ohren. Er wollte seinen Augen nicht trauen, als er sah, wie die unirdischen Augen des Mannes nach oben glitten, wie eine der Pistolen beinahe seiner zitternden Hand entglitt, wie seine Knie nachgaben und er auf das Deck stürzte.

Dann vernahm Almeida trotz seines Schocks ein vertrautes Geräusch. Er brauchte einen Augenblick, um zu erkennen, was es war, denn es war ein Laut, den er an diesem Ort am wenigsten erwartet hatte. Es war das Weinen eines Säuglings.

John Tavistock taumelte, als ihn eine neue Schmerzwelle überrollte. Sein Verstand klammerte sich verzweifelt an die Geräusche, die er hörte, und kämpfte gegen die Ohnmacht an. Noch einmal raffte er all seine Kraft zusammen. Er richtete sich kniend auf. Die Pistole schwankte in einem undurchsichtigen Nebel. Steh auf! Stell dich auf die Füße oder du bist ein toter Mann. Das hier ist Spanien! Spanien, begreifst du nicht? Herr im Himmel, wie konntest Du mich so verraten. Wir sind gelandet, und Solano lebt immer noch. Habe ich Dir nicht versprochen, für den Rest meiner Tage Deinen Namen zu preisen, wenn Du diesen Dreckskerl verrecken läßt, bevor wir Spanien erreichen? War das kein gutes Angebot? Wie oft habe ich Dir gesagt, daß uns dieser Kapitän an die Inquisition verraten wird! Maria und das Baby, die Du genauso liebst wie ich, für die wir beide so schwer gekämpft haben, *sie werden sterben*! Hörst Du mich? Das teuflische Offizium wird triumphieren. Wer ist wichtiger, dieser Solano, der in seiner schwarzen Kotze schmort oder die, die wir lieben? Soll ich Solano umbringen, ihm die Kehle durchschneiden? Wäre das nicht sogar eine Gnade für ihn, so wie er leidet?

Tavistock wurde es schwarz vor Augen. Aus weiter Ferne drangen Schreie an sein Ohr. Wildes Glockenläuten dröhnte in seinem Schädel. Es kam ihm vor, als hätte ihn die Hand eines Riesen geschlagen. Hör, wie dein Sohn weint, John! Höre, wie er schreit! Glotz den Mann nicht an, tu etwas!

Durch die Nebelschleier sah er, daß der erschrockene Spanier die Hände hob. Der Mann war gut gekleidet, ein teures Wams, gute Hosen, um den Bauch ein breiter Gürtel, ein helles Batisthemd und darüber ein vierzig Jahre altes Gesicht, nußbraun, hohe Stirn, ein mit weißen Streifen durchsetzter Bart und große erstaunte Augen. Warum gehst du nicht auf mich los? Warum erschießt du mich nicht mit deinen Pistolen? Siehst du denn nicht, daß ich fast hilflos bin?

»Bitte, nicht –«

»Zurück!« krächzte Tavistock und kämpfte verzweifelt gegen den Schwindelanfall, der ihn umzuwerfen drohte. »Eine falsche Bewegung und ich schieße Euer Ehren über den Haufen!«

»Schießt nicht, *señor*. Ich will Euch nichts Böses. Ich bin unbewaffnet.«

»Hände hoch! Höher!«

»Seid Ihr der Kapitän? Wie heißt das Schiff? Ich will Euch nur helfen!«

»Bewegt Euch. Dort hinein!«

Tavistock drängte den Mann rückwärts in die Kajüte. Er ließ ihn nicht aus den Augen, bis sie sicher in der Kajüte waren.

Solano stöhnte auf seinem Bett. Als die Welle der Übelkeit verebbte, wurde Tavistocks Kopf plötzlich ganz klar. Er zwang sich, darüber nachzudenken, warum er zu dieser gefährlichen Taktik gegriffen hatte. Aber wie er es auch drehte und wendete, es schien keinen besseren Weg zu geben. Solano hatte mich in Ketten legen lassen und geschworen, mich bei den Behörden an der *Casa para la Contratación* zu melden, sobald San Lucar in Sicht käme. Aber er hatte bei der Überfahrt so viele Männer verloren, daß er sein Schiff kaum noch bedienen konnte, und weil er jeden Mann brauchte, hatte er mich befreit. Damals hatte er versprochen, auf die Belohnung zu verzichten und seine Entdekkung für sich zu behalten. Aber ich traue ihm nicht, dachte Tavistock. Er ist ein praktisch denkender Mensch, der seine Eide bricht, wie es ihm paßt. Jetzt braucht er dringend Geld und Ansehen; außerdem hat er vor dem Offizium große Angst. Für ein bißchen Silber wird er sein Versprechen vergessen, und sie werden uns festnehmen, foltern und auf dem Scheiterhaufen verbrennen. Ich hätte ihn schon letzte Nacht erschießen sollen – aber ich konnte es nicht, und jetzt kann ich es auch nicht. Ich kann ihn nicht kaltblütig ermorden, selbst wenn Marias Leben und das meines Sohnes und mein eigenes davon abhängt. Vielleicht stirbt er doch noch. Vielleicht...

Dann setzte das Zittern wieder ein.

»Ihr werdet meine Geisel sein«, preßte er zwischen klappernden Zähnen hervor und klammerte sich wütend an seine Pistole. »Das ist ein fairer Handel. Ein reicher Kaufmann gegen eine Überfahrt nach England. Mehr verlange ich nicht. Ich will nur meine Frau und meinen Sohn aus dieser Hölle herausbringen. Ein gutes Geschäft, Spanier. Genau wie in San Juan. Nur wird es diesmal keine Bezahlung geben, kein Vertrauen auf Verträge und keine Fehler.«

»Wie viele seid ihr?« fragte der Mann. Trotz des Befehls, die Hände hoch zu halten, zog er sein Schweißtuch aus dem Gürtel und hielt es sich über Nase und Mund. Dann beugte er sich über Solano. »Dieser Mann stirbt.«

»Gestern waren wir zehn. Alle todkrank. Sie liegen unten. Wie viele es heute sind, weiß ich nicht. Das Fieber...«

»Bitte, *señor*, nehmt die Pistole fort. Ich möchte wirklich nur helfen.«

»Geht weg von mir!«

Tavistock schlotterte unter der Welle des Schüttelfrosts, die über ihm zusammenschlug. Jeden Tag war er durch den Hunger matter geworden, und es war ihm immer schwerer gefallen, sich zu konzentrieren, von einem Deck auf das andere zu steigen, sich zum Wachwechsel aus der Hängematte zu rollen – aber noch war er imstand, den Abzug zu ziehen. Er blickte auf seine Geisel, dann auf den bewußtlosen Solano. Stirb, du Sohn einer pockennarbigen Hure! fluchte er lautlos. Stirb und laß mein Geheimnis mit dir sterben!

»Um Gottes Barmherzigkeit willen, Ihr müßt mir erlauben, diesen Männern zu helfen, *señor*. Sie sterben. Wo sind die anderen?«

Solano öffnete die Augen. Er gab nicht so schnell auf. Er war ein Kämpfer. Seine Anstrengungen hatten ihn und seine Mannschaft zwar nur ins Leichenhaus gebracht, aber er hatte getan, was er geschworen hatte. Er hatte sein Schiff nach Hause gebracht.

Nachdem der Freibeuter die *Nuestra Señora* seeuntüchtig geschossen hatte, versuchte Solano, nach Havanna zurückzukehren, aber ein Sturm warf sie in die Floridastraße, wo sie von der gegenläufigen, drei Knoten schnellen Strömung erfaßt wurden. Zwei Tage und zwei Nächte kämpften sie dagegen an, aber die mächtige See zertrümmerte ihr Ruder, und sie trieben hilflos dahin, bis sie das Schicksal auf ein Bahamariff warf. Die messerscharfen Korallen hätten den Schiffsbauch aufschlitzen können, aber der Kiel hielt, und sie machten das Schiff wieder flott, indem sie die Kanone und was noch von der Ladung übrig war, über Bord warfen. Ohne ordentliche Segel hatten sie jedoch keine Chance, Strömung und Wind zu trotzen. Sie mußten die Überfahrt wagen oder sie wären alle umgekommen.

»Könnt Ihr mich hören? Mein Name ist Nicolau Almeida. Wo sind die anderen?«

»Ich höre Euch«, sagte Solano schwach, aber zusammenhängend. »Meine Männer liegen unten und verbluten wie ich, jedenfalls die, die übriggeblieben sind. Ich bin der Kapitän dieses Schiffs –«

»Halt den Mund, Spanier!«

Almeida blickte Tavistock aus zusammengekniffenen Augen an. »Dann seid Ihr kein Spanier, *señor*? Was seid Ihr dann?«

Drohend hob Tavistock die Pistole. »Ich bin Engländer. Ich will Lebensmittel und Wasser und auf ein englisches Schiff gebracht werden«, sagte er mit rasselnder Stimme. »Ich verlange –«

Almeida strich sich vorsichtig über das Kinn. »Ihr seid nicht in der Verfassung, Forderungen zu stellen, *señor*.«

»Ich erschieße Euch, bevor ich in einem spanischen Gefängnis verrotte. Habt Ihr gehört?«

Und dann antwortete der Mann mit seiner wohlklingenden Stimme verwundert und belustigt zugleich: »Aber, *señor*, Ihr seid nicht in Spanien.«

»Nicht in Spanien? Aber wo dann?«

»Das hier ist Lissabon. *Ihr seid in Portugal.*«

Tavistock fühlte, wie sich seine Entschlossenheit in Luft auflöste. Wenn dies Portugal war, brauchten sie sich nicht zu verstecken. Wenn dies wirklich Portugal war, befanden sie sich in Sicherheit...

Dann legten sich von hinten die Arme eines jungen Mannes um ihn und umschlossen ihn mit eisernem Griff, und die Pistolen wurden ihm entwunden.

Maria saß im Zimmer nebenan mit Nicolau Almeidas Frau, und er hörte ihr fröhliches Lachen. Der Thunfisch hatte köstlich geschmeckt, und nach den guten Rotweinen von Colares und Bucellas, so vollmundig und kräftig wie roter Bordeaux, fühlte sich Tavistock entspannt und aufnahmebereit.

Auf den Meerengen der Tejomündung, die den Hafen schützten, glänzte die Sonne. Vom Fenster aus konnte er sehen, wo das Flußwasser kabbelte, wenn es zum offenen Meer wurde, zum westlichen Ozean, der sich Tausende von Meilen immer den Breitengrad entlang bis zu einem wilden und gottverlassenen Fleck an der Küste der Neuen Welt erstreckte, die ihm nun ferner zu sein schien als der fernste Strand.

»Sieh mal, die Fischerboote, Martin. Siehst du das mit dem roten Segel?«

Zärtlich strich er dem Zweijährigen über das Haar, aber es gelang ihm nicht, die Aufmerksamkeit des Kindes zu fesseln. Als es zu weinen begann, nahm Almeida es auf den Arm und stellte es auf das Fensterbrett ungeachtet der steil abstürzenden Mauern darunter.

»Sei schön artig zu deinem Vater, Martin«, sagte er und wies auf das Meer. »Dort draußen auf dem Wasser wurdest du geboren. Eines Tages wirst du auch über das Meer fahren wie dein Vater und für Portugal Ruhm und Ehre erringen.«

Der Anblick der weiten ruhigen See besänftigte das Kind. Tavistock fühlte das rastlose Ziehen des Meeres ebenfalls. Die Erinnerung an vergangene Leiden und Entbehrungen schmerzten nicht mehr. Er war geheilt. Wie sehr unterschied sich dieses ungetrübte Blau von den sich auftürmenden Wassermassen, die einst ihr Schiff zerschlagen und beinahe überwältigt hatten; wie anders war dieses Haus mit seiner angenehmen und gemütlichen Atmosphäre im Gegensatz zu dem schrecklichen Leben auf der *Nuestra Señora de la Popa*, wie wunderbar die Gastlichkeit dieses guten und großzügigen Freundes Nicolau Almeida.

»Wißt Ihr«, sagte er nachdenklich, »als ich das erste Mal zur See fuhr, war ich bei meinen Kameraden tatsächlich der Portugiese wegen meines dunklen Aussehens. Sie nannten mich so zum Spaß und weil sie es nicht wagten, mich Spanier zu nennen.«

Almeida lächelte. »Dann seid Ihr jetzt daheim?«

»Ich danke Euch. So ist es.«

»Aber habt Ihr keine Sehnsucht mehr nach Eurem eigenen Land?«

»Ich habe jetzt kein eigenes Land mehr.« Tavistock holte langsam tief Luft. »Einmal war ich ein Engländer und wurde Portugiese genannt, dann war ich ein staatenloser Sklave, dann ein mexikanischer Spanier. Jetzt bin ich in Portugal, aber ein Fremder. Ehrlich gesagt, ich weiß nicht, was ich bin.«

»Ihr könntet nach England gehen, wenn die Weinschiffe kommen. Viele sind aus Bristol, wie Ihr wißt, und ich bin mit vielen englischen Kapitänen befreundet.«

Tavistock schüttelte den Kopf zu den Vorschlägen seines Freundes. »Ich kann in England nicht katholisch sein und eine katholische Frau haben, Nicolau. Katholiken werden dort nicht geachtet. Ich habe gehört, daß sie nicht einmal mehr geduldet werden. Ich habe Angst um meine Familie.«

»Ist es denn hier viel besser?«

»Dank Eurer Hilfe.« Er lächelte. »Ich habe ein Auskommen als Glockengießer. Und ich habe Freunde und endlich Frieden.«

»Aber wie lange noch? Geht nach England, *amigo*.«

»Warum sagt Ihr das?«

Almeida senkte die Stimme, und je länger er sprach, umso bitterer wurden seine Worte. »König Heinrich stirbt und der Friede zerbröckelt. Dom Antonio ist der von Portugal bevorzugte Nachfolger, aber Philipp ist der Sohn von Heinrichs Schwester. Sein Anspruch auf den Thron ist nicht zu bestreiten, und seine Legionen stehen an unserer Grenze. Er kann uns seinen Willen aufzwingen. Jede Woche strömen mehr und mehr Jesuiten nach Portugal. Sie sind die Stoßtruppen, die wegen ihres Geschicks für Bestechung und Spitzfindigkeiten vorausgeschickt werden.« Er hielt inne und besann sich, daß er seinen Abscheu vor den Jesuiten nicht so offen zeigen durfte. Andererseits konnte er nicht umhin, ihre Tüchtigkeit zu bewundern, obwohl er sie haßte. Wie sie die Behörden überredet hatten, die *Nuestra Señora* bereits wenige

Stunden nach ihrer Entdeckung zu beschlagnahmen, wie sie anschließend mit unermüdlicher Diplomatie für die Reparatur des Schiffs und seine schnellstmögliche Rückführung nach Cádiz gesorgt und ihn um seinen unverhofften Gewinn gebracht hatten – das war wahrhaftig eine Leistung.

Aber er hatte sie um eine wesentlich größere Sache gebracht. Er hatte ihnen einen Schlag versetzt, auf den er schon seit fünfundzwanzig Jahren gewartet hatte.

Die Priester hatten gesehen, daß ihnen João Ribeira in Abständen vom Deck aus zuwinkte, und so waren sie eine halbe Stunde später in einem zweiten Fischerboot zu dem Wrack hinausgefahren – drei Priester, drei bewaffnete Soldaten und Hauptmann da Silva – der arme da Silva, mit der Anmaßung des niederen Adels, verstiegen und hitzköpfig und völlig unter der Fuchtel der Jesuiten.

Ihr Anführer war ein großer, dünner Mann von Anfang vierzig, in einem makellosen schlichten Habit und mit jenem Ausdruck zielsicherer Gelassenheit, den nur jene erreichten, die in der Hauptkirche der Jesuiten, *Il Gesù*, in Rom ausgebildet worden waren. Er war so offensichtlich ein Schüler des *Schwarzen Papstes* und während seines zweijährigen Noviziats von einem Menschen mit eigenem Willen zu einem herrenlosen und willigen Instrument der Gesellschaft Jesu umgeformt worden, daß Almeida bei seinem Anblick eine Gänsehaut über den Rücken lief.

Inacios leeres Boot trieb ungefähr fünfzig *varas* vom Schiff entfernt in der Bucht. Almeida winkte mit dem Taschentuch und rief den Herren entgegen: »Gott sei Dank, daß Ihr endlich kommt, Patres! Und auch Ihr, Herr Hauptmann.«

Da Silva ignorierte ihn. Er legte nur die Hände um den Mund und rief das Schiff an. Der Jesuit jedoch blickte fragend zu ihm empor. »Was erregt Euch so, mein Sohn?«

»Unser Boot treibt ab. Dieser Taugenichts João Ribeira kann nicht einmal das Boot seines Vaters richtig festmachen. Wir sitzen hier fest, Pater. Wenn Ihr nicht gekommen wärt, ich weiß nicht, was mit uns geschehen wäre.«

Dann hielt er sich wieder sein Tuch vor Mund und Nase, während João stumm neben ihm stand. Als der Fischer, der die Priester und Soldaten herausgerudert hatte, sein Boot längsseits brachte, fragte da Silva: »Ist denn niemand an Bord? Wir dachten, Ihr wäret in einen Hinterhalt geraten.«

Daraufhin schnupperte der Jesuit argwöhnisch die Luft. »Warum haltet Ihr ein Tuch vor das Gesicht, *senhor* Almeida?«

Er hatte stoßweise gehustet. »Riecht Ihr nicht den Gestank? Das Schiff ist voll von Toten, Pater. Und einige sind noch am Leben, aber von blutigen Wunden bedeckt.«

»Blutige Wunden? Wie viele sind es?«

»Ich denke, zehn, vielleicht auch zwölf. Es ist schwer zu sagen. Ich habe noch nie im Leben etwas so Grauenhaftes gesehen. Kommt, helft mir hinunter ins Boot.«

»Zurück!«

Der Jesuit hatte nach dem Riemen gegriffen und das Boot von der Schiffswand abgestoßen. In seinem Gesicht standen Furcht und Zorn.

»Bitte, Pater! Was macht Ihr da?«

»Es ist die Pest!«

Die Soldaten sahen sich erschrocken an.

»Nein, nein – bitte. Glaubt das nicht. Ihr müßt mich von diesem stinkenden Wrack herunterlassen.«

»Zurück zum Ufer!« befahl da Silva. »Es ist ein verseuchtes Schiff!«

Und der Fischer hatte die Riemen in die Dollen gesteckt und war losgerudert.

»Hauptmann!« hatte er verzweifelt gerufen und Anstalten gemacht, sich über die Bordwand zu hieven, insgeheim frohlockend über den Erfolg seiner List.

»Bleibt, wo Ihr seid, Almeida. Das ist ein Befehl. Dieses Schiff steht unter Quarantäne. Vierzig Tage lang. Habt Ihr mich verstanden?«

»*Vierzig Tage!* Aber es ist nichts zu essen an Bord. Ich werde verhungern! Und diese armen Männer –«

»Lebensmittel werden Euch geschickt.«

»Aber sie brauchen einen Arzt!«

»Tut für sie, was Ihr könnt.«

»Nein! Hauptmann da Silva, ich bitte Euch! Kommt zurück!«

Das Boot hatte sich rasch entfernt, und João Ribeira war im Schutz der Dunkelheit zum Boot seines Vaters geschwommen und hatte es zurückgeholt. Dann waren sie zusammen mit dem Engländer und seiner Frau und dem Kind heimlich an Land geschlichen.

Aber an der Geschichte, die er den Patres und da Silva aufgebunden hatte, war vieles wahr gewesen. Almeida erinnerte sich der Szenen, die er unter Deck gesehen hatte: dahinsiechende, ausgemergelte und fiebernde Männer, Sterbende und Tote. Keiner von ihnen war noch imstande aufzustehen, ausgenommen Solano, der wie ein gelbes Skelett aussah. Er hatte die Zähigkeit eines Katalanen, die ihn noch antrieb, wenn andere längst aufgegeben hatten. Vielleicht hatte er überlebt, denn die Jesuiten hatten am nächsten Tag den Mut aufgebracht, an Bord zu gehen. Jedenfalls war er verschwunden, und wegen der nicht ganz einfachen Verhandlungen, die mit der Freigabe der *Nuestra Señore* verbunden waren und weil eine Quarantäne das Vorhaben der schwarzen Herren gestört hätte, war sein Name in keinem offiziellen Bericht aufgetaucht, und das Schiff war innerhalb einer Woche verschwunden und zweifellos auf dem Weg nach Cádiz, damit das Guthaben der feinen Gesellschaft Jesu beim spanischen König noch größer würde.

»Glaubt Ihr, man wird sich in Portugal dagegen wehren?« fragte Tavistock und brachte Almeida wieder in die Gegenwart zurück.

Almeida legte nachdenklich die Fingerspitzen zusammen. »Es heißt, Philipp habe den Herzog von Alba zum Führer der Invasion bestimmt. Wenn er auf Widerstand trifft, werden die spanischen Truppen unsere armselige Armee vernichten und Lissabon überrennen. Sie könnten, wenn sie wollen, ganz Portugal zerstören. Wir sind bereits in ihrer Gewalt. Geht fort, solange Ihr noch könnt.«

Tavistock warf seinem Freund einen raschen Blick zu. Almeida wußte nur, daß er dem Scheiterhaufen entflohen war. Er hatte ihm nie erzählt, welchen Beruf er erlernt hatte und ebensowenig den Grund, warum Solano seine Entdeckung so geschätzt hatte. Für Almeida war er nichts anderes als ein Glockengießer, der von der Inquisition ungerechterweise gequält und verurteilt worden war, und hier lag irgendwo die Verbindung zwischen ihnen.

»Ihr seid ein kluger Mann, *senhor*.«

»Wenn Ihr erlaubt, schreibe ich einen Brief an meinen Sohn Ferdinand. Er wird Euch eine Passage auf einer englischen Bark besorgen.«

»Nein.«

»Aber Ihr wißt nicht, ob Kapitän Solano überlebt hat. Wenn er lebt und mit dem Heiligen Offizium über Euch gesprochen hat, seid Ihr bereits gezeichnet.«

»Ich habe schon einmal an der Vorsehung Gottes gezweifelt und habe mich geirrt. Ich werde auf Gott vertrauen und hoffen, daß Solano gestorben ist und mich vergessen hat.«

»Bitte, überlegt es Euch noch einmal.«

»Ich danke Euch, aber ich bleibe bei meinem Nein.«

Almeida streckte flehend die Hand aus. »Ich bitte Euch. Um Martins willen. Um Marias willen. Hört auf mich.«

Sein Sohn begann wieder zu weinen. Er wollte vom Fensterbrett herunter. Tavistock stellte ihn auf den Boden. Nicolau weiß, wovon er spricht, dachte er, als er die Sorge hinter den Worten seines Freundes erkannte. In einem von Spanien regierten Portugal könnte uns eine einzige Indiskretion verraten, und der ganze Terror bräche von neuem los. Aber es gibt auf der Erde keinen Ort, wo wir wirklich sicher wären. In Lissabon haben wir wenigstens Freunde. In England kennen wir niemand. Wir besitzen nichts. Zwölf Jahre fort von zu Hause ist eine lange Zeit, und es heißt, es gäbe in England keinen Frieden für Katholiken.

»Wir werden hierbleiben.«

Zum ersten Mal vergaß Almeida sein Taktgefühl; er seufzte tief. »Dom Antonio hat Unterstützung auf den Azoren. Vielleicht werden sie unabhängig portugiesisch bleiben. Wenn Ihr vielleicht dorthin –«

»Nein. Ich bin müde, Nicolau. Ich will nicht mehr weglaufen. Wir werden unser Glück in Lissabon versuchen.«

»Ist das Eure endgültige Entscheidung?«

Unten auf der Straße rumpelte ein Karren vorbei, hochbeladen mit Körben voller Geflügel, frischem Gemüse, ausgenommenem Fisch, großen, mit Korken verschlossenen Weinkrügen, Wasser, Eimern voll Schalentieren und großen Stücken frisch geschlachtetem Fleisch für die morgige *festa*. Er erinnerte sich an seinen ersten Tag in diesem Haus, als er sich am liebsten mit allem Eßbaren vollgestopft hätte. Aber er hatte gewußt, daß sein ausgehungerter Körper auf Essen nicht viel anders reagieren würde, als wenn er glühende Kohlen schluckte. Er hatte ein wenig getrunken und Maria mit ein paar Häppchen gefüttert. Und dann hatten ihn bohrende Zweifel befallen. Almeida war ein reicher Kaufmann. Bestimmt wollte er sie den Spaniern gegen ein Lösegeld ausliefern – auch wenn er immer wieder das Gegenteil beteuerte. Almeida hatte sich die ganze Zeit große Mühe gegeben, ihn zu beruhigen und für seine Familie zu sorgen. Er hatte sich in Gefahr gebracht, indem er freiwillig einem Engländer half. Das ergibt keinen Sinn, hatte er gedacht. Niemand in Almeidas Stellung würde sich mit den Jesuiten anlegen wollen. Ich verstehe nicht, warum er sich so viel Mühe gibt, uns zu beschützen. Hätte einer der Hawkinsbrüder so gehandelt, wenn sie an Bord eines spanischen Schiffs gekommen wären, das als halbes Wrack in den Carrick Roads vor Falmouth liegengeblieben wäre? Nein! Was war es dann, was einen heiteren, gelassenen Mann wie Nicolau Almeida veranlaßte, die Spanier so zu hassen? Und warum haßte er ganz besonders die Jesuiten?

»Warum tut Ihr das alles für uns?« hatte er ihn offen gefragt. Almeida hatte sein geduldiges Lächeln gelächelt und zu den englischen Schiffen auf der gegenüberliegenden Seite des Hafens gewiesen. »Ich sagte Euch doch. Die Eigentümer dieser Dreimaster dort drüben sind meine Freunde. England und Portugal haben seit Jahren miteinander Handel getrieben, und unsere Freundschaft hat beiden Völkern großen Nutzen gebracht.«

Almeidas Antwort hatte Tavistock nicht überzeugt. »Ihr riskiert Euer Leben, um uns zu schützen. Wollt Ihr, daß ich das einfach so glaube? Warum tut Ihr das?«

»In Portugal genießt ein Kaufmann, genauso wie in Spanien, nur geringes Ansehen. Fürsten machen Versprechungen und der kleine Mann hält sie. Wir müssen unsere eigenen Interessen wahren. Ein Risiko einzugehen ist für Kaufleute das tägliche Brot.«

Tavistock hatte sich schuldig gefühlt, weil er an Gott gezweifelt und sich gegen Ihn gewandt hatte, als es schien, daß seine Familie hier keineswegs eine sichere Zufluchtsstätte gefunden habe. Doch dann hatte er in Almeidas dunkle Augen geblickt und dort das Kennzeichen eines ehrlichen Mannes erkannt.

»Ich frage Euch noch einmal, *amigo*: Ist das Eure endgültige Entscheidung?«

»Ja. Ich werde aus eigenem Willen nicht von hier weggehen.«

Das breite, freundliche Gesicht von Nicolau Almeida verdüsterte sich. Es wurde ernst und streng. »Nun, dann kommt mit mir hinaus in den kühlen Schatten des Gartens. Wir müssen miteinander reden. Denn in meinem Haus ist nicht alles so, wie es den Anschein hat, und wenn Ihr in Lissabon bleiben wollt, müßt Ihr die Wahrheit kennen.«

Sie gingen hinunter, vorbei an Tamarisken und Stechginster, unter denen Eidechsen huschten. Seite an Seite spazierten sie zwischen den lanzettförmigen Blättern und den purpurnen Drachenköpfen der Schwertlilien. Almeida sprach, und John Tavistock hörte zu, bis ihm der Portugiese von dem anderen Geschäft, das er betrieb, erzählt hatte, von dem Handel mit Geheimnissen, von den verschlüsselten Berichten und den Orten, wohin er sie schickte.

Der Engländer fühlte sich völlig nüchtern trotz des vergorenen Ramiscotraubensafts, den er zuvor getrunken hatte. Almeida hatte ihm ganz offensichtlich sein volles Vertrauen geschenkt, und so entlastete nun auch er sein Gewissen und erzählte von den Fertigkeiten, die er besaß. Almeida nickte weise wie ein Mann, dem eine große Verantwortung übergeben wird.

Und dann sprach Nicolau Almeida von der ersten Familie, die er vor einem Vierteljahrhundert, als er noch jung war, gegründet hatte, damals, als er noch ein Spanier war, und wie die Jesuiten seinen wahren Glauben entdeckt hatten. Und während ihm Tavistock zuhörte, entdeckte er die Antwort auf eine Frage, die außer ihm niemand hätte stellen können, weil niemand genug wußte – was ein in Spanien geborener Jude in einem so vornehmen Haus in Lissabon wirklich tat.

## 23

»Master! Master! Da ist ein Herr, der Euch sprechen will!«

Richard Tavistock blickte unwirsch zum Ufer. Anne, die im Bug des Kahns saß, blätterte eine Seite ihres Buches um. Der Diener stapfte mit seinen klobigen Schuhen am lehmigen Ufer entlang, und seine schweren Schritte erschütterten die spiegelglatte Wasserfläche. Wellenringe liefen kräuselnd über den See. Tavistock konnte sein Anglerglück für den Rest des Nachmittags vergessen.

»Du siehst doch, Matthew, daß ich beim Angeln bin«, rief er barsch zurück, während er eine weitere Plötze aus dem Ködereimer nahm. Sie war vier Zoll lang und pumpte heftig mit den Kiemen, als er den Haken in ihren Rücken bohrte. Wieder im Wasser, flüchtete sie in einer roten Wolke und zog den an einer Leine aus gefettetem Roßhaar befestigten Korken hinter sich her.

»Er sagt, es sei wichtig, Herr!«

»Gott sei dir gnädig, Mann. Was kann wichtiger sein als ein zwölfpfündiger Hecht?«

»Das hab ich ihn nicht gefragt, Herr.«

»Hast du nach seinem Namen gefragt?«

»Ja, Herr. Aber er wollte ihn mir nicht sagen. Ist aber ein feiner Herr, trotzdem.« Tavistock ließ die Stelle im Schilf, wo er den Hecht vermutete, nicht aus den Augen. »Dann bestelle dem feinen Herrn von mir, er möge sich mitsamt seiner Überheblichkeit von meinem Grund und Boden entfernen.«

Einige Puritaner des Kirchspiels waren jüngst zu der Ansicht gelangt, der Herr von Low Houghton lebe in Sünde. Wenn einer von ihnen die Frechheit besaß, deshalb hier vorstellig zu werden –

Der Kahn schwankte, als Anne ihr Buch weglegte und sich aufsetzte. Er spreizte die Beine, um das Boot im Gleichgewicht zu halten.

»Vielleicht solltest du doch nachsehen, Richard.«

»Wenn er nicht den Anstand besitzt, seinen Namen zu nennen, kann er keine Höflichkeit erwarten.«

»Ich möchte gern, daß jeder, der zu uns kommt, genau das erwarten darf.«

Tavistock sah ihre sanfte, aber entschlossene Miene und wußte, daß er zu Recht getadelt worden war. Aber trotz ihrer äußerlichen Ruhe mußte sie einen kleinen Verdacht gehegt haben, genauso wie er. War dieser namenlose Besucher der, von dem sie beide wußten, daß er eines Tages auftauchen würde, um ihre Idylle zu stören?

Seit sie hier lebten, hatte Anne ihm eine zweite Tochter, Katherine, und eine dritte, Amy, geboren. Und natürlich hatten die Leute geredet, als sie merkten, daß der Graf von Oxford nie ins Haus seiner Frau kam und daß anscheinend der Seekapitän an seiner Stelle Herr im Hause war. Aber Tavistock war nicht mehr Seekapitän. Er hatte seiner Familie zuliebe der See und allem, was sie ihm einmal bedeutete, entsagt. Bis auf die Geschäftsreisen nach London und häufige Urlaubsaufenthalte in den Hafenstädten der Südküste hatte er alles, was mit Meer und Schiffen zu tun hatte, aufgegeben. Er hatte als Seefahrer – das konnte er getrost von sich sagen – alle Versprechen erfüllt und alle Möglichkeiten verwirklicht. Jetzt war dieser See sein Ozean und der Hecht sein einziger Gegner.

Ihm schien, als sei es erst gestern gewesen, daß er das Gartentor aufgestoßen und dieses Haus betreten hatte, um seine Anne zurückzufordern; dabei waren inzwischen fast sieben Jahre vergangen. In jenem ersten Frühjahr hatte er Low Houghton heimlich über einen Mittelsmann gekauft und seine Macht als freier Grundeigentümer genossen. Er hatte den übelriechenden mittelalterlichen Schuppen abreißen lassen und mit den Steinen einer hiesigen Kirche, die König Heinrich zerstört hatte, wieder aufgebaut. Dann hatte er zwei neue Flügel angebaut in Form eines T, um dem Haus buchstäblich seinen Stempel aufzuprägen, aber noch mehr, um jede Spur des früheren Besitzers auszulöschen.

Er hatte damals keine Sekunde gezweifelt, daß die welligen grünen Hügel von Surrey die richtige Umgebung für ihn waren oder Philanthropie und die Handhabung von Geld und Waren per Unterschrift eine angemessene Beschäftigung für einen Gentleman. Sieben Jahre lang hatte er den Kaufmann gespielt. Sein früheres Vagabundenleben lag in einer Truhe im hintersten Winkel seiner Erinnerung verstaut. Aber es war nicht zu leugnen, daß sich der Zeitgeist änderte und daß sich die Ereignisse sehr schnell auf den Tag zubewegten, an dem er die Spinnweben von dieser Truhe fegen und wieder einen Blick auf seine Schätze werfen mußte.

Er betrachtete Anne liebevoll und mit großem Respekt. Sie hatte nie aufgehört, ihn zu überraschen. Ihre Intelligenz war oft geradezu furchteinflößend und machte ihren Rat unentbehrlich, besonders dann, wenn er in seine Verdrossenheit verfiel, die früher vielleicht durch mehr Aktivität gemildert worden war.

»Das Wetter schlägt um.«

»Ja.«

»Von unserem Hecht werden wir nicht mehr viel zu sehen bekommen.«

»Meinst du?«

»Ja.«

Über dem Schieferdach des Hauses zogen Wolken herauf. Ein goldener Blätterregen rieselte von den Bäumen am Zaun. Er schloß die Augen. Aye, es änderte sich mehr als das Wetter und mehr als die Jahreszeit. Es lag sozusagen in der Luft, so wie damals im Jahr zweiundsiebzig. Während des ganzen unruhigen Friedens hatte England seine Verteidigung und seine Wirtschaft aufgebaut. Englische Schiffe liefen Häfen in Deutschland und an der Ostsee an, wo sie englisches Tuch löschten und Holz und Seile von den Moskowitern des Zaren Iwan luden; sie stießen kühn ins Mittelmeer vor, um mit den Türken Handel zu treiben. Tavistock hatte klug investiert und war reich und reicher geworden. Sein Geld arbeitete für ihn in der Eastlands Company und bei den Merchant Adventurers, und es half bei der Gründung eines neuen Unternehmens, der Levant Company. Aber die traurigen Zustände in den Niederlanden hatten sich nicht gebessert, und durch die Annexion Portugals war König Philipp noch mächtiger geworden, um jeden zu unterdrücken, der es wagte, sich gegen Spanien zu stellen. Die Straße von Gibraltar war für die Engländer genauso gefährlich geworden wie der Ärmelkanal für die spanischen Schiffe. Die ungeheuren Reichtümer Indiens, von Orient und Okzident, waren nach wie vor katholisches Reservat. Auch in London lag vieles im argen. Zu vieles, was dort geredet wurde, grenzte an Verrat, und er hatte sich verleiten lassen, manch einen vor den Kopf zu stoßen. Die Stadt reizte ihn nicht mehr. Unter den unzähligen Parteien am Hof Elisabeths gärte es; die einen wollten eine Détente mit

Spanien um jeden Preis, bei den anderen gab es zu viele Hasenfüße, die das Unvermeidliche nicht begriffen.

»Wer soll schon zu uns kommen und sich weigern, seinen Namen zu nennen«, knurrte er.

»Geh und sieh nach.«

»Genau das werde ich tun.«

Er holte die Leine ein, verstaute die Angel und schenkte der letzten Plötze in seinem Eimer die Freiheit. Während er den Kahn mit kräftigen Schlägen vorantrieb, schob sich eine Wolke über die Sonne; es wurde mit einem Mal kühl, und das Wasser verlor seinen Silberglanz. Der englische Sommer, ohnehin ein launisches Mädchen, war kapriziös geworden, und noch bevor sie das Haus erreichten, goß es in Strömen.

Tavistocks schmutzige Stiefel knirschten auf dem Kies. Mit Matthew im Schlepptau bog er um die Hausecke. Wie eine zusammengeringelte Schlange lag der Zorn in seiner Brust und er wünschte, er hätte einen Säbel an seiner Seite. Dann sah er das Pferd.

Wie wär's, wenn ich Lord Oxfords Boten eins überzöge und ihn zum Teufel schickte? fragte er sich. Aber das ziemte sich nicht für einen Landedelmann. Und wenn ich ihn freundlich empfange, mir von ihm eine Zusammenkunft mit diesem Trunkenbold verschaffen lasse und dann meinen Säbel ziehe?

Er bog um den Stützpfeiler des Eingangs und spürte, daß hinter ihm jemand aus dem Regen auf ihn zutrat.

»Hände hoch, du fauler Bär!«

Er fuhr herum.

»Francis!«

»*Sir* Francis – wenn ich bitten darf, Bruder.«

Er ging auf Drake zu, sie packten sich an den Unterarmen und freuten sich beide riesig über das Wiedersehen. Der Regen tropfte von Drakes Hut und glitzerte wie Diamanten in seinem rotgelben Bart. Die Narbe zwischen Nase und Auge, die von einem Indianerpfeil stammte, den er sich auf seiner

Weltumsegelung eingefangen hatte, kräuselte sich, als er das Gesicht zu einem breiten Grinsen verzog.

»Ah, laß dich anschauen!«

»Du siehst aus wie Lord Harry Shitfire!«

»Und du wie sein Bruder Tom.«

»Redet man so einen Ritter des Reiches an?«

»Auf meinem Grund und Boden schon. Aber dieser Ritter ist willkommen. Was führt dich her?«

»Ich bin nur auf der Durchreise«, sagte er mit erhobener Stimme.

»Komm herein. Rauchst du eine Pfeife mit mir?«

»Gern. Sehr gern. Und du erzählst mir von deinem Leben im Ruhestand.«

»Ruhestand? So sehe ich das eigentlich nicht.«

Seite an Seite traten sie durch den überwölbten Eingang ins Haus. Es tat gut, Drake wieder so lebhaft und fröhlich wie in alten Tagen zu sehen; zumindest war er fröhlich genug, um seinen Freund wegen seines ruhigen Lebensstils zu necken.

Ihre letzte Begegnung war unglücklich gewesen; die davor fantastisch und glorreich. Es war bei Drakes triumphaler Rückkehr, nachdem er die *Golden Hind* nach drei Jahren, beladen mit einer halben Million Pfund in spanischem Gold nach England zurückgebracht hatte. Damals hatte Drake die höchste Auszeichnung erhalten, die die Nation zu vergeben hatte. Die Königin hatte alle Einwände beiseite gefegt und war selbst nach Deptford gekommen, wo sie ihn auf dem Deck seines Schiffs zum Ritter schlug. Und wie hatte sich Tavistock gefreut, als die Königin ihr Schwert dem französischen Botschafter reichte, damit er Drakes Schulter berühre, denn mit dieser Geste hatte sie auch Frankreich an dem Rüffel für Spanien beteiligt. Als Drake danach mit Tavistock speiste, hatte sie sich ausgemalt, wie König Philipp den Bericht in seiner Zelle aufnehmen würde und wie peinlich im wahrsten Sinn des Wortes er für ihn war. Und sie hatten sich beide geschworen, notfalls ihre wilde Vergangenheit für ihr Land wieder aufleben zu lassen.

Das waren großartige Zeiten gewesen. Der kleine Engländer hatte gegen die Übermacht der Spanier rings um den Globus gekämpft und hatte durch seine Leistung das ganze Volk ermutigt. Aber im vergangenen Jahr war Mary, seine Frau, gestorben, und der Verlust hatte ihn schwer getroffen. Sie hatten auch dann miteinander gesprochen, und Tavistock hatte seinem Freund beigestanden wie dieser ihm beim Tod seiner Jane beigestanden hatte. Er hatte wieder Auftrieb bekommen, aber wie in gegenseitigem Einverständnis hatte keiner von ihnen die einstigen Pläne erwähnt, noch einmal gemeinsam zur See zu fahren.

In diesem Jahr hatte sich der Wind wieder zu Drakes Gunsten gedreht. In seinen Briefen berichtete er, daß er für die Navy Commission arbeite. Er war Bürgermeister von Plymouth, er wurde ins Parlament gewählt als Vertreter für Bossiney, und er hatte die Liebe von Elisabeth, der wohlhabenden Tochter Sir Sydenhams, gefunden. Tavistock hatte das Gefühl, als hätte sich die Aussicht auf eine vorteilhafte Heirat recht positiv auf Drakes allgemeinen Zustand ausgewirkt.

Sie ließen sich in gepolsterten Stühlen nieder, umgeben von Schiffsmodellen – *Antelope* und *Primrose* – und sprachen von früher, über Tavistocks Investitionen, und Drake gab Geschichten vom Hof zum Besten, während sie ihre Tonpfeifen rauchten, bis das Zimmer in blauem Nebel lag.

Drake betrachtete wohlgefällig das polierte Holz und die hohen Fenster. »Also, du genießt deine Muße?«

»Ja.« Tavistock nickte. »Und du? Wie war deine Zeit bei der Navy Commission?«

Er wartete auf eine Reaktion von Drake. Seit Hawkins zum Schatzmeister der Navy ernannt worden war, hatte Drake seine Arbeit bei der Marine nur einmal erwähnt, und das nur nebenbei.

»Es gibt ein großes Problem bei den Leuchttürmen. Nachts oder bei schlechter Sicht könnte ein zufälliger Brand in einem Heuschober das ganze Land zu den Waffen rufen.

Zwölfmal wurde bereits falscher Alarm gegeben, und blinden Alarm können wir uns heutzutage einfach nicht leisten.«

Drake sagte das so leichthin, daß Tavistock schärfer auf das Verhalten und die Gesten seines Freundes achtete. Ja, dachte er, irgend etwas stimmt nicht mit ihm, und es hat bestimmt nichts mit Leuchttürmen zu tun. Er ließ sich seine Neugier nicht anmerken und sagte ebenso leichthin: »Ich könnte mir was dazu ausdenken.«

»Ja, tu das. Und die Lösung müßtest du formell bei uns einreichen.«

»Navy-Angelegenheiten überlasse ich gern der Navy.«

»Schon. Aber gute Ideen sind Mangelware. Ich würde deine Vorschläge begrüßen.«

»Vielleicht. Wir werden sehen.« Tavistock wechselte das Thema und erkundigte sich vorsichtig: »Hast du gewußt, daß ich mit Dom Antonio sprach, als er in England war und um unsere Hilfe ersuchte?«

»Ah ja?«

»Es war kurz nach der Kalenderumstellung auf dem Kontinent, als sie drüben aus dem 5. Oktober den 15. machten.«

»Aha.«

»Ich muß sagen, er ist ein geistreicher Mensch und ziemlich unergründlich für einen Portugiesen. Ich fragte ihn, warum er, ein Katholik, zu uns käme, und er zwirbelt seinen Bart und sagt: ›Der König von Spanien ist ein mächtiger Herrscher, und Seine Heiligkeit, der Papst Gregor, ein weiser und ehrenwerter Mann, aber, bei Gott, niemand wird zehn Tage aus meinem Leben streichen und dann mit meiner Loyalität rechnen.‹«

Drake lachte leise. »Hoffentlich hast du ihm gesagt, daß in Rom wie in England noch am gleichen Tag Sonntag ist.«

»Das hätte ich tun sollen.«

Drake grinste, und um Tavistocks Geschichte übertreffen zu können, lenkte er das Gespräch erneut in eine andere Richtung. »Jetzt erzähle ich dir, was ich mit eigenen Ohren gehört habe, Richard. Walter Raleigh ist, wie du weißt, ein großer Charmeur, und er versteht es, seinen Charme einzusetzen, um zu bekommen, was er will. Die Königin kann ihn gut leiden, und eines Tages erscheint er vor ihr in einem Anzug grün wie 'ne Erbsenschote und sagt: ›Eure Majestät ist der helle Sonnenstrahl, der durch ganz England leuchtet und seinen Untertanen zu Hilfe kommt.‹ Und sie antwortet ihm kichernd wie ein junges Mädchen: ›Ach herrje! Gebt mir das Baummesser, Mylord Burleigh. Beim Auge Gottes, wenn mich dieses Gemüse nicht an Thomas Seymour erinnert!‹ Und Lord Burleigh, der jetzt übrigens nicht mehr von der Seite der Königin weicht, macht die sarkastische Bemerkung, die ich zufällig aufschnappe: ›War das nicht der Admiral, der geköpft wurde?‹«

Tavistock lachte über Drakes drastische Geste. »Was? Es kommt noch mehr?«

»Aye. Später stellt sich Raleigh neben Lord Leicester und rotzt ihn an wegen der Genehmigung für die Expedition, hinter der er die ganze Zeit her ist. ›Natürlich, Mylord‹, sagte er, ›werde ich es ihr zu Ehren *Virginia* nennen.‹ Aber Leicester ist besoffen und stinksauer und gibt's ihm zurück: ›Hör zu, Walter‹, sagte er, ›ich weiß, wovon ich rede. *Virginia* ist die falsche Bezeichnung. Und Thomas Seymour war der Schuft!‹«

Tavistock schüttelte lachend den Kopf und zog scharf den Rauch ein. »Raleigh und Leicester sind beide Schurken.«

»Raleigh wird weit gehen.«

»Oder *zu* weit.«

»Vielleicht.«

»Aye. Obwohl England manchmal so verwegene Männer braucht. Wie jetzt.«

Ein paar Sekunden herrschte bedeutungsvolles Schweigen, dann sagte Tavistock: »Also, Francis, du scheinst richtig Spaß an der höfischen Gesellschaft zu haben. Einen solchen Hang zum Klatsch hattest du noch nie.«

»Ich habe einen Hang zu bekommen, was ich will. Und ich merke, daß meine alte Unverblümtheit für eine Palasttafel nicht fein genug ist. Dein diesbezüglicher Rat war besser als jeder andere, den du mir auf See gegeben hast.«

»Nun ja, ein feiner Herr muß amüsant sein, und ein ehrgeiziger feiner Herr intrigant obendrein. Also sag mir schon, was hat dich hergeführt?«

Das Lächeln auf Drakes Gesicht verschwand. Er war mit einem Schlag ernst bei der Sache. »Wichtige Angelegenheiten.«

»Tatsächlich? Dann sind sie zu wichtig für einen Mann im Ruhestand.«

»Ich möchte deine Hilfe, Richard.«

Eine Rauchspirale schlängelte sich aus dem Kopf von Drakes Pfeife. Das Ende des langen, gebogenen Pfeifenstieles klemmte zwischen seinen Zähnen, und er hatte die Augen fest auf Tavistocks Gesicht gerichtet.

»So.«

»Aye – nenne es Ehrgeiz und Intrige, wenn du willst, aber erinnerst du dich noch, wie ich im Jahr einundachtzig zu den Azoren wollte, um sie den Spaniern abzuknöpfen? Und daß die Königin zunächst ja sagte und dann wieder einen Rückzieher machte?«

»Ja.«

»Ich würde wieder zur See fahren und auf neues Wild Jagd machen, wenn du mitkämst.«

»Meine Tage als Seefahrer sind vorüber, Francis. Solang der Frieden hält, gibt es nichts, was mich dazu verlocken könnte.«

»Du irrst dich.« Drake beugte sich vor, und die alte Leidenschaft sprach aus ihm. Seine Augen glänzten, die Hände umklammerten die Sessellehnen. »Seit Philipp Portugal genommen hat, gärt es überall. England muß sich auf einen Krieg vorbereiten. Sofort und schnell, bevor es zu spät ist.«

Anne stand auf der Schwelle, mit einem Strauß Gartenblumen in der Hand. Aus ihrem Gesicht war jede Wärme gewichen.

»Es war stets die Politik der Habsburger, ihre Macht über

ganz Europa auszudehnen«, belehrte sie Drake kühl. »Aber sie annektieren durch Heirat, nicht durch Krieg; sie machen ihre Eroberungen im Zeichen der Venus, nicht des Mars. Als spanische Truppen Portugal überrannten, erkannte de Cortés in Lissabon Philipp als König an aufgrund seiner mütterlichen Abstammungslinie.«

»Das stimmt, Mylady, aber sie haben auch Dom Antonio ins Exil geschickt, dessen Thronanspruch berechtigter ist und den sich die Portugiesen als König wünschen, egal, welche Protestanten ihm helfen.«

»Dann sollten wir froh sein, daß er hier wenig Hilfe fand. Denn als er und Filippo Strozzi mit einer französischen Flotte zu den Azoren fuhren, wurde sie zu Kleinholz gemacht vom Marquis von Santa Cruz. Und hätte die Königin nicht ihre Meinung geändert, wären es vielleicht Eure Schiffe gewesen, Sir Francis.«

»Ich bitte um Vergebung, Mylady, aber der Sieg von Santa Cruz wurde errungen durch ein Entermanöver, und darin sind die Spanier Meister. Aber weder ich noch Richard hätten Santa Cruz erlaubt, unserer Flotte so nahe zu kommen wie dies Filippo Strozzi tat.«

Tavistock fühlte sich zunehmend unwohl bei Drakes Worten, weil er wußte, daß sie Anne verletzten. »Laßt uns nicht mehr davon sprechen –«

Aber Anne bestand darauf. »Bitte, laß Sir Francis sagen, was er möchte.«

Drake ballte die Faust. »Ich sage euch, wir müssen etwas unternehmen. Ich bin da gewesen, ich habe es gesehen, und ich sage euch: Zum ersten Mal haben sich Ost und West zusammengeschlossen. Nun ist die ganze Welt jenseits der Meere in spanischem Besitz. Zu ihren Reichen in Amerika und den Philippinen haben sie jetzt auch noch die portugiesischen Eroberungen bekommen: das riesige Brasilien, eine lange Kette von Stützpunkten entlang der Küste von Afrika, märchenhaft reiche Faktoreien und Handelsplätze in Indien, auf der Insel Ceylon, den Gewürzinseln von Java und Malakka – aye, und die Azoren, die wichtigste strategische Station im mittleren Atlantik. Aber der größte Preis ist Lissabon selbst. Der Tejo ist ein Juwel, ein großartiger natürlicher Hafen, in dem tausend Galeonen Platz und Sicherheit finden. Du bist blind, wenn du das nicht siehst. Sie versuchen, uns zu überwältigen, Richard. Sie wollen uns mit einem einzigen Schlag erledigen. Und mach dir bloß nicht vor, daß es vielleicht doch anders laufen könnte.«

Anne warf ihre Blumen auf den Tisch und verließ das Zimmer. Tavistock zwang sich gewaltsam, nicht aufzuspringen und ihr zu folgen oder sie zurückzurufen. Sie dachte nur an ihn und an die Kinder. Aber Drake hatte recht, und er hatte das Recht zu reden. Nach der Schlacht von Lepanto brauchte Spanien die Ottomanen nicht mehr zu fürchten. Granada war gesichert, und als Philipp den portugiesischen Thron bestieg, wurde er zum alleinigen Herrscher über zwei weltumspannende Reiche. In dem Augenblick, als die Truppen Herzog Albas in Lissabon einmarschierten, war Spanien zu einer atlantischen Macht geworden mit einer atlantischen Küste, die sich über 521 Seemeilen erstreckte, und mitten darin lag der größte natürliche Hafen Europas. Über Nacht hatte Spanien die portugiesische *Marinha Real* in Besitz genommen – ein Dutzend gewaltiger Kriegsgaleonen, ihre Männer und Waffen, ihre Werften, Arsenale und Lagerhäuser. Außerdem waren da noch die großen privaten Handelsflotten, die auf den östlichen Gewürzrouten fuhren und die Philipp als König von Portugal jederzeit requirieren konnte. Der neue Titel hatte ihn zum Herrn über den Ozean gemacht wie ihn die Vernichtung der türkischen Galeeren zum Herrscher über das Mittelmeer gemacht hatte. Nun richtete sich sein Augenmerk nach Norden, und sein hypnotisiertes Starren galt unbeirrbar den englischen Protestanten.

Wie aus großer Ferne drang Drakes Stimme an sein Ohr. »Wir müssen mit Staatssekretär Walsingham sprechen, Richard. Willst du mitkommen, um mich zu unterstützen?«

Tavistock wandte sich wortlos ab.

»Nicht einmal, um zu hören, was ich ihm über die schändlichen Machenschaften von Hawkins zu sagen habe?«

»Hawkins?« hörte er sich sagen.

Während Drake sprach, blickte Tavistock durch die großen, bleigefaßten Scheiben des Erkerfensters hinaus in den Regen, der auf den frisch gemähten Rasen prasselte und auf seine Knechte, die von der Feldarbeit heimkehrten. Dies hier war sein irdischer Frieden, sein Heim, sein Hafen. Zwei seiner Töchter saßen nebenan in der Bibliothek mit ihrem Lehrer, die dritte lag oben und schlief bei ihrer Amme. Im rückwärtigen Teil des Hauses war Anne in der Küche und kümmerte sich um das Abendessen für die Familie: Wildente, die Tavistock selbst erlegt hatte, Hasenbraten, Karotten, Erdbeeren zum Nachtisch und verschiedene Käse. Mußte er zu ihr gehen und sie bitten, alles liegenzulassen und statt dessen Matthew zu sagen, er solle sein Pferd satteln?

Er senkte den Kopf, legte die Hände vor das Gesicht und fuhr sich mit den Fingern durch das Haar. Drake, sein engster Freund, hatte ihm ein schlimmeres Hindernis auf seinen friedlichen Weg gelegt als irgendein dreckiger Schnüffler, den Oxford geschickt haben könnte. Aber es *lag* eine Veränderung in der Luft, und er wußte, daß das, was Drake geschildert hatte, von ungeheurer Bedeutung war.

Tavistock merkte deutlich, daß sich Albion regte, daß es sich für die Schlacht gegen einen überwältigenden Feind wappnete und daß alle seine Söhne das gleiche tun mußten. Niemand konnte die Kriegstrommeln überhören. Der Fortbestand Englands stand auf dem Spiel, seine so schwer erkämpfte Freiheit, die Freiheit der Rede, des Handels, der Religion. Niemand konnte guten Gewissens seine eigenen Freiheiten über die der Nation stellen, denn sie waren letztlich ein und dasselbe.

Er wandte sich zu Drake. Gott verdamme diesen Menschen, dachte er, diesen Bruder, der den einen, den ich vor so langer Zeit verloren habe, in meinem Herzen ersetzt hat. Muß ich alles im Stich lassen? Muß ich auf den zwölfpfündigen Hecht bis zur nächsten Saison verzichten?

Dann fiel ihm das Sprichwort ein, in dem es hieß, Blut sei dicker als Wasser.

John Dees Haus in Mortlake war seit mehreren Monaten unbewohnt, versiegelt auf Befehl der Königin. Der von einer Mauer umgebene, abgeschlossene Kräutergarten war völlig verkommen; die Kräuter waren verfault, das Gras verdorrt oder verbrannt. An den Rändern war noch alles von Ranken überwuchert, aber in der Mitte gab es nur braune holzige Stengel, Pilze, Schimmel und Fäulnis. Der Regen schlug gegen die steinerne Sonnenuhr, die neben einem Teich mit grünem, schleimigem Wasser stand. Früher schwammen hier Fische, und die Kröten laichten, aber nichts mehr war davon übrig. Es war ein geeigneter Ort, um über Verrat zu sprechen.

Walsingham zog die Kette aus dem eisernen Tor und drückte es gegen den Widerstand der quietschenden Angeln nach innen. Tavistock kniff schützend ein Auge zu gegen den schräg treibenden Regen und folgte Drake und Walsingham über den Anlegesteg. Tavistock bemerkte, daß die Männer des Staatssekretärs keine Anstalten machten, das Boot zu verlassen und sich in abergläubischer Furcht ansahen, was Tavistock nur recht war, denn er wollte Geheimhaltung.

Er beobachtete Walsingham scharf. Verlaß dich auf deinen ersten Eindruck, damals in Greenwich, als du wieder englischen Boden betratst, sagte er sich. Er ist ein Hai. Ja. Ein ehrgeiziges, listiges Wiesel. Ja. Ein Schurke. Doppelt und dreifach ja. O ja, du bist ein weitaus weniger aufrechter Mann als ich einst dachte. Und du bist kein Freund, denn ich weiß, du brauchst mich nur als Verbündeten. Du hast wenig Vertrauen, denn auch du hast damals deine Anteile an meinem Westindienunternehmen an Burleigh verkauft. Und du bist hartgesotten, denn dein Geschäft besteht darin, alles zu erfahren, indem du die Seelen anderer Menschen nötigst und kaufst. All das macht dich verabscheuungswürdig, Mister Secretary, aber bei Gott, es gibt etwas, das dich rettet. Du bist kein Verräter, und deshalb kann ich dir trauen.

»Kommt nun und sagt mir, was Ihr hier zu finden hofft.«

»Alles zu seiner Zeit, Mister Secretary.«

Mit heimlichem Grausen betrachtete Tavistock die Zerstörung ringsum. »Das ist ein ungewöhnlicher Ort. Ist er so verkommen, nachdem der Doctor nach Europa gegangen ist?«

»Schon vorher. Durch ungesunde Dämpfe, die bei einem von Dees alchimistischen Versuchen frei wurden. Alles Leben im Boden ist vernichtet.«

»Ich verstehe allmählich, warum der Magus der Königin vom Papst zum Hexer und schwarzen Magier erklärt wurde und warum er ihn in Rom befragen möchte.«

»Ein Hexenmeister ist eifersüchtig auf die Macht des anderen«, sagte Drake. »Wie geht's denn dem guten Doktor, Mister Secretary? Wo steckt er denn jetzt?«

»Es scheint, als hätte der große Illuminatus genug gewußt, um die Ankunft des päpstlichen Nuntius in Prag zu prophezeien – drei Wochen im voraus. Ich weiß, daß er sich dem Zugriff Kaiser Rudolfs entziehen konnte, der Dees Kopf dem Papst präsentiert hätte wie das Haupt von Johannes dem Täufer, wenn er ihn geschnappt hätte. Aber auch er ist nicht unfehlbar. Er hat sich mit seiner Flucht nach Schloß Trebona, in den goldenen Käfig des Grafen Rosenberg in Böhmen, schwer verrechnet.«

»Ein goldener Käfig, sagt Ihr?« warf Tavistock ein.

Walsingham klapperte mit dem gewaltigen Schlüsselbund. »Ja. Dee hat den Grafen so sehr von seinen Künsten überzeugt, daß dieser seine Gastfreundschaft bis auf unabsehbare Zeiten ausdehnte, sprich: Dee soll auf Trebona bleiben, bis er Rosenbergs sämtliche Rüstungen in Gold verwandelt hat.«

Drake brummte und nahm Walsingham einen großen Schlüssel ab. »Wenn der Graf Rosenberg Gold möchte, sollte er sich lieber einen tüchtigen englischen Seekapitän fangen und mit ihm auf die Suche nach spanischem Gold gehen.«

»Was um einiges schwieriger sein dürfte, als einen alten Alchimisten gefangenzuhalten«, erwiderte Walsingham trocken und fügte hinzu: »Außerdem steht zu befürchten, daß Böhmen ein Binnenstaat ist.«

»Ah, für gesunden Menschenverstand und eine vernünftige Politik braucht man eine Monarchin, die den Daumen auf dem Geldbeutel hält, und ein Land, das keine Grenzen hat. Wir sollten Schottland nehmen und es formell abschaffen.«

»Der Erbe James wird das bald genug erreichen.«

Drake schloß auf und betrat das Haus. Tavistock holte Feuerstein und Stahl hervor, zündete für jeden eine Kerze an und folgte Drake ins Haus. Alles war muffig und feucht. Es hatte hereingeregnet, von den Decken bröckelte der Putz, Vögel hatten durch zerbrochene Fenster hereingefunden und die Möbel beschmutzt. Insekten hatten die Zimmer sommers wie winters bewohnt, und alles mögliche Ungeziefer nistete in den Büchern. Während sie durch das Labyrinth des Hauses irrten, erkannte Tavistock, daß er das, was er hier suchte, kaum finden würde.

»Der Genius«, sagte Walsingham mit übertrieben feierlicher Stimme, als er eine geschnitzte Maske von Angesicht zu Angesicht betrachtete, »vielleicht im umgekehrten Verhältnis zur Wirklichkeit.«

»Es stinkt nach Katzenpisse«, sagte Drake ungerührt.

»Es war ein Fehler, Mister Walsingham, den Doctor aus England weggehen zu lassen«, sagte Tavistock. »Warum habt Ihr es zugelassen?«

Walsingham stieß sich nicht an dem Vorwurf. »Dee begann, sich in die Regierungsgeschäfte einzumischen und nahm einen Platz in allzugroßer Nähe der Königin ein. Ich war froh, daß er abreiste.«

»Es war ein Fehler. Männer wie Dee sind selten. Sie sind wertvoller als Gold. Ich dachte, Ihr hättet das besser begriffen als jeder andere.« Er zog eine hölzerne Schachtel unter einem Stapel schimmelnder Papiere hervor, öffnete sie, blickte hinein und schob sie achtlos in eine finstere Ecke.

»Wonach sucht Ihr denn, Captain Tavistock?«

»Nach einem Modell oder einem Plan.«

»Wovon?«

»Von vielen Dingen, aber vor allem von einem optischen Apparat. Es war ein Gerät, das sich auf See hervorragend bewährt hat, und es könnte Euren Beobachtern auf den Leuchtfeuerhügeln viel Zündelei ersparen, wenn wir sein Geheimnis fänden – und einen, der es uns nachbauen könnte.«

»Und wegen solchen Spielzeugs habt Ihr mich über den Fluß geschleppt?« explodierte Walsingham, ungeduldig wie er war, und erschrak, als er merkte, daß er zu weit gegangen war.

Tavistock hörte auf herumzusuchen und zielte mit dem Finger auf Walsinghams Auge. »Ich brachte Euch her, um mit Euch zu reden. Es gibt keinen verschwiegeneren Ort in ganz England und nichts, das so wichtig wäre, uns hier zu stören.«

Walsinghams Schultern sackten nach vorn und er willigte ein. Drake stellte drei Stühle um den Tisch, und sie nahmen Platz, jeder mit seiner Kerze vor sich, und Tavistock begann.

»Mister Secretary, unser Land steuert auf einen Krieg zu. Und wenn es zum Krieg kommt, muß es bereit sein. Sagt, was Ihr wollt, die Schiffe unserer Navy sind alles, was zwischen Parma und dem Tod jeglicher Freiheit auf der Welt steht – aber es gibt einen Verräter.« Er legte eine Ledermappe auf den Tisch. »Hier, seht selbst.«

Walsingham nahm die Unterlagen und las, während er gleichzeitig Drake zuhörte, der eine ganze Liste von Betrügereien aufzählte. Tavistock kannte die Geschichte bereits: Hawkins hatte beträchtlich an dem Geschäft, das sie mit de Spes gemacht hatten, profitiert. Der Erfolg dieser Intrige hatte Hawkins Macht und Stellung verschafft. Er hatte es zum Schatzmeister der Navy gebracht, einen Posten, den er mit der stillschweigenden Billigung Burleighs von seinem Schwiegervater Ben Gonson übernahm. Später war er zum Comptroller der Navy, dem staatlichen Rechnungsprüfer der englischen Marine, aufgerückt, und hatte dadurch ein entscheidendes Mitspracherecht bei den Marinewerften. Und von diesem Zeitpunkt an war seine Habgier grenzenlos.

Tavistock kochte vor Zorn, als er Drake von dem Ausmaß an Korruption berichten hörte. Hawkins hatte die Teilhaberschaft in privaten Werften seiner Freunde übernommen, so bei dem Werftbesitzer Richard Chapman, bei dem Schiffbaumeister Peter Pett, und seit neuestem auch bei dem Schiffsausrüster Matthew Baker. Gemeinsam hatten sie die Navy betrogen. Sie bauten ihre eigenen Schiffe auf Chapmans Werft mit dem Holz der Königin und rüsteten sie aus Bakers Lagerhaus mit den Vorräten der Königin aus.

»Es ist empörend, wenn man sich vorstellt, daß dieser niederträchtige Mensch die Seeleute Ihrer Majestät in mangelhaft ausgerüsteten Schiffen losschickt, nur weil er den Hals nicht voll genug kriegen kann. Und noch dazu in solchen Krisenzeiten.«

Walsingham starrte in Drakes Gesicht. Die beiden Männer waren so grundverschieden. Sie hatten sich nie gemocht, deshalb hatte Drake Tavistock um seine Vermittlung gebeten. »Überlaßt die Angelegenheit mir«, sagte er leise.

»Handelt!« Drake schlug mit der Faust auf den Tisch, daß die Kerzen ihr Wachs verschütteten. »Macht es bekannt! Morgen schon! Setzt diesen Hawkins ab! Und Burleigh!«

»Nein! Es gibt einen besseren Weg.« Eine Weile war nur das Prasseln des Regens gegen die Fensterscheiben zu hören. Dann lächelte Walsingham zum ersten Mal. »Auf hoher See bekämpft Ihr Feuer mit Feuer. Hier an Land haben wir eine andere Methode. Wir bekämpfen das Feuer mit Wasser.«

Drake schien für einen Augenblick die Luft anzuhalten; er blickte Walsingham verdutzt an, und dann lächelte auch er.

Die drei Männer trafen sich wieder in dem schönen Haus des Staatssekretärs in Barn Elms. Walsingham wanderte unruhig auf und ab. Er sah keinen Ausweg. England schwebte in wesentlich größerer Gefahr, als seine beiden Gäste ahnten. Die päpstlichen Spione strömten heimlich ins Land. Die Jesuiten, diese Agenten des Satans, die der fanatische Kardinal Allen in Douai und die monströse Brutstätte in Reims produzierten, kamen unter dem Vorwand, den übriggebliebenen englischen Katholiken geistlichen Beistand zu leisten. Diese Jesuiten pflasterten den Weg für die Invasion, sie schwächten das Land durch hinterlistige Machenschaften und berichteten alles getreulich nach Rom.

Es erforderte ungeheuer viel Zeit und Geld, solchen Leuten auf die Spur zu kommen, und Walsingham verzagte angesichts dieser unlösbaren Aufgabe. Zugegeben, es hatte Erfolge gegeben. Er hatte ein Verräternest in Oxford ausgehoben. Durch William Parry war er in das päpstliche Spionagenetz eingedrungen. Er hatte den staatsgefährdenden Edmund Campion verhaftet und unschädlich gemacht. Als Campion blutüberströmt auf der Folterbank lag, hatte er vieles ausgeplaudert, aber es war dennoch zu spät, um Robert Parsons, Campions Führungsoffizier, festzunehmen. Dieser Schuft pendelte jetzt zwischen Rom und Paris, Flandern und Madrid hin und her, um die Revolution und den Tod der Königin vorzubereiten. Genau das hatte Kardinal Como befohlen. Und Papst Gregor hatte die englischen Katholiken von dem Kirchenbann befreit, der ihnen von seinem Vorgänger Pius auferlegt worden war. Warum wohl, wenn nicht als vorbereitende Maßnahme für ein gewaltiges und schändliches Vorhaben? Um Unentschlossene und Feiglinge aufzumuntern, für die Sache zu kämpfen. Für welche Sache, bitte schön?

Walsingham wußte es inzwischen ganz genau, und ihm schauderte angesichts der Bedeutung dieser Idee. Nach der Nachricht von der Ermordung Wilhelms von Oranien und dem Einmarsch in Brabant und Flandern hatten ihm seine

Spione gemeldet, daß der Fürst von Parma, Spaniens höchster Soldat, beabsichtigte, eine dreißigtausend Mann starke Armee plus fünftausend Reiter in Nieuport und Dünkirchen aufzustellen und sie mit achthundert Schaluppen über den Kanal zu schicken. Die Präsenz der englischen Navy im Kanal hatte diesen Plan im voraus zum Scheitern verurteilt; doch dann war Santa Cruz von seinen Siegen zurückgekehrt, strotzend vor Selbstvertrauen, und hatte dem König einen anderen, noch ehrgeizigeren Plan unterbreitet.

Ja, dachte er voller Verzweiflung, das war die einzige Antwort! Philipp muß das gewaltige Landungsunternehmen, das sein Admiral von Lissabon aus starten wollte, genehmigt haben: Fünfhundert Schiffe, davon einhundertfünfzig Großschiffe. Dreißigtausend Seeleute. Fünfundsechzigtausend Soldaten. Es wäre die größte Flotte, die je zusammengestellt wurde, eine Flotte, der nichts entgegengestellt werden könnte – eine unbesiegbare Armada.

Diesmal ginge es nicht um Irritationen, teuer, aber sich in Grenzen haltend, wie die Aufstände in Irland, die von Lord Grey beendet wurden, oder um einen verfrühten Versuch wie jenen, den Don Juan d'Austria beinahe durchgeführt hätte, wäre er nicht durch Parma, Philipps Befehlshaber in den Niederlanden, abgelöst worden. Nein, diesmal würde sich die gesamte Macht Spaniens auf England konzentrieren, direkt wie ein Brennglas auf Kienspäne. Und Burleigh glaubte noch immer, ein Krieg ließe sich vermeiden!

Die ungeheure Verantwortung erdrückte Walsingham schier, als er an die erschreckenden Nachrichten vom Kontinent dachte. Pläne eines Angriffs über Schottland waren vor Monaten durchkreuzt worden. Der doppelzüngige Francis Throckmorton hatte unter der Folter seine Mittäterschaft gestanden. Er hatte eine Verschwörung zwischen dem spanischen Botschafter Bernardino de Mendoza und der im Gefängnis sitzenden schottischen Königin betrieben. Er hatte Mendoza das gleiche Schicksal beschert wie de Spes, aber was sollte mit der Erzverschwörerin geschehen? Wenn England auch nur die geringste Hoffnung haben sollte, die Bedrohung abzuwehren, mußte Mary sterben. Und Elisabeth mußte überredet werden, das Todesurteil zu unterzeichnen.

Walsingham schloß die Augen. Er fühlte die Blicke der zwei Männer in seinem Rücken. Schweißperlen bildeten sich an seinem Haaransatz. Er wischte sie weg, und als er seine feuchte Hand betrachtete, hatte er das Gefühl, es wäre Blut.

Seine Spione hatten Tausende erschreckende Hinweise gesammelt, die alle in dieselbe Richtung wiesen. Die finsteren Tage des Jahres einundsiebzig waren nur ein leichter Schatten im Vergleich zu dem unheilvollen Dunkel, das sich jetzt über England breitete. Es wurde von allen Seiten belagert. Spanien war inzwischen doppelt so reich wie früher, seine Marine doppelt so stark. In ganz Europa, in Österreich, im Königreich Neapel, in Sizilien, in Mailand und den Ländern, die unter der Herrschaft habsburgischer Truppen standen, setzte sich eine Unterströmung in Bewegung. Und der Mittelpunkt des Ganzen war eine winzige Zelle in einem stickigen Bau, der Palast, Festung und Kloster zugleich war – dem Escorial. Die besten Männer Spaniens wurden dorthin berufen. Sie folgten in Scharen dem Ruf der Kriegstrommeln, brachten Waffen und Truppenaufgebote und jenen unerbittlichen Kampfgeist mit, mit dem sie die ganze Erde erobert hatten. Sie sammelten sich für einen entscheidenden Schlag.

Nun hatten Drakes und Tavistocks Enthüllungen über Hawkins den einzigen Pfeiler, von dem Englands Überleben abhing, bis in die Grundfesten erschüttert. Und Hawkins war Burleighs Mann.

Er versuchte, seine Gedanken in die Gegenwart zurückzuholen. Tavistock hatte recht: England brauchte tüchtige Männer, jetzt mehr denn je. Die Vertreter der an den Küsten liegenden Grafschaften im Süden und Westen kamen zu Gesprächen zusammen, Bürgerwehren wurden aufgestellt, aber alles geschah in qualvollem Schneckentempo. Die unter Burleigh und den Vertretern der Königin in den Grafschaften aufgestellten Kompanien waren klein und schlecht ausgebildet und Parmas kriegserfahrenen Veteranen keineswegs ebenbürtig. Wenn Parmas Truppen landeten, gäbe es ein unvorstellbares Blutbad. Sie würden jede Armee, die England zusammenkratzen könnte, wegwischen, und das wäre erst das Vorspiel zu einem noch größeren Gemetzel. Walsingham wurde es eiskalt, wenn er daran dachte. Die Navy war Englands einzige Verteidigung, seine einzige Überlebenschance.

»Wir brauchen seetüchtige Pinassen«, sagte Tavistock, »die im Ärmelkanal und in der Irischen See kreuzen. Wir brauchen schnelle Schiffe, die jeden Spanier, der uns angreift, aussegeln, damit wir unsere Kriegsschiffe ausschließlich für die Küstenverteidigung einsetzen können. Und diese Kriegsschiffe müssen von der neuen Bauart sein, ähnlich der *Revenge* – gut bestückt mit Kanonen, deren Reichweite die der spanischen Geschütze übertrifft. So muß unsere Strategie aussehen. Nur so haben wir eine Chance.«

Drake nickte zustimmend. »Aye, und wir müssen die Würmer herauspulen, die sich in letzter Zeit in der Admiralität eingenistet haben und der Navy das Blut aussaugen.«

Walsingham protestierte. »Aber die Größe unserer Flotte –«

»Wenn es auf zahlenmäßige Stärke ankäme«, warf Tavistock ein, »wären wir bereits tot. Das ist nicht das Problem. Qualität ist der Schlüssel. Die Navy König Heinrichs war doppelt so groß wie die Navy Ihrer Majestät. Zwei Dutzend Schiffe – das ist alles, was ich verlange. Aber zwei Dutzend von der Art der *Revenge*!«

Er legte die peinlich genau ausgeführten Planskizzen und Zeichnungen auf den Tisch. Sie gingen zum Teil zurück bis in die Zeit, als er im Tower gesessen hatte; später waren noch tausend weitere und ganz unglaubliche Ideen dazugekommen, die Dee und der schottische Mathematiker John Napier geduldig zusammengetragen hatten. Sie waren das Ergebnis jahrelangen sorgfältigen Nachdenkens, Verbesserungen aufgrund von Erfahrung, Details aus dem Erfahrungsschatz von Drake und Martin Frobisher, des tapferen Richard Grenville und des bedauernswerten Humphrey Gilbert, der ertrunken war. Sie waren das Geheimnis des Umschwungs. Diese Pläne würden aus der Navy der Königin eine beispiellose Streitmacht machen: niedrigere, an Bug und Heck nach achtern versetzte Kastelle, ein größeres Verhältnis von Schiffslänge zu größter Schiffsbreite als drei zu eins, ein ummantelter Rumpf mit einem Kopf wie ein Kabeljau und einem Schwanz wie ein Hering, schlanke, leicht manövrierbare und gut auf das Ruder ansprechende Schiffe, Enternetze, Kettenpumpen zum Lenzen, eine neue Methode zum leichten Wegfieren der Stengen und eine fantastische neue Bestückung.

»Auch wenn die Existenz Englands davon abhängt – diese Maßnahmen bekomme ich nicht durch, solange Hawkins die Navy leitet und Lord Burleigh ihn dort hält.«

Jeder Nerv in Walsinghams Körper verlangte, ihnen zu sagen, daß sich daran nichts ändern würde und daß er der Königin niemals einen so kostspieligen Plan vorlegen könne. Flandern war ein Faß ohne Boden gewesen. Anjou hatte von der Königin dreißigtausend Pfund erhalten, um die Eroberung von Cambrai zu finanzieren; dann noch einmal zehntausend Pfund; dann hatte sie Leicester zu ihm geschickt mit der Zusage weiterer fünfzigtausend Pfund, und dies alles, um Philipp von der englisch-französischen Solidarität zu überzeugen. Dennoch hatte Parma triumphiert. An dem Tag vor Anjous Tod hatte die Königin zu ihm gesagt, daß im Krieg wie im Frieden nur drei Dinge zählten: Geld, Geld, und nochmals Geld.

Zögernd begann er zu erklären, und während der ganzen Zeit überlegte er, wie man das Problem lösen könnte. Als er geendet hatte, warf Tavistock Drake einen vielsagenden Blick zu. Merkwürdigerweise schienen beide trotz der Einwände, die er sich so schmerzlich abgerungen hatte, ganz zufrieden.

»Was ich Euch anbiete, Sir«, sagte Tavistock langsam, »ist keine zusätzliche Ausgabe, sondern eine Ersparnis.«

Der stickige Raum war plötzlich spannungsgeladen.

»Eine Ersparnis?« erwiderte Walsingham ungläubig. Wenn sich Elisabeth bei konkurrierenden Vorschlägen für einen entschied, dann mit Sicherheit für den, der sie am wenigsten kostete. »Habt Ihr *Ersparnis* gesagt?«

Tavistock legte die Ellbogen auf den Tisch. »Führt diese Pläne durch, und die Kosten der Navy werden sich von zehntausend Pfund jährlich auf die Hälfte verringern. Seht, es gibt nicht einen Kapitän auf See, ob bei der Navy oder der zivilen Seefahrt, dem nicht zweihundertfünfzig gute Seeleute lieber wären als dreihundert, die vorn und hinten nichts taugen.«

Voller Eifer beugte sich Drake zu Walsingham. »Nicht an der Fähigkeit, sondern am *Willen* zum Aufbau fehlt es uns!«

Tavistock nickte. »Wenn wir klug sind, stecken wir den Gewinn wieder ins Geschäft. Mit dem Gesparten könnten wir investieren.«

»In unsere Mannschaften«, ergänzte Drake mit Nachdruck. »Schiffe ohne einsatzfreudige Männer sind tote Wracks. Damit sie gern arbeiten, müssen wir sie ordentlich bezahlen. Zum Beispiel die *Lion*: Lohn und Verpflegung für dreihundert Mann mit einem Sold von dreiundzwanzig Shilling vier Pence pro Mann kosten zweihundertfünfzig Pfund. Die Kosten für dasselbe Schiff mit einer Besatzung von zweihundertfünfzig Mann bei einem Sold von achtundzwanzig Shilling pro Mann wären genauso hoch. Aber: der niedrigste Mann wird bei einem Sold von sieben Shilling im Monat zuerst an sein kostbares Herzblut denken. Gebt ihm zehn Shilling, und er weiß, für wen er kämpft.«

Erschöpft fuhr sich Walsingham über die Stirn, aber er spürte die eiserne Entschlossenheit der beiden Männer neben sich. »Ja«, sagte er, »bei Gott, ja! Wir werden es bei Burleigh versuchen. Vielleicht läßt er sich überzeugen. Wenn nicht, werde ich zur Königin gehen.«

Burleigh empfing sie in seinem Büro in dem am Fluß gelegenen Teil des Palastes von Whitehall. Er war höflich und hörte Walsingham aufmerksam zu. Schließlich hob er den Kopf und sagte freundlich: »Gebt mir Euer Beweismaterial, meine Herren. Ich werde mich sofort damit befassen. Und ich danke Euch für Euer Interesse.«

»Ich möchte, daß Ihr einen Haftbefehl für John Hawkins ausstellt«, verlangte Walsingham alles andere als respektvoll.

»Oh, aber darüber muß ich etwas länger nachdenken.«

»Wenn Ihr bis morgen mittag keine Entscheidung getroffen habt, sehen wir uns gezwungen, uns an die Königin zu wenden.«

»Die Königin befindet sich in Trauer über ihren verstorbenen Freier, den Herzog von Anjou. Sie hat gebeten, nicht gestört zu werden.«

»Ich *werde* sie sehen. Das ist mein Recht.«

»Wie Ihr wünscht.«

»Und John Hawkins wird auf diese Anschuldigungen Antwort geben.«

Burleigh seufzte innerlich und dachte wieder an die Ersparnisse, die seine geduldige Arbeit gebracht hatte. Fünfundzwanzig Jahre lang hatte er eine straffe Haushaltspolitik betrieben, trotz der Gelder, die in die Niederlande geflossen waren. Und obwohl das aufständische Irland alle Steuern verschlungen hatte, die das Parlament in dieser Zeit bewilligte, waren die Auslandsschulden der Königin bezahlt, auch die Verpflichtungen, die die Blutige Mary hinterlassen hatte, so daß Elisabeth nur halb so viel Zinsen zu zahlen hatte wie Philipp. Fünfundzwanzig Jahre, ein Vierteljahrhundert lang hatte England gedeihen können in einem von ihm sorgfältig gehüteten Frieden, in dem ein Wohlstand gewachsen war, den andere, impulsivere Männer in überflüssigen Kriegen verzettelt hätten. Burleigh schätzte, daß sich der Wohlstand innerhalb dieser Jahre in England verdreifacht hatte, ein Wohlstand, der nur durch harte Arbeit und Fleiß zustande gekommen war. Was Tavistock und Drake und der Rest der seefahrenden Abenteurer der Königin dazu beigesteuert hatten, war im Vergleich dazu soviel wie nichts.

Er lächelte innerlich. Es war eine kluge Politik gewesen. Es war klug, sich ein Parlament vom Leibe zu halten, das der Krone zwar Geld bewilligt, sich damit jedoch das Privileg erkauft hätte, ihm in die Regierungsgeschäfte hineinzupfuschen. Obwohl er mit dieser Politik anfangs nur beabsichtigt hatte, die politische Kontrolle auszuschalten, hatte sie sich auf andere Weise unverhofft und ungeheuer bezahlt gemacht. Was die Krone nicht vom Parlament verlangte, brauchte das Parlament nicht durch Steuern beim Volk lockerzumachen. Niedrige Zinsen und niedrige Steuern hatten Kaufleute und Erzeuger begünstigt. Erfolge in Handel und Gewerbe waren der Schlüssel. Zum ersten Mal konnte alles, was der englische Bürger brauchte, von englischen Arbeitskräften an englischen Webstühlen, in englischen keramischen Werkstätten, in englischen Schmieden hergestellt werden. Das Reich war nicht mehr auf teure Importe angewiesen. Und es brauchte auch Antwerpen nicht mehr. Der Tuchhandel lief über Seeland, Dänemark und Schweden. Der Handel mit den Moskowitern und der Levante florierte. Der Herzog von Toskana kaufte Getreide und Seefisch, Salz und Holz. Sogar Konstantinopel befand sich unter den neuen Kunden und hatte für englische Schiffe die Häfen in Marokko geöffnet, an der Flanke Spaniens – eine Pore, durch die Philipp indirekt bekämpft werden konnte.

Indirekt, Walsingham! Verstehst du? Oder hast du überhaupt keinen Sinn fürs Subtile? Und ganz allmählich. Bei einer militärischen Schlachtplanung geht es doch auch zur einen Hälfte darum, die echten Schwächen vor dem Feind zu verbergen und zum anderen, die wahren Stärken nicht zu zeigen.

»Hawkins wird zu diesen Anschuldigungen vor der Königin Rede und Antwort stehen. Bestätigt mir das, Mylord.«

Burleigh wandte sich ihm zu und sagte streng: »Ich warne Euch, Sir Francis. Ich warne Euch alle. Diese Angelegenheiten sind am besten allein mir überlassen.«

»Bei aller Ergebenheit, Mylord«, insistierte Walsingham,

»das bezweifle ich. Unser Land steht vor einer Feuerprobe, *und Ihr wollt es nicht wahrhaben.*«

»Ich sehe, daß einige uns mit unziemlicher Hast dorthinein treiben wollen.«

»Hawkins ist ein Verräter!« platzte Drake heraus. »Und Ihr, Mylord, beschützt ihn! So! Nun ist es gesagt!«

»Gott schütze mich vor diesen närrischen Beschuldigungen«, erwiderte Burleigh kopfschüttelnd. Walsinghams kriegerisches Geschwätz ist noch immer gefährlich, dachte er. Flexibel zu sein hat er nicht mehr gelernt. Wie gut, daß ich ihm 1578 die Flügel stutzte. Aus diesem Grund schickte ich ihn auf eine diplomatische Friedensmission in die Niederlande – ein Auftrag, der seiner persönlichen Einstellung zuwiderlief und zum Scheitern verurteilt war, und der, politisch gesprochen, im entferntesten Teil von Afrika spielte. Ich vergeudete drei Monate, aber ich lobte ihn aus der Führung des Landes zu einer sehr wichtigen Zeit. Aus demselben Grund ließ ich ihn seine Energien bei dem Versuch vergeuden, eine französische Heirat zustande zu bringen. Er ist dabei in einen bösen Schlamassel geraten. Und jetzt, da ihm seine Rückständigkeit und seine Ohnmacht bewußt geworden sind, wird er reizbar. Elisabeth ist in den Wechseljahren, und er muß ihre Launen ertragen, doch das hat seine Bereitschaft, sich in Dinge einzumischen, die besser von mir erledigt werden, nicht im geringsten vermindert. Ohne die wachsende Bedrohung vom Kontinent und seine dortigen Informationsquellen hätte ich diesem Francis Walsingham schon längst ein Bein gestellt. Aber ich habe meine eigenen Quellen, von denen er nichts weiß, und ich bin nicht so ahnungslos wie er glaubt.

Er ging auf Tavistock zu, der während des ganzen Gesprächs geschwiegen hatte. Der Mann ist fabelhaft, aber ein ständiger Stachel in meinem Fleisch. Warum ertrage ich ihn? Weil Anne ihn liebt? Weil es Oxford nicht wagt, sich Anne zu nähern, solange er in ihrer Nähe ist? Weil er, solange er in Low Houghton ist, sich nicht irgendwo auf hoher See befindet? Vielleicht. Aber vielleicht auch, weil er des Teufels leibhaftige Culverine ist. Noch ist es zu früh, sie abzufeuern, aber jetzt war der Augenblick gekommen, sie zu laden. Er hat diesen Zeitpunkt eher herbeigeführt als ich dachte, doch was macht das schon? Er wird den Funken schlagen, der das Streichholz entflammt, das die Kanonenladung zündet, die die Kugel abschießt, die die Flotte zertrümmert, die Philipp jetzt aufstellt . . .

Lächelnd blieb er vor Tavistock stehen. »Glaubt Ihr wirklich, ich sei ein Verräter, Captain?«

Tavistock reckte die Schultern. »Sir, ich glaube, Ihr irrt Euch in Eurer Haltung gegenüber Spanien. Ich glaube, Ihr wollt nicht zugeben, daß der Krieg mit Spanien unvermeidbar ist, obwohl alle Beweise dafür sprechen.«

»Eure Impertinenz ist wirklich erstaunlich. Könnt Ihr Euch vorstellen, Ihr wüßtet mehr über König Philipps Gedanken als ich?«

»Sir Francis Walsingham weiß mehr als jeder von uns beiden hier, und seine Meinung deckt sich mit der meinen. Angesichts der Beschwerden, die wir Euch heute vorgelegt haben, kann ich nichts anderes annehmen, als daß Ihr hinters Licht geführt wurdet, Mylord.«

»Von wem?«

»Von John Hawkins, unter anderen.«

»Dann glaubt Ihr, John Hawkins sei der Erzverräter?«

»Wie soll ich so etwas sonst nennen? Alles, was er je getan hat, ist zweischneidig. Hier zum Beispiel habe ich den Beweis, daß er von König Philipp selbst mit der Erhebung in den spanischen Adelsstand belohnt wurde. Das ist mehr als betrügerische Bereicherung, mehr als Diebstahl. Das bedroht die Sicherheit des Königreichs.«

Burleigh seufzte und holte aus seinem Schreibtisch ein eng beschriebenes Pergament hervor. »Dies gelangte vor einiger Zeit in meinen Besitz, Ihr solltet es lesen, Captain. Den Bericht diktierte ein Miles Philips, der Euren Bruder in Mexiko kennenlernte und später nach England zurückkehren konnte.«

Tavistock war einen Augenblick lang verwirrt, dann nahm er das Pergament und las. Seine Augen verdunkelten sich, während sie über die Zeilen glitten, aber sonst verriet nichts in seinem Gesicht, was er empfand. Er hielt eine beeidete Erklärung in der Hand, die Johns Schicksal schilderte, wie er von den Inquisitoren gefangengenommen, verurteilt und verbrannt worden war.

»Euer Bruder baute Kanonen für den mexikanischen Vizekönig. Große Kanonen, die einzig und allein auf Protestanten gerichtet werden sollten, die vielleicht sogar gegen Euch selbst eingesetzt wurden!«

»Ja.«

»Dann wißt ihr also, daß er ein Verräter war. Er hat Euch, sein Land und seine Religion verraten.«

Tavistock biß die Zähne zusammen. Alles Blut war aus seinem Gesicht gewichen, und es kostete ihn große Mühe zu sprechen. »Ja.«

»Und trotzdem wagt es diese Abordnung, mich zu beschuldigen, Verräter zu schützen? Zu verteidigen? Zu *benützen*?«

Die Stille, die daraufhin eintrat, wurde nur von den Geräuschen der Stadt unterbrochen, die durch das geöffnete Fenster heraufdrangen, von den Rufen von Marktschreiern und Händlern, die in Tavistocks Ohren so betäubend laut geklungen haben mußten, daß er aus seiner Erstarrung erwachte.

»Ich habe meinen Bruder schon vor langer Zeit verstoßen, Mylord. Ich bin froh, daß er tot ist. Ich hätte ihn selbst getötet, wenn es nötig geworden wäre.«

»Ihr schwört, daß das die Wahrheit ist?« verlangte Burleigh – plötzlich laut und mit einer Stimme scharf wie Rapier – zu wissen.

»Ja.«

»Schwört!«

»Ich schwöre!«

»Gut. Es könnte sein, daß ich Euch eines Tages an diesen Eid erinnere.« Burleigh nahm das Pergament wieder an sich und steckte es in die Schublade. So, dachte er, geladen, aber noch nicht gerichtet oder gar gezündet.

Er ergriff eine Schreibfeder. »Captain Drake, hier ist ein Schreiben, in dem Ihr aufgefordert werdet, heute in drei Wochen bei der Konferenz des Privy Council zugegen zu sein. Dort werden wir über Eure Pläne hinsichtlich eines präventiven Aufmarschs unserer Seestreitkräfte gegen Spanien beraten.« Und an Walsingham gewandt fuhr er fort: »Gebt mir einen Monat Zeit. Dafür werde ich umgehend der Admiralität die Vorschläge von Captain Tavistock unterbreiten und darauf bestehen, daß die besten davon angenommen werden.«

Walsingham überlegte. »Und wenn der Monat um ist? Was geschieht dann mit John Hawkins?«

»Wenn ein Monat um ist, könnt Ihr John Hawkins von mir aus hängen, wenn es das ist, was Ihr wollt.«

# 24

Maria traf ihren Mann an den Tejokais wie jeden Samstag um diese Zeit. Es war früher Abend, kurz vor Einbruch der Dämmerung. Streifenwolken, von der Abendsonne vergoldet, bedeckten den Himmel hinter einem Wald von schwarzen Masten. König Philipps *empresa*, sein ehrgeiziges Unternehmen, versammelte sich für den entscheidenden Schlag.

Ein Schiff neben dem anderen hatte an den Kais festgemacht; an manchen Stellen staffelten sich bis zu sechs Schiffe hintereinander, und noch mehr lagen im Hafen vor Anker – Fahrzeuge aller Größen, von den kleinen *zabras* und *patajes* bis zu den schwerfälligen dickbauchigen *urcas* und den hoch gebauten Prachtstücken der großen portugiesischen Galeonen.

Entlang der Ufer stapelten sich ungeheure Mengen an Schiffsvorräten; dazwischen hatten alle möglichen Händler ihre Tische und Buden aufgeschlagen. Den ganzen Tag über hatten hier unzählige Menschen verschiedenster Profession miteinander gearbeitet – Schiffsbauer, Krämer, Böttcher, Schmiede, Fuhrleute, ungelernte Arbeiter –, aber jetzt war die Stunde, in der die Arbeit ruhte und nur für das leibliche Wohl gesorgt wurde.

Maria ergriff die Hand ihres Mannes und spürte erneut seine schier unerträgliche Nervosität. Er hatte seine Schmiede nach einer arbeitsreichen Woche wegen des Sabbat geschlossen und war rechtschaffen müde. Nicolau Almeida befand sich weit im Süden, in Lagos, und jeden Tag bekam er zusätzliche Arbeit von den Hafenbehörden. Aber es war nicht nur Müdigkeit, die ihn erschöpfte. Maria fühlte, daß ihn etwas quälte und beunruhigte. Sie drückte seine Hand und fragte: »Warum ging Nicolau nach Lagos?«

Er sah sie nicht an. »Warum geht Nicolau irgendwohin?«

»Um Geschäfte zu machen oder zu reden – manchmal nur, um zu sehen und sich zu merken, was er gesehen hat.«

»Dann weißt du, was Nicolau in Lagos tut.«

»Juan, warum nimmt er immer Vogelkäfige mit?«

»Vogelkäfige?«

Er wollte nicht mehr dazu sagen, und sie ließ das Thema fallen. Sie hatte das Gefühl, als zerrte jede Unterhaltung an seinen Nerven. Vielleicht bedauerte er seine Entscheidung, in Portugal zu bleiben, nachdem er erkannt hatte, daß sich der Gang der Dinge nicht mehr abwenden ließ, daß der blutrünstige Moloch nicht aufzuhalten war. Er schien jetzt imstande, jeden, der sich ihm in den Weg stellte, zu vernichten.

Ich weiß, was in dir vorgeht, mein Liebster, dachte sie, und nichts als Liebe erfüllte ihr Herz. Du siehst die Soldaten ankommen und die Schiffe, und wie die *empresa* von Woche zu Woche größer und stärker wird, und du fühlst dich hilflos, und Nicolau fühlt sich hilflos, und obwohl es dich drängt, etwas zu unternehmen, gibt es nichts, was du tun könntest.

Schweigend gingen sie an den großen Kappensteinen entlang, die das Flußufer einfaßten, vorbei an Körben, Fässern und Ballen, die von Ochsenkarren und Handwagen abgeladen und von großen hölzernen Kränen in Kähne und Leichter verladen wurden. Während sie so dahinschlenderten, verzeichneten sie insgeheim jedes Detail der Vorbereitungen, um Nicolau Almeida später davon zu berichten.

Die Vorbereitungen liefen inzwischen seit fast einem Jahr. Von den Werften und Hellingen am Tejo und aus allen Häfen in Spanien war ein Großschiff ums andere hierhergekommen, um betakelt und ausgerüstet zu werden. Hunderte von Zimmerleuten und Segelmachern arbeiteten hier und sprachen in sechs verschiedenen Sprachen miteinander. Notare, Militärpolizei und Quartiermeister überwachten alles von Sonnenaufgang bis Sonnenuntergang, das Verladen der Vorräte wie das Anheuern der Mannschaften. Jedes Schiff hatte einen eigenen Bereitstellungs- und Montageplatz zugewiesen bekommen, die *urcas* bei ihren Liegeplätzen in der Hafeneinfahrt, die großen Galeonen bei ihren Ankerplätzen im tiefen Wasser. Zwischen ihnen fuhren ständig tausend und mehr Fahrzeuge aller Arten und Größen aus dem fünfzehn mal fünf Meilen großen Bauch des Tejo hin und her und transportierten Menschen und Material zu den Schiffen.

Maria sah die Hilflosigkeit in Johns Gesicht, als er die Vorbereitungen beobachtete, und fragte leise: »Was ist los, Juan? Sag mir, was dich so beunruhigt.«

Er zuckte zusammen. »Was?«

»Du wirkst heute abend so sorgenvoll.«

»Nicht mehr als sonst. Ich denke nur nach.«

»Was belastet dich so?«

Er unterdrückte einen Seufzer und blickte wieder auf den weiten Meeresarm hinaus. »Die Flotte scheint heute wesentlich größer zu sein als noch vor einer Woche.«

»Meinst du, daß sie bald auslaufen wird?«

»Nein«, antwortete er. »Ich glaube, das ist erst der Anfang. Sie ist viel größer, als ich gedacht habe. Der König setzt sämtliche Mittel ein für dieses eine Ziel. Es ist erstaunlich.«

Philipps Günstlinge schienen bereit, alles zu geben, alles

aufzubieten, alles zu wagen für den fanatischen Wunsch ihres Königs. Seit Monaten strömten Menschen nach Lissabon: Soldaten, die aus ganz Europa zusammengezogen wurden, Seeleute aus Genua, Ragusa, Neapel, aus jedem Mittelmeerhafen, der mit Spanien nicht verfeindet war und Edelleute jeden Rangs aus allen Teilen des Reiches. Die Flotte war jedoch noch längst nicht vollständig. Nicolau hatte gesagt, was sie jetzt vor sich sahen, sei nur ein Viertel, vielleicht ein Drittel ihrer endgültigen Größe. Dabei bot sie bereits jetzt als die größte Ansammlung von Schiffen, die je unternommen wurde, einen furchteinflößenden Anblick.

Nicht alle hatten ihren Beitrag dazu freiwillig geleistet. Tavistocks Augen verweilten an der Stelle, wo die gewaltige *Florencia* ankerte. Die große Galeone war vor ein paar Wochen eingelaufen, um eine Ladung Gewürze zu übernehmen. Damals hieß sie noch *San Francisco* und gehörte dem Herzog von Toskana, aber Admiral Santa Cruz hatte sie als Flaggschiff für sein Levante-Geschwader requiriert und seine Soldaten an Bord stationiert, um sicherzugehen, daß niemand seine Pläne durchkreuzte.

John und Maria gingen weiter. Nicht weit von ihnen ragten hoch und uneinnehmbar die Außenmauern des Kastells empor, errichtet aus grobem Sandstein von der Farbe des Löwenfells. Die Tore wurden von einem Dutzend Männer bewacht, und nur Soldaten und eigens bestellte Personen, die das Siegel vorweisen konnten, erhielten Einlaß. Tavistock dachte wieder an das große Munitionslager und die Kanonengießerei innerhalb der Festung, und seine Handflächen begannen zu jucken. Seit ihm Nicolau von dem Arsenal erzählt hatte, ging es ihm nicht mehr aus dem Kopf. Hinter diesen Mauern lagen die Kanonen, mit denen England unterworfen werden sollte. Aber in die Festung hineinzugelangen, war praktisch unmöglich.

Sie befanden sich bereits auf dem Weg zurück, als sie von einer scharfen Stimme angerufen wurden. »He, Ihr da!«

Sie blieben stehen, und Tavistock sah erst jetzt, zehn

Schritte entfernt, einen Soldaten, der sich im Schatten gegen einen gewaltigen Ankerflügel lehnte. Mit einem bösartig aussehenden Dolch stocherte er in den Zähnen. Ein Krug Wein stand neben ihm auf dem Boden.

»Ja, Ihr! Kommt her!«

Tavistock gehorchte. Maria folgte ihm.

»Ich hab' gesehen, daß ihr euch die Festung angesehen habt.« Die Stimme des Soldaten sank zu einem tiefen Knurren. »Was habt ihr hier zu suchen?«

Tavistock überlegte; beinahe hätte er gesagt, sie hätten hier nichts zu suchen, doch dann beschloß er, etwas zu wagen. »Ich habe einen Auftrag für Eisenkeile, *senhor*«, log er.

»Zeigt mir die Auftragsbescheinigung.«

Wortlos nahm Tavistock ein beschriebenes Stück Papier aus seiner Tasche und reichte es dem Soldaten. Es war eine Seite aus seinem Kontobuch, auf der die Löhne aufgeführt waren, die er seinen Arbeitern zahlte.

Der Soldat prüfte die Zahlen eingehend, dann rülpste er laut und sagte: »So – Ihr seid Schmied?«

»Ich habe eine Gießerei, *senhor*. Wie auf dem Papier zu lesen steht.« Er griff danach, aber der Soldat zog es rasch zurück.

»Ja, das hab' ich gesehen. Was also habt Ihr hier zu tun, Gießermeister?«

»Ich habe den Auftrag, Eisenkeile zu liefern«, wiederholte Tavistock. »Dort unten steht es. Gibt's ein Problem, *senhor*?«

Der Soldat hielt das Papier gegen das Licht und betrachtete es nochmals genau. Er hielt es verkehrt herum.

»Es ist alles in Ordnung. Aber hier könnt Ihr nicht liefern.«

Widerwillig gab er das Papier zurück und wies über die Schulter auf sechzig oder siebzig übereinandergestapelte Fässer, über die eine Persenning gebreitet war. »Wißt Ihr, was das ist? Schießpulver. Ich muß jeden überprüfen, der hier vorbeikommt. Ihr habt kein Siegel auf Eurem Papier.«

Tavistock nickte und machte ein ebenso grimmiges Gesicht wie der Soldat. »Dann ist hier wohl auch rauchen verboten, eh? Wohin soll das Pulver denn gehen?«

»Wer soll das wissen?« Er wies mit einer unbestimmten Geste über den Hafen. Sein Messer am Ärmel abwischend, warf er einen lüsternen Blick auf Maria. »Schade, daß Euer Mann eine kriegswichtige Arbeit hat. Ich hätte mir mit ihm einen Peso verdienen können, um ihn bei Euch springen zu lassen.«

»Habt Ihr zu wenig Männer in Eurem Regiment?« fragte sie und zwang sich, sein Lächeln zu erwidern.

»Zu wenig *richtige* Männer.« Er griff nach ihr und packte sie am Arm.

Tavistock schob sich dazwischen. »Vielleicht finde ich noch ein paar kräftige Bauernburschen für Euch. Dann könnten wir die Duros teilen. Wie viele braucht ihr denn? Wie heißt Ihr?«

Das Grinsen des Soldaten erlosch. Er stieß Tavistock angewidert beiseite und ließ Maria los. »Macht, daß ihr verschwindet, Portugiesenpack! Ihr fragt mir zu viel.«

Sie gingen, während der Soldat hinter ihnen herschimpfte, und mischten sich unter die Menschenmenge. Hier, entlang der staubigen Straße, standen Buden und mit Segeltuch überdachte Karren, wo religiöse Medaillen, Lederwaren, Kleidung, Tonpfeifen, getrocknete Tabakblätter und hunderterlei andere Waren verkauft wurden. Eine Gruppe gutgekleideter Herren feilschte auf italienisch um Wein; ein anderer sah sich müßig um, während seine zwei Huren in wohlfeilen Borten und Spitzen wühlten. Neben John und Maria stieg bläulicher Rauch auf von einem offenen Feuer, und der Geruch von brutzelndem Fleisch ließ ihnen das Wasser im Mund zusammenlaufen.

Tavistock steuerte Maria durch die Menschenmenge und staunte, wie sich das Leben und Treiben hier innerhalb einer einzigen Woche ausgeweitet hatte. Es war, als wären alle Edelleute der Christenheit sintflutartig nach Lissabon geströmt, um bei dem großen Kreuzzug Ruhm und Ehre zu gewinnen. Täglich trafen Abordnungen religiöser Orden und private Truppenkontingente ein und zogen in geschlossenen Reihen und Prozessionen, manchmal nach wochenlangen Gewaltmärschen, durch die Stadt. Jede Herberge und jedes verfügbare Zimmer war in ein Offiziersquartier umgewandelt; in den Außenbezirken der Stadt waren ganze Zeltstädte entstanden, und Tausende biwakierten unter freiem Himmel.

Was mag das alles kosten? dachte Tavistock. Wie kann König Philipp für all das aufkommen? Das Land hier kann diese vielen Menschen nicht ernähren. Auch wenn die Schiffsmannschaften auf den Schiffen stationiert bleiben, kostet jeder Monat, der vergeht, einen Monat Lebenszeit für jedes Schiff, einen Monatsverbrauch an Vorräten, einen Monatslohn für jeden Mann. Philipps Schatztruhe ist nicht unerschöpflich. Er muß sich bei jeder Bank in Italien verschuldet haben. Gott allein weiß, welche Zinsen er dafür zahlen muß.

Als sie die gegenüberliegende Seite der Kais erreichten, verblaßten die letzten Sonnenstrahlen am Himmel über dem dunklen Tejo. Hier lagen die Exerzierplätze; überall folgten bewaffnete Soldaten in Reih und Glied berittenen Offizieren ins Lager. Hinter ihnen traten die ungleichen Reihen der zum Dienst gepreßten Männer an. Andere standen in voller Montur vor einer Feldküche Schlange, wo sie einen Teller Eintopf erhielten; andere saßen bereits in Gruppen beieinander und aßen.

Aber die Lethargie der frühen Abendstunde währte nicht lang. Sergeanten liefen zwischen ihren Schutzbefohlenen hin und her, Befehle wurden gerufen. Tavistock sah, wie sich die Mehrzahl der Männer erhob. Eine Nachricht oder ein Gerücht lief durch ihre Menge wie eine Brise durch ein Kornfeld. Sie wurden plötzlich munter und reckten erwartungsvoll die Hälse, als wäre ein Heiliger über den gotischen Türmen von Sta. Jerome de Belem erschienen.

Maria packte seinen Arm und wies aufs Meer hinauf. »Sieh! Dort draußen!«

Er sah die großartige Silhouette eines großen geruderten Schiffs, niedrig und schlank, mit drei Masten und eng zusammengerollten Lateinsegeln an ausladenden Querhölzern, das sich mit raschen Schlägen der Küste näherte. Es war eine Galeasse, eines der schnellsten Schiffe, das je gebaut wurde, das jetzt das ruhige Wasser des Tejo durchschnitt und dessen scharfer Rammsporn sich in die Kaimauer zu bohren schien. Die Trommelschläge dröhnten lauter, während die rhythmisch klatschenden Ruderschläge von Hunderten von Sklaven das Schiff in den Hafen manövrierten.

Tavistock dachte an die Urteile, die Don Petro vor vielen Jahren über einige seiner Schiffskameraden verhängt hatte. Er mußte sich zwingen, nicht die Reihen der nackten Gestalten abzusuchen, die dort an die Ruderbänke gekettet waren und sich jetzt gegen die Ruder stemmten, um die Geschwindigkeit der Galeasse zu bremsen. Wenn ihn einer von ihnen erkennen würde? fragte er sich erschrocken, bevor ihm klar wurde, daß ihn niemand erkennen würde. Galeerensklaven lebten nicht so lange.

Der Trommelrhythmus änderte sich und änderte sich wieder, und das lange flache Schiff begann, sich beeindruckend gekonnt auf der Stelle um einen Halbkreis zu drehen, um dann mit dem Heck voraus an den Kai zu gleiten.

Das abgestufte Kastell war hoch und mit rot und gelb gestreiften Zeltdächern versehen. Eine große kupferne Lampe beleuchtete die Stickerei auf einer schneeweißen Flagge. Es war die Flagge von Don Alvaro de Bazan, dem Marquis von Santa Cruz und Kommandanten der Ozeanischen Meere.

Tavistock hielt den Atem an, und sein Herz schlug schneller. Das war der Mann, in den König Philipp sein ganzes Vertrauen gesetzt hatte. Er trug die volle Verantwortung für die *empresa*. Alles unterstand seinem Befehl und seiner persönlichen Kontrolle. Ein schrecklich banges Gefühl nahm von Tavistock Besitz. Bald würde er den Mann zu Gesicht bekommen, der darum gebeten hatte, England vernichten zu dürfen. John begriff plötzlich, wie sehr ihm dieses England am Herzen lag. Er hatte mehr Jahre außerhalb seines Heimatlandes verbracht als darin, aber er wußte, wo er auch lebte, er würde stets Engländer bleiben. Seine Tätigkeit für Almeida hatte ihm klargemacht, welcher Bedrohung England gegenüberstand, und er schüttelte den Kopf, überrascht von der kalten Wut, die plötzlich in ihm aufwallte.

Leinen flogen ans Ufer und wurden an Pollern festgemacht; neben dem verschnörkelten Achtersteven wurde eine mit Geländer versehene Gangway ausgerannt. Links und rechts davon nahm eine Ehrenwache Aufstellung in Brustharnisch und Morion, mit klirrenden Waffen und hoch erhobenen brennenden Fackeln.

Wenn ich ein Messer hätte, dachte Tavistock erschrocken über die Grausamkeit, die er bei sich entdeckt hatte. Ich würde ihn töten! – *Nein, das ist Wahnsinn! Denk an Maria, an Martin.* Aber es wäre eine Möglichkeit, endlich etwas zu unternehmen – vorzupreschen und Spaniens größten Admiral zu ermorden! – *Sie würden dich einer entsetzlichen Folter unterziehen, bevor sie dich sterben ließen!* – Aber ihr Admiral wäre tot, und alle Strategien in seinem Kopf wären für immer verloren.

Er war furchtbar erregt, als er und Maria vom Gedränge erfaßt und mitgerissen wurden, und die Wogen von Respekt und Ehrfurcht, die von den tausend und mehr Männern ausgingen, die zur Ankunft des Marquis herbeieilten, steigerten seine Erregung noch. Die Standartenträger kamen, Santa Cruz' schachbrettartig unterteiltes Wappen mit der Drachenkrone vor sich hertragend, an Land. Ihnen folgten, in Samtmäntel gehüllt, ordengeschmückte Würdenträger. Dann erschien auf dem Deck der Galeasse eine Gruppe hochgewachsener Männer mit langen, feierlichen Gesichtern, aus der sich plötzlich eine kleine, kräftige Gestalt löste. Es war ein Mann von vielleicht sechzig Jahren. Er trug einen weißen Bart und eine herrlich emaillierte weiß und goldene Halbrüstung. Tavistock sah, daß seine Beine unter der feinen weißen Hose bis zum Knie bandagiert waren. Unter der Halskrause hing eine dicke goldene Kette mit einem Anhänger in Form einer Kammuschel, auf dem ein rotes Kreuz leuchtete. Bei jedem Schritt schlug dieser Anhänger scheppernd gegen die Mittelnaht des Brustpanzers und betonte die Schwierigkeiten, die der Mann beim Gehen hatte. Seine Nase war lang; sein Gesicht glich einer von tiefen Furchen durchzogenen, von ständigen Schmerzen geprägten Maske. All dies paßte ganz und gar nicht zu der Person, die Tavistock erwartet hatte.

Als er die Gangway betrat, stießen die angetretenen Soldaten die Fäuste in die Luft und brüllten ihr heiseres Hurra. Er schritt die Front ab, blieb stehen und gab seine Anerkennung für den martialischen Empfang durch ein Nicken zu verstehen. Er stand höchstens fünf Schritte von Tavistock entfernt. *Fünf Schritte.* Er umklammerte Marias Arm. Ein Messer, ein Fleischspieß, irgendein spitzes Stück Metall und – ein kräftiger Stoß in die Kehle und es wäre vorbei. Aber er hatte nichts. Nur seine bloßen Hände. Und dann war der Marquis wieder von seinen Offizieren umringt und der Augenblick war vorüber.

Maria preßte plötzlich seinen Arm. Sie drehte sich um und zerrte ihn stoßend und drängelnd hinter sich her durch die vor Ehrfurcht erstarrten Soldaten. Als sie die Menge hinter sich gelassen hatten, führte sie ihn über die zertrampelte Erde aus dem Schein der Fackeln heraus. Tavistock zögerte einen Moment. Er drehte sie zu sich und sah die Furcht in ihren Augen.

»Was ist los?« fragte er verwirrt. »Um Gottes willen, sag, was los ist!«

»Hast du ihn denn nicht gesehen?« flüsterte sie gehetzt. »Hast du nicht gesehen, wer das war?«

»Der Admiral?«

Sie schüttelte heftig den Kopf. »Nein! Der Mann, der ihm folgte!«

»Wer? Wer war es?«

*»Ich schwöre, es war Gonzalo.«*

»*Was?*« Ungläubig starrte er sie an und fühlte, wie sich sein Magen zusammenzog. »Bist du sicher?«

»Ich schwöre es bei der Madonna – es war mein Bruder. Er hat mich direkt angesehen.«

Unwillkürlich warf er einen Blick zurück zu der Gruppe des Admirals, konnte aber in dem unsteten Licht auf diese Entfernung niemand erkennen. Dann hielt er Maria an beiden Armen fest. »Hat er dich gesehen?«

»Ich weiß es nicht.«

»Maria! Hat er dich erkannt? Denk nach!«

»Ich weiß es nicht.«

Gonzalo de Escovedo ging nur einen Schritt hinter Don Emilio und blickte zur Zitadelle. Er kochte innerlich vor Wut. Der Stolz ganz Spaniens war verletzt worden. Es mußte dringend eine Antwort gefunden werden.

Die Nachrichten aus Galicia waren empörend. Der englische Freibeuter Drake hatte es tatsächlich gewagt, mit einem Haufen Piraten den heiligen Boden Spaniens zu betreten. Sein Pöbel hatte die Stadt Vigo geplündert und die Kathedrale geschändet. Nun befand er sich wieder auf See. Wenn er wüßte, welche Seestreitmacht sich hier befindet, dachte Gonzalo. Aber der Marquis wird ihn bald genug fassen.

Ehrerbietig folgte Gonzalo seinem Herrn, Don Emilio. Der Aufstieg zur Zitadelle war lang und gewunden und ähnelte in gewisser Weise dem Weg, der ihn hierher an den Ausgangspunkt dieses ehrgeizigsten aller Unternehmen geführt hatte.

Der Anfang lag schon viele Jahre zurück, als ihn Don Emilio in Mexiko mitten in einer erstickend heißen Nacht in den vizeköniglichen Palast hatte rufen lassen. Er hatte ihn mit einem seltsamen Funkeln in den Augen in seinen Privatgemächern empfangen und mit ihm gesprochen, als wollte er ihn auf die Probe stellen, als habe er ihn für eine höchst gefährliche Aufgabe ausgewählt. Schließlich war Don Emilio schwitzend und nur in sein Nachthemd gehüllt mit der verblüffenden Nachricht herausgerückt: »Der Bruder des Königs ist tot.«

*Don Juan d'Austria? Der Statthalter der Niederlande, tot? Welch ein Unglück!*

Gonzalo hatte den Hut abgenommen und war niedergekniet, kam sich jedoch gleich danach wie ein Idiot vor, denn Don Emilio lachte derb. »Steht auf, Gonzalo, es sei denn, Ihr wollt um den Tod eines syphilitischen Erpressers trauern.«

Wie betäubt hatte er den Vizekönig angestarrt. Er glaubte, seinen Ohren nicht zu trauen.

»Ich bitte um Vergebung, Exzellenz?«

»Ich habe zehn Jahre lang tagtäglich für den Tod von Don Juan d'Austria gebetet, und nun hat mich Gott endlich erhört.«

»Exzellenz? Ich verstehe nicht –«

Don Emilio hatte sich zum Fenster gewandt und voller Abscheu das sichtbare Zeichen seiner Herrschaft betrachtet. »In Madrid gehen gewaltige Veränderungen vor sich, und dieses erbärmliche, vom Fieber verseuchte Besitztum wird einen neuen Vizekönig bekommen.«

Gonzalo war verblüfft, doch arbeiteten seine Gedanken schnell. »Darf ich daraus schließen, daß Seine Majestät Eure großartige Arbeit hier in Westindien gewürdigt hat, Exzellenz?«

Er hatte dies mit zitternder Stimme gesagt in der Hoffnung, es sei eine Art Belohnung, die der König in Anerkennung der Sicherung des mexikanischen Festlands anbot. Gott im Himmel und alle Heiligen, bitte, versprecht, daß dies kein Zeichen königlichen Mißfallens ist, hatte er stumm gebetet in jener feuchtheißen mexikanischen Nacht. Versprecht, daß es nicht Manila bedeutet. Alles, nur nicht Manila! Ich würde es nicht ertragen, dorthin versetzt zu werden!

Don Emilios tiefliegende Augen, schwarz und ausdruckslos wie Oliven, hatten sich auf ihn geheftet. Mit den dunklen Stoppeln auf den Wangen hatte er müde, ja erschöpft gewirkt, aber seine Stimme hatte plötzlich einen förmlichen

Ton angenommen. »Capitán Escovedo, ich frage Euch jetzt: Wohin ich auch geschickt werde – werdet Ihr mir als höchster Stabsoffizier folgen?«

Sein Zögern hatte ihn verraten. »Euch folgen? Aber *wohin*, Herr?«

Und Don Emilio hatte seine Obsidianaugen gesenkt, seine Stimme war zu einem Flüstern herabgesunken. »Wie schrecklich ist es für einen Menschen, wirklich allein zu stehen in diesem Leben. Mein lieber Gonzalo... ich sehe, daß nicht einmal Ihr Euch überwinden konntet, mir zu vertrauen. Wenn ich Euch sage, daß es nicht Manila ist, werdet Ihr Euch dann dem Dienst bei mir verschreiben?«

Daraufhin hatte er ungeduldig gefragt: »Wo? Don Emilio, bitte, sagt es mir. Es wäre mir eine Ehre, Euch zu dienen, wo immer Ihr – äh – zum Statthalter ernannt würdet.«

Dann begriff er plötzlich den sonderbaren Ausdruck im Gesicht des Vizekönigs. Es war Verzückung. *War es möglich, daß der König Don Emilio mit der Statthalterschaft der Niederlande betraute?*

»Wo?«

»Oh, wie ich darauf gewartet habe, Gonzalo! Ich danke Unserem Herrn Jesus Christus, daß die Antwerpenseuche Don Juan dahinraffte, bevor es zu spät war.«

»Wo, Exzellenz?«

»Ah, ich fühle mich großartig. Großartig!«

»*Wo?*«

Don Emilio hatte gelächelt, als habe er eben die Kommunion empfangen. »Oh, wenn ich mich nicht sehr irre, Gonzalo, werden wir nach Madrid gehen.«

»Madrid?«

Von allen Karten, die Don Emilio hätte aufdecken können, war dies die höchste, der absolute Trumpf. Madrid war der Gipfel, war Dreh- und Angelpunkt der Macht, ein Traum, der Wirklichkeit geworden war.

Es hatte noch ein ganzes Jahr gedauert, bis der Ruf des Königs eintraf, und den größten Teil eines weiteren Jahres, um

Mexiko dem von Philipp nominierten Nachfolger Don Emilios zu übergeben. Aber Don Emilio war rechtzeitig in Spanien eingetroffen, um den Niedergang Portugals mitzuerleben und in den neu gebildeten Militärrat aufgenommen zu werden, der dem König bei der Prüfung der Mittel und Wege zur Unterwerfung Englands beistehen sollte.

Gonzalos Brust schwoll vor Stolz. Rasch wechselte er den Schritt, um im Gleichschritt mit seinem Vorgesetzten hinaufzusteigen zum Alten Turm. Abgesehen von der *empresa* hatte diese fremde Stadt wenig zu bieten, was ihn beeindruckte. Er konnte stolz behaupten, seine Schritte hätten durch die Gänge des Escorial gehallt. Fünf Jahre hatte er dort gearbeitet, fünf fabelhafte Jahre, in denen er Don Emilio bei der Beratung des Königs geholfen hatte – fünf Jahre im Herzen des Reichs, bevor er hier zum obersten Sicherheitsoffizier ernannt worden war. Genüßlich dachte er an den portugiesischen Spion, den er gefaßt und dessen Spionagering er hatte aufbrechen können. Ja, es gibt hier viel zu tun für mich, aber Madrid war mehr nach meinem Geschmack. Wesentlich mehr.

In Wahrheit war der Escorial, dieses aus dem Granit der Sierra Guadarrama herausgehauene Momument, nicht das lebendig schlagende Herz eines Reiches, sondern ein Grabmal. Es war ein riesiger gemauerter Bratrost mit nadelspitzen Türmen an jeder Ecke. Jede Mauer war von Hunderten von Sehschlitzen durchbohrt, aus denen alles zu sehen war, was sich dem Palast näherte. Im Innern befanden sich Meilen von Korridoren, Tausende von Zimmern, vollgestopft mit den Überflüssigkeiten einer königlichen Existenz, ein Hieronymuskloster, das Mausoleum der spanischen Könige aus dem Haus Habsburg und im innersten Bereich die klösterlichen Gemächer des Königs, in denen er lebte und arbeitete in Hörweite der Glocke, die zu den Stundengebeten rief. Es hieß, Seine Majestät habe diesen Palast zur Erinnerung an das Martyrium des hl. Laurentius gebaut – er war bei lebendigem Leib über glühenden Kohlen geröstet worden – und daß sich die Gebeine des Heiligen im privaten Reliquiar des Königs befänden. Angeblich besaß Philipp auch noch den Kopf eines anderen Heiligen, einen mit einer eisernen Tiara gekrönten Schädel, den er in der Abgeschiedenheit seiner Zelle zu den wichtigsten Staatsangelegenheiten befragte.

Was immer an diesen Gerüchten Wahrheit oder Legende war – die Hilfen, die König Philipp von seinen Beratern annahm, hatten ihm in den letzten Jahren die größten Triumphe beschert, die die Welt je gekannt hatte. Jahr für Jahr war das Ansehen Seiner Majestät gewachsen. Portugal und alle seine Besitzungen waren Spanien zugefallen. Alexander Farnese, Herzog von Parma und Spaniens fähigster General, hatte die Zurückeroberung der Niederlande nahezu abgeschlossen. Seine geduldige Diplomatie hatten Katholiken und Calvinisten wieder gegeneinander gehetzt. Nachdem die Einigkeit der Rebellen zerbrochen war, konnte Parma seine militärischen Fähigkeiten einsetzen und hatte begonnen, auch die letzten Widerstandsnester im Norden auszuheben. Wilhelm von Oranien war tot, Antwerpen wieder in spanischer Hand. Ja, der König hatte den Nachfolger Don Juans gut gewählt. Doch nicht genug damit. Auch Frankreich hatte klein beigeben müssen. Santa Cruz, der größte lebende Admiral, hatte die französische, sechzig Schiffe zählende Flotte vernichtet; damit war Henri III. endgültig isoliert und gezwungen, ein Geheimabkommen mit Spanien zu unterzeichnen. Ein nationales Ziel war noch geblieben. Ein einziges. Aber wie sollten sie es nicht erreichen? Bald war es Zeit für den Angriff auf die letzte Bastion der Ketzerei – das protestantische England.

»Was unternehmen wir gegen Drake?« fragte Santa Cruz plötzlich. Er blieb stehen, seine Offiziere ebenfalls.

»Nach unseren jüngsten Informationen befindet er sich wieder auf See, Admiral«, sagte Don Emilio.

»Das weiß ich. Meine Frage lautete: Was unternehmen wir gegen ihn?«

»Wann ist er ausgelaufen, Hauptmann Escovedo?«

»Vor zwei Tagen, Exzellenz«, antwortete Gonzalo ehrerbietig. »In Richtung Süden.«

»Natürlich in Richtung Süden«, knurrte Santa Cruz.

»Oh, das ist aber gar nicht gut!« meinte Don Emilio. »Wir müssen Schritte unternehmen.«

»Schritte!« schnaubte Santa Cruz verächtlich und setzte den Aufstieg zum Turm fort. Seit zwei Wochen treffen schlechte Nachrichten ein, dachte Gonzalo voller Mißbilligung über Santa Cruz' Benehmen. Drake war mit einer beachtlichen Flotte erschienen und zweihundert Meilen nördlich von Lissabon im Ria de Vigo an der spanischen Nordwestküste vor Anker gegangen. Dort hatte er mit teuflischer Perfidie vom Ortskommandanten Wasser und Lebensmittel verlangt, während seine Fregatten hilflose Küstenfahrzeuge überfielen und plünderten. Als er bekommen hatte, was er wollte, ließ er jeden Vorwand fallen und erlaubte seinen Piratenbanden, die ganze Region auszurauben. Sie stahlen Waren und Gegenstände im Wert von 30000 Dukaten, das Meßgeschirr aus der Kathedrale von Vigo, und sie befreiten englische Verbrecher aus dem Gefängnis der Stadt.

»Wieso glaubt dieser elende Pirat, er könnte ungestraft davonkommen?« fragte Don Hugo de Moncada, einer der erfahrensten Soldaten in Santa Cruz' Stab.

»Weil er eine schnelle Flotte mit zweitausend Mann an Bord hat, und weil er weiß, daß wir unsere Truppen nicht schnell genug bewegen können, um ihn zu fangen«, antwortete Santa Cruz und fügte sarkastisch hinzu: »Er ist weder tapfer noch närrisch genug, in offener Schlacht gegen ein spanisches Regiment anzutreten.«

»Wir sollten auslaufen und ihn für seine Frechheit bestrafen«, meinte Don Emilio.

»Nein!« Der Herzog von Paliano, der große, dünne stellvertretende Kommandeur Santa Cruz', winkte ab. »Genau das ist es, was El Draque möchte – uns aus der Tejomündung locken, unvollständig ausgerüstet, unvollständig vorbereitet – um uns zu vernichten. El Draque ist –«

»Meine Herren, ich habe diesen Namen satt!« brummte Santa Cruz gereizt, legte erneut eine Verschnaufpause ein und wandte sich um. Der gepflasterte Weg öffnete sich hier zu einem Platz, auf dem mehrere Galgen errichtet waren. Ein Häuflein mit Ketten gefesselter Häftlinge wartete unter der Aufsicht des Kerkermeisters darauf, für einen Diebstahl oder eine Gotteslästerung ausgepeitscht zu werden. Als der Admiral näherkam, fielen sie auf die Knie.

»Steht auf!« schnauzte Santa Cruz, und sie beeilten sich, seinem Befehl zu gehorchen. »Ihr seid Menschen und keine Tiere. Vergeßt das nicht«, sagte er und ging weiter.

»Ich stimme Don Emilio zu«, sagte Moncada, der die armseligen Gestalten kaum bemerkte. »Wir sollten den Engländer stellen und ihm zeigen, daß er uns nicht beleidigen kann. Ich sehne den Tag herbei, an dem ich seinen Kopf auf einem Spieß stecken sehe.«

Der Herzog zuckte die mageren Schultern. »Aber warum sollen wir unsere Vorbereitungen unterbrechen? Um ihm einen Gefallen zu tun? Warum sonst segelt er nach Lissabon, wenn nicht, um uns herauszufordern?«

Santa Cruz unterbrach die müßige Diskussion. »Er segelt nicht nach Lissabon.«

»Nicht nach Lissabon?«

»Nein. Lissabon ist uneinnehmbar. An diesen Küstenbatterien kommt er nie vorbei, und das weiß er. Er segelt nach Süden, weil er die *flota* schnappen will.«

Keiner außer Santa Cruz hatte gewagt, diese Möglichkeit zu erwähnen.

»Ganz offensichtlich hat er es auf die *flota* abgesehen. Drake ist kein Dummkopf – und es ist genau das, was ich an seiner Stelle auch tun würde. Er ist mit Sicherheit stark genug, um sie abzufangen. Und in diese Richtung habe ich bereits Schritte unternommen, Don Emilio.« Santa Cruz reckte sich und musterte seine Untergebenen mit funkelnden Augen. Ganz offensichtlich genoß er diesen Beweis seines strategischen Genies. »Bedenkt einmal, meine Herren: Was würde aus unseren Vorbereitungen hier werden, wenn Drake Erfolg hätte? Seine Majestät hat Kredite laufen, die alle von der Ankunft der Silberflotte abhängen. Wenn sie ausbleibt, sind wir alle bankrott und arm wie die Bettler auf den Stufen der Kathedrale.«

»Dann könnte er unser Unternehmen aufhalten, ob wir auslaufen oder nicht?« sagte Mendoza entsetzt.

Santa Cruz setzte seinen Weg bergauf fort. Im Rücken der vornehmen Herren wurden die Auspeitschungen fortgesetzt.

»Beruhigt Euch, Don Antonio. Wir dürfen keine Eventualität außer acht lassen, aber Admiral Luzon und Diego Flores de Valdes sind beides erfahrene Männer. Beide wissen, was sie tun, und sie haben ausdrücklichen Befehl, den südlichsten Kurs zu fahren, den die Winde erlauben. Ich glaube, sie werden San Lucar unbehelligt erreichen. Aber eines will ich Euch sagen: Es ist ein Fehler, Drake und seinesgleichen zu unterschätzen.«

Als sie an die Türen der großen Halle kamen, versuchte Gonzalo, das Gehörte zu verdauen. Er war äußerst betroffen, daß der vornehmste Admiral Spaniens bereit war, einem abscheulichen Piraten so viel Respekt zu zollen. Obwohl Santa Cruz unbestreitbar ein Grande war, legte er gelegentlich die Derbheit eines Bauern und die Manieren der Gosse an den Tag. Wie schade, dachte er, daß nicht Don Emilio zum Oberbefehlshaber ernannt worden war. Doch dann wandte er sich wieder seiner eigenen großartigen Karriere zu, und seine Miene hellte sich auf. Meine Stellung hat sich enorm gefestigt, sagte er sich. Welch ein Glücksfall, daß mich die Jesuiten schon kurz nach meiner Ankunft auf diesen fetten Kaufmann aufmerksam gemacht haben. Sie sagen, er sei ein wichtiger Spion, vielleicht sogar der Kopf des gesamten Rings. Ich bin gespannt, ob er einer zweiten Folter standhalten wird. Heute abend werde ich Almeidas Zelle aufsuchen. Und bis morgen steht mit Sicherheit ein Dutzend weiterer Namen auf meiner Liste.

»Geh hinein und spiele, Martin.«

»Aber Vater, ich wollte doch nur, daß du meinen Drachen richtest —«

»Ich sagte, geh ins Haus!«

John Tavistock fühlte den warmen Sonnenschein auf seinem Rücken, aber innerlich war er kalt wie Eis. Er schaute seinem Sohn nach, und sein Magen zog sich zusammen. Über ihm stolzierten ein Dutzend oder mehr aufgeplusterte Tauben auf dem roten Ziegeldach. Der Himmel darüber war ein tiefes und makelloses Blau. Er sah Almeidas Frau verzweifelt in diesen Himmel blicken, als suche sie dort die Rettung. Ihr Gesicht war bleich und ängstlich, ihre Augen unendlich müde, als könnten sie sich nicht von dem schrecklichen Abgrund lösen, der sich in ihr aufgetan hatte.

Vor einer Stunde hatte sie ihm die schlimme Nachricht gebracht: Almeida war von Soldaten abgeholt worden. Sie hatten das Haus geplündert, und sie hatten Haftbefehle für ihre Söhne.

»Ich bin ihnen nur entkommen, indem ich aufs Dach geklettert bin«, berichtete sie. »Ich hatte furchtbare Angst. Und dann sah ich, wie sie ihn unten auf der Straße abführten. Ich kam zu Euch, so schnell ich konnte.«

Auch Tavistock war außer sich vor Sorge. Mit nur mühsam beherrschter Stimme fragte er: »Ihr kamt, um uns zu warnen?«

»Ja . . .« Sie nickte. Ihr Gesicht war plötzlich um Jahre gealtert. »Helft ihm, Juan. Bitte, helft ihm.«

Tavistock ergriff ihre Hände und blickte an den vertrauten hohen Mauern seines Hauses empor. Sie erschienen ihm jetzt wie die Mauern einer Festung oder eines Gefängnisses. Seit dem Tag, an dem Maria Gonzalo gesehen hatte, hatte er keine zwei Stunden mehr zusammenhängend geschlafen, weil ihm die Sorge keine Ruhe ließ.

Er hatte an Nicolau eine Nachricht geschickt und eine andere an die Schmiede, daß er für eine Weile geschäftlich unterwegs sei. Seine Arbeiter waren tüchtig und kamen auch allein zurecht. Aber nun das! Es war schlimmer als seine schlimmsten Befürchtungen. Was geschieht, wenn Nicolau redet? dachte er. Er könnte uns alle an den Galgen bringen.

»Was werden sie mit ihm tun?« fragte Almeidas Frau, und ihr bangte vor der Antwort.

Eine Magd schlüpfte leise aus der Küchentür und überquerte den Hof mit einem großen Korb voller Wäsche. Tavistock fühlte, wie die Angst an ihm nagte – die Angst, Martin könnte sich davonstehlen, um seinen Drachen fliegen zu lassen, eine Magd könnte sie verraten, die Angst, es könnte jemand kommen und an das Tor klopfen.

Keiner der Diener in seinem Haushalt war in die Geheimnisse des Hausherrn eingeweiht; keiner wußte etwas von seiner Tätigkeit als Spion, und noch keiner wußte, daß der Freund des Herrn im Gefängnis war.

Aber wie lange noch? Er führte nach außen hin ein ziemlich offenes Leben, es kam häufig Besuch ins Haus, so daß sie nicht darauf hoffen konnten, hier jemand auf längere Zeit verstecken zu können, am wenigsten Nicolaus Frau. Tavistock dachte an den Freund, dem er so viel verdankte, und er glaubte, ein eiserner Ring schlösse sich eng und enger um seinen Hals.

Maria trat aus dem Haus und kam auf ihn zu. »Was meinst du, wieviel Zeit uns noch bleibt, bis sie zu uns kommen?«

»Ich weiß es nicht. Vielleicht einen Tag, vielleicht –« Er sprach nicht weiter. Vor drei Tagen war Almeida nach Lissabon zurückgekehrt mit der unglaublichen Nachricht von Drakes Überfall auf Vigo. »Hör zu, Nicolau«, hatte er gesagt. »Glaubst du, daß er auch hier angreifen wird? Daß er hier landen wird?«

»In Lissabon?«

Tavistock hatte genickt.

»Ich habe Angst um meine Stadt«, hatte Almeida eingeräumt. »Ganz Galicia fürchtet sich vor Senhor Drake. Er erteilt den Spaniern eine Lektion, die ihnen nicht gefällt. Aber ich fürchte um Lissabon nicht, weil Drake einen Überfall wagen könnte. Die Stadt geht auch ohne ihn zugrunde. Ich weiß nicht, wie lange das noch so weitergehen kann.«

»Bis die Spanier bereit sind auszulaufen.«

»Gebe Gott, daß es bald soweit ist. Oh, mein armes Lissabon! Überall blüht das Geschäft, aber es ist kein gesunder, reeller Handel. Die vielen Menschen, die hereinströmen, überfordern das Land. Getreide, Wein, Fleisch – alles wird aufgezehrt bis zum letzten. Die Nachfrage nach Waren aller Art ist viel größer als unsere Möglichkeit, diese Nachfrage zu befriedigen. Die Preise steigen täglich um das Doppelte und Dreifache. Die Armen hungern. Aber das stört die Spanier nicht. Für sie bedeutet das nur billige Arbeitskräfte.«

Tavistock hatte den Kopf geschüttelt. »Nein, die Spanier haben bereits mehr Leute hier, als sie brauchen oder beschäftigen können. Es ist eine unmögliche Aufgabe, sie alle zu ernähren und die Ordnung aufrechtzuerhalten. Es hat bereits Unruhen gegeben. Soldaten desertieren. Sie haben angefangen, ganze Schiffsmannschaften und ganze Kompanien nicht mehr an Land gehen zu lassen. Die Flotte ist ein einziges Pulverfaß. *Sie müssen bald auslaufen.*«

Almeida hatte die Achseln gezuckt. »Das Unternehmen ist zu groß. Sie werden nie vollständig vorbereitet sein, um aufzubrechen.«

»Hast du das zu den Leuten in England gesagt?«

»Das ist nur meine Meinung. In meinen Berichten beschränke ich mich auf Fakten.«

Tavistock hatte Almeidas Gesicht genau beobachtet; er hatte Furcht darin gesehen, heimliche, unterdrückte, aber sehr große Furcht. Und seine Worte hatten nicht ehrlich geklungen.

»Nicolau, wo warst du letzte Woche?« hatte er gefragt.

»Das habe ich dir doch gesagt. In Lagos.«

»Das kann nicht sein.«

Almeida hatte ihm einen raschen Blick zugeworfen. »Es ist die Wahrheit. Ich habe dort einen Kontaktmann.«

»Wie kannst du dann so viel über Galicia wissen, das dreihundert Meilen in die andere Richtung liegt?«

Almeida hatte ihn angesehen und schließlich auf das Taubenhaus gewiesen. »Sie sind der Grund, warum ich nach Lagos ging und warum ich so viel über Vigo weiß.«

Tavistock war verblüfft. »Tauben?«

»Ja, Tauben.«

»Aber ich verstehe nicht –«

»Gott verlieh ihnen einen wunderbaren Instinkt. Sie finden immer nach Hause, wo du sie auch hinbringst, solange die Entfernung nicht größer ist als ein paar Dutzend Meilen. Es ist eine Kunst, die schon die alten Griechen und Römer kannten. Die römischen Legionen haben Tauben benutzt. Aber diese Kunst der Römer ist mit ihnen untergegangen und wurde von allen vergessen, ausgenommen die Muselmanen.«

»Aber wie –«

Almeida hatte eine seiner Tauben in die Hand genommen, hatte sie umgedreht und einen kleinen, aus einem Stück Gänsekiel gefertigten Behälter zum Vorschein gebracht, der mit einem gewachsten Seidenfaden am Bein der Taube befestigt war. »Tauben sind die mit Abstand schnellsten Boten, schneller als jede spanische Galeere, schneller als ein galoppierendes Pferd, und sie überqueren Land und Wasser ohne Unterschied. Wenn ich diese hier freilasse, wird sie ein-, zweimal über uns kreisen, und dann fliegt sie geradewegs zu dem Ort, an dem sie aus dem Ei geschlüpft ist. Ich habe bei einer meiner Tauben die Zeit gemessen. Kannst du dir vorstellen, daß sie zehn Meilen in nicht mehr als einer Viertelstunde zurücklegte?«

»Das ist unglaublich!«

Almeida hatte genickt. »O ja, unglaublich, aber wahr. Und sehr nützlich. Natürlich fliegen sie nicht bei Nacht, und der Regen holt sie herunter und manchmal auch ein Falke, aber trotzdem... Es gibt ein Netz von Beobachtern entlang der gesamten Küste. Ich kann dir nicht sagen, wie sie heißen oder wo sie wohnen, aber ich bin ihr Zahlmeister. Und wenn irgend etwas geschieht, wird es mir auf dem schnellsten Wege mitgeteilt. Auf diese Weise erfuhr ich vor den Jesuiten von der Ankunft der *Nuestra Señora*. Und was Senhor Drake unternimmt, erfahre ich ebenso.«

Tavistock war baß erstaunt. »An wen gibst du die Nachricht vom Erfolg Drakes in Vigo weiter?«

»An einen Engländer. Auf spanisch nennen sie ihn Juan Achines.« Almeida hatte eine Weile geschwiegen und dann gesagt: »Vielleicht ist es an der Zeit, daß ich dir mehr erzähle. Vor beinahe zwanzig Jahren lebte ich selbst in Galicia, in der kleinen Hafenstadt Pontevedra in der Nähe von Vigo. Dort habe ich den Fehler begangen, einem englischen Schiff Hilfe zu leisten. Es kam von Westindien und versuchte, nach England zurückzugelangen. Ich wußte nicht, daß es gegen spanische Schiffe gekämpft hatte. Ich fand es wie die *Nuestra Señora*, flügellahm und leck geschossen, und bot meine Hilfe an, was jeder andere Mensch auch getan hätte.«

»Was war das für ein Schiff?« hatte Tavistock gefragt.

»Es hieß *Minion*. Und der Besitzer hieß John Hawkins.«

Tavistock war vor Schreck erstarrt, und staunend hatte er zugehört, als Almeida fortfuhr: »Ich erinnere mich, daß Hawkins hohes Fieber hatte. Der größte Teil der Mannschaft war tot. Die Überlebenden befanden sich in schrecklichem Zustand und brauchten Hilfe, und so half ich eben. Ich besorgte Wasser und Lebensmittel und alarmierte ein anderes englisches Schiff, das bei uns im Hafen lag. Aber dann entdeckten die Jesuiten, was ich getan hatte. Sie warfen mir vor, ich hätte die Ketzerei unterstützt, und ich wurde verhaftet. Als sie herausfanden, daß ich Jude bin, ließen sie mich mit meiner Frau und meinen Kindern bezahlen.« Ein Schauder überlief ihn. Dann hatte er sacht die Taube in die Höhe geworfen, die mit raschem Flügelschlag in den blauen Himmel stieg. »Danach floh ich nach Portugal. Über englische Weinfrachter nahm ich Kontakt mit Hawkins auf, und er schickte mir Geld. All das hier« – Almeida hatte mit der Hand auf sein Haus gewiesen – »stammt von ihm, als Gegenleistung für Informationen.«

»John Hawkins.« Tavistock hatte den Namen wiederholt. »Ich bin mit seiner Expedition nach Westindien gefahren.«

»Ich weiß. Und ich weiß auch, daß dein richtiger Name John Tavistock lautet, und daß dein Bruder Richard Tavistock ist, der berühmte Freibeuterkapitän. Zwei Jahre, nachdem du zu mir kamst und als vorauszusehen war, daß die Spanier Portugal nehmen würden, berichtete ich Hawkins von dir. Er sagte, ich sollte dich überreden, an Bord eines englischen Schiffes zu gehen, aber du wolltest nicht.«

»Du hättest mir das über Hawkins eher erzählen sollen.«

Almeida breitete die Hände aus. »Wie konnte ich? Ich wagte nicht, ihn als meine Quelle preiszugeben. Er ist für Lord Burleigh in viele spanische Geschäfte verwickelt. Die Spanier sind überzeugt, er sei ihr Mann. König Philipp hat ihn sogar heimlich geadelt. Ich konnte es nicht riskieren. Wenn sie dich gefangennähmen und folterten, bis du ihn verrätst, würde sein Verbindungsnetz hier zusammenbrechen, und sogar in England geriete er in Lebensgefahr.«

Dann waren sie in Almeidas privates Büro gegangen, einen fensterlosen Raum, wo er seine Geschäftsbücher und sein Gold aufbewahrte. Früher hatten hier Gewürze gelagert; es war kühl und still und roch nach Zimt und Kampfer und Kerzenwachs.

Sobald sie allein waren, hatte Almeida seine Augengläser aufgesetzt und die winzige Kapsel geöffnet, die er der Taube abgenommen hatte. Er zog eine gebogene Nadel aus seinem Hutband und holte damit einen fest zusammengerollten Papierstreifen aus der Kapsel. Er rollte ihn vorsichtig auf, las, was darauf stand, und hielt ihn dann über die Flamme seiner Siegelwachskerze, bis er vollständig verbrannt war.

»Woher kam die Nachricht?«

»Aus dem Süden. Leider sind es schlechte Nachrichten.«

»Was stand auf dem Zettel?«

Almeida hatte versucht, darüber hinwegzugehen, aber Tavistock drängte ihn. »Die diesjährige *flota* hat San Lucar sicher erreicht. Senhor Drake hat sie verpaßt.«

Die Angst drang wie mit tausend Messern auf ihn ein. Er hatte verstanden. O ja. Er wußte sogar schon damals, daß sie kommen würden. Vielleicht hatten die Jesuiten, die er so haßte, eine seiner Tauben abgefangen. Vielleicht war er von einem seiner ›Beobachter‹ verraten worden. Es spielte keine Rolle mehr.

Almeidas Worte hatten ein bleibendes Echo in Tavistock hervorgerufen: »Wenn sie dich gefangennähmen und folterten...«, und plötzlich erlebte er wieder jenes abgrundtiefe Entsetzen, sah die Eisen, die Stricke, das Feuer der Inquisitoren vor sich, und er wußte, er könnte dies alles kein zweites Mal durchstehen. Er fürchtete sich nicht vor dem Tod, sondern vor den Schmerzen, vor diesen Höllenqualen, fromm gerechtfertigt, wiederholt angewendet und absichtlich zugefügt, ihm, seiner Frau, seinem Sohn, und jetzt, in diesem Augenblick vielleicht seinem Freund Nicolau. Der Eisenring um seinen Hals schloß sich immer enger, drohte ihn zu ersticken, und eine Panik ergriff von ihm Besitz, wie er sie noch nicht gekannt hatte. Der Schweiß auf seinem Gesicht wurde eiskalt. *Wie kann ich entkommen?* schrie sein Instinkt. *Was kann ich tun?* Aber es kam keine Antwort. Er saß in der Falle, hoffnungslos, und fiel und fiel...

Maria sah ihn an und sah das Entsetzen in seinen Augen. »Juan!«

Wie eine gewaltige Woge schlug die Scham über ihm zusammen, als er begriff, daß auch Almeidas Frau seine blutleeren Wangen sah. Sie mußte ihn für einen erbärmlichen Feigling halten. Dann fühlte er seinen Kopf plötzlich klar werden wie seit Wochen nicht mehr. Die furchtbare Angst, die in ihm aufgewallt war, hatte seinen Verstand geklärt wie ein Gewitter die Atmosphäre, und als sie vorüber war, wußte er, welchen Weg er zu gehen hatte.

»Es ist nur eine Frage der Zeit. Wir sitzen hier alle in der Falle«, sagte er, weil er nicht wußte, wie er es den Frauen anders hätte sagen können. »Und Nicolau ist ein toter Mann, wenn ich jetzt nicht handle.«

»Handeln? Was meinst du damit?« fragte Maria mit bohrendem Blick. »*Juan, was meinst du damit?*«

Er erwiderte ihren Blick. »Mein Können nützt ihnen mehr als ein toter Nicolau. Ich liefere mich ihnen aus im Austausch für ihn.«

»Nein!« schrie sie. »Nein! Das kannst du nicht. Das erlaube ich nicht!«

Er hatte eine ziemlich genaue Vorstellung, wie dieser Handel aussehen würde. Der Ehrgeiz würde Gonzalo zwingen zuzustimmen. Wenn nicht, würde ihn Don Emilio mit seiner Autorität überstimmen. Er würde Almeida auslösen und verlangen, daß beide Familien mit einem Schiff nach England reisen könnten. Hawkins würde sich um sie kümmern und für ihren Lebensunterhalt sorgen. Er war fest entschlossen, diesen Schritt zu tun, aber er mußte auch Maria davon überzeugen. Er packte sie fest bei den Schultern. »Hör mir zu! Ohne Nicolau wären wir alle schon längst tot. Verstehst du nicht? Wir sind es ihm schuldig!«

»Nein, nein, nein! Es ist Wahnsinn! Ich laß dich nicht!« Maria schüttelte hilflos den Kopf. Im Gesicht von Almeidas Frau kämpften Hoffnung mit Furcht. Dann streckte sie ihm die Hände entgegen und sagte: »Du kannst das nicht tun, Juan. Nicolau würde es nie von dir verlangen.«

Tavistock wich einen Schritt zurück. »Ihr versteht das nicht. Es ist mein Opfer.«

»Juan! Es wäre Selbstmord!«

»Ich bin bereits ein toter Mann!«

»Du bist *nicht* tot!«

»Es tut mir leid, Maria. Ich habe die Zukunft gesehen. Ich weiß, was ich tun muß.«

Und bevor sie ihn aufhalten konnte, hatte er den Hof bereits halb durchquert und schritt auf das Tor zu.

# 25

Die Themse führte Hochwasser. Grau und kabbelig schwappte das Wasser unter einem unruhigen Wolkenhimmel.

»Ich kann mich nicht erinnern, daß das Wasser schon einmal so hoch stand«, sagte Hawkins zu Richard Tavistock. Sie standen sich, fünf Schritte voneinander entfernt, gegenüber in einer Gasse, die zum Fluß hinabführte. »Neptun ist stürmisch aufgelegt.«

Tavistock bedachte Hawkins mit einem Blick, den ein Mann nur für seinen Todfeind bereithält. Er war nicht gekommen, um nett zu plaudern. Zweimal hatte Hawkins um diese Begegnung gebeten; zweimal hatte er abgelehnt, denn nichts, was Hawkins ihm hätte sagen können, hätte seine schändlichen Verbrechen aus der Welt geschafft – nichts, was er tat oder sagte, würde ihm je die Achtung zurückgewinnen, die Tavistock einst für ihn gehegt hatte.

»Es ist ein regnerischer Monat und außerdem Frühling.«

»Nein, es ist der heraufziehende Sturm«, sagte Hawkins und erwiderte Tavistocks Blick kühl und gelassen. »Ich kann ihn riechen. Du nicht?«

»Das einzige, was ich hier rieche, stinkt nach Verrat.«

Er hatte schließlich einer Unterredung mit Hawkins zugestimmt, nachdem er ein drittes Mal darum gebeten hatte, und das auch nur, weil Anne ihm zugeredet hatte. Aber er war nicht allein gekommen, und er hatte sich herausgeputzt wie ein feiner Kaufmann und seinen auffallendsten Gürtel mit den zwei Pistolen angelegt, die er gern gut sichtbar als Abschreckung bei sich trug, wenn er in der City zu tun hatte. Er war gewaltig auf der Hut, und sobald er Hawkins' ansichtig wurde, war sein Groll gegen ihn wieder erwacht.

»Sagt, was Ihr zu sagen habt«, stieß er hervor.

»Nicht hier auf der Straße, Richard. Ich habe dir viel zu sagen, und es handelt sich um private Dinge.«

»Dieser Ort hier ist so anonym wie jeder andere.«

»Kriminelle suchen die Anonymität. Ich will Sicherheit. Was ich dir zu sagen habe, ist nicht für andere Ohren bestimmt. Ich werde nur auf der *Roebuck* mit dir sprechen.«

»O nein!« sagte Tavistock abwehrend.

»Es wäre zu deinem Vorteil. Und ich werde nur auf meinem Schiff offen mit dir reden.«

»Ich wäre ein Narr, Euch dorthin zu folgen.«

»Warum glaubst du das?« Hawkins verkniff sich ein Lächeln. »Wovor hast du Angst? Daß ich dich umbringe? Hast du überhaupt kein Vertrauen mehr zu mir? Ich sehe jedenfalls, daß diese Pistolen an deinem Gürtel keine Verzierung sind.«

Tavistock legte zwei Finger an die Lippen und stieß einen schrillen Pfiff aus. Hawkins trat argwöhnisch ein paar Schritte zurück und legte die Hand auf den Degengriff. »Was soll das?«

»Wer spricht jetzt von Vertrauen?«

Wie aus dem Nichts tauchten zwei Männer hinter Tavistock auf. Er wandte Hawkins den Rücken zu und sprach flüsternd mit dem größeren von beiden, bevor er beide wieder fortschickte.

»Wer sind sie? Was hast du zu ihnen gesagt?«

»Sie sind meine Versicherung. Wenn ich nicht bis um sieben Uhr auf den Stufen von Star Chamber [nur dem König verantwortliches Willkürgericht bis 1641, *A. d. Ü.*] bin, werden sie Zeter und Mordio schreien. Also, wo liegt Euer Boot?«

»Ich habe kein Boot hier.«

Tavistock wußte, daß seine Überraschung unverkennbar war. Er erinnerte sich noch gut an den Vorfall vor etlichen Jahren, als Hawkins auf dem *Strand* von einem seiner Feinde überfallen und schwer verletzt worden war. Der Mordanschlag geschah bei hellem Tageslicht auf offener Straße, auf der breitesten, belebtesten Londoner Durchgangsstraße, und Hawkins war seinen Wunden beinahe erlegen. Seitdem traf er stets und überall diskrete Vorsichtsmaßnahmen. Daß er sich mit einem bewaffneten Mann, der ihm alles andere als wohlgesonnen war, allein auf den Fluß hinaus wagen wollte, war nahezu undenkbar.

»Ihr habt kein Boot hier?«

»Wie sollst du mir vertrauen, wenn ich dir nicht zeigte, daß ich dir vertraue?«

»*Vertrauen?*« Tavistocks kurzes Lachen klang bitter. »Mit diesem Geschäft seid Ihr bankrott.«

Hawkins wandte sich ab. »Ich werde ein Boot mieten«, war alles, was er erwiderte.

Vielleicht ist es eine Falle, dachte Tavistock, doch seine Nervosität legte sich etwas, als der junge, magere Bootsführer, der als Sieger aus der Feilscherei hervorgegangen war, mit ihnen von Blackfriar's Wharf ablegte und ihnen vergnügt drauflos quasselnd seine Lebensphilosophie darlegte und gleichzeitig fünfzig verschiedene Dienstleistungen anpries, bis Hawkins ihm sagte, er solle den Mund halten.

Nein, dieser Junge ist keiner, der mir die Kehle durchschneidet, und keiner, der sich verdingt. Der ist ganz und gar sein eigener Herr. Und Hawkins scheint wirklich nur auf der *Roebuck* mit mir sprechen zu wollen. Er will mich weder festnehmen noch töten – also, was will er von mir? Was kann er mir sagen wollen? Aufmerksam beobachtete er seinen ehemaligen Vorgesetzten, während sie zwischen den kleinen Fahrzeugen hindurchfuhren, die neben dem großen, vom Fluß geschwärzten Gebäude mit den runden Türmen lagen, das als Baynarde's Castle bekannt war. Die Ebbe zog das Boot flußabwärts. Sei vorsichtig mit diesem John Hawkins, sei auf der Hut, warnte er sich. Er ist glitschig wie ein Aal, steckt bis zum Hals in Intrigen und hat seine Finger in jedem Geschäft. Er war Walsingham vom Haken gerutscht, lang bevor Burleighs Monatsfrist abgelaufen war, und zwar so glatt und gekonnt, daß man ihm den Respekt dafür nicht versagen konnte – wohl aber die Bewunderung.

Natürlich steckt Burleigh dahinter, dachte er, während er zusah, wie Hawkins' Augen das Ufer absuchten. Er hat

654

Drake und Walsingham gut bezahlt, um dich zu halten. Für Kaperei tauchte plötzlich eine wunderbare Ausrede auf, die in weniger kritischen Zeiten unter den Tisch fiel. Es war die einzige Münze, in der Francis bezahlt werden konnte, und das wußtest du, nicht wahr? Und das Ganze trägt Burleighs Handschrift: Eine an sich belanglose Beschlagnahme einiger kleiner englischer Getreidefrachter in Bilbao wird zu einem nationalen Streitfall aufgebauscht. Wie? Mit Geld. Für Geld wird die Geschichte in Umlauf gebracht; für Geld veröffentlichen Drucker der Stadt Flugschriften und Holzschnitte über Grausamkeiten der Spanier; für Geld geht der Pöbel auf die Straße und demonstriert; im Namen Gottes verlangen die puritanischen Prediger Vergeltung. Auf diese Weise hat Drake sein Permit bekommen.

Ja, dachte Tavistock verdrießlich, Drake hat pflichtschuldigst Vigo geplündert und ist dann mit seinen zwanzig Schiffen weitergesegelt in die Karibik, um dort zu wüten und zu rauben.

Auch Walsingham war zum Schweigen gebracht worden; wie, das hatte sich nicht einmal Anne zusammenreimen können. Die offensichtlichste Bestechung war die, daß Walsinghams Stiefsohn, Christopher Carleill, zum Generalleutnant und Kommandanten der zweitausend Soldaten von Drakes Karibik-Operation ernannt worden war, aber es gab noch andere Zutaten, die jedoch nicht mehr als Gerüchte waren.

Drake war wieder auf See, Walsingham beschwichtigt – was lag näher, als daß auch Tavistock seinen Preis haben mußte. Aber mich werden sie nicht kaufen. Wenn Hawkins auch nur eine Andeutung macht, schieß' ich ihn über den Haufen.

»War das ein Vorschlag von Lord Burleigh?«

Hawkins schüttelte den Kopf. »Nein.«

»Das glaube ich nicht.«

»Ich würde gern den Stolz aus dir herausbeuteln, Richard«, sagte Hawkins mit dem Ton eines Mannes, der von seiner Integrität uneingeschränkt überzeugt ist. »Ich würde das ohne weiteres für den Ersten Lord der Schatzkammer tun. Ich hätte es schon vor Jahren getan, aber er hat es mir verboten.«

Tavistock blickte auf die Stadt, die an backbord vorüberglitt. Es folgte Queenhythe mit den Hafenanlagen, den flachen Schleppkähnen und schweren Kränen. Dahinter erhob sich der Turm von St. Paul's, ein von Pfeilern gestützter Stumpf, der über einem dichten Gewirr reetgedeckter Häuser und Hütten aufragte, das sich bis herunter ans Flußufer ausdehnte. Flußaufwärts reckten sich über dem Häusermeer der City die gewiß hundert Kirchtürme der einzelnen Sprengel in den Himmel: St. Martin's, St. John in Walbrooke, St. Mary Botolph, der spitze Turm von St. Laurence on the Hill. Auf dem Südufer zogen die Stätten unschuldiger, aber auch blutrünstiger Vergnügungen vorbei: Paris Garden und der Uferweg, wo die Liebespaare spazierengingen, und die ovalen Arenen für die Bären- und Stierhatzen.

»Es kostet einen halben Penny mehr, Euer Ehren, weil wir die Brücke bei Ebbe passieren müssen«, sagte der Bootsführer. »Das wißt Ihr doch, Euer Ehren.«

Hawkins nickte.

Tavistock lehnte sich gegen die Brückenstütze, hielt seine Hände jedoch unbewußt in der Nähe der Pistolengriffe. Der Wind trug ihnen den Gestank von Fäkalien und das Rauschen der Stromschnellen entgegen. Ein Stück voraus überspannte die London Bridge den Fluß. Auf den zwanzig schmalen Brückenbögen thronten auf abenteuerlichste Weise Häuschen und Buden aus Backstein und Holz, die jeden Augenblick ins Wasser zu stürzen schienen. Es hatte viel geregnet in der Woche zuvor, und jetzt hatte die Ebbe voll eingesetzt. Die großen bootförmigen Fundamente, auf denen die Brücke ruhte, stauten das Wasser an der flußaufwärts gelegenen Seite um sechs Fuß höher als sonst. Gurgelnd und schäumend schoß das andrängende Wasser in die tunnelartigen Zwischenräume.

Tavistock sah, daß dem jungen Bootsführer Zweifel ka-

men, als er den Bug seines Boots auf den am nächsten gelegenen Brückenbogen richtete. Er war ganz offensichlich unerfahren und zögerte, sein Boot, mit dem er seinen Lebensunterhalt verdiente, aufs Spiel zu setzen, indem er auf dem Höhepunkt der Ebbe die Brücke passierte; aber er hatte die Fahrt
nur bekommen, weil er bereit war, sie direkt bis zur *Roebuck*
zu bringen.

Als die Brücke vor ihnen aufragte, richtete er trotz seiner
Angst sein Boot aus so gut er konnte. Tavistock spürte, wie es
vom Sog ergriffen wurde. Von den scharfkantigen Pfeilern,
die das braune Wasser teilten, gingen kreiselnde Wirbel aus,
und dann stürzte das Wasser tosend unter die widerhallenden Brückenbögen. Es war, als fiele der Boden aus dem Boot.
Das vordere Ende neigte sich steil, und ein Wasserschwall
schwappte über Hawkins' Knie. Dann lag die Brücke hinter
ihnen, und nur noch der weiße Schaum, der das Wasser rings
um das Boot marmorierte, erinnerte an die bestandene Gefahr.

Der Bootsführer steckte die Riemen wieder in die Halte-
rungen. Er blickte zur *Roebuck*, die jetzt in Sicht kam, und als
er sich umwandte, grinste er übers ganze, nicht ganz saubere
Gesicht.

Hawkins bekam einen roten Kopf. Seine Hosen waren völlig durchnäßt. »Lachst du vielleicht über mich, du Taugenichts? Das kostet dich einen halben Penny!«

»Laßt gut sein. Ihr wolltet doch unter der Brücke durchfah-
ren.«

»Aye, und er hat die Aufgabe übernommen!«

Der junge Mann kniff die Augen zusammen. »Ihr werdet
mir den vollen Preis bezahlen, Euer Ehren, wie abgemacht.
Oder Ihr geht von hier aus zu Fuß.«

»Du unverschämter Grünschnabel, du. Soll ich dir den
Hintern versohlen?«

»Ihr könntet es ja versuchen.«

Der Bursche wirkte wie eine aufgezogene Feder, jederzeit
sprungbereit, sollte es Hawkins einfallen, nach dem Degen

zu greifen. In seiner Hand lag plötzlich ein häßlicher Knüppel. Einen Augenblick lang dachte Tavistock daran, seine Pistole zu ziehen. Doch dann meinte er freundlich und mit hochgezogenen Brauen: »Weißt du, mein Junge, daß du einen berühmten Kapitän bedrohst? Einen, der dreimal nach Amerika gesegelt ist und wieder zurück?«

Der junge Mann war davon wenig beeindruckt. »Er hat *mich* bedroht. Und es ist mir piepegal, wer er ist. Hier sind wir in England, nicht in Flandern! Ich werde Euch etwas sagen, Ihr Herren. Mein Name ist Harry Derbyshire, Mitglied der Fährmannsgilde, und auf *diesem* Schiff bin ich der Kapitän. Also gilt, was *ich* sage, oder ich lege an und rufe die Genossen von der Zunft.«

Hawkins musterte ihn mit finsteren Blicken, aber Tavistock grinste und reichte ihm eine Münze. »Hier ist dein halber Penny, Junge.«

Der Bootsführer rührte sich nicht. »Das ist ein ganzer Penny. Und ich bin kein Dieb.«

»Nehmt es, Master Derbyshire – für Eure Unerschrockenheit. Ihr seid wie ein alter Hase unter diesem Brückenbogen hindurchgeschossen.«

Zögernd streckte der Bootsführer die Hand aus – in der anderen hielt er noch immer den Knüppel – und seine Augen funkelten barbarisch, während er versuchte herauszukriegen, ob ein Trick dahinter steckte. Doch dann nahm er den Penny und steckte ihn ein. Er griff nach den Riemen und lenkte das Boot am Tower und den halb unter Wasser stehenden Falltoren von Traitors Gate vorbei, behielt seine Passagiere aber mißtrauisch im Auge.

»Danke Sir«, sagte er einen Augenblick später widerwillig. »Aber woher wollt Ihr wissen, daß ich kein alter Hase auf dem Fluß bin?«

Tavistock zwinkerte ihm zu. »Vielleicht, weil ich selbst einmal Bootsführer war. Nächstes Mal wählt den breitesten Bogen und setzt Euch weiter nach hinten.«

»Ja, Sir. Vielen Dank, Sir.«

Die *Roebuck* lag eine Kabellänge hinter St Katharine's Stairs. Tavistock folgte Hawkins an Bord. Er konnte nicht umhin, die schlanken, der Strömung angepaßten Linien des Schiffs zu bewundern. Die Wachmannschaft des Schiffs machte einen ordentlichen und disziplinierten Eindruck. Der Bootsmann begrüßte Hawkins respektvoll und beantwortete rasch und präzise alle Fragen, bis er entlassen wurde. Dann gingen sie nach unten zu den Stühlen, die auf der Galerie des Achterschiffs aufgestellt waren. Bei jedem Schritt erwartete Tavistock eine Überraschung, aber er wartete umsonst.

»Trinkst du mit mir eine Flasche Jerez?«

»Ich würde mit Euch keine Flasche köpfen, und wenn es die letzte auf dieser Erde wäre.«

»Richard, Richard! Manchmal machst du es einem wirklich schwer.«

»Wir sind auf Eurem Schiff. Ich bin bereit, Euch zuzuhören. Sagt, was Ihr sagen wollt, und macht es kurz. Und dann verschwinde ich, bevor mich Eure Korruptheit zum Speien bringt.«

»Du hast mir Unrecht getan, Richard. Wahrhaftig, ich hasse es, wenn jemand hinter meinem Rücken über mich redet.«

»Ihr seid ein Schwindler und ein Dieb, John Hawkins. Aye, und ein Verräter. Und es wird nichts Besseres daraus, wenn ich es Euch offen ins Gesicht sage.«

Hawkins ließ sich keine Verärgerung anmerken. Er füllte zwei Kelchgläser mit Sherry und schob eines vor Tavistock. Dann hob er sein Glas.

»Richard, du bist ein sturer Bastard. Und blind. Aber wenn du nicht auch noch dumm sein willst, dann hör mir jetzt zu. Es haben sich ein paar Dinge getan, seit du mit deinen Verleumdungen bei Burleigh aufgekreuzt bist.« Er hob eine Hand und zählte die folgenden Punkte an den Fingern ab: »Erstens: Francis Drake überfällt Vigo sowie Schiffe und Häfen in der Karibik. Zweitens: Walter Raleighs Patent zur Kolonisierung von Virginia wurde vom Parlament bestätigt.

Drittens: Bernard Drake überwältigt sechshundert spanische Fischer bei den neufundländischen Fanggründen. Viertens: Richard Grenville ist unterwegs, um einen Stützpunkt einzurichten, von dem aus wir in Westindien operieren können. Fünftens: Deine Verbesserungsvorschläge gehen zur Prüfung an die Admiralität. Sechstens und letztens: Der Königin liegt ein Plan vor, Schiffe auszusenden, die die spanische Silberflotte abfangen sollen, bevor sie Spanien erreicht. So. Glaubst du, das sei alles Zufall?«

Tavistock starrte vor sich hin. Alles, was Hawkins gesagt hatte, stimmte, aber es war belanglos. »Seid Ihr fertig?« fragte er.

Nun explodierte Hawkins. »Nein! Ich bin noch nicht fertig! Das alles ist Burleighs Werk, Richard. Dies alles geschieht mit seinem Wissen und seiner Billigung. Du bist nicht der alleinige Prophet, was die Absichten der Spanier betrifft.«

»Ich habe nie gesagt –«

Hawkins schnitt ihm das Wort ab. »Du hast mich in die größte Verlegenheit gebracht! Du hast mich zu Unrecht beschuldigt und das zu einem Zeitpunkt, an dem ich mich nicht öffentlich rechtfertigen konnte. Ohne Lord Burleighs geduldiges Wirken wäre der Pöbel über mich hergefallen oder man hätte mich vor Gericht gestellt –« Hawkins preßte seine schmalen Lippen aufeinander, um seinen Zorn zu zügeln. Er war bleich geworden, aber es gelang ihm, sich zu beherrschen. Er erhob sich und begann, auf und ab zu gehen. »Ich bin ein großzügiger Mensch, Richard, und ich kann verstehen, warum du so gehandelt hast, aber ich werde dir nie verzeihen, daß du Francis Drakes Behauptungen ungeprüft geschluckt und dich so kraß gegen mich gewandt hast. Konntest du nicht erkennen, daß das meiste davon von Holstocke und Wynter und Borough kam? Ich habe dich gemacht, Richard. Ich habe dich aufgezogen – und trotzdem stellst du dich gegen mich! Ich hätte dir mehr Intelligenz zugetraut. Aye, und mehr Loyalität.«

»Loyalität?« fauchte Tavistock zurück. Er wußte sehr wohl,

daß es viel Geld kostete, Kriegschiffe einsatzbereit zu halten und daß Hawkins als Schatzmeister die Admiralität zwar kontrollierte, die Posten des Schiffsinspektors, des Leiters des Flottenproviantamtes und des Zeughausmeisters aber von seinen politischen Feinden besetzt waren, von Männern, die Hawkins seinerseits beschuldigt hatte, sich durch korrupte Praktiken zu bereichern. Jetzt versuchte er noch einmal, ihnen die Schuld in die Schuhe zu schieben.

»So funktioniert das nicht. Francis hat mir Beweise geliefert. Schriftliche Beweise. Was soll ich in einem solchen Fall tun? Darüber hinwegsehen, weil Ihr einmal mein Lehrmeister wart? Nein, John Hawkins. Ich werde keinem Menschen Vorrang vor meiner Königin einräumen.«

»Francis ist ein großartiger Seemann, ein besserer als ich je gewesen bin. Er ist kühn und ein bewundernswert ehrlicher Mann, aber er ist auch ein Hitzkopf – seit eh und je. Immer Feuer und Flamme. Und weil er so von Grund auf ehrlich ist, hat er überhaupt kein Gefühl für geheimes Taktieren. Er weiß überhaupt nicht, was das ist. Aber du, Richard! Du hättest das alles durchschauen müssen.«

Die Geringschätzung in Hawkins' Stimme tat weh. »Kriech du nur auf dem Bauch, du Giftschlange!«

»*Begreifst du denn nicht?*« Hawkins' Gesicht war verzerrt vor Anstrengung, sich Tavistock verständlich zu machen und ihn umzustimmen. »Mein Gott, und *ich* habe dich gelehrt, einem Untergebenen ein Gerücht anzuvertrauen und zu beobachten, wohin es geht. Hast du das vergessen? Dieses Gerücht ging zu Francis und folglich auch zu dir. Und obwohl dich Burleigh gewarnt hat, hast du nicht Ruhe gegeben. Wie zwei blutrünstige Bullterrier aus der Arena habt ihr euch daraufgestürzt, und Walsingham knallte mit der Peitsche wie ein Zirkusdirektor . . .« Hawkins schloß die Augen, und dann richtete er sie wie saphierblaue Blitze auf Tavistock. »Als ich zum ersten Mal Einblick in die Verhältnisse bei der Navy bekam, war ich schockiert über die Mißwirtschaft und die Unordnung, die dort herrschte. In der ersten Vereinbarung, die ich mit der Königin traf, versprach ich, den Filz, der sich dort gebildet hatte, auszumerzen und den ständigen Verfall unseres einzigen Schutzwalls zu stoppen. Und das habe ich getan! Aber ich habe mir dabei Feinde gemacht, Richard, überall dort, wo ich einen Schwindel auffliegen ließ. Und sobald sie ihre Chance witterten, haben sie's mir heimgezahlt auf die gleiche Weise, indem sie behaupteten, ich hätte sie in ihren Ämtern entmachtet und ihrer Pfründe beraubt nur um meines eigenen Vorteils willen.«

Tavistock schüttelte langsam und spöttisch lächelnd den Kopf. »Also waren es nur Lügen? Lügen von gemeinen Intriganten?«

»Jawohl, Lügen, die eine heimliche Opposition vorsätzlich in die Welt gesetzt hat, um mich zu vernichten. William Wynter wollte mich aus dem Amt drängen. William Borough wollte mich gedemütigt sehen. Verstehst du noch immer nicht, Richard?«

»Und das ist die Wahrheit?«

»Ich schwöre es.«

Tavistocks Gesicht blieb unbewegt. Ihre Augen trafen sich. »Ihr seid ein verdammter Lügner! Als Ihr im Jahr neunundsiebzig zur Admiralität kamt, bestand die Flotte Ihrer Majestät aus zweiundzwanzig Schiffen. Heute, nach sechs Jahren *Eurer* Mißwirtschaft, sind es ganze dreiundzwanzig. Nennt Ihr das Vorbereitung auf einen Krieg? Ich habe unterschiedliche Orders gesehen, Beschlagnahmungen, ausgestellt in Eurer Handschrift, Dokumente, mit denen das Eichenholz der Königin, Waren aus den Lagerhäusern der Königin und das Geld der Königin an Euch und Eure Komplizen überwiesen wurden, damit Ihr Eure eigenen Schiffe, Eure Kauffahrteischiffe bauen könnt! Aye, John Hawkins, Schiffe wie dieses, um Eure Truhen zu füllen und um Euch Santa Cruz anzudienen, sobald seine Legionen englischen Boden betreten!«

Hawkins unterstrich jedes seiner Worte mit einem Faustschlag.

»Was du gesehen hast, war fingierte Buchhaltung.«

Plötzlich ertrug Tavistock Hawkins' Unverschämtheit nicht mehr. Er stand auf. Mit einem häßlichen Geräusch schurrte der Stuhl über die Decksplanken. »*Fingierte Buchhaltung?* Glaubt Ihr, ich sei nicht imstande, eine Fälschung zu entlarven? Haltet Ihr mich tatsächlich für so einen Hohlkopf?«

»Diese Papiere waren keine Fälschung. Ich habe sie geschrieben. Jeden Frachtbrief für Hölzer, für Taue, jede Zahlungsanweisung –«

»Dann gebt Ihr es also zu! Ihr seid ein niederträchtiger Schurke!«

»Nein!« Zornig wies Hawkins mit dem Finger auf Tavistock. Auf dessen Pistolen achtete er gar nicht. »Ich gebe gar nichts zu. Du, der du so schnell bereit warst, mich zu beschuldigen – du, der in meiner Tätigkeit nichts als Ehrlosigkeit erkennt –, *du bist blind.* Und Francis Drake, der so eifrig Beweismaterial gegen mich gesammlt hat, ist genauso blind. Ihr beide wart die eigentliche Gefahr! Unwissentlich – ja. Aus höchst ehrenwerten Motiven – gewiß! Aber Ihr wart für Englands Navy eine größere Gefahr als jede spanische Flotte.« Hawkins wandte sich ab und stützte sich schwer auf die Balustrade. »Natürlich wird es Krieg geben! Ich habe das seit dem Tag gewußt, an dem wir uns mit Señor Villanueva zu Tisch setzten und du mir mit deiner schnellen Reaktion das Leben gerettet hast. Oh, ich habe diesen Tag nicht vergessen: Ich habe daran gedacht, als mich mich entschloß, dir die *Antelope* zu verkaufen; ich erinnerte mich daran, als du im Tower saßest und ich die Vorzimmer von Whitehall abgeklappert habe, um dich frei zu bekommen; und ich habe mich noch einmal daran erinnert, als ich bei der Königin dafür eintrat, sie möge von Lord Oxford verlangen, das Haus von Low Houghton an dich zu verkaufen.«

»*Ihr habt das getan?*« zischte Tavistock verblüfft. Er suchte nach Worten, und als er keine fand, ließ er sich in seinen Stuhl zurückfallen. »Ihr habt es gewagt, Euch einzumischen?«

»Ay, das habe ich getan, und mehr«, sagte Hawkins mit wachsender Verbitterung. »Vieles hat sich zwischen uns abgespielt, und zum größten Teil hast du nichts davon gewußt und ebensowenig irgendein anderer. Nur weil es nicht öffentlich geschah – ist es deshalb weniger sinnvoll gewesen? Das war seit jeher meine Art, Geschäfte zu machen. Es ist die Grundlage meines Vermögens. Wäre es nicht eitel, wenn ich meine Geschäftsabschlüsse und Gewinne vor der gesamten Öffentlichkeit, vom Privy Council bis zur letzten Kneipe von St Katharin's, offenlegen würde? Nein, mein Herr! Verschwiegenheit, Unauffälligkeit, Diskretion – das ist es, womit man am Ende Sieger wird. Und genauso verhält es sich bei der Navy. *Mister Walsingham!*«

»Aber...« Tavistocks Zorn brach zusammen, als sich die Tür zur Kajüte öffnete und der Staatssekretär erschien. Plötzlich wurde ihm alles klar und ihm dämmerte die Ungeheuerlichkeit seines Irrtums.

»Aber was...?«

Walsingham nickte. »Alles, was Hawkins sagt, ist wahr. Sind wir eine so einfallslose Nation, daß wir jedem unsere Privatangelegenheiten auf die Nase binden müssen? Nur ein Narr sagt seinem Gegner, über welche Waffen er verfügt. In der City wimmelt es von italienischen Bankleuten; in unseren Häfen spionieren die Jesuiten. Jeder von ihnen berichtet täglich an den Papst und an Mendoza in Paris, wieviel Soldaten bei uns zum Appell antreten und wie weit wir mit unseren Schiffen sind. Sollen wir also den Admirälen des Königs die exakte Stärke unserer Flotte ankündigen? Lord Burleigh hat mir diese Frage gestellt, als er mir den wahren Grund für diesen ›Verrat‹ mitteilte. Sir John und Lord Burleigh arbeiten seit Jahren zusammen, genau wie Ihr vermutet habt. Aber zu einem guten Zweck.«

Tavistock hatte das Gefühl, als hätte ihn ein Hammerschlag getroffen.

»Dieses Schiff«, sagte Hawkins und wies mit dem Daumen zu den Quarterdeckbalken. »Ist es ein Kriegsschiff oder ein Handelsschiff?«

Tavistock sagte nichts. Er verstand vollkommen, was Hawkins meinte und akzeptierte seine Beschämung, weil ihm nicht anderes übrigblieb.

»Ihr wißt es nicht! Ihr könnt es ihm nicht ansehen! Wenn es Fracht geladen hat, ist es ein Handelsschiff. Hat es Kanonen geladen, ist es ein Kriegsschiff. Seine Bauart verrät nichts über seinen Zweck. Und wenn Ihr nicht sagen könnt, ob es hier ein Handels- oder ein Kriegsschiff ist«, fügte Walsingham hinzu, »können das auch Mendozas Spione nicht.«

Tavistock senkte den Kopf. Die Lehren, die ihm hier erteilt wurden, waren die gleichen, die er dreizehn Jahre zuvor im Tower als erster für John Dee aufgeschrieben hatte.

»Dann... habt Ihr die Ratschläge des Magus befolgt.«

»Ich habe *deinen* Rat befolgt«, sagte Hawkins. »Ich habe jeden deiner Briefe abgefangen. Deine Idee war einleuchtend: ›Seemannskunst und Artillerie, nicht Seesoldaten und Enterhaken, werden eines Tages die Seeschlachten gewinnen.‹ Das hast du geschrieben, und du hattest recht. Die Spanier leben in der Vergangenheit. Sie glauben immer noch, die Seekriegführung sei eine Sache von Längsseitsgehen und enternden Seesoldaten. Santa Cruz hat genau das gegen die Franzosen bewiesen. Außerdem gehen Schiffe ohne gewisse und kostspielige Pflege schnell dem Ruin entgegen.«

»Philipps Spione werden die dreiundzwanzig Großschiffe unserer Flotte zählen«, sagte Walsingham, »und sie werden sie für die verrotteten Kästen halten, die uns Queen Mary hinterlassen hat. Aber das sind sie nicht. Sie sind sämtlich nagelneu. In den Berichten an Philipp wird von den glatten Decks zu lesen sein und daß die hochgebauten Kastelle fehlen, und er wird sie Transportschiffe und Frachter nennen. Aber, bei Gott, er wird nicht mit den Kanonen gerechnet haben, die diese unscheinbaren Schiffe tragen werden!«

Auf Deck wurde die Stunde ausgerufen. Tavistock schauderte bis ins Mark. Er hatte einen grundsätzlichen Fehler begangen, einen, für den er jeden Bootsmannsmaat die Ohren lang gezogen hätte: Er hatte es zugelassen, daß seine persönliche Abneigung gegen einen Menschen eine objektive Beurteilung verhinderte. Er schämte sich in Grund und Boden über die Art, wie er Hawkins verfolgt und beleidigt hatte und war andererseits unendlich erleichtert, daß sich seine Anschuldigungen als unbegründet erwiesen hatten.

»Ich muß mich bei Euch entschuldigen«, sagte er heiser zu Hawkins. »Ich war im Unrecht. Sehr im Unrecht.«

Hawkins' fahle Brauen hoben sich. Dann, beinahe unmerklich, entspannte sich sein Gesichtsausdruck. »Ja, das warst du. Aber laß dir sagen: Ich hätte an deiner Stelle das gleiche getan, was vielleicht beweist, daß wir von ziemlich ähnlicher Denkungsart sind.«

»Dann nehmt Ihr meine Entschuldigung an?«

»Ich nehme sie an – unter drei Bedingungen. Erstens: Sollte ich es je von dir verlangen, mußt du deine sieben Schiffe freiwillig Ihrer Majestät zur Verfügung stellen, mitsamt deinen Mannschaften.«

Tavistock nickte bußfertig. »Einverstanden.«

»Zweitens: Wenn Francis Drake mit dem Gold aus Westindien zurückkommt, das wir zur Finanzierung brauchen, möchte ich, daß ihr beide mir helft, diese Navy so aufzubauen, daß sie alles aufhalten kann, was die Spanier auch gegen uns losschicken.«

»Einverstanden.«

»Und die dritte Bedingung?«

»Daß du und der Staatssekretär diese Flasche Jerez jetzt mit mir austrinken.«

»Einverstanden!«

Tavistock stand auf und erhob sein Glas. Beschämt dachte er daran, daß er einen Zeitpunkt für seine Rückkehr festgesetzt hatte. »Aye, ich trinke mit Euch, Sir John. Und ich trinke auf den Mann, der mich behütet und erzogen hat.«

»Und ich auf einen ungläubigen Thomas, der erwachsen geworden ist.«

In der Woche nach Drakes Rückkehr aus Westindien trafen sich Tavistock, Drake und Hawkins auf den Zinnen von Upnor Castle. Das Fort wachte über den breiten Medway und die Docks bei Chatham, vor denen das Wasser dieses strategisch wichtigsten Meeresarms der Themsemündung im Schein der Augustsonne silbrig glänzte. Drake war zehn Monate fort gewesen, und in dieser Zeit hatte Tavistock unermüdlich gearbeitet, um die Schiffe ihrer Majestät für den Kampf auszurüsten. Wie eine düstere Gewitterwolke hingen die Gerüchte über Südengland, jede Woche kamen neue hinzu, und die Nervosität in London war kaum noch zu überbieten. Am Hof hieß es, die Königin sei wie von Sinnen und halb verrückt vor Sorge. Alle wichen vor ihr zurück – Diener flüchteten, Höflinge hielten ihre Zunge und ihre Manieren im Zaum, keiner wagte, eine Gunst oder eine Belohnung zu erbitten oder ihr seine Dienste anzutragen. Sogar Burleigh hatte sie zweimal mit gehässigen Wutanfällen verscheucht; dabei sollen ihm Tintenfässer und Schuhe der Königin um die Ohren geflogen sein. Obwohl seit Drakes Rückkehr einige der unheilverkündenden Orakel in Hampton und Richmond verstummt waren, erhielt Elisabeths schlechte Laune weiterhin Nahrung aus dem Unbehagen ihrer Untertanen, und die Stimmung im Volk richtete sich wiederum nach der Stimmung der Königin.

Auf der begrünten Vorschanze von Upnor nahm jedoch keiner ein Blatt vor den Mund.

Drake war von Hawkins bereits auf dem Weg von Portsmouth hierher über den Stand der Vorbereitungen bei der Navy und über Tavistocks Arbeit unterrichtet worden. Er seinerseits hatte von seinen Aktivitäten in der Karibik berichtet, einen Bericht, den er nur ungern wiederholte.

Drake betrachtete seine Reise als Fehlschlag; sie hatte sich weder finanziell noch strategisch gelohnt, und obwohl sie viel dazu beigetragen hatte, die Moral der Engländer zu heben, war er selbst unzufrieden, weil er wesentlich größere Erfolge gewohnt war. Tavistock erfuhr, daß Lord Leicester, die

Brüder Hawkins und die Königin die führenden Mitglieder des Konsortiums waren, das Drakes Reise finanziert hatte. Auch Walter Raleigh, Sir Christopher Hatton und Martin Frobisher befanden sich unter den prominenten Gesellschaftern, und Tavistock begann sich zu fragen, ob er absichtlich von dem Konsortium ausgeschlossen worden war.

Er beobachtete Hawkins' Hund, einen großen, schlaksigen Hund mit samtbraunem Fell, der rastlos umherlief, alles beschnüffelte und an jeder Kanone und jedem Pfeiler das Bein hob. Er trug ein Halsband mit einem Schildchen, auf dem zu lesen stand: ›Sr. John Hawkyns own propertie‹. Tavistock fragte sich erneut und zum wer weiß wievielten Mal, welches wohl der wirkliche Grund gewesen sein könnte, warum man ihn nicht über Hawkins' Tätigkeit aufgeklärt hatte. Es gab nichts Greifbares, und doch hatte er gespürt, daß Hawkins ihm etwas verheimlichte. Dieses Gefühl tauchte immer wieder auf, genau gesagt seit dem Tag, an dem er von Bord der *Roebuck* an Land zurückgekehrt war.

»Ihre Majestät waren schrecklich wetterwendisch«, erklärte Drake unfroh. »Mal sollte ich fahren, dann wieder nicht. Sie steht immer noch unter dem Einfluß dieser zarten Seelen und Illusionisten, die glauben, ein Krieg mit Spanien ließe sich vermeiden. Sie meinte, die englischen Schiffe müßten alle schön in der Nähe bleiben, und ich rechnete jeden Tag damit, daß sie meine Fahrt verbieten würde. Dann gab es Ärger mit ein paar von ihren verzärtelten Höflingen, die unbedingt mitfahren wollten, als ob das Unternehmen, das ich vorhatte, eine Vergnügungsreise werden sollte. Ich bin schließlich am 14. September mit der *Elizabeth Bonaventura*, zwanzig weiteren Schiffen und acht Pinassen ausgelaufen, von denen die Hälfte ungenügend verproviantiert war und zu wenig Trinkwasser an Bord hatte, weil ich fürchtete, die Königin könnte ihren Befehl zum Auslaufen widerrufen. Uns fehlte einiges, aber ich war überzeugt, wir würden in Vigo auch trinkbares Wasser finden, und so war es dann auch. Wir blieben lange genug, um König Philipp zu beweisen, daß sich Engländer nichts aus seiner Großartigkeit machen.«

Drake erzählte weiter, wie er die ›85er-Silberflotte‹ um einen einzigen Tag verpaßt hatte und wie er statt dessen zu den Kapverdischen Inseln fuhr, um die Untertanen des Königs noch mehr gegen sich aufzubringen. Dort war unter seinen Mannschaften das Fieber ausgebrochen, an dem Hunderte starben, aber er hatte trotzdem Santo Domingo gestürmt und genommen, und in Cartagena hatte er das gleiche getan. Auf der Rückfahrt hatte er die Spanier in Florida angegriffen; er hatte kurz in Virginia Station gemacht, um Überlebende der unglücklichen Kolonie Roanoke aufzunehmen, aber nichts davon erfüllte Drake mit besonderer Genugtuung.

»Ich verdiente meinen Geldgebern eine Dividende von fünfzehn Shilling pro Pfund. Mein größter Fehler war, daß ich die Silberflotte verpaßt habe. Ich hatte den Oberbefehl, also trifft mich die Schuld. Ich denke, es wird uns teuer zu stehen kommen.«

»Wer hier schuld hat, weiß Gott am besten«, sagte Hawkins, und seine Augen suchten den umherstreunenden Hund. »Aber Ihr habt recht, was die Kosten betrifft. Das Silber von zwei Jahren reicht ihnen zur Finanzierung ihrer Invasion.«

»Was Borough und Wynter betrifft – hattet Ihr noch mehr Ärger mit ihnen?« erkundigte sich Drake, entschlossen, nicht länger bei seinen ruhmlosen Taten zu verweilen. »Es war ein kluger Schachzug, den Sohn von Wynter mit auf die Expedition zu schicken. Aber dieser Borough ist ein mieser Kerl.« Als er sich an Tavistock wandte, hellte sich seine Miene auf. »William, der Neffe deiner Anne, hat sich bei den Kämpfen tapfer gehalten.«

»Danke.«

»Und wie hervorragend Richard Hawkins die *Swallow* führte, habe ich seinem Vater gegenüber bereits erwähnt.«

»Aye.« Hawkins nahm das Kompliment freundlich entgegen. »Mein Sohn weiß, was er will. Er möchte eines Tages in Eurem Kielwasser segeln, Francis – nach Peru und dann weiter nach Asien. Gebe Gott, daß er die Chance bekommt. Was Borough und Wynter angeht – sie sind alte Männer mit alten Köpfen, die sich nicht mehr auf die Veränderungen einstellen. Die Königin hat gut daran getan, daß sie mich diesen grauen Bürokraten vorsetzte. Es ist immer gute Politik, einen Geschäftsmann an die Spitze einer Behörde zu stellen.«

Während sie weitergingen, spürte Tavistock die gespannte Atmosphäre unter den Soldaten, die das Fort bemannten. Sie standen auf den sonnenwarmen Mauern des Forts und sahen aus, als dächten sie allesamt an einen kalten, trostlosen Winter – einen Winter, auf den kein Frühling folgt. Tavistock wandte sich an Drake. »Neben jedem offiziell zur Flotte gehörenden Schiff gibt es ein Schiff in Privatbesitz mit gleicher Manövrierfähigkeit und gleicher Feuerkraft. Das bedeutet, daß wir Mannschaften und einsatzbereite Schiffe haben, die die Krone keinen Pfennig kosten.« Voller Stolz wies er auf den Hafen. »Raleighs *Ark* ist ein gutes Beispiel, ein gutes 600-Tonnen-Schiff, für die Navy auf Abruf verfügbar. Es ist teuer, Schiffe in Einsatzbereitschaft zu halten – König Philipp wird ein Lied davon singen können. Und mit dem Geld, was wir auf diese Weise gespart haben und den Mitteln, die die Königin bewilligt hat, werden wir im nächsten Jahr acht hochseetüchtige Pinassen bauen, zwei gute Kriegsschiffe wie die *Revenge* und noch ein Schiff mittlerer Größe...«

Sie sprachen über eine Stunde miteinander, Drake immer noch übellaunig wegen seines ›Nicht-Erfolgs‹, Hawkins' seinem albernen Hund Stöckchen zuwerfend und lange Vorträge haltend darüber, daß die Zeit knapp werde und daß sie in die Zukunft und nicht in die Vergangenheit blicken müßten. Um Drake aus seiner Trübsal zu reißen, erklärte ihm Tavistock die wahren Stärken, die hinter der oberflächlichen und nur scheinbaren Vernachlässigung der Navy verborgen lagen. Begeistert und ausführlich ging er auf die wichtigsten Punkte ein, insbesondere auf den Vorschlag, die Mann-

schaftsstärke von statt wie bisher einem Mann pro einein-
halb Tonnen auf den sparsameren und aus hygienischen
Gründen vorteilhafteren Modus von einem Mann pro zwei
Tonnen herabzusetzen.

Und nebenbei dachte Tavistock die ganze Zeit an die
Frage, die er Hawkins schon so lange stellen wollte. Vielleicht hatte er damit unbewußt auf Drakes Rückkehr gewartet. Er fühlte sich durch sein Versprechen, seinen Eid und
aus Pflichtgefühl an Hawkins gefesselt. Er arbeitete schwer
für ihn, um wieder gutzumachen, was er ihm durch sein
Fehlurteil angetan hatte, aber er stand dabei völlig unter
Hawkins' Kontrolle und Vorherrschaft. Es ist ein unnatürli-
cher Zustand, dachte er und wußte, daß es auf der ganzen
Welt nur Hawkins schaffte, ihn nach seiner Pfeife tanzen zu
lassen. O, wie gern stünde ich wieder auf einem schwankenden Deck, frei und ungebunden als mein eigener Herr.
Hier bin ich wie ein Hund an der Leine. Insgeheim rümpfte
er die Nase über die Art, wie Francis seine Chance, die Spanier zu ärgern, vermasselt hatte. Ich hätte den Job richtig gemacht, dachte er und schämte sich gleich darauf seiner
Überheblichkeit. Nein, nein, es ist weiß Gott nicht recht,
Francis für sein einziges Versagen zu verurteilen. Bei Erfolg
und Versagen spielen auch immer die Umstände eine Rolle.
Und Francis hat seine Fähigkeiten in der Tat bewiesen. Er ist
ein großartiger Seemann, ein großartiger Kapitän, der sein
Schiff um die ganze Welt geführt und es bis obenhin voll mit
spanischem Gold nach Hause gebracht hat... Tavistock
seufzte. Dennoch wollte ihm der unliebsame Gedanke nicht
aus dem Kopf. Um nichts in der Welt wäre ich zu den Kapverdischen Inseln gefahren. Sie sind berüchtigt als ungesunde Gegend. Und ich hätte mich von Anfang an um die
*flota* gekümmert und sie geschnappt, anstatt lange in Vigo
herumzutrödeln. Das nächste Mal bin ich dran. Dann werde
ich meine Chance haben.

Ganz nebenbei sagte er zu Hawkins: »Warum hat man
Francis und mir nicht die Wahrheit gesagt, als wir unsere

Anschuldigungen zum ersten Mal vorbrachten, damals bei Lord Burleigh?«

»Ein Geheimnis ist am sichersten, wenn es möglichst wenig Mitwisser gibt«, antwortete Hawkins vorsichtig und trat aus ihrer Mitte heraus. »Lord Burleigh wollte, daß der Skandal langsam Formen annimmt, damit die Spanier Wind davon bekämen und sich ein schönes Bild vom mangelhaften Zustand der englischen Flotte machen konnten.«

»Wir hätten ihnen diese Rolle auch vorspielen können«, sagte Tavistock.

»Nichts spielt so echt wie das Leben, Richard.«

Drake schwieg und beobachtete Tavistock, der nicht locker ließ. »Wir wurden absichtlich im dunkeln gelassen, und noch dazu unnötig lange. Warum habt Ihr nicht versucht, offen mit uns zu reden? Es scheint, als sei keiner von uns beiden vertrauenswürdig genug.«

Hawkins lachte. »Kaum. Francis wurden immerhin zwanzig Schiffe anvertraut und eine Mission gegen Spanien.«

»Man könnte darin auch eine Methode sehen, Francis aus dem Weg zu haben. Ich blieb hier, aber ich wurde trotzdem nicht ins Vertrauen gezogen.«

Hawkins gab seine gespielte Heiterkeit auf. »Ich habe dich zweimal um eine Unterredung gebeten und wurde abgewiesen.«

»Ihr hättet mir schreiben können.«

»Ich vertraue Papier nie ein Geheimnis an«, entgegnete Hawkins aufgeräumt. Er hatte wieder Oberwasser bekommen. Sein Hund sprang mit dem zerbissenen Stock im Maul an ihm hoch. »Richard, was willst du mir sagen?«

Tavistock ließ das Thema fallen, als er begriff, daß es nicht der richtige Zeitpunkt war, es weiterzuverfolgen. Und dann erkundigte sich Drake bei Hawkins, in welche Richtung sich die aktuelle Politik bewegte, so daß er Zeit hatte, über die Antwort, die er erhalten hatte, nachzudenken.

»Ich weiß, Ihr wollt eine Blockade entlang der gesamten spanischen Küste errichten. Aber Ihre Majestät wird keine direkte, nicht provozierte kriegerische Maßnahme zulassen, damit ihr später niemand die Schuld an einem Krieg in die Schuhe schieben kann. Ich erklärte ihr – und Burleigh erklärte es ihr ebenfalls –, daß wir die Spanier unbedingt daran hindern müssen, ihre Flotte weiter auszurüsten.«

»Man könnte ein paar Schiffe losschicken«, meinte Drake, und sich für die Idee erwärmend, fuhr er fort: »Man könnte Protestanten unter Dom Antonios Banner versammeln. Es könnte sogar ein großes internationales Unternehmen werden, wenn wir Schotten und Holländer und portugiesische Flüchtlinge dazunähmen und –«

»Ich habe daran gedacht«, erwiderte Hawkins. »Und ich habe genau das dem Privy Council vorgetragen, aber auch das wurde als zu kostspielig abgelehnt. Was unsere Herren nicht begreifen, ist, daß es die Spanier dreimal so viel kostet, ein Schiff in See zu schicken, wie uns. Santa Cruz hat bereits eine Flotte von vierzig Großschiffen und zwölftausend Mann in Lissabon zusammengezogen, und eine zweite, beinahe ebenso große Flotte versammelt sich in Cádiz. Er wird nicht mehr lange warten wollen.«

Tavistock rieb sich das Kinn, als er Hawkins so präzise Zahlen über die Streitkräfte der Spanier nennen hörte. Er blickte hinunter in das Mastendock, wo große Eichenhölzer eingeweicht und gelagert wurden, und er fragte sich plötzlich, woher Hawkins seine bis in die Einzelheiten gehenden Informationen haben konnte. »Ich gebe zu«, sagte er, »daß wir eine Blockade noch nicht erprobt haben, aber die Sache wäre einen Versuch wert. Unsere größten Schiffe können jeweils drei Monate vor der Küste kreuzen, bevor sie zur Proviantierung nach England zurück müßten. Wenn wir die geeignetsten Momente dafür wählten, könnten wir sie empfindlich stören. Zumindest könnten wir sie aufhalten, bis die geeignete Jahreszeit für einen Feldzug vorüber ist, und jeder Tag, den wir dabei gewinnen, kostet Spanien das Dreifache dessen, was er England kostet.«

»Trotzdem wird es die Königin nicht erlauben. Zu viele in

ihrer Umgebung bezweifeln, daß eine Blockade etwas bringt«, wandte Hawkins vorsichtig ein. »Im Rat hält man uns entgegen, daß es einer spanischen Flotte trotz der Blockade gelingen könnte, auszulaufen, und wenn sie unseren Schiffen geschickt ausweiche, wäre der Schutzwall, den die Navy für England bildet, gefährlich dünn.«

»Also sind wir an unseren Küsten festgenagelt«, sagte Tavistock mit unverhüllter Enttäuschung.

»Du hast gehört, was Francis über die Ansichten und den Zustand der Königin sagte. Lord Burleigh mußte alle seine Überredungskünste anwenden, damit sie den Vergeltungsmaßnahmen in Vigo zustimmte; und endgültig dazu bereit war sie erst nach den Protesten ihrer Untertanen.«

»Jetzt müssen wir warten wie die Schafe im Hof des Schlachters«, sagte Drake finster und ging mit raschen Schritten den Festungswall entlang.

Hawkins blickte ihm scharf hinterher und rief ihm nach: »Niemand wünscht sich glühender als ich, gegen die Dons loszuschlagen. Es wäre vielleicht möglich gewesen, wenn Ihr mit einer ordentlichen Ladung Gold zurückgekommen wärt.« Er wandte sich an Tavistock. »Die Wahrheit ist, daß sein Versagen alles vermasselt hat.«

Tavistock ballte plötzlich die Fäuste, und seine Augen funkelten. »Nur durch entschlossenes Handeln gelangen Männer zu Ruhm und Ehre. Gebt mir ein Geschwader von zwanzig Schiffen, und ich werde es schaffen. Ich werde einen massiven Präventivschlag führen. Ich werde in den Tejo segeln und Santa Cruz' großes Unternehmen zu Kleinholz schießen.«

»Was habe ich dir gesagt?!« zischte Hawkins mit unerwarteter Heftigkeit. Er sah sich um, als wollte er sichergehen, daß sie von niemandem gehört wurden. »Das darfst du nicht einmal denken!«

»Gebt Eure Zustimmung, John! Stellt Euch einmal vor! Zu Beginn des Frühjahrs, wenn dieser Bienenstock dort unten sich zu regen beginnt –«

»Still!« Und flüsternd fügte er hinzu. »Wie ich gesagt habe – ich habe nicht die Macht, so etwas zu genehmigen.«

Hawkins' Hund bellte aufgeregt. Er hatte einen Igel entdeckt und versuchte, ihn umzudrehen, aber seine Beute hatte sich zu einer stacheligen Kugel gerollt, und bei jeder Berührung zuckte der Hund zurück, weil er sich an den Stacheln die Nase blutig stieß.

»Laß das, du dummes Vieh!« brüllte Hawkins, lief auf den Hund zu und zog ihm eins mit der Leine über.

Tavistock folgte ihm und hielt ihn am Arm fest. »Dann versucht es bei Burleigh. Bringt ihn dazu!«

Hawkins' Blick wanderte langsam zu Tavistocks Hand, bis dieser ihn losließ. »Nicht einmal Burleigh könnte es. Die Königin ist fest entschlossen, die Verteidigung Englands nicht wegen eines Abenteuers aufs Spiel zu setzen.« Er hielt kurz inne, bevor er fortfuhr. »Außerdem kämst du nie an den Küstenbatterien der Tejomündung vorbei, und wenn, kämst du nie wieder heraus.«

Tavistocks Begeisterung war nicht zu dämpfen. »Was macht das schon, solange ich hineinkomme! Ich weiß, daß ich es schaffe. Ich komme in jeden Hafen hinein, und ich habe lange über die sogenannte Uneinnehmbarkeit des Tejo nachgedacht. Geht zu Burleigh. Überredet ihn!«

Hawkins schüttelte den Kopf. »Burleigh ist mit Walsingham beschäftigt.«

»Was meint Ihr damit?«

»Genau das. Lord Burleigh ist mit schwierigen Angelegenheiten befaßt. Angelegenheiten von äußerster Wichtigkeit.«

»Was?! Was kann denn wichtiger sein als dies?«

Hawkins beobachtete ihn einen Augenblick nachdenklich. Dann sagte er: »Es ist geheim. Ich darf nicht darüber sprechen. Nicht einmal mit dir, Richard.«

»Aber Ihr wißt, worum es geht?«

Hawkins nickte langsam.

»Sagt es mir.«

»Unser Spionagering in Lissabon ist aufgeflogen.«

Tavistock blickte Hawkins nach, blickte dem Hund nach, der hinter seinem Herrn herlief, als er Drake einzuholen suchte. Er hörte Alarmglocken läuten. An Hawkins' Ton hatte er erkannt, daß er mit Sicherheit etwas vor ihm verbarg. Aber was? Und was war in Lissabon geschehen?

»Bitte nehmt Platz, Ihr Herren.«

Tavistock setzte sich in einen der hölzernen Lehnstühle im Arbeitszimmer des Ersten Lords der Schatzkammer. Außer ihm hatte Burleigh auch Walsingham, Hawkins und Drake zu sich bestellt. Das Treffen fand in Burleighs Haus statt, *in camera*, und unter strengster Geheimhaltung. An beiden Enden des Korridors waren Wachen aufgestellt, damit niemand ihr Gespräch belauschte, und der kalte Hof unter dem verriegelten Fenster war menschenleer bis auf zwei Männer, die am Torhaus Wache standen. Ein kräftiges Feuer loderte im Kamin und strahlte seine Wärme in den Raum.

Burleigh war grau geworden. Sein längliches Gesicht war düster und bleich wie der Wintermond, was der weiße Bart und die Samtkappe, die schief und nach hinten verrutscht über der hohen Stirn saß, noch besonders betonten. Die Macht, die er innehatte, kam in seinen gemessenen Worten zum Ausdruck. »Ich habe Euch hergebeten, um euch mitzuteilen, wie sich die Dinge abspielen werden. Morgen werden wir mit den ersten Schritten in einer Kette von Ereignissen beginnen, die unserer Herrscherin die Krone retten werden – *entgegen ihren eigenen Intentionen*.«

Jeder im Raum erstarrte. Burleighs Worte klangen gefährlich nach Meuterei, nur daß es hier nicht um die Absetzung eines Schiffskapitäns ging, sondern um das Oberhaupt des Staates, und daß ein solches Verbrechen Hochverrat hieß.

»Ich sehe Euch an, was Ihr denkt«, fuhr Burleigh fort. »Und Ihr habt recht, so zu denken. Aber hört Walsingham an, und Ihr werdet die Gründe verstehen. Ich hoffe, wir erreichen Übereinstimmung, denn sollte uns das nicht gelingen, ist jeder von uns ein toter Mann, und unser Land ist verloren.«

Walsingham, angespannt und übermüdet, saß rechts neben Burleigh, ganz in Schwarz gekleidet, bis auf den schlichten Leinenkragen des Puritaners. Mit ernstem Gesicht begann er zu sprechen: »Die Invasion Englands stützte sich immer auf drei Säulen: eine Armee, die uns bedroht, eine Marine, die diese Armee zu uns herübertransportiert und ein Aufstand der englischen Katholiken, damit diese Armee Unterstützung und freudigen Zuspruch vorfindet, wenn sie an Land geht. Das Kapitell dieser dritten Säule ist die schottische Königin. Seit über einem Jahr, seit dem Anschlag des William Parry auf das Leben Elisabeths wird Mary Stuart keine Verbindung mit der Außenwelt gestattet, um die Gefahr eines Verrats an England von katholischer Seite zu verringern. Ich habe jedoch eine Möglichkeit geschaffen, daß sie heimlich Briefe, die in Bierfässern versteckt wurden, empfangen konnte. Vor vier Monaten, im Juni, hat sich dieses Täuschungsmanöver bezahlt gemacht. Ich fing ein Schreiben von einem gewissen Anthony Babington ab. Er gehört neuerdings zu einem Verschwörerring, der Jesuiten nach England schmuggeln will. In Babingtons Schreiben wurde Mary ersucht, einem Aufstand zuzustimmen, ihre rückhaltlose Einwilligung in eine spanische Invasion zu geben und die Ermordung Ihrer Majestät ausdrücklich zu befürworten. In ihrer Antwort hat sie sich jedes einzelnen dieser drei Hochverratsdelikte schuldig gemacht.«

Tavistock zog hörbar die Luft ein. Drake hatte sich halb aus seinem Stuhl erhoben. Beide starrten Hawkins an, der grimmig nickte, während Walsingham fortfuhr. »Damit hat die schottische Königin die Akte von 1585 übertreten; sie hat sich mit dem Anspruch auf die Thronfolge vorsätzlich auf eine Verschwörung gegen das Leben Ihrer Majestät eingelassen, das heißt, sie hat sich eines Verbrechens schuldig gemacht, das mit der Todesstrafe geahndet wird.«

»Aber sie ist eine Königin«, sagte Tavistock, den Walsinghams Absichten erschreckten. »Wie kann sie vor Gericht gestellt werden?«

»Oh, sie wird vor ein Gericht gestellt werden, vor einem Ausschuß von Richtern, Mitgliedern des Geheimen Staatsrats und Angehörigen des Hochadels. Und sobald sie schuldig gesprochen ist, wird sie hingerichtet. Wenn sie erst einmal vor Gericht steht, kann sie keine Macht der Welt mehr retten, ausgenommen Elisabeth.«

Als Walsingham dem Ersten Lord der Schatzkammer einen kurzen Blick zuwarf, riß vor Tavistocks geistigem Auge ein Vorhang. Nun verstand er die Gründe für die unglaublichen Stürme, die den königlichen Hof gebeutelt hatten; er begriff, warum sich Elisabeth geweigert hatte, einen Überfall auf Spanien zu befehlen, und warum sie, als Hawkins ihr diesen Vorschlag machte, Gift und Galle spuckte und ihm nur erlaubte, die Flotte zu den Kanalstationen auslaufen zu lassen. Mit dem Tod Mary Stuarts würde ein gewaltiger Tumult losbrechen.

»Mary ist vor allem eine französische Fürstin«, sagte Tavistock an Burleigh gewandt. »Wenn sie hingerichtet wird, wird die Empörung in Frankreich so hohe Wellen schlagen, daß der König unweigerlich die Bemühungen Spaniens und der papistischen Liga gegen uns noch kräftiger unterstützen wird als bisher, und die Gefahr für uns vervielfacht sich...«

»Nein!« Walsingham schnitt ihm das Wort ab. »Natürlich werden die Guise aufheulen, wenn Mary hingerichtet wird, aber ihr Tod wird Frankreich endgültig von Spanien und der Liga trennen. Die englische Krone auf Philipps Kopf ist das letzte, was sich Frankreich wünscht.«

»Aber an Eurem Argument ist etwas dran, Captain«, sagte Burleigh und nickte Tavistock zu, so daß sein dünner weißer Bart zwischen den glänzenden Fäden seiner Spitzenhalskrause zitterte. »Der Zorn der Franzosen wird in der gesamten Christenheit ein Echo finden. Die Königin fürchtet, den letzten Rest ihrer Glaubwürdigkeit zu verlieren – und den Frieden, der auf dieses Leben folgt. Es ist meine Überzeugung, daß Elisabeth der Hinrichtung Marys nicht zustimmen wird – es sei denn, es gelingt uns, sie von vornherein gegen jede Anschuldigung, eine ebenbürtige Königin ermordet zu haben, zu schützen.«

Tavistock beugte sich gespannt vor. »Wie wollt Ihr dabei vorgehen?«

»Das geht Euch nichts an«, entgegnete Burleigh schroff. »Begreift, daß die Entdeckung dieses Plans den Tod bedeutet und daß Ihr nur soweit eingeweiht werdet, damit Ihr eine andere Aufgabe innerhalb des Plans übernehmen könnt. Sir John?«

Hawkins saß vornübergebeugt, eine Faust gegen die Hüfte gestemmt, die andere auf dem Knie. »Mit dem Tod Mary Stuarts sind die letzten Hoffnungen der englischen Katholiken zunichte gemacht. Wenn sie jetzt Elisabeths Absetzung forderten, hieße das, entweder den Erzcalvinisten James von Schottland, den sie verachten, oder König Philipp von Spanien als englischen König zu akzeptieren. Sie wollen keinen von beiden, und deshalb werden Parmas Truppen keine begeisterte Aufnahme finden.«

Drake fand das Haar in der Suppe. »Aber würde nicht andererseits Marys Tod das letzte Hindernis zwischen Philipp und dem Thron beseitigen?«

»Ja«, sagte Hawkins, »und deshalb werden wir gegen ihn vorgehen.«

Tavistock rutschte unruhig in seinem Stuhl hin und her. Wenn Burleigh und Walsingham die Entscheidung erzwingen wollten, machten sie einen Präventivschlag gegen Santa Cruz' Streitkräfte nicht nur zulässig, sondern *unbedingt erforderlich*. Plötzlich war das Unternehmen, das er sich bis ins kleinste ausgedacht hatte, und mit dem er Hawkins seit Monaten in den Ohren lag, mehr als nur eine Möglichkeit – es war höchstwahrscheinlich geworden.

»Der Überfall auf Lissabon!«

»Ja«, sagte Burleigh. »Ein Überfall, wenn Ihr wollt. Ich nenne es einen Marineeinsatz, sorgfältig geplant und vorbereitet.« Er wandte sich an Drake. »Ich werde den Lord High Admiral, Charles Howard, unterrichten, der in allen Punkten mit uns übereinstimmt, daß Ihr, Sir Francis, das Unternehmen führen werdet, und daß Ihr außerdem Sir William Borough zu Eurem Vizeadmiral ernennen werdet – nachdem der nun mal Protokollvorschrift ist.«

Eine unsägliche Enttäuschung brach über Tavistock herein. Eifersüchtig und argwöhnisch wie er war, entwickelte er sofort die wildesten Theorien. In Burleighs schnurgeradem Denken war er nie mehr als ein gemeiner Pirat gewesen, ein Freibeuter, der Glück hatte, ein Seeräuber, den man verachtete und überging. Er war nicht mit der Ritterwürde ausgezeichnet worden, war nicht wie der glücklichere Drake von der untersten gesellschaftlichen Stufe emporgehoben worden. Und deshalb durfte er das Unternehmen nicht führen, dessen geistiger Urheber er war.

Tavistock wurde fast übel von dem Gestank, der ihm von Burleighs Heuchelei auszugehen schien. Ich bin der Architekt dieses Unternehmens! wütete er stumm gegen Burleigh. Und welche Rolle soll ich dabei spielen? Du weißt genau, was diese Operation für England und für mich bedeutet. Und trotzdem verwehrst du mir, was mir von Rechts wegen zusteht!

Eisig sagte er: »Soll ich dabei *irgendeine* Rolle spielen, Mylord?«

Burleigh ignorierte ihn. »Wie sich das Unternehmen im einzelnen gestalten wird, ist Eure Sache, Sir Francis, aber wenn sich alles so entwickelt, wie ich hoffe, werden Euch mehrere Schiffe der Königin zur Verfügung stehen. Es wird Eure letzte Chance sein, die Armada abzufangen, bevor Santa Cruz zum Auslaufen bereit ist. Nun geht und bedenkt sorgfältig alle Einzelheiten. England und eine freie Zukunft liegen in Euren Händen.«

Burleigh sah Tavistock scharf an, bevor er Drake mit einem Zeichen zu verstehen gab, daß er gehen könne und daß Walsingham ihn begleiten möge. Drake legte kurz tröstend die

Hand auf Tavistocks Schulter, als er an ihm vorüberging. Dann zog Burleigh an einem Glockenstrang, und in Sekundenschnelle stand eine der Wachen neben ihm. Hinter vorgehaltener Hand erteilte er dem Mann Instruktionen und entließ ihn.

»Ich frage noch einmal, Mylord. Hat man mir dabei irgendeine Rolle zugedacht?«

Burleigh betrachtete ihn eine Weile, dann sagte er: »Erinnert Ihr Euch, wie anders die Umstände waren, als wir uns das letzte Mal sahen?«

»Ich habe mich bei Sir John entschuldigt, und er hat meine Entschuldigung angenommen«, antwortete Tavistock. Er saß sehr gerade in seinem Stuhl.

»Gut. Das war recht. Aber entspannt Euch. Ich habe nicht den Wunsch, jenes unglückliche und *überflüssige* Gespräch fortzusetzen.« Burleigh ordnete den Ärmel seines Umhangs. »Ihr erinnert Euch vielleicht auch, daß Ihr mir damals einen Eid geschworen habt – einen Eid, der Euren Bruder betraf.«

»Ja ... aber ich verstehe nicht ...«

Burleigh fuhr fort, wechselte das Thema, um von Tavistocks Quelle der Besorgnis wegzukommen. »Diese Begegnung findet in Eurem Interesse statt, Captain. Ihr seid ein kluger Mann, und ich denke, Ihr habt begriffen, daß die Absichten, von denen in den vergangenen Minute die Rede war, eine vollständige Abkehr von der Politik sind, die ich bislang unterstützt habe. Ihr müßtet außerdem verstanden haben, daß ich gezwungen war, dieser Umkehr zuzustimmen.« Burleigh machte erneut eine Pause. Tavistock nickte. »Ich bedaure, daß wir eine so ungewöhliche Lösung vorschlagen mußten, aber ich glaube, daß Sir Francis Walsingham und ich zu der einzigen Verständigung gekommen sind, die noch Hoffnung auf ein Abwenden der Katastrophe erlaubt. Seht, es verhält sich augenscheinlich so, daß wir vollständig überwältigt würden, wenn unsere Navy wartete, bis die Armada in unseren heimischen Gewässern auftaucht.«

Das stimmt nicht, wollte Tavistock sagen. Selbst dann hätten wir noch mehr als gleiche Chancen. Wir haben die Schiffe, mit denen wir ihre Kräfte binden und sie in die Defensive drängen können – und dann gehen wir auf Distanz und können sie unter Beschuß halten, Stunde um Stunde, bis sie vernichtet oder gefährlich geschwächt sind. Doch da war etwas, das ihn zurückhielt. Burleigh hatte die Augen geschlossen, als wollte er eine schreckliche Zukunftsvision ausschließen. Und dann begann Hawkins zu sprechen, der die ganze Zeit über Tavistocks Blick gemieden hatte.

»Ich hatte gehofft, dir dies zu ersparen, Richard, aber jetzt zwingen uns die Ereignisse. Dein Bruder lebt –«

Die Mauern des Zimmers schienen auf ihn einzustürzen.

»– John ist in Lissabon. Er baut Kanonen für Santa Cruz.«

»Nein. O Gott, nein!« Tavistock war von dem Schock wie gelähmt. Er fühlte, wie ihm das Blut aus den Wangen wich, und vergrub das Gesicht in den Händen. Trotz des kühlen Luftzugs, der, angesaugt vom Feuer, durch das Zimmer strich, erschien ihm die Luft plötzlich so dick, daß er sie nicht atmen konnte. Hundert Fragen schossen ihm durch den Kopf, aber keine so klar, daß er sie hätte formulieren können.

»Ich habe bis vor kurzem auch nicht die ganze Wahrheit gekannt.« Hawkins sprach hastig, als wollte er die Geschichte so schnell wie möglich loswerden. »Ich wußte, daß John am Leben ist. Daß er der Inquisition entgangen war. Daß er irgendwie nach Lissabon gekommen war. Er ist verheiratet und hat einen Sohn. Er hat für meinen Verbindungsmann in Lissabon gearbeitet, für den Mann, der der Mittelpunkt unseres Geheimdienstes in Portugal war. Erinnerst du dich noch an Nicolau Almeida, Richard? An den Mann, der uns damals half, als wir mit der *Minion* nach Pontevedra kamen? Er wurde von den spanischen Behörden verfolgt und flüchtete nach Lissabon. Er wurde meine Geschäftsverbindung im portugiesischen Weinhandel, und als die Spanier anfingen zu drohen, wurde er ein hervorragender Spion und für unsere Arbeit unentbehrlich. Er nahm eine solche Schlüsselstellung ein, daß ich nicht wagte, sein Leben durch irgend jemanden zu gefährden. Auch Johns Leben hing davon ab. Verstehst du mich, Richard? Ich wagte es nicht, über ihn zu sprechen, nicht einmal mit dir.«

Tavistocks Verstand drohte in diesem Schwall von Worten zu ertrinken; er kämpfte verzweifelt, wenigstens etwas davon zu begreifen. »Dann ist John kein Verräter... Wenn er für Euch arbeitet, ist er kein Verräter... Und doch sagt Ihr, daß er Kanonen für die Spanier macht? Ich verstehe das nicht.«

»John wurde verhaftet. Oder er hat sich gestellt, um Almeidas Leben zu retten. Doch Almeida ist tot, und wir wissen nur die Hälfte von dem, was wirklich geschehen ist. Aber wir wissen immerhin, daß sich John in der Gewalt von Santa Cruz befindet und daß die Spanier ihn benützen.«

Tavistock blieb erneut die Luft weg. Dann hatte Burleigh doch recht! Eine Armada mit englischen Culverinen wäre im Ärmelkanal nicht mehr aufzuhalten. Plötzlich sah er das Bild von Hawkins' Hund und dem zusammengerollten Igel vor sich. Die Stachelhülle hatte bedeutet, daß kein Weg hineinführte...

Er hörte Schritte im Korridor. Burleigh ließ den Wachsoldaten eintreten, dem zwei Frauen folgten. Die eine, schon etwas älter, mit ergrautem Haar, intelligenten, aber tränenverquollenen Augen, war in einen langen dunklen Mantel gehüllt. Die andere hinter ihr war groß und ungefähr fünfzehn Jahre jünger, eine schöne Frau in der Blüte ihrer Jahre mit pechschwarzem Haar, hohen Wangenknochen und olivfarbenem Teint, und der Stolz der Spanierin strahlte aus ihre Gesicht.

Tavistock schluckte unwillkürlich, als er sich von seinem Stuhl erhob und sich verneigte.

»Richard, das ist die Frau deines Bruders.«

Wie unbefugte Eindringlinge schritten sie durch den Bankettsaal, dessen Wände mit Gobelins geschmückt waren, die in den herrlichsten Farben leuchteten, in strahlendem Gold, glühendem Rot und sattem Grün. Es waren insgesamt sieben Wandteppiche, jeder mindestens sechs Ellen hoch und zehn bis fünfzehn Schritt breit, groß genug, um ein ganzes Zimmer damit auszukleiden.

»Wartet hier, Captain«, sagte Walsingham. Tavistock dachte an das komplizierte Netz von Verbindungen und Beziehungen, das ihn hierher nach Hampton gebracht hatte, und an die Ironie seiner Situation. Seit Mary Stuarts Enthauptung war Burleigh aus dem Gesichtskreis der Königin verbannt. Elisabeths Zorn war schlimmer gewesen als das Feuer der tiefsten Hölle. Sie hatte sich so total von denen losgesagt, die sie mit einem ›Trick‹ zur Unterzeichnung des Todesurteils von Mary Stuart verleitet hatten, daß sie weder Burleigh noch ihren Ersten Staatssekretär sehen wollte. Walsingham hatte zumindest die Geistesgegenwart, sich vorübergehend von dem durchaus entbehrlichen William Davison vertreten zu lassen, und seine diplomatische Unpäßlichkeit hatte bedeutet, daß es Davison war, der den Vollstreckungsbefehl von der Königin abgeholt hatte und nicht er. Davison war in den Tower gegangen.

»Sie kommt«, flüsterte Walsingham, ergriff Tavistocks Arm und stellte sich mit dem Rücken zu den Wachen. »Vergeßt nicht, sie hat den Brief gelesen, aber diese Begegnung ist nicht arrangiert. Sie muß zufällig wirken. Ich muß gehen.«

Er eilte davon und ließ Tavistock nur ein paar Sekunden, um sich zu sammeln. Jetzt kommt es darauf an, sagte sich Tavistock, aber die Vorstellung, daß die Zukunft so vollständig an diesem sorgfältig vorbereiteten Zufallstreffen abhängen könnte, fand er erschreckend.

»Warum ausgerechnet ich?« hatte er Walsingham gefragt.

»Warum? Weil es Euer Plan ist. Ihr müßt Euch dafür einsetzen, und so beredt wie möglich.«

»Aber was ist mit Hawkins? Drake? Admiral Howard?«

Walsingham hatte den Kopf geschüttelt. »Der Admiral arbeitet zu eng mit Burleigh zusammen, Hawkins ebenfalls. Und der brüske Charme von Sir Francis hat nach der finanziellen Enttäuschung, die er ihr bereitet hat, nur noch wenig Reiz für sie und noch weniger für die Botschafter und Gesandten, die seinen Ruf kennen.«

»Aber ich bin kein Staatsmann«, hatte er gesagt. »Sie wird mich nicht erkennen.«

»Oh, Ihr unterschätzt sie, Richard. Sie erinnert sich ganz gewiß. Ihr habt sie kein einziges Mal enttäuscht, und sie hat ein Ohr für den gemeinen Mann.«

Vom Korridor her drangen Geräusche, das Stimmengewirr wurde lauter und lauter, und dann sträubten sich ihm die Nackenhaare, als die Leibgardisten Haltung annahmen und die Höflinge in den Saal strömten.

Die Königin erschien. Ihre unglaubliche Präsenz schien den ganzen Raum mit Helligkeit zu füllen. Dann blieb sie stehen, und ihr Gefolge wich zurück, um sie nicht in ihrer Bewegungsfreiheit zu hindern.

Sie hatte ihn gesehen.

Sofort nahm er mit einer schwungvollen Bewegung den Hut ab und kniete nieder. Der Schweiß rann ihm über den Rücken, während er den Blick gesenkt hielt, bis sich eine breite Front seidener Röcke vor ihm über das glänzende Parkett schob.

»Steht auf. Steht auf, Mann.«

Er stand auf; doch ihr Gesicht konnte er nicht sehen.

»Wer ist es, der meine Schritte hemmt?«

»Ich...« stammelte er. »Ich bin... mein Name ist Richard Tavistock, Euer ergebener Diener, Majestät.«

»Richard Tavistock?« Sie zielte mit einem langen Finger auf ihn. »Ich hab's. Seid Ihr nicht der Mann, der auf die Suche nach jenem fernen Ort ging, wo die Aale laichen!«

Das Gefolge wirkte erheitert.

»Dann sagt mir, Richard Tavistock, was Ihr hier in meinem Bankettsaal tut? Hier gibt's keine Aale.« Ihre Stimme klang scharf wie ein Stilett.

Sein Herz raste. Er haßte es, daß sie sich über ihn lustig machte. Er blickte zur Wand und wieder zu Boden und

wußte, er war verloren. »Ich inspizierte... bewunderte...
gerade die Schönheit Eurer flämischen Wandteppiche, Majestät.«

»Tatsächlich? Und wie gefallen Euch meine flämischen
Wandteppiche, Captain Tavistock?« fragte sie spitz.

»Sie gefallen mir sehr gut, Majestät.«

Sie drehte sich plötzlich um, und ihre Augen forschten in
seinem Gesicht nach einer Spur von Falschheit. Raleigh
stand neben ihr und beobachtete sie schelmisch. »Oh, und
welcher gefällt Euch am besten?«

Tavistock räusperte sich und warf einen raschen Blick auf
die beiden Wandteppiche, die in seiner unmittelbaren Nähe
hingen. Sie hatten das Motto *Musik* und *Tanz*, Dinge, die der
Königin lieb und wert waren. Nein, diese nicht. Du
brauchst die Erlaubnis, mit einem Geschwader auszulaufen,
riet ihm eine Stimme in Raleighs Tonfall. Schmeichle ihr
jetzt, und der Befehl könnte noch heute abend in deinen
Händen sein. Aber sei vorsichtig! Sie ist ein launisches Frau-
enzimmer. Ein falscher Zug könnte dich dein Kommando
kosten und die Chance, auf die du so sehnlich gewartet
hast.

»Laßt mich sehen...«

»Tretet zur Seite dort drüben. Gebt Captain Tavistock
Licht!« sagte Raleigh.

Elisabeth beobachtete, wie seine Augen kurz bei den *Tod-
sünden* verweilten. Sie schienen nicht so recht nach seinem
Geschmack, noch weniger *Der Triumph der Zeit über den
Ruhm*. Auch *Der Triumph des Ruhms über den Tod* und *Hannibal* wurden nur mit einem kurzen Blick bedacht.

»Findet Ihr nicht, daß dieser Teppich hier der schönste ist,
Captain?«

Sie wies mit der flachen Hand auf den *Triumph des Todes
über die Keuschheit*. Die Bedeutung dieses Themas war ihm
ebenso klar wie die der übrigen Themen. Sie sah, wie er
nachdenklich die Stirn runzelte und die buschigen blonden
Brauen zusammenzog.

»Für mein ungeschultes Auge, Euer Majestät, hat dieses Thema nur wenig Reiz.«

»Stellt sich ein ungeschultes Auge ein Modell für meine Navy vor? Hat gar ein ungeschultes Auge eine Vision von der Zukunft Englands, die für mich günstig ausfällt?«

Ihr fiel auf, daß er genau wie Burleigh, wenn er mit einem Problem kämpfte, abwechselnd die Hände zur Faust schloß und wieder öffnete. Siedend heiß mußte ihm sein unter den Augen von Dutzenden Höflingen, Männern und Frauen, die die Spielregeln am Hof kannten. Sie wußten, wie ein heiterer Spaziergang durch den Palast in der Gesellschaft ihrer Herrscherin plötzlich in ein scharfes Kreuzverhör über politische Motive und Loyalität umschlagen konnte. Tavistock war gezwungen zu antworten.

»Euer Majestät erweisen mir eine große Ehre, wenn Euer Majestät meinen, daß Ihre Kriegsschiffe nun von aller Welt beneidet werden, denn ich habe sie mir ausgedacht, um Euer Majestät zufriedenzustellen. Von den schönen Künsten verstehe ich nur wenig, und noch weniger bin ich ein Fachmann auf diesem Gebiet – aber zwei Wandbehänge hier erfreuen mein unmaßgebliches Seemannsauge besonders.«

Raleigh flüsterte ihr etwas zu. Seine stechenden blauen Augen glitzerten, und sie griff seinen Vorschlag auf.

»Laßt mich raten.«

Ergriffen von Bewunderung und Furcht blickte Tavistock der Königin nach, die den Saal der Länge nach durchquerte. Der Widerhall ihrer klappernden, juwelenbesetzten Absätze auf dem schönen Eichenparkett drang bis unter die Balken der gewölbten Saaldecke und füllte den ganzen Raum. Ein paarmal blieb sie stehen, dann kehrte sie um und sah ihn mit eisgrünen Augen an. Ihm war, als ginge ein Stich durch seine Seele. Ihr rötliches, in feste Locken gelegtes Kraushaar loderte wie Feuer auf ihrem Kopf, und ihre schmale Hand spielte mit einem großen Smaragdanhänger, der an einer goldenen Kette an ihrem Hals hing. Er sah, daß es der schönste Stein war von denen, die er ihr vor so langer Zeit durch Walsingham als Neujahrsgeschenk hatte überreichen lassen. Damals hatte es ausgesehen, als wären er und seine Seeleute verloren, wenn sie nicht mit einem großartigen Dankesgeschenk für ihr Leben bezahlten. Er hatte einen Pakt mit einer Teufelin geschlossen. Das kalte Feuer dieses schweren Steins entsprach genau dem Feuer ihrer königlichen Augen.

»Ich kann es nicht erraten.«

Die Höflinge erstarrten zu Statuen, als sie sahen, wie die Königin Tavistock anstarrte, und den drohenden Ton vernahmen, der in ihrer plötzlichen Verlegenheit mitschwang.

»Captain Tavistock, ich komme nicht darauf, was Ihr im Sinn habt. Das beunruhigt mich außerordentlich. Sagt mir, ist es *dieser* hier, der Euch am besten gefällt?«

Sie wies mit einem dürren Finger auf den Gobelin mit dem Motto des Tanzes.

Tavistock stand kerzengerade und sagte höflich: »Nein, Euer Majestät, der ist es nicht.«

Sie nahm die Hand zurück und sagte plötzlich gereizt: »Welcher dann?«

Tavistock ging einen Schritt zurück, drehte sich um und trat kühn vor den *Triumph des Ruhms über den Tod*. Er stellte sich mit dem Rücken zu dem Kunstwerk und wies hinüber auf die andere Seite des Saals auf den Gobelin, der den mit der Siegesbeute von Cannae nach Karthago heimkehrenden Hannibal darstellte.

»Mit Eurer Erlaubnis, Euer Majestät, sage ich offen, daß mir dieses Bild dort am besten gefällt.«

Die Höflinge schnappten nach Luft. Dann herrschte Schweigen. Der gewirkte Teppich stellte den legendären Feldherrn der Antike als ruhmreichen Sieger über die römischen Legionen dar. Jedermann wußte, daß Hannibal bei der Schlacht von Cannae die militärische Macht des größten Reichs der antiken Welt zerstört hatte. Er hatte ein Fünfzigtausend-Mann-Heer total vernichtet und damit das Herz des Römischen Reiches bloßgelegt. Die Bedeutung war klar.

Die Königin, ihr versteinertes Gefolge hinter sich lassend,

warf den Kopf zurück und ging mit ausgebreiteten Armen auf ihn zu. Gellend schallte ihr Gelächter durch den Saal.

»Captain Tavistock! Ihr habt gut daran getan, offen zu sagen, was Ihr denkt. Ich danke Euch dafür – und Eure Schiffe sollt Ihr haben. Glückliche Reise, Captain!«

Die königliche Gesellschaft zog weiter; sie folgte der Königin aus dem Saal und ließ Tavistock allein zurück, finster bewacht von zwei Leibgardisten, die ihre Hellebarden von sich streckten und so gerade standen, als hätte jeder einen Ladestock verschluckt.

Sobald die große Saaltür zuschlug, stieß er die Faust in die Luft und dankte dem Herrn im Himmel, daß sein irdischer Herrscher als Frau zur Welt gekommen war.

# 26

Gonzalo dachte an den Kanonengießer, während die Elite der spanischen Militärhierarchie die Zitadelle betrat und an ihm vorbei die steilen Stufen zum Sitzungssaal emporstieg. Eine Welle der Vorfreude rieselte durch seinen Körper. Heute abend, im Schein von tausend Kerzen, würde ein ruhmreicher Krieg beginnen. Hier, hinter den Mauern der streng bewachten Festung, die Portugals alte Hauptstadt beschützte, würde in aller Form ein heiliger Kreuzzug gegen das freche England gestartet werden. Er war glücklich, dabei sein zu dürfen, wenn jetzt der Pakt besiegelt wurde. Er fühlte die Kraft, die nur Krieger kennen, die zu Kopf steigt wie berauschender Wein, und er wußte, daß seine eigene Zukunft, die Zukunft von Don Emilio, die Zukunft der ganzen Christenheit von einer Entscheidung abhing, die so wenig voraussagbar war wie das Blatt, das einem beim Kartenspiel zugeteilt wurde.

Aber wie die Karten auch fielen, der Trumpf hieß Tavistock, und er war gekoppelt an einen Mordvertrag, den er erst vor vierundzwanzig Stunden mit Don Emilio geschlossen hatte. Der Krieg bedeutet Chance und Ruhm, hatte Don Emilio gesagt. Im Krieg wurde man auf ehrgeizige Männer aufmerksam – besonders auf jene, die das Glück haben, sich vor den Augen ihrer Kommandierenden auszuzeichnen. Und diese würden später selbst Kommandierende werden. So war es früher, so würde es immer sein.

Deshalb fängt heute abend alles erst richtig an, dachte er. Heute abend werden die Karten verteilt, und ich, Gonzalo de Escovedo, werde das Privileg haben, sie zu sehen. Ich bin kein junger Mann mehr. Es ist meine letzte Chance, wirkliche Anerkennung zu finden. Und sollte Don Emilio schlechte Karten bekommen, dann werde ich sie, wie verabredet, durcheinanderwerfen und das Spiel auf den Kopf stellen.

Gonzalo folgte den Herren, die inzwischen an den für sie bestimmten Plätzen an dem riesigen, von Landkarten bedeckten Tisch Platz genommen hatten – Santa Cruz am oberen Ende, rechts und links von ihm, begleitet von ihren Adjutanten, die Kommandeure. Seit Lepanto hatte es keine so vollständige Versammlung des spanischen Adels gegeben. Fast alles, was in Spanien Rang und Namen hatte, saß an diesem Tisch: der Herzog von Paliano, zusammen mit Don Francisco de Luzon stellvertretender Kommandeur von Santa Cruz; die beiden Admirale Diego und Pedro Valdez, Vettern, die sich nicht riechen konnten, diskreterweise weit auseinander gesetzt und durch Juan Gomez de Medina und Don Antonio de Mendoza voneinander getrennt; ihnen gegenüber Miguel de Oquendo und Martin de Bentendona. Don Emilio saß an der Tischmitte gegenüber von Don Alonso de Leyva.

Es waren durch die Bank bemerkenswerte Männer, Männer, die Stolzes geleistet hatten und die sich nicht minder stolz aufführten. Sie hatten alle ihre Rangabzeichen und Orden angelegt, und von ihren Gesichtern waren die äußeren Beweise ihrer hohen Stellung ebenso abzulesen wie von ihren Waffenröcken und Rüstungen. Ihnen unterstanden die Heere und Seestreitkräfte, die seit hundert Jahren siegreich für Gott und König gekämpft hatten, und heute beherrschten sie im Auftrag Gottes praktisch die gesamte bekannte Welt.

Die Geräusche verstummten allmählich, nachdem sich alle niedergelassen hatten. Die Sitzung konnte beginnen. Der Admiral verblüffte alle, als er sein Rapier zog, eine unglaublich feine Klinge aus federndem Toledostahl. Es hieß, Gott erlaube den Schmieden, nur eine unter einer Million Klingen so vollkommen zu schmieden, eine Klinge, die nie ihre Geschmeidigkeit oder Schärfe verlor und die nie rostete. Die kunstvolle Gravierung des Griffs ließ erkennen, daß der Admiral die Waffe als persönliches Geschenk von König Philipp erhalten hatte.

»Diese Versammlung ist längst überfällig«, begann Santa Cruz. Er sprach mit grollender Baßstimme. »Der König ist die ständigen Verzögerungen leid. Er wird keine Ausreden mehr dulden. Und inzwischen gibt es einen weiteren Grund, warum wir endgültig über die Schlachtordnung der *empresa* entscheiden müssen. Mir wurde heute abend mitgeteilt, die Londoner Agenten Seiner Majestät hätten von einem ungeheuren Verbrechen berichtet. Die englische Thronräuberin hat die rechtmäßige Thronerbin Maria Stuart enthaupten lassen.«

Die Versammlung schwieg wie betäubt, während Santa Cruz fortfuhr. »Deshalb werde ich den Herren heute abend, noch vor dem Ende der Sitzung, meine Entscheidung über die Besetzung der Führungspositionen in der Flotte bekanntgeben. Zunächst jedoch bitte ich die Herren, mich einige prinzipielle Dinge sagen zu lassen.«

Trotz des Schocks, den ihm, wie allen anderen auch, der Tod Mary Stuarts versetzt hatte, lächelte Don Emilio innerlich, weil er wußte, daß seine Ernennung zum Befehlshaber der auf dem Seeweg beförderten Invasionstruppen so gut wie sicher war. Der Befehl war praktisch vom König bereits unterzeichnet. Der Tod dieser Stuart ändert nichts daran, dachte er. Elisabeth hat damit nur einen nützlichen Präzedenzfall für ihre eigene Hinrichtung geschaffen.

»Jeder der Herren wird zur gegebenen Zeit Gelegenheit haben, seine eigenen Gedanken beizutragen.« Während Santa Cruz sprach, blickte er der Reihe nach jedem ins Gesicht. Der gequälte Ausdruck in seinen Augen und die Art, wie er die Hand auf sein Bein legte, waren die einzigen Anzeichen für seine unablässigen Schmerzen. Er beugte sich über die aufgerollte Landkarte und berührte sie mit der Spitze seines Rapiers.

»Ich beabsichtige, alle neun Geschwader hier in Lissabon zu versammeln. Sobald es die atlantischen Stürme erlauben, werden wir nach Norden segeln, immer in Sichtweite der Küste, bis Cabo Finisterre. Dann werden wir unter Ausnützung der jahreszeitlichen Südwestwinde den Golf von Biscaya überqueren mit Kurs auf die Scilly-Inseln – hier, sechsundzwanzig Seemeilen vor der englischen Küste. Das bedeutet, daß wir so weit westlich wie möglich in den Kanal einlaufen werden, und dann entlang dieser Küste nach Osten fahren. Der Zweck der Übung ist, das Land in Angst und Schrecken zu versetzen. Jeder Weiler, jede Stadt, jeder Hafen und jedes Fischerdorf entlang der englischen Südküste soll sehen, welche gewaltige Streitmacht gegen sie vorrückt. Jeder, ob Mann, Frau oder Kind, wird begreifen, wozu wir entschlossen sind und wie sinnlos es wäre, an Widerstand auch nur zu denken.«

Die versammelten Herren begannen zu nicken. Santa Cruz' Plan gefiel ihnen. Sie waren ausnahmslos von den Worten des Admirals gefesselt und hielten es für eine besondere Ehre, daß ihnen ein so meisterhafter Stratege seine Gedanken erläuterte. »Ich möchte das westliche Geschwader der englischen Flotte in seinem Schlupfwinkel im Sund von Plymouth schnappen. Wenn es sich dort befindet, werden wir einlaufen und es zerstören. Unmittelbar danach werden wir zur Isle of Wight segeln, hier, auf halber Höhe der englischen Küste. Dort werden wir mit sechstausend Mann an Land gehen, um einen Brückenkopf zu bilden, die Insel besetzen und jeden Widerstand unterdrücken. Sobald die Solent-Häfen in unseren Händen sind, beginnt die Invasion des Festlands. Unsere Armee wird bei der Landung nur mit wenig Widerstand zu rechnen haben. Anschließend wird sie über die Hampshire-Dünen in Richtung London vorstoßen.« Er machte eine Pause und blickte, die Mienen seiner Zuhörer taxierend, in die Runde. »Sobald diese Armee an Land gegangen ist, wird die Flotte wieder in See gehen und weiter nach Osten zur flandrischen Küste segeln, wo eine zweite Armee unter dem Oberbefehl des Fürsten von Parma an Bord gehen wird. Unsere Aufgabe dort wird darin bestehen, seine Schaluppen bei der Kanalüberquerung abzuschirmen und sie auf ihrer Fahrt von Dünkirchen zum Medway zu eskortieren. Sobald Parma in der Themsemündung landet, werden wir London zwischen Hammer und Amboß haben und brauchen nur noch zuzuschlagen. Erst dann wird sich unsere Flotte mit dem Rest der englischen Marine befassen.«

Santa Cruz merkte, wie ihre Begeisterung wuchs. Er beruhigte sie und fügte dann hinzu: »Ich bitte Don Alonso de Leyva, im einzelnen zu erklären, wie seine Armee zur Themse vorrücken und die englischen Landstreitkräfte zu einer direkten Konfrontation zwingen wird.«

Don Emilio starrte vor sich hin, vollkommen unfähig zu glauben, was er eben gehört hatte. Don Alonsos Armee? Don Alonso, dieser geschniegelte junge Emporkömmling? Ich soll doch die Landungstruppen in Hampshire befehligen! Der König selbst hat es gesagt! Gonzalo, der neben ihm stand, erbleichte. Die Karten waren verteilt, aber es war kein As dabei. Aber das machte nichts. Wir haben immer noch den Trumpf, dachte Gonzalo. Wir haben Tavistock.

Don Alonso erhob sich; er war jung, forsch und ungemein selbstbewußt. Mit betont harter Stimme begann er zu sprechen. »Meine Herren, wir sollten uns erinnern, daß sich die Engländer seit fünfhundert Jahren, seit sie von Wilhelm dem Normannen überfallen und erobert wurden, keiner ernst zu nehmenden Bedrohung von außen erwehren mußten. Im Gegensatz zu unseren Truppen, die sich Jahr für Jahr im

Kampf gegen die aufständischen Niederländer bewähren mußten, hatten die Engländer für mehr als ein halbes Jahrhundert kaum Gelegenheit, sich im Krieg zu üben. Selbst heute verfügen sie über kein stehendes Heer, nur über einen Haufen nicht ausgebildeter Einberufener, die kaum die zwei Enden einer Pike unterscheiden können. Unsere Infanterie wird sie mühelos überrollen, wenn ich von Südwesten her nach London marschiere.« Er breitete eine detaillierte Karte von Südengland aus. »Meine ersten Ziele sind die Eroberung und Zerstörung der königlichen Paläste von Hampton, Richmond und Nonsuch; auch die Höhle des Antichristen in Lambeth Palace, hier, werden wir dem Erdboden gleichmachen. Alle diese Ziele liegen auf der Südseite des Flusses, was uns sehr entgegenkommt, und dürften für eine von Südwesten anrückende Armee kein Problem darstellen. Zur gleichen Zeit wird unsere Kavallerie den Fluß überqueren, hier, an dieser Schmalstelle, und nach Osten stoßen, um sich auf das ketzerische Herz von Westminster zu stürzen. Mittlerweile, während die alten Mauern dieser Abtei für Gott zurückerobert werden, wird unsere Infanterie alle westlichen Straßen besetzt haben. Wenn sich herausstellen sollte, daß die Thronräuberin nach Windsor geflüchtet ist, wird die Hauptmacht unserer Infanterie einen Keil zwischen sie und London geschoben haben; wenn nicht, wird sie dort nicht mehr Zuflucht nehmen können. Gleichzeitig wird eine zweite Infanteriearmee mit Schuß- und Stoßwaffen nach Osten marschieren, um die aus der Stadt nach Norden führenden Rückzugswege abzuschneiden, und wird dann nach Süden schwenkend den Ring schließen. Es heißt, daß sich London zum großen Teil über seine alten Mauern hinaus ausgedehnt hat. Das Verhalten unserer Truppen in dem Gewirr von Hütten und ketzerischen Tempeln wird dem Beispiel folgen, das die Truppen des Marquis in Plymouth geben. Elisabeth muß im Südosten festgenagelt werden; dann wird der Widerstand zusammenbrechen. Sie muß unter allen Umständen daran gehindert werden, ins Ausland zu fliehen.«

Don Hugo de Moncada, ein äußerst erfahrener Galeerenkommandant, der in den Niederlanden gedient hatte, stellte nun, nachdem er sehr gelassen zugehört hatte, eine Frage. »Was passiert, wenn sich herausstellt, daß sich die englische Flotte nicht in Plymouth befindet, sondern auf See?«

»Was soll passieren?« fragte Santa Cruz.

»Sollten wir sie nicht so bald wie möglich zur Schlacht zwingen, Admiral?«

»Nein. In diesem Fall werden wir sofort zur Isle of Wight fahren.«

»Wir hätten doch sicher größere Chancen, sie zu vernichten, wenn wir sie angriffen, *bevor* wir unsere Truppen an Land setzen.«

Plötzlich redeten alle, und Santa Cruz schlug mit der flachen Klinge auf die Landkarte, um die Diskussion zu stoppen. »Ihr vergeßt, meine Herren, daß es sich um eine gemeinsame Operation mit der Armee des Fürsten von Parma handelt. Wenn es uns gelingt, eine einzelne Streitmacht von dreißigtausend Mann zu landen, gehört England uns. Nichts dort kann einer spanischen Armee dieser Stärke widerstehen, geschweige denn zwei Armeen. Die Ausschiffung *muß* unsere Priorität bleiben.«

Der Herzog von Paliano nickte zustimmend. »Es klingt vernünftig. Warum die englische Flotte angreifen, wenn wir sie umgehen können? Sie wird es nicht wagen, uns anzugreifen, solange wir in geschlossener Formation segeln. Ich sage, wir folgen genau Don Alvaros Plan.«

Der junge Don Martin de Bertendona wandte vorsichtig ein: »Wir dürfen die Feuerkraft der englischen Schiffskanonen nicht unterschätzen, Admiral. Mein Vater brachte Seine Majestät vor dreißig oder mehr Jahren nach England, und er war bereits damals von ihrer Flotte beeindruckt.«

Don Miguel de Oquendo, ein Mann Mitte dreißig und ebenso forsch wie de Leyva – er hatte das französische Flaggschiff bei Terceira erobert –, antwortete in schneidendem, herablassenden Ton. »Diese Flotte ist längst vergammelt.

Und die gegenwärtige ist verkommen bei dem Geiz der Hure von Babylon – sie ist nur noch halb so stark wie die einstige Flotte. Die Engländer sind ein Volk von Piraten. Was verstehen sie schon von der richtigen Instandhaltung einer Flotte?«

Wieder wurde zustimmend genickt, dann meldete sich Juan Gomez de Medina zu Wort. »Ich bin dafür. Eine Landung am Solent ist eine Wiederholung der Geschichte. Hier ging der König an Land, als er Königin Mary heiratete. Unsere Truppen werden das für ein gutes Omen halten – nicht, daß ich damit sagen wollte, wir müßten uns auf Omen verlassen.«

»Können wir vielleicht überlegen, was geschieht, wenn die englische Flotte einen Großangriff auf uns startet?« fragte Don Martin, an Santa Cruz gewandt.

Santa Cruz lächelte, denn er hatte diese Frage erwartet. Er spürte die Besorgnis, die bei allen in der Runde wie eine dunkle Strömung unter der Oberfläche vorhanden war. Es war die unausgesprochene Furcht vor El Draque und seiner Freibeuterbande, die sich inzwischen in ganz Spanien ausgebreitet hatte. Santa Cruz wußte, daß sie ihren schrecklichen Ruf zu Recht genossen. Der Schaden, den sie dem spanischen Stolz mit ihren Überfällen auf Vigo und in Westindien zugefügt hatten, stand in keinem Verhältnis zu den tatsächlichen Verheerungen, die sie angerichtet hatten. Jetzt sah der Admiral seine Chance gekommen, die Furcht seiner Untergebenen zu zerstreuen. Er hatte eine Strategie entwickelt, um mit jedem Angreifer fertig zu werden.

»Wenn das geschieht«, sagte er, »werden wir diese Formation einnehmen.« Er hob die Hände und beschrieb nach beiden Seiten einen Viertelkreis. »Es ist eine Form, die ich bei Lepanto auf den muselmanischen Bannern gesehen habe – die Form des Halbmonds. Wenn man sie genau einhält, wirkt sie wie der Kopf und die Hörner eines Stiers und ist eine unangreifbare Verteidigungsformation: Die *urcas* und Truppentransporter in der Mitte, geschützt durch einen undurchdringlichen Wall von Kriegsschiffen an den Spitzen.«

Don Emilio schwieg, während Santa Cruz seine Taktik erläuterte, aber innerlich kochte er. Das Hochgefühl, das ihn bei der Aussicht, zu Philipps Generalissimo ernannt zu werden, erfüllt hatte, war nach einem einzigen Wort des Admirals dahin. Im Lauf der vergangenen Monate hatte sich immer mehr herausgestellt, daß Santa Cruz eine absolut zentrale Stellung einnahm. Dieser Marquis wagt es, über den Kopf des Königs hinweg die Strategie zu bestimmen und die *empresa* wie sein eigenes Unternehmen zu leiten, dachte er zornig. Alle größeren Entscheidungen werden nur von ihm getroffen. Und wie sich ihm diese Marineleute fügen! Auch de Leyva – zweifellos weil er weiß, daß er bekommt, was er will. Aber das wird sich ändern. O ja, das wird sich ganz sicher ändern.

Er warf einen Blick auf Gonzalo, denn er vermutete, daß sein Adjutant ziemlich genau wußte, was er im Augenblick dachte.

»Ich empfinde natürlich mit Euch«, hatte Gonzalo an jenem Abend gesagt, als ihnen der Kanonengießer in die Hände gefallen war. »Aber es ist zweifellos Santa Cruz' Vorrecht, das Unternehmen nach seinen Vorstellungen zu gestalten.«

»Leider. Aber nachdem wir Tavistock haben, können wir die *empresa* bewaffnen, wie sie eigentlich bewaffnet sein sollte. Und bedenkt noch folgendes. Ich habe gesehen, wie müde und gezeichnet Santa Cruz aussieht. Sein Bein beginnt zu faulen und vergiftet sein Blut. Er überanstrengt sich. Auch das habe ich natürlich in meinem Schreiben an den König erwähnt.«

Gonzalos Antwort hatte die innere Überzeugung vermissen lassen. »Aber der König wird keinen Aufschub mehr dulden. Er schreibt täglich an Santa Cruz und drängt zum Aufbruch.«

»Vielleicht kann der Admiral überredet werden, sich noch mehr anzustrengen. Er wird es ohnehin nicht mehr lange machen. Angenommen Santa Cruz stirbt tatsächlich, bevor der Angriff steigt. Habt Ihr auch daran schon gedacht?«

Gonzalo hatte kurz überlegt. »Der König wird jemand anderen ernennen müssen. Jemanden, der für den Posten als Oberbefehlshaber geeignet ist.«

Don Emilio hatte gelächelt. »Wen also wird er Eurer Meinung nach vorschlagen?«

»Offensichtlich den Herzog von Paliano. Er ist stellvertretender Kommandeur.«

»Nein, nein. Das wird er nicht, Gonzalo. Der Herzog ist alt, und er ist zu sehr Santa Cruz' Mann. Nach dem Tod von Santa Cruz wird er umherrennen wie ein kopfloses Huhn. Und ich weiß, daß der König ihn nicht schätzt.«

»Dann wird er entweder Admiral Luzon oder Juan Martinez de Recalde ernennen – oder natürlich Euch, Exzellenz.«

»Genau so. Jawohl. Deshalb müssen wir unsere Loyalität und unsere Eignung ganz besonders beweisen. Was schlagt Ihr vor, Gonzalo?«

Gonzalo hatte eine Grimasse geschnitten. »Wir haben Tavistock. Vielleicht ist es jetzt an der Zeit, ihn zu benützen.«

»Ja. Wieviele Culverinen könnte er bis zu unserem Aufbruch schaffen?«

Während Gonzalo seine Berechnungen anstellte, hatte Don Emilio über Luzon nachgedacht. Was Gonzalo sagte, trifft zu. Der Mann ist ein hervorragender Seemann, bekannt wegen der großen Dienste, die er der Krone geleistet hat. Er ist ziemlich aus demselben Holz geschnitzt wie Santa Cruz. Ich weiß zwar nicht genau, welche Gefühle ihm der König entgegenbringt, aber ich kann seine Stellung in jedem Fall unterminieren. Philipp würde bestimmt nicht wollen, daß seine *empresa* von einem Mann befehligt wird, über dessen religiösen Glauben Zweifel bestehen – von einem Mann, der sich einst dazu hergab, den Hauptinquisitor von Mexiko zu erpressen. Nein, Luzon dürfte kein Hindernis für mich darstellen.

»Wenigstens fünfzig, Exzellenz. Allerdings bedeutete das, daß wir mehr Pulver kaufen müßten.«

»Dann werde ich um hundert bitten. Arbeitet ein Budget dafür aus. Die Kosten belaufen sich bereits auf vier Jahreslieferungen amerikanischen Silbers. Da wird dem König ein wenig mehr auch nicht mehr weh tun. Er ist zu seiner *empresa* entschlossen, was sie auch kostet.«

»Könntet Ihr ihn nicht bitten, selbst nach Lissabon zu kommen?«

»Warum sollte ich das tun?« hatte Don Emilio gefragt, überrascht von Gonzalos Naivität. Solange der König in Madrid saß und Briefe schrieb an seinen Neffen in den Niederlanden, an Mendoza in Paris, an Santa Cruz, solange war alles bestens. »Nein, Gonzalo, daß der König nie den Escorial verläßt, ist unsere größte Stärke. Er ist ein Einsiedler, und das ist gut so, denn wir wollen auf keinen Fall, daß er sich hier einmischt. Ich schildere ihm alles, was in Lissabon vorgeht, und er glaubt, was ich sage. Das ist Macht.« Daraufhin hatte er an seinem Monzon genippt, hochzufrieden über den Verlauf der Ereignisse. »Ihr habt vielleicht recht wegen des Kanonengießers. Vielleicht ist jetzt wirklich der richtige Zeitpunkt, ihn zu benützen.«

Das war vor einigen Monaten gewesen, und seitdem hatte er Tavistock in geheimer Gefangenschaft gehalten, um ihn, wenn er den richtigen Zeitpunkt für gekommen hielt, zu präsentieren. Wäre er früher mit Tavistock herausgerückt, hätte er ihn an Santa Cruz verloren. Davon war Don Emilio überzeugt. Er hatte sich in seinem Sessel geräkelt und zu Gonzalo gesagt: »Habe ich dir nicht immer deine Sünden vergeben, Gonzalo? Ich habe dich nicht bestraft, was manch einer vielleicht getan hätte, als er dir in Mexiko abhanden kam. Daran siehst du, wie Gott die Seinen belohnt.«

Gonzalos Schweigen hatte ihn an die Nacht zurückdenken lassen, als sie den Maultiertreiber getötet hatten. Gonzalo hatte schon immer einen Hang zur Grausamkeit gehabt. Obwohl Pedro Gomara die wichtigste Person in seinem Plan gewesen war, um Tavistock vor der Verbrennung zu retten, hatte sich Gonzalo, als der Plan schiefging, bösartig gegen den alten Mann gewendet. Er hatte ihn zu dem Treffpunkt außerhalb von Ciudad de México mitgenommen, und als er merkte, daß er umsonst wartete, hatte er ihn mit dem Degen durchbohrt und später behauptet, er habe damit den Wunsch des alten Mannes erfüllt, der wie ein Soldat sterben wollte. Danach hatten sowohl die weltlichen Behörden als auch die Kirche nach dem Engländer und dieser Hure von Gonzalos Schwester gesucht, aber beide waren spurlos verschwunden. Berichte, wo man sie überall gesehen hatte, gab es natürlich dutzendweise – in Peru, Kuba, Cartagena, sogar von einem Schiffbruch war die Rede und daß sie nach England entkommen seien, aber einen handfesten Beweis hatte es nie gegeben.

»Ja, Ihr müßt gut auf Tavistock aufpassen«, sagte Don Emilio und schob seinen Stuhl zurück. »Seid Ihr mir noch treu ergeben, Gonzalo?«

»Ja, Exzellenz.« Die Antwort kam prompt.

»Und dem König?«

Diesmal hatte Gonzalo etwas gezögert, weil er eine Falle vermutete. »Vorbehaltlos, Exzellenz.«

»Ich überlege nur.« Don Emilio war aufgestanden, und dann sprach er unbekümmert aus, woran er gerade gedacht hatte. »Ja, ich frage mich – was würdet Ihr tun, wenn ich Euch sagte, die Geduld des Königs mit Santa Cruz sei zu Ende, und er wünsche seinen Tod? Und daß ich Euren Namen genannt habe als Beweis Eurer Loyalität?«

Ja, was würde er wirklich tun, dachte er, und genoß es wieder einmal, wie Gonzalos Kinn herabfiel. Er rieb sich unauffällig die Hände und war plötzlich, von den Schlägen der großen Turmuhr in die Gegenwart zurückgeholt, wieder ganz bei der Sache und ein eifriger Zuhörer Santa Cruz'.

Don Emilio betrachtete den versammelten Kriegsrat und studierte besonders genau den Admiral. Ja, dachte er, noch bin ich mir bei dir nicht sicher. Dein Blut ist vergiftet, und du wirst bald ein toter Mann sein. Aber wirst du auch bald genug tot sein? Andererseits – ich konnte mich immer auf Gonzalo verlassen. Er wird meinem Wort allein nicht glauben, aber er ist dumm genug, dich bedenkenlos zu erledigen, sobald ich ihm die Briefe zeige, die ich vom König erhalten habe.

Philipps letzter Brief klang am dringlichsten, dennoch beklagte er sich über Santa Cruz' Säumigkeit. Der König bat, bis ins kleinste über den Zustand der Flotte und inwieweit sie zum Auslaufen bereit sei, informiert zu werden; er wünschte eine ausführliche Bewertung der Absichten des Marquis sowie eine Liste von Vorschlägen, wie Santa Cruz' Schwierigkeiten behoben werden könnten. Der Ton des Briefes war recht vieldeutig und konnte wie immer völlig unterschiedlich ausgelegt werden.

Ja, dachte er und riß sich aus seiner Träumerei, genauso wie ich von Don Juan benutzt wurde, um Philipps wahnsinnigen Sohn zu ermorden, werde ich Gonzalo benutzen, um Santa Cruz zu ermorden. Die Anrede kam plötzlich und unerwartet. »Was habt Ihr zu sagen, Don Emilio?«

»Wie bitte?«

Santa Cruz fixierte ihn mit einem Blick, für den er berüchtigt war. »Ihr schient begierig darauf, etwas sagen zu wollen.«

Lustlos setzte sich Don Emilio in seinem Stuhl zurecht. »Ich wollte nur noch die Notwendigkeit einer ordentlichen Bestückung unterstreichen. Ich bin der Überzeugung, daß wir warten sollten, bis wir mehr Culverinen an Bord nehmen können. Die Hälfte der Kirchen auf der Halbinsel haben ihre Glocken gespendet. Es wäre eine Beleidigung Gottes aufzubrechen, bevor wir über die Mittel verfügen, um –«

Santa Cruz ließ ihn arrogant abblitzen. »O ja, das habe ich ganz vergessen. Ihr seid ja Experte, wie man Schiffe ordentlich ausrüstet, um gegen die Engländer zu kämpfen.«

Alonso de Leyva witterte seine Chance und sagte: »Wichtiger ist sicher ein rascher und entschlossen geführter Infanteriefeldzug. Das hängt natürlich von gutem Sommerwetter ab. Wann genau können wir in See gehen?«

»Geduld, Don Alonso, Ihr werdet Euch noch früh genug auf sie stürzen können«, versicherte ihm Santa Cruz, immer noch verstimmt durch die lässige Haltung Don Emilios. »Eure Männer werden in diesem Sommer kämpfen. Wir segeln im Mai, spätestens im Juni. Sechs Wochen nach der Überquerung der Tejo-Barre werdet Ihr auf den Befestigungswällen von Portsmouth stehen. So viel kann ich Euch versprechen.«

»Ist das möglich?« fragte Luzon, der ebenfalls wußte, daß Philipp immer ärgerlicher wurde wegen der Verzögerung. »Werden wir die Flotte wirklich bis Mitte Mai auslaufbereit haben? Das sind nur noch fünf, sechs Wochen?«

Der Admiral richtete sich auf. »Wir könnten auch jetzt schon auslaufen, wenn ich es für richtig hielte.« Als Luzon nichts erwiderte, fuhr er fort. »Ich warte nur noch auf das Geschwader, das sich in Cadiz versammelt. Sobald es eintrifft, segeln wir.«

»Aber wir sind immer noch knapp an schweren Geschützen«, platzte Pedro de Valdes frei heraus. »Don Emilio hat ganz recht. Das muß korrigiert werden.«

In Santa Cruz' Tonfall schlich sich etwas von dem aufgestauten Zorn, der ihn unter spanischen Seeleuten zu einer Legende gemacht hatte. »Dem kann ich nicht zustimmen. Solange wir genügend Feuerkraft haben, um die Engländer auf Distanz zu halten, wird uns nichts länger aufhalten.«

»Dann seid Ihr also bereit, die gesamte *empresa* aufs Spiel zu setzen?« hakte Don Emilio nach. Sofort richteten sich aller Augen auf ihn, und er hüllte seine nächste Frage in einen Mantel lauwarmer Gleichgültigkeit. »Bei allem Respekt, Admiral, riskiert Ihr nicht die ganze Operation, wenn Ihr jetzt unbedingt in See gehen wollt? Meint Ihr nicht, es wäre besser, noch einen Monat zu warten? Wir könnten London immer noch vor Einbruch des Winters nehmen, aber unsere Schiffe wären so bestückt, daß sie jedes angreifende Schiff vernichten könnten.«

Und Luzon sagte: »Ja, Admiral. Welchen Unterschied

würde ein weiterer Monat ausmachen? Warum müssen wir unbedingt bis Juni auslaufen?«

»Weil der König sagt, wir müssen!« donnerte Santa Cruz. »Und wenn wir ein paar Schiffe verlieren, was soll's? Das ist zu erwarten. Wir sind Männer! Männer mit Stolz! Soldaten! Ritter! Wir wissen, Krieg bedeutet Risiko. Aber wir sind keine Feiglinge. Wir lieben das Risiko. Ist es nicht so?«

Einige zeigten ihre Zustimmung, andere senkten wortlos den Kopf.

Santa Cruz richtete seinen Blick auf Don Emilio, als wollte er ihm seinen Willen aufzwingen. »Ist es nicht so?«

»Selbstverständlich, General, er ist nur –«

»So ist es recht. Es *gibt* keine Einwände! Und wer behauptet etwas anderes? Wir sind Söhne Spaniens! Wir kennen unsere Pflicht! Niemand braucht uns zu sagen, was wir zu tun haben! Niemand kann uns schlagen! Niemand! Wenn der König sagt, daß wir nach England fahren sollen, dann – werden – wir – nach – England – fahren!«

Niemand rührte sich, um Don Emilio zu verteidigen. Mit geschwollener Zornesader und vorquellenden Augen blickte Santa Cruz einen nach dem anderen an. Schließlich wandte er sich an den Mann zu seiner Linken. »Admiral Luzon?«

Luzon zögerte, dann sagte er kühl und mutig: »An dem, was Don Emilio sagt, könnte durchaus etwas dran sein, Admiral. Die Küstenwache in Westindien hat mehrmals Erfahrungen mit englischen Kanonen gemacht. Sie können sogar auf größere Entfernung verheerend wirken. Ich stimme Euch jedoch zu, daß wir durch eine weitere Verzögerung kaum etwas gewinnen. Wir können die gesamte Flotte in drei Monaten mit Culverinen ausrüsten, aber dann haben wir ungünstiges Wetter, und wir müßten ein weiteres Jahr warten –«

»Das stimmt nicht«, unterbrach ihn Don Emilio und peinigte Santa Cruz mit einem weiteren Grund, das Auslaufen der Flotte zu verzögern. »Ich sage Euch, daß die Kanonengießerei hier in Lissabon in weniger als einem Monat, gerechnet von heute an, Geschütze herstellen kann, die genauso gut sind wie diese englischen Culverinen.«

»Unmöglich!« erwiderte Juan Gomez de Medina.

»*Caray!* Ist das wahr?«

»Wovon redet Ihr, Don Emilio?«

»Ruhe!« befahl Santa Cruz. »In gut einem Monat werden wir uns auf hoher See befinden und gegen England fahren. Das hat Seine Majestät befohlen, und so soll es sein. So, Luzon, und nun möchte ich, daß die Schlachtordnung verlesen wird.«

»Sehr wohl, Admiral.« Luzon stand auf und las aus Santa Cruz' Aufzeichnungen vor. »Der Marquis wird persönlich das Flagg-Geschwader kommandieren, bestehend aus fünfzehn Schiffen: zehn portugiesischen Galeonen, fünf *zabras* und das Flaggschiff *Trinidad*, ein 1200-Tonnen-Schiff, dessen Eigner der Marquis ist und das sich im Augenblick noch in Cadiz befindet.

Das Biscaya-Geschwader wird befehligt vom Herzog von Paliano: zehn Galeonen, vier *patajes*.

Das Geschwader von Kastilien: Don Diego Flores de Valdes. Vierzehn Galeonen, zwei *patajes*.

Das andalusische Geschwader:: zehn Galeonen, eine *fregata*, befehligt von Don Pedro de Valdes.

Das Guipúzcoa-Geschwader mit elf Galeonen und zwei *fregates*. Don Miguel de Oquendo.

Und schließlich als letztes, in der ersten Schlachtlinie das Levantinsche Geschwader, bestehend aus den zehn Galeonen von Don Martin de Bertendona, der an Bord der *La Regazona* fahren wird. Don Emilio wird zusammen mit Alonso de Leyva auf der *Rata encoronada* fahren.«

Santa Cruz beobachtete die Reaktion eines jeden, dessen Name genannt wurde. Die Runde war in Bewegung geraten. Einige würden noch aufgerufen werden, andere würden ungenannt bleiben. Seine Liste war ein Kompromiß, der beste, den er finden konnte. Obwohl keiner ganz zufrieden zu sein schien, war auch keiner so gekränkt, daß er es öffentlich gezeigt hätte, nicht einmal der ekelhaft dummdreiste Don Emilio Martinez.

»Gibt es hierzu noch Fragen?«

»Habe ich Eure Erlaubnis, meine Bemühungen fortzusetzen, um Eure Schiffe mit den Kanonen auszurüsten, die sie brauchen – für den Fall, daß es doch eine Verzögerung geben sollte?« fragte Don Emilio bescheiden, innerlich jedoch frohlockend, wie er Santa Cruz verunsicherte und ihn zwang, öffentlich seine Absicht zu verkünden, binnen der lächerlich knappen Frist, die der König gesetzt hatte, auszulaufen.

»Don Emilio, als Generalinspektor solltet Ihr Euch nicht um Angelegenheiten kümmern, die Euch nichts angehen. Eure Aufgabe ist es, dafür zu sorgen, daß sich Don Alonsos Truppen zum richtigen Zeitpunkt ordentlich ausgerüstet an Bord der für sie vorgesehenen Truppentransporter befinden. Und nicht mehr.« Santa Cruz sah ihn kurz an, als sei er begierig auf seine Antwort, dann wandte er sich wieder an Luzon. »Verlest den Rest.«

»Jawohl, Admiral. Die zweite Gefechtslinie setzt sich zusammen wie folgt: Don Antonio wird ein Geschwader von fünfundzwanzig *zabras* und *patajes* führen. Die vier Galeassen werden Don Hugo unterstehen, der auf der *San Lorenzo* fahren wird. Und schließlich werden fünfundzwanzig Schiffe zwischen 300 und 800 Tonnen den Rest der Truppen des Generalleutnants befördern. Kommandant ist Juan Gomez.«

Während Luzon sprach, glühten Don Emilios Augen wie Kohlen. Er beobachtete, wie Santa Cruz' herrischer Blick über seine Untergebenen schweifte.

»Hat irgend jemand noch etwas dazu zu sagen? Nein? Gut. Dann habe ich noch eine Sache zu erwähnen, aber nur noch die eine.« Santa Cruz hielt inne, um Atem zu holen. »Ich habe viele Expeditionen geführt und in zahllosen Feldzügen gekämpft, und jede Schlacht hat mich gelehrt, daß der Erfolg im Krieg entscheidend davon abhängt, daß die Befehlskette reibungslos arbeitet. Die Untergebenen müssen von ihren Vorgesetzten dazu gebracht werden, Befehle sofort, willig und ohne zu fragen entgegenzunehmen und auszuführen. Ich habe Euch alle nach sorgfältiger Überlegung für Eure Aufgabe ausgewählt. Einige sind vielleicht nicht ganz zufrieden, wie ich die Gaben verteilt habe, aber ob zufrieden oder nicht – ich bitte jetzt jeden von Euch, seine persönlichen Gefühle beiseite zu lassen und mir und dem König feierlich die Treue zu schwören.«

Alonso de Leyva bot sich als erster an. Dann bekundete einer nach dem anderen seine Ergebenheit, und Santa Cruz ging von Mann zu Mann, um ihm die Hand zu schütteln und ihm von Angesicht zu Angesicht sein Versprechen abzunehmen. Schließlich gab auch Don Emilio sein Wort, als er sah, daß diese rührselige Zeremonie dem Admiral beträchtliche Genugtuung verschaffte. »Ihr werdet jede Unterstützung von mir erhalten, die ich Euch geben kann«, versprach er, als sie sich die Hand reichten, »so lange Ihr leben werdet.«

Santa Cruz zog die Hand zurück und umarmte Don Emilio steif.

»Das ist gut. Und nun bitte ich den Pater Prior, unser Unternehmen zu segnen.«

Sie knieten nieder und gelobten, ihren Feldzug zur Ehre Gottes zu führen. Don Emilios Augen verweilten auf Santa Cruz und verzeichneten die Schmerzen, die er litt, als sein volles Gewicht auf seinen verbundenen Knien lastete. Der Prior begann, mit eintöniger Stimme eine Litanei zu sprechen, aber er war noch nicht weit gekommen, als sein Geleier von einem heftigen Wortwechsel vor der Tür übertönt wurde. Das Geschrei wurde lauter. Die Betenden drehten sich um. Dann verlangte der Admiral, daß ihm auf die Beine geholfen wurde.

»Was soll das?« brüllte er. »Wer wagt es, uns beim Gebet zu stören?«

Die Tür flog auf, und ein Bote lief auf den Admiral zu, keuchend und bleich vor Aufregung und Angst. Er stürzte vor dem Admiral auf die Knie und streckte ihm mit beiden Händen die Meldung entgegen.

»Was ist geschehen?« fragte Santa Cruz.

»Ein schreckliches Unglück, Herr!«

»Ein Unglück?«

»Es ist El Draque! El Draque und eine große Flotte! Er wurde vor der galizischen Küste gesichtet! Er kommt hierher, nach Lissabon, um uns zu vernichten!«

In seiner alten Kajüte an Bord der *Antelope* lauschte Richard Tavistock auf das vertraute Knarzen seines Schiffs. Er war im gleichen guten Zustand wie eh und je; sein Master, Jack Lowe und Kapitän James Bolten, hatten gute Arbeit geleistet. Es war herrlich, wieder ein lebendiges Deck unter den Füßen zu spüren, hart am Wind zu segeln und zu hören, wie der Schiffsschnabel in die Gischt tauchte. Von dem Eid, mit dem er Anne geschworen hatte, nie mehr zur See zu fahren, war er befreit. Doch er hatte sein Versprechen nicht widerrufen. Sie hatte ihn freiwillig entbunden – für dieses eine Mal, weil sie verstand, daß es sein mußte.

Er lehnte sich in seinem Stuhl zurück und ließ seine Gedanken wandern. Er versuchte, die Gründe herauszufinden, warum Hawkins ihm solange verheimlicht hatte, daß John in Lissabon lebte, und warum er ihn erst dann ins Vertrauen gezogen hatte, nachdem ziemlich sicher war, daß das Unternehmen, die Schiffe des Königs in spanischen Häfen anzugreifen, genehmigt würde.

Nichts Gutes ahnend, nahm er das versiegelte Päckchen mit seinen Orders aus der Kartenschublade und wog es in der Hand, als ersuchte er zu erraten, was sie für ihn enthielten. Heute war der Tag, an dem das Päckchen geöffnet werden sollte – der Tag, an dem sie den 39. Breitengrad überquerten, dieselbe Breite, auf der auch Lissabon lag. Aber die Öffnung des Siegels war Aufgabe eines Admirals. Und der Admiral war Francis.

Er blickte auf die Karte, die die Spanierin Burleigh gegeben hatte. Sie behauptete, John hätte sie eigenhändig gezeichnet und er hätte diese bis ins einzelne gehende Darstellung von der Einfahrt in den Hafen von Lissabon selbst ausgearbeitet. Konnte das hier wirklich von John stammen?

Es gab zwei Fahrrinnen, die nördliche Hauptfahrrinne, die unterhalb des Castelo de São Julho vorbeiführte, und die südliche, die jedoch tückisch war, weil sich das Strombett hier ständig veränderte. Das Gebiet vor der Hafeneinfahrt wurde von einem Geschwader schneller Galeonen mit geringem Tiefgang kontrolliert, und ab Belém gab es Küstenbatterien und Festungen, die den Tejo für den Feind unpassierbar machten. Aber was war geplant? Und was war mit dem Versprechen, das er Burleigh gegeben hatte? Die Nachricht, daß John angeblich die spanische Flotte mit Kanonen ausrüstete, lastete schwer auf ihn. Mit der entsprechenden Bewaffnung könnte die Invasion gelingen.

Die angenehm friedliche Stimmung war verflogen. Er rollte die Karte zusammen und ging an Deck, wo sein Bootsführer ihn erwartete. Das Boot war schnell, die See ruhig, die Männer legten sich kräftig in die Riemen, und so stieg er eine Viertelstunde später an Bord von Drakes *Elizabeth Bonaventura.*

Drake war zum Admiral ernannt worden, Sir William Borough zu seinem Vizeadmiral, genau wie es Burleigh gewünscht hatte. Hawkins hatte ihm erklärt, Borough sei damit auf angenehme Weise aus England entfernt und unschädlich gemacht. Aus dem versiegelten Befehlen, hatte Hawkins gesagt, könne er den Rest entnehmen.

»Du hast also die Königin überzeugt, daß ihr ihr sauberer Schwager ins Feuer pinkelt?« hatte Drake ausgelassen gebrüllt, als Tavistock mit dem zustimmenden Bescheid der Königin in Plymouth eingetroffen war. »Du hast ihr hoffentlich gesagt, daß wir ihm sein königlich gelocktes Haupthaar ordentlich versengen werden.«

Tavistock hatte zurückgegrinst. »Ich habe versprochen, daß wir seine Schiffe angreifen würden.«

»Daß wir ihm eine dicke Lippe verpassen würden, wenn der gräßliche Habsburger nicht schon zwei davon hätte.«

Vor Drakes Haus in der Looe Street drängten sich die Männer, die auf diesen Tag gewartet hatten. Seit er vom Pferd gestiegen war, waren ihm zahllose Geister aus der Vergangenheit begegnet. Da stand der Ire Cornelius barhäuptig neben Captain Bowen. Der Schotte Fleming, der sein eigenes Schiff in *Golden Hinde* umbenannt hatte, war gekommen; der puritanische Geschützoffizier, der Ziel-für-Gott, wie sie ihn genannt hatten, war da und noch einer, dessen Gesicht so schwarz wie Ebenholz war: Boaz, seit zehn Jahren Tuchhändler und Schiffseigner; er war auf seiner Dreimastbark von Portsmouth herübergekommen, um zu sehen, was sich hier tat. Er hatte viele Männer gesehen, die mit ihm bei San Juan de Ulua ausgehalten hatten und viele, die an den Reichtümern partizipiert hatten, die sie bei ihrer glücklichen Heimkehr vor zehn Jahren nach England gebracht hatten. Auch Drakes alte Anhänger hatten sich eingefunden. An erfahrenen Seeleuten hatte es für diese Fahrt gegen Spanien nicht gefehlt.

Dann hatte Drake den unterzeichneten Befehl genommen und der versammelten Menge vorgelesen: »Ihre vortrefflichste Majestät befand es für richtig, heute, den 15. Tag im März des neunundzwanzigsten Jahres Ihrer Herrschaft, Sir Francis Drake Vollmacht zu erteilen für die Durchführung eines Auftrags mit vier Schiffen Ihrer Majestät und zwei Pinassen...« Der Rest war im Jubel der Menge untergegangen. Die Zusage der Königin, vier ihrer Schiffe zur Verfügung zu stellen, hatte die an sich sehr vorsichtige Stadt auf die Beine gebracht. Das Siegel Elisabeths war Beweis genug für ihre Zustimmung. Er hatte einer Schar von Fischverkäufern, Gemüsehändlern, Tuchhändlern und Kurzwarenhändlern, alles Leute, mit denen er schon geschäftlich zu tun hatte, gezeigt, wo die Königin unterzeichnet hatte, und jeder war bereit, einen Penny zu wagen in der Hoffnung, ein Pfund damit zu verdienen. Die Flotte, die sie ausgerüstet hatten – gechartert hatten sie sie bei der Turkey Company –, bestand aus zehn Kauffahrern und mehreren Pinassen.

Sie hatten laut applaudiert, als er ihnen den Auftrag der Königin erklärte, denn sie erfüllte ihnen damit einen Herzenswunsch. »Wir sollen die Beschaffungsmaßnahmen der Spanier stören und ihre Schiffe in den Häfen beschlagnahmen.«

Und während die Menge jubelte, hatte Tavistock leise zu Drake gesagt: »Das bedeutet freie Hand, Francis. Endlich freie Hand. Das ist wesentlich mehr, als Burleigh uns gewährt hätte. Wir können losschlagen.«

»Es ist genau das, was wir brauchen.«

»Walsingham hat mir den Haken an der Sache verraten.«

»Was?!«

»In einer Woche wird Elisabeth Burleigh gestehen, daß sie ihre Dummheit bereut, und er wird Robert Slade nach Plymouth schicken, um uns aufzuhalten.«

»*Was?*« Ungläubig hatte Drake ihn angestarrt.

»Wenn wir einen Krieg provozieren, wird sie die Schuld dafür tragen müssen. Deshalb muß sie uns *offiziell* daran hindern. Verstanden?«

Als Drake die ganze Tragweite des Plans dämmerte, gakkerte er wie eine Henne. »Ich brauche noch zwei Tage. Ich werde John Harris und Fenners Cousin auf die Straße nach Exeter schicken. Sie werden Mister Slade aufhalten.«

Tavistock hatte zustimmend genickt. »Dazu kommt, daß die Pinasse, die die Königin mit den Kommando-zurück-Orders schicken wird, die *Aid* ist, und sie gehört dem Sohn von John Hawkins.«

»Oh, du bist ein kluger Mann, Richard! Ein wirklich kluger Mann!«

Am ersten April hatten sie Plymouth mit wehenden Fahnen verlassen, sechzehn Schiffe und sieben Pinassen, strotzend vor Waffen und Männern, die alle wild darauf waren, gegen Spanien in den Krieg zu ziehen.

Eine riesige Menschenmenge hatte sich versammelt, alle

Männer aus dem Westen Englands, und jeder hoffte, noch in letzter Minute anheuern zu können; und die Frauen und die Verwandten derjenigen, die das Glück hatten, mit von der Partie zu sein, winkten wie verrückt. Er hatte Anne zu den Docks kommen sehen mit den Töchtern, und er hatte ihnen zugewinkt in der Hoffnung, sie würden sein rotes Lederwams auf dem Quarterdeck der *Antelope* ausmachen können. Er hatte noch einmal gewinkt, bevor er sich ganz der Aufgabe widmen mußte, das Schiff auf den Weg zu bringen. Die Ankerflunken waren tropfend am Ankerkran aufgetaucht, das Großsegel hatte sich gefüllt, und der Bug der *Antelope* hatte sich in Richtung Fahrrinne gedreht. Eine Stunde später glitten sie aus dem Sund und eine weitere Stunde danach hatten sie England aus den Augen verloren.

Drake ging ihm und seinen Begleitern entgegen, als sie an Bord der *Bonaventura* kamen. Obwohl alle glaubten, Lissabon sei ihr Ziel, kannte niemand außer Tavistock das eigentliche Ziel.

William Borough, reichlich beleibt und unzufrieden über die entwürdigende Tatsache, daß ein sieben Jahre jüngerer Freibeuter sein Vorgesetzter war, kam von der *Golden Lion*. Ferner gesellten sich hinzu Thomas Fenner, ein Mann von Drake, ein guter Seemann und schon bei Cartagena dabei, und der besonnene und tüchtige Harry Bellingham. Das versiegelte Orderpaket lag wie ein Stück glühendes Eisen in Tavistocks Hand.

Wie gewöhnlich ließ Drake jeden sagen, was er zu sagen hatte. Erst nachdem Borough wortreich begründet hatte, warum seiner Ansicht nach Lissabon unmöglich das Ziel sein könnte, brach Drake sein Schweigen.

»Deshalb werden wir es auch gar nicht versuchen.«

»Nicht versuchen?« entfuhr es Borough.

»Ihr habt mich gut verstanden. Wir machen Jagd auf Santa Cruz' Flaggschiff, die *Trinidad*. Ich werde seine zweite Flotte in Cadiz angreifen.«

Am Mittwoch, den 19. April, liefen sie um drei Uhr nachmittags auf den seit alters her berühmten Hafen zu, der sich im hellen Frühlingslicht zwischen dem Cabo Trafalgar und der portugiesischen Grenze sonnte. Cadiz selbst lag auf einer felsigen Insel, die über eine Brücke zu einer weit hinausragenden Landzunge mit dem Festland verbunden war. Die Stadt blickte auf den im Norden gelegenen Äußeren Hafen, aber es gab noch einen zweiten, Inneren Hafen, der beinahe als Binnenhafen bezeichnet werden konnte. Hier lagen Puerto Real und die geschützteren Liegeplätze. Von hier aus lief ein Schiff des Galeeren-Geschwaders von Don Pedro de Acuna dem vordersten Schiff dieser unbekannten und unerwarteten Flotille entgegen.

Das vorderste Schiff war die *Antelope*. Tavistock schritt auf dem Quarterdeck auf und ab, dankbar, daß Gott ihnen so günstigen Wind für diesen Job geschickt hatte. Während er die näherkommende Galeere beobachtete, versuchte er, die beängstigenden Anweisungen, die in dem versiegelten Paket enthalten waren, zumindest für den Augenblick zu vergessen. Nachdem die Kapitänskonferenz auf der *Bonaventura* beendet war, hatte Drake das Päckchen geöffnet und ihn den Inhalt lesen lassen. Es waren jedoch keine Befehle, sondern ein persönlicher Brief von Hawkins an Tavistock, der ihn an den Eid erinnerte, den er an Bord der *Roebuck* geschworen hatte, sowie an das Versprechen, das er Burleigh gegeben hatte. Ferner ging aus dem Brief hervor, daß Johns Tätigkeit in Lissabon inzwischen bestätigt worden war und daß er aufgehalten werden mußte. Hawkins hatte den Brief aus zwei Gründen versiegeln lassen: erstens wegen seines geheimen Inhalts, und zweitens, weil er wollte, daß Tavistock erst darüber nachdachte, wenn er sich auf der Höhe von Lissabon befand. Er sollte John herausholen oder, sofern das nicht möglich war, sein Versprechen einlösen.

»Was wirst du tun?« hatte Drake gefragt, als sie allein waren.

»Was kann ich tun?«

»Hawkins hat recht. Man muß ihn aufhalten.«

Er hatte nach einer Antwort gesucht. »Aber warum ich? Warum ausgerechnet sein Bruder?«

»Weil es Hawkins lieber ist, wenn du ihn holst. Und wenn es überhaupt jemand schafft, dann du.«

»Und wenn nicht?«

»Du schaffst es.«

Aber er hatte beschlossen, dieses Ansinnen zu ignorieren. Er hatte eine gewisse unpersönliche Glätte in Hawkins' Schreiben gespürt. Auch er schien begriffen zu haben, daß keiner in einer Sache wie dieser entscheiden konnte, es sei denn, er verfügte über eine geradezu übermenschliche Voraussicht. Deshalb hatte er zum ersten Mal in seinem Leben seine Sorgen dem Himmel anvertraut. Diesmal mußte Gott entscheiden, und in Cadiz, das wußte Tavistock, würde er seine Antwort erhalten.

»Schießt einen Warnschuß über sie hinweg«, befahl er seinem Gunner, als der mit Eisenspitzen bewehrte Bug der Galeere gefährlich nahe kam. Zwei Kanonenkugeln fuhren zischend zu beiden Seiten der Galeere ins Meer, und sie drehte ab. Zweifellos hatte sie erwartet, ihren Anruf an eine harmlose Flotte hanseatischer Kauffahrer zu richten, und er stellte sich die Panik vor, die sich ausbreiten würde, sobald sie den Hafen erreichte. Wie in der Vergangenheit würden Panik und Francis' schrecklicher Ruf ihre besten Verbündeten sein.

Hinter ihm fuhren die englischen Schiffe weiter auf den Äußeren Hafen zu, und Tavistock wußte, daß der Überraschung jetzt die kühne Tat folgen mußte. Beinahe gleichzeitig entfalteten sich an den Flaggenköpfen von dreiundzwanzig Großmasten die St. Georgskreuze – weiß auf rotem Grund –, und als Tavistock wieder zum Hafen blickte, sah er ungläubig staunend, daß das zehn Galeeren starke Geschwader den Hafen verließ und ihnen entgegenkam.

Dieser Kommandant muß verrückt sein, jetzt auszulaufen, dachte er. Er begriff nicht, was sich Acuna dabei gedacht haben könnte. Weiß er denn nicht, daß sein einziger Vorteil die

Schnelligkeit wäre? Er kann nicht gewinnen, solange dieser Wind anhält. Er ist geschlagen, sobald er in grobes Wasser kommt. Wäre Tavistock für die Galeeren verantwortlich gewesen, hätte er sie benützt, um die Hafeneinfahrt zu blockieren und den Inneren Hafen zu sichern, aber Acuna schien entschlossen, Heldenmut zu beweisen.

Tavistock sah zu, wie die Galeeren aus dem Hafen herauskamen und sich in Dwarslinie manövrierten, die klassische Formation, bei der die Flanken, wo die Ruderer saßen, geschützt waren und die Rammsporne sowie nach vorne feuernde Geschütze die Bedrohung darstellten. Innerhalb des Hafens könnten sie tödlich sein; aufgrund ihrer raschen Beschleunigung und ihrer Unabhängigkeit vom Wind wären sie dort jedem vollgetakelten Schiff gewachsen, aber hier war die Demonstration ihrer Stärke reine Verschwendung.

»Signal von der *Bonaventura*, Sir!«

Es lautete kurz und bündig: Die vier Schiffe der Königin, die über die größten Breitseiten verfügten, sollten die Galeeren in Kiellinie angreifen; Tavistock sollte mit den bewaffneten Kauffahrern in den Hafen und zwischen die spanischen Schiffe vordringen.

Tavistock dankte Acuna für die Chance, den Angriff führen zu dürfen, und brauste unterhalb der Batterie von Matagorda, seine Kauffahrer zwischen zwei Untiefen hindurchsteuernd, in den Äußeren Hafen. Dann leuchteten seine Augen auf bei dem Anblick, der sich ihnen bot. Zweiunddreißig bereits schwer beladene Schiffe lagen hier, die gegen England fahren sollten; dreißig weitere Schiffe, von denen die meisten mit der Nase zum Kai festgemacht hatten, wurden gerade bestückt oder lagen vor Anker.

»Sie kappen die Taue!« rief Jack Lowe, der Steuermann. »Was sollen wir tun?«

»Was würdet Ihr denn tun?«

»*Drauf zuhalten!*« antworteten ihm zwanzig Stimmen.

»Dann tut es.«

»Aye, Sir!«

Hinter ihnen hatte Drake die Galeeren aus dem Weg geschafft; eine war gesunken, die übrigen hatte er ins Flachwasser getrieben. Dann wendeten die Kriegsschiffe nach Süden und schnitten den von Panik erfaßten Spaniern den Weg in den sicheren Schutz der Kanonen auf der Insel Cadiz ab. Dort lagen ganze Reihen großer Schiffe, ohne Segel, Masten oder Kanonen, hilflos und nackt ihrem Angriff ausgeliefert.

Im Verlauf der nächsten drei Stunden plünderten sie den gesamten Äußeren Hafen, Pinassen, vollbesetzt mit beutehungrigen Engländern, fuhren kreuz und quer durch die Bucht, und ein spanisches Schiff nach dem anderen – die spanischen Crews hatten sich längst verdrückt – wurde systematisch nach Beute durchsucht und in Brand gesteckt, bis schließlich zwölftausend Tonnen Schiffsraum vernichtet waren. Nur ein Schiff widersetzte sich ihnen, ein großes 800-Tonnen-Handelsschiff, aber sie kreisten es ein wie ein Rudel Wölfe, und ihre Kanonen rissen es in Stücke, wobei die Gunner bei jedem Schuß den Verlust einer so schönen Prise bedauerten.

Als die Nacht hereinbrach, gingen sie in der Mitte des Äußeren Hafens vor Anker, außerhalb der Reichweite der Küstenbatterien und ungerührt von den starken Landstreitkräften, die zur Verteidigung von Cadiz herbeiströmten, um eine Landung zu verhindern. Die Bucht war hell erleuchtet von den brennenden Wracks, die vor der Einfahrt zum Inneren Hafen trieben, und gelegentlich krachten Schüsse von den Forts und Türmen entlang der Küste. Drake rief seine Kapitäne zu sich, um ihre Meinung zu hören. Viele von ihnen hatten eben ihr persönliches Vermögen verdoppelt und waren bereit, Drake in die Hölle zu folgen, wenn es sein mußte. Einer jedoch war anderer Meinung.

»Wir haben hier genug getan, und ich sage, wir verschwinden, solange wir es noch können«, sagte Borough hartnäckig.

Drake kniff die Augen zusammen. Borough war ein Hasenfuß, und seine Worte klangen nach Meuterei. »Aber unsere Arbeit hier ist erst halb getan«, sagte er.

»Wenn sich der Wind legt, sitzen wir in der Falle. Dann können die Galeeren kommen, und wir bieten ihnen ein unbewegliches Ziel«, sagte Borough mit leicht zitternder Stimme.

Drakes wohlüberlegte Antwort kränkte ihn. »Jedes große Unternehmen muß einen Anfang haben, aber erst die konsequente Durchführung bis zum geplanten Ende macht es zu einer ruhmreichen Tat.«

»Ihr versteht meine Bedenken nicht?«

»Ach ja?«

Borough reckte sich. »Captain Drake, heute hat Gott uns einen großen Sieg geschenkt. Wir haben Spanien eins auf die Nase gegeben. Wir dürfen nicht noch mehr verlangen.«

Tavistock sah das gefährliche Funkeln in Drakes Augen; er kannte seine unerschütterliche Regel, keinerlei Opposition zu dulden von Männern, die er nicht respektierte. Thomas Doughty hatte auf der Weltumsegelung gemeutert, und Drake hatte Thomas Doughty enthaupten lassen.

»Warum schieben wir diesen Tag nicht einfach beiseite, nachdem er vorbei ist«, sagte Drake mit täuschender Ruhe, »und denken in dieser Stunde an unsere Aufgaben für morgen. Das Glück hat kein Gedächtnis, was Euch jeder kleine Würfelspieler bestätigen kann.«

Von Drakes scheinbarer Ruhe verleitet, polterte Borough los: »Wollt Ihr gar mit uns Würfel spielen? Dann würde ich doch lieber aufbrechen. Jetzt gleich. Damit wir uns siegreich zurückziehen können. Das ist die einzig vernünftige Entscheidung –«

»Haltet den Mund, Sir!« brüllte Drake. Keiner wagte ein Wort zu sagen. »Ihr werdet Euren Mund halten.«

»Ich protestiere!«

»Ihr *protestiert*?!«

Boroughs Mund wurde schmal. »Ihr mißachtet mein Recht, eine Meinung zu äußern. Ich werde zu Hause über

Eure Geringschätzung der Anstandsregeln im Krieg berichten.«

»Dies ist kein Krieg, Sir William. Das hier ist ein persönlicher Streit zwischen mir und dem König von Spanien, und Ihr solltet Euch lieber in acht nehmen, wenn Ihr wieder lebend nach Hause kommen wollt.«

Borough keuchte und schnaufte. Der Wortwechsel hatte ihn so erregt, daß er wankte.

Als sie von der *Bonaventura* zurückgerudert wurden, warnte Tavistock Borough, diesen Kurs weiterzusteuern.

»Das war sehr ungeschickt, Sir William«, sagte er kühl.

»Aber wir müssen hier weg. In allen Abhandlungen über die Seekriegführung heißt es –«

»An den Galgen mit den Abhandlungen. Ihr solltet ihn nicht ärgern, sonst hängt er *Euch* – wegen Feigheit und Meuterei. Er ist hier der Admiral, und Ihr tätet gut daran, das nicht zu vergessen.«

Es mußte Borough entgangen sein, daß Drake damals mit dem aufmüpfigen Thomas Doughty kurzen Prozeß gemacht hatte.

»Captain Tavistock, ich meine es doch nur gut. Wenn der Wind nachläßt –«

»Dann tut, was Euch befohlen wird.«

»Ihr vergeßt, daß ich Vizeadmiral bin!«

»Tut, was Euch befohlen wird«, sagte Tavistock noch einmal, und seine Stimme klang eisenhart. »Ihr seid nicht risikobereit. Außerdem wird Francis keine Opposition dulden von einem Mann, der uns irregeführt hat *und der uns gegen John Hawkins aufgehetzt hat, wie Ihr das mit Euren Lügen getan habt.*«

Darauf schwieg Borough, bis er auf seinem Schiff war. Tavistock sah die Angst in seinem Gesicht. Aye, du Kanalratte, fluchte er innerlich. Du verdientest, gehängt zu werden. Deine Laufbahn bei der Navy ist zu Ende – geschieht dir ganz recht. Es ist nur schade, daß du vollkommen recht hast. Der Innere Hafen ist eine gefährliche Falle und kein guter Platz für uns. Diesmal hat Francis den Kontakt zu seinem inneren Gefühl verloren, aye, und zur Vernunft.

Tavistock wußte, daß die Verlockung unwiderstehlich war. Santa Cruz' eigene Galeone, die *Trinidad*, ein 1200-Tonnen-Schiff, lag hinter der Durchfahrt im Inneren Hafen. Er konnte sich vorstellen, wie die Berichte Drakes Fantasie beflügelt haben mußten, und nun hatte ihn der Streit mit Borough zu einer bedauerlichen Entscheidung getrieben. Als er wieder an Bord der *Antelope* kletterte, fragte er sich, ob das Gottes Art war, ihm zu antworten.

Als der nächste Tag heraufdämmerte, griffen sie die *Trinidad* an. Ein Schwarm von Pinassen rückte gegen sie vor. Sie schossen sich den Weg frei, die Männer stürmten an Bord der glücklosen Galeone, überrannten die Mannschaft, plünderten das Schiff und verbrannten es; das gleiche machten sie mit sechs weiteren Schiffen, deren Laderäume mit Millionen von Faßdauben vollgestopft waren. Seine eigenen Leute brachten aus dem Bauch ihres letzten Opfers unter anderem vier große Truhen an Bord der *Antelope* und baten ihn, die Schlösser mit seinen Pistolen aufzuschießen, damit sie einmal sehen könnten, wie seine zwei teuren Radschloßpistolen schießen würden.

Er tat ihnen den Gefallen und schoß das minderwertige Eisenschloß in Stücke, aber als der erste Truhendeckel zurückgeschlagen wurde, fanden sie nichts als zwanzig sauber zusammengelegte weiße Mönchskutten.

»Da soll mich doch einer kreuzweise – das ist keine Prise!«

»Lauter Glatzkopfkittel!«

»Die sind gar nichts wert! Verbrennt sie!«

»Schmeißt das Zeug über Bord!«

Sie waren bitter enttäuscht. Ein paar öffneten die übrigen Kisten mit demselben Ergebnis, einige trollten sich, um andere Beute zu finden, und einige begannen, die Kutten nur um der Zerstörung willen zu zerreißen, aber Tavistock befahl ihnen, damit aufzuhören. Ihm war eine Idee gekommen, und er begann, sich die vielfältigen Möglichkeiten vorzustellen. Dies war in der Tat eine merkwürdige Antwort, wenn sie denn von Gott kam.

Gegen Mittag, als sie ihr Werk so gut wie beendet hatten, legte sich der Wind, und die Männer auf den englischen Kriegsschiffen hoben die Köpfe und sahen sich plötzlich als Opfer derselben Galeeren und Küstenbatterien, über die sie einen Tag und eine Nacht lang gehöhnt hatten. Borough hatte störrisch an der Hafeneinfahrt gezögert und Probleme mit den Galeeren bekommen. Die Spanier eroberten eine Pinasse. Widerwillig gab Drake den Befehl, Segel zu setzen.

»Wir werden uns zum Abschied einen kleinen Zeitvertreib mit ihnen gönnen«, sagte Tavistock zu seinen Männern, die sich bemühten, den letzten Hauch des Windes in die Segel zu bekommen.

Ihr Rückzug wurde ein knappes Rennen. Die großen Kanonen von Cadiz donnerten los, aber die Galeeren hatten keine Lust, noch weitere Breitseiten einzustecken, und so erreichten sie ohne Verluste die offene See. Hinter ihnen lag, vollkommen vernichtet, die Perle Spaniens. Vierundzwanzig der dreißig Galeonen, die sie vorgefunden hatten, waren irreparabel zerstört. Das Schiff von Santa Cruz war so beschädigt, daß es nicht wiederzuerkennen war.

Ein Stück südlich von Lissabon trafen sich die Kapitäne wieder auf See, und bei dieser Gelegenheit informierte sie Tavistock von seiner Absicht, John aus Lissabon herauszuholen. Drake fuhr nach Norden weiter mit Borough im Schlepptau, der einer ungewissen Zukunft entgegenging. Drake sagte, er würde ihn wegen Feigheit vor dem Feind hängen lassen, aber bis dahin würde Borough gehorchen wie ein anständiger Vizeadmiral und tun, was ihm befohlen wurde.

Der Morgen war noch weit. Blutrote Wolkenfetzen hingen über dem Kastell *de São Julho*, als sich John Tavistock den Schlaf aus den Augen wischte und über die Kastellmauer blickte, um zu sehen, was sich dort unten tat. Tags zuvor hatte er von morgens bis abends das Kommen und Gehen von Boten und hohen Offizieren beobachtet. Etwas ungemein Wichtiges mußte geschehen sein. Die Kuriertaschen wurden schnellstens und auf direktem Weg zur Zitadelle gebracht. Eine ungeheure Aktivität war ausgebrochen. Was war passiert? Es roch nach einer Katastrophe.

Tavistock wandte sich wieder seiner Welt innerhalb der Mauern zu. Er war hier eingesperrt, seit er sich Gonzalo ausgeliefert hatte. Maria hatte geschrien, er würde sich umbringen. Sie war völlig hysterisch geworden, als sie begriff, daß ihm seine fixe Idee nicht auszureden war.

»Ohne Nicolau wären wir tot!« hatte er zurückgebrüllt. »Tot! Begreifst du das nicht? Wir verdanken ihm unser Leben. Ich muß versuchen, ihm zu helfen.«

Gonzalo hatte sich schließlich einverstanden erklärt, Maria und Martin und die gesamte Familie Almeida an Bord eines baltischen Schiffs gehen zu lassen, das auf seiner Heimreise London anlaufen würde. Tavistock fühlte wieder die schmerzliche Leere, als er sich an den Abschied von Maria erinnerte. Marias letzte Worte zu ihm waren, daß sie ihn liebte und immer lieben werde, aber daß sie in ihrer Seele fühlte, sie würde ihn nie wiedersehen.

Das hatte ihm das Herz gebrochen, und er hatte genug Zeit gehabt, darüber nachzudenken. Nach seiner Festnahme war er unter Don Emilios Aufsicht gestellt worden; man hatte ihn nicht sofort ins Kastell gebracht, was er eigentlich erwartet hatte. Dann hatte ihm Gonzalo erzählt, Nicolau habe versucht, sich vom Schiff wieder heimlich zurück an Land zu schleichen, und da habe er ihn töten müssen.

Warum benützt mich Don Emilio nicht? hatte sich Tavistock gefragt, und dann plötzlich, als es schon beinahe zu spät war, um noch etwas zu erhoffen, hatte ihn Don Emilio vorführen lassen und an die Arbeit gesetzt.

Während seiner Gefangenschaft hatte sich Tavistocks angestauter Haß auf Gonzalo zu einer festen Masse verdichtet. Er wußte jetzt, daß er es sich leisten konnte, auf der Stelle zu treten und seine Chance abzuwarten. Obwohl die Leute in der Gießerei des Kastells Tag und Nacht arbeiteten, um die Schiffe zu bewaffnen, würden ihre Bemühungen die Stärke der Flotte kaum noch beeinflussen. Die Flotte sollte in drei Wochen auslaufen, und sie hatten erst zwanzig Culverinen nach dem neuen Modell hergestellt. In einer Flotte von zweihundert Schiffen fielen sie nicht ins Gewicht – es reichte gerade, um ein Großschiff ordentlich zu bestücken. Die Monate, die Don Emilio verschwendet hatte, kamen den König teuer zu stehen. Und Tavistock hatte geschworen, wenn Gott ihm die Gelegenheit böte, würde er ihn einen noch höheren Preis bezahlen lassen.

Jetzt kam es nur auf eines an: Santa Cruz mußte getötet werden. Ohne ihn hätte die *empresa* ihre Triebkraft und ihren führenden Kopf verloren. Ohne ihn würde sie scheitern. *Wenn sich nur die Gelegenheit fände.*

Tavistock blickte über die roten Ziegeldächer hinab auf die Straße. Kein Kurier, keine Wachen störten den frühen Morgen. Diesmal war es eine Prozession. Feierlichen Schritts zogen die Mönche daher, die Köpfe tief geneigt unter weiten Kapuzen, die Hände verdeckt unter den losen weißen Gewändern, die ihnen bis zu den Füßen reichten. An jedem Gürtel hing ein Kruzifix aus Rosenholz. Die wenigen Menschen in der engen Gasse machten ihnen ehrfürchtig Platz und bekreuzigten sich. Die Karren, die zum Markt unterwegs waren, wichen in Seitengassen aus.

An der Spitze schwenkte ein Mönch ein qualmendes Rauchfaß, so daß rechts und links duftende Weihrauchschwaden aufstiegen. Ein anderer neben ihm trug das Banner des Ordens, ein weißes Dreieck, auf dem ein rotes Herz leuchtete, von dem goldene Strahlen ausgingen. Dahinter folgte ein Zug von vierundzwanzig Mönchen, immer vier nebeneinander, dahinter acht Sargträger, die einen vergoldeten Sarg trugen, über den ein weißer Samtmantel gebreitet war. Die Träger wurden auf beiden Seiten von acht Mönchen flankiert. Den Abschluß bildete ein zweiter Zug mit vierundzwanzig Mönchen.

Sie sangen einen monotonen Wechselgesang. Einer der Mönche sang vor, stark tremolierend und klagend, die anderen sangen gemeinsam die Antworten.

»Wheyeee-ee-ee-ee... Whoaoh-oh-oh-oh...«

Tavistock horchte auf. Er hatte noch nie einen ähnlichen religiösen Gesang gehört, aber der kräftige Rhythmus klang merkwürdig vertraut. Es müssen Flamen sein oder Wallonen, dachte er. Ja, Flamen oder Wallonen. Dann sah er im Schein einer Fackel die erhobenen Arme der Sargträger, und bei einem war der Ärmel verrutscht, und er sah einen tätowierten Unterarm.

Plötzlich wußte er, was sie sangen – es war ein Arbeitsgesang, den sie auf englischen Schiffen anstimmten, wenn sie etwas Schweres ziehen mußten. *Süßer Herr Jesus, es kann nicht sein*, dachte er. *Es kann nicht sein!*

Mit wachsender Erregung beobachtete er, wie sie zum Kastell heraufzogen, die Wache passierten, die die Prozession ehrfürchtig und ohne eine Frage zu stellen einließ. Dann verschwanden sie hinter der Brustwehr. Er rannte los, um ihnen zu folgen und stellte fest, daß sie direkt auf die Gießerei zusteuerten.

Instinktiv drückte er sich flach gegen eine Mauer. Dann sah er, wie sie den riesigen Sarg absetzten und sich die Mönchskutten vom Leib rissen. Feuerwaffen kamen zum Vorschein, Säbel und Beile tauchten aus wie aus dem Nichts. Ein Wachsoldat kam nichts ahnend um die Ecke. Eine Hand preßte sich auf seinen Mund; er brach lautlos zusammen. Dann entzündeten die Angreifer mehrere Fackeln. Beinahe unhörbar und großartig diszipliniert bildeten sie vier separate Einheiten und verteilten sich.

Tavistock murmelte ein Gebet. Wer immer sie waren, sie kannten das Kastell gut genug, um zu finden, was sie suchten. Die anführende Einheit befand sich bereits zwischen den Gebäuden der Gießerei und legte Feuer an das geteerte Holz. Jemand begann zu schreien. Schüsse krachten. Drei Arbeiter flüchteten zurück in die Gießerei. Die Flammen leckten an der Außenseite der Gießhütte empor. Dann sprengte eine gewaltige Explosion das Dach in die Luft. Tavistock stürzte zu Boden. Benommen sah er einen großen orangeroten Wolkenpilz über sich und sengende Hitze fuhr ihm ins Gesicht.

Von überall regnete es Trümmer auf ihn herab. Hoch über ihm schlossen sich krachend die Tore der Zitadelle. Aus dem Wachhaus unten strömten Soldaten; ihre Anführer fielen, niedergemäht von einer Musketensalve. Die Angreifer strebten dem Zeughaus zu. Tavistock erwachte aus seinem Schock. Sie kamen auf ihn zu. *Was ist mit Santa Cruz? Was ist mit Gonzalo?* schrie·eine Stimme in ihm, und dann setzte sein Verstand aus. *Du kommst nicht mehr an ihn heran. Die Zitadelle ist dicht! Aber er muß sterben. Er muß sterben!*

Er sprang aus seiner Deckung hervor, wie ein Irrer, von seiner Zwangsvorstellung völlig besessen. Von der Zitadelle hagelten Schüsse zwischen das Chaos, Querschläger prallten klirrend von Mauern und Pflastersteinen ab. Die Gießerei brannte lichterloh und warf von den vorbeihastenden Gestalten riesige Schatten über den Hof. Dann entdeckte ihn einer der Angreifer und stürzte mit einem kurzen Säbel auf ihn zu. Er saß in der Falle.

»Nein!« schrie er ihm in seiner Muttersprache entgegen. »Halt! Ihr verpatzt alles! Santa Cruz muß sterben! *Santa Cruz!* Versteht Ihr das nicht?«

Der Mann blieb ruckartig stehen, nur ein paar Schritte von ihm entfernt. Sein Gesicht war rußgeschwärzt und wild. In seinem roten Lederwams steckten zwei Radschloßpistolen. In der massiven Silberschnalle an seinem Bandelier spiegelte sich das Inferno. Rot wie ein brennendes Herz leuchtete es auf seiner Brust.

John erwartete den Hieb mit dem Säbel, statt dessen fiel die Waffe klirrend auf den Boden, und jemand packte seine Arme mit eisernem Griff.

»John! John! Erkennst du mich nicht!«

Er war wie gelähmt. »*Richard?*«

»Ich bin hier, um dich zu holen, John!«

»Nein! Es kann nicht sein!« Das alles war Wahnsinn.

Wieder hob diese unmögliche Erscheinung vor ihm die Hand, um zuzuschlagen, und wieder blieb der Schlag aus. Der Dämon mit Richards Gesicht wurde zurückgeschleudert. Eine Kugel hatte ihn mitten ins Herz getroffen. Er starrte völlig benommen, taumelte rückwärts von einem heftigen Schlag getroffen, und als seine Augen den hingestürzten Körper wiederfanden, sah er ein Dutzend Höllengeister auf ihn niederfahren, die ihn aufhoben und mit ihm über die Mauer flüchteten, hinab zum Tejo.

# 27

Tavistock schob sich durch eine vom Regen völlig durchnäßte Menschenmenge. Bevor er dem Beauftragten des Staatssekretärs in die gewölbte Eingangshalle von Whitehall Palace folgte, kratzte er sich den Schmutz von den Stiefeln. Er war froh, daß das Wetter milder geworden war; doch der Regen hatte seine Laune verdüstert, und die Stelle in seiner Brust schmerzte, wo er sich im Juni vergangenen Jahres bei dem Überfall auf Lissabon die Rippen gebrochen hatte.

Die Kugel hätte ihn mitten ins Herz getroffen, wäre sie nicht von der Schnalle seines Bandeliers abgeprallt. Durch die Wucht des Aufschlags waren ein paar Rippen gebrochen, und er war bewußtlos liegen geblieben. Seine Männer hatten ihn an Stricken zum Tejo hinabgelassen, wo zwei Schaluppen warteten, die sie sich vorher geschnappt hatten. Es war ein völlig geordneter Rückzug gewesen. Sie hatten nur drei Männer verloren, und er wußte, er sollte dankbar sein, daß er am Leben geblieben war. Aber er hatte John nicht mitgebracht, und er hatte ihn nicht getötet, und das empfand er als persönliches Versagen. Mehr noch als diese Schande bedrückte ihn jedoch die Sorge um das Land.

Es war Frühling geworden. Als wollte die Natur die Geschäftigkeit der Menschen nachahmen, hatte jedes belebte Stück Holz in der Stadt Knospen getrieben und ausgeschlagen. Alle Anzeichen, die Tannenzapfen und die in hellen Scharen zurückkehrenden Vögel, wiesen auf einen warmen Sommer hin, aber zu merken war davon noch nichts. Noch nie hatte London solche Regengüsse erlebt. Der Verkehr hatte die Straßen in schlammige Gräben verwandelt.

»Hattet Ihr eine angenehme Reise, Captain?« erkundigte sich der junge Mann höflich.

»Danke der Nachfrage, aber die Reise war miserabel. Die Stadt ist ein einziges Schlammloch, das vollgestopft ist mit Tieren und Bauerntölpeln, die die Hauswände anglotzen.«

»Ach, das wird die Norfolk-Bürgerwehr gewesen sein, die dieser Tage aus den Marschen eingetroffen ist. Kaum einer von denen hat schon einmal ein zweigeschossiges Haus gesehen, geschweige denn einen königlichen Palast.«

»Die meisten haben überhaupt noch kein Haus gesehen und leben in Ställen, so wie sie riechen. Was mögen sich unsere Herren nur dabei denken, solche Leute gegen einen spanischen *tercio* antreten zu lassen?«

»England muß tun, was es kann – so scheint es jedenfalls.«

»Aye, so scheint es.«

Er wischte sich die Hände an seinem Taschentuch ab und folgte dem jungen Mann die Stufen hinauf. Er war auf Walsinghams dringende Bitte nach London gekommen und hoffte, ähnlich gute Nachrichten zu hören wie nach seiner Rückkehr aus Lissabon im Juli vergangenen Jahres. Bei seinem damaligen Besuch bei Walsingham hatte er erfahren, wie großartig Drake sein Unternehmen abgeschlossen hatte, und er war sehr froh darüber gewesen. Bereits auf dem Weg zur Stadt hatte er damals die unwahrscheinlichsten Geschichten gehört, aber sie waren gar nicht so weit von der Wahrheit entfernt. Walsingham hatte ihm dann erzählt, wie Drake vier Tage nach Johanni zurückkehrte und begeistert empfangen wurde, nicht nur wegen des gelungenen Überfalls auf Cadiz. Drake war noch einmal nach Süden gefahren in Richtung Cabo de São Vicente, wo die portugiesische Küste im rechten Winkel nach Osten zurückweicht. Dort war er an Land gegangen und hatte die Kastelle von Sarges und Valliera erobert, die die Seewege von Cadiz nach Lissabon beherrschten. Dann hatte er dort einen Monat lang auf Recaldes Biscaya-Geschwader gewartet, bis der hasenfüßige Borough die Nerven verlor und nach England floh. Mit der geschwächten Flotte war Drake nichts anderes übriggeblieben, als ebenfalls an Heimkehr zu denken, aber kurz nachdem sie Kurs nach Norden genommen hatten, war er wie durch ein Wunder einem Märchenschiff begegnet, die Karacke *San Felipe*, die beladen mit Schätzen aus Ostindien von Goa zurückkehrte.

Es war unerklärlich, jenseits aller Vernunft, es gab keinen Namen dafür, und schon gar nicht konnte man es reinen Zufall nennen, denn es war nicht reiner Zufall. Tavistock wußte, daß es Francis' sechster Sinn war. Er hatte die Tide gespürt, die Salzluft geschnuppert und Gold gerochen. Er hatte von dem Elfenbein, dem Ebenholz, der Seide und dem Kaliko *gewußt*. Viertausend Zentner Pfeffer, Salböl im Wert von zwanzigtausend Pfund, vierhundert Bündel Zimt, zwanzig Pipen [längliches Faß von meist 105 Gallonen, *A. d. Ü.*] Nelken, große Mengen von Ambra, Sarsenett [ein dichter Futterstoff aus Baumwolle oder Seide, *A. d. Ü.*], Indigo, Silbergeschirr und goldene Ketten...

Auf dem Weg zum Whitehall-Büro des Ersten Staatssekretärs dachte Tavistock, immer noch voller Verwunderung, noch einmal daran, auf wie vielfältige Weise ihre kühne Operation dem Land genützt hatte. Diese achtundsiebzig Tage hatten ein Volk gerettet – Spanien war bei seinen Kriegsvorbereitungen zurückgeworfen worden. Ganz England hatte wieder Mut gefaßt bei der Nachricht, daß ein Fünftel der Armada bei Cadiz vernichtet worden war. Und durch die Eroberung der Karacke hatten sie den Investoren ansehnliche Gewinne auszahlen und die Schatzkisten Ihrer Majestät um vierzigtausend Pfund bereichern können. Aber wertvoller als alles zusammen war das eine Jahr, das sie damit gewonnen hatten. Ein Fünftel der Flotte hatten sie zerstört – blieben noch vier Fünftel übrig, und diese waren jetzt um so gefährlicher.

Seine Stimmung verdüsterte sich noch mehr, als er erneut über die mißglückte Rettung seines Bruders nachdachte. Er erschrak noch heute, wenn er daran dachte, wie John plötzlich vor ihm aufgetaucht war.

Er wartete vor dem bewachten Eingang zum Arbeitszimmer des Staatssekretärs. Die Sicherheitsmaßnahmen waren seit seinem letzten Besuch verschärft worden. Er mußte seinen Degen abgeben und wurde gründlich nach versteckten Waffen durchsucht. Trotzdem übersahen die Wachen das gebogene Messer, das er in der obersten Falte seines rechten hüfthohen Stiefels verborgen trug; er überreichte es dem Sergeanten mit einem strafenden Blick, damit er sich die Lektion merkte.

Bei seiner Rückkehr vor acht Monaten hatte ihn Anne abgeholt, und in jener Nacht hatten sie im Halbdunkel leise miteinander gesprochen. Sie hatte die blauschwarzen Flecken gesehen, die sich quer über seine Brust zogen, und die verbogene Silberschnalle befühlt, und er hatte gespürt, wie sie schauderte.

»Ich habe dich so schrecklich ungern gehen lassen«, sagte sie und hatte ihn aus den dicken Federkissen heraus mit feuchten Augen angesehen. »Ich sah die Flaggen und die flatternden Wimpel auf deiner *Antelope*. Ich sah, wie sich die Segel blähten und deine Männer an den Tauen arbeiteten und war überzeugt, daß dein Schiff sinken würde und daß wir nie wieder so zusammen sein würden wie jetzt.«

»Aber nein! Sieh mal, es gibt eine Tide, die nur ein Seemann kennt«, hatte er sie getröstet und ihre Hand auf seine Brust gelegt. »Eine Tide hier drin. Sie sagt dir, was du zu tun hast. Wann du es tun mußt und wie. Wenn sie ein Mann so fühlt wie ich oder wie Francis, und wenn er gut acht gibt, kann nichts schiefgehen.«

»Du bist viel zu leichtsinnig. Sie haben dich beinahe erschossen!«

»Und bin ich erschossen?«

»Dummer Seemannsaberglaube!«

»Anne, ich sage dir, es ist kein Zufall, daß alle Seeleute ähnlich denken. Auf dem Meer ist der Weg klar. Wenn ein Mann getreulich nach seiner inneren Tide lebt, dann bestimmt er das Schicksal, statt sich seinen Launen auszuliefern.«

»Ich weiß, Richard, daß du daran glaubst. Ich liebe dich nicht umsonst schon so lange. Ich weiß, daß da so etwas wie diese Tide in dir lebt, und trotzdem habe ich Angst, wenn du fortgehst. Ich kann es nicht ändern.«

»Gib her«, sagte er zärtlich und nahm ihr die Schnalle ab. Das ist der Beweis für das, was ich glaube, dachte er, für das, was mich am Leben hält. »Wäre es kein Querschläger, sondern ein direkter Schuß gewesen, der mich getroffen hat, hätte er die Schnalle durchschlagen, und hätte die Schnalle ein bißchen weiter oben oder weiter unten gesessen, wäre ich ebenfalls tot. Ich wundere mich nur, warum die Kugel mich überhaupt getroffen hat. Vielleicht sollte ich John gar nicht aus Lissabon fortbringen.«

Sie vergrub ihr Gesicht in den Kissen. »Versprich mir, daß du nie wieder zur See fahren wirst. Schwöre es mir noch einmal. *Bitte*.«

»Das kann ich nicht.«

»Ich liebe dich.« Ihre Stimme klang plötzlich hilflos.

»Und ich liebe dich.«

»Dann versprich es mir. Du hast genug getan. Bleib an Land.«

»Das ist nicht mein Schicksal.«

»Dann mach es dazu. Richard, ich bitte dich.«

Er hatte den Kopf zurückgelegt und den Widerschein des im Mondlicht schillernden Wassers an der Zimmerdecke betrachtet. Er hatte die alte Wunde an der Schulter gespürt, die er sich bei San Juan de Ulua geholt hatte. »Es wird zu einer

Schlacht kommen, im Vergleich zu der alle bisherigen Schlachten ein Kinderspiel waren. Es ist das Armageddon, das dein Vater vor zwanzig Jahren vorausgesehen hat. Ich muß nur noch einmal auf See, Liebste, nur noch einmal. Danach werde ich nur noch für dich da sein.«

Er war den ganzen Winter über an Land geblieben und hatte seine gebrochenen Rippen ausgeheilt. England hatte in dieser Zeit gewaltig aufgerüstet. Bis zum Frühjahr stand nahezu die gesamte taugliche männliche Bevölkerung des Südens unter Waffen. Starke Kompanien aus Männern und Burschen, die mit Sensen und dicken Knüppeln exerzierten, waren zusammengezogen worden. Uniformierte und ausgebildete, jedoch kaum besser ausgerüstete Truppen waren an allen strategischen Punkten stationiert, an denen mit einer Landung gerechnet werden konnte. Und während der ganzen Zeit hatte sich Tavistock immer wieder gefragt, was diese Vorbereitungen wirklich wert waren, wenn es zu einer Landung kommen sollte.

Er wußte, daß die Chancen für eine Landung gestiegen waren, weil er in Lissabon versäumt hatte, seine Pflicht zu tun.

»Ich hätte ihn nicht töten können«, hatte er Anne voller Schuldbewußtsein gestanden. »Ich stand so dicht vor ihm, daß ich seinen Atem spürte. Ich hatte mein Entermesser in der Hand – aber ich hätte es nicht tun können.«

»Deshalb bist du ein um so besserer und unschuldiger Mann.«

»Meinst du?«

»Kein Mensch könnte seinen einzigen Bruder töten und unbefleckt davonkommen.«

»Aber wenn er sich geweigert hätte mitzukommen? Ich hatte versprochen, ihn zu töten?«

»Trotzdem hätte etwas deine Hand aufgehalten.«

»Aye, aber wieviele andere werden deshalb sterben müssen?«

»Das ist vielleicht Johns Verhängnis. Und deines.«

Nun war er auf Walsinghams Aufforderung hin nach

Whitehall gekommen. Als sich die Tür öffnete, sah er, wie das erschöpfte Gesicht des Staatssekretärs aufleuchtete.

»Gute Neuigkeiten, Richard! Die besten seit Jahr und Tag!«

Tavistocks Lebensgeister waren auf einen Schlag munter. »Was gibt es?«

Walsingham sah ihn an, als sei ein Wunder geschehen. »Es war nicht mein Werk. Ah, Gott sei Lob und Dank, daß er Seine Hand ausgestreckt und ihn zu diesem Zeitpunkt aus Lissabon geholt hat.«

Fernes Glockengeläut und die Geräusche von marschierenden Männern auf den Straßen erfüllten den Raum.

»Wen hat er geholt, Mister Secretary? *Wen?*«

»Den Mann, den wir am meisten gefürchtet haben, Richard. Den weißen Hai. Die Zerstörung von Cadiz muß ihm das Herz zerrissen haben! Ihr Admiral – Santa Cruz ist tot!«


»Don Emilio ist sehr zufrieden mit Eurer Leistung, Juan«, sagte Gonzalo und betrachtete prüfend den rubinroten Portwein in seinem Glas.

John Tavistock sah ihn an, und er haßte ihn mehr als er irgend jemand in seinem Leben gehaßt hatte. Ihn jetzt auf der Stelle zu töten, hätte seinem Herzen die gleiche Genugtuung beschert wie die Ermordung von Santa Cruz sein verstandesmäßiges Denken beruhigt hätte. Er erinnerte sich an den Tag, an dem er Gonzalo in einem mexikanischen Dorf zu Boden geworfen hatte, wie er die Hände um seinen Hals gelegt und ihm die Luft abgedrückt hatte. Das jetzt zu tun! dachte er. Es wäre gerecht. Du bist der Abschaum.

»Ja, er ist sehr zufrieden. Einhundert Culverinen, und bis wir segeln, werden noch einige hinzukommen. Genug, um die englische Flotte zu zerstören, meint Ihr nicht auch?«

»Vielleicht, Exzellenz.«

Er hätte sich liebend gern auf diesen Mann gestürzt. Jetzt, nachdem Santa Cruz tot war, spielte sein Leben keine Rolle mehr. Es gab keinen Grund mehr, weiterzuleben, und auch keinen Grund, noch länger Kanonen für Spanien zu bauen.

Er zwang sich, Gonzalo ein Angebot zu unterbreiten. »Exzellenz, dürfte ich von Don Emilio eine Gunst erbitten?«

»Eine Gunst?« wiederholte Gonzalo spöttisch. »Ich denke nicht, daß er Euch eine Gunst schuldet.«

»Ich hätte ihn trotzdem gern darum gebeten.«

»Um was?«

»Ich möchte mit Euch nach England segeln.«

Während des ganzen langen Winters hatte sich Tavistock die schwersten Vorwürfe gemacht, weil er wußte, daß er einen fatalen Fehler begangen hatte. Er hatte ständig darauf gelauert, in die Zitadelle hineinzukommen, aber es gab keine Möglichkeit, auch nur in die Nähe von Santa Cruz zu gelangen. Einmal hatte er ihn aus dem Schloß herauskommen sehen, ein andermal stand er hoch oben auf der Brustwehr. Es war ihm nicht erlaubt, den Gießereibereich zu verlassen, und Santa Cruz kam nie in die Gießerei, nur das eine Mal, nach dem Überfall, war er mit großem Gefolge erschienen, um den Schaden zu besichtigen.

Die Feuer jener schrecklichen Nacht hatten in seiner Erinnerung noch lange gebrannt. Er hatte sich in eine Mauernische gedrückt, als die donnernden Explosionen die Zitadelle bis in die Grundfesten erschütterten und ein Getöse verursachten, das laut genug war, um ganz Portugal aufzuwekken.

Bis zum Mittag des nächsten Tages hatten die Soldaten die letzten Glutreste gelöscht, und er war zwischen den rauchenden Trümmern umhergeirrt, fand die Hölzer der Bohrmaschine, die Gerüste, Gußformen – alles verkohlt und verwüstet. Bei den Explosionen waren fünfzehn Culverinen vernichtet worden; eine dreifache Pulverladung und eine ins Mündungsrohr gehämmerte Kugel hatten sie in mörderische Splitter zerrissen. Als das Inferno losbrach, waren die Engländer längst geflohen.

Der Überfall war ein gewagtes Unternehmen gewesen, die Geste eines Helden, aber sein Bruder hatte dafür mit dem Leben bezahlt. Und wofür? Der Verlust von fünfzehn Culverinen war für die Spanier unerheblich. Sie würden jetzt mit tausend Kanonen segeln, denn am selben Nachmittag war die Nachricht eingetroffen, daß El Draque Cadiz zerstört hatte. Jetzt würde ein weiteres Jahr vergehen, bis sie gegen England aufbrechen konnten.

Ein Jahr, um die Gießerei wieder aufzubauen. Ein Jahr, um seine Techniken in einem Dutzend weiterer Gießereien anzuwenden. Ein Jahr, um tausend Kanonen herzustellen. Mit tausend Kanonen mußte die *empresa* siegen. Nichts mehr würde sie aufhalten können. Selbst wenn er sich bei Ebbe von der Festungsmauer stürzte, wäre nichts gewonnen, denn die Culverinen würden trotzdem gebaut. Er hatte nur weitergelebt, um Santa Cruz zu töten – und jetzt war Santa Cruz tot.

»Nach England?« sagte Gonzalo. »Warum sollte sich Don Emilio damit einverstanden erklären?«

»Es ist das Land, wo ich geboren wurde, Exzellenz. Ich würde es gern noch einmal sehen, bevor ich sterbe. Ich würde... helfen, es zu befreien. Ich bin ein Gunner, und keiner kann ein Geschütz besser richten als ich. Erinnert Ihr Euch an den Tag auf dem Besitz Eures Vaters, als ich mein Können demonstrierte?«

»Ja.« Gonzalos Lächeln verschwand. »Ja. Aber Ihr seid Engländer. Und ich traue Euch nicht.« Ich hasse dich, dachte er, weil du meine Schwester besudelt hast, weil du sie gestohlen hast.

»Verdiene ich nicht wenigstens etwas Vertrauen? Ich bot Euch meine Dienste an. Ich bin nicht mit den englischen Plünderern geflüchtet, als ich die Gelegenheit dazu hatte.«

»Wir haben genug Richtschützen, die ebenso gut sind«, sagte Gonzalo hinhaltend. Innerlich versuchte er, seine bittere Enttäuschung zu verbergen. Die Nachrichten aus Madrid waren eine Katastrophe, und seine Nerven waren zum Zerreißen gespannt. Dazu kam Don Emilios unaufhörliches Gezeter über die Perfidie des Königs. Daß Tavistock um Gefälligkeiten ersuchte, hatte gerade noch gefehlt. Don Emilio will diesen Kerl vielleicht schonen, dachte er, aber ich nicht. Ich will, daß er für seine Schandtaten büßt. Vielleicht ist es an der Zeit, mich von Don Emilio zu distanzieren. Nach allem, was ich für ihn getan habe... Heilige Jungfrau, es gibt keine Gerechtigkeit in der Welt! Ich habe Santa Cruz nicht vergiftet, um mitansehen zu müssen, wie ein Niemand zum Oberbefehlshaber ernannt wird! Medina-Sidonia? *Wer ist das?* Ein Guzman und ein siebenter Herzog, na gut, und was noch? Er ist ein Schaf und kaum geeignet, die *empresa* anzuführen. Philipp ist endgültig übergeschnappt.

Sichtlich verärgert wandte er sich an Tavistock. »Ihr habt Euch ausgeliefert in der Hoffnung, Maria und diesen Almeida zu schützen. Und Ihr wurdet von den Engländern nicht mitgenommen, weil sie nicht wußten, daß Ihr hier seid.«

Tavistock schluckte die Antwort hinunter, die ihm auf der Zunge lag, und neigte bescheiden den Kopf. Er wußte, sobald der letzte Lauf der letzten Culverine geschliffen war, würde Gonzalo ihn foltern lassen, genauso wie er Nicolau hatte foltern lassen, wenn er keinen Grund fand, der ihn davon abhielt. Allein Gonzalos Anblick erboste und empörte ihn, aber er mußte es noch einmal versuchen, an Bord der *San Salvador* zu kommen.

»Exzellenz, Ihr irrt Euch wegen der Plünderer. Sie kamen praktisch nur wegen mir. Sie wußten genau, wo ich war, weil Maria es ihnen gesagt hat.«

»*Sie hat es ihnen gesagt?*«

»Sie ist in England. Und nur ich kann Euch sagen, wo sie dort ist.«

Den ganzen Morgen hatten die Signalgeber alle Hände voll zu tun, um den Zunder für das Leuchtfeuer trocken zu halten. Der Wind peitschte den Regen über den Hügel und zerrte ständig an der Persenning, die sie darüber gebreitet hatten, daß ihnen allmählich die Kräfte ausgingen. Eine Gruppe von Soldaten und hochrangigen Persönlichkeiten wollte sich von hier oben aus einen Blick in die vier Himmelsrichtungen verschaffen, aber alles, was sie sahen, war von grauen Wolkenfetzen verhangen: Im Süden der offene Ärmelkanal, gepunktet mit weißen Segeln; es waren die vorgeschobenen englischen Beobachtungsposten, die vom Sturm hin und her geworfen wurden. Im Westen, kaum erkennbar, der weißliche Bogen der Bucht von Lyme, Chesil Bank und siebzig Meilen dahinter Plymouth. Nach Osten St Aldhelm's Head, siebzig Meilen dahinter Portsmouth. Zur Landseite hin nur grünes, trübseliges Land, kaum bevölkert und wehrlos dem Feind ausgeliefert.

Alle Anwesenden waren sich dieser Wehrlosigkeit bewußt. Heute war die Nachricht eingetroffen, daß die Armada endlich und in voller Stärke ausgelaufen war.

Tavistock hörte dem Gebet zu, das der düstere, ganz in Schwarz gekleidete Prediger aus seiner Bibel vorlas, während der Wind wütend an den Buchseiten zerrte.

Lord Charles Howard, Lord-Admiral von England, ein Mittfünfziger mit weißem Bart, hüllte sich unter dem tropfenden Zeltdach enger in seinen Mantel. Seit fast einem halben Jahr hatte er das Oberkommando über alle Vorbereitungen von Marine und Heer. Nun mußte er entscheiden, wie er die Flotte am besten einsetzte. Er wandte sich an Tavistock.

»Ich halte den zweiten Plan für besser. Wir brauchen zwei Geschwader, das von Lord Seymour bei Dover, um Parma davon abzuhalten, sich einzuschiffen, während unsere Hauptmacht bei Portsmouth liegen muß, um unsere offensichtlichste Schwachstelle zu schützen, die Isle of Wight.«

»Laßt die Isle of Wight für sich selbst kämpfen, Mylord!« sagte Drake. »Laßt uns nach Spanien fahren wie schon einmal. Wir werden sie auf offener See angreifen und zur Umkehr zwingen, noch bevor sie unsere Küste zu sehen bekamen.«

»Und wenn Ihr sie verfehlt? Nein, Sir Francis, das kann ich nicht riskieren.«

»Haben wir sie das letzte Mal verpaßt?«

»Damals lagen sie im Hafen fest und konnten sich nicht verteidigen!«

»Die Spanier können nur auf einem Weg kommen!«

»Wenn wir sie in der Biscaya verlieren sollten – ich kann es nicht wagen!«

»Gott rette uns«, sagte Drake bitter, zum Prediger gewandt. »Denn unsere Schiffe werden uns nicht retten.«

Tavistock spürte, wie die Sorge an jedem von ihnen nagte. Nach den Berichten von Walsinghams Spionen war die Flotte, mit der die Spanier endlich in See gegangen waren, gewaltig, und dank Johns Hilfe würde sie ansehnlich bewaffnet sein. Hätte er doch damals nicht versagt, dachte er zum wer weiß wievielten Mal, während er den Ellbogen des Admirals berührte. »Mylord, überlegt Euch folgenden Vorschlag. Drei Geschwader: das von Drake bei Plymouth, das Eure bei Portsmouth, und Lord Seymour kümmert sich, wie Ihr schon sagtet, um die Straße von Dover. Wäre das ein möglicher Kompromiß?«

»Ich werde darüber nachdenken.«

»Ihr solltet lieber schnell nachdenken, Mylord«, sagte Drake, der etwas abseits stand, aber der Wind verwehte seine Worte.

Es war so kalt, daß der Atem kondensierte, und das mitten im Sommer. Eine kalte Böe fegte über sie hinweg.

»Und so etwas nennt sich Juni!« sagte Howard trostlos.

»Das Wetter ist hervorragend, Mylord!«

»Für Enten vielleicht.«

»Aye, und für Drachen, würde ich sagen.«

Howard blickte ihn kläglich an. »Ich wüßte nicht, warum. An Deck der *Revenge* ist es nicht minder naß als hier oben auf diesem gottverlassenen Hügel.«

»Gott hat uns nicht verlassen.«

Howard wandte sich ab. Sein Gesicht trug die Spuren der Verantwortung, die auf ihm lastete. Tavistock legte ihm die Hand auf die Schulter. Das Wasser tropfte von seinem wettergegerbten Gesicht und glitzerte in seinem Bart wie auf

Spinnweben. Er wußte, daß ein Sturm im Ärmelkanal, der die spanische Flotte in gefährliche Gewässer trieb, ihre einzige wirkliche Hoffnung war. »Aye, Lord Howard«, sagte er, »wenn Gott ein guter Engländer ist, dann wird er es in diesem Sommer regnen und regnen lassen, und wir werden alle gottfroh darüber sein.«

Am Spätnachmittag des 29. Juli nach spanischer Zeitrechnung, einem Freitag, riefen die Trommeln die Männer auf ihre Stationen. An Bord der *San Martin* enthüllte der Herzog die Kreuzstandarte, die der Papst persönlich gesegnet hatte, und signalisierte an seine Flotte. Sofort eilten die Seemänner der *San Salvador* auf ihre Posten, Soldaten drängten auf das Mitteldeck und verteilten sich entlang der hohen Kastelle an Bug und Heck. John Tavistock rannte zur Bordwand. Sein Herz klopfte wild. Was er vor sich sah, konnte nur Kap Lizard sein. Die *empresa* hatte England erreicht.

Die Flotte war im Mai mit der letzten Abendtide von Lissabon ausgelaufen. Das war vor acht Wochen. Tavistock hatte jeden Sonntag zugesehen, wie die Priester Brot und Wein gesegnet hatten, und jedesmal, wenn er davon essen mußte, hatte er das Gefühl, als sei die Schuld, die auf ihm lastete, noch schwerer geworden.

Am ersten Tag der Reise hatte Don Emilio mit Gonzalo an seiner Seite die Ansprache an die Soldaten gehalten. »Edle Soldaten, wir fahren dem Ruhm entgegen. Wir ziehen in den Kampf, um eine äußerst üble Engländerin zu besiegen. Wir werden diejenigen in England erlösen, die noch am rechten Glauben festhalten. Und wir werden dafür sorgen, daß wieder ein würdiger Fürst in diesem Land regiert. Habt also keine Angst, sondern schürt in Eurem Herzen die Erwartung auf einen Sieg. Denn wir sind das Schwert Gottes, und wir werden nicht enttäuscht werden! Ehre sei Gott, der den Ketzern seine Gnade versagt hat! Ehre seiner Heiligen Kirche, denn es ist den Ketzern nicht gelungen, sie auszumerzen! Ehre den Heiligen, die mit uns fahren! Ihr seid Gottes Soldaten, und Eure Belohnung im Himmel wird tausendfach sein. Tapfere Soldaten, Spanien wird siegen. Gott ist mit uns, und deshalb können wir nicht verlieren.«

Während Don Emilios Rede hatte Tavistock die Seeleute der *San Salvador* beobachtet. Sie nahmen es Don Emilio übel, daß er sich nur an die Soldaten wandte und blickten hinüber zu den streitsüchtigen deutschen und italienischen Söldnern, die von der Ansprache kaum ein Wort verstanden hatten. Don Emilio hatte kein Wort gesagt, um die armen spanischen Seeleute zu ermutigen.

Die *San Salvador* war ein großes Schiff mit 960 Tonnen und Almirante oder Vizeflaggschiff des Guipuzcoa-Geschwaders. Hohe blau- und goldbemalte Aufbauten türmten sich übereinander, an den Seiten besetzt mit je vier überstehenden Türmen, ähnlich wie die eines kastilischen Forts; eine geräumige Achtergalerie lief um die drei Seiten des Hecks. Auf dem Poop- und Quarterdeck stolzierten Don Emilio und seine Leutnants in ihren glänzenden Rüstungen umher. Und von den Toppen wehten riesige Flaggen, Streifen und St. Andreas-Kreuze in Gelb und Rot. Die großen Segel, bemalt mit Sonnen, die durch finstere Wolken brachen, mit Adlern und Schilden, kündeten vom Glauben und der Vornehmheit des spanischen Reiches. Vergoldete Schnitzereien schmückten Bug und Heck, und wenn der Wind wehte, schlängelten sich leewärts hundert Fuß lange, bunte Flaggenbänder.

Die vollzählige Besatzung der *San Salvador* bestand aus vierundsechzig Seeleuten und dreihundertzwanzig Soldaten. Den größten Teil der Fahrt hatten die Soldaten zwischen den Decks zubringen müssen. Sie waren in ihrem eigenen Dreck gewatet, hatten sich mit Läusen und Krankheiten angesteckt, an nicht enden wollender Seekrankheit gelitten und schwer bezahlt für die starken Candia- und Condadoweine, die sie vor ihrer Abfahrt getrunken hatten.

Tavistock hatte sich einen Platz in der Schiffsmitte zwischen der vierten und fünften Backbordculverine gesichert. Die Bordwand hatte ihn vor dem Wind geschützt, und ein nachts aufgespanntes Segeltuch hatte den Regen abgehalten. Er wußte ebenso wie der Rest der Crew, daß Sommernächte unter freiem Himmel entschieden besser waren als die Hölle unter Deck.

Als sie den 42. Breitengrad erreichten, drehte einem der Gestank, der aus dem Schiffsinneren aufstieg, den Magen um.

»Lieber ein Plätzchen auf der Wetterseite, schön windig und frisch, als verpestete Luft, was, Juan?« Garcia, der Erste Geschützführer, hatte sich neben ihn auf die umgedrehte Munitionskiste gesetzt und schob sich mit einem Stück Speck eine ordentliche Portion Reis in den Mund.

»Da habt Ihr recht, Señor Garcia.«

»Willst du auch etwas?« hatte Garcia gefragt, der einen beißenden Ziegengeruch verbreitete. »Eine Gefälligkeit von Luis de Vega und Diego, dem Quartiermeister.«

Tavistock sah ihn überrascht an. Die Mahlzeiten waren streng rationiert, und er hatte Garcia heute schon einmal essen gesehen.

»Hier, nimm.«

»Wessen Ration ist das?«

»*Cabron!* Meine natürlich!« Er stopfte sich ein weiteres Stück Salzfleisch in den Mund. »Warum nicht? Luis de Vega braucht nichts mehr zu essen, da, wo er hingegangen ist.«

»Hingegangen?«

»Er ist tot.« Garcia zuckte die Achseln. »Seit gestern. Er hat die Auspeitschung nicht überlebt.«

»Er ist ausgepeitscht worden? Das hat mir keiner gesagt.«

»Über Bestrafungen darf nicht gesprochen werden. Allgemeine Anordnung.«

»Die Allgemeine Anordnung verlangt, daß ein Todesfall gemeldet wird.«

»Du kannst ihn ja melden, wenn du willst. Aber ich würde es dir nicht empfehlen. De Vega wurde ausgepeitscht, weil er einem Edelmann auf die Stiefel gespuckt hat.«

»Deswegen wurde er ausgepeitscht?«

»Es ist wahr. Ich hab's selbst gesehen. Er hat sich geräuspert und ausgespuckt, nichts weiter, aber Don Emilios Leutnant hat es anders aufgefaßt.«

»Welcher war es?«

Garcia schluckte einen weiteren Mund voll Essen hinunter und wies mit dem Kopf zum Poopdeck. »Der Hundsfott da oben, de Escovedo, wer sonst? Komm schon, iß mit. Und mach dir keine Sorgen wegen Diego. Der Quartiermeister weiß Bescheid. Joachim!«

Tavistock gelang es kaum, den aufbrandenden Haß, den er gegen seinen Schwager hegte, zurückzuhalten, als der selbstsichere Artilleriehauptmann zu ihnen trat und sich ein Schweinerippchen nahm.

»Was ist los? Du ißt auch nicht?« fragte Joachim.

»Ja. Nimm dir ein Rippchen, Juan«, sagte Garcia und hielt ihm die Schüssel hin. »Die Soldaten stehlen wie die Raben. Warum nicht auch wir? Die Geschützmannschaft muß ordentlich zu essen haben, denn ohne uns geht gar nichts.«

»Niemand weiß, wann wir wieder an Land gehen«, sagte Joachim düster. »Nicht einmal unsere Generäle.«

Tavistock erinnerte sich an Don Emilios Gesichtsausdruck nach seinem letzten Treffen mit Medina-Sidonia. Der Herzog hatte seine Kommandeure an Bord des Flaggschiffs *San Martin* gerufen und sie mit zusammengepreßten Lippen und wütend entlassen. Tavistock hatte überlegt, was sie bei dem Treffen besprochen haben könnten. Tags darauf machte die Crew einen noch größeren Bogen um Gonzalo. Was auch beschlossen worden war, Don Emilio war nicht damit einverstanden gewesen.

Gerüchte gingen um. Die beabsichtigte Landung auf der Isle of Wight sei abgesagt worden; Medina-Sidonia habe einen Überraschungsangriff des Biscaya-Geschwaders auf Plymouth befohlen als Vergeltung für El Draques Überfall auf Cadiz; sogar, daß das ganze Unternehmen nur ein gigantischer Trick sei, um heimlich in der Normandie zu landen und nach Paris zu marschieren. Der Deutsche hat recht, dachte er. Niemand weiß, wohin die Reise geht.

Seit sie Lissabon verlassen hatten, verfolgte sie schlechtes Wetter. Stürmische Nordwestwinde hatten sie nach Süden abgedrängt, sobald die Galeeren sie aus dem sicheren Bereich des Tejo herausgeschleppt hatten. Eine der *urcas*, die *David Chico*, verlor die Masten und mußte in den Hafen zurückkehren. Mitte Juni ließen die Stürme nach und der Wind sprang um. Arevalo, der Pilot, sagte, sie befänden sich immer noch unterhalb des 40. Breitengrads, also kaum weiter nördlich als am Anfang der Reise. Don Emilio hatte getobt, weil sie nicht vorankamen, und die Seeleute, die er so verachtete, hatten sich hinter seinem Rücken über seine Anfeuerungsrede lustig gemacht.

»Von wegen Gottes Wille! Wenn Gott will, daß wir nach England segeln, warum schickt Er uns dann keinen Südwind?« hatte Arevalo geknurrt.

Auf See blieben die Geschützpforten geschlossen, und das Leben in den Zwischendecks wurde noch ungesünder. Es gab dort unten weder Licht noch frische Luft, und die Männer hockten enger aufeinander als das Salzfleisch in den Fässern. Jetzt konnten die viel geschmähten Seeleute ihr Ansehen wiederherstellen auf Kosten der hochmütigen Männer, die die hohe See zu stöhnenden Bettlern mit grünen Gesichtern gemacht hatte.

Nach zwei Wochen hatten sie, endlich vor dem Wind laufend, Kabo Finisterre passiert. Von der *San Martin* war der Befehl gekommen, der Herzog wünsche, daß alle Schiffe gefechtsklar gemacht würden, und so hatten sie nahezu alles, was nicht unbedingt an Bord eines Kriegsschiffs benötigt wurde, über Bord geworfen. Die Seeleute beklagten sich, weil kein Mensch verstand, warum der Herzog diesen Befehl gegeben hatte.

»Wir fahren jetzt, als hätten wir den Feind vor der Nase«, hatte Arevalo gehöhnt. »Was glaubt er, was das hier ist? Eine Belagerung?«

Und Tavistock hatte genickt. »Fürchtet er, daß uns die Engländer so weit südlich abfangen?«

»Wenn er das tut, ist er ein Narr.«

»Warum läßt sich Don Emilio nicht blicken?«

»Er ist seekrank wie sein ganzer Haufen«, brummte Arevalo. »Ich kann's kaum erwarten, den Engländern an die Kehle zu gehen. Sie sind schuld an diesem Krieg. Ich hasse sie und möchte sie alle auf dem Scheiterhaufen sehen.«

Als das Wetter merklich kühler wurde, war Tavistock mit Diego de Mallara, dem Quartiermeister, hinuntergestiegen, um die unteren Laderäume zu inspizieren.

»Diese portugiesischen Hundesöhne! Tut mir leid, Garcia, aber das ist die letzte Extraration. Seht euch diese Wasserfässer an! Die Hälfte ist undicht. Wir sind bereits bei einem halben Liter pro Mann und Tag angelangt. Und wenn die Wasserfässer schon so lecken, wie wird's dann bei den Lebensmitteln aussehen? Wenn die Fässer nicht luftdicht sind, verfault alles.«

»Diese Lissaboner Händler haben uns beschissen.«

Ein übler Gestank schlug ihnen entgegen, als eines der Salzfässer geöffnet wurde.

»Das ist verdorbenes Fleisch!«

»Ja, das hab' ich schon mal erlebt. Aus dem faulenden Fleisch sprudelt Gas, und das Holz reißt unter dem Druck. Die Portugiesen müssen alles in Jauche gepökelt haben.«

»Was ist, wenn es auf den anderen Schiffen genauso aussieht?« hatte Tavistock gefragt, während sie auf immer mehr verdorbene Vorräte stießen.

»Madonna! Dieser Gestank! Der Herzog wird Corunna anlaufen müssen. Da kann der König befohlen haben, was er will.«

»Glaubst du, er wird gegen den Befehl des Königs handeln?« hatte ein anderer gefragt.

Ein paar Seemänner hatten sich an der Luke versammelt. Ihre Neugier war noch stärker als der Gestank, der zu ihnen hinaufstieg.

»Er wird es tun müssen!«

»Eher läßt er uns verhungern.«

»Ich hoffe, sie landen alle in der Hölle! Besonders dieser Gonzalo de Escovedo.«

»Der Teufel soll diese Portugiesen holen.«

»Es waren nicht die Portugiesen, die gesagt haben, es sei Gottes Wille, daß wir in England einmarschieren«, sagte ein Maat.

»Was meinst du damit, Kerl?« fragte Garcia.

»Nur, daß mir die Engländer leid tun, wenn wir zu ihnen kommen. Sie werden allein von dem Gestank tot umfallen.«

»Macht, daß ihr nach oben kommt, ihr alle, oder ich laß euch das Fell gerben!« Zornig hatte Garcia das undichte Faß zugeschlagen und war gegangen. Angewidert starrte Tavistock auf die verdorbenen Lebensmittel. Die Hälfte des Verlusts ging auf die schlechte Qualität der Fässer zurück, aber der Rest könnte durchaus der Rache von Nicolau Almeidas Geschäftsfreunden zum Opfer gefallen sein.

Also mußten sie bereits nach drei Wochen auf See in Corunna neuen Proviant fassen; sie verloren einen ganzen Monat. Der *Gobernador* von Galicia, der Marquis de Cerralvo, war benachrichtigt worden. Ungefähr die Hälfte der Flotte hatte im Schutz des Hafens festgemacht, die andere Hälfte war auf der Reede vor Anker gegangen. In jener Nacht war ein heftiger Sturm über die Stadt gefegt, und die draußen liegenden Schiffe wurden nach Westen abgetrieben. Die *San Salvador* lag im Hafen und blieb noch einen weiteren Monat dort, bis die verstreuten Schiffe wieder versammelt und verproviantiert waren.

Tavistock schaute zu, wie die cornische Küste immer weiter in Sicht kam, und er erinnerte sich an die Panik, die in der Nacht vor ihrer Abfahrt in Corunna ausgebrochen war. Fischer waren mit der absurden Geschichte aus der Biscaya zurückgekommen, El Draque stünde mit fünfzig Schiffen nur sechzig Seemeilen nördlich von Corunna und hielte direkt auf die Stadt zu. Vielleicht hatte der Marquis aus diesem

Grund beschlossen, vor dem Hafen zu ankern, dachte Tavistock. Vielleicht war er durch den plötzlich aufkommenden Südwind ermutigt worden; vielleicht hatten ihn die dringenden Briefe des Königs erschreckt. Damals jedenfalls war es auch, daß ihnen Arevalo, der Pilot, gesagt hatte, daß das Gerücht von der abgesagten Landung auf der Isle of Wight auf Wahrheit beruhte.

Als die Mittagsglocke ertönte, konnte Tavistock beobachten, wie die bisher in geschlossener Formation fahrenden Schiffe begannen, ihre Verteidigungsformation einzunehmen. Ganz in der Nähe fuhren die *Espiritu Santo*, benannt nach jenem Schiff, das Philipp einst nach England gebracht hatte, dann die riesige *Florencia* und die Galeassen *Gerona* und *San Lorenzo*. Im Osten lief die *La Rata Encoronada* von Don Alonso de Leyva, und dahinter war die Flagge der *La Regazona* aus dem Levantinischen Geschwader zu erkennen. Auf der anderen Seite fuhr die *Nuestra Señora del Rosario*, das Flaggschiff von Pedro de Valdes, die mächtigste und neueste der andalusischen Galeonen, und neben ihr die *Santa Catalina*.

Tavistock sah, daß die großen Kriegsschiffe allmählich zwei Gruppen bildeten; anscheinend hielten sie sich an Santa Cruz' ursprünglichen Schlachtplan von den eisenbewehrten Spitzen des Halbmonds. Da waren die *Santa Ana* von Miguel de Oquendos Guipuzcoa-Geschwader, der Portugiese *San Luis* und die vier gewaltigen Kriegsschiffe des Vorgeschwaders von Medina-Sidonia: die *San Marcos*, die *San Mateo*, die *San Felipe* und seine eigene *San Martin*. Trotz aller Rückschläge und aller Verzögerungen, trotz Mängel, Sabotage und der Verheerung in Cadiz, war die Armada immer noch eine fabelhafte Kriegsflotte, die größte, die je ein Meer befahren hatte. Tavistock wußte, daß England nichts in der Hand hatte, was diese Flotte aufhalten könnte, solange die großen Schiffe beisammen blieben.

Vom Quarterdeck aus beobachtete Gonzalo in tadelloser, schimmernder Kriegsaufmachung, wie die Schiffe ihre neue

Position einnahmen. Ganz oben, auf dem hohen Poopdeck war Don Emilio auszumachen als ferne, asketische und einsame Gestalt. Beide waren auf ihre Weise ein Muster an *hidalgo*-Tugend: hochmütig, stolz, unbeugsam, vollkommen stumpf gegenüber den Leiden ihrer Männer und hundertprozentig vom Sieg Spaniens überzeugt. Tavistock zwang sich, den Blick von diesen beiden Männern abzuwenden, die sein Leben geformt hatten und die er haßte wie die Pest. Ich habe so lange gewartet, um es euch heimzuzahlen, dachte er finster und drehte sein Räumeisen in der Hand. Gebe Gott, daß jetzt bald die Stunde gekommen ist.

Bei Anbruch desselben Tages, nach englischer Zeitrechnung der 19. Juli, tauchte Captain Thomas Fleming mit seinem Schiff, das er mit dem Gewinn aus seiner fünfjährigen Kaperfahrt in der Karibik unter Richard Tavistock gekauft hatte, hundert Meilen vor Kap Lizard aus einer sich lichtenden Nebelbank auf und starrte auf einen Wald von Masten, der sich in Form eines Halbmonds rechts und links von ihm erstreckte.

Wie gelähmt vor Schreck rieb sich der Schotte die Augen, dann befahl er dem Steuermann, auf schnellstem Wege in den Hafen zurückkehren. Um vier Uhr nachmittags stürzte er über den Plymouth Hoe mit der Nachricht, die spanischen Invasionstruppen seien nur noch fünfundzwanzig Seemeilen von Plymouth entfernt.

Die Stadt geriet in Aufruhr. Die Würdenträger der Stadt fand Fleming bei einer Gala-Party, die der Bürgermeister von Plymouth für seine Gäste von der Marine gab. Raleigh, Grenville, Frobisher, die Familie Hawkins – alle waren anwesend. Tavistock und Drake, spitzbärtig und mit Rüschenkragen, standen draußen auf dem Bowlingrasen, mitten in einem Spiel mit Lord Howard und dem härtesten Mann aus Yorkshire, Martin Frobisher.

»Es sind die Dons! Die Dons sind da mit tausend Schiffen! Ich schwöre, es sind mindestens tausend!«

Tavistock holte eben aus, um seine Kugel über den Rasen rollen zu lassen, als der Lord-Admiral einfach über seine Bahn lief.

Er rief ihm nach: »Mylord – unser Spiel?«

»Großer Gott! Die Spanier sind da! Sie wollen uns im Sund festnageln, und sie haben die Kanonen, die sie dafür brauchen!«

Alles schwieg bestürzt, dann redete jeder gleichzeitig, aber Drakes Stimme übertönte alle, als sich der Schiedsrichter bückte, um den bestplazierten Wurf des Vize-Admirals aufzuheben.

Er zog seinen Degen halb aus der Scheide und brüllte: »Faßt diese Kugel an, und ich schlag' Euch die Hand ab!« Dann wandte er sich an Tavistock und sagte verblüfft zu Howards Aufregung: »Die Flut setzt erst in zwei Stunden ein. Selbst wenn Fleming recht hat, haben wir noch genug Zeit, um unser Spiel zu Ende zu spielen.« Aber der Admiral hastete bereits davon.

Tavistocks Befürchtung, daß sie schließlich einer Armada gegenüberstehen würden, die mit ebenso guten Culverinen ausgerüstet war wie die englische Flotte, hatte sich bestätigt. Er hatte Howard überredet, sein Geschwader und das von Drake in Plymouth zusammenzuziehen, und in den darauffolgenden Wochen hatte der Admiral jeden Tag mit den Spaniern gerechnet und sich dabei nervlich völlig aufgerieben.

Dann war die Nachricht vom Aufenthalt der Armada in Corunna eingetroffen, und Tavistock und Drake hatten sich sofort und dringend an den Staatsrat gewandt. Burleigh, der wieder das volle Vertrauen der Königin genoß, hatte von ihr den Auftrag erhalten, den von ihnen vorgelegten Plan ausführen zu lassen, und so waren sie während des größten Teils des Monats Juli in der Biscaya gekreuzt in der verzweifelten Hoffnung, die große Flotte noch einmal unvorbereitet abfangen zu können. Und während Tavistock zusah, wie Howard sich auf den Weg in die Stadt begab, erinnerte er sich wehmütig, wie die englische Flotte bis auf vierundfünfzig

Seemeilen an die spanische Küste herangekommen war, bevor der Wind umschlug und sie zurückwarf.

»Machen wir ein Unentschieden«, sagte Frobisher gelassen. Er dachte vor allem an den hohen Wetteinsatz.

»Ein Unentschieden?« erwiderte Drake. »Kommt gar nicht in Frage.«

Um Viertel nach vier Uhr nachmittags war der Plymouth Hoe leer und verlassen. Der südwestliche Wind begünstigte den Angreifer, während die englischen Schiffe aus dem Hafen bugsiert werden mußten. Tavistock ging bei Hochwasser an Bord der *Antelope* und erreichte vor Sonnenuntergang die Höhe von St Nicholas' Island. Ringsum im Cattewater glitten Schiffe langsam auf die offene See hinaus. Howards *Ark*, umbenannt in *Ark Royal*, nachdem Ihre Majestät einiges von den Gewinnen aus der Cadiz-Mission für ihren Kauf aufgewendet hatte, segelte voran, gefolgt von der *Elizabeth Jonas*, der *Leicester* und der *Swallow*. Dann kam George Beestons *Dreadnought* zusammen mit den drei Schiffen der Königin, die den Weg nach Cadiz hinein und hinaus freigeschossen hatten: die *Elizabeth Bonaventura*, die *Golden Lion* und die *Rainbow*. Hawkins' *Victory* mit 800 Tonnen Wasserverdrängung und vierundsechzig Kanonen schloß sich Drake auf seiner *Revenge* an. Tom Fenners *Nonpareil* und Robert Crosses *Hope* begleiteten die *Antelope*. Noch nie war eine seemännisch und seekriegsmäßig so erfahrene Mannschaft bei einem Einsatz versammelt gewesen, und Tavistock schwoll das Herz bei ihrem Anblick.

Bis zum Einbruch der Nacht hatten die englischen Schiffe den Plymouth-Sund verlassen und von den Spaniern unbemerkt die offene See erreicht. Im Lauf der Nacht stahl sich Tavistocks Geschwader leise in Luv, um zunächst vorsichtig nach den Fersen des Riesen zu schnappen.

Als der nächste Tag heraufzog, näherte sich Lord Howards Pinasse, die *Disdain*, dem spanischen Flaggschiff und überbrachte dem Marquis die Herausforderung, wie es der ritterliche Ehrenkodex verlangte. Dann griff Howard mit seinen

Schiffen in Kiellinienfahrt das Geschwader von de Leyva an. Der Kampf verlief zurückhaltend und vorsichtig. Howards Linie hielt stets sicheren Abstand von den Spaniern. Durch Zufall gelang es ihnen an einer Stelle, die *San Juan de Portugal* zu isolieren. Sie stürzten sich auf sie wie Kampfhunde in der Arena auf den Bären, umzingelten sie und verpaßten ihr zwei Schüsse in den Großmast, was Tavistock wieder etwas Hoffnung schöpfen ließ.

Gegen Ende des zweiten Tags wurde Tavistock klar, daß sie ein äußerst gefährliches Spiel trieben. Wenn sie nach Lee segelten, würden sie zerstört werden, und wenn sie weiter in Luv blieben und nach Westen fuhren, würde die Armada praktisch ungehindert ihren Vormarsch in den Ärmelkanal fortsetzen. Er dachte an die *San Juan de Portugal* und beschloß, seinen Angriff noch energischer durchzuführen und sich in den Bereich der schweren, aber nur kurze Weiten erreichenden Kanonen der Spanier zu wagen. Ein englisches Schiff, das allein und unabhängig segelte, könnte in den Feind hineinfahren und eine Galeone abdrängen, über die die anderen herfallen könnten. Es wäre ein tollkühner, beinahe selbstmörderischer Versuch, aber in dieser Lage mußten sie etwas unternehmen.

Als der dritte Tag anbrach, dachte er mit schwerem Herzen an das Versprechen, das er Anne gegeben hatte. Was auch geschieht, hatte er gesagt, dies wird meine letzte Reise sein. Heute war der Tag, an dem sich herausstellen würde, wessen Vorahnungen richtig gewesen waren.

Die Entdeckung der kleinen schwarzweißen Flagge am Heck des englischen Schiffs hatte John Tavistock in große Aufregung versetzt. Als das Schiff näherkam, befahl er, neu zu laden und wartete verzweifelt, daß Joachim zurückkäme. Er war überzeugt, daß jetzt seine Chance gekommen war.

Der Deutsche war nach unten gegangen in die Pulverkammer, die sich im Heck der *San Salvador* befand. Er hatte die Schlüssel, während Garcia voll damit beschäftigt war, das vordere Magazin zu überwachen, und Garcia hatte ihn nach unten gerufen, um den Pulvervorrat an Deck aufzufüllen. Wenn der bevorstehende Angriff zu einem ebenso heftigen Gefecht führen würde wie die Angriffe der zwei vergangenen Tage, würden sie es mit Sicherheit brauchen.

Dasselbe tollkühne Schiff, das die *San Juan de Portugal* angegriffen hatte, kam nun auf sie zu, und Tavistock suchte noch einmal nach der schwarzen Flagge, um sich die Hoffnung, die ihr erster Anblick bei ihm geweckt hatte, zu bestätigen. Ja! Kein Zweifel. Es war ein schwarzes Feld, von dem sich ein rein weißes, völlig symmetrisches Gebilde abhob – ein Geweih. Aber Richards Schiff steuerte direkt auf die gefährlichsten Culverinen in der spanischen Flotte zu.

Joachim kam mit einem Pulverfaß zurück. Tavistock nahm es ihm ab und stellte es auf seinen Platz. Er wandte Joachim den Rücken zu und schob einen Schwamm, der vorher im Essigkübel gelegen hatte, unter das Faß. Dann brach er das Faß auf, nahm etwas Pulver zwischen zwei Finger und kostete es. Er runzelte die Stirn, drehte das Faß um und schlenzte gleichzeitig den Schwamm durch die Geschützpforte.

»Dieses Pulver ist feucht«, sagte er zu Joachim gewandt.

»Feucht?« wiederholte dieser mit seinem schwerfälligen süddeutschen Akzent.

»Ja, feucht! *Naß!* Könnt Ihr es nicht riechen?« Er hielt dem Mann eine Prise des erstklassigen Salpeterpulvers unter die Nase. »Und seht her – da kommt Wasser aus dem Faß. Es stinkt nach Urin!«

»Aber – das kann nicht sein!« Die Verblüffung auf dem Gesicht des Deutschen zeigte, daß er sich diese Geschichte nicht erklären konnte.

Tavistock betete, daß sich der Deutsche seinem sachkundigen Urteil beugen möge und wagte sich einen Schritt weiter. »Kann nicht sein, kann nicht sein! Aber es ist so! *Großer Gott*, wenn Ihr ins Magazin gepinkelt habt! Garcia wird Euch auspeitschen lassen!«

»Halt's Maul! Meinst, ich bin dumm! Ich seich doch nicht auf das Pulver.«

»Aber jemand hat es getan. Und seit Corunna wart nur Ihr und Garcia dort unten.«

»Ich – vielleicht kommt Wasser in die Pulverkammer.«

»Sieh lieber nach. Wenn Garcia dahinterkommt –« Er spitzte die Lippen, um die Folgen anzudeuten.

Joachim war tief bestürzt. Er sah sich verstohlen um, dann untersuchte er den feuchten Ring auf dem Deck und unter dem Faß. Er blickte auf, warf einen Blick auf das heranbrausende englische Schiff und schauderte bei der Breitseite, die auf den Engländer abgefeuert wurde. Schließlich sagte er: »Komm mit.«

Tavistock unterdrückte ein Lächeln. Fast heiter griff er nach einem Kalfaterhammer und folgte ihm, aber als sie das Deck halb überquert hatten, erhob sich ein Stöhnen in der Takelage und die verzweifelten Schreie der Seeleute wurden lauter und lauter, als würden sie Zeugen einer Katastrophe. Joachim rannte zurück und folgte den Blicken der Männer. Der Engländer war ausgeschert und hatte dabei die *Nuestra Señora del Rosario,* das Flaggschiff von Pedro de Valdez, zu einem plötzlichen Ausweichmanöver gezwungen. Sie war einem anderen Andalusier vor den Bug gelaufen und hatte ihm bei der Kollision den Bugspriet weggerissen. Richards Schiff hatte inzwischen gewendet und versuchte nun, seinen Vorteil nützend, den Angriff zu Ende zu führen. John warf einen besorgten Blick auf Garcia, der an den Geschützen entlangging und die Mannschaften zu größerer Eile antrieb; dann blickte er hinauf zu Gonzalo und Don Emilio, die Don Pedros Unfall auf das Poopdeck herausgelockt hatte.

»Joachim!«

»Ich komme.«

Sie gingen nach unten. Joachim preßte das Pulverfaß fest an seine Brust. Die Wache ließ sie beide zum Achterkastell passieren, und sie polterten die zwei steilen Treppen zur Pulverkammer hinab. Der Deutsche schloß die schwere Eisentür

auf. In der Pulverkammer war nicht die kleinste Kerzen-
flamme erlaubt, nicht einmal eine geschlossene Laterne. Das
einzige Licht fiel durch das Viereck am oberen Ende des Niedergangs. In dieser Finsternis würde sich die Suche nach einem nicht existierenden Leck noch schwieriger gestalten.

Die Schwelle zum Magazin war ungefähr einen Fuß hoch;
die Türränder waren mit gewachster Leinwand abgedichtet,
damit das Wasser, das eventuell hier heruntergelangte, nicht
in die Pulverkammer eindringen konnte. Die Wände bestanden aus zwei Fuß dicken Eichenbalken. Der Deutsche stieg
über die Schwelle und bückte sich, um das Faß abzustellen.
»Zeig mir, wo du meinst –«

Tavistocks Hammer sauste auf seinen Nacken nieder. Als
er taumelte, schlug Tavistock noch einmal zu, völlig leidenschaftslos und direkt auf den Schädel. Der Deutsche blieb liegen. Das Blut lief ihm aus Nase und Ohren. Tavistock griff
nach dem Pulverfaß und begann zu rechnen, wieviel Zeit er
benötigte, um die Treppe hinaufzurennen. Zehn Sekunden
bis an Deck, drei Sekunden bis über Bord. Irrtum ausgeschlossen.

Er brach zwei weitere Fässer auf und schüttete den Inhalt
in die Mitte des gestapelten Pulvervorrats. Um es zu zünden,
brauchte er Zeit. Eine Pulverspur, einen halben Zoll breit,
brannte zwischen drei und zehn Fuß pro Sekunde. Das hing
vom Feuchtigkeitsgrad des Pulvers ab. Eine noch schmälere
Spur und das Risiko, daß sie durch feuchte oder nicht zün-
dende Körper abriß, wurde zu groß. Für eine sichere hundert
Fuß lange Zickzackspur war nicht genug Platz. Seine Gedanken überschlugen sich, als er versuchte, das Problem zu lösen.

Die Steuerbordgeschütze spuckten erneut eine Breitseite
aus. Bald würden sie Treffer von dem englischen Schiff bekommen. Was tu' ich nur? Sie können mich jeden Augenblick oben vermissen. Sie werden Joachim vermissen. Wer
die Gefechtsstation verläßt, wird mit Erhängen bestraft.
Schon deshalb werden sie nach ihm suchen.

Er duckte sich, das Pulverfaß fest unter den Arm geklemmt, und blickte nach oben zum Einstieg des Niedergangs. Der Wachsoldat stand noch dort, mit dem Rücken zu ihm, die Arme verschränkt. Lieber Gott, sag mir, was ich tun soll? Konzentrieren! Denken! Was ist möglich? Zehn bis fünfzehn Sekunden sind das mindeste. Die einzige sichere Möglichkeit war ein Streichholz, aber es war nicht länger als sechs Zoll. Außerdem brennt es zu langsam, und es könnte mich verraten, es sei denn...

Mein Gott! Du hast Joachims Schlüssel!

Er befühlte den Balken über seinem Kopf. Er war glatt und massiv. Wie kann ich das Streichholz befestigen, damit es an die richtige Stelle fällt? Es muß idiotensicher sein.

Er blickte auf den regungslosen Deutschen, und eine wahrhaft schauerliche Lösung kam ihm in den Sinn. Er setzte den blutüberströmten Leichnam aufrecht hin und leerte den Inhalt des bereits offenen Pulverfasses neben ihm aus. Dann nahm er dem Toten den Gürtel ab und hämmerte den Dorn der Schließe in den Balken, so daß der Gürtel über dem Pulverhäufchen herabhing. Er nahm ein Streichholz und steckte es durch das letzte Gürtelloch, strich etwas Pulver auf das Streichholzende, nahm Feuerstein und Eisen und entzündete in der hohlen Hand vorsichtig ein Flämmchen. Dann hielt er es an eine Stelle drei Zoll oberhalb des Streichholzkopfes, bis es dort zu glühen begann.

Seine Nackenhaare sträubten sich. Alles, was er hier tat, widersprach den Gewohnheiten und Vorschriften, die er ein Leben lang befolgt hatte. Er versuchte verzweifelt, sich zu beruhigen. Aber zehn Tonnen in Fässern verpackte Pulver umgaben ihn. Er ließ das brennende Streichholz eine Weile hängen und beobachtete seine Pendelbewegung, bis er sicher war, daß das durchgebrannte Ende in das Pulver fallen würde, egal, wie sich das Schiff bewegte.

Plötzlich überfiel ihn eine Todesangst, und er begann zu zittern. Meine Knie geben nach, dachte er. Was tu' ich, wenn mir die Beine nicht mehr gehorchen? Joachims schlaffer Körper schwankte abscheulich, und dann erlosch das Universum. Ein Knall trennte ihn von dem grausig faszinierenden Anblick des Toten. Durch das Schlingern und Stampfen des Schiffs war die Tür der Pulverkammer zugeschlagen. Ringsum nichts als stockfinstere Nacht – nur das glühende Streichholz war zu sehen, nur diese zwei pendelnden roten Punkte, sonst nichts. Wo war die Tür? Er tastete suchend umher, berührte kaltes Eisen. Wie wahnsinnig fuhr er mit den Fingernägeln am Türrand entlang, aber er fand keinen Ansatzpunkt. Die Tür ließ sich nicht öffnen.

»Herr Jesus! Hilf mir!« schrie er, unfähig, seine Panik niederzuhalten. Er zog den Hammer aus seinem Gürtel, und dann erinnerte er sich, daß die Tür nach außen aufging. Er warf sich blindlings mit der Schulter dagegen und stürzte hinaus in das kalte graue Licht des Niedergangs. Als er sich an den Tauen, die als Geländer dienten, Stufe für Stufe nach oben schleppte, hatte er das Gefühl, als hingen Bleigewichte an seinen Füßen. Vom unteren Kanonendeck blickten ein paar Männer besorgt zu ihm hinab. Er versuchte ein beruhigendes Lächeln, wußte aber, daß es nur wie eine schauerliche Grimasse aussehen konnte. Außerdem zitterte er am ganzen Leib.

Der Wachsoldat drehte sich um. »He du! Wo ist der andere? Ihr seid zu zweit hinuntergegangen.«

Eine ohrenbetäubende Breitseite donnerte aus den Backbordgeschützen.

»Dort ist er doch.«

Tavistock blickte zum Poopdeck, wo Don Emilio und Gonzalo nebeneinanderstanden. Er holte tief Luft, und als sich der Wachsoldat bückte, um in den Niedergang zu schauen, ließ er den Hammer auf seinen Kopf sausen. Lautlos kippte sein Körper in den Schacht hinab, bis er unten aufschlug.

Drei Männer sahen, was er getan hatte. Sie verließen ihre Station und stürzten brüllend auf ihn zu. Er machte einen Satz zur Reling, zog sich auf das obere Kanonendeck und rannte zur Bordwand.

»Haltet ihn!«

»Madonna, haltet ihn auf!«

»Er dreht durch!«

Seine eigene Geschützmannschaft versperrte ihm den Weg. Garcia blickte ihm zornig und verständnislos entgegen, und Tavistock warf sich mit voller Wucht auf ihn.

Richard Tavistock fuhr einen kompromißlosen Angriff gegen die *San Salvador*. Sie war das Vize-Flaggschiff des Guipuzcoa-Geschwaders und hatte fast dreimal soviel Tonnage wie sein eigenes Schiff. Sie war schwer bewaffnet, und die *Antelope* hatte schwere Treffer einstecken müssen beim Versuch, an sie heranzukommen.

Tavistock biß die Zähne zusammen und blieb auf Kurs, verzweifelt, daß Howards konventionelle Strategie nicht funktioniert hatte. Gestern war seine Geduld geplatzt. Der Steuermann hatte Tavistock zweimal vor der Unvorsichtigkeit gewarnt, in Reichweite der *San Salvador*-Culverinen zu gehen.

»Sie ist brandgefährlich, Sir, worauf Ihr Euch verlassen könnt. Wir sind zwar wendiger, aber das wird uns nichts nützen, wenn Ihr uns noch einmal diesen Donnerbüchsen aussetzt.«

»Kurs halten, Steuermann«, hatte er ihm zugerufen. Er wußte, daß er keine andere Wahl hatte.

Als der große Tausend-Tonner näherkam, befahl er, die Flagge der *Antelope* am Heck auszubringen. Es gab bestimmt genug spanische Veteranen an Bord, die diese Flagge kannten und fürchteten. Dann hatte er den Andalusier herbeieilen gesehen, die *Rosario*, ein Elf- oder Zwölfhundert-Tonnen-Schiff, hatte im Kielwasser des Spaniers reffen lassen, so daß dieser mit zwei Schiffen kollidierte und Bugspriet und Fockstag verlor.

Und jetzt stürmten sie voran. Die Decks hüpften unter den Detonationen ihrer eigenen Breitseiten. *Fünfhundert Schritt.* Dieser Gegner ist jedem anderen in der Armada ebenbürtig.

*Vierhundert Schritt.* Ich werde ihn zu Kleinholz schießen und Lord Charles Howard zeigen, wie man so etwas macht. *Dreihundert Schritt.* Und wenn wir sterben, werden wir es ehrenvoll tun...

Plötzlich, bei einer Entfernung von zirka zweihundertfünfzig Schritt und gerade, als sie in den Bereich der tödlichen Breitseiten der Fünfzigpfünder der *San Salvador* kamen, sahen die englischen Seeleute die Faust Gottes über dem Heck des Feindes niedersausen und es zertrümmern. Eine Sekunde später wurden sie von einer gewaltigen Explosion erschüttert, die sich sichtbar als Ring auf dem Wasser ausbreitete, und was ihnen wie eine titanische Faust erschienen war, schwoll zu einer riesigen grauen Rauchwolke an.

Ungläubig blickte Tavistock zu seinem Geschützoffizier. Sie hatten seit drei Minuten keine Breitseite abgefeuert.

»Gunner!« brüllte er in das betroffene Schweigen, aber der Geschützoffizier hob, jede Verantwortung ablehnend, die Hände. Seine Geschütze waren noch geladen.

Als sich der Qualm verzog, begannen sie zu schreien und Hurra zu rufen. Ringsum regnete es rauchende und brennende Trümmer auf das Wasser. Einige landeten sogar auf dem Heck der *Antelope*. Das gesamte Heck der *San Salvador* war abgesprengt, und jeder, der sich auf dem Poopdeck befunden hatte, war tot. Der Rest der Mannschaft versuchte verzweifelt zu retten, was zu retten war. Sie drehten den Bug in den Wind, damit die Flammen vom Heck nicht auf den Rest des Schiffs übergriffen.

Mit barscher Stimme rief Tavistock seine Befehle. Er schickte den Bootsmann los, um die Disziplin wiederherzustellen. Die Spanier hatten gesehen, wie die *San Salvador* explodierte, und nun eilten ihr mehrere Schiffe zu Hilfe. Es waren zu viele für die *Antelope.* Tavistock ließ abdrehen. Da krachte an den Besanmastwanten ein Musketenschuß.

»Was war das?«

»Da ist ein Mann im Wasser, Captain«, rief eine Stimme unter ihm. »Er lebt.«

»Laß das!« rief er dem Schützen ärgerlich zu. »Bei mir werden keine Überlebenden erschossen. Werft ihm eine Leine zu. Vielleicht hat er uns etwas zu erzählen.«

Sie zogen den erschöpften Schwimmer an Bord und wenige Augenblicke später – die *Antelope* lief bereits unter vollen Segeln nach Norden – stand der tropfnasse Mann vor dem Captain.

Die Männer, die zuschauten, staunten nicht schlecht, als sich die beiden in die Arme fielen. Es sah fast so aus, als wollten sie sich gegenseitig die Luft abdrücken. Und für den Rest dieses schwindelerregenden Nachmittags ertappte sich jeder der Brüder, wie er den anderen immer wieder heimlich betrachtete.

Richard war fasziniert vom Gesicht seines Bruders und seiner Stimme, die ihm sofort lieb und vertraut war und die doch völlig fremdartig klang durch den ausländischen Akzent. Und jedesmal, wenn er zu John blickte, stellte er fest, daß John durch den Pulverdampf zu ihm herüberblickte, als suchte er die Spuren, die die Jahre hinterlassen hatten, bis zu ihren Anfängen zurückzuverfolgen. Es gab so viel zu erzählen, so viel, worüber sie reden wollten, aber im Augenblick wurde eine Schlacht geschlagen, und John half bei den Geschützen.

Sie standen nebeneinander auf dem Quarterdeck, als die englischen Schiffe die Verfolgung der spanischen Flotte unterbrachen. Sie sahen Drake auf der *Revenge* und Hawkins auf seiner *Victory* und erinnerten sich, wie übel ihnen allen bei San Juan de Ulua mitgespielt worden war und daß der mexikanische Vizekönig auf dem Poopdeck der *San Salvador* umgekommen war. Richard erzählte John, daß sich seine Frau und sein Sohn gut aufgehoben in England befanden, und als John die Umstände von Martins Geburt schilderte, schüttelte Richard verwundert den Kopf, bevor er zugab, daß es dieses Schiff – *dieses selbe Schiff* – war, das die *Nuestra Señora* überfallen hatte.

Es wäre so leicht gewesen, Solanos Schiff zu zerstören als Vergeltung für die bösartige Täuschung, die die Spanier praktiziert hatten, dachte Richard. Und doch hatte er es nicht getan. Und dann Lissabon! Von Angesicht zu Angesicht waren sie sich gegenübergestanden, nur um durch einen Zufall wieder getrennt zu werden. Und als er nach dem Überfall auf Lissabon an Bord der *Antelope* aus seiner Ohnmacht erwachte und glaubte, er hätte seinen Bruder an den Feind verloren – er hatte Todesqualen gelitten...

Ein eigenartiges Gefühl nahm von ihm Besitz. Es schickte ihm einen Schauder über den Rücken und gleichzeitig schwoll ihm vor Freude das Herz. Er hatte nie an den blinden Zufall geglaubt, und es war ihm, als umschlösse eine in seinem Leben verwurzelte, aber aus Gott geborene goldene Aura sie beide.

Am Abend nahm Richard seinen Bruder mit auf die *Ark Royal*, wo sich die englischen Admiräle versammelt hatten, denn er hatte bei aller Freude über Johns glückliche Rettung nicht die nach wie vor drohende Gefahr vergessen.

»Der Marquis hat Befehle vom König –« John berichtete, was er von dem Piloten Arevalo erfahren hatte –, »die er befolgen wird und die besagen, daß kein Landungsversuch unternommen werden dürfe, bevor seine Flotte und die Armee unter der Führung Parmas vereinigt sind. Die Isle of Wight zumindest ist in Sicherheit.«

Lord Howard befahl daraufhin, sofort ein Kommuniqué nach Richmond zu senden. Dann wandte er sich wieder an John. »Ihr sagt, Ihr würdet ihre Geschütze und Pläne genau kennen? Unsere Flotte hat insgesamt fünfhundert Culverinen und Halbculverinen, aber bei schweren Geschützen mit kurzer Reichweite bringen wir es nur auf knapp einhundert. Sagt mir, wie steht es bei den Spaniern?«

»Sie verfügen über dreihundert Culverinen, davon sind einhundert englischer Bauart. Darüber hinaus haben sie fünfhundert Fünfundzwanzigpfünder-Kartaunen und Steinkugeln feuernde Zweiunddreißigpfünder.« Und zu Richard gewandt fuhr er fort: »Obwohl ich großen Respekt vor der Tapferkeit meines Bruders habe, bin ich überzeugt, daß sein Schiff versenkt worden wäre, wenn die *San Salvador* nicht ihr Heck verloren hätte. Den Spaniern näher als dreihundert Yards zu kommen, ist praktisch Selbstmord.«

»Dann können wir nicht siegen!« sagte Frobisher und stand auf. »Denn wir müssen sie auseinandernehmen, bevor sie die Straße von Dover erreichen.«

»Aye«, flüsterte Drake Richard zu, während Frobisher seine Meinung darlegte. »Wir *müssen* sie angreifen. Sonst sind wir verloren. Ich werde mir von keinem etwas vorschreiben lassen. Ich werde nach meinem eigenen besten Wissen und Gewissen handeln, und wenn sich der Lord Howard deshalb mit mir anlegen will, dann soll er tun, was er nicht lassen kann.«

»Und wenn sie dich wegen Ungehorsams hängen?«

»Borough haben sie auch nicht gehängt, und sein Verbrechen war mangelnder Diensteifer.«

»Du bist nicht Borough.«

»Um einen Mann zu hängen, brauchen sie ein Gericht, und ein Gericht braucht Beweise. Was ich in der Nacht sehe und warum mein Hecklicht ausgeht, ist etwas, wofür ich jederzeit fünfzig glaubwürdige Zeugen aufbringen kann.«

Lord Howard sprach. »Also, wenn wir näher als dreihundert Schritt herangehen, werden wir zerstört. Aber sie schießen auch beliebig über diese Entfernung hinaus. Und, wie wir gesehen haben, reicht unsere Bewaffnung nicht aus, um so viele Schiffe innerhalb so kurzer Zeit zu überwältigen.«

»Sie hoffen, die geschlossene Halbmondformation beibehalten zu können«, sagte John. »Für diese Formation braucht man viel seemännisches Können und eine einigermaßen ruhige See. Aber wenn sie sie halten können, sind sie unüberwindlich.«

»Wilde Hunde können sie trotzdem nicht abhalten«, warf Drake ein.

Hawkins schüttelte den Kopf. »Es reicht nicht aus, wie Hunde hinter einer Herde herzulaufen. Auch wenn wir wilde Hunde und sie eine Herde frommer Lämmer wären, würden wir sie so nicht rechtzeitig stellen können, um ihre Pläne zu verhindern.«

»Er sagt uns«, konstatierte Howard mit einem Blick auf John, »daß wir hilflos sind, wenn unsere Kanonen ihre Verteidigung nicht durchbrechen können und wenn das Wetter für sie günstig bleibt.«

»Hilflos?« wiederholte Frobisher, und Drake sagte, an alle gewandt: »Ich will in der Hölle schmoren, bevor ich einen einzigen von ihnen an Land gehen lasse. Sobald wir sie bei Dover in die Arme von Lord Seymour getrieben haben, fahren wir dazwischen, so wie heute – aber volle Pulle! Aye, wir gehen ran bis auf Bogenschußweite, wo ein Siebzehnpfünder tödlich wirkt!«

»Es gibt eine Möglichkeit«, sagte John. Alle Anwesenden sahen ihn an. Seine Stimme klang sanft, beinahe wie aus weiter Ferne. Er erinnerte sich, wie er auf dem Deck von John Hawkins' altem Flaggschiff, der *Jesus von Lübeck* gestanden hatte und wie ihn das Entsetzen gepackt hatte, als er die brennende Galeone auf sich zukommen sah. Obwohl inzwischen fast zwanzig Jahre vergangen waren, erlebte er noch einmal jene Hölle, die sich auf jenem Deck zugetragen hatte, und er sah wieder jene satanisch züngelnden Flammen, in denen sein Vater vor seinen Augen verbrannt war. »Ja«, sagte er, »es gibt eine Möglichkeit.«

# Epilog

Am Sonntag, den 28. Juli – nach spanischer Zeitrechnung der 7. August –, beendete die unbesiegbare spanische Armada schließlich ihre lange Fahrt nach Osten. Sie hatte den gefürchteten Spießrutenlauf durch den Ärmelkanal überstanden und ihr angestrebtes Ziel erreicht. Sie ankerte nahezu vollständig intakt vor Calais.

Am Abend, nachdem alle spanischen Schiffe vor Anker gegangen waren, versammelten sich der Marquis und sein Kriegsrat. Nie zuvor war die Aussicht, mit Parmas und de Leyvas Truppen in England zu landen, so günstig gewesen; nie war der Erfolg von Gottes offensichtlichem Plan so eindeutig bestätigt worden. Dann begannen die Ausguckposten zu rufen.

Acht tollkühne englische Schiffe kamen in Dwarslinie heimlich aus der Nacht. Jeder spanische Offizier wußte, daß ein derart selbstmörderischer Nachtangriff nur aus reiner Verzweiflung der Engländer geboren sein konnte. Sie richteten ihre Kanonen auf die herannahenden Schiffe; dann flammten auf den mondbeschienenen Decks Lichter auf, und die Spanier sahen kleine Boote, die sich rasch entfernten. Bald danach waren aus den acht Schiffen riesige Fackeln geworden, die der Wind und die Tide ins Herz der vor Anker liegenden Flotte trieben.

Am Morgen nach dem Brander-Angriff waren die Schiffe Medinas zerstreut. Es herrschte ein heilloses Durcheinander. Die halbmondförmige Verbandsordnung, die sie geschützt hatte, war nicht wieder herzustellen. Und jetzt griffen die Engländer rigoros an. Drake und Tavistock, Frobisher und Fenner, Hawkins und Howard gingen gnadenlos vor; jeder weniger bedeutende Captain folgte irgendeinem Admiral, wie es sich gerade ergab. Und während des ganzen folgenden Tags wurden die schwerfälligen, vergoldeten Kriegsschiffe der Spanier, diese gefesselten Riesen, deren Verteidigungslinie zerschlagen war, deren Kapitäne aufgrund der strengen Befehle und durch die Angst vor den Henkern des Kommandeurs der Militärpolizei keinerlei Initiative entwikkeln konnten, erbarmungslos gejagt, untauglich gemacht, versenkt, an Land getrieben, vernichtet.

Am nächsten Tag, dem St. Laurentiustag, den Philipp zum Tag des großen Sieges ernannt hatte, mußten die Spanier feststellen, daß der Wind die kläglichen Reste ihrer Armada immer mehr auf die tödlichen ›flandrischen Sände‹ zutrieb. Nun endlich erwachte Don Alonso Perez de Guzman el Bueno, der Herzog von Medina-Sidonia, aus seiner Lähmung. Die Vision einer Katastrophe, die ihn gefangengehalten hatte, war keine hypnotisierende Vorahnung mehr; mit wachsendem Entsetzen begann er zu begreifen, daß er sich nun in einem Alptraum befand, aus dem es kein Erwachen mehr gab.

Während seine übriggebliebenen Kapitäne die letzte Hoffnung auf eine Landung fahren ließen, wurden die inbrünstigen Gebete des Herzogs erhört. Der Wind schlug um, aber die erhoffte göttliche Erlösung brachte er nicht.

In den Häfen von Dünkirchen und Nieuwpoort desertierten die Truppen; auf See wurden die stolzen Invasoren des Königs von den heftigen Stürmen in die Nordsee geweht. Plötzlich lag nichts mehr vor ihnen als Tod und Schiffbruch an den zerklüfteten Küsten von Schottland und Irland. In der St. Pauls-Kathedrale würde kein Pontifikalamt gefeiert werden. Das Unternehmen des Königs war gescheitert.

Zehn Tage später betrat ein schreckensbleicher Kurier den Escorial und wurde zur Audienz vorgelassen. Seine Allerkatholischste Majestät saß am Schreibtisch und arbeitete. Er schenkte dem Mann, der vor ihm kniete, keinen einzigen Blick. Er hörte sich seinen Bericht an, während seine Feder ohne die geringste Unterbrechung über das Papier glitt.

Als der Kurier gegangen war, erhob sich Philipp und trat vor die Nische in der Wand, aus der ihm der Schädel eines Heiligen, gekrönt mit einer goldenen Krone, entgegengrinste. Es schien dem König, als blickte er in einen Spiegel.

Mit eisiger Stimme sagte er zu seinem ständigen geistlichen Begleiter: »Ich danke Gott, daß ich jederzeit in der Lage bin, eine neue und größere Flotte zusammenzustellen als die, die ich gerade verloren habe.«

Auf dem durchweichten Hügel oberhalb des Palastes von Greenwich wurde trotz strömenden Regens eine riesige Strohpuppe in Gestalt von König Philipp in Brand gesteckt. Francis Walsingham beobachtete das Spektakel hinter den bleigefaßten Fensterscheiben seiner Wohnung. Für ihn gab es nichts zu feiern. Er wußte, daß der Krieg eben erst begonnen hatte.

Drüben, auf der anderen Seite des Hofs, in den Räumen des Lord Treasurers, wandte sich Lord Burleigh of Stamford Burleigh vom Fenster ab und empfing seine ›verlorene‹ Tochter. Er teilte ihr mit, daß der Vater ihrer Kinder bei seinem gewagten Angriff auf das spanische Flaggschiff *San Martin* von einem spanischen Musketier getroffen wurde, daß die Kugel jedoch nur seinen Helm durchschlagen und sein Haar gestreift habe und daß er im Augenblick entgegen den Befehlen seines Lord-Admirals vor der Tyne-Mündung feindliche Schiffe jage. Der Vorfall, sagte er zu Anne, sei der Königin von Lord Howard gemeldet worden. Captain Tavistocks Ungehorsam, habe sie gesagt, sei bedauerlich. Er müsse dafür den Kopf hinhalten.

Aber das Schwert würde sie selbst führen und ihn zum Ritter schlagen.

Vor dem Palast hüllte sich Maria angesichts der feuchten Nacht enger in ihren Mantel und stieg aus der Kutsche. Lord Burleigh hatte sie hergebeten. Der finstere Robert Slade empfing sie an den Stufen der Laternensäule. Unglaublicherweise war auch an ihm die Stimmung des Abends nicht spurlos vorübergegangen. Er lächelte. Er teilte ihr mit, daß ihr Mann von der spanischen Galeone *San Salvador* gerettet worden und sich gegenwärtig an Bord des bewaffneten Kauffahrers *Antelope* befand, die nach jüngsten Berichten vor dem Firth of Forth gesehen wurde.

Vor dem Palast, im Hirschpark der Königin, tanzten und feierten Tausende von Menschen trotz Schlamm und Regen. Sie schwenkten Schnapskrüge und Fackeln und eine verwirrende Vielfalt landwirtschaftlicher Geräte, die sie seit gut einem halben Jahr mit sich herumschleppten für den Fall, daß die Spanier plötzlich da wären. Sie sangen und riefen und wollten nicht eher aufhören, bis ihre Königin herauskam, um ihnen für ihre Treue zu danken.

Elisabeth stand allein auf ihrem Balkon und blickte auf sie hinab. Auf der ganzen Welt gab es kein zweites Volk wie das ihre. Das war ihr Volk, ihr England. Die Geschichtsschreiber würden sie kinderlos nennen, aber in Wirklichkeit hatte sie mehr Kinder als eine Mutter je haben würde. Philipp hatte versucht, sie ihr wegzunehmen, und er würde es mit Sicherheit wieder versuchen. Aber in ihrem Herzen wußte sie, daß es ihm nie gelingen würde. Der Stolz Spaniens war gebrochen; der Glanz seines goldenen Reiches war dahin. Englands Aufstieg zu Ruhm und Ehre hatte begonnen.

# Große Romane

**John le Carré**
Eine kleine Stadt in Deutschland
Roman

**01/8155**

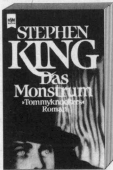

**STEPHEN KING**
Das Monstrum
›Tommyknockers‹
Roman

**01/7995**

Der amerikanische Bestsellerautor Nr. 1
**ROBERT LUDLUM**
Der Ikarus Plan
ROMAN

**01/8082**

**JOHN KNITTEL**
Jean Michel
ROMAN
Vom Autor des Weltbestsellers ›Via Mala‹

**01/7910**

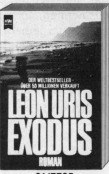

DER WELTBESTSELLER – ÜBER 50 MILLIONEN VERKAUFT
**LEON URIS EXODUS**
ROMAN

**01/7735**

**MARIO PUZO**
Narren sterben
Roman
Vom Autor des Welterfolges ›Der Pate‹

**01/7781**

**Susan Howatch**
DIE HERREN AUF CASHELMARA
Roman

**01/7908**

**Utta Danella**
Die Unbesiegte
Roman

**01/7890**

**Pearl S. Buck**
Der Weg ins Licht
Roman

**01/7851**